Golem

Les auteurs

À eux trois, ils totalisent 148 livres, 8 ordinateurs, 7 enfants et 6 mains. Toute leur enfance, ils ont joué aux mêmes jeux, lu les mêmes romans. En même temps, ils ont pris un cahier et un stylo. Lorris avait alors 14 ans, Marie-Aude 11 et Elvire 7. Depuis, ils n'ont plus arrêté d'écrire. Lorris, dont les romans explorent le passé comme l'avenir, navigue entre aventure, policier, fantastique et science-fiction. Marie-Aude, qui aime faire rimer amour et humour, a publié la majeure partie de son œuvre à l'École des loisirs. Elvire, auteur d'*Escalier C* pour les adultes, se métamorphose en Moka quand elle écrit pour les jeunes. Tous trois ont eu envie de retrouver les jeudis de leur enfance quand ils se demandaient: « À quoi on joue? » Pendant deux ans, ils ont écrit les cinq tomes de Golem. À vous de jouer, maintenant !

Elvire, Lorris
et Marie-Aude Murail

Golem

POCKET
jeunesse

Loi n° 49 956 du 16 juillet 1949 sur les publications
destinées à la jeunesse : octobre 2003

ISBN 2-266-13643-7

1 – Magic Berber

CHAPITRE PREMIER

UNE HEURE DE COURS AVEC LES 5ᵉ 6

Ce matin du 6 janvier, Jean-Hugues de Molenne devait faire cours aux 5ᵉ 6. On avait donné au jeune professeur de français, tout récemment arrivé aux Quatre-Cents, la plus mauvaise classe de l'établissement.

« Un genre de bizutage », pensa Jean-Hugues en sortant ses affaires de son cartable. Son manuel, *Le français en 5ᵉ : textes et méthodes*, lui parut peser trois tonnes.

Il parcourut des yeux la salle de classe encore vide et lâcha un soupir d'angoisse. Si seulement Samir pouvait être malade !

Un rire dévastateur venu du fond du couloir le fit sursauter. Ça, c'était Mamadou, toujours hilare, gueulard, hâbleur. Pénible ! Pénible ! Jean-Hugues plongea un instant son visage entre ses mains. Mais il se ressaisit aussitôt. Aïcha et Nouria, les inséparables, venaient d'entrer.

— Bonne année, m'sieur ! gloussèrent-elles.

Allons, les filles de 5ᵉ 6 n'étaient pas irrécupérables... Jean-Hugues leur rendit leurs vœux sur un ton compassé. Ses collègues, plus expérimentés, l'avaient prévenu : « Ne jouez pas au copain avec vos élèves ou vous vous faites bouffer ! »

— Vous avez une belle veste, m'sieur, le complimenta effrontément Nouria. C'est le Père Noël qui l'a apportée ?

Jean-Hugues rougit malgré lui. C'était un cadeau de sa maman. Les 5ᵉ 6 le prenaient toujours par surprise.

Les autres élèves arrivaient par deux, par trois, s'interpellant, se bousculant. Enfin, Samir entra. Jean-Hugues baissa les yeux, sortit un stylo de sa trousse, ouvrit le cahier d'appel, souffla lentement en comptant, un, deux, trois...

— S'il vous plaît, Samir, asseyez-vous, dit-il à tout hasard et sans même relever les yeux.

Samir mettait généralement une dizaine de minutes à se choisir une place. À l'en croire, Farida puait le couscous, Stéphane puait des baskets, Zeinul le nul, c'était pas la peine de copier dessus et Mamadou la choure pouvait te tirer ton slip sans que tu t'en aperçoives.

— Hé vas-y ! protesta Samir en s'asseyant précipitamment sur Farida. Chui z'assis depuis dix minutes, m'sieur. Même que ma chaise, elle pue le couscous.

Tout le monde rigola, sauf Farida qui se mit à taper sur Samir en le traitant de tous les noms.

— M'sieur, y a ma chaise qui parle ! hurla Samir en se relevant, l'air horrifié. C'est la révolte des chaises, m'sieur.

Jean-Hugues compta mentalement jusqu'à dix pour se refroidir.

— Samir, si vous commencez aussi fort, vous allez prendre la porte avant que j'aie fait l'appel, dit-il, la voix monocorde.

Crier ne servait à rien avec Samir. Menacer non plus, d'ailleurs.

— Y a plus de porte, m'sieur, répondit Samir, toujours épouvanté. Sur la tête du couscous à Farida ! C'est la révolte des portes, m'sieur !

Tout le monde rigola, même Farida.

— Ça va aussi être la révolte des feupros ! hurla Jean-Hugues, oubliant, un : qu'on ne crie pas avec Samir, deux : qu'on ne parle pas verlan devant les élèves.

— Aouah ! Comment que vous parlez caillera, m'sieur ! fit semblant de s'extasier Samir.

Ce fut le délire général dans la classe de 5e 6. On s'en tapait sur les cuisses.

— Taisez-vous ! Asseyez-vous, Samir ! Sortez vos livres, je fais l'appel, dit Jean-Hugues avec la précipitation qu'on met à éteindre un début d'incendie. Badach !

— Présent, répondit sagement Majid, qui avait un peu pitié du jeune prof.

L'appel se poursuivit sans nouvel incident.

Samir sortit les oreillettes de son Walkman. Jean-Hugues allait peut-être avoir un quart d'heure de répit. Il pourrait faire ce cours de français sur l'émetteur, le récepteur et le message qu'il repoussait de semaine en semaine. Il jeta un coup d'œil sur sa classe.

Nouria faisait admirer ses nouvelles petites tresses à sa voisine de table. Majid avait posé devant lui un genre de prospectus et lisait, les sourcils froncés. Samir tapotait sa table sur un rythme de rap.

— Bien. Aujourd'hui, nous allons voir la leçon qui est en page 12 de votre manuel, commença Jean-Hugues sans avoir trop l'air d'y croire. Nouria, c'est quand vous voulez...

Nouria était en train de tresser les cheveux de sa voisine.

— Mais c'est Aïcha qui m'a demandé ! couina Nouria en donnant une bourrade à sa copine.

— Mais vas-y, touche-moi pas ! protesta Aïcha.

— Bon, mais on fait cours ou quoi ? intervint Samir en décrochant ses oreillettes. Page 12, page 12...

Il se mit à feuilleter frénétiquement son manuel puis à lire non moins frénétiquement :

— « La communication écrite ou orale établit une relation entre l'émetteur et le récepteur qui utilisent un code commun pour transmettre un message... » M'sieur, m'sieur, ils parlent de NTM dans le manuel. M'sieur, j'y crois pas, sur la tête des verrues à Farida !

— Comment ça, ils parlent de NTM ? s'interrogea Jean-Hugues à haute voix.

— « Transmet le message », m'sieur, c'est le Nord qui Transmet le Message. NTM ! M'sieur, j'ai tout compris ! Le « code commun », c'est le rap, et le récepteur, c'est Skyrock.

— Arrêtez de dire n'importe quoi, Samir, ragea Jean-Hugues.

Le cours continua dans l'indifférence générale, chacun vaquant à ses petites affaires.

— Majid, s'énerva brusquement Jean-Hugues, je ne voudrais pas vous déranger dans votre lecture, mais qu'est-ce que c'est que ce prospectus ?

Le jeune Berbère releva la tête et gratifia son prof d'un grand sourire.

— C'est pas un prospectus, m'sieur. J'ai gagné l'ordinateur.

— Hé vas-y ! le rembarra Samir. Tu gagnes plus à fermer ta gueule.

— Toi-même, répondit Majid nonchalamment. C'est écrit sur le papier, m'sieur. J'ai fait le concours des Trois Baudets à ma mère et j'ai gagné l'ordinateur. Enfin, je crois...

Il s'était soulevé de sa chaise, tendant le papier vers son prof.

— Apportez-moi ça, se résigna Jean-Hugues.

Le jeune homme eut une illumination pédagogique en voyant la lettre devant lui.

— Regardez, dit-il à sa classe de 5e 6, ceci est un message. L'émetteur, c'est les Trois Baudets. Le récepteur, c'est Majid.

— Non, c'est un ordinateur, corrigea Mamadou.

— Ce bouffon ! le cingla Samir. Le prof, il t'explique la leçon page 12. Allez-y, m'sieur.

Encouragé par Samir, Jean-Hugues poursuivit son explication.

— Nous allons étudier ce que dit le message. Par chance, les Trois Baudets et Majid utilisent un code commun, à savoir la langue française.

— Tu nous avais pas dit ça, Majid, remarqua Samir.

— Bouffe-toi-la, la tienne de langue ! cria Mamadou du fond de la classe.

Jean-Hugues se demanda un instant si ses élèves et les Trois Baudets utilisaient bien le même code, mais il enchaîna tout de même :

— Donc, la lettre dit ceci : « Cher monsieur Badach... »

Un énorme rire secoua la salle de classe. Sébastien serra la main de Majid en l'appelant « cher monsieur ». Non, les Trois Baudets, quel bouffon !

Jean-Hugues lut la suite sans s'interroger sur le caractère comique du code utilisé :

— « Nous avons le plaisir de vous annoncer que vous êtes l'heureux gagnant d'un ordinateur Nouvelle Génération MC. Celui-ci sera livré à votre domicile dès que vous nous aurez donné confirmation de la bonne réception de notre lettre. »

— C'est quoi, cette embrouille ? demanda Mamadou.

— Ce n'est pas une embrouille, répondit Jean-Hugues. Il faut simplement que Majid, devenu l'émetteur, envoie un message aux Trois Baudets, devenu le récepteur.

Le professeur se tourna vers son jeune élève qui ne l'avait jamais écouté avec une attention aussi soutenue, presque douloureuse.

— Tu écris aux Trois Baudets pour leur dire que tu as bien reçu leur lettre.

— Mais... mais c'est vrai pour l'ordinateur ? balbutia Majid, qui hésitait encore entre triomphe et défiance.

— Toute communication a une fonction, répondit Jean-Hugues, jouissant du silence de sa classe. L'émetteur, quand il communique, a un objectif. Selon l'objectif, la fonction de la communication est différente...

Bouche ouverte, toute la classe de 5e 6 avalait un morceau bien indigeste de linguistique, prévu au programme.

— Dans le cas qui nous occupe, continua Jean-Hugues sans se presser, la fonction est dite « référentielle »...

— Mais, m'sieur, l'ordinateur ? supplia Majid en se tortillant de détresse.

— Nous y arrivons. La fonction est « référentielle » quand l'émetteur fournit une information. Et l'information, la voici...

Ne pouvant réfréner plus longtemps la gaieté de ses vingt-six ans, Jean-Hugues lança à tue-tête :

— Majid a gagné l'ordinateur !

— Ouais ! hurla toute la classe.

— *We are the champions !* entonnèrent Aïcha et Nouria en lançant alternativement les poings vers le plafond.

— Va falloir que les Badach achètent une prise électrique, ricana Samir.

— Samir, vous êtes jaloux, l'épingla son prof.

— Aouah, Samir, comment qu'il t'a mis à l'amende, le prof, se moqua Farida.

— Toi, je te massacre à la sortie !

Justement, la sonnerie retentit. Majid fit un grand sourire à Jean-Hugues.

— Merci, m'sieur !

Un brave gosse, celui-là. D'ailleurs, individuellement, les 5e 6 étaient tous de braves gosses. Jean-Hugues croisa le regard provocant de Samir... « Presque tous de braves gosses », rectifia-t-il.

Des bruits inquiétants couraient sur l'adolescent. Il traînait dans les caves avec des « grands » de la cité. Petit trafic de drogue ou d'objets volés ? Ce Samir, il faudrait que Jean-Hugues le coince, un jour. Mais jusqu'à présent, il n'avait même pas pu mettre la main sur ses parents. À croire qu'il n'en avait pas.

Majid, lui, en avait. Une maman toute ronde et souriante, douce au cœur comme la fumée du thé à la menthe, un papa qui travaillait sur les marchés dans la journée et nettoyait des bureaux, à la nuit tombée. M. Badach existait sûrement puisqu'il avait fait sept fils à sa femme. Mais c'était presque la seule preuve que Majid eût de son existence. Majid était le septième fils, haut comme trois pommes et malin comme le Petit Poucet en personne.

— *Emmé, hayé red*[1] ! cria-t-il en poussant la porte à toute volée.

Maman Badach sortit de sa cuisine, lâchant dans le salon un chaud tourbillon d'épices, de miel et de menthe.

— Majid, ti parles courrec le français, gronda-t-elle son fils. Parce que moi, il faut que j'apprende le français courrec.

Majid piqua un bisou sur la joue de sa mère, attrapa une corne de gazelle toute poudrée et s'écria :

— Emmé, on va avoir l'ordinateur. Le prof de français l'a dit.

1. « Maman, je suis là ! » en berbère.

— Ça, ci bon, l'ordinateur, approuva Emmé, ti seras primier de l'école.

Elle riait, un peu moqueuse, mais dévorant son fils des yeux. Majid, c'était le septième fils, la merveille des merveilles ! Dans la tête de Majid, la merveille des merveilles, c'était l'ordinateur...

CHAPITRE II

ALORS, CET ORDINATEUR ?

Aux Quatre-Cents, Majid habitait dans le bâtiment des Colibris qu'on appelait aussi « Cité couscous » parce que les locataires étaient des Algériens et des Marocains. Il n'y avait que la petite Aïcha qui faisait tache. Noire.

Les habitants faisaient tout le pittoresque des Quatre-Cents car, quel que soit leur nom, toutes les HLM se ressemblaient sinistrement. C'étaient de longues barres grises de béton posées parmi ce qui aurait dû être des pelouses et des bosquets. Mais ballons de foot et Mobylette étaient passés par là. Ce 26 janvier au matin, tout le monde marchait dans la bouillasse, y compris les livreurs des Trois Baudets.

— C'est là, fit l'un d'eux, en repoussant sa casquette sur son front avec une grimace de dégoût.

— J'espère que l'ascenseur marche. Douze étages, je me les fais pas à pied, ronchonna un autre.

Les livreurs des Trois Baudets étaient bien trois. On leur avait dit que les Quatre-Cents n'étaient pas sûrs et qu'ils risquaient de se faire dépouiller de l'ordinateur avant d'avoir sonné chez les Badach.

Le hall d'entree des Colibris puait la pisse et les murs étaient couverts de tags. Mais l'ascenseur fonctionnait et, quand ils sonnèrent chez les Badach, les livreurs n'avaient fait l'objet d'aucune attaque à main armée. Majid leur ouvrit la porte et un sourire lui illumina les yeux. Un sourire de pur bonheur à faire fondre au moins deux des Trois Baudets.

— Emmé, c'est l'ordinateur !

On aurait dit que Majid annonçait la reine d'Angleterre en visite aux Quatre-Cents. Maman Badach sortit précipitamment de la cuisine.

— Oh, là, là, ci bien de la peine pour vous, bafouilla-t-elle, toute gênée que ces trois messieurs se soient dérangés pour elle. Assiyez, assiyez... J'ai fait le thé. *Majid, serr aoued ataye*[1] !

Les livreurs, éberlués, durent s'asseoir, boire le thé à la menthe, manger les gâteaux au miel spécialement préparés pour eux et reprendre du thé à la menthe, si sucré qu'il en brûlait les papilles.

— Encore un pitit gâteau ? les supplia Mme Badach.

Les trois hommes étaient écœurés de miel et d'huile.

— Non, ça va, madame, merci, c'est très gentil...

— Ji mets un peu di gâteaux pour les enfants, dit Mme Badach en fourrant des cornes de gazelle et des pâtes d'amande dans un sac plastique de chez Mondiorama.

Les jeunes livreurs étaient parfaitement célibataires, mais ils repartirent chargés de sucreries pour leur multitude de fils et de filles.

— Finalement, ils sont plutôt sympas, ici, remarqua un des livreurs en s'installant au volant de sa camionnette.

Au même instant, il aperçut Samir qui traînait au bas de l'immeuble. Le jeune garçon lui adressa un superbe bras d'honneur et fit mine de ramasser un caillou.

— Ouais, bon, on traîne pas...

Au douzième étage, Majid finissait d'admirer le carton d'emballage.

— Ti l'ouvres pas ? s'étonna sa mère.

— Sssi, dit Majid mollement.

Lui si vif, si décidé, il hésitait sur le seuil d'un monde inconnu. L'ordinateur ! À l'instant où il posa les mains sur le carton, Majid regretta profondément l'absence de ses six frères.

L'aîné, Abdelkarim, était garçon de café « Au rendez-vous des postiers », à Marseille. Monir, le cadet, tenait une épicerie à Montpellier. Le troisième, Omar, venait de perdre son emploi aux usines Peugeot, à Montbéliard. Le quatrième, Haziz, qui avait eu de mauvaises fréquentations aux Quatre-Cents, avait disparu dans la nature, au grand chagrin de sa maman. Moussa, le cinquième frère, aidait son oncle à tenir une épicerie à Barbès. Brahim, le sixième, qui ne faisait rien à l'école et menaçait de tourner aussi mal que Haziz, avait été renvoyé au bled sur ordre de papa Badach. Et

1. « Va chercher le thé ! » en berbère.

c'était ainsi que Majid, le septième frère, se retrouvait seul en tête à tête avec son ordinateur.

Dans le carton, il y avait un genre de téléviseur dont Majid ignorait même qu'il portât le nom de « moniteur ». Il était d'un beau bleu électrique, les ordinateurs Nouvelle Génération MC jouant sur toute une gamme de couleurs. Le clavier était frappé d'un petit M régnant sur un globe terrestre. C'était le logo de la marque MC. Mme Badach mit un napperon sur la table de la salle à manger.

— Pose là, dit-elle avec un grand respect dans la voix.

L'ordinateur, ça rendait intelligent. Si Haziz avait connu l'ordinateur, il n'aurait pas fait toutes ces bêtises.

— Où c'est la tilicommande ? s'informa Mme Badach.

— Ça marche pas comme ça, répondit sèchement son fils.

Il venait de réaliser que sa mère n'y connaissait rien en ordinateurs. Et le soupçon lui était venu que, d'une manière générale, Mme Badach ne connaissait rien à rien.

Du carton, Majid sortit le clavier, la souris, les haut-parleurs, les câbles électriques et l'unité centrale, chaque pièce le plongeant dans une perplexité grandissante. Un énorme guide accompagnait l'ordinateur. Majid le feuilleta jusqu'à tomber sur la partie en langue française. « Le code commun », comme aurait dit M. de Molenne. Malheureusement, les rédacteurs du guide n'avaient pas du tout pensé à un « récepteur » de douze ans. C'était à peu près aussi incompréhensible que le manuel de français des 5e 6.

— Pfff, soupira Majid en rejetant le gros livre.

— Ci quel bouton pour apprendre le français ? demanda timidement Mme Badach.

— Mais j'en sais rien ! se désespéra Majid.

— Lis dans le livre, ci marqué dans le livre, dit Mme Badach.

— Tu sais lire, toi ? cria Majid.

C'était la première fois qu'un tel reproche sortait de sa bouche.

— J'ai pas allé à l'école, mon fils, répondit dignement sa maman.

Et elle disparut dans la cuisine. Au même moment, on sonna à la porte. Peut-être étaient-ce les livreurs qui revenaient effectuer le branchement comme ils avaient fait pour le lave-vaisselle ?

— Samir !

Le garçon vivait au premier étage des Colibris. Majid faillit lui claquer la porte au nez.

— Alors, ça y est, t'as l'ordinateur ?

Une curiosité jalouse tenaillait Samir. Majid le laissa entrer avec un dernier espoir :

— T'en as un, toi, d'ordinateur ? Parce que je sais pas comment ça marche...

Samir tapota le clavier, souleva la souris, examina les haut-parleurs, feuilleta le manuel avec des mimiques de connaisseur.

— Bien, dit-il, bien.

Majid reprenait confiance.

— Alors ? fit-il.

— T'as qu'à mettre des décalcos de poissons sur l'écran, ça te fera un aquarium.

La mésaventure de Majid fit le tour des Quatre-Cents. Dès le lendemain, les camarades ne disaient plus « bonjour » à Majid, mais :

— Alors, ton ordinateur ?

Mme Badach l'avait remis dans le carton, avec une certaine rancune. En classe, Jean-Hugues eut l'imprudence de demander à Majid :

— Alors, cet ordinateur ?

Les 5e 6 éclatèrent de rire et les moqueries fusèrent.

— M'sieur, y a le chat à Majid qu'a mangé la souris !

— M'sieur, la mère à Majid, elle a mis l'antenne dessus pour avoir Télé Couscous !

Majid bondit de sa chaise et s'élança vers Mamadou, auteur de cette dernière plaisanterie.

— Traite pas ma mère !

Jean-Hugues se leva lui aussi précipitamment.

— Majid, retournez à votre place !

— Du sang ! Du sang ! scanda Samir.

— Samir, prenez la porte, fit Jean-Hugues sans grande illusion. Majid, vous viendrez me voir à la fin du cours. Mamadou, sortez-moi votre carnet de correspondance.

Samir ne bougea pas et Mamadou déclara que son carnet était perdu depuis longtemps.

Quand la sonnerie retentit, Majid tenta une sortie discrète.

— Majid ! le rappela Jean-Hugues.

— Qu'est-ce qu'y a ?

À la façon de tous les élèves de 5e 6 lorsqu'ils se sentaient en faute, Majid avait avancé le front vers son prof comme pour lui donner « un coup de boule ».

— Vous avez eu du mal à installer votre ordinateur, je crois ?

Majid fronça les sourcils, l'air de plus en plus mauvais.

— Je n'ai pas l'intention de me moquer, précisa Jean-Hugues.

Majid se détendit.

— J'y connais pas grand-chose aux ordinateurs.

— Et votre père ne pourrait pas...

Majid regarda par la fenêtre.

— Et si je vous aidais ? proposa Jean-Hugues.

C'était la première fois qu'il s'aventurait ainsi dans la vie privée d'un de ses élèves.

— Sérieux, m'sieur ?

— Eh bien, je m'y connais un peu en informatique.

Jean-Hugues passait toutes ses soirées de célibataire à naviguer sur Internet.

— Emmé, c'est mon prof ! annonça Majid en lançant son cartable à travers le salon.

Mme Badach sortit de sa cuisine, émue et souriante. L'école venait à elle, elle qui n'y était jamais allée !

— « Monsieur le prof », corrigea-t-elle son fils. Parle courrec le français. Bonjour, monsieur, comment tu vas ?

Jean-Hugues hésita. Fallait-il tendre la main ou embrasser sur les deux joues ? Il resta planté tout raide.

— Ça va, madame Badach. Alors, cet ordinateur ?

Mais le jeune homme n'allait pas s'en tirer à si bon compte. Les gâteaux étaient prêts. Mme Badach versa d'un trait le thé à la menthe en éloignant peu à peu le bec de la théière des petits verres colorés, sans qu'une seule goutte tombât à côté.

— Et Majid, il travaille, hein ? demanda-t-elle en s'asseyant en face du professeur. Moi, ji lui dis : « Travaille, travaille. »

Le jeune garçon ne fichait strictement rien.

— Il pourrait faire un petit effort, répondit Jean-Hugues avec beaucoup de modération.

— Ti entends, Majid ? Fais un pitit effort !

Elle s'efforçait de paraître sévère, mais la tendresse lui noyait les yeux dès qu'elle regardait son fils. Majid tapota le moniteur éteint pour attirer l'attention de son professeur sur un autre sujet.

— Il est superbe, admira Jean-Hugues. Je n'ai encore jamais vu un moniteur de cette couleur. Et puis Nouvelle Génération MC, c'est le top du top !

— Ci bon pour l'école, l'ordinateur, hein ? demanda Mme Badach, pleine d'espoir.

Jean-Hugues savait parfaitement que Majid ne se servirait de son ordinateur que pour dégommer, tronçonner, faire gicler du sang et de la cervelle, bref pour s'amuser.

— Il faudrait Internet, suggéra-t-il.

— Ah oui ? Ci mieux ? fit Mme Badach.

— Elle y connaît rien, dit Majid à mi-voix.

Il avait honte. Honte du jour gris qui tombait dans le salon, du napperon sous l'ordinateur, de l'ignorance de sa mère, et il était fier au point d'avoir honte de sa honte.

Il lui fallait Internet. Internet lui changerait la vie. Mais il ne savait pas encore à quel point...

CHAPITRE III

MAGIC BERBER

Jean-Hugues lisait les fiches de lecture de sa classe de 5e 6 et passait sans transition du fou rire au désespoir.

— Ah ! Nouria, marmonna-t-il. Alors... Où est Aïcha ?

Les deux filles rendaient toujours les mêmes devoirs sans avoir l'air de soupçonner que cela s'appelait tricher. Pour Jean-Hugues, c'était une correction de moins à faire.

Aïcha et Nouria avaient choisi les *Dix Petits Nègres* d'Agatha Christie et elles avaient écrit : *C'est un roman policier. J'ai bien aimé. J'ai pas compris pourquoi il a tuer et le début c'est trop long. Aussi les personages sont méchant et j'aime pas les romans policiers. Autreman, c'est bien.* Aïcha, la petite Malienne, avait ajouté une phrase de son cru : *On dit pas nègre on dit Black parce que nègre ça fait raciste.*

– « Dix petits Blacks », murmura Jean-Hugues.

Amusé, il mit la moyenne aux deux filles puis il jeta un regard languissant vers son ordinateur dont l'écran brillait jour et nuit. C'était là son autre vie, son autre monde. Ding. L'ordinateur venait de tinter. « Majid se connecte », songea Jean-Hugues, et cette pensée lui tira un sourire.

En quelques leçons particulières, le gamin était devenu un internaute accompli. Majid était nul en français et il avait sûrement rendu une copie atterrante. En informatique, il avait absorbé en quelques semaines ce que d'autres mettent plusieurs mois à assimiler. Jean-Hugues lui avait donné son adresse IP :
194.129.64.2211.[1]

Quand Majid se connectait, il commençait par déposer un mes-

1. Toute machine connectée au réseau Internet a une adresse IP (Internet Protocol).

sage sur l'écran de son prof. Mais le jeune homme ne voulait pas se laisser distraire. Il avait encore un gros tas de fiches à corriger. Il chercha celle de Majid.

Le garçon avait choisi *L'Île du Crâne* d'Anthony Horowitz et il avait tranquillement recopié la quatrième de couverture : *David Eliot vient d'être renvoyé du collège. Il est aussitôt expédié dans une étrange école, sur la sinistre île du Crâne. Un roman plein d'humour... noir. À partir de 11 ans.*

Jean-Hugues écrivit en haut de la copie : *Vous avez oublié le code barre*, puis, hésitant à mettre le zéro qui s'imposait, il releva la tête. L'écran brillait dans le demi-jour de la pièce.

Sans réfléchir à ce qu'il faisait, Jean-Hugues quitta son bureau et se dirigea vers l'ordinateur. Il y avait bien un message de Majid. Majid qui devenait « Magic^Berber » sur IRC[1]. L'écran affichait :

‹Magic^Berber› salut ! ça va ? j'ai pas de travaille ce soir. On peux joué ?

L'orthographe de Majid ne s'améliorait pas lorsqu'il pianotait sur le clavier. Jean-Hugues résista à la tentation de répondre. Il ne devait pas jouer. Il avait du travail, lui. Un nouveau message tomba.

‹Magic^Berber› ho vous éte la ? je sai que vous éte là répondez moi. soi pas chien.

Jean-Hugues tressaillit devant le brusque passage au tutoiement. Le jeune homme se souvenait des conseils de ses collègues : pas de copinage avec les élèves. En conséquence, il avait interdit à Majid de le tutoyer sur l'écran et de l'appeler par son prénom. Majid l'appelait donc par son surnom, Caliméro, ce qui n'était pas franchement mieux.

‹Magic^Berber› ho Caliméro une petite parti de counter strike ?

Jean-Hugues réprima un ricanement et s'assit à califourchon sur sa chaise devant l'ordinateur. Counter-strike, c'était ce qu'on pouvait faire de plus bourrin en matière de jeux vidéo. Et Jean-Hugues était connaisseur ! Sans se contrôler davantage, il tapa sur son clavier :

‹Caliméro› Je rentre du collège et je trouve votre message. Vous êtes sûr d'avoir fini votre travail pour demain ?

Il appuya sur la touche Entrée et, la tête appuyée sur ses bras croisés, attendit paresseusement que tombe la réponse.

1. Internet Relay Chat (prononcez tchat), c'est l'endroit du réseau où l'on peut bavarder soit avec des inconnus soit en privé, avec un ami.

‹Magic^Berber› gro menteur ! vous étié là. vous envoyié la baston ?

Jean-Hugues se mit à rire et, les yeux déjà brillants d'excitation, il tapa :

‹Caliméro› Attention, j'envoie la sauce ! Mais pas plus d'un quart d'heure.

Une heure plus tard, Jean-Hugues tirait toujours sur les méchants terroristes, les oreilles en feu, le cerveau en bouillie, imitant les détonations, *touvv*, *touvv*, et ponctuant ses défaites d'un « Je m'ai fait eu ! » déchirant.

— Tu es tout seul ? s'étonna une voix derrière lui.

— Hmm ? Oui... presque, marmonna Jean-Hugues, vaguement gêné d'être surpris en flagrant délit de puérilité par sa maman.

— Je vais faire les courses à Mondiorama, ajouta Mme de Molenne, avec un léger reproche au fond de la voix.

— Okay, répondit son fils machinalement. Mais quel bâtard !

— Pardon ?

— Non, non, ce n'est pas pour toi, précisa Jean-Hugues. Tu veux que j'aille faire les courses à ta place ? Tiens, prends ça ! *Touvv ! Touvv !*

— Ça m'ennuierait de te déranger, répondit Mme de Molenne, avec, cette fois, une légère ironie au fond de la voix.

Le jeune homme poussa un soupir en entendant se refermer la porte. Sa mère l'avait déconcentré. Il allait perdre. Au moment même où il se ressaisissait, son écran devint uniformément rouge. Rouge sang.

— Mais c'est quoi, ça ? s'emporta Jean-Hugues.

Une rafale de violons, venue d'on ne savait où, couvrit le bruit des mitraillettes. Quelques lettres noires apparurent, bavant sur l'écran, et s'effacèrent aussitôt. Jean-Hugues, qui s'énervait sur sa souris, n'y prit pas garde. L'instant d'après, tout avait disparu, mais l'ordinateur était déconnecté. Y avait-il eu fausse manœuvre du gamin ou du serveur ?

— C'est n'importe quoi ! s'emporta Jean-Hugues.

Et surtout, il n'avait plus d'autre choix que de retourner à son travail.

Majid avait cours de français, le lendemain matin. C'était devenu pour lui un véritable supplice. Il avait peur de montrer aux autres par un geste ou un regard qu'il était du côté du prof. Il supportait de moins en moins l'insolence des filles, les gueulantes de Mamadou, les piques de Samir. Il voyait, minute après minute, se décomposer le malheureux Caliméro et il avait envie de crier :

— Mais lâchez-le, quoi !

Ce matin-là, Majid souhaitait parler en particulier avec Jean-Hugues parce qu'il était arrivé un drôle de truc à son ordinateur et à la bouilloire électrique de sa mère. Mais si on le voyait discuter avec le prof, il aurait droit au titre de « gros bouffon », généralement réservé à Sébastien.

— Bonjour, m'sieur ! claironna-t-il, en entrant dans la classe.

Magic Berber et Caliméro se connectèrent au premier regard. Jean-Hugues haussa les sourcils, ce qui signifiait : « Qu'est-ce qui s'est passé, hier soir ? » Majid posa le cahier d'appel sur le bureau et chuchota :

— C'est rétabli chez vous ?

— Oui, souffla Jean-Hugues qui, tout aussitôt, s'écria : Samir, asseyez-vous ailleurs que sur Farida !

— Non mais ça va, m'sieur. Elle est d'accord !

Jean-Hugues ferma les yeux de fatigue anticipée. C'était reparti pour une heure de corrida. À chaque point marqué, les gamins ne crieraient pas « olé ! » mais « aouah ! ».

— Sortez une feuille, dit Jean-Hugues, totalement démotivé. On fait une dictée.

— Oh non, m'sieur, pitié, pitié ! supplièrent Nouria et Aïcha, les mains jointes.

— J'ai toujours moins quarante avec vos dictées ! beugla Mamadou. C'est même pas la peine que j'écris ! Tu me mets la note tout de suite.

— Mamadou, ça suffit ! s'emporta Jean-Hugues. Donnez-moi votre carnet.

— Mais je vous ai déjà dit que je l'ai perdu, répondit le grand Black sur un ton indigné. PER-DU ! Comprendo ?

Jean-Hugues eut la sensation de toucher le fond.

— Bon, on la fait, cette dictée ? le soutint Majid.

Caliméro lui adressa un bref signe de tête complice et, la seconde suivante, Majid se prit une tape sur le sommet du crâne. C'était Zeinul, son voisin de derrière.

— T'aimes ça, les dictées, gros bouffon ?

Voilà. C'était exactement ce que Majid redoutait. Se faire traiter comme Sébastien, le seul bon élève de 5e 6.

Jean-Hugues commençait à connaître sa classe. S'il réprimandait Zeinul pour son geste, toute la classe allait faire : « Aouah, faut pas touche à Majid ! » Il enchaîna donc en dictant :

— « Une promenade dans la neige »... C'est le titre. Majid, vous

vous retournez. Vous réglerez votre problème avec Zeinul à la récré.

— Y a un point après « récré » ? demanda Samir qui était en train d'écrire : « vous réglerez votre problème avec Zeinul... »

— Je ne dictais pas, Samir, fit Jean-Hugues, le ton de plus en plus détaché. Maintenant, je dicte. « J'ai connu virgule enfant virgule le bonheur de l'explorateur... » Mamadou, soyez plus discret quand vous trichez ! « Le bonheur de l'explorateur qui s'enfonce... »

— Ça va trop vite ! Ça va trop vite ! gémirent Nouria et Aïcha.

— C'est quoi après « bonheur » ? s'informa Miguel à la cantonade.

— De l'explorateur ! cria Mamadou du fond de la classe.

— « Le bonheur de l'explorateur », reprit Jean-Hugues comme si tout ce qui se passait dans sa classe était parfaitement dans les normes, « l'explorateur qui s'enfonce dans une terre vierge... »

— Aouah, Farida, on parle de toi ! lança gaiement Samir.

Pendant cinq minutes, la classe de 5e 6 fut pliée de rire et incapable d'écrire un seul mot.

Le soir venu, Jean-Hugues sortit les dictées de son cartable. Il chercha tout de suite la copie de Sébastien et lui mit 18. Puis il se prépara à aligner les zéros. La copie de Magic Berber lui réservait une surprise. Le jeune garçon avait écrit : *Hier j'ai vu un truc sur mon ordi quand on jouait. cétai une image rouge sang avec des létre noir comme si cétai le titre dun jeu. Le titre cétai un genre de mot comme Gogol mais jai pas bien lu. Le pire cétai la musique comme du violon mais qui fet peur. Jai eu peur et jai apelé ma mère. Mai elle a eu peur aussi parceque sa bouyoir électric elle a fet un éclair et elle a cramer. Cé tout.*

Jean-Hugues dut s'y reprendre à deux fois pour déchiffrer le texte. Puis il écrivit en haut de la copie : *Si c'est la dictée, c'est zéro. Si c'est une rédaction, quelle imagination !* Cédant à son tempérament gamin, il nota Majid : 16 sur 20.

CHAPITRE IV

ET QUE ÇA SAUTE !

La maman de Majid était contrariée. Sa bouilloire électrique ne marchait plus. C'était arrivé assez bizarrement.

La veille Majid jouait dans le salon sur son ordinateur. Mme Badach entendait alterner les cris de triomphe et les pires grossièretés, d'ailleurs sans s'émouvoir. Pour elle, c'était du français courrec tant que Majid jouait avec son professeur. Mme Badach imaginait qu'un long fil électrique enfoui sous le bitume reliait l'ordinateur de son fils à celui de M. de Molenne. Du coup, elle se sentait un peu moins chez elle et craignait de couper le courant chez M. le professeur quand elle éteignait son plafonnier.

Ce soir-là, tandis qu'elle s'activait dans la cuisine, en attendant de pouvoir prendre son thé, elle entendit un grand cri de frayeur dans le salon.

— Emmé ! hurla Majid.

Au même moment, une étincelle jaillit de la bouilloire électrique et l'odeur du plastique brûlé se répandit dans la cuisine.

— Majid ! cria Emmé.

Tous deux se précipitèrent l'un vers l'autre.

— Qu'est-ce qu'il y a ?

Ils tentèrent de s'expliquer. Majid raconta ce qu'il avait vu sur son écran d'ordinateur puis il examina la bouilloire.

— Ben, elle est niquée.

Mme Badach était d'autant plus contrariée que la bouilloire était un cadeau récent de M. Badach. Elle se rendit à Mondiorama où il l'avait achetée et avisa un vendeur en veston rouge qui s'appliquait à ne rien faire, les bras ballants et les yeux dans le vague.

— Bonjour, monsieur, comment tu vas ? fit-elle bien poliment.

— Et qu'est-ce qu'elle veut, la Fatma ? répondit le vendeur avec le plus évident mépris.

— Ci pour la bouilloire, monsieur. Mon mari vient de l'acheter et elle est niquée.

Le vendeur arrondit les yeux. Comme Mme Badach lui tendait la bouilloire électrique, il la prit, vit le plastique fondu et dit d'un ton de pitié :

— Écoute, Fatma, si c'est électrique, ça se met pas sur le feu. Tu comprends ?

Mme Badach comprenait parfaitement. Que le vendeur était raciste. Et qu'il la prenait pour une imbécile.

— Merci beaucoup, monsieur, dit-elle avec autant de douceur que de fierté. Mais je suis pas aussi bête que ti crois. Et je m'appelle pas Fatma.

Quand elle arriva au bas de chez elle, sans avoir laissé sa bouilloire à réparer, elle trouva l'ascenseur en panne. Elle eut un bref instant l'impression qu'on lui en voulait. Mais Majid arriva alors du collège, le sac sur l'épaule, avec son air de petit homme et le cœur d'Emmé fondit plus vite que sa bouilloire. Elle aurait voulu dire à son fils : « Tes yeux brillent comme l'étoile, je pense à toi toujours, quand tu dors, quand tu pars, quand tu reviens. » Elle se contenta de relever le col de son blouson en demandant :

— Ti as pas froid, ce matin ?

— Ah, merde, l'ascenseur est en panne ! répliqua l'insouciant Majid.

Comme il montait les premières marches avec sa mère, il entendit dans son dos un petit pas qui le fit se retourner. Aïcha, sa copine de classe, arrivait à son tour.

— C'est en panne, fit Majid pour dire quelque chose.

— Ça fait du sport, répliqua la petite Malienne pour dire aussi quelque chose.

Majid fit un effort pour trouver la phrase suivante :

— C'est bon pour la santé.

Ils rirent tous les deux. Ils se guettaient l'un l'autre depuis quelque temps. Majid ne s'avouait pas encore qu'il était amoureux. Mais il aurait donné cher pour savoir dire à Aïcha des choses piquantes comme Samir faisait avec Farida.

— Ah !

Ils poussèrent en même temps la même exclamation. La lumière de l'escalier venait de s'éteindre.

— Majid, donne la main ! cria Emmé.

— Mais ça va ! bougonna le garçon. Je suis pas un bébé.

Dans l'ombre, il avait attrapé la main d'Aïcha. Ils montèrent ainsi les trois derniers étages. Sur le palier, la lumière fonctionnait. Aïcha s'écarta vivement de Majid. La petite était élevée sévèrement. Gaie à l'école, elle était muette à la maison.

— Salut ! fit-elle.

— On a plein de boulot, ajouta-t-il, désolé de ne rien trouver de plus rigolo.

Emmé cherchait les clefs dans son sac à provisions. Le regard de Majid suivit Aïcha qui disparut dans l'appartement presque en face du sien.

Une fois dans le salon, un coup d'œil sur l'écran de son ordinateur le consola immédiatement.

`‹Caliméro› Je vous ai mis tout un tas d'aliens au chaud. C'est quand vous voulez pour Special Warrior.`

C'était un de leurs jeux préférés, « déconseillé aux moins de 16 ans ». Majid laissa tomber par terre son sac, son blouson, son écharpe et, oubliant qu'il avait plein de boulot, il tapa fébrilement :

`‹Magic^Berber› envoi je vais te tuer tout sa. tu va même pa comprendre.`

Renonçant à se formaliser pour le tutoiement, Jean-Hugues lança le jeu à travers le réseau. Il s'était bien entraîné en fin de matinée avec le lance-roquettes. Trop bon ! Il voulait montrer ses progrès à un spécialiste. Au bout de vingt minutes, alors que Jean-Hugues était déjà en transe, l'écran de son ordinateur devint soudain uniformément rouge.

— Ah ben, non ! se révolta le jeune homme. Ça va pas recommencer !

Mais cette fois-ci, au lieu de tripatouiller sa souris, il resta les yeux rivés sur l'ordinateur. Des lettres noires bavèrent sur l'écran. Un mot s'afficha. Un seul. « Golem ».

— Golem, murmura Jean-Hugues.

Et une voix profonde lui répondit : « Golem », accentuant le *o* et fredonnant le *m*. Un guerrier apparut, tout au fond de l'écran, sur la gauche, minuscule guerrier casqué, botté, scintillant. Il fit tournoyer, au bout d'une chaîne, une boule dorée hérissée de piquants. De dos, de face, de dos, de face, le guerrier, tournant sur lui-même comme un lanceur de marteau, grossit en s'approchant du centre de l'écran. Le casque était en réalité un heaume masquant totalement le visage.

Le guerrier s'immobilisa, tournant le dos à Jean-Hugues, les jambes écartées et semblant attendre quelque ordre de combat. Les violons qui avaient accompagné le tournoiement dans un crissant crescendo se turent soudain et l'on entendit un bruit semblable au crépitement d'une vieille machine à écrire. Des mots s'inscrivirent sur l'écran, lettre après lettre, mais très rapidement :

`Entre ton nom.`

Il y avait un cartouche noir au-dessous de cette injonction.

— C'est un jeu, se dit Jean-Hugues à voix haute.

Un jeu qui venait parasiter la partie lancée entre Magic Berber et Caliméro. Bien que sur la défensive, Jean-Hugues tapa « Caliméro » dans le cartouche et son surnom dérisoire apparut, blanc sur noir. Le guerrier, restant de dos, fit tournoyer la boule au-dessus de sa tête. Puis il redevint impassible comme s'il attendait toujours les ordres. Les ordres de qui ?

Jean-Hugues hésita. Comment jouait-on à ce jeu ? Sûrement en cliquant sur la souris et en appuyant sur certaines touches du clavier. Jean-Hugues pouvait essayer de faire bouger le petit guerrier. Il posa la main sur la souris et effleura le bouton droit. Le guerrier brandit son arme du bras droit. Jean-Hugues appuya légèrement sur le bouton gauche et le guerrier leva le bras gauche.

— T'es nerveux, mon bonhomme, marmonna Caliméro, amusé.

Il fit glisser la souris vers lui. Le guerrier disparut de son champ de vision. Seule, la masse d'armes en bas de l'écran signalait sa présence, comme si Jean-Hugues était devenu le guerrier maniant l'engin.

En somme, c'était un « shoot them up [1] » moyenâgeux. Pas vraiment le truc de Jean-Hugues. Il préférait les armes qui vous désintègrent à distance, *touvv*, *touvv*, aux massues qui font craquer les os. Comme si l'ordinateur répondait à ses pensées, une rafale de lettres vint s'aplatir sur l'écran :

`Choisis ton arme, Caliméro !`

— C'est marrant, ça, apprécia Jean-Hugues.

Pour rendre le jeu plus interactif, les concepteurs avaient choisi d'interpeller le joueur par le nom du cartouche.

— Mais comment on choisit son arme ? s'interrogea Jean-Hugues.

Il n'eut pas le loisir de chercher une solution. Brusquement, l'image sauta, l'écran redevint uniformément rouge et l'ordinateur se déconnecta.

Jean-Hugues eut très envie de téléphoner à Majid. Avait-il joué avec ce jeu ? Le connaissait-il ?

— Golem, se répéta Jean-Hugues.

Il fit la moue. Il lisait des magazines comme *Génération 4* ou

1. « Tuez-les tous ! »

Joystick. Il ne se souvenait pas d'y avoir trouvé quoi que ce fût sur ce jeu. C'était peut-être une vieillerie. Il se promit de passer au rayon vidéo de Mondiorama et de poser la question à un vendeur.

Le plus urgent, c'était de savoir qui perturbait ainsi la partie. Un petit imbécile de hacker[1] ? Un virus ? Un bogue ? Comment mener l'enquête ? Le plus désagréable serait d'imaginer derrière ces interférences quelque personne malveillante.

Le soir, après avoir éteint la lumière, Jean-Hugues vit dans le coin gauche de son cerveau le petit guerrier casqué. Il tourne, tourne, tourne, dos, face, dos. Dérisoire, avec sa masse d'armes et ses jambes nues, quand il y a de par le monde des monstres, des blindés et les élèves de 5e 6. Jean-Hugues se promit de trouver le jeu Golem.

Le lendemain était un samedi. Le jeune professeur ne travaillait pas. Il proposa à sa mère d'aller faire les courses.

— Si tu veux, accepta Mme de Molenne, heureusement surprise. Et fais donc un saut chez la coiffeuse. On ne te voit plus les yeux.

Du bout des doigts, elle lui repoussa quelques mèches sur le front. Jean-Hugues se laissa faire, pensant à autre chose. Pensant à...

— Golem ? demanda la vendeuse.

— C'est le nom du jeu, dit timidement Jean-Hugues.

La vendeuse sourit. Jean-Hugues concourait dans la catégorie « supermignon », poids plume, grands yeux, l'air de toujours chercher son chemin.

— Vous êtes sûr du nom ? insista la vendeuse. Parce que j'ai pas ça ici.

— Je l'ai vu sur le Net. Ça... ça n'existe peut-être pas dans le commerce, bafouilla Jean-Hugues. Ça... ça ne fait rien.

La jeune fille le dévisageait toujours en souriant. Jean-Hugues soupçonna que s'il lui demandait : « Vous êtes libre, ce soir ? » la réponse risquait d'être « oui ». Il se dépêcha de battre en retraite.

— Ça fait rien, répéta-t-il. Merci.

Il revint chez lui, assez déprimé par une brusque prise de conscience. À vingt-six ans, il avait, en guise de petites amies, une Australienne de Canberra et une Canadienne de Toronto qu'il n'avait jamais vues et qu'il ne verrait jamais. Ses amours étaient virtuelles et son meilleur copain avait douze ans. Il devait y avoir un sérieux bogue dans son programme perso.

1. Spécialiste du piratage informatique.

— Je ne suis pas allé chez la coiffeuse, dit-il à sa mère, le ton agressif, en posant le sac de provisions.

— Je n'y comprends rien, répondit Mme de Molenne, préoccupée. Le micro-ondes ne marche plus. J'ai eu peur. Il a fait une étincelle quand j'ai voulu m'en servir.

Jean-Hugues eut la sensation d'avoir déjà entendu quelque chose de semblable. Qui lui avait parlé de court-circuit et d'étincelle ?

CHAPITRE V

LE PETIT GUERRIER

Un prospectus Pizza Mondialissimo dans la boîte aux lettres de Mme Badach, c'était déjà un événement. Alors, une lettre, une vraie lettre, c'était la fête !

— Ti me lis ? demanda-t-elle, assise toute droite, presque recueillie.

— C'est encore les Trois Baudets, la prévint Majid. Alors, voilà : « Cher monsieur... » Ah ouais ! Ils croivent que je suis adulte. Bon. « Cher monsieur, nous espérons que vous êtes pleinement satisfait de l'ordinateur Nouvelle Génération MC que vous avez gagné, lors de notre dernier concours. Nous souhaiterions vous photographier posant devant l'ordinateur et passer cette photographie dans notre catalogue printemps-été. En contrepartie de ce petit dérangement, nous vous proposons de choisir un de nos jeux vidéo en pages 237-238. » Ouais, trop bon !

Il releva les yeux et lut la panique dans ceux de sa mère.

— Mais ji suis pas coiffée ! s'écria-t-elle.

— Ça fait rien. C'est pour moi, la photo.

— Mais la tapissirie, il est tout abîmée ! Et la tache di plafond ? Ci pas possible, Majid. Qui c'est qu'ils vont penser, les Trois Baudets ?

Exaspéré, Majid leva les yeux au ciel et vit l'énorme tache d'humidité au plafond.

— Mais pourquoi on est pauvres ? s'écria-t-il.

— Si ti es digne, mon fils, y a pas de pauvre, répondit Emmé.

Rendez-vous fut pris chez la coiffeuse. M. Badach repeignit le plafond et posa une nouvelle tapisserie. Les Trois Baudets pouvaient venir.

Le mercredi suivant, le photographe et son assistant débarquèrent chez les Badach. Le photographe parut tout simplement enthousiasmé à l'idée du cliché à prendre.

— Sublime ! dit-il en pivotant sur lui-même pour mieux admirer le minuscule salon-salle-à-manger. Une atmosphère, hein, Jean-Marc ?

— Et la tapissirie ? fit remarquer Mme Badach, non sans une petite pointe de vanité.

— Magnifico ! Hein, Jean-Marc, les Babar sur le mur, ça pète ?

Il se tourna vers son assistant qui avait l'air aussi hébété que lui-même était survolté.

— On va lui tirer le portrait à la dame. Avec le gamin, le napperon sous l'ordinateur bleu, tout ! Ça va être sublime ! Hein, Jean-Marc ? Tu me mets le réflecteur, là. Un projo, ici !

Majid avait l'impression de regarder un mauvais sketch comique. Il s'assit devant son ordinateur et lut le message qui venait d'arriver.

`‹Caliméro› Qui est-ce qu'on tue, aujourd'hui ?`

Majid jeta un sale regard au photographe et marmonna : « *touvv touvv* ». Mais puisqu'on ne pouvait pas touvv-touvver celui-là, on se défoulerait sur les aliens.

Au bout de cinq minutes, la partie fut perturbée pour la troisième fois par ce jeu que ni Jean-Hugues ni Majid n'avaient réussi à trouver dans le commerce. Comme les fois précédentes, l'écran devint rouge, les lettres de « Golem » s'affichèrent et le petit guerrier apparut.

— Superbe ! s'écria le photographe dans le dos de Majid. Alors, le petit, il se bouge un peu sur la droite. Qu'on voie bien l'écran de l'ordinateur. La dame, elle se rapproche. Là. Magnifico ! C'est autre chose que de photographier Cindy Crawford, ça !

Il prit une vingtaine de photos de la mère et du fils, en ne cessant de s'exclamer : « Superbe, magnifico ! » Puis il partit en coup de vent :

— C'est dans la boîte. En route pour la célébrité ! Et après, Hollywood, tout ça... Tchao, le gamin !

Majid haussa une épaule. L'écran venait d'afficher :

`Choisis ton arme, Magic Berber !`

Majid souhaita, souhaita de toute son âme que le petit guerrier ne disparût pas comme les autres fois.

— Reste, dit-il à mi-voix.

Il n'avait pas le mode d'emploi du jeu. Mais en tâtonnant, il trouverait. Dans Special Warrior, pour sélectionner une arme, il fallait appuyer sur la touche]. Majid tenta sa chance. L'écran répondit :

`Cherche mieux, Magic Berber !`

Le *m* était de nouveau souligné. Instinctivement, Majid appuya sur la lettre M du clavier. Quatre armes s'imprimèrent sur le coin droit de l'écran dans un dégradé de gris peu séduisant : une hache, un javelot, une fronde, un arc. Majid se sentit humilié par le jeu comme il l'était par sa vie.

— Mais c'est nul, ça !

Malgré tout, il cliqua sur l'arc. Celui-ci parut s'arracher de l'écran et virevolter dans les airs. L'effet de profondeur était saisissant. Le guerrier tendit le bras et l'arc s'y emboîta comme une prothèse. Il poussa un « Yaho ! » bref et victorieux.

— Et t'en fais quoi, banane ? l'apostropha Majid.

Ce n'était pas avec ses petites flèches qu'il dégommerait les psychopathes, les aliens et les terroristes !

Toujours tâtonnant, Majid appuya sur la flèche « haut » du clavier. Le petit guerrier, qui tournait le dos, envoya une flèche vers le haut de l'écran. Un *chtoc* creux fit vibrer l'ordinateur. La flèche s'était plantée. Dans quoi ?

Majid se mit à jouer avec les quatre flèches du clavier, haut, bas, gauche, droite. Le guerrier distribua ses flèches à une vitesse ahurissante, toutes jaillissant dans un sifflement et se fichant dans une cible invisible.

— Trop bon ! s'exclama Majid.

Il avait envie de partir à la conquête du monde, l'arc bien en main, le pas agile. Il allait *les* tuer, trouver le trésor et épouser la princesse Aïcha. Majid avait joué à des dizaines de jeux. Jamais il n'avait éprouvé un tel désir de se battre. La Force était en lui.

— Avance, toi, dit-il au petit guerrier.

Dans Special Warrior, il fallait appuyer sur la touche Q pour avancer. Mais la touche Q fit faire un saut périlleux au bonhomme. Majid éclata de rire puis il enfonça la barre d'espace. Le guerrier se mit en route, *toc*, *toc*. Majid se retourna. Le martèlement du pas était tellement présent qu'il avait envahi le salon.

Pendant dix bonnes minutes, Majid passa en revue toutes les commandes possibles. En somme, il devait trouver tout seul les règles du jeu. Par exemple, le W faisait ramper et quand on appuyait sur le chiffre 1, la flèche s'enflammait. Restait à savoir comment démarrer le jeu. Dans Special Warrior, il suffisait d'appuyer sur la touche ECHAP et un menu vous proposait une partie avec différents niveaux de difficulté. Dans Golem, rien ne semblait possible, hormis l'entraînement physique du petit guerrier. Majid sentait monter l'exaspération. À quoi bon toutes ces performances s'il était le seul à se savoir invincible ? Soudain, avec son bruit de mitraillette, l'écran afficha :

`Pour connaître ta première mission, tape : E.`

Mais, au même moment, l'écran se brouilla et le jeu disparut.

— Ah non ! cria Majid.

C'était une frustration, une rage, un désespoir ! Il lui fallait ce jeu, il lui fallait ce jeu, il lui fallait ce jeu !

Le lendemain, en cours de français, Majid comprit au premier regard que Jean-Hugues était dans le même état que lui. Ils durent attendre la fin de l'heure pour pouvoir se parler. Majid fit semblant de renverser tout le contenu de sa trousse pour traîner en classe après les autres.

Jean-Hugues s'approcha de lui. Il ne savait pas trop ce qu'il pouvait dire, ce qu'il devait taire. Pas de copinage avec les élèves ! L'œil de ses collègues était sur lui.

— Vous avez encore eu un problème, hier soir ? fit-il, feignant l'indifférence.

— T'es allé jusqu'où dans le jeu ? répondit avidement Majid. Moi, j'ai pas pu faire ma première mission.

— Moi non plus ! s'écria Jean-Hugues. Mais j'ai eu mon arme.

— L'arc ? Trop bon !

— Ah ? Mais moi, j'ai un lance-flammes.

— *Touvv touvv ?*

— Non, *flusshhh*. Mais bien aussi ! Ça nettoie tout à cent mètres.

Ils se regardèrent. Tout de même, c'était incompréhensible. Ce jeu squattait leur partie commune et pourtant ils y jouaient, chacun de son côté.

— Pour le faire avancer... commença Majid.

— C'est la barre d'espace. Et vous avez vu ce méga coup de pied ? Quand on tape la touche Alt...

— Et Q ? Trop mortel, le saut qu'il fait !

— J'ai commencé à tout noter. Parce que autrement on va oublier.

Ils se turent.

— C'est bizarre, quand même, remarqua Majid, le ton mal assuré.

— Un coup de pub ? hasarda Jean-Hugues. Le lancement d'un jeu...

— Faudrait que je vous montre quand je tire mes flèches enflammées ! dit Majid, repris par sa passion. *Ssssatch !*

Il fit un grand geste du bras pour traverser l'espace :

— Ça déchire à mort ! Et on dirait du vrai feu, quoi !

— Quand ça va commencer à saigner, ça va être mieux que du vrai !

Un léger bruit fit tressaillir Jean-Hugues. Ça venait de la porte d'entrée. Samir était revenu sur ses pas. Samir les écoutait.

Il ricana, baissa la tête comme pour donner ce fameux coup de boule des 5e 6. Il aurait voulu trouver une plaisanterie bien piquante. Mais il était scié. Majid et le prof qui parlaient de jeux vidéo comme deux copains ! Il tourna les talons sans avoir rien trouvé à dire. C'était bien la première fois que sa tchatche se trouvait à court de munitions.

Il revint vers les Colibris, méditatif. Il y avait deux Samir. L'un espiègle, insupportable et irrésistible à la fois. L'autre solitaire et tragique.

« Majid, le gentil Majid », se disait-il en grinçant des dents. Majid et son papa qui travaillait jour et nuit. Le père de Samir était au chômage. Majid et ses six frères. Samir n'avait qu'une petite sœur. Une petite sœur condamnée par la maladie. Majid et Emmé, ses bons gâteaux et son thé. La mère de Samir fumait au lit jusqu'à midi.

Or, voilà que Majid trahissait les 5e 6, qu'il passait du côté du prof. Il fallait lui faire payer ça. Samir ne pouvait pas s'avouer qu'il aurait mille fois préféré être Majid. Ce petit crétin de Majid. Ce gros bouffon de Majid. La colère lui gonflait le cœur. La colère. Le chagrin.

Tout en marchant, il élaborait son plan. Il allait devenir le copain de Majid. Oui. Et il allait entraîner le jeune Berbère dans une embrouille à mettre la honte à toute la famille Badach jusqu'à la troisième génération. Oui, oui, c'était ce qu'il fallait faire. Et prouver à ce gros nul de prof que Majid valait la même chose que Samir. C'est-à-dire rien.

CHAPITRE VI

AÏCHA NE VEUT PAS QU'ON PARLE SUR ELLE

Majid était le dernier-né. Aïcha était l'aînée. C'était toute la différence. Aïcha avait trois petits frères et une petite sœur.

Dès qu'elle rentrait du collège, elle travaillait. Pas à ses exos de maths. Elle allait chercher le pain, sortait le linge de la machine, surveillait celui qui commençait à marcher, donnait le biberon à la dernière. Puis mettait le couvert, jetait les nouilles dans l'eau bouillante, changeait la couche de la petite.

— Aïcha ! Aïcha !

Jusqu'à l'heure du coucher, sa mère l'appelait. Toujours quelque chose à faire. La maman n'était pas méchante. Elle était tout simplement débordée. Le père était sévère. Les claques tombaient. Sur le petit qui avait cassé un verre, sur le bébé qui pleurait à l'heure des informations. Sur Aïcha parce qu'elle n'avait pas empêché le frère de casser le verre, parce qu'elle restait plantée devant la télé au lieu de faire taire le bébé. Ce n'était pas l'enfer. Ce n'était pas une vie non plus. Aïcha avait dit un jour à Nouria :

— Chez moi, je suis un robot.

Parfois, dans sa tête, elle jouait au robot et se disait d'une voix mécanique : « Changer le bébé, bébé changé. Laver le poisson, poisson lavé... »

Dans son lit, Aïcha rêvait qu'elle était sur une autre planète. Elle devenait la princesse Aïcha et elle commandait aux robots. Elle leur disait de faire sa fiche de lecture. Parce que M. de Molenne était bien gentil, mais elle n'avait vraiment pas le temps de faire son travail d'école ! Heureusement, elle copiait tout sur Nouria.

Manque de chance, ce jeudi, Nouria était absente. Et c'était contrôle de conjugaison.

— Hé, Majid, demanda Aïcha dans le couloir, je peux me mettre à côté de toi en français ?

Majid ne se fit pas d'illusions. Ce n'était pas une déclaration. C'était pour le contrôle de conjugaison.

— T'aurais une meilleure note avec Sébastien, remarqua Majid.

— Oh, ce gros bouffon ! fit Aïcha, dédaigneuse.

Elle ne voulait pas avoir 20. Juste la moyenne pour ne pas se faire taper à la maison. Elle s'assit donc à côté de Majid, presque en face du prof. Jean-Hugues avait déjà écrit les consignes au tableau : « Verbe voir au futur, verbe croire à l'imparfait... »

On commençait à s'échanger les informations au fond de la classe. Mamadou consultait carrément son manuel.

— Mamadou, rangez votre Bescherelle ou je vous enlève cinq points !

— C'est juste pour vérifier si j'ai bon, m'sieur ! répondit le grand Black sur ce ton indigné qu'il affectionnait.

Pendant quelques instants, une activité presque studieuse régna dans la classe des 5e 6.

— Majid, remarqua Jean-Hugues, passez carrément votre copie à Aïcha. Vous lui éviterez un torticolis.

Quelques bonnes âmes ricanèrent, surtout parce que le prof avait associé Majid et Aïcha.

— La touche, Majid ! cria Miguel.

Magic Berber adressa un sourire exaspéré à Caliméro comme pour lui dire : « Merci du service, mon vieux ! Tout le monde va se payer ma tête... » Samir guettait chacun de leurs échanges, enrageant au moindre signe de complicité.

Jean-Hugues se déplaça entre les rangs pour mener la vie dure aux grugeurs. Il jeta au passage un coup d'œil sur la copie de Majid : « *Je voirai, tu voiras... Je croivais, tu croivais...* » Jean-Hugues ne put s'empêcher de soupirer.

— Quoi ? fit Majid en relevant brusquement la tête.

Caliméro lui posa la main sur l'épaule pour le calmer puis il revint à son bureau. Étaient-ce les vertus de la conjugaison ? Les 5e 6 étaient paisibles. Soudain, Jean-Hugues croisa le regard noir de Samir.

— Vous avez fini, Samir ?

— Non, dit lentement le garçon. Je commence.

Et, de toute l'heure, Samir ne sortit aucune insolence.

À la fin de l'après-midi, Majid profita de la cohue de la sortie pour glisser à Aïcha :

— On rentre ensemble ?

Après la réflexion de M. de Molenne en cours, si Aïcha revenait avec Majid, on allait lui faire une réputation.

— J'ai mon frère à aller chercher, murmura-t-elle pour se débarrasser de Majid.

Majid ne répondit rien et détourna la tête comme s'il n'avait jamais cherché à parler à Aïcha. Chacun revint seul, par un chemin différent, Aïcha pensant à Majid et Majid pensant à Aïcha. C'était comme ça.

— Aïcha ! cria la maman dès que la fillette eut passé la porte. J'ai plus de lait pour le bébé !

Aïcha posa son sac à ses pieds et regarda fixement le mur en face d'elle. Fatiguée. Elle était fatiguée. La nuit était tombée. La froide nuit de février.

— Aïcha ! cria la mère. Tu m'entends ? Tu vas voir ton père si j'y dis !

Des larmes montèrent aux yeux de Aïcha.

— Mais j'y vais ! cria-t-elle à son tour.

Elle prit le petit porte-monnaie dans la cuisine et ressortit en claquant la porte. Elle appuya sur le bouton de l'ascenseur et attendit. Une longue minute. Elle appuya de nouveau.

— Ah, non ! fit-elle en donnant un coup de pied dans la porte de l'ascenseur.

Il était encore en panne. Elle descendit les marches trois par trois, son cœur s'allégeant à chaque étage. Il n'y avait pas de place en elle pour la rancune.

Mondiorama était de l'autre côté de la cité. Aïcha n'aimait pas cet endroit. Les grands y traînaient toujours, appuyés sur leur Mob. Ils faisaient des réflexions sur Aïcha quand ils la voyaient parce qu'elle était jolie, avec son long cou de reine et ses yeux en amande.

En arrivant devant le supermarché, elle reconnut les grands, encore dehors malgré le froid. Deux d'entre eux faisaient vrombir leur Mobylette. Un autre avait apporté son magnéto et poussait à fond le dernier Khaled. Aïcha espéra qu'une Black dans la nuit passerait encore plus inaperçue qu'un chat gris.

— Aïcha ! s'écria une voix qu'elle connaissait.

Devait-elle se réjouir ? C'était Samir. Il s'approcha d'elle à grandes enjambées.

— Sur le Coran de La Mecque ! T'as rendez-vous avec Majid ?

— Écoute, fit la petite, moi, je parle pas sur toi. Alors, toi, tu parles pas sur moi !

C'était dit avec une telle force que Samir eut un pas de recul.

— Je parle pas sur toi, Aïcha, riposta le garçon sur un rythme de rap. Un reubeu, ça parle pas d'une keubla.

Il sautillait, prêt à se sauver au cas où Aïcha chercherait à le frapper.

— Sauf Majid, Aïcha. Majid, il t'aime !

La fillette leva le bras pour taper. Samir s'esquiva en lançant à tue-tête :

— Mais Majid, il est timide ! Je parle pas sur toi, Aïcha, je parle pour Majid !

— Imbécile, dit la petite entre ses dents.

Elle était à la fois fâchée et contente. Est-ce que Majid avait dit à Samir qu'il avait tenu la main d'Aïcha dans l'escalier ? Ça ne se faisait pas de raconter ces choses-là. Après, tout le monde parlerait sur elle. C'était sa hantise. Qu'on ricane dans son dos : « Ah, ah, Majid et Aïcha. » Mais si Majid l'aimait pour de vrai ?

Quand elle fut de retour aux Colibris, une mauvaise surprise l'attendait. Non seulement l'ascenseur était toujours en panne, mais la minuterie de l'escalier ne fonctionnait plus. Monter seule douze étages dans l'obscurité, ce n'était pas le pire. Le pire, ce serait de croiser quelqu'un.

La fillette posa la main sur la rampe glacée et chercha du bout du pied la première marche de l'escalier. Arrivée au premier étage, elle n'avait toujours rien percé de l'obscurité, mais elle s'accoutumait à grimper en aveugle. Elle essayait de ne pas respirer trop fort pour ne pas signaler sa présence. Il lui semblait pourtant que son souffle emplissait toute la cage de l'escalier. Elle comptait dans sa tête. Quatrième étage. Cinquième étage.

Soudain, elle entendit, venant du palier supérieur, le bruit d'une porte qu'on ouvre. Quelqu'un appuya sur l'interrupteur, en vain, puis déversa une flopée de gros mots. C'était un homme.

Aïcha avait dans la tête toutes sortes de récits que se faisaient les filles du collège. Des rencontres dans les escaliers. Des viols dans les caves. Des rumeurs. *Tu sais, cette fille rousse qu'on n'a jamais revue...* Terrifiée, Aïcha choisit de se plaquer contre le mur. Elle entendit le pas lourd, le souffle rauque. Ce devait être un gros homme. Il n'allait pas vite. S'arrêtait pour pester. Repartait. Il passa tout près d'Aïcha. Oh ! Si près... Une odeur de cigarette. La petite s'écrasa contre le mur à s'en faire mal aux os. L'homme poursuivit sa descente. Merci, mon Dieu ! Ne se souciant plus de discrétion, Aïcha s'élança jusqu'au douzième.

Une fois sur son palier, elle se sentit hors de danger et se laissa aller à rire toute seule, le visage enfoui dans ses mains. Quand elle raconterait ça à Nouria ! Elle en rajouterait un peu. Elle dirait que l'homme l'avait frôlée. Enfin calmée, Aïcha releva la tête et resta bouche bée.

Une petite fumée, visible malgré l'obscurité, montait vers le plafond. D'où sortait-elle ? Ouf, pas de chez Aïcha. Ça venait d'un peu plus loin.

— Majid, murmura la petite.

La fumée semblait sortir de dessous la porte.

— Au feu ! fit Aïcha d'une voix étranglée.

Mais c'était une fumée qui ne sentait pas le feu. Et qui était bleue. D'un blanc bleuté, comme éclairé du dedans. C'était d'abord un filet qui s'échappait de l'appartement des Badach. Il s'élargissait en montant et ondulait au plus léger courant d'air.

Le nuage de fumée était traversé par moments d'éclairs rapides, plus lumineux que le reste. Tout au bord du nuage crépitait de temps à autre une petite étincelle d'un bleu électrique. Que se passait-il chez les Badach ?

Aïcha n'osait pas s'approcher de l'étrange phénomène. Elle avait surtout envie de retrouver la marmaille familière et les « Aïcha ! Aïcha ! » de sa mère. Doucement, en rasant le mur, elle se rapprocha de sa porte, gardant les yeux sur le nuage de fumée. Elle prit la clef dans sa poche, l'enfonça dans la serrure, ouvrit.

— Aïcha, mais tu en as mis un temps ! Ton père est rentré.

La fillette jeta un dernier regard derrière elle. Le couloir était plongé dans les ténèbres. La fumée s'était effacée comme si elle n'avait jamais existé. Aïcha referma la porte d'un coup de talon et resta quelques secondes pétrifiée.

— Qu'est-ce que tu as ? dit le père assez rudement. Tu es malade ?

Aïcha porta la main à sa tête. Est-ce qu'elle était folle ?

— Non, ça va, bredouilla-t-elle. J'ai couru.

Elle n'avait pas l'habitude de se confier. Même à sa meilleure amie, elle ne disait pas grand-chose.

Le lendemain, dans la cour du collège, Aïcha aperçut Majid et se mit à l'observer. Cette fumée sans odeur, elle était sortie de son appartement. Il ne pouvait pas l'ignorer.

— Ça va ? lui demanda Aïcha.

— Ça va. Samir, il t'a vue, hier soir.

Aïcha sortit tout de suite les griffes :

— Quoi, il m'a vue ?

Majid se recula :

— Ben, à Mondiorama.

Aïcha haussa les épaules. Tout se savait dans cette cité. Tout le monde s'épiait pour des riens.

— Les garçons, ça fait autant les grosses commères comme les filles, remarqua Aïcha, méprisante. C'est rien de mal d'aller à Mondiorama.

— Mais j'ai pas dit ça ! protesta Majid, dépité.

Il avait voulu se faire valoir, en montrant à Aïcha qu'il était devenu l'ami du redoutable Samir.

— Et d'abord, tu parles pas sur moi avec Samir, ajouta Aïcha, farouche.

Majid sentit une grosse boule dans sa gorge. Il n'était pas vraiment amoureux. Mais quand même un peu.

CHAPITRE VII

GOLÉMIA

De temps en temps, des jeux suspects apparaissent puis disparaissent sur Internet, sans qu'on sache comment ni pourquoi.

Avec Golem, Jean-Hugues ne voyait pas où les concepteurs souhaitaient entraîner les joueurs. Dans quel univers ? Pour quelle quête ?

Un matin, il se retrouva en face de sa première mission après avoir appuyé sur la lettre E. Son écran s'ouvrit par le milieu comme un rideau de théâtre et le décor du jeu apparut. C'était un couloir où des torches jetaient d'inquiétantes lueurs sur des portraits anciens. De chaque côté du corridor, comme il fallait s'y attendre, il y avait trois portes fermées.

— Allez, mon petit gars, on y va, dit Jean-Hugues au guerrier.

Il appuya sur la barre d'espace pour le faire avancer et relâcha sa pression devant la deuxième porte de droite. Comment entrer dans la pièce ? Jean-Hugues appuya très classiquement sur la touche Entrée. La porte s'ouvrit et le joueur aperçut devant lui une immense salle, sombre et peu engageante. Il était trop tard pour reculer.

Toc, toc, toc, le petit guerrier fit résonner ses pas. Un *grmmmfssch !* terrifiant sortit du haut-parleur. Un dragon ! Jean-Hugues appuya précipitamment sur la touche 6 pour récupérer son arme :

— Aboule mon lance-flammes !

Puis il cliqua en se réjouissant d'avance :

— Toi, mon gros, tu vas pas comprendre !

L'arme crachota un minable *flussshh*. Le dragon riposta par un énorme jet de feu.

— Okay, laisse tomber, fit Jean-Hugues, désabusé.

Le guerrier n'était plus qu'un petit tas de cendres et l'écran afficha :

`Cramé !`

`› recommencer la partie`

`› quitter la partie`

Jean-Hugues se dépêcha de cliquer sur « recommencer la partie ». Sa seule peur, c'était que le jeu se désinstalle brusquement. Car il ne savait absolument pas comment le capturer.

— Bon, alors, cette fois, on va faire dans l'ordre, se raisonna Caliméro. Première porte, droite.

Le guerrier entra dans une sorte de salle du trône. Mais à la place du roi, sur un coussin de pourpre, il y avait... une muselière. Jean-Hugues ricana. C'était une énorme muselière pour une énorme gueule.

— Cha, ch'est pour mon dragon, cha, bêtifia Jean-Hugues.

Il fit se précipiter le petit guerrier vers la muselière sans prendre garde aux deux armures placées de part et d'autre du trône. Les deux armures s'animèrent et abaissèrent chacune leur hallebarde. *Tchac*, *tchac* sur le petit guerrier.

— Mais quel con ! s'exaspéra Jean-Hugues.

L'écran afficha :

`Saucissonné !`

`› recommencer la partie`

`› quitter la partie`

Jean-Hugues redémarra, entra de nouveau dans la salle du trône, dégomma les armures au lance-flammes, *flusshh*, *flusshh*, et cliqua sur la muselière. Cette fois-ci, c'était gagné. Enfin... presque. La muselière à la main, le petit guerrier retourna dans la deuxième pièce et bondit sur le côté pour éviter le jet de feu. Jean-Hugues appuya sur la touche Alt et le dragon se prit un méga coup de pied dans les trous de nez.

— Kaï, kaï, gémit-il en s'aplatissant.

Le guerrier lui passa la muselière.

— Eh bah, voilà, pas plus dur que ça ! triompha Caliméro.

Les concepteurs du jeu n'étaient pas trop vicieux. Jean-Hugues en profita pour souffler un peu. Et admirer le décor plein d'ombres inquiétantes.

Techniquement, esthétiquement, ce jeu était une merveille. Les bruitages étaient impressionnants de réalisme. Le guerrier se déplaçait naturellement, le dragon était d'un comique irrésistible. Ses yeux rouges étaient devenus bleus. Il ronronnait aux pieds du guerrier, attendrissant comme un chaton monstrueux. Des flammes lui sortaient encore par la gueule mais ce n'étaient plus que de ridicules crachotis de bébé dragon. L'écran afficha :

Pour connaître ta deuxième mission, tape EM.

Jean-Hugues obéit et, aussitôt, le dragon releva la tête. Les yeux suppliants, il se mit à émettre des *mmmhummhu* derrière sa muselière. Il voulait parler, sans doute pour indiquer la voie à suivre. Mais comment lui ôter sa muselière ? Intuitivement, Jean-Hugues enfonça la touche ECHAP. La muselière se détacha. Les yeux bleus redevinrent rouges. Le dragon se dressa sur ses pattes arrière et de toutes ses forces souffla un jet de feu. *Grrrmffffushshsh !* Sur le petit guerrier.

— Merde ! hurla Jean-Hugues, en se reculant dans son fauteuil comme s'il risquait lui-même d'être carbonisé.

L'écran triomphait :

Ah, ah, je t'ai eu !

— Qu'est-ce qui se passe ? demanda Mme de Molenne, alertée par le hurlement.

— Hein ? Rien.

Jean-Hugues fit effort pour se calmer. Un peu plus et il fondait en larmes.

— Rien, répéta-t-il, lugubre.

Mme de Molenne eut une petite mimique interrogative puis referma la porte. Elle était psychologue et se demandait parfois ce qu'elle avait pu faire à son fils pour qu'il en soit encore là.

Avec l'acharnement du joueur de jeu vidéo, Jean-Hugues refit tout son parcours et ne se laissa plus prendre aux supplications de son dragon.

— C'est ça, *mmmuummu*, le nargua-t-il.

Indécis, il promena la flèche de son curseur sur tout l'écran, cherchant ce qu'il pouvait bien faire pour se sortir de cet endroit. Soudain, au pied d'une des voûtes de la salle, la flèche se transforma en une petite main invitant le joueur à cliquer.

— C'est quoi, ça ? marmonna Jean-Hugues en plissant les yeux. C'est pas... ? Mais si !

C'était une selle. Une selle pour chevaucher le dragon. *Clic.* La selle se posa sur le dragon. Le petit guerrier monta en selle et l'écran se déchira de nouveau, comme un rideau de théâtre.

— Génial ! s'extasia Jean-Hugues.

Il volait à dos de dragon. Au-dessous de lui, il y avait le château qu'il venait d'explorer. Au-delà, c'étaient des collines, des prairies, des villages aux cheminées fumantes, tout un monde !

Après un survol vertigineux de quelques secondes, une carte s'afficha dans le coin gauche de l'écran. Une de ces vieilles cartes jaunies où un géographe plus artiste que scientifique a dessiné des grottes, des forêts, des montagnes. Des noms de villes ou de fleuves étaient calligraphiés en belles lettres gothiques à peu près illisibles.

Jean-Hugues aperçut au même moment plusieurs objets mis à sa disposition au bas de l'écran : une fiole, une loupe, une lampe, une boussole, une clef. Il cliqua sur la loupe et celle-ci vint se promener sur la carte. Les noms devinrent lisibles : Tamza, Icarie, Tulamor et Golémia.

— Hmm... Golémia, réfléchit Jean-Hugues à voix haute. Ça doit être la capitale du pays.

Il reprit son curseur et le balada à travers le pays. La petite flèche se transformait en main à chaque nom de ville. Était-il possible de se rendre dans tous ces lieux d'un simple clic de souris ? Jean-Hugues tenta sa chance sur « Golémia ». Alors, le dragon battit des ailes, vola au plus haut de l'azur puis descendit en piqué vers une ville enserrée de murailles. Golémia !

Une nouvelle carte s'afficha, celle de la ville.

— Incroyable ! murmura Jean-Hugues.

Il y avait des noms de rues, de ruelles, de places, d'impasses, de monuments, de ponts que la loupe faisait apparaître en se déplaçant : Pont-aux-Corneilles, rue du Roi Ivan V, place Taliva, ruelle des Pendus, auberge du Bec d'Or... Le dragon survolait la ville, une ville grouillante et bruissante où l'on devinait un marché, une forteresse, des églises, des taudis, des palais.

Soudain, un jet de flèches traversa l'écran. Horreur ! Il y avait des archers sur les murailles de la cité et ils tiraient sur le dragon. Une flèche lui transperça une aile.

— Mais mon Bubulle, ils vont me le tuer !

Dans son désarroi, Jean-Hugues venait de baptiser sa monture. Bubulle commença à perdre de l'altitude. En manœuvrant la souris, Jean-Hugues le fit virer sur l'aile et l'éloigna de Golémia l'inhospitalière. L'atterrissage s'effectua dans un champ, entre deux bottes de foin. Jean-Hugues avait remarqué en haut de l'écran une petite barre rouge qui allait s'amenuisant. Probablement le temps de vie ou les réserves d'énergie du dragon. Que faire ? Bubulle perdait du sang et pleurnichait. *Mmuumuumu...*

Jean-Hugues eut un éclair de génie : la fiole ! Vite, il s'en empara d'un clic. Elle se plaça entre les mains du petit guerrier qui put soigner sa monture. La barre rouge s'emplit de nouveau. Sauvé ! Mais c'était un joker que le guerrier ne pourrait plus utiliser. Jean-Hugues était si absorbé par son dragon, par son guerrier, par Golémia et ses archers qu'il n'entendit pas le téléphone sonner.

— Jean-Hugues ! l'appela Mme de Molenne.

Elle entra dans le bureau :

— Jean-Hugues, c'est pour toi !

— Mmmummu, marmonna le jeune homme, les yeux sur son écran.

— Mais Jean-Hugues ! C'est une collègue à toi. Tu sais, la prof de SVT ?

Jean-Hugues regarda sa mère comme si elle lui parlait de choses totalement étrangères, d'une autre époque ou d'un autre univers.

— La prof de SVT, répéta Mme de Molenne, alarmée. C'est pour préparer le conseil de classe, tu sais, au collège ?

— Oui, fit sagement Jean-Hugues. Le conseil de classe, la prof de SVT.

Il n'était pas encore tout à fait là.

— Oh, regarde ! s'exclama sa mère.

L'écran était devenu tout rouge.

— Non ! hurla Jean-Hugues. Mon jeu !

Il s'était désinstallé et Jean-Hugues n'avait même pas eu le temps d'enregistrer sa partie.

— Oh, non, murmura-t-il, navré, chaviré, désespéré.

— Jean-Hugues, te mettre dans des états pareils... commença Mme de Molenne.

Elle aurait voulu ajouter : « Enfin, quoi, ce n'est pas la vraie vie. Sors, rencontre des jeunes filles, amuse-toi ! » Mais comme, depuis qu'il était né, elle avait peur de le complexer, elle se contenta de lui dire :

— Tu peux aller répondre à ta collègue ?

La prof de SVT était une charmante personne sur laquelle Mme de Molenne fondait quelque espoir. Elle s'appelait Nadia, elle était blonde, elle avait un gentil cheveu sur la langue et Jean-Hugues avait dû parler d'elle à deux ou trois reprises. Mais surtout, Mme de Molenne avait vu Nadia parler à son fils, à une sortie de cours. Elle était visiblement amoureuse de lui. Elle riait trop fort, elle minaudait. Bref, n'importe quel 5e 6, voyant ce cinéma, se serait écrié :

— La touche, Jean-Hugues !

Jean-Hugues, lui, n'avait encore rien remarqué. Sinon que la prof de SVT était blonde et qu'elle zézayait.

— Allô ! fit-il un peu brusquement.

— Zean-Hugues ? Ze vous déranze ?

— Pas trop, répondit Jean-Hugues, en veine d'amabilité.

Nadia voulait lui parler du prochain conseil de classe et des élèves de 5e 6 qui posaient problème.

— Vous avez des difficultés avec Samir, ze crois ? demanda-t-elle.

— Non. C'est juste que j'ai envie de le tuer.

Nadia toussota. Son cher collègue n'avait pas l'air d'être dans un bon jour.

— Il faudra aussi parler des élèves qui ne perturbent pas le cours, mais qui ne fichent vraiment rien.

Jean-Hugues fronça les sourcils.

— À qui pensez-vous, en particulier ?

— À Mazid...

Aïcha aussi y pensait. À Majid, en particulier. Elle n'arrivait pas à savoir s'ils étaient fâchés. Ils se disaient encore « bonjour », le matin. Mais Majid n'ajoutait plus : « Ça va ? » Plus Aïcha y pensait, plus elle trouvait Majid bizarre. Et cette fumée bleutée qu'elle avait vue sortir de son appartement ? Elle n'avait pas rêvé, pourtant.

Un soir, en revenant du collège, elle trouva le courage de s'approcher de la porte des Badach. La minuterie avait enfin été réparée et elle put voir sur le mur, le long du chambranle, une longue trace noire. Comme une trace de brûlé. Elle avança la main pour la toucher. Dès qu'elle effleura le mur, elle ressentit une petite décharge électrique. Rien de très douloureux. Ce qu'on ressent parfois en touchant une portière de voiture. Un peu d'électricité statique. Mais Aïcha en eut un recul de crainte. L'étrange fumée avait, elle aussi, des crépitements, des zébrures électriques.

Décidément, non, elle n'avait pas rêvé.

CHAPITRE VIII

GOLEM CITY

« Il est loin d'être sot. » Telle était l'opinion générale sur Samir. Jean-Hugues jeta un regard circulaire sur ses collègues présents au conseil de classe des 5e 6.

— Il est même très intelligent, dit-il avec amertume.

Il avait encore eu de sérieux problèmes de discipline avec lui, le matin même.

— Il n'a pas de mauvais résultats, remarqua Nadia, la prof de SVT.

— C'est le comportement qui laisse à désirer, ajouta Mme Dupond, la prof d'anglais.

— Il est odieux ! s'emporta Jean-Hugues.

Il y eut un petit silence. Les deux délégués de classe, Sébastien et Nouria, attendaient que tombe le verdict. Conseil de discipline or not conseil de discipline ?

— Il ne faut pas être trop négatif, fit la toute petite voix de la toute petite Mme Lescure, professeur de mathématiques. Moi, j'ai 12 en géométrie, 13 en travaux numériques.

Du bout de son stylo, elle pointait les notes de Samir sur son petit cahier. Nadia devina que son cher Jean-Hugues allait craquer et hurler sa haine du gamin.

— On pourrait mettre : « perturbe les cours » ? suggéra-t-elle.

Tout le monde autour de la table savait que les parents de Samir signeraient le bulletin sans s'interroger sur le sens du verbe « perturber ».

— Très bien, c'est ça, approuvèrent-ils d'une seule voix.

À l'exception de Jean-Hugues qui se mit à gribouiller sur son papier.

— Bon, alors... Aïcha, à présent, reprit Mme Dupond, professeur principale des 5e 6. On pourrait d'ailleurs parler de Nouria en même temps ?

Les professeurs sourirent. Nouria avait tressailli.

— Tu comprends bien, Nouria, que nous ne sommes pas nés de la dernière pluie, commença Mme Dupond.

La déléguée de classe joua les effrontées :

— Quoi ? Qu'est-ce qu'y a ?

— Il y a que vous trichez dans toutes les matières, lui fit observer Nadia. On devrait couper votre moyenne en deux.

— En orthographe, ça ferait 1,5, remarqua Jean-Hugues.

Les professeurs rirent discrètement. Nouria jeta un regard noir à Jean-Hugues. Aïcha copiait tout sur elle. Mais jamais elle ne trahirait sa copine.

— Il faut quand même voir les points positifs, fit la petite voix de Mme Lescure. Moi, j'ai 11 en géométrie. C'est deux points de mieux qu'au premier trimestre.

— Elles trichent mieux, fit Mme Dupond. C'est un progrès, si on veut. Bon, qu'est-ce qu'on met à Aïcha ?

Nouria tremblait. Pas pour elle. Pour Aïcha. Elle avait baissé les yeux. Fini de jouer les effrontées.

— Aïcha a un père très sévère, dit soudain l'autre délégué.

Tous les regards convergèrent vers Sébastien. C'était un jeune garçon très beau, très gentil, très doué que les 5e 6 appelaient unanimement « l'autre gros bouffon ».

— Qu'est-ce que tu veux dire ? demanda doucement Mme Dupond.

— Ben... ça.

Sébastien ne pouvait pas révéler que Aïcha se faisait souvent gifler. Elle lui en avait fait un jour la confidence pour obtenir sa fiche de lecture. Les professeurs n'insistèrent pas. Ils savaient parfaitement que nombre de leurs élèves avaient des conditions de vie très dures.

— On pourrait mettre que Aïcha « doit fournir un effort personnel » ? fit la petite voix.

Tout le monde admira la subtilité du commentaire.

— Un effort « personnel », c'est ça, très bien !

— Et pour le 3, monsieur de Molenne, est-ce qu'on ne pourrait pas...

— Mettez-lui 15 ! fit Jean-Hugues, désinvolte.

Tout le monde désapprouva d'un hochement de tête. Décidément, Jean-Hugues n'avait pas la manière.

— Il ne faut pas décourager les enfants, fit la petite voix. Sans leur mentir, on peut souligner les points positifs...

— Mettez-lui 9, lâcha Jean-Hugues, de plus en plus isolé.

Nadia aurait voulu le consoler. Mais ce n'était pas vraiment le bon endroit pour les câlins.

— Là, reprit Mme Dupond, j'ai Majid. Qui est-ce qui veut parler de Majid ?

Jean-Hugues ouvrit la bouche mais se fit ravir la parole par Mme Lescure.

— Alors, lui, fit la petite prof de maths, il faut lui tirer les oreilles ! Il a tout ce qu'il faut pour bien réussir. Sa maman est charmante. Son père est un monsieur très bien. Majid est intelligent. Mais il ne fait rien. Ni en classe ni chez lui.

C'était le réquisitoire le plus sévère qui eût été prononcé jusqu'à présent. Ça sentait le redoublement. Le cœur de Caliméro s'était emballé.

— Alors, ça... c'est... c'est incroyable ! bafouilla-t-il. C'est un gosse qui... qui ne pose aucun problème. Aucun !

— Oh, c'est sûr, il fait ses petits coups en douce, répliqua Mme Dupond.

— Mais quoi ? Quels petits coups ? s'enflamma Jean-Hugues sur le ton qu'aurait pris Mamadou.

— Et puis, moi, j'ai 7 en géométrie, 8 en travaux numériques.

Jean-Hugues regarda Mme Lescure comme s'il allait lui faire bouffer son petit cahier. Nadia sentit venir l'incident.

— On pourrait mettre : « doit se reprendre au troisième trimestre s'il veut éviter le redoublement ».

Tout le monde approuva :

— Très bien. Il a besoin d'un avertissement.

En fin de journée, comme Jean-Hugues passait devant la barre des Colibris, il eut envie d'aller prévenir Majid. Le bulletin arriverait en début de semaine prochaine. Il fallait préparer le terrain. La maman allait tomber de haut. Elle était persuadée que Majid travaillait bien. Elle reçut M. le professeur avec beaucoup de satisfaction.

— Il y a eu du changement, ici, remarqua Jean-Hugues. Vous avez refait le salon ?

— Et la tapissirie, dit Mme Badach avec orgueil.

Jean-Hugues n'était pas trop moqueur. Mais il eut tout de même un petit rire en examinant les Babar sur les murs. Majid comprit tout de suite et voulut expliquer :

— Papa me voit pas grandir.

— Ça, c'est vrai. Toujours, il travaille, le papa, approuva Mme Badach. Et Majid, il fait un pitit effort à ton école ? Moi, je lui dis : travaille, travaille.

Jean-Hugues ne se sentit pas le courage de la détromper. Il eut un pâle sourire. Le bulletin du second trimestre allait faire mal.

— Tu as continué le jeu ? demanda Majid à brûle-pourpoint.

Caliméro oublia immédiatement ce qu'il était venu faire chez les Badach. Ses yeux pétillèrent.

— J'ai fait ma première mission, dit-il en prenant une pose virile, les pouces passés dans la ceinture. Et toi ?

— Trop bon. Je suis allé à Golem City.

Majid avait choisi les deux portes de gauche.

— Ji fais un peu di thé ? Ti veux, monsieur d'Molenne ?

— Volontiers, madame Badach, répondit Jean-Hugues en s'asseyant devant l'ordinateur de Magic Berber.

— Tu sais ce que c'est, un golem ? lui demanda Majid, l'air de celui qui pose une colle.

— Heu... C'est une histoire juive, non ? Un genre Frankenstein ?

— J'ai trouvé un site sur le Web, ça explique superbien.

Magic Berber poussa son pote sans ménagement et s'assit en face de l'ordinateur. Après quelques secondes d'attente, l'écran afficha :

« *Golem : Le golem est un être de forme humaine créé par magie. D'après la légende, pour créer un golem, il fallait prendre un peu de terre vierge et la modeler selon la forme désirée. Puis le mot* EMET, *c'est-à-dire « vérité » en hébreu, devait être écrit...* »

Tandis que Jean-Hugues lisait cette dernière phrase, l'ordinateur se mit à grésiller. L'écran se brouilla puis une image, d'abord grise et floue, s'installa à la place du texte.

— Le jeu, murmurèrent en même temps Caliméro et Magic Berber.

L'ordinateur connecté était de nouveau squatté par le jeu vidéo.

`Entre ton nom.`

Mme Badach était revenue dans le salon. Elle jeta un regard distrait sur l'écran. Majid venait d'inscrire « Magic Berber » dans le cartouche.

— Ton thé, monsieur d'Molenne, dit-elle en posant le petit verre fumant près du clavier.

L'écran s'ouvrit sur le couloir dallé de marbre blanc et noir.

— Essaye la deuxième porte à droite. C'est trop bon, conseilla Jean-Hugues.

— Ah ouais ? C'est quoi ?

Caliméro s'abstint de signaler que le petit guerrier allait se faire cramer par un dragon.

— Essaye, c'est trop bon, répéta-t-il en se mordillant les lèvres pour ne pas rigoler.

Majid avança son petit guerrier, le fit pivoter et appuya sur la touche Entrée. Sans résultat.

— Appuie !

— Mais qu'est-ce tu crois que je fais ? protesta Majid en pilonnant la touche.

Caliméro appuya à son tour. La porte refusait de s'ouvrir.

— Laisse tomber, fit Majid, va voir à la deuxième porte à gauche.

— Ça pue le traquenard, s'amusa Caliméro.

Le petit guerrier entra dans une sorte de hangar où s'entassaient des caisses. Derrière ces caisses, des malfrats en chapeau mou jouaient aux cartes. D'autres, qui montaient la garde, mitraillèrent le petit guerrier.

— T'as vu l'accueil ? ricana Majid.

Jean-Hugues resta un moment sans réaction. Quand Majid avait voulu entrer dans l'antre du dragon, la commande s'était bloquée. Le joueur, en se nommant, ne pouvait aller que dans une seule direction.

L'écran avait affiché :

```
Sulfaté !
› recommencer la partie
› quitter la partie
```

Magic Berber recommença la partie. Il fallait s'emparer d'une mitraillette dans la première pièce pour dégommer les gangsters dans la deuxième où attendait une moto or et bleu drapeau.

— Pleins gaz ! s'écria Majid.

La moto s'arracha dans un bruit de tempête et entama un parcours vertigineux dans des lacets de montagne. Les soubresauts de la machine, les virages, les précipices, tout était d'un réalisme à vous rendre malade. Une carte apparut dans un coin de l'écran. Majid ne prit pas le temps de l'examiner à la loupe. Il cliqua tout de suite sur Golem City.

Majid était allé loin dans le jeu, plus loin que Jean-Hugues avec Golémia. Il avait déjoué tous les pièges et était entré au cœur de Golem City. C'était une ville effarante, à la fois crasseuse et futuriste.

Majid semblait connaître déjà tous les tripots de jeu, toutes les fumeries d'opium. Parlant avec tous, clochards, bourgeois ou gangsters, le petit guerrier parcourait la ville sur sa moto. Mi-voyou, mi-chevalier, il entassait armes, trousses de soin et paquets de dollars dans des sacoches sans fond. Jean-Hugues regardait faire Majid, naïvement admiratif. Ils étaient l'un contre l'autre, riant et s'exclamant. On aurait dit le grand frère et le petit.

Mme Badach s'arrêta dans leur dos, attendrie. Elle songea aux six frères de Majid et plus encore à Haziz dont elle n'avait plus de nouvelles. Elle secoua la tête pour en déloger le chagrin.

L'écran afficha :

`Pour connaître ta troisième mission, tape EME.`

Majid s'exécuta et le petit guerrier, le heaume toujours baissé, tel un motard casqué, se retrouva au pied d'un ascenseur.

— C'est Golem's Victory, le plus grand building, commenta Majid. Il y a 172 étages. J'ai cru que j'allais devenir fou ! C'est pourri de pièges. Je suis mort quatre fois.

Mais, à force de se battre, Magic Berber avait fini par comprendre que le septième étage était le seul réellement accessible.

— C'est pas compliqué à retenir, dit-il. Comme je suis le septième fils Badach...

— Alors, moi, j'ai intérêt à me rendre au premier étage, s'amusa Jean-Hugues. Comme je suis fils unique.

— Ah ouais ? T'es peinard, au moins.

Tout en bavardant, les deux garçons suivaient les déplacements du petit guerrier sur l'écran. Sur la porte de la chambre 777 était posée une main invitant à cliquer.

— À toi l'honneur, dit Majid en poussant la souris vers Jean-Hugues.

La porte s'ouvrit. On était dans une chambre d'hôtel vide.

— Et qu'est-ce qu'on fait ? demanda Jean-Hugues.

— J'en sais rien, avoua Majid. J'ai cherché pendant une demi-heure, l'autre soir. Y a pas de pièges, pas d'ennemis. Y a rien à prendre. Je comprends pas.

Jean-Hugues baladait le curseur à travers l'écran. La chambre était vraiment vide. Pourtant, le client y avait laissé une valise, des vêtements épars, un verre à demi bu.

— C'est quoi, ça ? questionna Jean-Hugues en posant l'index sur un coin de l'écran.

Il y avait une tache blanche au pied du lit. Un gros tas de pixels.

— C'est un bogue, répondit Majid.

Ils restèrent silencieux, soucieux presque, parcourant l'écran des yeux.

— Bloqué, finit par admettre Jean-Hugues.

Le petit guerrier semblait penser de même. Il s'était immobilisé, de dos, sa sulfateuse au repos. L'écran soudain se brouilla. Jean-Hugues et Majid en éprouvèrent un certain soulage-ment. Rien de plus pénible qu'un casse-tête sans issue.

— Bon, dit Jean-Hugues rêveusement.

— Ouais, fit Majid en écho.

Ils étaient encore un peu hébétés d'avoir passé tout ce temps à jouer.

— Holà, huit heures ! s'affola Caliméro. J'ai pas prévenu ma mère. Heu... je file. Au revoir, madame Badach !

À dos de dragon, le retour aurait été plus rapide, d'autant que l'ascenseur des Colibris était encore en panne.

Cette nuit-là, Jean-Hugues tourna et retourna dans sa tête l'énigme de la chambre 777. Vers une heure du matin, il sentit poindre une idée. Le tas de pixels. Oui, c'était ça. Mais il s'endormit sans aller au bout de son intuition.

Aux Colibris, Mme Badach rêva de Haziz qui l'appelait au secours. Magic Berber, lui, chevaucha sa moto pendant la moitié de la nuit.

Mais personne, non, personne ne vit, ni en rêve ni en réalité, le petit nuage de fumée qui s'échappait de l'appartement des Badach.

CHAPITRE IX

GOLEM-ÔKH

Le lendemain matin, Mme Badach s'éveilla avec le cœur courbatu de ceux qui ont beaucoup souffert parce qu'ils ont beaucoup vécu. Tous ces garçons, mon Dieu, tous ces garçons ! Elle avait eu tant de peine à les élever... De temps en temps, l'un ou l'autre téléphonait. Bien sûr, chacun fait sa vie. C'est normal. Et tout en préparant les brochettes que le petit Majid allait dévorer, Emmé essayait de se dire qu'elle était heureuse.

Soudain, elle prêta l'oreille à un bruit qui venait du salon depuis un moment.

— Majid ?

Mais non, le gamin était au collège. Mme Badach passa la tête par la porte de la cuisine. Il n'y avait personne. Mais on entendait un bruit semblable à du papier qu'on froisse ou au grésillement d'un insecte. Peut-être y avait-il des travaux dans l'immeuble ? Mme Badach retourna à ses brochettes.

Le bruit était tout proche. Il venait vraiment du salon. Pas du couloir ou de chez les voisins. Emmé n'était pas peureuse. Mais elle avait fait un mauvais rêve pendant la nuit et elle croyait au rêve.

— Haziz ?

Un instant, elle avait cru que quelqu'un était de l'autre côté de la porte et elle avait pensé au fils disparu. Elle alla de nouveau au salon. Les Babar dans leur beau costume vert avaient l'air bien inoffensif. Mais le bruit était là, entre ces quatre murs.

Au collège des Quatre-Cents, Jean-Hugues remplissait les bulletins scolaires dans la salle des profs. Mais sa pensée était ailleurs.

Il cherchait à résoudre l'énigme de la chambre 777. Le seul bogue du jeu Golem empêchait probablement la résolution de celuì-ci. Il était évident que le tas de pixels masquait quelque chose. Si Golem avait été commercialisé, Jean-Hugues l'aurait reporté au marchand. Mais le jeu n'existait que sur Internet. Dès lors, à qui se plaindre ?

— Bonzour !

Jean-Hugues releva la tête et adressa à Nadia un sourire machinal qui n'en était pas moins craquant. Il venait de repenser à son intuition de la nuit passée. Il lui semblait avoir frôlé la vérité. La tache blanche. La troisième mission. Quelle était la quatrième ? Le golem. Il avait lu quelque chose sur le golem chez Majid.

— Vous connaissez la légende du golem ? demanda Jean-Hugues.

Nadia fit un effort pour avoir l'air de trouver la question toute naturelle, à 10h05, en salle des professeurs.

— C'est ce que vous allez étudier avec vos élèves ? répondit-elle.

— Non.

Nadia étouffa un petit soupir. Décidément, ce garçon était bizarre.

— Ze crois que c'était un zenre de monstre, non ?

— Oui, confirma Jean-Hugues. On le créait à partir d'un tas de...

Il resta la bouche ouverte, les yeux au-delà... au-delà du réel. Un tas de pixels !

— ... un tas de boue, compléta Nadia.

À midi, Jean-Hugues renonça à son repas à la cantine et courut jusque chez lui. Il voulait retrouver le site sur le golem que Majid lui avait montré et lire la phrase qui lui manquait :

« Puis le mot EMET*, c'est-à-dire « vérité » en hébreu, devait être écrit sur le front du golem pour lui donner la vie. Quand la première lettre était effacée, ne demeurait plus que le mot* MET*, « mort », et le golem retournait au néant. »*

Pour s'emparer du dragon ou de la moto, il fallait taper la lettre E. Pour entrer dans Golémia ou à Golem City, on tapait EM. Majid avait effectué sa troisième mission en tapant EME. En somme, il ne manquait plus que la lettre T pour qu'apparaisse la vérité : EMET. Majid touchait au but. L'intuition de la nuit passée était devenue pour Jean-Hugues une certitude. Il tapa sur son clavier :

`‹Caliméro› Dès que tu retombes sur le jeu, retourne à la chambre 777. Tape les lettres EMET et clique sur le tas de pixels. Ce n'est pas un bogue. C'est un golem.`

Ce jour-là, Majid revint aux Colibris en compagnie de Samir. Ils étaient devenus grands copains. Dans un coin de sa tête, Majid avait un peu peur de Samir. Mais il était flatté.

— *Emmé, hayé red !*

Emmé parut sur le seuil de la cuisine. Elle avait l'air fatigué.

— Ça va pas ? remarqua Majid qui était plus attentif qu'il n'y paraissait.

— Ci les travaux dans l'immeuble. Je crois ils refont l'ilictricité.

— Normal. Avec toutes ces pannes !

Majid se pencha au-dessus de son écran d'ordinateur et lut le message de Caliméro.

— C'est quoi ? demanda Samir, intrigué par ce qui semblait un langage codé.

Magic Berber n'eut qu'un instant d'hésitation puis il raconta tout. Que Caliméro, c'était le prof de français. Qu'ils avaient trouvé un jeu trop fort sur Internet. Et qu'un golem, c'était un genre de Frankenstein. Samir clignait des yeux, grimaçait, répétait : « Ah ouais ? Ah ouais ? » L'envie lui dévorait le cœur, l'envie d'avoir cet ordinateur, de jouer à ce jeu, de prendre la place de Majid.

— Mais comment on fait pour jouer à Golem ? questionna-t-il.

— Ça, c'est le problème. C'est un jeu qui squatte le réseau. Tu peux pas jouer quand tu veux.

Samir semblait fasciné par ce jeu pirate. C'était peut-être le prototype d'un jeu qui serait bientôt commercialisé ?

— Tu sais quoi ? proposa-t-il. Ça serait bien de le graver. J'ai un cousin qui a un graveur de CD.

Samir avait toutes sortes de cousins qui possédaient toutes sortes d'objets coûteux.

— T'imagines ? On lui ferait faire des petits.

— Et on les vendrait ? suggéra Majid, ébloui.

— Non ? Tu crois ? se moqua Samir. Y aurait de quoi s'en mettre plein les fouilles. Tu pourrais te payer la Mob.

Il cligna de l'œil :

— Et te payer Aïcha.

Majid regarda vivement derrière lui.

— Mais non, ta reum est pas dans le secteur, le rassura Samir.

Majid fit semblant de ricaner. Ça ne lui plaisait qu'à moitié de jouer les racailles.

— Dis donc, ton jeu, c'est pas ça ? demanda soudain Samir, les yeux sur l'écran.

Majid tressaillit. Si ! C'était Golem. Le jeu s'était installé spontanément.

— Comment ça marche ? fit avidement Samir en s'emparant de la souris.

— Attends, attends, s'affola Majid.

Il venait de comprendre qu'il s'était fait déposséder d'un secret, que l'autre allait lui voler une part du mystère. Le jeu afficha :

`Entre ton nom.`

Samir tapa son prénom sur le clavier.

— Non, protesta Magic Berber, il faut pas mettre son vrai nom !

— Et pourquoi pas ? le nargua Samir en appuyant sur la touche Entrée. Tu sais, j'ai déjà joué sur l'ordinateur de mes cousins.

— Oui, mais ce jeu, c'est pas pareil.

— Pas pareil que quoi ?

L'écran afficha :

`Choisis ton arme, Samir.`

— Pourquoi le *m* est souligné ? demanda Samir, l'esprit à l'affût.

— Je sais pas, mentit Majid.

— Gros bouffon, le traita Samir en appuyant sur la lettre M du clavier.

Quatre armes étranges apparurent dans le coin gauche de l'ordinateur. Des arquebuses baroques, des mitrailleuses d'un autre monde... Samir choisit une sorte de fusil qui se terminait par un crochet. Quand le petit guerrier commença son entraînement, le crochet partit dans un sifflement strident. Un filin le raccordait au fusil, transformant le tout en un harpon redoutable. Le crochet disparut. On entendit un coup sourd, un cri horrible et du sang dégoulina du haut de l'écran. Samir salua l'exploit d'un rire féroce :

— Ah, ah, trop mortel !

L'écran ordonna :

`Pour connaître ta première mission, tape E.`

Le guerrier avançait à marche forcée, le jeu s'accélérait. Majid se taisait. Samir jubilait.

— Je prends quoi comme porte ? demanda-t-il, une fois dans le couloir dallé de marbre.

— La deuxième à gauche, conseilla Majid.

Histoire que Samir se fasse sulfater un bon coup. Mais la commande se bloqua et Samir ne put ouvrir la porte.

— Il est bogué, ce putain de jeu !

— Samir, ti parles le français courrec ! lança Mme Badach du seuil de la cuisine.

— Houps, pardon, madame ! Je dirai plus « bogué », rigola Samir.

— Oui, oui, fit Emmé, ti te crois plus malin que tout le monde. Mais la vie, ci plus malin que toi.

— Et Golem, c'est plus fort que toi ! singea Samir. Bon, je fais quoi, moi ? Je vais à la troisième porte ?

Il n'attendit pas la permission. La porte s'ouvrit sur un cimetière au clair de lune. Samir n'eut pas le temps de comprendre ce qui lui arrivait. Le petit guerrier fit un pas en avant et ce fut un pas de trop. Une immonde bête lui dégringola sur le dos, exactement comme si elle avait tendu une embuscade, accrochée en haut de l'écran. Elle s'agrippa au guerrier et lui planta ses crocs dans le cou.

— Saloperie ! cria Samir en appuyant sur la gâchette de son fusil-harpon.

Cela ne servit à rien puisque la bestiole était sur le dos du guerrier.

— Dommage, dit Majid sans cacher sa satisfaction.

L'écran, lui aussi, triomphait :

`Saigné !`

`› recommencer la partie`

`› quitter la partie`

— Faut commencer par la porte de droite, conseilla Majid.

— Non ? Tu crois ? s'exclama Samir, feignant l'étonnement.

Mme Badach posa près des garçons deux petits verres fumants de thé à la menthe. Elle jeta un regard à l'écran. Elle n'y comprenait pas grand-chose à ces histoires d'ordinateur et surtout elle voyait de moins en moins comment ça pouvait rendre intelligent.

Samir ouvrit la porte de droite et le petit guerrier entra dans une chapelle. Un crucifix décoré d'une guirlande de fleurs d'ail trônait sur un autel. De chaque côté, une gargouille en pierre semblait méditer sur son destin.

— Gare aux gargouilles ! avertit Majid.

— Non ? Tu crois ? répéta Samir dont c'était la scie du moment.

Il appuya sur la gâchette de son fusil, agrippa le crucifix avec son harpon et l'attira vers lui.

— Ça y en a bonne médecine pour missié vampire, commenta Samir en prenant l'accent petit nègre.

De fait, à la vue du crucifix, le vampire s'aplatit devant le petit guerrier. Et c'est à dos de vampire que celui-ci s'éleva dans les airs.

Les cieux se révélèrent assez encombrés de chauves-souris et de sorcières. Quant au cimetière aux pierres tombales mal refermées, il céda la place à une lugubre carrière hantée de dames blanches puis à une lande que parcourait un cheval aux orbites vides. Plus que tout, l'ambiance sonore était oppressante, faite de grincements, de plaintes et de hennissements.

— Trop trop mortel, ce jeu ! s'extasia Samir, plus excité qu'un buveur de sang.

Une carte s'était affichée, une vieille carte à demi brûlée où

Majid et Samir parvinrent à déchiffrer le nom de la capitale, Golem-ôkh.

La nuit, une nuit éternelle, régnait sur Golem-ôkh, l'ensorcelée. Chaque porte se faisait herse à l'approche du guerrier, chaque escalier se dérobait en oubliettes. Samir mourut cinq fois, empalé ou la tête volant en éclats. Il semblait que le sang restât collé à l'écran.

— On va se faire un blé avec ce jeu ! s'enthousiasma Samir.

Ayant enfin échappé aux goules et aux spectres de Golem-ôkh, Samir se retrouva devant un château tout en tourelles et en créneaux, plus ouvragé qu'une dentelle. Chaque fenêtre était éclairée par une lumière verdâtre.

Le petit guerrier entra, puissamment armé grâce à ses précédents combats. Nul pâle fantôme, nul majordome aux dents pointues ne pouvaient plus l'arrêter. Ayant exploré le château, il se retrouva dans une geôle.

— Qu'est-ce qu'on fait, maintenant ? s'interrogea Samir.

Il y avait un squelette enchaîné au mur, un rat, un vieux pot cassé. Rien à prendre, rien à tuer, nulle part où aller. Samir essaya de faire parler le squelette en s'approchant de lui puis en cliquant sur la barre d'espace. Sans résultat.

— Tiens, y a une pétouille dans ton jeu, fit observer Samir.

C'était une tache blanche. Le même tas de pixels que dans la chambre 777.

— Attends, faut faire ce qu'a dit Caliméro !

— Caliméro, ricana Samir.

Majid tapa les lettres EMET. La vérité. Allait-elle apparaître ? Majid pointa la flèche sur le bogue et il cliqua. Rien.

— Essaie l'autre bouton de ta souris, conseilla Samir.

Clic. Le tas de pixels frémit. Lentement, il se modela, s'évasant vers le haut comme sous la main d'un invisible potier. Lentement, silencieusement, l'écran afficha :

`Maître, voici ton golem !`

CHAPITRE X

MERCI, BUBULLE !

Mme de Molenne n'était pas peureuse. Mais le petit bruit qui se fit entendre tout un matin dans sa maison finit par lui mettre les nerfs à vif. On aurait dit ce crissement qu'on entend sous les lignes à haute tension. Ou le grésillement d'un insecte qui se brûle à une lampe. À plusieurs reprises, en touchant à une clenche métallique, Mme de Molenne reçut une petite décharge électrique. D'ailleurs, ses fins cheveux étaient incoiffables et crépitaient presque sous ses doigts quand elle essayait de les discipliner. Elle eut finalement l'idée d'aérer la maison et les courants d'air balayèrent l'électricité statique.

Après avoir refermé les fenêtres, Mme de Molenne constata que le bruit avait cessé. Elle se remit à sa couture, l'esprit tranquillisé. Elle se confectionnait une jupe pour ce printemps. Soudain, elle se retourna :

— Jean-Hugues ?

Mais non, son fils ne reviendrait qu'en début d'après-midi. Rêveuse, Mme de Molenne reprit le fil de sa couture. Et celui de ses pensées. Vivre seule avec ce grand jeune homme, ce n'était pas facile. Seule ? Elle avait sursauté. C'était comme une présence dans son dos.

— Hervé ?

Son mari était mort depuis plus de dix ans. Pourquoi l'avait-elle appelé ? Elle n'était pas peureuse de tempérament. Mais là, tout simplement, elle avait peur.

— Je vais aller faire un tour, dit-elle à voix haute.

La promenade lui fit du bien, mais elle dut faire un effort pour retourner chez elle. Elle eut un soupir de soulagement en entrant.

Pour une raison qu'elle ignorait, Jean-Hugues était déjà de retour. Elle l'entendait qui travaillait dans son bureau.

— Jean-Hugues ? Tu as mangé ?

Elle ouvrit la porte.

— Jean...

Elle faillit hurler. Il n'y avait personne. Pourtant, elle était sûre d'avoir entendu du bruit, l'instant d'avant. Un bruit de papier froissé.

Jean-Hugues prit son temps pour revenir chez lui. Il avait eu cours en dernière heure avec les 5e 6. Miguel avait apporté la nouveauté du jour : la pâte à prout Mondialo. C'était un compromis entre la pâte « dégueu » et le bon vieux coussin péteur. En triturant la pâte à prout, on obtenait des variations sur un thème très apprécié des adolescents et qui suscitait des commentaires tels que :

— En voilà un qu'il est beau !

Ou :

— C'est qui qui a lâché une caisse ?

Le pot de pâte à prout Mondialo s'était promené à travers la classe de manière que Jean-Hugues ne puisse pas l'intercepter. Mais Majid l'avait maladroitement fait tomber quand on le lui avait confié et Caliméro avait pu le récupérer.

— Tu as vu ce que j'ai confisqué à mes 5e 6 ? lança Jean-Hugues en entrant chez lui.

Il riait, aussi content de son acquisition que s'il avait eu douze ans.

— Ah, te voilà ! s'écria Mme de Molenne comme si son fils revenait de la pêche à la morue dans les mers du Nord.

— Ben, oui, j'ai dix minutes de retard...

Il regarda sa mère, surpris. Elle l'avait toujours un peu trop couvé, son Caliméro. Mais là, ça devenait grave.

Mme de Molenne ne put lui expliquer par quelles angoisses elle était passée. C'était en fait inexplicable. Des bruits infimes, une sorte de présence, de l'électricité dans les poignées de porte... Rien de tangible, de vérifiable. D'ailleurs, tout était rentré dans l'ordre.

— Je... je vais travailler un peu dans mon bureau, marmonna Jean-Hugues.

Il jeta sa veste sur un fauteuil et posa la pâte à prout sur ses copies, en songeant qu'il en achèterait pour le fils de la voisine et pour le filleul de sa mère. Puis il s'assit devant son ordinateur. Un message l'y attendait :

‹Magic^Berber› Jai fai comme ta dit pour la tache et cé vrai cé le golem. Il est horible il a même pa de figure.

`je peus pas bien tespliqué. Il faudré que tu le voye. Mais samir a fai une conerie avec le jeu...`

— Samir ? s'écria Jean-Hugues, horrifié.

En quoi Samir était-il concerné par le jeu ? Et quelle connerie avait-il faite ? Jean-Hugues ne put obtenir la réponse. Golem venait de s'installer sur son écran avec le sans-gêne d'un vieux copain qui passait dans le quartier.

— Golem, fit Jean-Hugues, en imitant la voix profonde du jeu vidéo.

Il prenait maintenant la précaution de sauvegarder ses parties. Il se retrouva donc rapidement à Golémia.

Dans les parties précédentes, il avait esquivé les flèches des archers et son dragon avait pu se poser sur un toit plat. Pour faire une entrée discrète dans la ville, le petit guerrier avait confié sa monture à une vieille femme en échange de sa fiole. Mais il était tombé dans un guet-apens et les gardes de la ville l'avaient emprisonné. En frottant la lampe, Jean-Hugues avait obtenu l'aide d'un génie pour se libérer. Une fois évadé, il avait ramassé armes et points de vie dans divers endroits de Golémia grâce à sa boussole.

Ce jour-là, il se retrouva devant un palais des Mille et Une Nuits entièrement clos. De tous les objets qui lui avaient été donnés pour sa mission, il ne lui restait plus que la clef à utiliser. Or il y avait trois portes fermées. Sur la première qui semblait de bronze, un magnifique dragon était ciselé. Jean-Hugues pensa à son Bubulle et eut envie de tenter sa chance. Il passa tout de même à la deuxième porte. Elle étincelait comme de l'or et, la clef étant elle-même dorée, Jean-Hugues faillit se décider. Mais par acquit de conscience, il examina la troisième porte. Elle était en bois et sans décoration autre que le chiffre 111.

Jean-Hugues savait qu'il devait faire vite car le jeu pouvait disparaître d'un instant à l'autre. Il était persuadé que, derrière l'une des trois portes, il y avait une tache blanche.

— La porte d'or ? murmura-t-il.

Il en approcha le curseur. Mais au moment de cliquer, il repensa à la chambre 777 où se trouvait le golem de Majid. Ils avaient plaisanté un jour parce que Majid était le septième fils et que Jean-Hugues était fils unique.

— 111...

C'était stupide. Les concepteurs du jeu ne pouvaient évidemment pas savoir que Jean-Hugues était le seul fils Molenne. Mais plus Caliméro avait joué à Golem, plus il avait prêté à ce jeu vidéo des pouvoirs anormaux. Il cliqua sur la porte 111 et le petit guerrier se trouva soufflé par une explosion.

— Merde !

La barre rouge indiquant l'énergie vitale avait diminué de moitié. Encore une erreur et il faudrait retrouver la vieille femme à qui le guerrier avait donné sa fiole guérisseuse.

— Bon. Essayons le dragon, trancha Jean-Hugues.

Il cliqua sur la première porte et le dragon ciselé s'envola dans un cri. La porte s'ouvrit.

— Merci, Bubulle !

Jean-Hugues s'y attendait un peu. La pièce dans laquelle il entra était sans intérêt. Un lit à baldaquin, un coffre, un feu dans une cheminée. Jean-Hugues tapa `EMET` sur le clavier. Puis il promena son pointeur sur l'écran. Sur un tapis d'Orient, il y avait une vilaine tache blanche. Jean-Hugues y mit le pointeur et cliqua sur le bouton de gauche. Rien. Clic sur le bouton de droite.

Le tas de pixels frémit. Lentement, il se modela, s'évasant vers le haut comme sous la main d'un invisible potier. Lentement, silencieusement, l'écran afficha :

`Maître, voici ton golem.`

CHAPITRE XI

JE VEUX MON GOLEM !

Quand il vit sur son écran le golem informe, moitié tas de glaise blanche, moitié tas de pixels clignotant, Majid ressentit un profond malaise. La créature avait un trou à la place de la bouche, des yeux comme cousus dans une chair molle, pratiquement aucune narine. Son corps plissé, pendouillant, farineux, se pencha pour une grotesque révérence. Une voix très basse mâchouilla ses mots :

— Maître, voici ton golem.

Samir s'écria :

— Aouah, ce qu'il est sexy ! Il va en tomber des fi...

Ce qui tomba, ce fut la tasse de thé à la menthe que Mme Badach avait dangereusement posée tout près du clavier. En saluant le golem, Samir venait de la renverser.

— Mais t'es fou ! hurla Majid devant le désastre.

Le thé brûlant et sirupeux s'était répandu sur les touches, provoquant la mort du clavier et la paralysie de l'ordinateur. L'image du golem incliné s'était fixée sur l'écran pour l'éternité. Majid voulut protéger ce qu'il restait de son ordinateur et l'éteignit sauvagement.

— Mais t'es fou ! hurla-t-il à nouveau en frappant Samir avec une violence insoupçonnée.

— Mais c'est toi qu'es ouf ! se débattit Samir.

Les deux garçons roulèrent sur la moquette. Mme Badach accourut et prit des coups en essayant de les séparer.

— Majid, Majid, pense à ton père !

Des sanglots la secouaient. Mais elle attrapa son fils à bras le corps et le sépara de son adversaire. Samir se redressa en essuyant le sang qui coulait de son nez.

— Il est pas bien, ce type, bredouilla-t-il. En plus, c'est que le clavier, madame Badach. J'ai des cousins qui peuvent lui en avoir un.

— Oui, voilà, dit madame Badach, la voix encore toute hachée par l'émotion, ti vas trouver une autre clavier. Moi, j'achète une autre. Ci pas grave, Majid, ci pas grave...

Elle le berçait presque.

— Mais je peux l'avoir gratos, madame Badach, insista Samir. Avec mes cousins, c'est pas un problème.

Dans sa tête, à toute vitesse, il était en train de monter un plan. De quoi se venger de ce petit crétin de Majid et de son Caliméro. De quoi lui rendre son coup de poing au centuple.

— Ti vois, dit Emmé, Samir il va l'avoir à Gratos, chez ses cousins. Ci pas un problème. Ci pas bien de se battre, Majid, y a tijours une autre solution.

— Oui, c'est ça, fit Majid, rageur et au bord des larmes. Mais maintenant, je peux plus jouer. J'allais l'avoir, mon golem et je l'aurai pas ! Et c'est la faute de ce gros bouffon !

Cela lui fit du bien de traiter Samir de bouffon. Il renifla un grand coup. Samir n'avait pas bronché sous l'insulte. « Ci pas un problème, Majid, ricana-t-il intérieurement en quittant l'appartement, je l'ai, l'autre solution. »

Quand Jean-Hugues vit son propre golem, il ignorait encore ce qui s'était passé chez Majid. Mais il comprit ce que Magic Berber avait voulu lui dire en lui parlant d'une créature sans figure. Le potier invisible ne faisait pas dans la finition. Après avoir élargi la base puis resserré le col, il s'était contenté de rouler la tête en boule et d'y tracer deux ou trois coups de couteau. Les yeux, surtout, étaient affreux. Tout le pourtour semblait cousu à gros points de croix dans la chair molle des tissus. Le golem informe fit la révérence devant son maître.

— Eh ben, mon gros, l'accueillit Jean-Hugues, on n'est pas près de sortir ensemble !

Le golem lui répondit d'une voix pâteuse :

— Je suis ton golem. Fais-moi comme tu me veux.

La vieille machine à écrire se remit à mitrailler l'écran et Jean-Hugues put lire :

`Pour te faire ton golem, tape E.`

— Et c'est reparti pour un tour, murmura Jean-Hugues en enfonçant la touche E du clavier.

`Entre le nom de ton golem.`

Jean-Hugues resta un moment à rigoler devant la forme blanchâtre et pataude qui se dandinait en attendant la décision de son maître.

— Mon golem, se dit Jean-Hugues à mi-voix, si j'en faisais une golémette ? Ça doit pas être prévu par les concepteurs, ça.

Dans le cartouche, il inscrivit : Natacha. Aussitôt, une fiche signalétique se déroula du haut en bas de l'écran.

```
Couleur des yeux
Couleur des cheveux
Couleur de la peau
Longueur et coupe des cheveux
Taille
Poids
Mensurations
Forme des yeux
Forme du nez
Forme de la bouche
Forme du menton
Forme du front
Forme des oreilles
Dessin des joues
Dessin des arcades sourcilières
Signes particuliers
```

— Aouah ! s'exclama Jean-Hugues. Qu'est-ce que... Mais je...

Il était complètement affolé. Comme si toutes les nanas de la terre s'offraient soudain à lui. Il se leva en appelant :

— Maman !

Il se rua au salon. Mme de Molenne, qui travaillait à sa couture, eut un sursaut de frayeur.

— Qu'est-ce qu'il y a ?

— Le... les mensurations de Cindy Crawford, tu connais ?

— De Cindy Cr...

— Oui, elle ou une autre ! Les mensurations canon, c'est quoi ?

Mme de Molenne était psychologue. Elle savait donc qu'une mère doit se montrer très discrète dans toutes ces affaires. Si Jean-Hugues avait tout d'un coup besoin de connaître les mensurations idéales d'une fille, elle ne devait pas chercher à savoir pourquoi.

— Eh bien, écoute, je crois que 85-60-80, ce n'est pas mal du tout.

— 85 ? répéta Jean-Hugues, un peu méfiant. C'est assez ?

— Eh bien, écoute, je crois que c'est déjà...

Embarrassée, elle rit un peu et bafouilla :

— Non, je t'assure, c'est... c'est suffisant.

Jean-Hugues fit un petit signe de tête comme pour remercier

du renseignement et il retourna s'enfermer dans son bureau, laissant sa mère entre espoir et inquiétude.

Plein d'ardeur, Caliméro se réinstalla face à son ordinateur et commença à remplir la fiche signalétique de Natacha.

Il tapa sur son clavier ce qui lui semblait le plus urgent : 85-60-80.

Le petit golem apparut en face des renseignements et le potier invisible le façonna vigoureusement.

— Ah ouais ? fit Jean-Hugues, interloqué.

C'était une tout autre forme qui apparaissait, avec des pleins et des déliés, mais modelée dans du nuage. À « couleur des yeux », Jean-Hugues n'eut qu'une seconde d'hésitation avant d'inscrire : « verts ». Les pauvres yeux cousus du golem se tintèrent d'un vert sombre.

— Pas fameux, critiqua Jean-Hugues.

Il rectifia : « vert clair ». Puis se mit à délirer : « avec des petites paillettes d'or quand il fait soleil et des éclats plus sombres quand il pleut ». Une incroyable palette de couleurs s'afficha à l'écran. Jean-Hugues choisit un vert tendre nuancé de reflets dorés. Puis il se cala plus confortablement dans son fauteuil. Il allait passer un bon moment. Pour la couleur des cheveux, une palette de coloris s'afficha également.

— Bon, alors là, pas d'hésitation, les enfants, c'est « blond vénitien ». Voilà... Quelle horreur !

Le golem blafard était de plus en plus ridicule avec sa flambée de cheveux mal peignés et ses yeux verts cousus au point de croix.

Jean-Hugues s'empressa de doter son golem d'une couleur de peau moins farineuse.

— Bon, on va mettre : « léger hâle ». J'ai horreur des filles cuites au soleil. Mais là, ma chérie, tu es vraiment trop pâlichonne.

Le nuage, en se compactant, prit davantage la consistance de la chair, une chair délicatement hâlée. Les possibilités offertes par le jeu semblaient vertigineuses.

— Un petit tour chez le coiffeur, maintenant !

Jean-Hugues réclama une longue natte avec une frange, puis changea d'idée, demanda des cheveux libres sur les épaules et :

— « Avec des boucles, mais pas trop », tapa-t-il sur son clavier. Voyons ça. Ah ! ben non, je préfère la natte.

Il joua un moment à natter puis dénatter sa créature. Finalement, il se raisonna. Elle pourrait se natter dans la journée, et laisser aller ses cheveux sur l'oreiller la nuit.

— Taille ? Attends, je mesure 1,77 mètre. J'ai pas envie de faire nabot à côté d'elle. « 1,70 m » et poids : « 53 ». Je veux pas un tas d'os non plus. Okay ?

Le résultat était encore loin d'être concluant. Le visage sans traits devenait de plus en plus effrayant au fur et à mesure que le golem se féminisait.

— Te vexe pas, trésor, mais on va faire un peu de chirurgie esthétique, poursuivit Jean-Hugues. Je te mets « des yeux très grands, un rien en amande ». Et sans points de croix autour, merci ! Plutôt « avec de longs cils soyeux ». Tu vas finir par faire une sacrée crâneuse. Le nez... Tu veux un nez comment ?

Il semblait interroger son écran.

— Droit, hein ? On va le faire classique. Mais petit. La bouche ?

Jean-Hugues resta un long moment en méditation. C'était un point important. Grosse ? Pulpeuse ? *Brr*, ça fait mangeuse d'homme... Mince et bien rouge ? Ça fait 36 15 Cruella. Jean-Hugues se décida : « Bien dessinée, assez grande, discrètement maquillée ».

Le menton fut demandé « rond, bien modelé, pas double, quoi ! » et le front « droit et intelligent ». De petites oreilles, des joues assez pleines avec des pommettes hautes, des sourcils en arc complétèrent l'ensemble. Chaque demande, parfois simplifiée par l'ordinateur, avait été satisfaite. Jean-Hugues resta en admiration cinq bonnes minutes devant Natacha.

— Canon ! murmura-t-il, ébahi par ses talents de créateur.

Il jeta un coup d'œil derrière lui pour s'assurer que la porte était bien fermée entre sa mère et lui et il ajouta cinq centimètres au tour de poitrine. Il émit un sifflement.

Malgré tout, Natacha était à peu près aussi sexy qu'un mannequin dans une vitrine. Il lui manquait ce quelque chose que toutes les filles ont, qu'elles aient ou non les yeux vert clair et les cheveux blond vénitien. Aussi, Jean Hugues ajouta :

`Signes particuliers : C'est une VRAIE nana !`

Dès que Jean-Hugues eut émis ce souhait, Natacha apparut, vêtue d'un petit short et d'un débardeur. Elle envoya un baiser dans les airs puis s'immobilisa, les mains aux hanches, rebelle et charmante. Sexy !

— Nom de nom de...

Jean-Hugues ne put rien dire de plus. Il allait trouer l'écran à le regarder comme il faisait.

— Jean-Hugues ! Téléphone ! dit Mme de Molenne, en passant la tête par la porte.

— Hein ?

— Téléphone. Ta copine.

— Quelle copine ? s'interrogea Jean-Hugues, en détachant difficilement ses yeux de l'écran.

— Mais Nadia, la prof de SVT ! s'impatienta sa mère. Tu te dépêches un peu d'aller lui répondre ?

Jean-Hugues gonfla les lèvres dans une moue de gosse. Il allait l'envoyer promener, cette fille ! À l'instant où il se souleva de son fauteuil, l'image de Natacha s'effaça de l'écran.

— Mon golem ! hurla Jean-Hugues.

CHAPITRE XII

BIEN OUÈJ !

Les vacances de printemps approchaient. Les élèves de 5e 6 avaient reçu leur relevé de notes, Sébastien les félicitations du proviseur et Aïcha deux claques de son père.

— Et ta mère ? demanda Jean-Hugues à Majid.

— Quoi, « ma mère » ? fit le garçon, en avançant le front.

— Qu'est-ce qu'elle a dit de ton bulletin ?

— Rien.

— Ça lui est égal ? s'étonna le jeune prof.

— Mais elle sait pas lire ! avoua Majid.

Jean-Hugues, choqué, hésitait à comprendre :

— Tu ne lui as pas lu la phrase sur le redoublement...

— C'est pas la peine. Je vais travailler au troisième trimestre, bougonna Majid. Je redoublerai pas.

Ils étaient tous les deux dans la classe, à la fin des cours. Ils ne faisaient plus tellement d'efforts pour que leur amitié passe inaperçue.

— Et pour ton clavier ? s'informa Jean-Hugues.

Il ne le disait pas encore, mais il pouvait en offrir un à Magic Berber.

— J'en aurai un autre, samedi, répondit Majid, le regard fuyant. Bon, j'y vais. Salut ! On se parle sur IRC, dimanche ?

Caliméro sourit.

— J'aurai des trucs à te raconter, promit-il.

Il ne lui avait rien dit de Natacha. Ni sur la pâte à prout fluo qu'il avait trouvée à Mondiorama. Une superpromo. Quatre pots pour le prix de deux.

Samir avait promis un clavier gratuit à Majid. Mais les « cousins » de Samir avaient une façon de s'approvisionner en matériel informatique qui n'était pas entièrement réglementaire. Majid préférait que les adultes ne s'en mêlent pas. Et surtout pas Caliméro.

Samir avait donné rendez-vous à Majid pour le samedi soir dans les caves des Colibris. Comme il l'avait expliqué :

— Gratos, ça rime avec discrétos, vu ?

Sur le coup de dix-neuf heures, Majid commença à embrouiller sa mère avec toute une histoire de cousin à Samir qui était de passage dans la cité et qui avait un clavier en trop. Mme Badach trouva qu'il était bien tard pour aller chez des voisins.

— Mais j'en ai pour dix minutes ! s'énerva Majid.

Il attrapa son blouson sans laisser le temps à sa mère de protester et dévala les douze étages.

Habituellement, les caves des Colibris n'étaient pas accessibles. Il s'y était passé divers incidents, des fêtes qui avaient mal tourné et des bagarres entre bandes. Plus aucun habitant n'y stockait quoi que ce soit et la porte principale avait été une fois pour toutes cadenassée. Or ce soir-là, le cadenas avait disparu et Majid put entrer dans les sous-sols. Il pensa immédiatement à Golem City, aux tripots, aux fumeries clandestines. Il aurait bien aimé cliquer sur la touche 5 pour récupérer sa sulfateuse.

Samir avait promis à Majid qu'il l'attendrait dans la cave de ses parents, numérotée 312 et que, de là, ils iraient rejoindre ensemble le cousin dans d'autres caves qui communiquaient. Sur le moment, l'explication avait paru très simple. La tchatche de Samir était imparable. Maintenant qu'il avançait dans les sous-sols en comptant les numéros des portes, 309, 310, Majid trouvait ce rendez-vous plutôt louche.

— Samir ! appela-t-il.

La minuterie crépitait et menaçait de plonger Majid dans les ténèbres. 311, 312. La porte de la cave était entrouverte.

— Samir ? chuchota Majid.

Mais il était déjà certain qu'il était seul au rendez-vous. Seul ? Il sursauta. C'était ce stupide grésillement de la minuterie. Il était temps de rebrousser chemin.

C'est alors que Majid comprit qu'il avait été joué. Des voix lui parvenaient de la porte principale. Des voix d'hommes. Majid n'avait pas d'autre choix que de s'enfoncer plus profondément dans les sous-sols. Car si des adultes le trouvaient dans cet endroit qu'on avait condamné, comment pourrait-il justifier sa présence ?

Bizarrement, Majid n'avait pas peur de ceux qui le talonnaient et dont il entendait les propos :

— C'est par ici ?

— Non, allez tout droit ! C'est dans la 312, qu'il m'a dit, le type au téléphone !

Majid n'avait pas peur parce qu'il était le petit guerrier casqué. Barre d'espace, *toc*, *toc*, *toc*, il avance. W, il rampe. Flèche de gauche, il tourne à gauche. La lampe est cassée. Cette fois-ci, c'est l'obscurité, mais l'obscurité protège de l'ennemi. Les voix sont tout près.

— Regardez ! triompha l'un des poursuivants. Ils ont mis un tas de machins dans la 312 ! Tenez, un autoradio... et là, c'est quoi ? Un autoradio...

Majid s'accroupit derrière une caisse.

— Bon, le mieux pour le moment, c'est de remettre le cadenas, dit l'autre.

Le cadenas ! Majid allait se retrouver enfermé dans les sous-sols. Il faillit se redresser et hurler : « Attendez, je me rends ! »

Mais sa fierté de petit guerrier lui fit se mordre les lèvres jusqu'au sang. Les pas s'éloignaient.

— Vous prévenez la police ? dit l'un des deux hommes.

La police ! « Plutôt mourir de faim », pensa Majid, recroquevillé. En une seconde, il avait revu Haziz, son frère, le jour de l'arrestation. Un petit trafic de Mob volées. Le chagrin d'Emmé, la honte du père, les voisins sur le palier. Non, ça, jamais. Une crampe dans le mollet le contraignit à se redresser et c'est alors que la peur, la vraie, l'envahit.

Au fond du couloir venait de passer une forme blanche. Au même moment, toutes les caves se trouvèrent plongées dans l'obscurité.

— Vous trouvez pas la minuterie ? cria une voix.

— J'appuie, mais ça marche pas !

La forme s'était immobilisée. Blanche, visible dans la nuit, comme éclairée de l'intérieur. Majid la reconnaissait. C'était impossible. Mais Majid la reconnaissait ! Elle crépitait, lançant des étincelles bleutées.

— Emmé ! hurla le petit guerrier.

Il se précipita vers la sortie et dans la pénombre vint heurter l'un des deux hommes.

— Qu'est-ce que... J'en tiens un ! Il avait raison, le type au téléphone !

Il lança une seconde fois son cri de victoire :

— J'en tiens un ! Le type m'avait bien dit que ces voyous se retrouvaient dans les caves, le soir...

Majid se débattit en vain. L'homme, qui était le gardien des Colibris, l'empoigna méchamment et le tira vers la sortie.

— Regardez-moi ça, cette racaille ! dit l'autre. Il a quoi ? Dix ans ?

— Ah, mais je le reconnais, fit le gardien des Colibris. C'est un petit Badach. Ils sont au moins une douzaine. C'est la mère qui va être contente.

— Y a y a, balbutia Majid, complètement choqué. Y a un... Y a un...

— Fais pas celui qui comprend pas le français, hein ? dit le gardien en le secouant.

— Mais le go... le go...

— C'est ça, l'imita le gardien, ya, ya, melgo. Je vais te parler en arabe, moi, avec mon pied au cul !

Le gouffre du déshonneur. Il s'ouvrit ce samedi-là sous les pas d'un petit guerrier de douze ans. Il y eut l'appel téléphonique du gardien pour prévenir Emmé. La route de nuit jusqu'au commissariat. L'interrogatoire. La semonce de l'inspecteur. Emmé qui pleure. M. Badach qui arrive précipitamment de son travail. La claque. Le retour en silence jusqu'à la maison.

Au commissariat, Majid nia tout. Il n'était pour rien dans le trafic des objets volés, principalement des autoradios dont les voleurs n'avaient pas su quoi faire.

— C'est pas moi ! répétait Majid, l'air hagard. C'est Samir.

— Qui c'est, ce Samir ? demanda l'inspecteur à Mme Badach.

— Ci un copain, monsieur.

Elle aurait préféré ne pas en dire plus et porter seule son déshonneur. Mais l'inspecteur voulut savoir le nom de famille et l'adresse. Il cherchait à remonter la filière. Le petit qu'il avait en face de lui n'était évidemment pas responsable du vol de tous les objets entassés dans la cave 312.

— C'est la cave de Samir, accusa Majid.

L'inspecteur passa un coup de téléphone aux parents de Samir. La cave 312 ne leur appartenait pas. Ils avaient la 108. Majid comprit qu'il avait perdu la partie. Personne ne le croirait. Inutile de parler du rendez-vous et du clavier gratos. Il ne ferait qu'aggraver son cas.

Quant à dire ce qu'il avait vraiment vu dans la cave, Majid sentait bien que c'était dangereux. Une seule personne, peut-être, le croirait. Mais Magic Berber ne pourrait plus jamais communiquer sur IRC avec Caliméro. Car la punition était tombée :

— C'est fini, l'ordinateur, avait dit M. Badach.

Au collège des Quatre-Cents, la nouvelle fut connue de tous les élèves dès le lundi matin : Majid était allé au commissariat pour une histoire d'autoradios volés. Le lundi midi, le conseiller d'éducation en parla avec Mme Dupond, la professeur principale des 5e 6. Le lundi soir, Mme Dupond en discuta avec Nadia, la professeur de SVT. Et le mardi matin, Jean-Hugues fut mis au courant par Nadia.

— Pourquoi ?

Jean-Hugues et Majid étaient l'un en face de l'autre. Ils avaient attendu que tous les élèves qui les surveillaient du coin de l'œil finissent par s'en aller.

— Pourquoi tu as fait ça ?

— J'ai rien fait. C'est Samir. Je vais le tuer !

Jean-Hugues tressaillit. La haine donnait une intonation d'homme au petit Majid.

— Qu'est-ce que tu racontes ? Samir n'est pas concerné...

— À peine, ricana douloureusement Majid. Il savait qu'il y a plein de cochonneries d'autoradios dans cette cave. Il m'a donné rendez-vous et il a prévenu le gardien. Avec un coup de téléphone anonyme.

L'explication parut peu claire à Jean-Hugues.

— Mais pourquoi Samir t'a donné rendez-vous dans une cave ?

C'était là que Samir avait bien joué son coup.

— Il m'avait promis un clavier gratos, bredouilla Majid.

— Gratos ? Dans une cave ? s'étonna Jean-Hugues.

Il secoua la tête en soupirant. Ces gamins ! Plus ils vous expliquaient leurs embrouilles, moins on comprenait.

— C'est idiot, dit Jean-Hugues. Un clavier, je pouvais t'en avoir un sans le voler !

Voyant son copain au bord des larmes, il ajouta :

— Je peux toujours, d'ailleurs...

— C'est plus la peine, dit l'enfant en relevant fièrement la tête. J'ai plus le droit de me servir de l'ordinateur.

Il y eut un silence. Caliméro venait de perdre son ami Magic Berber. Il tendit lentement la main à son petit élève :

— Ne recommence plus, dit-il, la voix brouillée.

Majid regarda la main tendue et, dans un dernier raidissement de son orgueil, il répondit :

— Je vous serrerai la main quand vous me croirez.

Majid quitta le collège, le cœur dévasté par la rage. Au bout de la rue, il aperçut Aïcha qui attendait, son sac de classe entre les jambes. Aïcha sans Nouria. C'était plutôt rare. Majid n'avait pas l'intention de lui parler. Mais il n'avait pas non plus l'intention de l'éviter. Il passa devant elle. Ce fut elle qui l'interpella :

— Majid !

— Quoi ? J'ai rien à te dire !

Un mot de trop et il cognait. Mais son désir de convaincre au moins une personne fut le plus fort et il ajouta :

— J'ai rien volé.

Embarrassée, la petite baissa la tête :

— C'est pas pour ça. C'est à cause de quelque chose que j'ai vu. Nouria me croit pas.

Elle n'avait personne à qui confier son secret. En voyant Majid si malheureux, elle avait tout de suite pensé que lui ne se moquerait pas d'elle.

— Quelque chose que t'as vu ? répéta Majid.

Ils se mirent en marche côte à côte, les poings dans les poches. Lui pensant à ce qu'il avait vu dans les caves, elle pensant à ce qu'elle avait vu près de la porte des Badach.

— Mais t'en parles à personne d'autre ? lui fit promettre Aïcha.

— C'est un secret ?

Majid réfléchissait. Et s'ils avaient tous les deux quelque chose à se dire ?

— Vas-y, décida-t-il. J'ai aussi un secret. Je te le dirai après.

Donnant, donnant. Ils se parlèrent à voix basse, tout près l'un de l'autre, et les poings dans les poches. Le secret d'Aïcha était surprenant. Le secret de Majid était incroyable.

CHAPITRE XIII

CHERS COUSINS

Samir comprit très vite que le tour joué à Majid allait lui coûter cher, très cher. Un samedi, alors qu'il traînait devant la barre des Colibris, une Volvo diversement cabossée ralentit à sa hauteur. La portière avant s'ouvrit.

— Monte, fit la voix du conducteur.

— S'il te plaît, ajouta une autre voix à l'arrière. N'oublie pas d'y dire : s'il te plaît.

Les cousins. Samir avait des douzaines de cousins à la mode algérienne. Mais ces deux-là, inséparables, lui faisaient peur. Que lui voulaient-ils ? Il était inutile de chercher à leur échapper. Dans la cité, ils le retrouveraient toujours. Samir s'assit sur le siège avant du véhicule.

— Qu'est-ce qu'y a ? demanda-t-il, le front baissé, comme prêt à la bagarre.

— Tu sais plus dire bonjour ? fit la voix à l'arrière. Bonjour, Miloud, bonjour, Rachid ?

Rachid parlait toujours sur ce ton sucré qui faisait penser, on ne savait pourquoi, au fil d'une lame de rasoir.

— On voulait te féliciter pour la planque, ajouta Miloud en redémarrant. C'était une bonne idée d'y amener tes copains.

Samir fronça les sourcils. Il était clair que les grands lui reprochaient quelque chose de grave.

— Quoi ? Quelle planque ? J'ai rien fait. De toute façon, y avait rien dans la cave.

Samir avait compris qu'il était question de la cave 312. Mais il savait parfaitement qu'il n'y avait là que des autoradios impossibles à écouler.

— Elle était désaffectée, ajouta-t-il.

— Qu'est-ce qu'elle a d'infect, cette cave ? s'informa Miloud qui s'était fâché de bonne heure avec l'école.

Samir haussa discrètement une épaule.

— « Désaffectée », répéta-t-il, ça veut dire qu'elle servait plus à rien. Toutes les caves des Colibris sont désaffectées.

— Tu vas pas nous apprendre à parler, Samir, fit Rachid à l'arrière. Et puis, justement, les caves, elles nous servent à quelque chose.

— Ouais, fit Miloud, on les a réinfectées, figure-toi.

— On dit pas...

Samir arrêta là son cours sur le bon usage du français. Il venait de sentir quelque chose tout en haut du dos. C'était pointu, ça faisait mal, ça ne demandait qu'à s'enfoncer davantage. La Volvo roulait sur une départementale peu fréquentée. Samir se faisait l'effet d'être dans un de ces téléfilms du samedi soir où les cadavres tombent par la portière avant des voitures.

— Il y a quoi dans ces caves ? murmura-t-il.

— Du matos, répondit Miloud. Une commande d'un DJ super-branché, mon pote.

— Pas de détails, coupa Rachid.

— Mais les keufs ont rien trouvé dans la cave, fit observer piteusement Samir.

— Sois poli, le reprit Rachid. Tu ne dis pas « les keufs ». Il va falloir être poli, maintenant. Compris ?

La pointe avait transpercé le blouson de Samir.

— Compris ?

— Oui, Rachid.

— S'il te plaît, Samir, poursuivit Rachid, tu vois, je demande poliment, moi... Je te le prie, Samir, va chercher notre matos. Y en a pour une patate et demie. Va chercher avant que nos amis les policiers reviennent infecter les caves.

— Tu as deux jours, précisa Miloud. C'est dans la 401.

Il lui donna toutes les explications nécessaires pour mettre la main sur le précieux paquet puis il fit un brusque demi-tour et pila. Au loin, fondues dans la grisaille, se dressaient les tours des Quatre-Cents.

— Tu vois, on est sympas. On te remet dans la bonne direction.

Samir comprit qu'il allait rentrer à pied. Il profita de ce que la voiture était à l'arrêt pour se décoller du siège et faire face à Rachid.

— Pourquoi vous y allez pas vous-mêmes ? dit-il. C'est vos affaires, pas les miennes.

— Tu as attiré l'attention sur ces caves, répliqua Rachid. Ça va pas être facile d'en sortir le matos. Le gardien des Colibris aura l'œil.

— Mais on te fait confiance, ricana Miloud. Et si les flics te serrent, tu es mineur. Tu t'en tireras.

Samir fit un signe de tête. Les grands l'envoyaient au casse-pipe. Écœuré, il entrouvrit la portière. Mais il se sentit brutalement saisi au collet et plaqué au siège. Rachid qui le tenait ainsi mit la pointe du couteau juste au bon endroit, sur la carotide.

— Attends, on t'a pas tout dit, Samir. Tu l'aimes, ta petite sœur, hein ? Alors, écoute bien. Si tu te fais pincer, si on t'interroge et si tu nous balances... tu écoutes, Samir ?

— Oui, souffla le garçon, à demi étranglé par le col de son blouson.

— Tu reverras pas ta sœur. On abrégera ses souffrances, à la petite Ogéème. C'est comme ça qu'on dit en bon français ?

Les grands relâchèrent enfin Samir, meurtri et tremblant de rage, à plusieurs kilomètres des Colibris. Qu'on l'ait menacé, lui, Samir ne s'en souciait pas trop. Sa propre vie l'intéressait si peu. Mais ils avaient parlé de sa petite sœur, celle qu'il appelait tendrement Lulu et que les cousins avaient surnommée Ogéème. Ogéème comme OGM : organisme génétiquement modifié. Lulu souffrait d'une maladie génétique.

CHAPITRE XIV

AÏCHA TRAHIT

Majid jeta un regard désolé sur son moniteur Mondial PC à la belle coque bleu électrique. Mme Badach lui avait passé une sorte de nuisette en plastique transparent et elle avait scotché les deux lecteurs de l'unité centrale. Pour Majid, l'ordinateur, c'était plus que ce pauvre PC ligoté et bâillonné. L'ordinateur, c'était un lieu sans limites pour s'évader de la cité, c'était Caliméro et ce jeu étrange qui aurait dû rester leur secret.

Soudain, une pensée vint tourmenter Majid. Caliméro allait continuer à jouer à Golem. Il jouerait sans Magic Berber. Ça, surtout, c'était injuste. Il fallait l'en empêcher.

D'ailleurs, Jean-Hugues aurait bien voulu s'en empêcher. Lorsque Golem pointait son nez sur l'écran, Jean-Hugues détournait le sien comme pour lui dire : « Tu ne m'intéresses pas. » Mais le jeu le harcelait, et parfois d'une curieuse façon. Par exemple, un petit golem blanc et informe apparaissait sur l'écran et, comme le chat ou le mouton de certains programmes, il se déplaçait tout le long des marges ou traversait en diagonale, en hochant la tête pour s'excuser. Jean-Hugues était certain de ne pas avoir installé ce programme. Mais comme il était incapable de s'en défaire, il s'était résigné à cette nouvelle invasion. Il avait même baptisé « Joke » son nouveau compagnon.

Ce soir-là, Jean-Hugues se sentait une folle envie de cliquer sur son jeu et de partir à la recherche de Natacha. Il y pensait avec nostalgie comme on pense au flirt de l'été passé. Sa main s'était posée sur la souris. La sonnerie du téléphone lui vrilla la tête. Mme de Molenne l'appela.

— Mais c'est quoi ? bougonna Jean-Hugues en s'emparant du récepteur.

— Allô, m'sieur ? fit une voix timide, à l'autre bout du fil.

C'était Majid, Majid qui n'osait plus se prendre pour Magic Berber.

— Bonsoir, fit Jean-Hugues, un peu gêné.

Il ne savait plus trop où ils en étaient de leur relation. Le silence se fit entre eux puis Majid, n'y tenant plus, s'écria :

— Vous n'y jouez pas tout seul, quand même ?

Jean-Hugues se sentit pris en flagrant délit.

— Mais non, j'y ai pas touché ! protesta-t-il, sur le ton indigné qu'aurait adopté Mamadou.

Le silence revint. Caliméro prit une brusque décision :

— Tu es toujours privé d'ordinateur ?

— Oui.

— Et tu ne crois pas qu'on pourrait passer un petit marché avec ta mère ?

Jean-Hugues avait baissé la voix pour que sa propre mère n'entende pas.

— On lui dirait que tu vas te mettre sérieusement au travail. Je passerai lui parler, si tu veux. Mais attention ! Il faut que tu te mettes vraiment au boulot, hein ? Tu es intelligent, Majid. Je te garantis que dans une quinzaine, tes notes se seront redressées...

— Une quinzaine de quoi ? gémit Majid. Pas des jours, quand même ! Et toi, pendant ce temps, tu vas jouer !

Jean-Hugues sourit en s'entendant tutoyer. Magic Berber était de retour.

— Je te jure que non, promit-il, sans se douter que la promesse serait si difficile à tenir.

Majid faillit ajouter qu'il avait quelque chose d'important à raconter. Mais bizarrement, les premiers mots n'arrivèrent pas à se former sur ses lèvres. Non, ce secret-là, il le garderait. Avec Aïcha.

Tout d'abord, il y avait cette forme blanche aux contours molasses qui lançait des étincelles dans la nuit des caves. Majid ne pouvait se décider à dire ce que c'était réellement. Peut-être parce que ce n'était pas réel. Et il y avait cette petite fumée sans feu que Aïcha lui avait décrite et qui semblait sortir de sous le palier des Badach. Elle aussi lançait des étincelles. Pour s'assurer que le phénomène s'était vraiment produit, Aïcha et Majid avaient posé la main sur la trace de brûlé le long du chambranle de la porte. Tous deux s'étaient pris une décharge électrique, plus forte que lors du premier essai d'Aïcha, comme si la condensation électrique se poursuivait.

Majid n'avait aucune explication à proposer. Mais Aïcha avait son idée. La petite Malienne avait un grand-oncle marabout et elle avait entendu parler d'étranges choses qui se passaient au pays. Aïcha croyait que les âmes des morts reviennent tourmenter les vivants. Pour elle, les mauvais esprits hantaient les Colibris depuis les caves jusqu'au douzième étage. Pour Majid, les mauvais esprits n'existaient que dans les films d'horreur. Dès qu'ils pouvaient s'isoler, elle et lui, c'étaient de longues conversations pour savoir qui des deux avait raison.

Mais ce matin-là, Majid eut un choc en entrant dans la salle de cours de Mme Lescure. Aïcha, qui vivait collée à Nouria comme une sœur siamoise, s'était installée à côté de Sébastien. D'abord, Majid supposa que la petite essayait de se faire repasser les résultats des derniers problèmes de géométrie. Mais non, Aïcha ne cherchait pas à tricher. Incroyable ! Elle parlait à ce bouffon de Sébastien. Plus incroyable encore, Sébastien lui répondait ! Majid bouillait et essayait, sans grande réussite, de se concentrer sur ces histoires absurdes de lettres qui s'additionnaient comme des chiffres et qui semblaient tellement passionner la petite prof.

À la récré, Majid voulut obtenir des explications, mais trop tard... Aïcha et Sébastien s'étaient déjà isolés dans un coin de la cour. Majid n'était pas le seul à se sentir trahi. Nouria tirait une tête longue comme un jour sans couscous. D'elle-même, elle vint vers Majid.

— Tu as vu ? dit-elle en désignant le couple à l'autre bout de la cour. Elle et cet imbécile !

La jalousie lui faisait la voix sifflante.

— Ils ont le droit de parler, marmonna Majid, la mine sombre.

— Ah oui ? Tu sais de quoi ils parlent ? De fantômes !

Majid sursauta.

— Quoi ? Quels fantômes ?

— Tu n'es pas au courant ? Pourtant, ils sont électriques ! se moqua Nouria.

Majid en resta la bouche ouverte de stupeur. Aïcha racontait tout à tout le monde !

Un fantôme... C'est ce que Majid crut voir, le soir même, en passant devant Mondiorama. Le fantôme d'Aïcha. La petite était là, juste à la sortie de l'hypermarché, regardant son panier d'un air hébété. Majid hésita. Ce n'était pas son genre de faire des scènes à une fille. Autant passer son chemin. Mais Aïcha releva la tête et l'aperçut. Ce fut elle qui l'appela.

— Majid !

Il y avait de la détresse dans sa voix. Majid s'approcha avec défiance. Qu'avait-il à dire à une fille qui ne savait pas garder un secret plus de trois jours ?

— Majid...

Aïcha pleurait.

— J'ai perdu l'argent en courant !

— Tu as perdu l'argent ? répéta Majid.

— Mon père va me tuer.

Majid connaissait la brutalité du papa d'Aïcha. Malgré sa rancune, il posa quelques questions : « Où tu as perdu tes sous, y avait combien, tu devais acheter quoi ? »

— Du Mondiaquick, du Mondial Cola et des patates.

Ils repartirent côte à côte vers les Colibris, en regardant à terre si un billet de vingt n'y prenait pas racine. À chaque pas, en entendant les reniflements de la petite, Majid se faisait des reproches. Après tout, Aïcha n'avait peut-être pas vraiment trahi. Elle n'avait parlé qu'à Nouria. C'était normal, c'était sa copine de cœur. Ils arrivèrent au pied des barres.

— Si tu veux, fit Majid du bout des lèvres, on peut demander à ma mère... pour l'argent.

Aïcha lui fit un sourire rayonnant. Qui ne connaissait le bon cœur d'Emmé ? Plus vive que le colibri, Aïcha posa un bisou sur la joue de Majid. Sûrement, elle n'avait rien dit à Sébastien. Majid essaya de s'en persuader. Malgré tout, le plus simple, c'était encore de lui demander. Ils montèrent tous deux par l'escalier.

— Dis, Aïcha, tu n'as pas parlé du fantôme à Sébastien ?

Les joues d'Aïcha avaient une belle couleur chocolat au lait. Quand elle rougissait, c'était du dégustation à 70 %.

— C'est pas de ma faute, bredouilla-t-elle. J'ai peur. J'arrive plus à dormir dans le noir. Je mets la lumière et après, mon père crie parce que je gâche l'électricité.

— C'est vrai, alors ? fit Majid, le ton sec. Tu as trahi ?

— J'ai peur des esprits. C'est pour ça que j'ai parlé avec Sébastien.

Ils étaient arrivés au douzième étage. Aïcha jeta un regard suppliant à Majid. Comme elle était jolie, avec ses yeux tristes qui n'en finissaient pas ! Majid sentit dans son cœur le poinçon de la jalousie.

— Et tu crois que les esprits ont peur des premiers de classe ? s'écria-t-il.

— C'est pas ça, se défendit Aïcha.

— Tu crois que Sébastien va faire peur aux fantômes ?

— C'est pas ça, répéta Aïcha.

Puis, à la grande surprise de Majid, elle corrigea :

— Enfin, si. C'est un peu ça.

Majid apprit ainsi que le premier de la classe était aussi premier en fantômes, vampires et loups-garous, qu'il avait chez lui tous les films avec Freddy, tous les livres de spiritisme, magie blanche et magie noire. Et que si quelqu'un pouvait chasser les mauvais esprits des Colibris, c'était ce bouffon de Sébastien.

CHAPITRE XV

MATIÈRE GRISE

Jean-Hugues contempla d'un œil morose l'assiette posée à droite du clavier de son ordinateur. Des biscottes beurrées, une crème de gruyère dans un papier argenté et trois rondelles de saucisson. Son dîner. Il y avait des jours comme ça où sa mère n'était pas d'humeur gastronomique.

— Tu t'embêtes, hein ?

Caliméro s'adressait au petit guerrier sur l'écran. Il semblait bouder, le heaume baissé, les bras croisés.

Sur les Quatre-Cents, la nuit était descendue depuis longtemps. Mais un soleil éblouissant illuminait Golémia. Pourquoi rester là, pourquoi attendre, alors que d'un simple clic... ? Le geste de Jean-Hugues fut machinal. Il avait repris la partie ou c'était la partie qui l'avait repris. Son visage renfrogné s'éclaira d'un sourire :

— Salut, Natacha !

Elle était là, dans sa chambre entre l'âtre rougeoyant et le lit à baldaquin. L'avantage, avec les filles virtuelles, c'est qu'on savait toujours où les trouver.

— Qu'est-ce qui te brancherait, poupée ? Resto, techno, dodo ?

Le jeu était perfectionné mais pas au point de lui permettre de converser directement avec la golémette. Jean-Hugues appuya sur la barre d'espace pour animer son petit guerrier. Il se serait bien passé de cet intermédiaire électronique pour entrer en relation avec sa blonde ! Quand le petit guerrier fut devant Natacha, un parchemin se déroula sur un quart de l'écran, portant les mentions suivantes :

```
Intelligence
Caractère
```

`Pouvoirs`
`Qualités`

Jean-Hugues cliqua sur la première ligne. L'image zooma sur le visage de Natacha et il en eut le souffle coupé. Avec ses yeux pailletés et sa bouche gourmande, Natacha pouvait rivaliser avec la plus top des tops. L'imitation avait même quelque chose de trop parfait car elle avait aussi dans le regard ce qui singularise les beautés sur papier glacé. Le néant.

— Dis donc, où tu étais le jour de la distribution des cerveaux ? l'apostropha Caliméro.

Il appuya au hasard sur diverses touches. Quand il fit Entrée, la chambre de la golémette disparut. Il se crut éjecté du jeu. Mais il avait simplement changé de lieu.

Face à lui, dans un décor inquiétant d'arbres torturés et de ruines sinistres, un crâne était posé sur une étendue de sable rouge. Par ses orbites, on voyait palpiter une masse verdâtre.

— Je ne voyais pas ça aussi vert, la matière grise, murmura Jean-Hugues.

Prudemment, il fit avancer son guerrier. De plus près, il découvrit que le crâne affectait la forme d'un château fort. Des tourelles ciselées dans l'os lui tenaient lieu d'oreilles, la ligne des dents déchaussées évoquait de vieux remparts croulants.

Caliméro restait sur ses gardes, surveillant les bestioles qui grouillaient alentour. Mais l'attaque vint du crâne lui-même. Les orifices béants du nez formaient comme des grottes ténébreuses. De là jaillirent des jets de liquide fumant. Le petit guerrier s'en prit une giclée. L'espace d'un instant, il devint tout rouge et se mit à clignoter de façon alarmante. Il perdait des points de vie.

— On se calme...

Le petit guerrier battit en retraite, décochant des flèches de droite et de gauche. Puis Jean-Hugues fit monter en première ligne le dragon Bubulle. Sa puissance de feu fit merveille. En quelques secondes, les fosses nasales furent nettoyées de leurs occupants invisibles et le guerrier se retrouva...

— Au pied du crâne !

Jean-Hugues se surprit à se tordre le cou comme pour apercevoir une cime inaccessible, loin au-dessus de son écran. Une sacrée partie d'escalade l'attendait. Jean-Hugues hésita puis tenta le W. Gagné ! La touche qui permettait de faire ramper le guerrier lui donnait également des talents pour la varappe. Il atteignit ainsi le bord de l'orbite droite et s'y accota.

— Et maintenant ? s'interrogea Jean-Hugues.

Dans une rafale de machine à écrire, le jeu lui répondit :

`Choisis ton arme, Caliméro !`

Étourdiment, Jean-Hugues enfonça une lettre au hasard. Ce Q faillit lui être fatal. Le petit guerrier effectua un saut périlleux sur l'étroit rebord où il se tenait. Jean-Hugues le vit battre des bras puis recouvrer l'équilibre par miracle.

`Cherche mieux, Caliméro !`

— Les chiffres ! s'exclama Jean-Hugues en se frappant le front du plat de la main.

Les chiffres donnaient accès aux armes. Le 1 et le 6, il les connaissait déjà. Il tenta le 4 et gagna une immense sarbacane.

— Bingo ! Et je fais quoi avec ce truc ?

Jean-Hugues enfonça la touche Entrée sans conviction. La sarbacane se dressa entre les mains du guerrier jusqu'à toucher la masse verdâtre. Au même moment, dans un angle de l'écran s'incrusta la frimousse de Natacha. Sous son menton s'étirait une série de pointillés ainsi présentée :

0 - 200

Jean-Hugues appuya de nouveau sur Entrée. Un répugnant bruit de succion se fit entendre. Se servant de la sarbacane comme d'une paille, le petit guerrier était en train de siroter la phénoménale cervelle.

— Beurk !

À chaque pression sur la touche, un des pointillés s'allumait et, faute de comprendre ce qui se passait, Jean-Hugues se mit à les compter.

— 5, 6...

Il sursauta :

— Je rêve ou quoi ?

Le visage de Natacha avait changé. Peut-être étaient-ce seulement ses yeux ?

— 7, 8...

Jean-Hugues éclata de rire. Cette fois, il avait compris. Les pointillés qui s'allumaient de la sorte :

0 - 200

représentaient l'intelligence qu'il pouvait octroyer à Natacha. Le fameux QI.

— 80 de QI, ma chérie. Pas foudroyant. Allez, 10 de mieux. Tu commences à ressembler à une 5e 6.

Le regard de Natacha s'illuminait peu à peu. Alors, grisé par son pouvoir, Jean-Hugues appuya et appuya encore.

0 - 200

— Aouah ! 180 !

Mais ce qu'il vit dans les prunelles de la golémette le fit frissonner de terreur. L'expression qui s'était formée sur son visage avait quelque chose de diabolique.

— Trop d'intelligence nuit ! Et de quoi je vais avoir l'air, moi ? Faut quand même que je puisse suivre sa conversation.

À quel niveau pouvait-il estimer son propre QI ? Modestement, Jean-Hugues s'accorda 140. À présent, que devait-il faire pour rabattre les prétentions de Natacha ? Sa première intuition fut la bonne. Il enfonça la touche ECHAP et il constata avec soulagement que la barre lumineuse lâchait des points de QI : 170, 160... *Chlurp !* Le rejet de la matière cérébrale produisait un bruit ignoble. À 150, le système se bloqua. Puis l'image se brouilla comme si une main mélangeait sur l'écran toutes les couleurs d'une peinture fraîche.

Une heure plus tard, Jean-Hugues en était encore à se demander s'il avait ou non entendu rire au moment où le jeu se plantait.

CHAPITRE XVI

DERRIÈRE LA PORTE 401

Une fois de plus, les parents de Samir s'étaient disputés. Une fois de plus, chacun avait déserté l'appartement, abandonnant Lulu à la garde de son grand frère. Ce qui tombait mal, encore plus mal que d'habitude.

Par chance, Lulu dormait. Devant la petite chose recroquevillée dans un lit trois fois trop grand pour elle, Samir sentit la haine renaître en lui en songeant à la façon dont ses cousins parlaient d'elle.

— Des trouillards, expliqua-t-il à l'enfant endormie. Ils montent des plans et après...

Après, c'était à Samir de s'y coller.

— Parce que leur planque, elle pue.

Par sa faute, il le savait bien. Cette idée pourrie qu'il avait eue de vouloir piéger Majid. Maintenant, peut-être que les flics surveillaient les caves.

— Je t'ai laissé ton médicament sur le ventre du koala. Si tu te réveilles...

Lulu gémit dans son sommeil. « Et si je vais en prison ? songea Samir. Qui est-ce qui va y penser, à son médicament ? Peut-être qu'elle va mourir, si je vais en prison. » Samir éprouva une soudaine bouffée d'orgueil à l'idée que la survie de Lulu dépendait ainsi de lui. Il referma la porte doucement et descendit jusqu'au sous-sol.

Comme d'habitude, la minuterie était en panne. Mais Samir avait tout prévu. Une lampe énorme pour éclairer son chemin et une sangle pour accrocher le boîtier autour de son cou. Ainsi, il avait les mains libres.

Les caves des Colibris, c'était son territoire. Enfin, celui de sa tribu. Fêtes arrosées, rendez-vous mystérieux, planques. En dehors d'eux, plus personne n'osait y mettre les pieds.

Quand il la poussa, la grosse porte de bois émit un grincement à tirer du sommeil tous les habitants de la tour. Samir resta planté là, le cœur battant, et il compta jusqu'à dix. Puis il avança dans les sous-sols, précédé par un gros rayon lumineux.

— 311, 312...

Parler tout haut le rassurait. Les numéros étaient tracés à la peinture blanche. Des chiffres maladroits et baveux. La plupart des portes étaient fracassées. Derrière, il apercevait les détritus que les gens avaient stockés là. Cartons rongés par l'humidité, fenêtres aux vitres pulvérisées, tas de chiffons, bouteilles vides... Des milliers de bouteilles vides.

Le couloir faisait un coude et, après, il le savait, il y avait un fantôme.

— Salut, Prosper, ça boume ?

La bouche grande ouverte, le regard vide, le spectre tenait délicatement entre ses phalanges les plis de son suaire blanc. Aucune raison d'avoir peur. Depuis qu'un artiste facétieux avait barbouillé Prosper sur un mur de la cave, personne ne l'avait jamais vu bouger.

Mais non, voyons, personne.

« Alors, pourquoi justement moi ? » se révolta Samir en sentant une main lui caresser les cheveux.

Il se retourna brusquement. Immobile sur son mur, Prosper faisait l'innocent. Samir se peigna avec les doigts, dégoûté.

— Beurk, fit-il en ramenant dans la lumière de sa lampe des filaments grisâtres.

Les araignées étaient les amies des fantômes, c'était connu. Comme les rats. Comme... Non, il ne fallait pas penser à tout ça. Juste suivre le couloir et compter les portes. 401, avait dit Miloud.

Samir descendit quelques marches glissantes. Plus il s'enfonçait dans les sous-sols, plus la chaleur montait. Plus la chaleur montait, plus les parois luisaient d'humidité. Bizarre. S'il traînait trop longtemps, il allait finir par moisir.

— Qui c'est ?

Personne ne répondit. Samir se força à rire. C'étaient ses pas, ses propres pas... Jamais il n'était allé jusqu'à la 401. Jamais il n'était allé plus loin que l'énorme chaudière qui, toutes les trente secondes, poussait de sinistres soupirs.

Il passa devant deux portes de métal, blindées, cadenassées. Sans numéro. Soudain, il s'arrêta.

— C'est pas moi ! s'écria-t-il.

Il n'avait pas bougé. Ce bruit, ce ne pouvait être ses pas. Sans doute Prosper qui se dégourdissait les pattes. Ou la chaudière qui se raclait les tuyaux. Oui, sûrement la chaudière.

La 401. Elle était là. Une porte de planches vermoulues, à demi couchée sur le sol. Mais le numéro était bien visible.

Samir se tourna vers la cave et avança prudemment derrière la grande tranche de lumière qui partait de sa poitrine. Il passa devant des bouteilles, fichées sur de gros hérissons de fer forgé. Puis il s'empêtra dans un monceau de vieux draps, probablement des vêtements de rechange pour Prosper. Enfin, il contourna une colline de charbon.

Des débris de verre crissaient désagréablement sous ses semelles. Samir avait l'impression que les ténèbres se refermaient sur lui.

— Hé ! C'est pas le moment de flancher ! supplia-t-il en tapotant le boîtier de sa lampe.

Mais non. Elle éclairait toujours. Simplement, cette cave était immense.

Avant de relâcher Samir sur la départementale, Miloud et Rachid lui avaient donné des indications précises.

— Tu vas après le charbon, Samir. Là, tu verras, il y a un rat crevé. Ça éloigne les curieux. Tu enjambes les rouleaux de barbelés. Tu arrives au mur. Il y a une niche. Pas pour les chiens. Un trou, quoi. Tu enlèves les chiffons. Tu prends le carton. Et tu fais gaffe ! Une patate et demie, Samir !

Tout se déroula comme prévu. Presque. Il n'y avait plus de rat crevé. Samir aurait préféré qu'il y soit. Que tout soit exactement comme annoncé.

Le carton était lourd. Plat mais lourd. Restait à ressortir sans se faire pincer.

Samir vit tout de suite qu'il y aurait un problème. En tenant le carton entre ses bras, il masquait la lampe. La lumière qui s'échappait du boîtier lui faisait le ventre tout rouge mais n'éclairait guère les alentours. Il se prit les pieds dans les barbelés, s'égratigna douloureusement les chevilles et faillit s'étaler.

« Sur la tête, songea-t-il. Je vais le porter comme les femmes africaines. Si Mamadou me voyait ! » Il fit cinq pas ainsi mais le carton était trop lourd, trop large, trop instable.

Sous le bras, c'était impossible, à cause des dimensions. Alors, il le remit contre lui et recommença d'avancer, fouillant dans la pénombre de la pointe de sa chaussure. Les chiffons, les débris de verre.

Soudain, il vit beaucoup mieux. Sa lampe, pourtant, n'y était pour rien. Quelqu'un avait réussi à remettre la minuterie en marche ! Là-haut, on l'attendait. Il allait se faire choper.

Il repéra une ampoule. Elle n'émettait pas la plus petite lueur. Ça ne venait pas de là, ça venait de...

De ça.

Ce n'était pas un homme. Ce n'était pas une montagne. C'était un monstre. Samir se cramponna à son carton, comme si rien ne comptait plus au monde que de sauver son coûteux fardeau. La créature lui coupait le chemin, entre les hérissons coiffés de bouteilles et la porte 401. Elle allait le manger, il en était sûr, mais elle ne paraissait pas pressée.

Samir eut donc tout le temps de la contempler. Énorme et palpitante. Enfin, il le supposait... Car plus il la regardait, moins il savait à quoi elle ressemblait. La chose n'avait pas de formes précises. Ça tenait de Monsieur Propre et de Frankenstein. Plus blanc que Prosper. Plus lumineux que le boîtier Wonder. Sa tête, surtout, était terrifiante. Sans expression. Comme morte. À la fois avide et étrangement triste.

Samir ne voulait pas se laisser dévorer tout cru, pas sans s'être battu. Il n'y aurait eu que lui sur terre, il se serait abandonné à la terreur. Mais il y avait Lulu.

Le carton glissa entre ses mains et tomba sur son pied. La douleur fut vive mais il ne s'en soucia pas. Brusquement frappé par le rayon de la lampe électrique, le monstre avait réagi. Tout son corps se mit à jeter des étincelles bleutées, pareilles à celles que produisent les perches des auto-tamponneuses. Samir eut l'impression de savoir ce que lui promettait ce crépitement. Non, la créature n'allait pas l'avaler tout cru. Elle allait le frire d'abord.

Bientôt. Car maintenant, elle avançait.

Il se baissa, cherchant à tâtons autour de lui, sans quitter le monstre des yeux. Il lui fallait une arme, un projectile. Pouvait-on lui faire peur ? Pouvait-on lui faire mal ? À moins qu'il ne se nourrisse de métal ou de verre. Le charbon ! Où était le tas de charbon ? Samir s'en souvenait à présent, ces morceaux tout noirs et tout lisses, on appelait ça des boulets. Bombarder le monstre avec des boulets !

Sa main gauche trouva enfin quelque chose. Mais c'était mou et froid. Il aperçut du coin de l'œil ce qu'il avait attrapé. Le rat. Le rat crevé. Il poussa un hurlement d'horreur et balança la bestiole de toutes ses forces en direction de la créature. Il y eut un grand éclair. Le rat avait disparu, volatilisé.

— Maman !

Cette fois-ci, la terreur déferla en Samir. Plus rien ne pouvait l'endiguer. Fuir. Fuir. Il voulut se relever d'un bond. Mais on le tenait, on l'étranglait. Ses jambes dérapèrent sur le sol humide. Il s'affala dans la poussière, prisonnier, suffoquant. La sangle ! Elle était coincée quelque part et elle l'étranglait.

Samir tira, tira sur la sangle, mais le monstre était déjà sur lui, le baignant de sa clarté répugnante. Samir chercha une nouvelle fois à se dégager mais la courroie du boîtier entra profondément dans la chair de son cou. Il ne respirait plus. Il allait mourir.

Il ne voulait pas. Désespérément, il lança ses mains autour de lui. La sangle s'était accrochée là, dans les barbelés. Samir en sentait les pointes qui lui entraient dans les doigts, qui lui entaillaient les paumes. Allez, un coup sec. Un autre.

Il tomba à la renverse et s'assomma à demi contre une grosse bonbonne de verre. Il était libre. Mais il était trop tard. Voyant se pencher vers lui l'effarante créature blanche nimbée d'étincelles bleutées, Samir regretta de n'être pas mort, étranglé par la sangle.

À 23 h 30, le gardien des Colibris sortit Brutus pour la deuxième fois de la soirée. Il y avait des nuits comme ça où la bête s'agitait, nerveuse. Le gardien grilla une cigarette tandis que Brutus arrosait avec enthousiasme une borne de béton. Sur le chemin du retour à la loge, l'homme constata avec surprise qu'un rai de lumière filtrait sous la porte qui menait aux caves. Quelqu'un ? La minuterie, pourtant, refusait de fonctionner depuis trois jours.

Brutus se mit à gronder, à montrer les dents. La bave lui coulait des babines.

Tout s'éteignit de nouveau, dans un bruit inquiétant, une petite explosion. Le gardien resta un moment à l'écoute puis décida de faire comme s'il n'avait rien remarqué. À 55 ans, il estimait avoir encore quelques belles années devant lui pour boire l'apéro et faire son loto. À quoi bon prendre des risques inutiles ? Pour de vieilles planches et des bouteilles cassées ?

Demain, il ferait jour et on verrait bien si les ampoules brillaient encore.

À 23 h 30, par un curieux hasard, Aïcha se sentit exactement dans les mêmes dispositions que Brutus. Une envie pressante la réveilla. Elle aurait voulu se retenir, se rendormir, se maîtriser jusqu'au lendemain. Mais rien à faire. À contrecœur, elle se leva, jetant un bout de drap sur sa lampe de chevet allumée. Rassurée par cette lueur, elle traversa le couloir qui menait aux toilettes, près de l'entrée. Là, il faisait sombre. Sauf sous la porte qui ouvrait sur le palier. De l'autre côté, elle le devinait, régnait une angoissante clarté. La fumée électrique !

Elle courut jusqu'à son lit et se recoucha, les jambes serrées et le cœur battant. Le regard rivé sur la porte de sa chambre. *Plop !* L'ampoule sauta.

À 23 h 30, M. Badach venait de rentrer. Affalé dans son fauteuil, une assiette de viande froide sur les genoux, il regardait la télé. Il avait coupé le son pour ne pas troubler le sommeil des siens. Brusquement, les images se brouillèrent. Puis le programme disparut. Il ne restait qu'un écran couvert de neige sur lequel passait et repassait une ombre semblant venue d'ailleurs.

À 23 h 30, Jean-Hugues se trouvait devant son ordinateur. Exceptionnellement, il travaillait.

— Ouste ! J'ai du boulot ! lança-t-il au petit golem blanc.

Mais Joke était joueur. Il venait le chercher, comme un chien qui apporte sa balle.

— Pas ce soir. File !

Jean-Hugues fronça les sourcils. Joke, pour la première fois, s'était immobilisé au milieu de l'écran et, masquant le texte avec beaucoup de sans-gêne, il hochait la tête. Pour la première fois, dans cette forme désormais familière, Jean-Hugues venait de déceler comme une menace.

Pendant ce temps, au fin fond des sous-sols des Colibris, de l'autre côté de la porte 401, un enfant hurlait dans les ténèbres.

CHAPITRE XVII

DEUX BAUDETS PLUS UN

Les trois baudets n'étaient plus que deux. Ouvrant la porte de son appartement en ce milieu d'après-midi, Mme Badach les découvrit avec surprise sur son palier.

— Pardonnez-nous de vous déranger, dit le premier.

Il était grand et maigre, avec une figure en lame de couteau.

— Nous venons de la part des Trois Baudets, dit le second.

Malgré son jeune âge, il avait les cheveux blancs. Avec son teint blême et son nez aplati de boxeur, Mme Badach lui trouva un air à la fois maladif et inquiétant.

— Ah ! vous apportez la photo ? devina-t-elle.

Elle se souvenait que, en tant qu'heureuse gagnante, elle avait reçu le privilège de poser pour le prochain catalogue des Trois Baudets auprès du bel ordinateur.

Les deux hommes échangèrent un regard d'incompréhension.

— La photo ? Quelle photo ? demanda le grand maigre.

Ensemble, avec un sans-gêne qui choqua Mme Badach, ils s'introduisirent dans l'appartement. On entendait tant de choses à propos de ces voyous qui profitent que les femmes sont seules à la maison... Heureusement, Majid finissait à quatre heures, aujourd'hui. Il n'allait pas tarder.

Les intrus firent un effort d'amabilité. Mais on voyait bien que ce n'était pas naturel. Et Mme Badach n'aima pas du tout leur façon d'examiner son salon. On aurait dit qu'ils cherchaient ce qu'il y avait à voler.

— C'est à cause de l'ordinateur, dit le premier baudet.

— Il y a eu une erreur, fit le second.

— On est vraiment désolés.

— On en a apporté un autre.

— Il est là, sur le palier.

Une petite phrase, chacun à son tour, comme s'ils avaient appris leur texte par cœur.

— Un autre ? s'étonna Mme Badach. Encore un ordinateur ? Ci quoi cit' histoire ?

— Est-ce que vous n'avez pas eu des problèmes avec cet appareil ? s'enquit l'albinos.

Mme Badach resta un moment muette de stupeur. Comment ces gens-là pouvaient-ils être au courant ?

— Ça oui ! Mon fils, il travaille plus à l'icole.

— Des perturbations, précisa le deuxième baudet. Des incidents. Des pannes.

— Aaaah !

Cette fois, Mme Badach avait compris. Et elle leur raconta. La bouilloire qui fait des siennes. Les plombs qui sautent. Hier soir encore, son mari avait vu des choses bizarres sur la télé. Les deux hommes hochèrent la tête d'un air entendu.

— C'est bien ce que nous pensions, déclara le grand maigre. On vous a livré un appareil défectueux. Il ne faut plus vous en servir.

— Oh ! Ça risque pas ! Majid, il a été puni.

— On va vous l'échanger, dit l'albinos. Celui-là, il est dangereux. Une mauvaise série, ça arrive.

Mme Badach se sentit hésiter. Ces baudets ne lui inspiraient pas confiance. D'ailleurs, pourquoi n'étaient-ils que deux ? Normalement, ils auraient dû être trois. C'était vraiment trop dur d'être toujours toute seule à la maison, sans un homme auprès de soi.

Mme Badach avait raison. Il y avait bien un troisième baudet. À cet instant, il descendait de son 4×4 couleur kaki garé devant les Colibris.

L'affaire risquait de s'éterniser, jugea-t-il en allumant une cigarette. Les gens sont si méfiants, de nos jours. Il allait falloir les convaincre de rendre l'ordinateur. Ensuite, pour leur prouver qu'on n'essayait pas de les rouler, ses deux comparses devraient à coup sûr brancher le nouveau. Leur montrer qu'il fonctionnait. Qu'il était encore plus beau, plus rapide...

Bah... il avait bien fait de rester en bas. Pour passer le temps, il sortit son portable et essaya de joindre sa petite amie. La douce voix qu'il entendit était celle du répondeur. Alors, il chercha une autre distraction.

Le modèle qu'il tenait entre les mains n'était pas encore

commercialisé. Un portable dernier cri, Nouvelle Génération MC. Avec ça, on pouvait se brancher sur l'Internet. Il manipula quelques touches et se connecta sur une fascinante partie de bataille navale en réseau qu'il avait interrompue à l'heure du déjeuner.

Là-haut, au douzième étage, Mme Badach entamait une autre bataille.

— Non, non, arrêtez ! s'écria-t-elle.

Mais les deux hommes avaient l'air déterminé. Ils avaient poussé leurs grands cartons dans le salon et commençaient à couper au cutter le ruban adhésif.

— Quand vous l'aurez vu, vous ne direz plus ça, certifia l'albinos.

Plus ils insistaient, plus Mme Badach trouvait leur empressement suspect. La vie lui en avait suffisamment appris pour savoir que personne ne vous suppliait jamais ainsi d'accepter une bonne affaire. Une petite phrase lui trottait dans la tête, qu'elle avait souvent entendue dans la bouche de ses enfants : donner c'est donner, reprendre c'est voler.

Alors, elle se jeta sur le plus gros des cartons, au risque de finir déchiquetée par la lame du cutter.

— Non, non, attendez Majid, supplia-t-elle, attendez Majid !

— Il sera ravi, votre fils, madame.

— C'est une fameuse surprise qu'on lui fait là.

Les deux hommes s'efforçaient de rester calmes et courtois. Mais les regards qu'ils échangeaient en disaient long sur leur agacement.

Mme Badach entendit donc avec soulagement le cliquetis de la clé dans la serrure.

— *Emmé, hayé*... Qui c'est, ceux-là ?

Emmé choisit la langue berbère pour mettre rapidement Majid au courant de la proposition des baudets. Ces derniers s'en montrèrent indisposés.

— Quand vous aurez fini vos messes basses, dit l'albinos.

— Enfin, une messe... drôle de latin ! dit le grand maigre.

Ils tentèrent de séparer le fils de la mère, afin de prendre celui-ci à part.

— Écoute, bonhomme... Majid... c'est comme ça que tu t'appelles, Majid ? commença l'homme aux cheveux blancs. Là-dedans, il y a le processeur le plus puissant du marché, un graveur...

— Tu vas pouvoir t'en faire, de l'argent de poche, avec un bon graveur, insinua son comparse.

— ... vingt-cinq logiciels gratuits et une super-imprimante jet d'encre couleur.

Majid se sentit vaciller. Une imprimante, c'était juste ce qui lui manquait. Quant au graveur... il connaissait au collège des types qui se faisaient de l'or avec ce truc-là : copie en série de cédés à la mode et de jeux vidéo branchés.

Pourtant, sa méfiance était à la mesure de son envie.

— Bon, tu te décides, gamin ?

Et le ton sur lequel était prononcée cette phrase-là, il ne l'aima pas du tout.

Coulé ! Au bas de l'immeuble, baudet n° 3 venait de perdre un croiseur. Sa riposte était prête mais quelque chose était en train de perturber la partie.

Depuis deux minutes, une forme tentait de s'imposer sur le petit écran de son portable. Elle masquait le jeu, passait, repassait, disparaissait. Très vite, il constata que le brouillage de la réception dépendait de la façon dont il orientait l'antenne de l'appareil. Et bientôt, le phénomène le passionna bien davantage que la bataille navale. Il se rendit compte que la forme se précisait chaque fois qu'il pointait l'antenne vers l'entrée des Colibris.

Intéressant. Vraiment intéressant.

Un homme se tenait dans le hall de l'immeuble, une petite trousse à outils à la main. C'était le gardien des Colibris, qui venait de remettre des fusibles neufs pour éclairer les caves. Le baudet attendit que l'homme s'éloigne avec son chien.

Voilà, le chemin était libre... et, bon sang ! la chose sur l'écran du portable avait une tête, une tête familière. Mais comment cela se pouvait-il ?

Baudet n° 3 pénétra dans l'entrée de la tour des Colibris, tenant le portable devant lui comme une baguette de sourcier.

Soudain, l'appareil se mit à crépiter, à lancer des étincelles. L'ascenseur ? Non, par là, à gauche. Il y avait une porte. Ce devaient être les caves de l'immeuble. Baudet n° 3 hésita, se demandant s'il était bien raisonnable de poursuivre l'expérience. Mais rien à faire, il se sentait irrésistiblement attiré. La porte n'était pas fermée à clef. Il entra et il appuya sur le bouton de la minuterie. Les ampoules brillèrent intensément, palpitèrent, vacillèrent... puis tout disjoncta.

Dans la poche droite de sa veste, il y avait une lampe-torche mince comme un crayon. Les baudets sont toujours très bien équipés.

Et pour tout dire, il en existe beaucoup plus que trois.

Au douzième étage, Emmé s'était réfugiée dans un coin de la pièce, les mains croisées sur sa poitrine, et ne bougeait plus.

Désemparée, elle regardait son fils lutter contre ces deux hommes qui, soudain, se comportaient de façon plus agressive.

— Touchez pas à ça ! hurlait Majid, tandis que l'albinos commençait de débrancher le moniteur posé sur la table de la salle à manger.

— Bon, maintenant ça suffit ! s'énerva le grand maigre. Puisqu'on te dit qu'il est dangereux, cet engin ! Tu veux faire sauter l'immeuble ?

Majid se cramponnait à l'unité centrale. Il pensait à ce qu'il y avait dedans, au jeu. On voulait l'empêcher de jouer à Golem, il en était sûr. Il fallait prévenir Caliméro. Lui seul...

L'albinos le souleva de terre et le reposa un peu plus loin.

— Écoute, mon petit gars. Jusqu'à présent, on a été très gentils. Mais si tu n'es pas capable de comprendre, tant pis pour toi. On rembarque le tout et on t'envoie une Game Boy, okay ?

— Emmé ! s'écria Majid. Appelle Cali... appelle Jean-Hugues. Le prof, Emmé, le prof !

Paralysée par ses émotions, Mme Badach n'esquissa pas un geste. Curieusement, c'est à ce moment précis que le téléphone sonna.

L'albinos lâcha Majid. Ce grelot, c'était celui de son portable. Excédé, il le sortit de sa poche.

— Oui ? Qu'est-ce que c'est ? répondit-il d'un ton de dogue. Sven ?

— Il n'avait qu'à monter, bougonna le grand maigre. Nous aussi, on trouve que ça dure...

Son comparse lui adressa des signaux de la main pour le faire taire.

— Où t'es ? Mais réponds ! Sven ? Sven ?

Le portable émit un craquement sinistre, audible dans toute la pièce. Puis plus rien.

— Sven ? Sven ?

Baudet n° 2 secoua le portable comme un hochet.

— Qu'est-ce qu'il fabrique ? demanda baudet n° 1.

L'albinos avait la peau si blanche qu'il ne pouvait guère blêmir davantage. Sa mine défaite n'en exprimait pas moins un étrange désarroi.

— Il se passe quelque chose, dit-il. Il faut aller voir.

— Où ça ?

L'homme au teint de craie haussa les épaules.

— J'aimerais bien le savoir.

Il jeta un regard furieux sur ce qui l'entourait. Majid s'était rapproché de son ordinateur. Les bras en croix, il montrait les dents comme un jeune chien.

— Allez ! décida le grand maigre.

Les deux hommes soulevèrent les cartons qu'ils avaient apportés et filèrent sans refermer la porte.

— Et ça ? demanda Emmé.

— Quoi ?

Mme Badach désignait le colis oublié dans l'entrée. Majid se pencha pour l'examiner.

— C'est l'imprimante ! s'exclama-t-il. Ils ont oublié l'imprimante.

Les deux baudets sillonnèrent pendant plus d'une heure la cité des Quatre-Cents à bord du 4×4. Finalement, abasourdis, ils abandonnèrent les recherches.

Mais où était passé Sven ?

CHAPITRE XVIII

UNE VISITE CHEZ LE BOUFFON

Les parents de Sébastien étaient à la séance de 20 heures du Majestic, devant un de ces films rasoir qui vous tirent des larmes. Pour Sébastien, un film sans portes grinçantes et sans giclées de sang, c'était de la pellicule gâchée. Il était bien mieux à la maison à réviser ses sciences en se projetant sur un écran imaginaire des scènes de dissection.

Le coup de sonnette le fit sursauter. Qui cela pouvait-il être à cette heure ? Trop tard pour les représentants en aspirateurs, trop tôt pour les morts vivants.

— Tiens, salut.

— Salut, répondit Samir.

Les deux garçons se dévisagèrent un instant, comme surpris tous les deux de se trouver face à face.

— Je peux entrer ? demanda Samir.

— Tu étais absent, aujourd'hui...

— J'avais pas la forme, dit Samir.

Il avança de deux pas, l'air intimidé. Dans la lumière de l'entrée, Sébastien découvrit l'ecchymose qui bleuissait sa tempe droite et les marques noires sur son cou. Puis il constata qu'une bande Velpeau emmaillotait tout son bras gauche, du coude au poignet. Samir avait aussi une belle collection de sparadraps sur les doigts.

— Ben dis donc, plaisanta Sébastien, tu joues dans *Le retour de la momie* ?

— Sébastien... faut que je te parle.

— Tu connais mon nom ?

Depuis deux ans qu'ils fréquentaient la même classe, Samir ne l'avait jamais appelé autrement que « l'autre bouffon ». Avec quelques variantes. Gros bouffon. Ou bien bouffon tout court. Bref, des variantes pas très variées.

— Viens dans ma chambre, proposa Sébastien. Mes parents sont sortis. Au Majestic, tu sais ?

— Les miens, ils sont au Fontenoy.

Sans doute Samir croyait-il que le Majestic aussi était un bistrot. Sébastien n'insista pas.

Samir était tombé en arrêt devant sa bibliothèque. Des mètres et des mètres de livres rangés soigneusement sur des étagères. Des noirs, des rouges, des dorés...

— T'as quand même pas lu tout ça ?

— Il y en a que j'ai lus au moins sept fois. *Le Secret des pyramides*, par exemple. Ou *Les sorciers sont parmi nous*.

— Ah bon ? Et à quoi ça te sert ?

Incapable de trouver une bonne réponse, Sébastien préféra changer de conversation.

— Qu'est-ce qui t'est arrivé ? Tu t'es fait agresser ?

— Si on veut.

Samir continuait d'examiner les livres, tordant son cou douloureux pour essayer de déchiffrer les titres.

— *La Vie après la mort*, ânonna-t-il. *Ces maisons qu'on dit hantées*.

— Tu cherches quelque chose ?

Samir posa un doigt sur *Spectres, fantômes et revenants* et le retira vivement, comme s'il s'était brûlé.

— Où ça vit, les fantômes ? demanda-t-il.

— Tout le monde sait ça, répondit Sébastien d'un ton condescendant.

Deux ans que ce mec le méprisait. Sébastien commençait à penser que l'heure de la revanche était peut-être proche. Pas question de la laisser passer.

— Mais où ? s'énerva Samir.

— Dans les châteaux, évidemment. Ou les manoirs. De très vieux endroits, avec des taches de sang sur le carrelage. Et tu peux toujours frotter !

— Pourquoi du sang ?

Samir se palpait le bras gauche, soudain mal à l'aise.

— Parce qu'il y a eu un meurtre, il y a très longtemps.

Se souvenant d'une phrase lue dans un ouvrage fort bien documenté, Sébastien cita :

— « N'oublions jamais que le fantôme est d'abord et avant tout une victime. »

Samir resta un instant perdu dans ses pensées.

— Mais t'y crois, toi, à tous ces délires ? demanda-t-il.

— Selon certains spécialistes de réputation mondiale... commença Sébastien.

— Ça va, laisse béton. Et aux Quatre-Cents ?

— Quoi, aux Quatre-Cents ?

— Y en a ? Y en a des fantômes ?

Sébastien éclata de rire.

— Peut-être dans mille ans, quand tu reviendras sur le lieu de tes crimes.

Samir ne sembla pas trouver la réplique amusante.

— Aux Colibris, murmura-t-il.

— Comment ?

Brusquement, Samir se mit à hurler :

— Je te dis qu'y a un fantôme aux Colibris ! Un monstre ! Un truc dément ! Il m'a presque...

Sébastien vit avec stupeur le visage de son camarade se tordre d'angoisse. Et, plus incroyable encore, des larmes roulaient sur ses joues. Samir la grande gueule, Samir la forte tête se mit à sangloter comme un môme.

Embarrassé, Sébastien le fit asseoir sur le lit.

— Tu veux boire quelque chose ?

— Je suis foutu, gémit Samir.

— Mais non, voyons, le raisonna Sébastien. Tu es en sécurité, ici.

— Je peux pas ! Je peux pas y retourner ! Il a bu. Maintenant, il est encore plus fort.

— C'est pas toi qui as bu ?

Samir secoua la tête.

— Je l'ai vu.

— Qui a bu ? demanda Sébastien d'une voix pleine de patience, comme s'il parlait à un grand malade. Qui a bu quoi ?

— Le monstre. Il a bu la lumière. Le boîtier Wonder.

Sébastien avait lu au moins trois cents livres sur les phénomènes paranormaux, les aliens, les créatures venues de l'au-delà. Jamais il ne ratait une série z ou un feuilleton zarbi à la télé. Eh bien, c'était la première fois qu'il entendait parler d'un monstre qui buvait la lumière des boîtiers Wonder.

— Ils vont me massacrer, bredouilla Samir.

— Ah ? Parce qu'il y en a plusieurs ?

— Pas lui, pauvre bouf... Sébastien. Les cousins !

— Tes cousins sont des monstres ? supposa Sébastien.

Ce n'était pas une révélation. Dans la cité, cela correspondait même plutôt à l'opinion générale.

— Le matos. Il est resté là-bas.

Sébastien souffla un bon coup pour tenter de reprendre ses esprits.

— Je vais te chercher un Mondial Cola, proposa-t-il. Et après, tu vas tout me raconter depuis le début. Parce que là...

Samir fit donc dans le détail le récit de sa terrifiante descente aux enfers, en commençant par les menaces des cousins, la cave 401 puis l'apparition de l'autre, la lutte...

— Il était sur moi. J'ai cru qu'il allait me bouffer, m'électriser, me... me...

Samir avala une gorgée de Mondial Cola.

— Mais il a seulement avalé le boîtier Wonder.

Il s'interrompit. Le liquide faisait des vagues dans son verre, tenu d'une main tremblante.

— C'est pas lui qui t'a fait ça, alors ? conclut Sébastien en contemplant la collection de pansements et de bandages qui ornait son camarade.

— Je me suis accroché aux ferrailles, aux barbelés, toutes ces saloperies, dit Samir. J'ai couru. Je voyais plus rien. Je me cognais partout. Je sais pas comment j'ai réussi à sortir.

— Il se passe de drôles de trucs, en ce moment, déclara Sébastien. L'autre jour, Aïcha m'a raconté qu'il y a des fumées vivantes au douzième étage des Colibris.

Il resta songeur un moment puis ajouta :

— Peut-être un cimetière...

— Hein ?

— Oui, je vois que ça, s'enflamma Sébastien. Normalement, les phénomènes paranormaux ne se produisent jamais dans une tour moderne. Il faut trouver une explication. À mon avis, la tour a été construite sur un ancien cimetière. Ils essaient de sortir.

— Qui ?

— Les morts.

Samir accueillit la révélation avec stupeur.

— Tu crois que j'ai rencontré un mort ?

— Probablement une âme damnée, jugea Sébastien.

Le Cola fit un bond dans le verre de Samir.

— Et ils le disent, dans tes livres, que les âmes damnées bouffent les piles Wonder ?

— Jamais vu ça, admit Sébastien. Bon, en fait, je ne les ai pas tous lus.

— Faut que tu m'aides.

Sébastien sentit une fugitive bouffée d'orgueil lui gonfler la poitrine. Entendre Samir lui parler ainsi, sur ce ton suppliant, il n'en aurait même pas rêvé.

Mais pourquoi le sang lui battait-il maintenant aux tempes ? Une sourde impression lui montait du ventre. Quelque chose qui ressemblait à de la peur.

— Tu n'as pas l'intention de prévenir la police ? suggéra-t-il d'une voix chevrotante.

Sébastien savait bien que les flics ne gobent pas des histoires pareilles. Ces gens-là ne sont pas formés pour affronter le surnaturel. Voilà pourquoi tant d'affaires mystérieuses restent sans solution.

— Tu oublies le matos, lui rappela Samir.

Sébastien commençait à comprendre pourquoi Samir demeurait vert de trouille, même sain et sauf, en train de siroter un Cola.

Trois hypothèses, songea-t-il. Un, Samir retourne récupérer le matos et il se fait bouffer par le fantôme des Colibris. Deux, il ne récupère pas le matos et il se fait massacrer par ses cousins. Trois, il avoue tout aux flics.

Non. Pas trois hypothèses. Quatre.

— Qu'est-ce que tu crois ? s'écria Sébastien. Que je vais risquer ma peau à ta place pour récupérer ton carton ?

Il vit s'allumer une sinistre lueur d'espoir dans l'œil de son camarade.

— Tu t'y connais, toi, le flatta Samir. Tu as sûrement des trucs contre les âmes damnées.

— Des trucs ?

— Je sais pas, moi, des poudres magiques, des armes de sorcier, des trucs, quoi.

— Il faut que j'étudie la question, répondit prudemment Sébastien.

Samir changea de ton.

— Pourquoi que tu lis tous ces bouquins, sinon ? T'es vraiment qu'un bouffon ! Je l'ai toujours dit. Un bouffon.

— Je n'ai pas encore dit non.

En y réfléchissant, Sébastien était obligé de convenir que Samir n'avait pas tort. Pendant des années, dévorant tous ces livres, regardant tous ces films, il s'était en quelque sorte préparé. Maintenant, il se trouvait au pied du mur. Ce que Samir lui apportait sur un plateau, c'était l'affaire de sa vie. S'il la refusait, il n'était qu'un bouffon.

Un doute subsistait en lui. Et si tout cela n'était qu'une mauvaise blague ?

— Pas tout seul, hein ? lança-t-il. Si j'y vais, tu viens avec moi. Et tu passes devant.

CHAPITRE XIX

LEÇONS DE FRANÇAIS

Un seul être vous manque... et tout va beaucoup mieux, songea Jean-Hugues. C'était un vrai bonheur que de faire cours aux 5e 6 en l'absence de Samir. Il n'y avait plus qu'à surveiller Mamadou, confisquer la pâte à prout de Miguel et faire taire Farida.

En corrigeant ses copies, Jean-Hugues eut un autre sujet de satisfaction. Majid n'avait fait que onze fautes. Son meilleur résultat depuis le début de l'année.

La corvée achevée, Jean-Hugues s'installa devant son ordinateur. Le jeu se manifesta sans se faire prier. Petit coup de violons puis une voix caverneuse annonça :

— GOLEM !

Caliméro se précipita à la rencontre de sa bien-aimée.

— Tour de poitrine : 90. Quotient intellectuel : 150, prononça-t-il rêveusement. Eh bien, ma chérie, on l'a échappé belle. Imagine que ce soit le contraire !

Mais Natacha n'était pas achevée. Il fallait maintenant lui conférer pouvoirs et qualités. Et quelques défauts pour pimenter.

Jean-Hugues venait d'octroyer à Natacha un don d'irrésistible séduction quand le téléphone sonna dans le salon.

— J'ai combien ? demanda la voix.

— Majid ?

— Combien tu m'as mis à la dictée ? dit Majid d'un ton pressant. Faudrait que j'aie la moyenne.

— Onze fautes, lui annonça Jean-Hugues. Il faudrait que je te les compte moins d'un point pièce.

— Mais tu mets des mots qu'existent pas ! se révolta Majid. S'il te plaît. Ma mère m'a promis.

— Quoi donc ?

— L'ordinateur. Si j'ai un 10.

— Cette femme est trop faible.

— J'aurai le droit de m'en servir seulement pour travailler, précisa Majid.

Jean-Hugues sourit. Il mettrait 12.

— Tu sais pas ? dit soudain Majid. J'ai une imprimante !

— D'où tu sors ça ? s'alarma Jean-Hugues.

— Mais non, je te jure ! Je l'ai pas...

Majid n'acheva pas. Non, il ne l'avait pas volée... mais enfin. S'il disait simplement qu'on l'avait « oubliée » chez lui, Jean-Hugues ne le croirait jamais.

— Les baudets sont revenus, dit Majid.

Le récit de la visite des trois baudets qui n'étaient que deux impressionna beaucoup Jean-Hugues. Il avait du mal à admettre que ces gens-là agissaient sur ordre du célèbre magasin de vente par correspondance. Mais alors, à qui obéissaient-ils et que voulaient-ils ? Uniquement l'ordinateur de Majid parce qu'il était défectueux ? Inévitablement, la conversation téléphonique revint sur Golem.

— Tu y as rejoué ? devina Majid.

— Un peu, bredouilla Jean-Hugues.

— Tu en es où ?

Alors, pour la première fois, Jean-Hugues se lança dans la description de sa golémette. Fort imprudemment, il s'attarda sur les charmes de Natacha. Majid le fit redescendre sur terre :

— T'es amoureux ou quoi ?

— Ce... n'est qu'un jeu, fit Caliméro, décontenancé.

— Ouais, mais tu aimerais bien la connaître pour de vrai ?

Un rire embarrassé lui répondit.

— Et tu lui as donné quoi comme pouvoirs ? s'informa Majid.

— Je commence tout juste. J'ai pensé à... hum... la séduction.

— Mais c'est pas un pouvoir, ça ! protesta Majid. Moi, je vais me faire un vrai héros ! Et il sera tellement surpuissant que Natacha va tomber amoureuse de lui et tant pire pour toi...

— Impossible, coupa Jean-Hugues. Je vais donner à Natacha un don de discernement.

— C'est quoi, ça ? se méfia Majid.

— C'est le bon goût. Natacha n'aime que les hommes jeunes, élégants et professeurs de français.

Un éclat de rire salua la fin de sa déclaration.

— Allez, bonne nuit, Magic !

— Eh non, non, attends ! Mon clavier... Tu m'avais promis un clavier ?

Jean-Hugues renouvela sa promesse et raccrocha. Puis il s'efforça de se comporter en adulte et de chasser de son esprit Joke et Natacha. Restaient malgré tout les trois baudets qui n'étaient que deux. Et ça, ça n'était plus du jeu.

D'ailleurs, jouer, il n'en était toujours pas question chez les Badach. Majid brancha son nouveau clavier, obtenu le matin même, après le cours de français. Il fit démarrer son ordinateur puis se retourna. Emmé était dans son dos, paisible et les bras croisés.

— Tu vas quand même pas rester là ?

Imperturbable, Emmé hocha la tête.

— Travaille, Majid. L'ordinateur, ci pour l'icole.

Majid avait cru connaître un moment de pur bonheur en poussant le bouton de son ordinateur. Mais l'obstination de sa mère lui gâchait tout son plaisir.

— Pas tout le temps ? gémit-il.

— Ji ti connais, Majid.

Emmé ne lui faisait pas confiance. Elle avait décidé de regarder par-dessus son épaule tant que l'appareil demeurerait allumé. Pas question de s'égarer du côté de Golem City.

Il tapa sur son clavier tout neuf un chapelet de mots grossiers.

— Tu peux pas vérifier, de toute façon. Tu sais pas lire.

Emmé posa timidement un doigt sur l'écran.

— Vas-y. Dis-moi.

— Euh... non, fit Majid en s'empressant d'effacer ce qu'il venait d'écrire. Tiens, regarde.

EMMÉ, composa-t-il.

— Ci mon nom, dit-elle, vexée. Ji connais quand même !

Alors, Majid écrivit MAJID. Puis il tapa les noms des six autres enfants de Mme Badach : ABDELKARIM, MONIR, OMAR, HAZIZ, MOUSSA, BRAHIM.

— Ji sais, ji sais... c'est mes enfants... Montre-moi des autres choses.

— D'abord, la reprit Majid, on dit pas « ji sais ». On dit « je sais ». Là !

Et il inscrivit JE.

— Je, je, répéta-t-il.

Ensuite, au fil de son inspiration, il lui montra COLIBRIS, AÏCHA, COUSCOUS, CALIMÉRO, BONJOUR, MERCI, DICTÉE...

Finalement, il tapa EMMÉ, JE T'AIME, et sa mère se mit à pleurer.

Au collège, les leçons se suivaient et se ressemblaient. Miguel malaxait sa pâte à prout et Mamadou faisait des haltères avec ses manuels. Tout était dans l'ordre, à un détail près : au premier rang, la place de Sébastien était vide.

— Assis ! Assis ! répétait inlassablement Jean-Hugues.

— Assis ! hurla Mamadou.

Il y eut un énorme vacarme de postérieurs s'affalant sur les chaises.

— Merci, Mamadou. Où en étions-nous ?

— fiuvres complètes, volume 9, annonça Nouria.

— Zeinul, vous vous êtes porté volontaire pour nous lire ce passage ? Page 27.

Il y eut un remue-ménage de papiers sur le bureau de Zeinul.

— J'y suis, m'sieur. Alors, j'y vais ? Sérieux ?

Zeinul se racla la gorge et se mit à lire :

— Aïaouu ! Rogntudjuu ! Pett ! Marrraaoww !

— Parfait, approuva le prof. Notre cours d'aujourd'hui va donc porter sur ces petits mots qu'on appelle des onomatopées.

Mais l'absence de Sébastien le perturbait. Sans lui, il se sentait déstabilisé. La mine sérieuse du garçon, là, sous son nez, au premier rang, c'était un encoura... Soudain, il le vit. Mais terré dans le fond de la classe, auprès de Samir. D'où sortait-il encore, celui-là, qui réapparaissait après deux jours d'absence, couvert de bosses et de pansements ?

Samir et Sébastien. « Un duo inédit », songea Jean-Hugues, tandis que ses 5e 6 participaient avec un entrain inhabituel à la leçon du jour.

— Marrrâow !

— Wouaaah !

— Wouffh !

Jean-Hugues quitta son bureau, passa devant Majid qui griffonnait des golems et prit à revers Samir et Sébastien.

— On peut savoir ce que vous faites ? leur demanda-t-il.

Les deux garçons regardaient sous la table le contenu d'un sac plastique Mondiorama. Qu'y avait-il là-dedans ? Des cédés piratés ? Jean-Hugues leur arracha le sac d'un geste autoritaire et y plongea le nez.

— Qu'est-ce que c'est que...

Stupéfait, Jean-Hugues sortit une tresse d'ail.

— Un problème d'assaisonnement à la cantine ? questionna le prof.

— C'est pour le gigot de ce soir, à la maison, répondit Sébastien.

La pitrerie était tellement déplacée dans la bouche de Sébastien qu'elle ne fit même pas rire la classe.

— Très bien ! dit Jean-Hugues. Puisque vous me jouez la comédie, nous allons faire du théâtre. Samir, vous serez Gaston. Avec vos bandelettes, on dirait Lagaffe après une expérience. Sébastien, vous interpréterez M. de Mesmaeker. Zeinul, je compte sur vous pour les onomatopées.

— Et moi, m'sieur ?

— Et moi, m'sieur ?

— D'accord, se résigna Jean-Hugues, tout le monde fait les onomatopées.

Il n'y eut qu'un cri : « Aouah ! » La meilleure des onomatopées, c'était encore celle-là.

À la récré, il y eut une dernière mise au point.

— Tu es okay pour demain soir ? demanda Samir.

— Je... je crois, balbutia Sébastien.

— Ça peut plus attendre. Les cousins s'excitent.

Les deux garçons restèrent pensifs un instant.

— J'espère que c'est pas un loup-garou, dit finalement Sébastien.

— Et alors ? demanda Samir. Au cas où ?

— On serait mal. L'ail, c'est que pour les vampires. Et je peux quand même pas piquer les bijoux de ma mère.

Samir regarda son camarade sans comprendre.

— Les loups-garous, on les tue avec des balles en argent, expliqua Sébastien.

— Elle a de drôles de bijoux, ta mère.

— Tu les fais fondre, crétin. Et tu fabriques des balles avec.

Samir se sentit soudain déprimé. Avec un partenaire pareil, les cousins n'étaient pas près de récupérer le matos. Par bonheur, la chose qui hantait les caves des Colibris n'avait pas l'air d'un loup-garou. Mais vraiment pas.

CHAPITRE XX

RETOUR AUX CAVES

Depuis quelques jours, le gardien des Colibris n'éprouvait plus aucun plaisir à sortir son chien Brutus après la tombée de la nuit. Une sorte de malédiction semblait planer sur la tour. Pannes électriques à répétition, bruits insolites... On aurait dit que des mauvais plaisants s'acharnaient à lui faire peur.

S'il avait été courageux, il se serait planqué quelque part, là, par exemple, derrière les grandes poubelles vertes, et aurait guetté... Il était sûr qu'il se passait des choses pas très catholiques, le soir, dans les caves.

Mais observer Brutus suffisait à lui en ôter l'envie. Une bête comme ça, qui aurait pu bouffer un lion... la voir le poil hérissé et l'œil inquiet ! Et cette façon de gronder !

Le gardien écourta la promenade, filant vers sa loge dès que Brutus eut arrosé sa borne préférée.

— Ça y est, souffla Sébastien, il rentre.

Samir était accroupi près de lui, tout entier dissimulé par le pneu énorme d'un camion de livraisons.

Sébastien leva les yeux au ciel. Il faisait horriblement clair. Une grosse lune rougeâtre flottait juste au-dessus de la tour des Colibris.

— J'aime pas ça, dit-il.

— Quoi ? Qu'est-ce qu'y a ?

— Pleine lune, annonça Sébastien d'une voix sinistre. J'espère vraiment que c'est pas un loup-garou.

Dans son sac de sport bleu, il avait réuni tout ce qu'il fallait pour affronter la créature souterraine. Mais bien sûr, il manquait les balles en argent, indispensables pour tuer un loup-garou.

Plus de gardien. Plus de Brutus. Tout était calme dans la cité. Au moment de pénétrer dans la tour, Sébastien jeta un dernier regard en direction de la lune, se demandant s'il aurait l'occasion de la revoir.

— Gaffe à ta lampe, lui rappela Samir en poussant le bouton de sa torche électrique.

Ils en avaient une chacun et s'étaient mis d'accord sur la stratégie à suivre. Si la chose se montrait, masquer immédiatement les lumières. D'après Samir, elle était attirée par tout ce qui brillait, comme les papillons. Il en avait conclu que le monstre, peut-être, était incapable de voir dans l'obscurité. Mais rien n'était moins certain.

Ils descendirent quelques marches et s'engagèrent dans le premier couloir. Ils avançaient lentement, côte à côte, fouillant de leurs rayons lumineux les caves vides, derrière les portes fracturées.

Sébastien pensait à ses livres. Y aurait-il quelqu'un pour en prendre soin, si jamais il ne revenait pas ?

Samir, lui, songeait à Lulu. Une fois de plus, il avait laissé la gamine seule dans l'appartement. Cela l'ennuyait. Elle était bizarre, en ce moment, Lulu. Agitée, excitée. En meilleure forme que d'habitude, d'une certaine façon. Mais surtout bizarre. Elle disait qu'elle avait envie de se lever, elle que ses jambes toutes maigres ne pouvaient pas porter.

— Samir ? appela Lulu.

Personne ne répondit. Une nouvelle fois, tout le monde l'avait abandonnée. Ses parents sortaient presque tous les soirs, sans prévenir, et rentraient tard, bruyamment. Mais d'habitude, Samir ne la laissait jamais sans lui faire au moins un petit signe.

Elle n'avait pas dormi, elle en était sûre. Lulu dormait beaucoup moins depuis quelques jours. Et même, elle débordait d'énergie. Elle aurait voulu se lever, marcher, courir, danser.

En fait, elle avait essayé. La veille, elle avait réussi à descendre de son lit, à faire trois pas. Puis elle était tombée. Mais elle n'avait pas crié, ni pleuré.

Il lui avait fallu au moins trois heures pour parvenir à remonter sur son matelas. Personne ne s'était aperçu de rien.

Lulu avait encore mal aux coudes, aux genoux, aux mains. Peu lui importait. L'envie de recommencer la dévorait. Se lever, marcher, comme tous les autres enfants. Courir. Danser. Et quoi encore ? Que faisaient-ils ? Sauter à la corde. Jouer à la marelle.

Elle était convaincue de pouvoir y arriver. Peut-être était-elle en train de guérir ? En tout cas, depuis quelques jours, quelque chose avait changé. Ce n'étaient pas ses médicaments. Alors, c'était quoi ?

Lulu déplaça ses jambes sur les couvertures et les balança dans ce qui lui parut un vide immense. Le sol était tellement bas, tellement loin.

Mais il y avait en elle cette chose nouvelle.

La force.

— Je veux marcher, gémit-elle. Je veux, je veux.

Elle posa les mains au bord du matelas, se propulsa. Sauta. C'était un vide immense. Très loin. Très bas.

Avec un bel ensemble, Sébastien et Samir braquèrent leurs torches sur la silhouette blafarde de Prosper le fantôme.

— Me dis pas que c'est ça ! s'exclama Sébastien.

— Chut !

Prosper n'avait jamais fait de mal à personne. Et Samir savait qu'il n'avait pas fui devant un spectre de peinture blanche. S'il avait eu un doute, il lui aurait suffi de regarder par terre. Il avait laissé dans les couloirs souterrains une piste de sang.

Sébastien posa son sac par terre.

— Qu'est-ce que c'est ?

— Quoi ? Oh ça... La chaudière.

— C'est encore loin ? s'inquiéta Sébastien.

Samir lui adressa un geste vague du menton.

— 401, dit-il.

Sébastien ne semblait plus très pressé de poursuivre l'exploration. Il s'accroupit, posa sa lampe, tira la fermeture Éclair de son sac de sport.

— Tiens ! souffla-t-il en tendant à Samir la tresse d'ail.

Samir la saisit en silence et l'accrocha par sa boucle à un bouton de sa veste.

— Toi, tu portes l'ail, dit Sébastien. Moi, je prends le pieu.

Le morceau de bois taillé en pointe faisait toute la longueur du sac. Sébastien se sentait parfaitement armé pour la chasse au vampire. Malheureusement, la description de Samir ne laissait présager rien de tel. La créature appartenait plus probablement à la catégorie fantôme ou mort vivant. Et là, la partie s'annonçait beaucoup plus difficile.

Sébastien poussa son camarade devant lui de la pointe du bâton. Jusqu'à présent, tout allait bien. Ils dépassèrent la chaudière et pénétrèrent dans le dernier couloir, celui qui menait à la porte 401.

Samir, qui marchait devant, progressait maintenant à tout petits pas. Sans cesse, il jetait un coup d'œil par-dessus son épaule, comme s'il craignait que Sébastien ne file en douce. Le rayon lumineux, qu'il tenait baissé vers le sol, tremblait au même rythme que sa main secouée par la peur.

Soudain, il leva sa torche et poussa une exclamation d'horreur.

— Là ! Y a quelqu'un !

Les deux garçons s'immobilisèrent, braquant leurs lampes sur le corps affalé contre la paroi du souterrain.

— Tu crois qu'il est... bredouilla Sébastien.

— Ça en a l'air.

— On se barre ?

Samir décida d'approcher. Il éclaira le visage inerte de l'homme, sa peau noircie par endroits, ses vêtements en lambeaux qui semblaient adhérer à la chair. Un grand frisson le secoua du haut en bas.

— On se barre ? répéta Sébastien.

Mais la porte fracassée de la cave 401 était toute proche.

— On y est presque, s'encouragea Samir.

Quelque chose attira son regard. Un objet, sur le sol, près de la main ouverte de l'inconnu. Un portefeuille ? Samir se baissa et le glissa dans sa poche sans l'avoir examiné. Dur, avec une antenne. Il savait ce que c'était. Un téléphone portable. Il était allumé. L'homme avait peut-être cherché à appeler du secours.

— Qu'est-ce que tu fais ? demanda Sébastien.

« Et moi, s'interrogea-t-il, qu'est-ce que je fais là ? »

Les pensées se bousculaient dans sa cervelle. Samir l'avait attiré dans un piège. Samir avait tué quelqu'un. Samir voulait lui mettre le crime sur le dos.

« Il faut que je me tire d'ici. Vite. »

Mais Samir l'attrapa par la manche. En voyant le visage décomposé de son camarade, Sébastien comprit que la menace fantôme existait, elle aussi.

Ils se retrouvèrent tous deux devant la porte à demi couchée de la cave 401. D'un même réflexe, ils collèrent leurs torches électriques contre leur propre corps, pour ne donner qu'un minimum de lumière.

— Il est là, murmura Samir.

— Qui ?

— Le carton.

Dans le carton, il y avait pour une « patate et demie de matos », avaient dit les cousins. En plissant les yeux, Sébastien l'aperçut dans la pénombre. Peut-être à sept ou huit mètres. Le ramasser. Prendre la fuite. Ça semblait si facile. Mais il ne put s'empêcher de se retourner. Il aurait juré que le cadavre avait bougé. Samir posa sa lampe.

— J'y vais. Éclaire-moi. Un tout petit peu.

Et vraiment, ce fut très facile.

Samir avança dans les ténèbres moites de la cave. Derrière lui, Sébastien abandonna son pieu aiguisé pour l'accompagner d'un rayon lumineux qu'il filtrait entre ses doigts.

Samir s'accroupit. Il s'empara du grand carton plat. Il se releva.

Mais déjà, il était trop tard.

Le monstre était là, qui l'attendait dans l'ombre.

Samir lâcha le carton.

Ce n'était pas possible. Pourquoi ne l'avait-il pas vu ?

Il le savait : parce que la créature avait changé. Elle ne brillait presque plus. Jusqu'à l'ultime moment, elle était restée noyée dans l'obscurité. Et maintenant, elle se drcssait devant lui, blême, imprécise, sans expression. Pareille à un bonhomme de neige à demi fondu.

L'ail.

Samir tira sur la tresse, arrachant un bouton de sa veste. Il la jeta sur la chose qui s'agitait dans l'ombre.

Non, ce n'était pas un vampire.

— Écarte-toi !

La voix de Sébastien lui parut surgir du fond d'un long tunnel. Samir recula, se tordit la cheville, s'affala douloureusement contre le tas de boulets de charbon. Il vit passer le pieu sous son nez.

Sébastien l'avait lancé de toutes ses forces.

Mais le monstre des Colibris ne craignait ni l'ail ni les pieux.

Pourtant, l'attaque l'avait troublé. Il émit une gerbe d'étincelles bleutées et se tourna vers l'entrée de la cave, où se tenait Sébastien.

Samir profita de ce bref répit pour ramper hors de portée. Sébastien crut qu'il allait pouvoir s'échapper, qu'ils s'en sortiraient tous les deux. Avec stupeur, il constata que son camarade ne voulait pas renoncer à son précieux carton. Samir hésitait, attendant le moment de se ruer sur le volumineux objet.

Alors, Sébastien posa sa lampe à l'envers sur le sol, pour étouffer la lumière, et plongea les deux mains dans le sac de sport grand ouvert. Il attrapa tout ce qu'il y avait entassé. Trois cailloux, qu'il balança en vain sur la créature. Puis...

Puis il vit, horrifié, la torche basculer et rouler par terre. Le rayon frappa le monstre qui parut y puiser une énergie soudaine.

De sa main droite, Sébastien brandit une vieille édition de la Bible au papier jauni. Dans sa main gauche, il y avait un crucifix de métal doré.

Rien. Rien. Le monstre ne croyait ni à Dieu ni à diable.

Vampire, spectre, loup-garou ou mort vivant... il allait l'étreindre entre ses bras palpitants. Sébastien fouilla une dernière fois dans son sac.

Rien. Plus rien.

Si. Dans un coin, il sentit quelque chose au bout de ses doigts. Un jouet. Un petit revolver de plastique transparent. Ce matin même, Sébastien était allé à l'église Sainte-Geneviève et l'avait rempli en cachette d'eau bénite.

— Nooon ! hurla-t-il en voyant s'approcher le monstre.

Et il pressa la crosse. Toute molle. Ridicule.

Le petit jet d'eau bénite fila dans l'obscurité. Toucha l'abominable créature.

Samir et Sébastien eurent l'impression que tout disjonctait. Mais c'était dans leur tête. Comme s'ils avaient enfoncé deux doigts dans une prise de courant.

Elle l'avait fait ! Lulu avait réussi à faire descendre ses pieds jusqu'au sol et ses jambes l'avaient portée.

Lulu était restée immobile une longue minute, agrippée à la boule de laiton qui ornait le montant de son lit. Finalement, elle l'avait lâchée. Et elle avait marché. Un pas, deux pas, trois pas. Jusqu'à la fenêtre.

L'esplanade s'étendait devant ses yeux. Longtemps, très longtemps, Lulu avait observé les tours endormies, les balcons chargés de linge, les voitures garées dans les allées. Et surtout, elle avait contemplé la grosse lune rousse qui flottait dans le ciel.

Sa main était devenue blanche à force de serrer la poignée de la fenêtre. Mais elle tenait bon.

Rien ne pourrait jamais plus l'empêcher de marcher. Peut-être, demain, irait-elle jusqu'à la cuisine ?

La foudre s'abattit brusquement sur elle. Un grand éclair illumina les vitres et l'ébranla de la tête aux pieds. Lulu lâcha prise.

Quand elle reprit conscience, étendue sur le plancher froid, son cœur battait à tout rompre. Et elle avait le corps en feu.

— Samir ! appela-t-elle. Samir !

Samir était en danger. Elle le savait.

Le choc avait été terrible. Assis par terre, l'un face à l'autre, les deux garçons se regardaient, éberlués.

Du monstre, plus la moindre trace.

— L'eau bénite, murmura Sébastien.

Samir, qui ignorait de quoi il s'agissait, se jura que dorénavant il en aurait toujours un flacon dans sa poche. Le premier, il recouvra ses esprits.

— Vite ! cria-t-il.

Il se releva et faillit prendre la fuite en oubliant...

— Le carton !

Il alla le ramasser, scrutant avec inquiétude les ténèbres de la cave. Mais plus rien ne bougeait.

Samir et Sébastien sortirent enfin de la 401. Ils passèrent sans un mot devant le corps affalé contre le mur. Leurs jambes flageolantes les conduisirent jusqu'à la chaudière, jusqu'à Prosper, jusqu'aux dernières marches.

La nuit était merveilleusement douce. Sébastien leva les yeux avec reconnaissance en direction de la lune. Il aurait voulu la serrer dans ses bras, l'embrasser.

— Et lui ? demanda-t-il.

— Qui ?

— Le type, insista Sébastien. Qu'est-ce qu'on fait ?

Samir haussa les épaules.

— Ben... rien.

— Il ne faut pas prévenir la police ?

Samir sentit la présence dans sa poche du petit objet qu'il avait ramassé en douce.

— T'es ouf ! protesta-t-il. Tu veux qu'on t'accuse de l'avoir dégommé ?

— Je me demande bien de quoi il est mort, dit Sébastien en frissonnant.

— À mon avis, dit Samir, il avait pas d'eau bénite.

— Il va se faire bouffer par les rats. On peut pas le laisser là !

— Moi, décréta Samir, je l'ai jamais vu.

— Je m'en occupe.

Sébastien ne ferma pas l'œil de la nuit. À chaque fois que ses paupières se baissaient, il voyait apparaître une forme blanche gorgée d'énergie électrique.

Tôt le lendemain matin, il marcha jusqu'à une cabine téléphonique. Un mouchoir sur la bouche, imitant la voix de Titi le canari, il demanda à parler à la police. À la voix ensommeillée qui lui répondit, il déclara :

— Il y a un cadavre dans les caves des Colibris. Le cadavre d'un homme mort.

Puis il raccrocha et éclata d'un rire nerveux, tellement ce qu'il venait de proférer était stupide. Ensuite, il se rendit au collège. Et, pour la première fois de sa vie, il rata complètement son contrôle de géographie.

CHAPITRE XXI

GOLEM ET PÂTE À PROUT

Jean-Hugues entra dans la cuisine et se mit à vider le panier que sa mère avait posé sur la table. Mondial Cola, Pizza Mondialissimo, céréales Mondior. Pas de doute, Mme de Molenne était passée à Mondiorama. Au fond du panier, Jean-Hugues découvrit aussi tout un lot d'une denrée moins comestible. Quelque chose qu'il connaissait pour en avoir confisqué dix fois au petit Miguel. De la pâte à prout Mondialo.

Jean-Hugues se dirigea vers le salon pour poser deux ou trois questions à sa mère. Mais Mme de Molenne ne semblait pas d'humeur à lui répondre.

— J'ai passé l'après-midi à me battre contre ton ordinateur ! s'écria-t-elle. Un vrai supplice.

— Tu n'as jamais su t'en servir, remarqua Jean-Hugues.

Sa mère était plutôt une adepte de l'écriture à la main. Mais quand elle devait livrer un article à une revue, il lui fallait bien recourir aux services de l'informatique. Mme de Molenne collaborait à *Psychologie, les clefs de l'esprit* où elle traitait de sujets aussi passionnants que « L'art de la conversation dans les ascenseurs » ou « Faut-il abattre les tours de nos cités ? ».

— Le golem ! Le golem ! gémit-elle. J'en ai jusque-là du golem !

Jean-Hugues en resta un instant muet de stupeur.

— Tu joues à ça ? s'étonna-t-il finalement.

— Bien sûr que non ! Tu m'imagines, moi, à mon âge ?

Mme de Molenne fit peser sur son fils un regard qui signifiait : « Et toi, mon pauvre garçon ! »

— Je voulais taper mon article tranquillement. Mais rien à faire.

Impossible de se concentrer avec cette espèce de fantôme qui se promène sur ton écran. C'est horrible ! On a l'impression qu'il vient vous chercher.

Jean-Hugues se mit à rire.

— Oui, par moments, Joke est un peu collant.

— Joke ? répéta Mme de Molenne. Tu l'appelles comme ça ? Et tu ne peux pas t'en débarrasser ?

Jean-Hugues secoua la tête, fataliste.

— Eh bien, non... C'est un genre de virus.

— La pizza ! s'exclama sa mère en se levant précipitamment. Je ne l'ai pas mise au congélateur.

Jean-Hugues la rejoignit dans la cuisine. Là, il se souvint de ce qu'il avait découvert en rangeant les commissions.

— Qu'est-ce que c'est que cette lubie ? demanda-t-il en désignant les petits pots de pâte à prout Mondialo.

— Ça ? Euh... je ne sais pas, c'était en promotion, bredouilla Mme de Molenne. J'ai pensé... que ça t'amuserait.

Jean-Hugues se mit en quête d'une réplique cinglante. Il était d'autant plus vexé que, sans vraiment se l'avouer, il avait gardé trois pots de pâte à prout pour lui.

— Tu n'as pas l'intention de traiter le sujet pour *Psychologie* ? ironisa-t-il.

Mais cela ne démonta pas sa psychologue de mère.

— Tiens ! C'est une idée ! s'exclama-t-elle. Je crois même que j'ai déjà le titre : « Golem et pâte à prout : ces enfants qui ne veulent pas grandir. »

— Je vais mettre le couvert, grommela Jean-Hugues.

Samir dévissa le tube et fit jaillir un peu de crème blanche dans le creux de sa main.

— Je suis allé à la pharmacie, dit-il à Lulu. Ils m'ont conseillé ça.

La gamine portait d'étranges traces de brûlures sur les bras et sur le ventre. Elle était comme ça depuis qu'il était rentré, après son expédition mouvementée dans les caves en compagnie de Sébastien. Il avait trouvé Lulu au pied de son lit, en plein délire.

Il étala le baume.

— Ça va mieux, affirma Samir. C'est moins rouge.

Lulu secoua sa petite tête sur l'oreiller.

— Non, se plaignit-elle, ça va pas mieux.

— Mais si.

— Non. Elle est partie.

— Qui ça ? demanda Samir.

— La Force, dit Lulu.

Samir haussa les épaules.

— T'en as jamais eu, de la force. Faut t'y faire.

— Non, corrigea Lulu. Pas de la force. La Force.

— Tu te crois dans *Star Wars* ?

— Tu comprends rien, trancha Lulu.

— Tu ferais mieux de dormir, décida Samir.

Lulu ferma docilement les yeux. Mais elle ajouta :

— Quand elle est là, je peux marcher.

— D'accord, répondit Samir.

Il s'éloigna doucement et referma la porte de la chambre. Lulu n'était pas son seul souci.

Les flics avaient débarqué aux Colibris ce matin-là et ils avaient trouvé le corps. En principe, Samir n'avait rien à craindre. Leur virée nocturne n'avait pas eu de témoins. Mais Sébastien saurait-il tenir sa langue ?

Puis il y avait les cousins. Ils n'allaient pas manquer de faire le rapprochement. Qu'en concluraient-ils ? Allez, se rassura Samir, les cousins avaient leur matos. C'était tout ce qui les intéressait. Ils ne croiraient quand même pas... que quoi ? Que pour récupérer leur carton Samir avait dû trucider un type qui passait par là ?

Il sortit de sa poche le téléphone portable qu'il avait volé. Un bel appareil, qui valait sûrement son paquet de dollars. Le plus étrange, c'était qu'il n'était toujours pas déchargé. Samir aurait pu s'en servir. Il n'osait pas. Quelque chose l'avertissait : attention danger !

Une fois encore, Samir chercha la marque du portable. Mais il n'y avait rien d'autre qu'un petit logo. Un *M* inscrit dans un cercle strié de quelques méridiens, comme aurait dit le prof d'histoire-géo. Bref, c'était la Terre.

Ça ne lui disait rien. Sans doute une marque étrangère. Pourtant, à la réflexion, il était convaincu de l'avoir déjà vu quelque part, ce *M* sur fond de globe terrestre.

Chez les Badach, c'était l'heure de la leçon de lecture. Majid était devenu le professeur de sa mère. Emmé reconnaissait maintenant au premier coup d'œil toutes les syllabes simples. Le problème, avec le français, c'est que la plupart des syllabes sont compliquées. Assise auprès de Majid, Emmé scrutait l'écran d'un air désemparé.

— Tout ça ci pareil ? s'étonna-t-elle.

Majid le lui confirma. *Un*, *in*, *ain*, *ein*... tout ça, c'était pareil.

— Comme *un* ? dit-elle en levant le pouce.

— Oui.

Majid, lui aussi, se sentait faire des progrès. Ces mots qu'il prétendait apprendre à sa mère, il les apprenait en même temps.

— Ci encore pire que les *an* et les *en*, décréta Emmé.

Elle pinça la bouche et ajouta :

— Moi, je crois que ci exprès. Y a que les Français qui z'y arrivent.

— Oh non, même Sébastien, il fait des fautes et...

Majid s'interrompit, désarçonné par le bruit dégoûtant que venait d'émettre Emmé.

— Bon, on continue ? demanda-t-il.

Il sursauta. Emmé avait recommencé.

— Ci une horreur ! s'écria-t-elle.

Elle jeta sur la table la petite boule qu'elle tenait dans la main gauche.

— Qu'est-ce que tu fabriques ?

— Ci la pâte à prout, dit Emmé en fronçant le nez.

— Emmé ? s'inquiéta Majid. Ça va ?

Sa mère regardait la chose avec surprise, comme si elle avait du mal à s'en expliquer la présence.

— C'itait les promotions, Majid. Et moi j'ai acheté la pâte à prout. Ci comme ça les promotions, ci...

Elle soupira, incapable de conclure. Majid se tordait de rire sur sa chaise. Au fond, il était ravi. Cela faisait un moment qu'il songeait à s'en acheter.

— Tu t'es fait avoir, oui ! se moqua-t-il.

— Majid ! gronda Emmé. Arrête ! Arrête tit de suite !

— Si on peut plus rigoler, protesta Majid.

Mais sa mère ne pensait plus à la pâte à prout. Sévère, elle posait un regard noir sur l'écran de l'ordinateur.

GOLEM, affichait-il en grandes lettres. Le jeu était de retour. Le jeu l'appelait !

— Emmé ! supplia Majid. Je l'ai mérité. C'est trop injuste.

— Pas encore, Majid, pas encore.

Il savait bien que, quand le jeu avait décidé de s'incruster, on ne pouvait s'en débarrasser qu'en fermant tout et en réinitialisant la machine. Majid appuya à contrecœur sur le bouton *reset*.

Il avait un clavier tout neuf, offert par Jean-Hugues. Il avait une imprimante dernier cri, oubliée par les baudets. Il avait un ordinateur comme il n'en existait pas deux dans la cité, un ordinateur de la marque Nouvelle Génération MC, symbolisée par ce M sur fond de planète Terre. Et il ne pouvait pas s'en servir.

Pendant ce temps, Caliméro flirtait avec Natacha. Mais au fond, pourquoi Majid ne rendrait-il pas une visite de politesse à son prof de français ?

Voilà pourquoi, ce samedi, Caliméro et Magic Berber se trouvaient coude à coude devant l'écran. Depuis près d'une heure, ils se promenaient dans le monde de Golémia sur lequel régnait Natacha. Soudain, Majid s'étira en bâillant pour se délasser et c'est alors qu'il aperçut sur l'étagère toute une série de petits pots.

— Mais c'est la vérole, ce truc-là ! s'exclama-t-il.

— Pardon ? fit Jean-Hugues.

Son élève lui désigna la pâte à prout Mondialo.

— Tu l'as confisquée, devina Majid.

— Oui, à ma mère.

Majid médita l'information pendant un instant.

— Ça les ravage, les promotions, conclut-il, en enviant la pâte à prout fluo sur l'étagère.

Un peu avant sept heures du soir, Majid avait téléphoné à sa mère pour la prévenir qu'il rentrerait tard. Il n'était pas sûr que Emmé ait vraiment gobé son histoire de cours particulier avec M. de Molenne mais enfin...

À huit heures, ils avaient grignoté des sandwiches.

Et maintenant, après avoir longuement accompagné le dragon Bubulle dans les labyrinthes de Golémia, ramassant ici et là points de vie et pièces d'or pour acheter des pouvoirs, ils contemplaient Natacha, admiratifs.

— Bon, alors, demanda Majid, tu lui as déjà acheté des pouvoirs ?

— Elle saute 1,80 mètre en hauteur et elle court le 100 mètres en 12 secondes, plaisanta Jean-Hugues.

— C'est pas vrai que t'en as fait une sportive ? s'indigna Majid. La honte !

— Il lui faut un métier, à cette jeune personne. J'ai pensé que prof d'EPS...

Majid leva les yeux au ciel.

— Elle peut avoir tout, Natacha, et toi... C'est comme si Dieu, au lieu de faire les étoiles et la mer, il aurait fait... la cité des Quatre-Cents !

— Bon, bon, concéda Jean-Hugues. Je pensais aussi lui conférer un don d'invisibilité. C'est pratique, non ?

— Une supercanon comme ça, ça serait dommage si on pourrait plus la voir !

Au terme de négociations animées, ils décidèrent que Natacha serait tendre mais qu'il ne faudrait pas lui marcher sur les pieds ;

intelligente mais pas prétentieuse ; sportive mais pas prof d'EPS ; elle aimerait le cinéma, la lecture et les motos ; elle n'achèterait jamais de pâte à prout ; elle ferait bien la cuisine ; elle ne voudrait pas d'enfants pour le moment.

Enfin, dans la catégorie des « pouvoirs », il fut convenu que Natacha resterait visible (et plutôt deux fois qu'une) mais qu'elle aurait la possibilité de voir dans le noir. Et aussi, pendant qu'on y était, qu'elle serait capable de respirer sous l'eau.

— Je ne suis pas certain que tout ça soit prévu dans le programme, objecta Jean-Hugues, retrouvant un instant sa lucidité.

— Regarde, souffla Majid.

Tournée vers eux, la créature électronique tendait les bras, avec un sourire à dégeler la banquise.

— On dirait qu'elle veut nous rejoindre, certifia le gamin.

Jean-Hugues ne put qu'acquiescer. Il cliqua sur l'écran, soudain impatient de reprendre le jeu. Mais il avait cliqué sans réfléchir, alors que la petite flèche animée par la souris clignotait sur une grosse porte de bois, au fond de la chambre...

Aussitôt, la porte s'ouvrit.

Et ils déferlèrent.

Une horde, une meute furieuse. Comme s'ils s'étaient tous tenus là, aux aguets, derrière la porte fermée.

— Natacha ! hurla Jean-Hugues.

— Bats-toi, mais bats-toi ! brailla Majid.

Il n'y avait pas deux monstres pareils. Diable à queue fourchue, nain hystérique, larve rampante, cyclope à face hilare, chevalier sans tête, sorcière aux ongles noirs, serpent à pattes, grenouille à cou de girafe, mâchoires sans corps, chose visqueuse... et il en arrivait d'autres, sans cesse d'autres. Tous se précipitaient sur Natacha.

— Bats-toi ! trépignait Majid. Mais bute-les !

Jean-Hugues réagit enfin. Il enfonça touche après touche. 1, 6, flèche à droite, flèche à gauche. Des traits enflammés partirent dans toutes les directions. Il perfora, trancha, décapita, animant le petit guerrier qui le représentait.

— Bubulle, à l'aide ! appela Caliméro.

Le dragon balaya tout un coin de la pièce de son souffle brûlant, carbonisant d'un coup dix assaillants.

Mais la porte était restée ouverte. De nouvelles hordes accouraient, submergeant tout. Le petit guerrier, le dragon. Et Natacha.

Elle se débattait, tendait les bras.

Bientôt, on ne vit plus que sa jolie tête blonde. Son beau regard pailleté, empli de terreur. Puis, brusquement, l'écran se figea sur ce spectacle de désolation. En grosses lettres s'afficha la mention :

`Game over`

Ensuite, apparut la demande rituelle :

`› recommencer la partie`

`› quitter la partie`

— Recommencer, souffla Majid.

Près de lui, Jean-Hugues semblait hagard. La sueur ruisselait de son front. Majid eut même l'impression que, parmi les gouttelettes qui brillaient sur ses joues, certaines étaient des larmes.

— Rentre chez toi, Majid, dit Jean-Hugues. C'est fini pour aujourd'hui.

— Tu vas pas laisser tomber ? Il faut la refaire. Natacha, il faut la refaire.

— Oui, oui, bredouilla Jean-Hugues. Et je saurai, maintenant. La porte. Laisser la porte fermée.

Majid rentra aux Colibris. Avant de monter chez lui, il repensa à l'homme dont on avait découvert le corps dans les caves. Il se sentit gagné par l'envie irrésistible de s'approcher, d'entrer dans les lieux, de pousser la porte des sous-sols. Mais non. Ce soir, mieux valait ne pas pousser n'importe quelle porte.

Et c'est alors qu'il entendit. Comme une plainte venue des entrailles de la terre. Il se précipita vers l'escalier et monta les marches quatre à quatre.

L'appartement familial était sombre et silencieux. À cette heure, son père était rentré, avait mangé, s'était couché. Un sentiment de colère et d'injustice envahit Majid. Cet imbécile de Caliméro avait tout gâché. Il s'était montré incapable de protéger Natacha. Cette idée, d'abord, de golémiser une fille ! Dans Golem City, son monde à lui, Magic^Berber, les choses ne se seraient pas passées comme ça. Il aurait créé un super-héros, un vrai, capable de se défendre. Il lui fallait absolument reprendre le jeu. Et alors, on verrait.

Planté au milieu du salon, Majid ôta ses chaussures. Il ne parvenait pas à se résoudre à prendre le chemin du lit. Qu'est-ce qui l'empêchait de jouer maintenant, pendant que tout le monde dormait ?

Un petit bruit parvint à ses oreilles. Comme un léger ronflement. Majid fouilla du regard la pénombre du salon, étreint par une étrange angoisse. Soudain, il vit s'allumer un œil rouge, là, devant lui. Puis le souffle s'accentua. Cela ne dura que quelques secondes. Tout s'arrêta. Et il comprit. L'imprimante s'était mise en marche toute seule.

Il avança sur deux jambes flageolantes jusqu'à l'ordinateur. Une feuille blanche brillait, droite sur l'imprimante d'où elle venait de sortir. Majid la saisit d'une main moite. Il s'approcha de la fenêtre du salon pour profiter de la lumière que répandait la lune. Et il lut.

```
JOUE, MAGIC^BERBER, JOUE.
     JE T'ATTENDS.
```

2 — Joke

CHAPITRE PREMIER

OÙ C'EST, LA TCHÉTCHÉNIE ?

La petite camionnette emportait la journaliste et son cadreur vers la cité des Quatre-Cents. Il y avait urgence. Ça devait être dans la boîte pour le vingt heures.

— Tu crois pas que les gens en ont marre des reportages sur les banlieues ? demanda Momo, le cadreur. Déjà, la semaine dernière, on avait un sujet sur le rodéo sauvage aux Minguettes. Hier, c'était l'épicière que les mômes ont braquée à Créteil...

— Après la Tchétchénie, ça me fait des vacances, le coupa sèchement Cécile Bertrand.

— Évidemment, vu comme ça, grogna Momo. Et c'est quoi, l'affaire ?

— La police a reçu un coup de téléphone anonyme signalant la présence d'un cadavre dans les caves d'une HLM, aux Quatre-Cents. Ils y sont allés et ils l'ont trouvé. L'homme n'avait aucun papier sur lui.

— Classique, dit Momo, blasé par vingt ans de faits divers.

— Là où ça se corse, c'est que le type avait des brûlures sur tout le corps.

Momo claqua la langue en connaisseur.

— Ça, c'est mieux. Peut-être une séance de torture dans les caves ? Des jeunes qui s'embêtaient. Faudrait savoir si les gens de l'immeuble ont entendu des cris.

Il prit un air gourmand. En cuisinant les paumés qui vivent dans ce genre d'endroit, ils obtiendraient sûrement du saignant, style : « On l'a entendu hurler dans la nuit. Maintenant, on vit dans la terreur. À qui c'est le tour, hein ? »

Momo se mit à siffloter. Ils auraient peut-être l'ouverture du journal télévisé avec ça. Le présentateur regarderait le téléspectateur dans le blanc des yeux et il dirait, le ton lugubre : « Les beaux jours reviennent mais la France a peur. »

Quand il vit les premières barres grises des Quatre-Cents, Momo fit la grimace. Pas très photogénique. Il ralentit à hauteur de deux petits Blacks qui jouaient au foot.

— Ho, les gosses ! C'est où, les Colibris ?

L'aîné s'approcha de la camionnette.

— Aouah, c'est la télé ! cria-t-il à son petit frère. Vous venez pour le crime ?

— T'as tout compris, répondit Momo. Alors, c'est où, les Colibris ?

— On peut avoir un autographe ? demanda le grand à tout hasard.

— Il est même pas célèbre, fit le petit frère, dégoûté. On le voit jamais à la télé, celui-là.

Momo tapotait sur son volant. Il y avait des coups de pied au cul qui se perdaient.

— Bon, mais tu me le dis, oui ? s'écria-t-il.

Le grand expliqua longuement. *À droite, vous voyez le deuxième immeuble ? Ben, c'est pas lui, faut tourner à gauche.* Momo répéta, les sourcils froncés, puis repartit sans même remercier. Les petits mômes attendirent que la camionnette ait disparu et ils se tapèrent dans la paume des mains. Ils avaient expédié Momo dans la direction opposée.

Un quart d'heure plus tard, la camionnette rebroussait chemin.

— Tu vois, je commence à comprendre ce que c'est qu'avoir la haine, fit Momo, l'air sombre. Ces deux mômes, si je retombe dessus...

— En Tchétchénie, non seulement ils nous perdent, mais en plus, ils nous kidnappent, lui rappela Cécile Bertrand.

— Évidemment, vu comme ça, grogna Momo. Tiens, on va demander au pépère, là-bas... Dites, m'sieur !

Le pépère, accompagné de son chien-loup, s'approcha de la camionnette, d'abord méfiant, puis tout sourires. La télé !

— On cherche les Colibris...

— Ah bah, vous tombez bien, dit Pépère. Je suis le gardien de l'immeuble. C'est juste là.

Cécile et Momo échangèrent un regard entendu. Celui-là, on allait se le mettre dans la boîte.

— On peut vous poser deux ou trois questions ? fit la jeune femme.

— Faut pas que je soye maquillé pour passer à la télé ? s'inquiéta Pépère.

Cécile faillit lui rire au nez.

— Non, non, c'est pas la peine pour les reportages.

On décida de s'installer devant les Colibris et Momo mit la caméra à l'épaule tandis que Cécile entamait l'interview.

— Vous êtes le gardien des Colibris ? Ce meurtre, vous pensiez que c'était possible, ici ?

— Ah bah, je vous crois, répondit le gardien. Tout est possible, ici. Y a qu'à voir Brutus.

— Qui est-ce ?

— C'est mon chien.

Momo baissa la caméra pour filmer le chien-loup.

— Il était pas dans son assiette, le soir du crime, reprit Pépère. D'habitude, il fait son pipi, là, sur cette borne, en face des caves...

« Ça, on va couper au montage », songea Cécile.

— Mais ce soir-là, y avait pas moyen. Pourtant, il est régulier, Brutus. Il fait son pipi à la même heure, sur la borne...

— Très bien, brusqua Cécile. Mais vous, ce soir-là, est-ce que vous avez remarqué quelque chose de suspect ?

— Ah bah, je vous crois. Sans arrêt qu'il y avait des coupures de courant et des pannes d'ascenseur et les ampoules qui pètent. Vingt ans que je suis gardien, ici. J'avais jamais vu ça. On met une ampoule neuve et paf, elle pète.

Momo abaissa la caméra avec un soupir. Vraiment grave, le pépère. On lui pose des questions sur un crime et il vous parle d'EDF.

Juste à ce moment-là, une jolie petite Black sortit du hall des Colibris.

— Ho, petite ! l'appela Momo.

Aïcha s'approcha timidement.

— Tu es de l'immeuble ? l'interrogea Cécile. Est-ce que tu pourrais répondre à une ou deux questions ?

— C'est pour la télé, ajouta Momo comme on tend un paquet de bonbons à un gosse pour le tenter.

— Je sais pas si j'ai le droit, bredouilla Aïcha.

Elle était élevée sévèrement et elle se demandait si son père ne la taperait pas pour avoir parlé à un inconnu. Oui, mais c'était pour la télé... Sans prendre garde à ses réticences, Cécile commença l'interview et Momo se remit à filmer.

— Tu habites les Colibris... Tu sais qu'on a retrouvé un cadavre dans les caves ? Est-ce que tu as remarqué des choses suspectes dans l'immeuble ?

— Oui, dit Aïcha en baissant les yeux. À mon étage, il y a des fumées qui se promènent dans le couloir. Ça fait même des étincelles.

Momo abaissa une nouvelle fois sa caméra en poussant un soupir.

— Attends, c'est peut-être intéressant, lui dit Cécile. Cette fumée, qu'est-ce que c'est, à ton avis ? Il y a des jeunes qui s'amusent à mettre le feu dans l'immeuble ?

— Ah non, c'est pas ça ! s'affola Aïcha. Pas du tout. C'est une fumée sans feu. C'est les esprits des morts qui reviennent.

— Mais ils sont tous frappés, ici ! s'écria Momo, en renonçant à filmer.

— On en essaye encore un, le raisonna Cécile.

Le cadreur et la journaliste traînèrent un peu autour de l'immeuble et finirent par apercevoir un petit Beur d'une dizaine d'années qui jouait à cracher de plus en plus loin. Il prit la pose superfrime, casquette vissée à l'envers, dès que Momo se mit à le filmer.

— Ah ouais ! fit-il quand il fut question du cadavre. Il se passe des keutrus méga-bizardosses aux Brilicos.

« Il va falloir le sous-titrer », songea Cécile.

— Quels trucs bizarres ? insista-t-elle doucement.

— C'est mon reufré qu'a un painco qui connaît des keums de la 5e 6. Ils disent comme quoi y a un fantôme dans les caves aux Brilicos.

— Tous frappés, gémit Momo, tout en continuant de filmer.

Cécile lui fit signe de se taire.

— Qu'est-ce que tu appelles un « fantôme » ?

— Ben, un fantôme, répondit le petit en toisant la journaliste comme si c'était une crétine du CE2. Un keutru blanc avec des draps. Mais le fantôme des Quatre-Cents, il est moderne. Il fait de l'électricité. C'est un fantôme électrique.

— Laisse tomber, fit Cécile découragée en regardant Momo.

Tous deux s'éloignèrent des Colibris. Comble de poisse, le cadreur marcha dans une grosse merde de chien avant de remonter dans la camionnette. Il se racla la chaussure contre la borne préférée de Brutus.

— Pourriture, dit-il entre ses dents. On se casse ?

Mais Cécile ne lâchait pas facilement un sujet. Elle décida de faire un saut au commissariat. Ce n'était en fait qu'un petit poste de police qui essayait de se faire oublier derrière un jardinet poussiéreux. La journaliste tomba sur un jeune lieutenant en baskets qui semblait avoir échappé à la dinguerie des Quatre-Cents.

— Le cadavre ? fit-il. On ne sait pas qui c'est. Il n'avait pas de papiers.

— Rien qui puisse l'identifier ? questionna Cécile tandis que Momo filmait.

— L'enquête progresse, répondit le lieutenant. À partir du pot de pâte à prout.

Cécile crut avoir mal entendu.

— Du pot de... ?

— De la pâte à prout, répéta le jeune homme en rigolant. Vous savez ? On appuie dessus et ça fait des bruits de... des bruits, quoi ! Le mort en avait un pot dans sa poche gauche.

Cécile était consternée. De la pâte à prout ! Impossible au journal télévisé.

— Paraît que c'est de la pâte à prout spéciale, pas encore commercialisée, ajouta le lieutenant sur un ton quasi confidentiel. Un prototype.

Cécile eut un rire nerveux. De la pâte à prout prototype ! Du délire.

Une fois revenu à la camionnette, Momo se laissa aller à un aveu :

— Tu sais quoi ? J'aimais mieux la Tchétchénie.

C'est ainsi que Cécile Bertrand et son cadreur passèrent à côté du plus grand reportage de leur carrière. Car il y avait vraiment des keutrus bizardosses aux Quatre-Cents.

CHAPITRE 11

ENFIN DES GENS CORRECTS !

Le gardien des Colibris en avait jusque-là. Des cadavres, de la télé, des gosses qui cassaient les ascenseurs (sûr que c'étaient eux !). Et comme si ça ne suffisait pas, depuis un mois, il y avait cette grosse benne à ordures verte, juste en face des Colibris. Tout le monde venait y mettre ses matelas défoncés et ses frigos pourris. Naturellement, ça attirait les clodos. Depuis la veille, un SDF y avait même élu domicile.

— Et qu'est-ce que c'est que ça ? grommela le gardien en voyant deux hommes sortir de ses caves. C'est encore la police ?

Il n'alla pas vers eux. Il avait eu sa dose d'interrogatoire. Il se contenta de les observer qui discutaient entre eux, apparemment préoccupés. L'un était grand et maigre. L'autre, plus jeune, avait les cheveux complètement blancs et le teint décoloré d'un albinos. À un casting de méchants pour *L'Arme fatale 6*, ils auraient tout de suite été embauchés. Si Majid était revenu du collège à ce moment-là, il aurait reconnu en eux les livreurs des Trois Baudets qui avaient cherché à lui reprendre son ordinateur.

Les deux hommes s'avancèrent vers le gardien des Colibris.

— Bonjour, fit l'albinos. Vous êtes le gardien ?

— On cherche quelque chose, rapport au crime, ajouta le grand maigre.

— On m'a déjà interrogé, répondit le gardien. J'ai tout dit. Enfin, j'ai rien dit parce que j'ai rien à dire. J'ai rien vu, rien entendu. Vous êtes de la police ?

— Pas... pas complètement, dit l'albinos.

— Des privés ? demanda le gardien qui avait lu des romans policiers dans sa jeunesse.

— Ouais, c'est ça, des privés, approuva le grand maigre. On travaille pour une dame qui recherche son mari. Il est parti avec le chéquier, vous comprenez ?

Le gardien ne comprenait rien. Il fit signe qu'il suivait parfaitement.

— On se demande si le mari, des fois, ce serait pas le cadavre de la cave, reprit l'albinos. À quoi il ressemblait ?

Le gardien frissonna. La police l'avait obligé à aller regarder le corps à la morgue pour une éventuelle identification.

— Pas facile à dire, marmonna-t-il. Un grand type. Il avait des brûlures partout. Même sur la figure.

Les deux hommes s'entre-regardèrent, le visage tendu.

— Les vêtements ?

— Pas mal cramés aussi.

— Rien dans les poches ?

— Non. Ah, si ! Un pot de pâte à prout, spéciale, à ce qu'il paraît.

Les deux hommes tressaillirent. C'était Sven. C'était bien celui qu'ils recherchaient.

— Et rien d'autre ? insista l'albinos. Pas de téléphone portable ?

Le gardien secoua la tête. Pas de portable. Cette nouvelle eut l'air de porter un coup terrible aux deux hommes.

— C'est important, ce portable ?

L'albinos prit un air insouciant :

— Oh non, c'est juste pour l'abonnement. Si quelqu'un d'autre s'en sert...

Ils remercièrent le gardien, lui tendirent un petit billet et partirent vers leur 4×4 couleur kaki. « Enfin, des gens corrects ! », songea le gardien, sans se douter qu'il venait de croiser des tueurs à gages.

L'homme qui, depuis quelques heures, squattait la benne à ordures, avait lui aussi suivi la scène.

Comme on se retrouve, dit-il entre ses dents, en apercevant l'albinos.

Étrange SDF que ce grand type mal rasé, aux cernes noirs de fatigue. Il était en complet veston froissé, taché et sans cravate, comme un cadre supérieur récemment licencié qui se laisserait aller. Mais une lueur fébrile dans ses yeux indiquait tout le contraire. Cet homme était de ceux qui luttent.

— Comme on se retrouve, répéta-t-il en épiant les soi-disant livreurs des Trois Baudets.

Leur présence ne pouvait être une simple coïncidence. Il n'était pas le seul à suivre la piste de l'ordinateur. L'étrange SDF sortit de sa poche un papier arraché à un catalogue de vente par correspondance. On y voyait la photo de Majid et de sa mère posant devant leur bel ordinateur Nouvelle Génération MC. « *Mme Badach et son fils Majid (cité des Quatre-Cents), heureux gagnants du concours Trois Baudets.* »

— Heureux gagnants, ricana l'homme. Oui, ça, ils ont tiré le gros lot.

Il plissa les yeux pour regarder une fois de plus la photo qui lui avait permis de retrouver la piste de l'ordinateur. Une loupe n'était pas nécessaire. Il reconnaissait SON ordinateur à la coque bleu électrique, le seul Nouvelle Génération MC de cette couleur. Mais ce qu'il essayait de voir une fois de plus sur la photo, c'était l'écran de son ordinateur.

— Golem, murmura-t-il.

On devinait les cinq lettres sur un fond rouge. GOLEM. Un sacré jeu vidéo et une belle saloperie. Oui, une belle saloperie. Mais comment ce gamin, ce Majid, avait-il pu accéder à Golem en dépit des codes qui le protégeaient ? C'était probablement un petit génie de l'informatique.

Chez les Badach, Majid ignorait la bonne opinion qu'on avait de lui dans la benne à ordures, douze étages plus bas. Il venait de poser un paquet devant sa mère.

— Bon anniversaire, Emmé !

Comme tous les ans, Emmé joua la grosse surprise.

— Ci pour moi ?

— Ouvre, l'encouragea son mari.

Emmé posa son regard alternativement sur son homme et son petit dernier. Un instant, elle faillit craquer et se mettre à pleurer. Sept fils, elle avait eu sept fils, tous beaux et bien portants. Où étaient-ils, ce soir ?

— Oh, ci une bonne idée ! s'extasia-t-elle devant son cadeau.

— C'était mon idée, souligna Majid.

Emmé embrassa son fils et son mari. Pour son anniversaire, elle aurait voulu ses sept fils. Elle avait une bouilloire électrique.

— Et maintenant, la VRAIE surprise ! annonça Majid.

Depuis trois jours, il gardait le secret avec son père.

— On va au restaurant, dit M. Badach.

Emmé crut à une plaisanterie.

— Tu as qu'un anniversaire dans l'année, insista son mari. Faut pas le rater.

M. Badach ne le dit pas, mais il savait bien qu'à travailler comme il l'avait fait pour élever ses sept fils, il avait raté sept fois les premiers pas, sept fois les premiers mots. Et tant d'anniversaires !

Alors, pour la première fois, M. et Mme Badach allaient faire la fête.

— Tous les deux en amoureux, les blagua Majid.

— Mets ta belle robe, ajouta M. Badach.

Emmé la gardait pour les grandes occasions. Elle décida que le restaurant, c'en était une. Et elle allait mettre son collier de mariage en or, qu'elle cachait dans les marmites. Et les boucles d'oreilles offertes par sa belle-mère, qu'elle cachait dans les chaussettes.

Quand elle fut prête dans sa robe aux claquants coquelicots, toute cliquetante de bijoux, et ronde et dorée, M. Badach s'écria :

— Tu es plus belle qu'une princesse !

C'était vrai. Mais bon, Majid commençait à s'impatienter. Il avait hâte que les parents tournent les talons. Il pourrait alors passer outre à l'interdiction de jouer au jeu vidéo. Golem l'attendait.

— Ti es bien sage, Majid ?

— Ouais, ouais.

Dès que la porte fut refermée, il s'approcha de son ordinateur.

Majid, alias Magic Berber quand il jouait à Golem, avait presque peur de sa machine depuis que l'imprimante s'était mise en route toute seule. En même temps, il crevait d'envie de se créer son golem.

M. Badach avait fait une fausse sortie. Il avait oublié les clefs de la Peugeot. Puis Emmé revint à son tour. Elle voulait changer de sac. Finalement, elle changea aussi de chaussures pour qu'elles aillent avec le sac.

Majid préféra attendre un peu avant d'allumer son ordinateur. Quand on sonna à la porte, il se félicita de sa prudence. Emmé voulait probablement prendre son châle plutôt que sa veste !

— Alors, c'est quoi, cette f...

Majid n'eut pas le temps de terminer sa phrase. L'albinos le saisit à la gorge et le fit reculer. D'un coup de talon, le grand maigre repoussa la porte. Majid se débattit, mais la main l'étouffait.

— C'est gentil à tes parents de nous faciliter la tâche, ricana l'albinos. Georges, l'ordinateur. Magne-toi.

Georges se précipita sur l'appareil, arrachant les prises dans sa hâte. Majid cherchait toujours à desserrer l'étreinte. Mais l'albinos avait de la poigne et semblait même trouver drôles les tentatives du garçon pour se dégager.

— Qu'est-ce qu'on fait de lui ? demanda Georges.

L'albinos approcha son visage de celui de Majid et lui souffla sa mauvaise haleine en pleine face.

— Mais rien, dit-il. Parce qu'il va la fermer, le petit Beur, hein ?

Un oui étranglé sortit de la bouche de Majid.

— Et on reviendra pas si tu tiens ta langue. À moins qu'on te la coupe, hein ?

Georges rigola en soulevant l'ordinateur. Hou, pas vraiment léger, ce truc.

La porte d'entrée avait été mal repoussée. Majid eut l'impression qu'elle s'entrouvrait. Il aperçut une main qui passait par l'entrebâillement. Une main avec un revolver. Il pensa qu'un troisième baudet arrivait et que celui-là allait le tuer pour de bon. Georges était en train de s'emmêler les pieds dans les fils électriques et il ne vit rien venir. L'albinos, lui, tournait le dos à la porte. Majid regarda l'homme entrer comme dans un film au ralenti. L'homme leva le bras doucement et l'abattit comme la foudre. Le canon du revolver fit *croc* en heurtant violemment le crâne de l'albinos. Majid tomba avec lui sur le sol mais réussit à se libérer de l'étreinte, suffoquant et terrorisé. Georges, encombré par l'ordinateur, n'avait pas pu faire un geste. À présent, l'homme le menaçait avec son arme.

— Pose l'ordinateur, ordonna l'homme.

Georges hésita.

— Pose ça.

Georges obéit.

— Demi-tour.

Georges hésita de nouveau, devinant ce qui allait se passer.

— Vite ! cria l'homme.

Ce n'était pas un plaisantin. Georges obéit. Et finit assommé comme son collègue. L'homme empocha son arme et pour la première fois regarda Majid.

— Ça va, toi ?

Majid s'était réfugié dans l'angle du mur, le dos contre les Babar de la tapisserie. Il avait toujours aussi peur.

— Tu as de la ficelle ? lui demanda l'homme. Il faut que je les attache et que je t'en débarrasse.

Majid se décolla du mur. « S'en débarrasser » ? Et de lui, qu'allait-il faire ?

— Y en a dans la cuisine, murmura Majid.

— Va chercher, dit l'homme comme s'il parlait à son chien.

Pas la peine de discuter avec quelqu'un qui a un revolver en poche. Majid alla dans la cuisine et revint avec le rouleau de ficelle. L'homme fit la moue.

— C'est pour les gigots, ce truc. Enfin... Je vais les saucissonner.

Majid pensa un instant à s'enfuir pendant que l'homme serait occupé. Courir en face chez Aïcha ?

— Je ne te ferai pas de mal, dit l'homme, devinant les pensées de Majid. Je m'appelle... Je m'appelle Albert.

Il se présenta comme s'il venait de prendre une décision. Ce n'était sans doute pas son vrai nom.

— Écoute-moi, Majid. C'est comme ça que tu t'appelles ? Bon. Tu es embarqué dans une drôle d'histoire. Il faut que tu fasses exactement ce que je te dis. L'ordinateur ne doit pas rester chez toi. Parce qu'ils vont revenir. Ceux-là ou d'autres.

— Les livreurs des Trois Baudets ?

— Les quoi ? Oh non ! Ce ne sont pas des livreurs.

Tout en continuant de ficeler l'albinos comme un rôti, Albert se mit à ricaner. Puis il releva la tête et plongea ses yeux fébriles dans ceux de Majid.

— Maintenant, fais attention à ce que je dis. Tu vas mettre l'ordinateur dans un endroit sûr. Une planque. Moi, je ne peux pas m'en charger. Je dois déjà me planquer moi-même.

— Mais s'ils reviennent m'interroger ? paniqua Majid.

— Tu répondras que je suis parti avec l'ordinateur. Que je l'ai volé. Tu as compris, Majid ? Il ne faut ABSOLUMENT pas qu'ils récupèrent cette machine. Il y a quelque chose à l'intérieur. Ce n'est pas un ordinateur comme les autres.

— Ça, j'avais remarqué, dit Majid.

Albert interrompit son saucissonnage et dévisagea le garçon avec curiosité. Il avait oublié qu'il avait en face de lui un petit génie de l'informatique.

— Dis donc, comment tu as fait pour entrer dans Golem ?

— J'ai rien fait, m'sieur ! répondit Majid comme si on l'accusait. C'est lui qui est venu. Même l'imprimante se met en marche toute seule. Elle veut que je joue !

— Ne joue plus ! s'écria Albert.

Il ne savait pas pourquoi c'était si grave. Quelque chose lui échappait dans cette histoire, quelque chose de très inquiétant. Il réclama du sparadrap et bâillonna les deux tueurs. Le grand maigre était en train de sortir du coltar.

— Appelle l'ascenseur, ordonna Albert.

Majid obéit. Ce type savait commander. Il aurait dit « saute par la fenêtre », Majid l'aurait fait.

L'ascenseur était dans un de ses bons jours et il monta jusqu'au douzième. Albert y installa les deux hommes. Puis, une dernière fois, il dévisagea le garçon. Ne lui laissait-il pas courir un trop grand risque ?

— Ne dis rien à personne, lui conseilla-t-il. Pas un mot à la police, pas un mot aux parents. Ta vie en dépend. Je te recontacterai dès que je pourrai.

Appuyant sur le bouton du rez-de-chaussée, Albert eut un vague sourire sur son visage fatigué.

— Golem, c'est pas rien, hein ?

La porte se referma. Majid n'en était pas tout à fait certain mais il lui sembla bien qu'Albert avait ajouté :

— C'est moi qui l'ai inventé.

CHAPITRE III

GOLEM AU CDI

Majid attendit le retour de ses parents dans le fond de son placard à vêtements. Quand la porte d'entrée claqua et qu'il entendit la voix d'Emmé, il se décida à sortir du placard et se glissa dans son lit. Il savait que sa mère viendrait vérifier que tout allait bien. Il fit semblant de dormir. Mais ne dormit pas avant le petit matin.

C'est qu'il avait de quoi s'occuper l'esprit. Un, il avait failli se faire trucider par des livreurs qui n'en étaient pas. Deux, son sauveur, « Albert », était tout aussi inquiétant que ses agresseurs. Trois, il y avait quelque chose à l'intérieur de son ordinateur. Quelque chose d'incroyablement dangereux et convoité. Quelque chose. Quoi ? Une bombe ? Un microfilm ? Ou alors... Les fumées électriques aperçues par Aïcha. L'horrible chose blanche dans les caves. Et si c'était *ça* ? Dans ce cas, il n'y aurait plus rien dans l'ordinateur. *Ça* serait dehors.

Majid se demanda s'il devait en parler aux parents, malgré l'interdiction d'Albert. Les faux baudets risquaient de revenir. Et s'il prévenait la police ? Non, sûrement pas, avec la réputation qu'il avait de voleur d'autoradio. Tout à coup, Majid pensa à Sébastien, le premier de la classe. D'après Aïcha, c'était un spécialiste en fantômes et morts vivants. Et puis, un premier de classe, ça savait peut-être comment désactiver une bombe ? Tant d'angoisses et de questions firent que le lendemain, à sept heures, Majid n'entendit pas sonner son réveil.

Au collège des Quatre-Cents, à l'heure du déjeuner, le CDI ronronnait comme à l'accoutumée. Mlle Dechâtel, la documentaliste, rangeait des revues dans les casiers. C'était une femme qui avait gardé de son adolescence une natte de cheveux jusqu'aux fesses et un goût pour les jupes trop courtes, à la grande satisfaction des 3e 4.

— On se tait ! cria-t-elle machinalement. On est là pour travailler !

Mlle Dechâtel savait pertinemment que les deux tiers des élèves présents étaient là pour les ordinateurs. Mais elle avait encore l'espoir que le dernier tiers préparait des exposés. En réalité, c'étaient des amateurs de jupes courtes.

— Si on doit parler, on le fait sans crier ! cria Mlle Dechâtel.

Les 5e 6 étaient venus en nombre, ce midi, et ce n'étaient pas vraiment des lecteurs. La documentaliste inspecta la grande pièce d'un regard qui se voulait sévère. La vue de Samir, plongé dans un livre, amena sur ses lèvres un sourire d'heureuse surprise. Mlle Dechâtel professait que TOUS les élèves pouvaient trouver un jour le livre qui leur convenait. Samir avait dû trouver le sien. Par curiosité, elle vint jeter un coup d'œil par-dessus son épaule. *Le Fantôme des Canterville*. Excellent petit roman.

— Ça te plaît ?

Samir fit claquer son livre en le refermant.

— Bof, ça n'apprend rien sur les fantômes. Ça parle même pas d'eau bénite.

Mlle Dechâtel allait prendre la défense d'Oscar Wilde quand elle entendit des exclamations du côté des ordinateurs.

— Aouah, excellent ! gueula Mamadou.

— Mais vas-y, tais-toi ! lui fit Zeinul.

Trop tard. Mlle Dechâtel s'approcha d'eux, suivie par Samir. Quand elle vit sur l'écran un bonhomme casqué qui luttait au lance-flamme contre un dragon, elle sut que ce n'était pas un programme éducatif.

— Qu'est-ce que vous m'avez encore fait ? dit-elle.

— On n'a rien fait, m'dame ! se récria Mamadou. C'est venu tout seul.

— C'est ça, dit la documentaliste. Et moi, je suis la reine d'Angleterre.

— En mieux, m'dame, la rassura Mamadou.

Exaspérée, Mlle Dechâtel appuya sur la touche Suppr, croyant naïvement qu'elle allait supprimer le jeu. Le dragon carbonisa le guerrier.

`Cramé !` afficha l'écran.

— Ah ben non ! râla Mamadou. Vous m'avez fait perdre.

Mais le jeu était toujours là et proposait :

```
› recommencer la partie
› quitter la partie
```

Mlle Dechâtel sélectionna la deuxième proposition. Le jeu disparut mais le petit golem blanc et informe que Jean-Hugues avait baptisé Joke s'installa au milieu de l'écran, comme un manifestant bien décidé à gêner la circulation. De plus en plus énervée, la documentaliste essaya la moitié des touches du clavier sans aucun résultat.

— Aouah, mais faut pas faire ça, m'dame ! la prévint Zeinul.

Brusquement, l'écran afficha : Erreur fatale.

— Vous l'avez planté, fit Mamadou, vaguement satisfait. Y a plus qu'à l'éteindre et le rallumer.

Ce que fit Mlle Dechâtel. Mais Erreur fatale réapparut.

— Très, très planté, fit Mamadou, pas si content en fin de compte.

L'informatique faisait vite disjoncter Mlle Dechâtel. Elle se mit à bousculer les 5e 6.

— Allez, vous me prenez un livre et vous vous taisez ! Je veux voir tout le monde avec un livre. Samir, prends un livre et assieds-toi !

Samir était debout, les yeux fixes, partagé entre l'hébétement et la frayeur. Il venait de revoir sur l'écran l'espèce de créature farineuse et mollasse que Majid appelait un « golem ». La documentaliste le secoua par le bras.

— Tu m'écoutes, oui ?

Samir se dégagea brutalement :

— Mais vas-y, touche-moi pas !

Mlle Dechâtel lui jeta un regard outré mais n'insista pas. De la graine de voyou, celui-là.

À la récré de la cantine, Samir chercha Sébastien et le repéra à la sortie des toilettes. Il le repoussa à l'intérieur.

— Hé, protesta Sébastien. J'ai pas besoin d'y retourner, j'en viens !

— Ferme-la. J'ai à te causer.

Dans le plus pur style gangster, Samir vérifia que l'endroit était désert en shootant dans les portes des cabinets. Il revint vers Sébastien.

— Tu vas pas me croire, dit-il à voix basse. Mais le truc qu'on a vu dans les caves, je sais ce que c'est.

Sébastien trouva qu'il avait bien de la chance. Lui savait surtout ce que ça n'était pas : ni un vampire ni un loup-garou.

— Je l'ai vu chez Majid, reprit Samir. Et je viens de le revoir au CDI.

— Au CDI !

— En modèle réduit, sur l'ordinateur. C'est un machin blanc

qui s'installe sur l'écran sans qu'on fasse rien. Il a la même forme que celui de la cave.

La même absence de forme, plutôt. Samir dessina dans les airs un gros tas s'évasant vers le bas. Sébastien fronça les sourcils et parut compulser mentalement ses dossiers.

— Un truc qui apparaît spontanément sur les écrans ? J'ai déjà vu ça quelque part...

Samir attendit patiemment le verdict du spécialiste. Dans le même temps, il repoussa deux sixièmes en leur disant d'un ton sans réplique :

— Les chiottes sont fermées pour la journée.

Le regard de Sébastien s'éclaira enfin.

— Ça y est. J'ai retrouvé. C'est de la transcommunication.

— V'là autre chose, maugréa Samir, pas franchement enthousiaste. Et c'est quoi, ton transmachin ?

— C'est un moyen employé par les morts pour parler aux vivants. Ils se servent des magnétos, du téléphone, de la télé pour envoyer des messages. C'est prouvé. J'ai un bouquin avec toutes les photos. On voit les visages des morts sur un écran de télé. C'est prouvé.

— Ça a pas de rapport.

Sébastien se concentra encore. Il devait trouver le rapport pour clouer le bec à Samir.

— Le monstre de la cave, c'est une âme en peine. Il essaie de communiquer avec nous. Pour qu'on l'aide.

— À quoi ?

— À quitter le niveau intermédiaire pour rejoindre le niveau supérieur.

Sébastien parlait à présent de façon très assurée. Il avait lu ça des dizaines de fois. Non seulement c'était prouvé, mais c'était banal.

— Tu vois, il est coincé ici-bas. Il doit expier un crime. C'est un genre de punition. Ce qui explique pourquoi l'eau bénite lui fait cet effet-là.

— Ah bon... ça explique ?

Mlle Dechâtel, la documentaliste, aurait bien aimé bénéficier des explications de Sébastien. Elle avait dû se contenter de celles du concierge, fan d'informatique, qui était venu lui remettre son ordinateur en marche. Malheureusement, il n'avait rien pu faire pour la débarrasser de Golem.

— Vous avez dû ouvrir un document arrivé dans votre bal[1],

1. Boîte aux lettres électronique.

dit-il à la documentaliste. Et il contenait ce jeu. C'est un peu comme un virus.

Golem avait d'ailleurs contaminé les trois autres ordinateurs du CDI. Il ne squattait pas toujours l'écran, mais il apparaissait plusieurs fois par jour. Bien sûr, les élèves l'avaient repéré et s'acharnaient à déjouer les pièges de Golémia, Golem City et Golem-ôkh. Il semblait que plus ils jouaient, plus le jeu s'incrustait. Mlle Dechâtel avait interdit, sanctionné, expliqué, parlementé, négocié, cédé. Elle n'en pouvait plus de ce jeu. Elle refusait du monde au CDI. Fort heureusement, il y avait un bogue dans Golem et les élèves, y compris les pros de 3e 4, se retrouvaient coincés soit dans une chambre d'hôtel soit dans une geôle, sans savoir quoi faire pour en sortir.

Tous les midi, c'étaient, devant l'ordinateur, des cris d'excitation et des « mais vas-y ! » rageurs. Mlle Dechâtel s'y était aussi habituée.

— Mais prends-le-moi pas !

Ce matin-là, c'étaient les 6e 2 qui choisissaient leur livre du mois au CDI. Mlle Dechâtel chercha d'où était parti le cri.

— Mais je veux pas l'échanger, je te dis ! cria une petite Beurette, au bord des larmes.

La documentaliste bondit à la défense de cette pauvre enfant à laquelle un plus grand voulait arracher son livre.

— Rends-lui son livre immédiatement, Kevin !

Kevin et Naïma regardèrent Mlle Dechâtel sans paraître comprendre.

— Quel livre ? demanda Kevin.

— Celui qu'elle ne veut pas t'échanger.

Les petits sixièmes qui observaient la scène se mirent à rigoler.

— C'est pas un livre, m'dame, dit l'un d'eux. C'est de la P à P.

— Elle est à moi, pleurnicha Naïma.

En soupirant, Kevin sortit de sa poche un pot de pâte à prout. « P à P », pour les intimes.

— J'ai in-ter-dit les échanges de pâte à hum dans mon CDI, dit Mlle Dechâtel de son ton le plus sévère. Donne-moi ça, Kevin.

Naïma fondit carrément en larmes. En plus, c'était une rare, cette P à P !

Quand elle eut fermé le CDI, Mlle Dechâtel attendit encore dix minutes qu'il n'y eût plus un bruit dans les couloirs. Elle se dirigea alors vers son coin personnel et ouvrit un tiroir très profond qui contenait une vingtaine de pots de pâte à prout, fermés par des couvercles multicolores. C'était curieux, c'était même à peine avouable, mais Mlle Dechâtel en raffolait. Il y avait là de la P à P régular, fluo et parfumée.

— Banane, banane, murmura la documentaliste, en examinant les étiquettes.

Non, celle-là, elle ne l'avait pas encore confisquée. Sûrement une rare. Elle alla rejoindre les parfumées « vanille » et « muguet ». Puis Mlle Dechâtel referma son tiroir à clef.

CHAPITRE IV

LA RÉALITÉ N'EST PAS DRÔLE TOUS LES JOURS

Jean-Hugues de Molenne savourait son après-midi de liberté à la maison. Pas de corrections de copies et surtout, surtout, pas de Samir ni de Mamadou dans le secteur. Jean-Hugues allait pouvoir se consacrer à Golem. *The* jeu vidéo. Le jeune prof de français avait su déjouer le piège de la chambre close qui arrêtait les 3e 4. Puis il s'était créé son golem à partir d'un tas de pixels clignotants. Son golem qui était une golémette.

— Bonjour, toi !

Natacha venait justement de s'installer sur son écran. Plusieurs fois par jour (et par nuit) apparaissait sa silhouette aux formes pleines et il suffisait de cliquer sur elle pour que, arrondissant les lèvres, elle envoyât un « bonjour, toi ! » plutôt canaille. La première fois, Jean-Hugues avait sursauté. Maintenant, ça le faisait rigoler.

— Bonjour, lui répondit-il.

Natacha fit un petit signe de la main avant de la reposer sur sa hanche. En short, avec un débardeur moulant une poitrine légèrement surdimensionnée, elle était plus que tentante. À deux détails près. Un, elle avait en bandoulière une arme que Jean-Hugues appelait son « dégom-laser ». Deux, elle était virtuelle.

Jean-Hugues avait repéré qu'il pouvait lancer le jeu en double-cliquant sur Natacha. La golémette possédait désormais de nombreux pouvoirs. Elle avait un sixième sens pour détecter la présence d'ennemis, une armure d'invincibilité (utilisable trois fois pendant vingt secondes) et des trousses de soin. Elle pouvait voir dans le noir et passer au travers des cloisons. Les options « respirer sous l'eau » et « faire la cuisine » que Jean-Hugues avait envisagées n'existaient pas. En revanche, Natacha était devenue ceinture noire 7e dan de karaté. Elle était aussi dotée d'un caractère « agressif ». Jean-Hugues avait pourtant tout fait pour obtenir le qualificatif d'« obéissant », qui lui paraissait convenir sinon à une femme, du moins à un golem. Mais, curieusement, les commandes s'étaient bloquées à « agressif ». Jean-Hugues se retrouvait donc à la tête d'une golémette très belliqueuse qui jouait du dégom-laser avec entrain.

Un petit guerrier casqué, aux jambes nues, représentait le joueur. Au début, Jean-Hugues s'identifiait au guerrier. Maintenant, il l'agaçait comme un rival.

— Bonjour, toi !

Par moments, Natacha l'énervait aussi, comme une fille qui se serait fichue de lui. D'ailleurs, le jeu tout entier lui mettait les nerfs en pelote. Le concepteur de Golem avait refait le coup de la chambre close. Derrière la porte se tenaient embusquées des hordes de monstres. La seule fois où Jean-Hugues avait cliqué sur la porte, Natacha était morte dans une si terrible agonie qu'il en avait encore une suée de trouille quand il y pensait.

Mme de Molenne toqua alors à une autre porte close, celle de son fils.

— Jean-Hugues, tu n'entends jamais le téléphone ?

Le jeune homme détacha difficilement son regard de l'écran.

— Ça t'hypnotise, ce jeu, remarqua sa mère, soudain impressionnée.

Jean-Hugues mâchonna quelque chose comme « c'est pas le problème » et se traîna jusqu'au salon.

— Bonzour, Zean-Hugues, fit une jolie voix au téléphone.

— Bonz... bonjour, Nadia.

Jean-Hugues avait reconnu au zézaiement sa collègue, professeur de SVT.

— Vous vous souvenez de la petite fête ? lui rappela la jeune fille.

— Ah, mer... mais oui ! se rattrapa Jean-Hugues.

Il avait complètement oublié. Nadia offrait un pot à 15 heures en salle des profs pour fêter sa titularisation. Elle avait préparé une sangria. Elle avait déjà remarqué que Jean-Hugues tenait très mal l'alcool. S'il buvait un verre de rosé à la cantine, il commençait à faire des plaisanteries à double sens. Avec un deuxième verre, il deviendrait entreprenant. Or, Nadia n'attendait que cela : que Jean-Hugues se décide à la draguer.

— Un verre de sangria ? lui proposa-t-elle dès qu'il eut mis un pied dans la salle des profs.

Jean-Hugues fit « non » de la tête. Il était migraineux à force de regarder fixement Natacha sur son écran.

— Elle est très peu alcoolisée, mentit Nadia en lui mettant d'autorité un gobelet en plastique entre les mains.

Les conversations allaient bon train parmi les profs. Mlle Dechâtel, la documentaliste, parlait de ses malheurs avec l'informatique.

— Il paraît que c'est un virus, expliqua-t-elle à Mme Lescure, la petite prof de maths. Un jeu qu'on vous envoie par e-mail et dont vous ne pouvez plus vous défaire !

— Ah, mais j'ai lu quelque chose là-dessus dans le journal, se souvint Mme Lescure. Comment ça s'appelle, ce jeu ?

— Golem.

Jean-Hugues faillit avaler sa sangria de travers. Il en était arrivé à croire que Golem, inconnu dans le commerce, n'existait que sur son écran et celui de Majid. Voilà qu'il apparaissait au CDI et qu'on en parlait dans la presse...

— Encore un peu ? lui proposa Nadia en remplissant son verre vide à ras bord.

— Merci, pas trop, pas trop ! Vous êtes très jolie aujourd'hui, Nadia...

Jean-Hugues rougit violemment. Il n'était pas familier des compliments.

— Seulement auzourd'hui ? fit Nadia en penchant légèrement la tête sur le côté.

Les yeux de Jean-Hugues s'agrandirent. Nadia-Natacha. Il venait de faire la connexion. Mais bien sûr, elles se ressemblaient ! Blonde, les yeux clairs, un petit air de provocation. L'une avait inspiré l'autre.

Jean-Hugues vida son deuxième verre. Il lui fallait un stimulant. Le temps qu'il s'encourage et la place était prise. Le prof de gym, qui n'avait pas besoin d'être ivre mort pour baratiner les filles, était en train de tenter sa chance auprès de Nadia. Le regard sombre, Jean-Hugues vida deux autres verres puis remarqua que la moquette avait tendance à se gondoler. Comme personne n'avait l'air de s'inquiéter du phénomène, Jean-Hugues en conclut assez logiquement qu'il était bourré et il rentra chez lui d'un pas hésitant.

Une fois revenu dans son bureau, il cliqua sur Natacha.

— Bonjour, toi !

Caliméro regarda sa créature jusqu'à en avoir des larmes plein les yeux. Pourquoi la vie n'était-elle pas virtuelle ? On attraperait des dragons au lasso et on éclaterait les profs de gym au dégom-laser. Ce serait plus reposant que la réalité.

M. Albert aurait peut-être adhéré au programme de Jean-Hugues. La réalité, en cette nuit de printemps, il en avait carrément plein le dos. Les deux « livreurs des Trois Baudets » pesaient lourd. Fort heureusement, de la loge du gardien au douzième étage, tous les habitants des Colibris étaient scotchés devant leur écran. Albert put transporter l'albinos et le grand maigre, tout ficelés, jusqu'à la 4l4 couleur kaki sans se faire remarquer.

Il jeta le plus dangereux, l'albinos, dans le coffre de la voiture et allongea l'autre devant la banquette arrière. Puis il prit le volant et se rendit dans un lieu désert, près d'un canal puant où se déversaient des égouts. Là, il gara la 4×4 dans des fourrés. Creva les pneus. Lança la clef de contact dans le canal. Il savait que la ficelle à gigot ne lui laissait que peu de marge. Le grand maigre ne tarderait pas à se délivrer et à libérer son collègue.

Albert remonta en courant une bretelle d'autoroute. À l'aller, il avait repéré un restoroute miteux. Il allait pouvoir manger. Il avait fait les poches des deux « MC », comme il les appelait. En plus de la clef de contact, il avait trouvé un téléphone portable MC, vieux modèle, sans intérêt. Et deux cents euros. Ça, c'était une aubaine. Il n'avait sur lui que quelques francs suisses. Et une carte bancaire qu'il ne pouvait pas utiliser car les MC avaient failli le coincer à Genève à cause d'elle. Le seul objet de valeur en sa possession, c'était le passe d'entrée au siège de la MC en Suisse. Pour le moment, Albert était attablé devant une andouillette-frites et il n'avait aucune intention de retourner à la MC. Sinon en pensée...

Il se revoyait à Gruyères, dans les locaux de la MC, régnant sur toute une équipe de collaborateurs. « L'Einstein du jeu vidéo » ! C'était ainsi que les autres l'appelaient.

Golem devait révolutionner la planète des joueurs. Le concept en était simple, au départ. Le joueur s'incarnait dans un petit guerrier anonyme, le visage caché par un heaume. Trois parcours étaient possibles. L'un ouvrait sur une Golémia d'heroic fantasy. L'autre donnait le ticket pour Golem City, une ville digne de Batman. Le troisième basculait dans l'horreur de Golem-ôkh. Au terme de chaque parcours, le joueur pouvait donner la vie à un golem en tapant sur le clavier le mot EMET, « vérité » en hébreu.

M. Albert avait testé le jeu sur tous ses collaborateurs. Chacun, à tour de rôle, s'était fabriqué son golem grâce à une infinité de combinaisons possibles. Albert avait remarqué à quel point le joueur trahissait alors sa nature profonde. Car il avait toute liberté de donner à son golem une carrosserie de top model ou des pulsions de tueur psychopathe. Le joueur se prenait pour Dieu. Mais dans le même temps, par un renversement diabolique, il devenait l'esclave du jeu. Golem, c'était une belle saloperie. Heureusement, très peu de gens étaient au courant.

Albert passa la main sur son front migraineux. Il paya son andouillette. Il avait aussi de quoi s'offrir une chambre dans un hôtel, au bord de l'autoroute. Il avait besoin de dormir. Dormir. Dormir.

Mais là, il courait. Comme un fou, à travers Genève. En ligne de mire, le jet d'eau. L'albinos et le grand maigre étaient sur ses talons. Si seulement il pouvait rejoindre le lac. Au milieu des touristes, il serait en sécurité.

Albert s'éveilla en sursaut. Il regarda autour de lui, hébété. Il était dans sa chambre d'hôtel et les MC n'étaient pas à ses trousses. Il se souvint alors des deux « gigots » abandonnés dans la 4×4 et il se mit à rire.

Il prit une douche. L'eau chaude lui fit du bien. Il avait agi dans la panique, ces derniers temps. Il fallait qu'il se calme et se reprogramme. Premier point : s'assurer que son ordinateur était à l'abri.

Il en avait fait du trajet, cet appareil bleu électrique, depuis la Suisse ! Albert l'avait mêlé à tout un lot d'ordinateurs destinés aux entrepôts des Trois Baudets à Saint-Ouen. Il aurait dû rester là, avec le stock, jusqu'à ce qu'il vienne le rechercher. Mais un imbécile l'avait expédié aux « heureux gagnants » des Quatre-Cents.

De toute façon, cet ordinateur semblait prendre plaisir à lui échapper. L'ordinateur ou *ce qui était à l'intérieur* ? Sous l'eau chaude, Albert ne put s'empêcher de frissonner. Qu'est-ce que le gosse lui avait dit ? Que l'imprimante s'était mise en marche toute seule. C'était impossible, bien sûr.

Albert sortit de la douche et s'étira. Repu, reposé, il se sentait en pleine forme. Intelligence : 160. Caractère : pas commode. Pouvoir : ceinture noire de judo. Armement : coup-de-poing américain, cran d'arrêt, Beretta. Qualités : pas tant que ça...

CHAPITRE V

UN ORDINATEUR, QU'Y A-T-IL À L'INTÉRIEUR ?

La peur au ventre. On croit savoir ce que c'est. On a peur de se faire attraper pour une mauvaise note. Peur de se faire gauler en train de voler un CD à Mondiorama. On croit savoir mais on ne sait pas.

À présent, Majid savait. La peur quand la clenche de la porte s'abaisse : qui va entrer ? La peur quand il faut sortir de l'appartement : qui est de l'autre côté ? La peur quand s'ouvre devant soi l'ascenseur : qui va en sortir ? Majid avait peur. Il fallait qu'il parle à quelqu'un et qu'il se débarrasse de l'ordinateur. Qu'il se débarrasse de la peur.

Jean-Hugues finissait de cuver sa sangria quand Majid sonna à sa porte.

— On avait rendez-vous ? fit le jeune prof, de mauvaise humeur.

Majid n'y alla pas par quatre chemins :

— Je suis en danger de mort.

Encore des embrouilles à la cité ! Jean-Hugues soupira.

— Bon, qu'est-ce que tu as fait, cette fois ?

— Les livreurs des Trois Baudets. Ils sont revenus, hier soir. Ils ont voulu me dépouiller de l'ordinateur.

Majid raconta l'irruption des deux hommes. Il lui semblait revivre la scène. Il tremblait.

— C'est incroyable, murmura Jean-Hugues. Ils sont vraiment prêts à tout.

— Attends. Ce n'est pas le mieux.

Il avait gardé « Albert » en réserve. Jean-Hugues eut beaucoup de mal à croire à son intervention musclée. Un type comme ça, c'était au moins Gordon Freeman[1], tout droit sorti de *Half Life*.

— Il m'a dit de planquer l'ordinateur, conclut Majid. Alors, j'ai pensé qu'on pourrait...

Jean-Hugues sentit venir le danger.

— Le mettre chez moi ? fit-il avec une grimace.

Ils restèrent un moment silencieux. Puis Majid répéta les paroles d'Albert :

— C'est pas un ordinateur comme les autres.

— Il faudrait prévenir la police ? suggéra Jean-Hugues.

— Ils me croiront jamais. Déjà que tu me crois à peine...

— C'est peut-être le contre-espionnage, qu'il faudrait alerter ? Je me demande si tout ça n'est pas de l'espionnage industriel. Ton ordinateur est un modèle très récent.

— Et il y a quelque chose à l'intérieur.

— Sans doute une innovation technologique. Ton ordinateur a été mis sur le marché par erreur. Il y a des gens qui veulent s'en emparer, d'autres qui veulent le récupérer.

En prononçant ces paroles, Jean-Hugues ressentit quelque chose qui n'était plus de la peur. Une excitation pas désagréable. Il était en train de vivre une aventure à la Gordon Freeman. Sa décision fut prise à cet instant-là :

— On va dire à ta mère que mon ordinateur est meilleur que le tien pour apprendre l'orthographe.

— Et on fait l'échange ? murmura Majid, soulagé.

La plus difficile à convaincre fut Mme de Molenne. Elle avait déjà du mal à se servir de l'ordinateur de Jean-Hugues, et voilà qu'on lui imposait un modèle encore plus sophistiqué...

Mais l'échange se fit tout de même, discrètement. Jean-Hugues se dépêcha de brancher le Nouvelle Génération MC qui lui tombait du ciel. Une vraie aubaine, dans le fond.

— Eh ! Mais t'es fou, s'affola Majid en le voyant faire. Tu vas pas le mettre en marche ? Albert a dit de ne PLUS jouer à Golem !

Jean-Hugues fit mine de chercher Albert autour de lui :

— Et il est où, ton Superman ? J'ai besoin d'un ordinateur pour travailler. Donc...

Il alluma l'ordinateur. Majid s'était reculé d'un pas, comme si l'appareil allait exploser.

— De toute façon, ajouta Jean-Hugues, Albert n'a pas interdit l'utilisation de l'ordinateur. Il a dit de ne pas jouer à Golem...

1. Célèbre héros d'un jeu vidéo.

« Golemmm » résonna en écho. Le jeu était immédiatement venu squatter l'écran.

— Éteins, éteins ! s'écria Majid.

Jean-Hugues faillit lui obéir mais se reprit :

— Du calme. Qu'est-ce qu'on risque ?

— S'il y a une bombe à l'intérieur ?

Jean-Hugues haussa les épaules.

— Une bombe ! Elle aurait déjà explosé.

— Et si elle explose seulement quand on a fini le jeu, hein ?

Jean-Hugues s'assit devant l'ordinateur :

— Eh bien, on va le vérifier.

Majid n'hésita qu'un court instant avant de s'asseoir à côté de Jean-Hugues.

— Aouah ! s'écria-t-il en apercevant Natacha sur l'écran. Tu l'as super améliorée. C'est quoi, cette arme ?

— Un dégom-laser.

— Ça marche comment ?

Jean-Hugues attrapa son joypad. *Pwijj, pwijj !* Des traits de lumière jaillirent de l'arme et provoquèrent de petites explosions sur l'écran, d'un blanc-bleu crépitant d'étincelles.

— Ouch ! Ça doit faire mal, apprécia Majid. Et les petites flammes en haut ?

Il y en avait cinq.

— Cinq vies pour Natacha, dit Jean-Hugues. Je les ai gagnées dans Golémia.

Majid regarda la porte derrière laquelle les monstres se tenaient en embuscade.

— Y a plus qu'à...

— Non, fit Jean-Hugues.

C'était au-dessus de ses forces.

— Ouais, mais là, on est coincés.

— Je sais.

Jean-Hugues promena son curseur sur l'écran. Mais il n'y avait pas d'autre issue. Avec le soupir du joueur qui abat sa dernière carte sans y croire, Jean-Hugues brusqua les événements et cliqua sur la porte.

On entendit alors un bruit de machine à écrire mais, contrairement aux autres fois, rien ne s'afficha sur l'écran. Deux petits carrés lumineux apparurent. Ils encadrèrent le guerrier et Bubulle. Tous deux rétrécirent et vinrent s'incruster en haut de l'écran. Désormais icônisés, ils faisaient partie des ressources du joueur.

— On a changé de protagoniste, commenta Jean-Hugues, la main cramponnée au joypad.

— De quoi ? fit Majid, scandalisé comme à chaque fois que Jean-Hugues la ramenait avec sa science de prof.

La porte s'était ouverte lentement. Aucun monstre à l'horizon.

— Ce n'est plus le même personnage qui joue, expliqua Jean-Hugues. Allez, Natacha, on y va...

Il prononça ces derniers mots avec infiniment de douceur. Guerrière, peut-être. Mais fille, tout de même. Et quelle fille ! Ondulante, entre vamp et félin, elle avança vers la porte et la franchit. La caméra pivota. On voyait Natacha de dos. À présent, elle était de face. Le vent balaya ses cheveux et la frange d'or se souleva. Sur le front, quatre lettres étaient inscrites : EMET. La vérité.

— C'était ça, la machine à écrire, dit Jean-Hugues, la gorge nouée.

Marquée au front, flétrie comme jadis les bagnards, Natacha portait dans sa chair sa condition d'esclave.

— C'est dégueu, fit Majid tout bas.

Heureusement, les cheveux cachaient à nouveau la marque d'infamie.

La golémette était dans un merveilleux décor, champs, bois et fleurs. Elle avançait, souple, comme aux aguets. Soudain, elle vit dans un arbre une tête de gnome, semblable à un nœud dans le bois. Aussi discret que se fît l'ennemi, elle savait le repérer.

— Dégom-laser ! hurla Majid.

Pwijj ! Un trait de lumière explosa le gnome. Natacha poursuivit sa route, exactement comme si elle venait de cueillir une fleur.

Le concepteur de Golem avait prévu une séquence vidéo interactive, où le joueur pouvait déjà tester son arme. Le décor se modifiait progressivement, la campagne se faisait jardin, avec des statues de marbre (parfois animées), des bains d'oiseaux (grouillant de vipères), des fontaines (agrémentées de tentacules). Tout était beau et sournois. Les ennemis n'attaquaient pas Natacha. Ils escortaient ses pas. Jean-Hugues les dégommait avec entrain.

Enfin, Natacha arriva devant une fausse grotte comme on en créait dans les jardins d'autrefois. Jean-Hugues aurait autant aimé ne pas y entrer. Mais la golémette s'enfonça dans l'obscurité du décor. Fort heureusement, elle était nyctalope. L'intérieur de la grotte apparut aux joueurs, baignant dans une lumière d'aquarium.

— Approche, fit une voix très grave, sortant du haut-parleur.

Majid et Jean-Hugues sursautèrent. Dans le même temps, ils aperçurent sur un trône de rocaille un être noir, poilu, voûté et couronné...

— Un singe ? murmura Majid.

Jean-Hugues, le souffle haché, gardait la main sur le joypad, prêt à intervenir.

— Approche, Golem, reprit la voix. N'aie pas peur de moi. Je suis le Vieux Singe, maître de ces jardins. Golem, je te donne la parole. Quel est ton nom ?

— Je suis... Natacha.

Jean-Hugues eut un frisson de plaisir en entendant cette voix.

— Golem Natacha, reprit le singe, la vérité t'a mise en chemin. Mais tu n'as pas d'âme. Seul le Maître des golems pourra faire de toi une vraie créature humaine.

— Où se trouve le Maître des golems ?

— C'est à toi de le découvrir. Reprends la route et méfie-toi des Malfaisants...

Le son soudain se brouilla, l'image se figea puis disparut. Orphée perdant Eurydice à tout jamais fit sans doute la même tête que Jean-Hugues à ce moment-là.

— Ah ben, merde, râla Majid. Juste quand ça devenait bien !

Caliméro comprit, ce soir-là, qu'il ne connaîtrait plus le repos tant qu'il ne serait pas allé réclamer au Maître des golems une âme pour Natacha.

CHAPITRE VI

LULU

Grâce à la vaste science de Sébastien, le premier de la classe, Samir s'était forgé son opinion au sujet de Golem. L'ordinateur de Majid était le siège de phénomènes paranormaux.

Ce jour-là, les deux garçons étaient de nouveau réunis dans le pavillon de Sébastien.

— Il faudrait prévenir Majid, dit Samir.

— Il est au courant... D'après ce que m'a raconté Aïcha, il a vu aussi un genre de fantôme dans la cave.

— Oui, mais il faudrait lui parler de ta transmachin...

Agacé, Sébastien sortit de ses rayons plusieurs livres sur la transcommunication. On y voyait des photos d'écrans de télé grisâtres avec des taches un peu plus sombres. Les auteurs y distinguaient « de façon indiscutable » des nez, des barbes, des profils et des seins, bref des morts en pièces détachées, mais tout à fait désireux de communiquer. C'était prouvé.

— Ils ne pourraient pas le publier si ce n'était pas vrai, souligna Sébastien.

Samir acquiesça en silence.

— Mais le monstre de la cave, pourquoi il est sorti de l'ordinateur ? fit-il, sa voix tremblant comme à chaque fois qu'il en parlait.

— C'est un ectoplasme.

Samir se demanda ce que l'une des injures préférées du capitaine Haddock venait faire dans cette histoire. Mais Sébastien lui débita aussi sec la définition de l'ectoplasme, telle qu'il l'avait récemment apprise dans *Encarta* :

— « C'est la matière subtile du périsprit des habitants de l'au-delà. »

Samir aurait volontiers renvoyé les ectoplasmes avec les bachi-bouzouks dans les albums de *Tintin*. Le problème, d'après Sébastien, c'était que l'habitant de l'au-delà risquait de sortir de la cave et de venir tourmenter les habitants des Colibris.

— Tu habites bien au premier étage ? demanda-t-il à Samir, l'air de rien.

Depuis cette conversation, Samir avait peur que l'ectoplasme, pas si subtil que ça, ne vienne rendre une petite visite à son appartement. Bien que fâché avec Majid, Samir décida qu'il devait lui parler de son ordinateur, lui expliquer le danger. Car, dans l'appartement de Samir, il y avait son seul trésor, la seule personne qu'il aimât. Sa petite sœur, Lulu.

Lulu, six ans, qui en paraissait quatre à cause de sa maladie. Lulu qui avait plus vécu qu'elle ne vivrait. Lulu toute seule dans l'appartement, du moment où Samir partait pour le collège jusqu'au moment où Samir rentrait du collège.

Samir aurait sans doute été soulagé d'apprendre que l'ordinateur Nouvelle Génération MC ne se trouvait plus aux Colibris. Soulagé comme Majid l'était, depuis que Jean-Hugues avait accepté l'échange. Pour fêter ça, Majid s'offrait même, ce samedi après-midi, une petite virée à Mondiorama. Il voulait s'acheter de la pâte à prout fluo. Devant les piles de petits pots, il hésitait. Le vert ou le jaune ?

Soudain, il sentit qu'on le bousculait. Sans façons, un nain de l'école primaire se jeta sur une boîte de P à P.

— Aouah, trop génial ! s'exclama le gosse. À la noix de coco ! C'est une rare, ça !

Retenant son envie de le claquer, Majid s'informa auprès du gamin :

— C'est plus rare que les fluo ?

— Arrête ! Une coco, c'est au moins deux fluo ! Bon, je vais au rayon céréales. T'as vu ? Dans les Mondior, y a des P à P en cadeau ! C'est seulement des régulars. Mais quand même, c'est gratos !

Majid, écœuré, regarda s'éloigner le môme. Dès le CE, ils en savent plus long que vous ! Il reposa son pot de pâte à prout fluo et se dirigea vers le rayon BISCUITS-CÉRÉALES. Effectivement, les corn flakes Mondior annonçaient leur grande offensive publicitaire du printemps. Sur chaque paquet, on pouvait lire :

EN CADEAU DANS CE PAQUET :
UNE PÂTE À PROUT REGULAR !
COLLECTIONNE LES POINTS PROUT !
DIX POINTS : UNE FLUO
VINGT POINTS : UNE PARFUMÉE

Chaque paquet de céréales Mondior rapportait deux points. Et il y avait aussi un grand jeu : « GAGNE LA PÂTE À PROUT MYSTÈRE ! » Majid lut le questionnaire du concours, debout devant le rayon : « Combien y a-t-il de pâtes à prout différentes ? Combien de parfums ? Combien de couleurs régulars et combien de couleurs fluo ? »

— Trop fado, fit une voix à côté de lui.

C'était encore le mioche du CE. Majid haussa les épaules et s'éloigna, furieux. Il n'avait pas assez d'argent pour s'acheter un paquet de céréales. Finalement, il retourna au rayon des jouets et prit le pot vert fluo.

— Pss...

Majid tourna la tête et tressaillit. C'était Samir qui l'interpellait. Majid serra les poings, prêt à la bagarre.

— Ouais, je sais, fit Samir, on n'est pas trop copains. Je regrette[1]...

Dans la bouche du petit caïd, il s'agissait d'excuses en bonne forme. Majid ne désarmait pas encore.

— T'es qu'un bouffon, fit-il entre ses dents.

D'un geste de la main, Samir écarta l'insulte.

— Laisse ça. Je veux te parler. On est en danger. Viens...

Majid semblait avoir pris racine, son pot de pâte à prout à la main.

— On est en danger, je te dis ! À cause de ton ordinateur. Viens...

Majid lut alors dans le regard de Samir une peur qu'il reconnaissait. Sa propre peur. Et si les deux garçons avaient vu ce qui se passait alors aux Colibris, ils auraient su qu'ils n'avaient pas tort d'avoir peur.

Au premier étage des Colibris, dans l'appartement vide, Lulu repoussa les draps de son lit et regarda ses pieds déformés. Elle avait, difficilement, remonté son oreiller pour s'asseoir. Toutes ses articulations lui faisaient mal. Elle savait qu'un jour elle ne pourrait même plus s'asseoir seule dans son lit, ni serrer Koala dans

1. Dans *Magic Berber*, Samir a fait accuser Majid de vol d'autoradio.

ses bras, ni tourner les pages de ses *Barbapapa*. Et encore moins marcher.

Ce n'était pas sa faute si elle était malade. Mais, pensait-elle, c'était sa faute si tout allait mal. Il fallait de l'argent pour ses médicaments. C'était pour cela que l'argent manquait à la maison, que Maman était triste, que Papa buvait trop. L'idée ne venait pas à la petite fille que Papa buvait trop parce qu'il était au chômage et que Maman était triste parce que son mari ne l'aimait plus. Au fond, Lulu préférait penser que tout était sa faute.

Pour tuer le temps, en attendant Samir, Lulu passa de la pommade sur ses brûlures. Personne n'avait compris comment elle avait pu se faire de telles marques et elle-même n'avait pas su bien s'expliquer. Un soir, elle avait senti une force l'envahir. Elle s'était cru guérie. Elle s'était levée, avait marché jusqu'à la fenêtre puis elle était tombée, comme foudroyée. À présent, elle n'avait plus trop mal. Ou elle ne le sentait pas. Avoir mal, c'est une habitude.

Lulu avait inventé une petite chanson, presque une prière :

S'il te plaît, Force, reviens-moi.
J'ai besoin de toi.
S'il te plaît, Force, aide-moi.
Mets-moi debout à trois. Un, deux, trois.

Et comme elle finissait sa chanson, sa main pleine de pommade se mit à crépiter. De minuscules éclairs bleutés jaillirent de ses doigts. Ce n'était pas douloureux mais ça faisait tout drôle.

Et la Force revint. Un, deux, trois.

— Debout, décida Lulu.

Elle se leva, avança vers la fenêtre. Les petits éclairs bleutés se promenaient sur tout son corps. Ça chatouillait. Elle regarda un instant au-dehors. La Force était en elle, elle pouvait aller où elle voulait. Elle s'aventura jusqu'à la cuisine. Elle n'avait ni faim ni soif. La télé au salon ? Non, elle n'avait pas envie de l'allumer.

Elle avait envie de sortir. Rien que d'y penser, elle en avait le vertige. Il y avait si longtemps qu'elle n'était pas sortie sur ses deux pieds. Les rares fois où elle quittait les Colibris, c'était pour aller à l'hôpital. Et on la portait.

Elle gagna l'entrée, posa la main sur la poignée métallique de la porte. Elle reçut une décharge électrique. Lulu retira vivement la main, dépitée. Comment ouvrir ? Elle eut alors l'idée de mettre les gants en caoutchouc pour la vaisselle. Elle toucha la poignée d'un doigt, pour tester. Pas de décharge. Les gants l'isolaient parfaitement. Elle allait pouvoir sortir, en se tenant bien droite, elle qui avait le dos tordu, et sur ses deux jambes, elle qui avait les pieds tout déformés. Elle n'avait mal nulle part, il lui semblait flotter.

Quand elle fut sur le palier, Lulu s'aperçut que la minuterie était en panne. L'ascenseur aussi. Elle avait peur du noir. Et puis où aller ?

Elle se sentait attirée par la Force, guidée par elle. L'escalier ? Mettre un pied devant l'autre, c'était une chose. Mais descendre dans l'obscurité... Lulu craignait que la Force ne l'abandonne en route. Et si elle tombait ?

À regret, Lulu retourna dans l'appartement. Le plus sage était de s'entraîner à marcher dans sa chambre. Refaire petit à petit les muscles qui avaient fondu.

Les éclairs bleus se raréfiaient. Lulu s'assit sur son lit. Mais non, la Force n'était pas partie.

Et il y avait quelque chose d'autre. Quelque chose qui se passait dans sa tête. Des mots. Moins que des mots. Des pensées sans mots.

Des pensées qui n'étaient pas les siennes.

CHAPITRE VII

QUAND ÇA SORT

Caliméro n'en pouvait plus. Hagard, liquéfié, mort. Il n'avait jamais joué à un jeu aussi épuisant.

Les Malfaisants étaient partout. Ils voulaient faire de Natacha leur semblable : une créature hideuse et ricanante. Chaque pas était un piège sur la route qui menait au Maître des golems. Dès que Jean-Hugues relâchait son attention, un Malfaisant attaquait Natacha et lui infligeait quelque difformité, une main de fer articulée ou des vipères en guise de boucles blondes. Il fallait reconquérir une main de chair ou une natte de cheveux et, pour cela, dépenser de l'or, utiliser une trousse de soins, perdre une vie, faire appel au petit guerrier ou au dragon. C'était une lutte de tous les instants. Et il faisait chaud, anormalement chaud pour un début mai. Le cerveau de Jean-Hugues était en ébullition. Sa chemise moite collait à sa peau mais ses yeux brillants ne pouvaient se détacher de l'écran. Il souriait. Il avait surmonté la première partie de ses épreuves.

Natacha était provisoirement en sûreté dans un Éden miniature, une délicate roseraie où chantaient des fontaines. Bubulle, le dragon, l'escortait. Mais c'était un tout petit dragon crachotant de petites flammes. Caliméro avait renvoyé le guerrier dans ses foyers et il avait gardé ce Bubulle modèle réduit, qui tenait gentiment compagnie à Natacha.

— À table ! appela Mme de Molenne, de l'autre côté de la porte.

Jean-Hugues s'étira, envoya un baiser à sa golémette et sauvegarda la partie.

— Jean-Hugues, ça va être froid ! insista sa mère.

— Ce n'est pas mon cas, murmura le jeune homme en s'extirpant lentement de son fauteuil.

Il s'assit à table, l'air absent.

— Beaucoup de copies à corriger ? fit Mme de Molenne, compatissante.

— Mmm ? Oh oui, des tonnes ! répondit Jean-Hugues en songeant qu'il n'avait pas encore commencé.

— Un de tes élèves a appelé. Mais je n'ai pas voulu te déranger. Majid.

— Qu'est-ce qu'il voulait ?

— Écoute, je n'ai pas bien compris. C'est au sujet de ton ordinateur. Il voudrait faire un exposé dessus. Réaliser un branchement, je ne sais quoi. C'est pour le prof de techno...

Jean-Hugues secoua la tête, intrigué. Encore une embrouille.

— C'est incroyable, cette chaleur, remarqua Mme de Molenne.

La nuit descendit sur la cité des Quatre-Cents, une nuit épaisse et échauffante comme une couverture dont on ne pourrait se défaire. Dans les caves des Colibris, derrière la porte numérotée 401, l'ectoplasme de Sébastien détecta l'approche de l'orage bien avant que celui-ci n'émette son premier grondement.

À la lumière fugitive des éclairs, la cité devint presque belle. Mais qui aurait pu en témoigner ? À minuit trente, les Quatre-Cents dormaient.

Non loin des barres grises, au cœur de l'ancien village, une lueur verdâtre se reflétait dans les carreaux d'une fenêtre... Cette clarté ténue ne provenait pas d'une lampe mais d'un ordinateur. Dans l'obscurité de la pièce, sur le fond gris de l'écran de veille, tournait sans fin un cube qui se transformait en fleur avant de redevenir cube. Cet objet coloré portait le nom étrange de « boîte florissante 3D ». Jean-Hugues avait oublié d'éteindre son ordinateur avant d'aller s'effondrer sur son lit.

Une saute de tension ranima l'appareil. La boîte florissante cessa de naviguer d'un bord à l'autre de l'écran. D'autres fleurs apparurent, moins mécaniques. Celles de la roseraie. Et parmi les roses se tenait Natacha, immobile. À ses pieds, réduit aux dimensions d'un animal domestique, Bubulle le dragon paraissait bien inoffensif.

En somme, il ne leur manquait que la vie.

Alors, la foudre s'abattit sur la cité dans un terrible craquement. Toutes les lumières tremblèrent. Puis un brusque flux d'énergie déferla par les lignes. Des ampoules claquèrent, des tubes grillèrent. Au fond de sa cave, le monstre crépita. Et sur l'écran, Natacha braqua son dégom-laser en direction du fauteuil. Son regard semblait trouer la surface de verre. Son adversaire était-il de l'autre côté ?

Un rectangle blanc se dessina autour de la jeune fille. Un second, plus petit, captura le dragon. Un fin quadrillage les emplit. Blanche d'abord, puis rouge, la lumière devint si violente autour des deux personnages que la roseraie plongea dans les ténèbres. Un rayon jaillit du centre de l'écran, pareil à un faisceau laser. L'image quadrillée, ainsi projetée, flotta un instant dans le désordre de la pièce. Les lignes une à une s'effacèrent. Comme tomberaient les barreaux d'une prison. Natacha avait pris sa troisième dimension.

Elle ouvrit de grands yeux. Où était la roseraie ? Elle tourna sur elle-même, le dégom-laser prêt à entrer en action, et avança prudemment, presque accroupie, tous ses sens en alerte. Le dos écailleux de Bubulle allait et venait entre ses jambes.

Soudain se dressa devant elle une jeune fille aux longs cheveux blonds et aux yeux verts. Avec l'instinct de la guerrière, Natacha appuya sur la détente et fit partir de son dégom-laser un rayon mortel d'énergie pure. Elle toucha la fille en plein cœur, y imprimant une marque noire. Mais l'inconnue ne broncha pas. Ce n'était qu'une image qui bougeait sur un écran géant. Curieux écran, entouré d'un cadre doré. Natacha leva la main. L'autre leva la main. Natacha ouvrit la bouche. L'autre ouvrit la bouche. Natacha écarta la mèche qui couvrait son front. Sur le front de l'inconnue, elle vit quatre lettres inscrites : TƎMƎ.

Un grand éclair blanc illumina la pièce. Le regard de Natacha était presque aussi rapide que la lumière. Elle détecta la présence d'objets hostiles, là, sur une étagère devant les livres, puis là, sur la boîte noire d'un lecteur de cédés.

Genoux fléchis, elle reprit la position de combat. Du bout de son arme fusa un nouveau rayon. Elle tira encore et encore puis cessa, déconcertée. De ce côté-ci de l'écran, ses pouvoirs semblaient n'avoir aucune efficacité. Sur ces objets qu'elle croyait pulvériser, elle ne distinguait que de petites taches sombres d'où s'échappait un mince filet de fumée. Les pots de pâte à prout multicolores semblaient la narguer, les pots où s'affichaient les lettres maudites : MC. Natacha n'avait guère causé plus de dommages au boîtier de plastique où les mêmes lettres maudites étaient suivies d'un message énigmatique : MC SOLAAR.

Longtemps après l'éclair retentit le tonnerre.

— Maître ! s'écria Natacha. Quelle est ma mission ?

Aucun son ne sortit de sa bouche. Pourtant, elle s'entendit. Elle se retourna, faisant face à l'ordinateur, et contempla l'allée de roses qu'elle n'aurait pas dû quitter.

— Maître ?

Sa voix venait de là, des haut-parleurs qui encadraient l'écran. Et sur chacun des éléments de l'ordinateur se détachaient toujours les mêmes lettres : MC.

— Maître ! Maître ! Ils sont là ! Ils sont partout ! Quelle est ma mission ?

Un sachet Mondiorama s'agita sur le sol. Natacha y vit apparaître un trou minuscule, qui fuma, s'élargit. Le plastique s'était mis à fondre autour du museau de Bubulle. Lui aussi se sentait cerné par l'ennemi et il fila à travers la pièce en poussant des couinements ridicules.

C'est alors que Natacha découvrit les fleurs sur le guéridon. Mme de Molenne aimait les roses. Elle en mettait partout dans l'appartement. Natacha s'approcha, fascinée. Quelque chose la troublait profondément. C'était attirant et dangereux. Natacha ne put s'empêcher de tendre la main. Ses doigts touchèrent la surface fraîche du vase, *entrèrent* dans le verre transparent.

— Maître ! Maître ? Qu'est-ce que c'est ?

Il n'y eut pas de réponse. Dans le vase, l'eau dansait. L'ordinateur ronfla plus fort et le faisceau surgit de nouveau. Enveloppant Natacha de son quadrillage, il lui fit perdre sa troisième dimension, et dans un bruit très bref d'aspiration, il l'arracha au piège fatal.

Puis le rayon jaillit une seconde fois, à la recherche du petit dragon.

Dehors, le ciel chargé de gros nuages noirs lança un nouvel éclair. Dans la cave 401, le monstre émit un hurlement affamé. D'autres ampoules claquèrent, d'autres tubes grillèrent. Au moment où le faisceau allait happer Bubulle, l'écran cligna. Nouvelle saute de courant. Le rayon s'effaça.

Bubulle poussa un gémissement apeuré. Il courut vers la table où brillait l'écran. Il sauta. Il battit des ailes. Il s'envola. Ses pattes griffues tentèrent en vain de s'accrocher à la surface lisse du verre. Sa gueule brûlante ne mordait que le vide. Il retomba.

Au même instant, dans la chambre voisine, Jean-Hugues se redressa dans son lit.

— Hein ? Quoi ?

Bubulle fonça sous un meuble. À chacun de ses halètements, une petite braise creusait un trou dans la moquette.

— Oh, quel rêve ! murmura Jean-Hugues en se frottant le visage.

À moitié endormi, il prit son verre d'eau sur la table de chevet.

— C'est l'orage qui m'a réveillé, se persuada-t-il à mi-voix.

Le rêve était encore très présent à son esprit. Il y avait une femme dans sa chambre. Une femme lui parlait. Une femme l'appelait.

— *Maître !*

Il faillit s'étrangler en déglutissant. *Maître !* Voilà qu'il était redescendu dans le primaire. Pourtant, ça faisait bien longtemps que le titre n'avait plus cours dans les cités. Dès le CM1, les mômes vous baptisaient « l'autre bouffon ». Quant aux jeunes femmes...

— Zean-Hughes, marmonna-t-il. Elles disent Zean-Hughes.

Pourquoi pensait-il à Nadia ? Avait-il rêvé d'elle ? Ça devenait grave. *Maître ! Maître !* La voix résonnait encore à ses oreilles, comme un appel au secours. Demain matin, au collège, il demanderait à la prof de SVT si elle avait bien dormi. Non, ne pas lui demander ça. Elle se ferait des idées.

Jean-Hugues remarqua alors la faible lumière qui venait de son bureau. Son ordinateur était resté allumé. Il se leva pour aller l'éteindre. Sur l'écran, la boîte florissante circulait infatigablement.

Jean-Hugues était bien réveillé, à présent. Pour un peu, il serait allé faire un tour du côté de Golémia.

— Pas raisonnable, se morigéna-t-il.

Il lui suffit d'effleurer la souris : Natacha l'attendait derrière l'écran de veille. Jean-Hugues eut l'impression de se noyer dans son regard vert. La voix était encore là, dans sa tête.

— *Maître ! Maître ! Qu'est-ce que c'est ?*

« Pourquoi as-tu si peur, Natacha ? » songea Jean-Hugues. Sa main se crispa sur la petite coque de la souris. C'était comme si Natacha voulait lui dire quelque chose. De ne pas l'abandonner. De ne pas...

Il éteignit l'ordinateur. Puis il resta une longue minute immobile face à l'écran noir. Natacha avait changé. Natacha lui échappait.

« Elle s'est débarrassée de Bubulle, songea-t-il en s'éloignant enfin de l'ordinateur. Je ne l'ai pas vu à côté d'elle. »

Jean-Hugues s'arrêta à la porte de son bureau, le nez froncé.

— Ça sent le brûlé, non ?

Il haussa les épaules.

— Ça doit être l'orage. L'ozone...

Il constata avec soulagement qu'il avait sommeil.

Sous le meuble, Bubulle perça un nouveau trou...

CHAPITRE VIII

TRANSGÉNIQUE

Jean-Hugues découvrit sa mère à quatre pattes dans son bureau, le nez sous la petite commode de style.

— Qu'est-ce qui t'arrive ? Tu fais ton yoga ici, maintenant ?

— Ça sent drôle, tu ne trouves pas ? Il y a quelque chose là-dessous. Quelque chose qui fait des trous.

Jean-Hugues se baissa mais ne fit pas l'effort de se mettre à plat ventre pour voir ce que lui désignait Mme de Molenne.

— J'ai horreur des souris, déclara cette dernière en se relevant.

— Ça doit être une souris transgénique. Tu sais, celles qui se nourrissent de moquette.

— Si le ménage était fait plus souvent dans cette pièce... Tu pourrais aérer, au moins. Tiens, et ça !

Mme de Molenne pointait du doigt un pot de pâte à prout posé sur une étagère. La petite boîte de plastique vert était percée d'un trou noirâtre.

— Oh ! s'exclama Jean-Hugues. En plus, ce sont des souris volantes.

— Ce bureau est en train de devenir un vrai gruyère. Je vais faire un tour à Mondiorama. Ils ont tout un rayon pour les nuisibles.

Jean-Hugues regarda sa mère empocher le pot de pâte à prout.

— Elle est bonne à jeter, dit-elle. Tu veux que je t'en prenne une de la même couleur ?

— Ils en vendent au rayon nuisibles ? Ça ne m'étonne pas. Attends... est-ce qu'ils n'auraient pas plutôt...

Jean-Hugues s'interrompit. Il avait failli lui demander de rapporter un pot de pâte à prout parfumée. Grotesque.

Sa mère était partie avec la verte. Il lui restait de la rouge, de la bleue et de la rose. Une fluo jaune et une fluo mauve. Recherchée, la fluo mauve. Au collège, c'était de la folie. Depuis que le proviseur avait décidé d'interdire la P à P dans l'enceinte de l'établissement, le trafic clandestin battait son plein. Ça rackettait dans tous les coins.

Dans la cour, il n'y avait plus qu'un sujet de conversation. Informations et rumeurs circulaient plus vite encore que la pâte à prout. Combien coûtait la fluo rayée violet et orange ? Existait-il réellement une « parfum duo » fraise banane ? Gagnait-on vraiment une Twingo quand on renvoyait au fabricant les couvercles de la collection complète ? D'après certaines sources, il existait soixante-trois modèles différents.

Jean-Hugues s'assit devant son ordinateur et, sans savoir pourquoi, dressa un absurde recensement :

–uni (régular, comme ils disent !) : banal sauf l'orange et le brun ;

–bicolore : assez courant ;

–fluo : assez courant ;

–fluo rayé bicolore : rare ;

–musical : rare (jamais vu... enfin, entendu !) ;

–parfumé : coco et citron recherchés ; pin des Landes, violette et menthe très rares ;

–parfum duo (très très rare... et peut-être mythique).

Voilà en gros ce que lui avaient appris les chuchotements de couloirs et de préau.

Mais il lui manquait un modèle. Un qu'il ne savait comment nommer. « Teinté » ? Bref, une saloperie qui déteignait sur les doigts. À ce qu'on en disait, ça partait bien au savon de Marseille. Mais là n'était pas le problème. Car on disait autre chose. Des bruits étranges circulaient à propos du colorant. Oui, certains prétendaient qu'il contenait une substance hallucinogène. Une drogue. Jean-Hugues avait même vu un entrefilet là-dessus dans un journal quelconque. On colportait de drôles d'histoires. Des mômes plongés en plein délire, décrivant des visions de cauchemar.

Jean-Hugues haussa les épaules. Des rumeurs comme celle-là, il en avait déjà entendu dans sa courte carrière de prof. Une seule chose était sûre : il n'avait plus de pâte à prout verte. Sa mère lui avait piqué le pot.

— Je ne le reverrai pas, celui-là, marmonna-t-il.

C'est alors qu'une pensée alarmante le frappa : Mme de Molenne rêvait depuis longtemps d'une Twingo neuve. La lutte pour la P à P était impitoyable.

Lulu se sentait abandonnée. Comme souvent. Comme toujours. Samir traînait dans la cité au lieu de rentrer directement à la maison. Elle le comprenait. Elle lui pardonnait. Lire des *Barbapapa* à sa petite sœur, ce ne devait pas être très intéressant. Samir jouait avec ses camarades. Ce qu'ils faisaient, elle n'en avait aucune idée. Son frère ne lui parlait jamais de ses amis.

Lulu, elle, n'avait pas d'amis. Elle n'en avait jamais eu. Comme la maladie, comme la souffrance, elle l'acceptait.

Elle regarda ses mains. Les flammes bleues avaient disparu. La Force avait diminué. Mais elle n'avait pas mal. Lulu décida de se lever et de s'entraîner à marcher, tant qu'il lui restait encore un peu d'énergie. Tout autour du lit. Jusqu'à la fenêtre. Encore trois pas.

Elle sortit de sa chambre et traversa l'entrée encombrée de balais et de barils de lessive. Atteindre la porte.

Lulu hésita. Puis elle prit le trousseau de clefs sur le guéridon.

Les ampoules nues du couloir clignotaient de façon sinistre. Quelques étages plus haut, une voix hurlait :

— L'ascenseur, bon sang !

Il était en panne. De toute façon, elle n'aurait pas osé y monter sans être accompagnée. L'escalier. Les marches.

Stupéfaite de se sentir aussi audacieuse, elle commença à descendre, la main crispée sur la rampe froide. Une marche. Deux marches. Elle en compta vingt-six.

Cette entrée grise et glaciale, Lulu ne l'avait traversée qu'allongée sur une civière ou, parfois, portée par son père. Elle menait dehors, vers la lumière et le soleil. Mais ce n'était pas cela qu'elle voulait. Pas aujourd'hui. Elle voulait descendre encore.

Elle continua. À droite, les grandes poubelles vertes. À gauche, les caves. Elle poussa la grosse porte de bois. La minuterie crépitait. À tout moment, les ampoules pouvaient s'éteindre. Lulu n'avait pas peur.

Lulu marchait à petits pas dans les souterrains, sans savoir où elle allait. Confiante, elle se laissait guider.

L'ombre de sa minuscule silhouette caressa Prosper le fantôme, dessiné sur le mur. Tout le monde le connaissait, même Lulu qui le voyait pour la première fois.

Là-bas, au fond d'un long tunnel d'ombre, palpitait une douce lumière un peu bleue.

Lulu s'immobilisa, parcourue de picotements qui l'électrisaient. Elle regarda ses mains. Des étincelles bleutées couraient sur sa peau presque transparente. Son cœur se mit à battre plus vite. La Force était là, toute proche.

Lulu s'avança, sans crainte. À l'entrée de la cave, il y avait de vieux cageots. Lulu s'assit, enveloppée de petites flammes bleues.

— Bonjour, dit-elle, je m'appelle Lulu.

La chose informe crépita. On aurait dit ces bâtonnets que Samir plantait sur le gâteau, pour son anniversaire, ces tiges grises qui brûlaient sans faire de feu.

— Est-ce que tu es un Barbapapa ? demanda Lulu.

La créature émit une plainte étrange.

— Ta bouche est cousue ? Tu peux pas parler ? C'est pas grave.

Le monstre vint plus près d'elle et sembla se recroqueviller, timide et maladroit.

— Tu n'es pas un Barbapapa, constata Lulu. Ça ne fait rien.

Elle reçut en réponse un gémissement déchirant.

— Faut pas être triste. Tu sais, les Barbapapa, ils sont pas très malins. Toi, tu...

Lulu voyait flotter devant elle l'horrible tête aux yeux morts.

— Toi, t'es comme moi, t'as pas eu de chance. Il faudrait peut-être te réparer.

La face blême percée de puits insondables paraissait attentive. Le monstre l'écoutait.

— Et puis... toi, tu as la Force. Avant, je pouvais pas marcher, tu te souviens ? C'est grâce à toi. C'est grâce à toi si je marche. Je suis venue te dire merci.

Le monstre se déplia. Il s'approcha encore un peu puis se tassa comme s'il ne voulait pas effrayer la petite fille par sa taille gigantesque.

Lulu tendit prudemment un doigt vers lui et le toucha. Aussitôt, un grand tourbillon électrique les entoura, les unissant. La petite fille sentit ses cheveux se dresser, comme s'il y avait un aspirateur au-dessus de sa tête. Cela la fit rire.

— Tu me chatouilles, protesta-t-elle joyeusement.

Elle se leva et attrapa les deux grosses pattes de la créature entre ses toutes petites mains. L'impression était bizarre, froide, piquante, un peu semblable à ce qu'elle ressentait quand le docteur lui passait sur la peau un coton imbibé d'éther. Mais le docteur, lui, ne faisait pas d'étincelles.

Lulu fut prise d'une envie de danser, de tourner, de sauter.

— J'ai la Force ! cria-t-elle.

Le monstre se laissa entraîner dans la danse. Il se dandinait en grognant, drôle et maladroit comme un ours, aussi excité que Lulu et peut-être aussi heureux.

— Tu veux bien être mon ami ? lui demanda Lulu.

Elle n'obtint pour toute réponse que le vide de ses yeux, le gouffre de sa bouche.

— Je ne sais pas si Samir serait d'accord, réfléchit-elle. Faudra rien dire, hein ?

Le monstre s'écarta, rompant le tourbillon électrique. Lulu respirait fort pour reprendre son souffle.

— J'ai la tête qui tourne, dit-elle en se rasseyant sur le cageot.

Le monstre s'affaissa à côté d'elle.

— C'est embêtant, un ami qui n'a pas de nom. Comment je vais faire, si j'ai besoin de t'appeler ? Prosper, c'est pour les fantômes. Barbapapa, c'est pour les Barbapapa. Et toi...

La créature grogna, sa grosse tête penchée.

— On verra, décida Lulu. Parce que là, il faut que je rentre. Si Samir arrivait... Je reviendrai demain, quand il n'y aura personne à la maison.

Lulu se leva et agita devant son ami un index autoritaire.

— Attends un peu avant de manger l'électricité. Je n'ai pas envie de remonter dans le noir, moi.

Comment Lulu savait-elle qu'il était la cause des pannes qui affectaient sans cesse les Colibris ? Peut-être l'avait-elle deviné. Ou peut-être le lui avait-il dit, dans ces pensées sans mots que recevait son esprit.

CHAPITRE IX

TRANSCOMMUNICATION

Albert n'était pas content de lui. Dire qu'il avait eu cet ordinateur sous la main et qu'il avait laissé passer l'occasion de le récupérer. Sur le moment, il avait surtout pensé à éloigner du petit Majid les hommes de la MC. Il avait agi dans l'urgence. Il n'avait pas réfléchi.

Il avait essayé de choper le gosse chez lui, ce mercredi matin. Mais il n'y avait personne chez les Badach. L'après-midi, il se décida à prendre le chemin de l'école, ce qui ne lui était plus arrivé depuis pas mal d'années.

13 h 30. N'était-ce pas l'heure à laquelle les mômes jouaient au ballon, après la cantine ? Le parking était presque désert. Sans doute les profs n'avaient-ils pas les moyens de se payer une bagnole, dans cette cité pourrie. Albert repéra la casemate du gardien chef. Enfin, ce que les gosses appelaient le concierge.

À droite, il y avait un portillon. Albert n'avait plus ses jambes de quinze ans, quand il faisait des compétitions de saut en hauteur, mais en y posant la main, l'obstacle paraissait encore dans ses possibilités.

La cour devait être cet espace bétonné, derrière la haie de thuyas. Pas un chat. La cloche avait déjà sonné, sans doute. Y avait-il toujours des cloches ?

500 élèves ? 800 élèves ? 30 classes ? 50 classes ? Albert ne se sentait pas disposé à les fouiller une par une. Pourquoi diable avait-il évité le concierge ? Il lui aurait demandé où trouver le petit Majid Badach. Un billet de 20 euros délie toujours les langues.

Enfin, il aperçut quelqu'un, une jeune femme qui traversait le préau. Il se précipita vers elle en levant un bras.

— Mademoiselle ! Ho !

Blonde, la demoiselle. Plutôt mignonne. Rectificatif : supermignonne. L'œil noir. Elle examinait ses joues mal rasées et son costume fripé.

— Vous venez pour les vécés ?

— Ce n'est pas vraiment ma spécialité.

— Ah bon ? Qu'est-ce que vous faites là, alors ?

— J'ai besoin d'un renseignement, dit Albert.

Ne pouvant résister au plaisir d'une petite vengeance, il ajouta :

— Vous êtes bien la concierge ?

La jolie blonde sursauta.

— Mais enfin, monsieur, est-ce que z'ai l'air...

Elle s'interrompit et se passa une main dans les cheveux, comme prise d'un doute. Si elle avait eu un miroir, elle aurait vérifié son maquillage.

— Puis-ze savoir comment vous êtes entré ici ?

— Bah ! Le portillon ne fait pas plus d'un mètre quarante. Écoutez, je cherche un élève. Majid.

La petite blonde se mit soudain à le mitrailler de regards et de mots assassins.

— Vous n'avez rien à faire dans ce collèze ! L'entrée est interdite aux personnes étranzères. Sortez immédiatement. Vous êtes parent d'élève ? Non, même pas.

Elle reprit son souffle et ajouta :

— Mazid ? Mazid Badach ?

Albert tenta un sourire séducteur.

— Si vous pouviez juste m'indiquer sa classe. C'est très important.

Un mélange de surprise et de méfiance se peignit sur le joli visage empourpré.

— C'est mercredi ! s'exclama-t-elle. Mercredi après-midi. Les enfants ne sont pas là ! Ils ont leurs activités.

— Oh !

Albert éclata de rire.

— Je ne sais plus quel jour on est... Et vous, le mercredi...

Il chercha à lui dire quelque chose de gentil.

— ... qu'est-ce que vous avez...

Par goût de la plaisanterie, il gâcha tout.

— ... comme zactivités ?

Nadia le considéra avec froideur. Elle avait passé l'âge de se faire charrier sur son défaut de prononciation.

— Ze fais mes préparations. Si ça vous intéresse, vous n'avez qu'à me suivre au labo.

Elle attendit qu'un large sourire fende la figure d'Albert.

— Z'ai assez d'acide pour vous dissoudre zusqu'à la dernière molécule, compléta-t-elle.

Elle tourna le dos et s'éloigna d'un pas énergique. Dans le labo, devant ses fioles et ses éprouvettes, Nadia se sentit comme une envie de pleurer. Ah, les z'hommes, pas un pour racheter l'autre !

Au moment où Albert le cherchait en vain dans la cour du collège, Majid arrivait en compagnie de Samir devant le pavillon où habitait Sébastien.

— Eh ! fit Majid, y a un jardin. Ça doit faire zarbi. Tu ouvres la fenêtre de ta chambre et tu vois des fleurs.

— Dedans, c'est que des bouquins, dit Samir. Tu m'étonnes s'il cartonne en français. Tous les mots, toutes les conjugaisons, il a tout.

Sébastien ne partageait pas leur enthousiasme.

— C'est que des ringards dans le coin, dit-il en conduisant ses camarades vers sa chambre. Des ringards et des clébards.

En passant, Majid admira sur les murs ces tableaux étranges qui ne représentaient rien. Juste des taches de couleur. De la peinture abstraite, lui révéla Sébastien. « Pratique quand on ne sait pas dessiner », songea Majid. L'idée lui plut. Quand il aurait des hésitations sur l'orthographe, désormais, il ferait ça. Une tache d'encre. Un mot abstrait.

La peinture moderne ne fit pas grand effet à Samir. Le matériel aligné sur la moquette lui procura de bien plus vives émotions. Sébastien se plaça devant lui, faisant barrage de son corps.

— Y en a pour du fric, hein ? Alors, on fait très très attention.

Avec le stress du bon élève avant l'interro, il récapitula :

— Bon. J'ai les spots, le caméscope, la webcam... Allez, on emballe !

Ses parents étaient des adeptes de la varappe à Fontainebleau. Les sacs à dos ne manquaient pas.

— Ah ! s'exclama Sébastien. J'allais oublier le mur.

— Pas de problème, dit Samir en faisant semblant d'en soulever un.

— C'est pour la projection, reprit Sébastien, négligeant les pitreries de Samir. J'espère qu'il y a un mur blanc chez M. de Molenne. Au fait...

Il se tourna vers Majid :

— Tu lui as dit quoi au prof ?

— Qu'on allait parler avec les morts à la télé.

Sébastien écarquilla les yeux :

— Et... il est d'accord ?

— À peu près.

Samir fit la grimace. Ça sentait le chaud, cette affaire.

Tous trois attrapèrent le bus au prix d'une cavalcade. Il y avait un arrêt juste en bas de l'immeuble de briques rouges où résidait Jean-Hugues.

Le jeune prof accueillit la petite bande avec un sourire crispé. À la vérité, il n'avait rien compris aux explications de Majid. Il regarda les sacs déposés dans l'entrée.

— Bon, dit-il à Sébastien. C'est quoi, ce bazar ?

— C'est pour une expérience scientifique, m'sieur.

— Scientifique dans le genre : « Esprit, si tu n'es pas là, frappe trois fois » ?

— Eh, arrêtez, m'sieur, intervint Samir. Y en a pour du pognon, là. Caméscope et tout. Faut pas rigoler.

— Très bien, je ne rigole pas. Mais on fait vite. Je préférerais que ma mère n'arrive pas pendant la séance. C'est une matérialiste, elle.

Devant les mines perplexes de ses élèves, il précisa :

— Elle ne croit pas aux esprits.

Tous les murs du bureau étaient blancs. Du moins Jean-Hugues le certifia-t-il. Car, comme on pouvait le craindre, ils disparaissaient derrière les innombrables volumes de sa bibliothèque. On décida de tendre un drap devant les rayonnages.

Ensuite, sur les indications un peu hésitantes de Sébastien, Jean-Hugues procéda aux divers branchements. Les câbles faisaient des nœuds sur la moquette. Mais, d'une façon ou d'une autre, toutes les connexions aboutissaient à l'unité centrale de l'ordinateur.

— Le principe, c'est la boucle, expliqua Sébastien. Avec le caméscope, on filme le drap éclairé par les spots. Avec la webcam, on filme l'écran de l'ordinateur. Ça donne une image blanche pleine de parasites. On met le magnétoscope en marche. Il enregistre cette image et...

— Une seconde, l'interrompit Jean-Hugues. Le caméscope branché sur l'ordinateur filme le drap et la webcam filme l'écran où on voit le drap, c'est ça ?

— Euh... oui.

— Et avec le magnétoscope, tu enregistres cette scène haletante ? À savoir du blanc avec des parasites.

— Ben oui.

Jean-Hugues se gratta la tête, comme si, pour une fois, c'était lui qui séchait face à un problème posé par ses élèves.

— Et sur ta cassette, qu'est-ce qu'il y a... à part du blanc avec des parasites ?

— La transcommunication, répliqua fermement Sébastien.

— J'aimerais bien savoir par quel miracle.

— Parce que... euh... parce qu'on a appelé les esprits. Ils sont entrés dans le circuit vidéo. Et en décryptant la bande, on va connaître leur message.

— Évidemment ! lança Samir.

— Moi, je comprends pas, fit Majid.

Samir émit un soupir forcé.

— Le drap ! Il y a toujours un fantôme sous le drap.

— Bon, allons-y, décida Jean-Hugues en poussant une cassette vierge dans le magnétoscope.

— Je tire les rideaux, annonça Sébastien. Il faut du noir. Quelqu'un connaît une prière ?

Silence consterné.

— Ça ne fait rien. Vous voulez bien allumer les spots, monsieur ?

Dans les ténèbres du bureau, des taches de couleur se mêlèrent sur le grand drap froissé.

— En tout cas, reprit Sébastien, il faut invoquer les morts avec respect. Et choisir celui qu'on veut appeler.

— Qui ? demanda Majid. Le monstre ? Mais il a pas de nom...

— Attendez, je ne suis pas. Quel monstre ? demanda Jean-Hugues.

La santé mentale de ses élèves commençait à l'inquiéter.

— Vous savez bien, m'sieur, répondit Samir. Le monstre des caves. Quand même, c'est pour ça qu'on est là.

— Le monstre des caves, répéta Jean-Hugues.

Les gamins s'entre-regardèrent. Ils venaient de prendre conscience qu'aucun d'eux n'avait parlé du monstre à un adulte.

— Il y a un monstre dans les caves des Colibris, fit Sébastien d'une petite voix.

— Tout le monde sait ça, répliqua Jean-Hugues, résigné. Et alors ?

Sébastien, perdant courage, fit signe à Samir de continuer.

— Ben, faut transcommuniquer avec pour savoir... pour savoir...

— On ne peut pas laisser une âme en peine errer dans les caves des Colibris ! plaida Sébastien.

— Non, bien sûr, fit semblant d'approuver Jean-Hugues.

— Surtout qu'il est dangereux, rappela Samir. Vaudrait mieux le renvoyer dans son chose, là... dans son astral.

— Eh bien, en route pour l'astral ! fit Jean-Hugues en se croisant les bras.

C'était comme s'il s'installait dans le fond de la classe pour regarder comment ses élèves se débrouillaient.

— Ça tourne, annonça Sébastien.

Les trois enfants s'étaient assis par terre. Jean-Hugues les imita, de sorte que tous quatre formaient une sorte de cercle. Selon leur position, ils fixaient du regard le drap où les spots projetaient de violentes taches bleues et rouges, ou bien l'écran couvert de neige électronique que visitait parfois une ombre sans visage.

— Qu'est-ce que c'est ? chuchota Majid.

— On dirait un écho du jeu, répondit Jean-Hugues. Golem...

— Chut ! fit Sébastien.

Samir s'agitait.

— Ça va durer longtemps, votre soirée techno ? demanda-t-il d'une voix qui grelottait un peu.

Il était devenu impressionnable, ces derniers temps.

— Mais on n'a pas encore commencé ! s'insurgea Sébastien. Concentrez-vous, merde ! Bon, j'y vais.

Il prit une profonde inspiration et tendit les bras, les paumes levées vers le ciel.

— Esprit errant perdu au niveau physique, âme en peine, toi qui erres dans les caves des Colibris, parle-nous afin que nous puissions te venir en aide.

Jean-Hugues l'écoutait, interloqué. Une vraie révélation : les premiers de classe peuvent être totalement cinglés.

Sébastien laissa s'écouler quelques longues secondes de silence que seul troublait le ronronnement des machines : le disque dur de l'ordinateur, la bande défilant dans le magnétoscope. Puis il poursuivit :

— Esprit des Colibris, nous unissons nos pensées et nos prières pour que tu parviennes enfin à gagner le plan astral. Dis-nous quelle est ta douleur, que nous puissions l'apaiser et que ton âme torturée trouve le repos. Euh... Amen.

— Ouais, amène-toi ! fit Samir.

Sébastien lança un coup de pied dans sa direction. Samir recula vers la petite commode de style.

L'averse neigeuse s'intensifia sur l'écran. Les spots clignotèrent. Et Jean-Hugues se sentit ridicule. Épier ainsi des points lumineux et des taches de couleur en compagnie de mômes qui avaient regardé trop de feuilletons à la télé...

Et voilà que Sébastien recommençait à invoquer son esprit des Colibris. En classe, il donnait pourtant l'impression d'un gosse équilibré. Finalement, le comportement de Samir était beaucoup plus sain.

Un spectre bedonnant traversa l'écran de l'ordinateur.

— C'est lui ?

— Tu crois ?

Jean-Hugues savait de quoi il s'agissait. Le golem rôdait, attendant comme lui que cesse cette séance inepte. « Allez ! songea le jeune homme. Encore deux minutes et je siffle la fin de la récré. »

Samir se mit à claquer des doigts, accompagnant la danse des spots lumineux. Majid sifflotait tout bas. Sébastien, lui, ne bougeait pas, yeux grands ouverts, aussi concentré que s'il relisait sa dictée.

Jean-Hugues vit sur le compteur de son magnétoscope que la plaisanterie durait depuis sept minutes quarante-six. Quarante-sept... quarante-huit...

— Hou ! Hou ! fit Samir.

Majid essaya de comprimer son rire, qui lui sortit par les narines en un grincement répugnant. Sébastien décocha une nouvelle ruade vers ses camarades. Samir s'éloigna d'un mètre supplémentaire. Son épaule heurta la commode.

— Ça sent le soufre, ici, dit-il, la voix mélodramatique.

— Mais ta gueule ! rugit Sébastien.

Samir se prépara à parer un nouveau coup de pied, en insistant :

— Non mais c'est vrai, ça sent le cramé.

Jean-Hugues renifla, percevant lui aussi une odeur qu'il commençait à connaître. Une odeur de...

Un hurlement monstrueux lui déchira les tympans. Jean-Hugues sauta sur ses pieds et se précipita sur sa lampe de bureau. Samir se roulait par terre en répétant :

— Ma main ! Ma main !

— Allons ! Samir, calmez-vous ! Qu'est-ce qui... Oh...

Jean-Hugues bondit vers son élève et lui saisit le bras.

— Ne bougeons plus. Voilà.

D'un geste rapide, il avait ôté la tapette à souris qui s'était méchamment refermée sur le doigt de Samir. Mais le gamin continuait de brailler comme un possédé.

— Ce n'est rien, dit Jean-Hugues. Allez vous tremper le doigt dans l'eau froide. Je suis désolé. Ma mère a peur des souris.

— Ma main ! J'ai mal ! Oooooh...

— Samir, enfin, ce n'est pas si...

Jean-Hugues s'interrompit, horrifié. Sur le dos de sa main, bien loin de la marque bleue imprimée par la tapette, Samir portait une vilaine tache noire, une brûlure.

Comme sur la moquette. Comme sur le pot de pâte à prout.

— Je ne comprends pas, balbutia Jean-Hugues. Il se passe ici des choses...

— Qu'est-ce qui se passe ici ? Quelles choses ?

Jean-Hugues sursauta. La silhouette de sa mère se découpait dans l'encadrement de la porte.

— Maman...

— Tu aurais pu me prévenir que tu organisais une boum. Ou comment dit-on aujourd'hui ? Une pâte à prout party ?

— Bon, c'est foutu, bougonna Sébastien.

— J'ai mal, gémit Samir.

Mme de Molenne alla ouvrir les rideaux.

— Qu'est-ce qui est foutu ? Et pourquoi a-t-il mal, celui-là ? Qu'est-ce que vous lui avez fait ? Mais c'est mon drap, ça !

Jean-Hugues rentra la tête dans les épaules. Il avait soudain l'impression de revivre ses douze ans, quand il se faisait surprendre avec ses potes en train de bricoler des fusées à poudre.

— Viens par là, ordonna Mme de Molenne, traînant Samir en direction de la salle de bains.

Dans le calme retrouvé de son bureau, Jean-Hugues mit fin à la séance de transcommunication. Stop. Arrêt. Off. Sans mot dire, Sébastien et Majid l'aidèrent à débrancher le matériel, à replier le drap.

Quand Samir fut de retour en compagnie de Mme de Molenne, il portait un bandage du poignet à l'extrémité du majeur.

— Tu aimes ça, faire la momie, hein ! lui lança Sébastien.

Mme de Molenne se planta en face de son fils.

— Je ne suis pas sûre d'avoir bien compris ce que m'a raconté ce garçon, lui dit-elle. Tu parles avec les morts ?

Majid avança d'un pas, comme s'il voulait défendre un camarade injustement accusé.

— On va tout ranger, madame, dit-il très poliment. On voulait juste faire un peu de transcommunication avec... avec M. de Molenne.

— Comment ? répondit-elle d'une voix blanche. Comment osez-vous...

Jean-Hugues scruta avec embarras le visage décomposé de sa mère. Pour elle, il le savait très bien, il n'existait qu'un seul « de Molenne ». Son défunt mari.

— Mais non, maman, murmura-t-il. Qu'est-ce que tu vas imaginer !

— Qui invoquiez-vous, alors ? Et pourquoi faites-vous ça chez moi ? Samir m'a parlé d'une cassette. Montrez-moi. Je veux voir.

Jean-Hugues s'exécuta à contrecœur. Il appuya sur la touche rembobinage puis mit le magnétoscope en position lecture.

L'écran de la télé se couvrit d'ondulations et de pointillés.

— Voilà, dit Jean-Hugues. Du blanc. Des parasites. Ça dure un quart d'heure comme ça.

Derrière lui, Samir continuait de geindre, en berçant sa main blessée contre son sein. Quant à Sébastien, il scrutait l'image avec une attention désespérée, comme s'il s'attendait à voir surgir à tout moment son fameux monstre des Colibris.

Parfois, une forme fugitive semblait vouloir se manifester. Vague silhouette humaine, paysage flou et imprécis. Puis tout s'effaçait, balayé par une nouvelle vague de petits points noirs et blancs.

— On aurait dit... souffla Majid.

— Un visage, avança Sébastien.

— Rien, certifia Jean-Hugues. Rien.

Mme de Molenne s'empara de la télécommande.

— Je veux revoir ça, décida-t-elle.

Jean-Hugues haussa les épaules. Il n'avait aucun doute sur le phénomène. C'étaient des images volées à Golem qui tentait de s'installer, des images aussi brouillées qu'un programme qu'on essaie de regarder sans brancher l'antenne de la télé.

— Je repasse la séquence au ralenti, annonça sa mère. Ce sera peut-être plus net.

Pour Majid, en effet, ce fut plus net.

— C'est Golem ! s'écria-t-il. Tu sais, avec les grottes et le vieux singe.

— Oui, convint Jean-Hugues d'une voix lasse, je sais.

— Et là ! Il y a des lettres ! insista Majid. Des mots avec des lettres !

Il faillit ajouter : des mots abstraits.

— Oui, dit Jean-Hugues, indifférent. Des mots avec des lettres.

— Un M, un O et un D ! hurla triomphalement Sébastien.

— Et alors ? répéta Jean-Hugues.

— La *mod* ! proposa Samir, peu exigeant avec l'orthographe.

— Le monde, plutôt, corrigea Majid.

— Je ne vois pas le *n*, remarqua Mme de Molenne. Ah si, peut-être. Et ça, regardez. *Pro* ? *Pru* ?

— C'est un message, jubila Sébastien. Je suis sûr que c'est un message de l'au-delà.

— Et que nous dit-il de passionnant, l'au-delà ? grommela Jean-Hugues. *Mondia... acht... pru... prou...*

Il avait pris un accent allemand. Ses élèves éclatèrent de rire.

— *Ach mondia prou* lança Samir.

— *Lapaprou* le reprit Majid. Hé ! C'est au moins un esprit chinois.

— Non, fit Samir, il est portos. C'est chez Miguel qu'ils parlent comme ça. *Achta la mondia pataprou*

— *Achetez* devina Jean-Hugues. *Achetez la*... Oh non !

— Quoi, m'sieur ?

— *Achetez la Mondialo pâte à prout*, conclut Jean-Hugues d'une voix consternée. ACHETEZ LA PÂTE À PROUT MONDIALO. Voilà ce que nous conseille l'au-delà.

On en resta sur cette triste constatation : dans un monde entièrement soumis aux lois du marché, les esprits, eux aussi, s'occupaient de commerce.

Majid et Samir rentrèrent aux Colibris, les mains dans les poches.

Jean-Hugues proposa à Sébastien de le raccompagner chez lui avec son encombrant matériel. Sa mère lui tendit sans faire d'histoires les clefs de sa vieille Twingo, heureuse de pouvoir aérer cet appartement où, selon elle, traînaient de mauvaises vibrations.

Jean-Hugues se gara devant le petit pavillon. Au moment où Sébastien s'apprêtait à descendre, il lui demanda :

— Dis-moi, Sébastien, tu en as entendu parler, toi, de cette fameuse pâte à prout qui déteint ?

Le garçon eut l'air surpris.

— Ben... oui. C'est comme les sucettes, celles qui font la langue toute jaune ou toute rouge. Pourquoi ? Vous faites la collec ?

— Je suis sérieux, Sébastien. Est-ce que vous en avez eu entre les mains, tous les trois ? Samir, Majid et toi.

— C'est pour les débiles graves, m'sieur. Je ne m'intéresse pas à ces trucs-là.

— Et tes camarades ? insista Jean-Hugues.

— Je ne sais pas. Pourquoi vous me posez toutes ces questions ? Moi, j'y crois pas. Les esprits peuvent pas vendre de la pâte à prout.

— Je ne pense pas non plus.

— Qu'est-ce que vous pensez, alors ?

Jean-Hugues leva les yeux au ciel.

— Je m'interroge, voilà tout. Je ne trouve pas normal que trois garçons comme vous soyez persuadés d'avoir découvert un monstre dans les caves.

— Quel rapport avec...

— Il y a des bruits qui circulent, Sébastien. À propos de la P à P. Celle qui déteint. On parle de substances hallucinogènes dans les colorants. Tu vois où je veux en venir ?

— Peut-être, répondit Sébastien en empoignant son matériel.

Il déposa les sacs devant la grille du pavillon familial.

— Si vous nous croyez pas, vous n'avez qu'à aller voir vous-même.

— C'est exactement ce que j'ai l'intention de faire.

— Faites gaffe. Prenez de l'eau bénite. N'oubliez pas. De l'eau bénite !

Jean-Hugues regarda son élève s'éloigner. Décidément, quelque chose ne tournait pas rond dans sa tête.

CHAPITRE X

UN PETIT REMONTANT ?

Quand Samir et Majid furent de retour aux Colibris, l'un chercha en vain quelqu'un qu'il aurait dû trouver et l'autre trouva quelqu'un qui n'aurait pas dû être là.

Au premier étage, les deux garçons se séparèrent.

— Bon courage, dit Samir en introduisant sa clef dans la serrure.

Pour changer, l'ascenseur était en dérangement. Majid avait encore onze étages à monter.

Samir pénétra dans la petite entrée encombrée de balais et de produits ménagers.

— C'est moi, annonça-t-il.

Il n'y eut pas de réponse. Sans doute Lulu dormait-elle. Il glissa un œil par la porte entrouverte de sa chambre, pour vérifier que la gamine était bien au chaud sous ses couvertures.

Koala dormait tout seul, posé au milieu de l'oreiller.

— Lulu ? Lulu !

Samir savait déjà qu'il s'époumonait pour rien. Lulu ne pouvait être qu'en un seul endroit : dans son lit. La plus grande aventure que la pauvre gamine risquait de vivre, c'était de tomber cinquante centimètres plus bas.

Malgré tout, Samir visita en trombe les autres pièces de l'appartement, au cas où Lulu aurait trouvé la force de ramper. Puis il vérifia que la fenêtre de sa chambre était fermée, au cas où...

— Lulu ! Lulu ! gémit-il.

Samir se rua hors de l'appartement et demeura un instant sur le palier, le cœur battant. Il entendait, au-dessus de lui, le pas de Majid qui continuait vaillamment de gravir les étages. Alors, il repensa à ce que lui avait raconté son camarade, à ces inconnus qui rôdaient dans la cité et qui voulaient lui reprendre son ordinateur. Majid ne s'était pas montré très bavard. Mais, selon lui, ces individus semblaient prêts à tout.

« À enlever une petite fille handicapée ? » se demanda-t-il avec effroi. Pourquoi, mais pourquoi ?

Bien sûr, il le savait. Lui, il n'avait pas d'ordinateur. Mais il avait autre chose. Le téléphone portable Nouvelle Génération MC qu'il avait chouré au cadavre, dans les caves des Colibris. Et qui était bizarrement resté allumé.

Sa fierté l'empêcha de courir vers le douzième étage pour confier son angoisse à Majid. Au lieu de cela, il redescendit vers l'entrée de l'immeuble. À l'instant où il se décidait à en sortir, un objet qui traînait sur le sol, près des grandes poubelles vertes, attira son attention.

Il s'approcha et reconnut le mug dont Lulu se séparait rarement. Elle le tenait par ses deux anses et le tétait comme un bébé. Samir vit qu'il était encore à demi plein d'eau. Quand il releva les yeux, il constata que la porte qui menait aux caves était entrouverte.

Alors, d'horribles images se bousculèrent dans sa tête.

Depuis sa conversation avec Sébastien, il redoutait que l'ectoplasme des Colibris ne sorte de son antre pour rendre visite aux résidents du bâtiment. À commencer par ceux du premier étage... Mais la réalité risquait de se révéler bien pire.

Le monstre, peut-être, avait résolu d'attirer à lui ses voisins. À commencer par...

— Lulu ! cria-t-il en ouvrant toute grande la lourde porte de bois.

Entre le onzième et le douzième étage, un nuage de fumée flottait dans l'escalier. Majid s'immobilisa dans la pénombre, alarmé, pensant reconnaître l'étrange phénomène dont lui avait parlé sa petite voisine, Aïcha. La minuterie venait à nouveau de s'éteindre. Alors que Majid s'apprêtait à appuyer sur le bouton, une lueur plus vive attira son regard. Elle palpitait au-dessus de lui, comme une luciole prise dans un courant d'air.

— Tu te décides, oui ? lança une voix.

Majid appuya. Albert était assis sur une marche, un petit tas de mégots entre ses pieds.

— Il fonctionne, des fois, cet ascenseur ? demanda-t-il.

— On a de la lumière, aujourd'hui. Faut pas se plaindre.

Albert poussa un grognement.

— Deux minutes quarante-trois, elle dure, ta minuterie. Je commence à en avoir ma claque de me relever.

Il venait d'ailleurs de déplier sa grande taille et Majid, en passant devant lui, lui jeta un regard craintif.

— C'est pas facile de te mettre la main dessus, mon vieux, reprit Albert en suivant Majid sur le palier. T'es jamais chez toi, jamais au bahut... Où est-ce que tu passes tes journées ?

— J'y vais, à l'école, se défendit Majid. Mais le mercredi, y a pas cours.

Albert ricana.

— Ouais, on me l'a déjà dit. Une prof. Une petite blonde. Tu la connais ?

Majid, qui faisait semblant de chercher sa clef, haussa les épaules.

— Non, tu vois pas ? insista Albert. Une zolie fille. « Mazid ? Vous cherchez Mazid ? »

Majid ne put s'empêcher de rire.

— C'est ma prof de SVT, Nadia Martin !

Albert eut une mimique d'approbation. « Nadia » : chaud, le prénom.

— Supermignonne, ta prof. Mais un peu rigide, non ?

Ne sachant trop ce que signifiait « rigide », Majid s'abstint de tout commentaire. Albert ne semblait pas disposé à changer de sujet de conversation. Il s'appuya au mur nonchalamment.

— Je crois que j'ai été un peu maladroit avec elle. Dis-moi, Majid, tu penses que j'aurais ma chance avec une fille comme ça ?

— Sûrement pas ! rugit Majid. D'abord, elle est...

— Mariée ? supposa Albert d'un ton faussement affligé.

— Non, mais...

Il faillit dire : « Elle est avec Jean-Hugues. » Ce qui était faux. Pour faire mec à la façon d'Albert, Majid laissa tomber :

— Elle a flashé sur un autre prof.

Albert poussa un soupir et alluma une nouvelle cigarette. Majid songea qu'il allait devoir sortir la balayette, sinon le gardien ferait encore des histoires.

— Et toi, comment tu la trouves, Nadia ? reprit Albert.

Pour Majid, Nadia, c'était la prof de SVT, point final. Pourtant, il sentait qu'Albert l'invitait à une conversation entre hommes. Il aurait bien voulu se montrer à la hauteur.

— Trop... rigide, dit-il. Et puis, je préfère les brunes.

Des bruits de pas se firent entendre quelques étages plus bas, dans le sinistre escalier de béton.

— Bon, tu les trouves, tes clefs ? le pressa subitement Albert.

Majid sortit sa clef plate de métal doré mais, reconnaissant le souffle de celle qui achevait l'ascension des douze étages, il se retourna. Langue tirée, Aïcha arrivait en traînant ses cabas pleins de bouteilles de soda et de boîtes de céréales.

La petite Black eut un mouvement de crainte en découvrant un inconnu sur le palier.

— Salut, dit-elle à Majid, en fuyant le regard d'Albert.

— Salut. Ça va ?

— Ça va... L'ascenseur est en panne.

— Ouais, il est en panne.

C'était désespérant. Majid ne savait jamais quoi dire d'intéressant à Aïcha. La fillette glissa un coup d'œil vers Albert. Aouah ! Beau comme un acteur de cinéma.

— À demain, dit-elle en disparaissant dans son appartement.

Albert rigolait, appuyé au mur.

— Tu les préfères carrément brunes, hein ?

Majid se sentit devenir écarlate. Il fit tourner la clef dans la serrure. Il savait que la maison était déserte pour la journée car Emmé était allée à Barbès rendre visite à Moussa, son cinquième fils. Majid entra et, comme si on n'attendait que lui, Albert entra à sa suite. Il ne mit pas trois secondes à analyser la situation.

— Attends, me dis pas que tu n'as plus l'ordinateur ? s'écria-t-il en contemplant le vieux modèle qui trônait dans la salle à manger.

— Ben, c'est vous qui m'avez demandé...

— Mais où il est ? Où il est ?

Majid se referma comme une huître. Décidément, cet Albert ne lui inspirait pas confiance.

— Il est... il est en lieu sûr.

Albert eut envie de sauter sur Majid et de le secouer jusqu'à ce qu'il crache le morceau. Mais il se contint.

— Eh bien, tant mieux, fit-il. C'est plus prudent.

Puis il se mit à fureter dans la pièce, ouvrant les portes des placards et du buffet.

— Qu'est-ce que vous faites ?

— Je cherche un remontant. Qu'est-ce que tu m'offres ?

— Un remontant ?

— Cognac, whisky... Y a quoi, ici ?

— Ma mère fait du thé à la menthe. Mais elle est pas là.

Albert se laissa tomber dans un fauteuil.

— Y a des jours comme ça, soupira-t-il. Ça ira mieux demain.

Il ferma les yeux un instant, cherchant comment faire céder le gamin. Il lui tendit son paquet de cigarettes.

— Tu fumes ? Non... Tu as arrêté.

Majid ne put s'empêcher de ricaner. Il n'aimait pas Albert mais il admirait son style.

— Elle s'appelle comment, ta petite copine ?

Mi-honteux, mi-flatté de la supposition, Majid répondit :

— Vous parlez d'Aïcha ? C'est une copine de classe.

— J'ai l'impression qu'elle t'aime bien, la miss.

— Possible, admit Majid avec une petite moue modeste.

— C'est pas chez elle que t'as mis l'ordinateur, par hasard ?

D'un signe de tête, Majid indiqua à Albert qu'il faisait fausse route.

— Non ? Tu as raison. Parce que tu comprends... pff...

Albert souffla longuement sa fumée vers le plafond.

— ... la personne qui possède cet appareil, pff...

Il plongea son regard brûlant dans celui de Majid.

— ... elle est en danger de mort.

Les yeux de Majid s'embuèrent. La peur, encore elle. Mais il cilla et se raidit. Non, il ne dirait rien.

— Je veux t'éviter des ennuis, Majid, à toi, à ceux que tu aimes. Ma parole d'homme, c'est la vérité.

Majid se sentit mollir. Après tout, Albert l'avait sauvé. Il avait l'air tellement solide, tellement fort. Et tellement prêt à taper l'incruste jusqu'au retour d'Emmé.

— Votre ordinateur est chez m'sieur de Molenne.

— C'est qui, ça ?

— Mon prof de français.

Un peu pour narguer Albert, Majid s'exclama :

— Ah ben, justement ! C'est le mec que Nadia a flashé dessus.

Albert eut un sale petit sourire.

— C'est amusant, comme coïncidence. Et il habite où, ce tombeur ?

Douze étages plus bas, et quelques marches de plus encore, Samir progressait dans les sous-sols des Colibris.

Au début, il avait couru. À présent, il marchait, accablé par la certitude qu'il arriverait de toute façon trop tard.

Jamais comme aujourd'hui il n'avait senti les responsabilités peser sur ses épaules. Et bien sûr, toute la faute de ce qui s'était produit retomberait sur lui. La sécurité de Lulu, c'était l'affaire de Samir. Même quand il n'était pas là.

Il savait ce qu'il allait découvrir et il savait ce qui allait arriver ensuite. Car l'appétit du monstre n'avait pas de limites. Samir ne lui échapperait pas une troisième fois. Il s'en moquait.

Pas après pas, Samir s'apprêtait à rejoindre Lulu.

Prosper, il ne le vit même pas. La chaudière, il ne l'entendit pas davantage.

Il y avait encore un couloir. Le dernier, jusqu'à la porte 401.

Il n'arrivait pas trop tard.

Vision incroyable, Lulu lui apparut, assise sur un cageot, tranquille, baignant dans une lumière bleutée.

Samir voulut l'appeler mais aucun son ne sortit de sa bouche. Près d'elle se dressait, énorme, l'horrible monstre des caves.

Comment était-ce possible ? Comment Lulu pouvait-elle le contempler ainsi sans bouger, sans hurler sa terreur ? L'image qui vint à l'esprit de Samir fut celle du redoutable serpent du *Livre de la jungle*. Comme Kâa, la créature semblait hypnotiser sa proie.

Soudain, Lulu tendit la main vers la chose crépitante et Samir sortit de sa stupeur.

— Non ! hurla-t-il. Touche pas ! Mais touche-le pas !

Lulu tourna la tête, apparemment plus effrayée par son irruption que par la proximité du monstre.

Qui détecta, lui aussi, la présence de Samir. Qui s'écarta de Lulu. Qui braqua sur Samir ses yeux morts. Qui ébranla sa masse informe.

Qui vint vers Samir.

— Lui fais pas de mal ! cria Lulu.

Pauvre Lulu ! Elle croyait sans doute qu'on peut commander aux monstres.

— Lui fais pas de mal ! répéta Lulu. Il est pas méchant. C'est pas un monstre.

Le dos collé contre la paroi glacée du sous-sol, Samir comprit qu'il allait mourir.

— Viens, disait la voix douce de Lulu. Viens. Laisse Samir.

La créature sembla hésiter. Elle donna à Samir les deux ou trois secondes dont il aurait eu besoin pour réagir... si seulement il avait eu sur lui une fiole d'eau bénite.

Il sentit entre ses doigts engourdis l'objet qu'il avait ramassé machinalement sur le seuil des caves. Il tenait toujours par une anse le mug de Lulu. Sur une inspiration subite, il en arracha le couvercle, comme on dégoupille une grenade, et le lança sur la forme massive qui se dressait devant lui.

Samir eut juste le temps de se dire que le monstre avait changé, qu'il avait l'air encore plus fort, plus puissant. Ses yeux, sa bouche ressemblaient moins à des gouffres sans fond. Il paraissait presque plus humain que celui que Sébastien et lui avaient cru anéantir.

L'eau gicla hors du récipient.

— Fais pas ça ! brailla Lulu.

Samir se retrouva les fesses par terre, le souffle coupé. Sourd, aveugle, il mit un long moment à reprendre ses esprits. Ce fut la voix de Lulu qui le tira de l'hébétude où l'avait plongé la brutale décharge électrique.

— Reviens, gémissait-elle, reviens...

Samir se releva enfin et tituba jusqu'à sa petite sœur. Il la serra contre lui.

— Méchant ! Méchant ! répétait-elle en lui martelant l'épaule de ses poings serrés.

— C'est fini, murmura Samir. Il te fera plus de mal.

— Tu l'as tué ! C'est toi, le monstre !

— C'est fini, répéta Samir. Viens.

Il passa ses bras autour de la taille de Lulu pour la soulever de terre.

— Lâche-moi ! cria Lulu. Je marche toute seule ! Je marche toute seule !

Lulu hurlait si fort que Samir la reposa sur le sol de terre battue. Aussitôt, les jambes de la gamine fléchirent.

— Tu vois bien, dit Samir en la rattrapant.

— Tu l'as tué, tu l'as tué... La Force... La Force... La Force...

Lulu se mit à peser plus lourd contre la poitrine de Samir. De nouveau, il la souleva. Mais, cette fois, elle ne protesta pas. Lulu gisait, inanimée, entre ses bras.

Il fallut de longues minutes à Samir pour parcourir les souterrains jusqu'à la porte de bois. Il titubait, le regard brouillé par des bouffées de terreur. Trois fois, il s'arrêta, pour s'assurer que le cœur de Lulu battait encore.

Puis il remonta jusqu'à l'appartement. Il déposa la petite fille sur son lit. Longtemps, il la regarda. Quand un peu de rose fut revenu sur les joues de Lulu, il se détendit enfin.

— Tu sais, dit-il, l'eau... je crois que ça sert à rien de la béniter.

— Ça brûle, ça brûle, gémit Lulu.

Elle avait des traces de brûlures sur le corps.

CHAPITRE XI

STOP AFFAIRE

La camionnette filait bon train. Au volant, Momo boudait. Il avait demandé à partir pour le Timor-Occidental. Au lieu de ça, on le réexpédiait aux Quatre-Cents.

— De la pâte à prout ! s'exclama le cadreur, en donnant un coup de poing à son volant.

— On appellera ça de la pâte à bruits, fit Cécile Bertrand, l'œil morne.

— De la pâte à bruits qui donne des hallucinations aux mouflets, c'est ça, hein ?

— Il paraît qu'elle déteint quand on la tripote et la drogue entrerait par les pores de la peau.

— C'est du même tonneau que le cyanure dans les petits pots pour bébés !

Brusquement, le visage de Momo s'éclaira. Mais oui, c'était excellent, ce genre d'histoires ! Le présentateur du jité allait regarder la caméra bien en face et il dirait : « Elle court, elle court, la rumeur. Aujourd'hui, la France a peur ! » Momo s'enthousiasma tout seul :

— Le coup des mômes qu'on drogue à leur insu ! Les parents qui disent : « On ne le comprend plus. Il n'est plus le même... » Mais dis donc, le lieutenant de police, il nous avait bien parlé d'une pâte à prout prototype ?

— Une pâte à bruits, rectifia Cécile, l'air toujours aussi abattu. Oui, elle était dans la poche du cadavre aux Colibris.

Momo émit son petit sifflement de connaisseur.

— Soit c'était un innocent qui en savait trop sur la pâte à pr...

uits, soit c'était un des coupables, chargé de commercialiser le prototype.

Cécile haussa les épaules. Elle avait déjà été confrontée à une rumeur du côté de Bonny-sur-Loire sur des scorpions qui logeaient dans des boîtes à œufs. Aucun Bonnichon n'avait jamais vu un seul scorpion dans une boîte à œufs, mais tous les Bonnichons connaissaient le cousin-du-mari-de-l'épicière qui avait été piqué par un scorpion.

— C'est du délire collectif, lâcha la journaliste.

— Il y a quand même un meurtre non élucidé, lui rappela Momo. Et tu te rappelles aux Colibris ? La petite Noire qui voyait des trucs dans son couloir ?

— Oui, en effet... Et il y avait aussi le petit Beur qui parlait d'un « fantôme électrique ».

— Il faudrait déjà trouver un pot de pâte à bruits teintée, dit Cécile, reprenant courage. Qu'on puisse en montrer un à l'antenne.

— Ça, c'est pas dur. Regarde !

Momo roulait sur un grand parking. À côté des magasins Mondial Confort et Mondiosport, Mondiorama annonçait dès l'entrée sur un grand calicot : « La nouvelle pâte à prout est arrivée ! »

— Tu vois, dit Momo. Y a qu'à demander au pépère près des caisses.

Le pépère en question n'était autre que le gérant de Mondiorama, M. Bernard Martin-Weber. Du matin au soir, il fliquait ses clients, convaincu d'être pillé et rageant de voir tous ces Mustafa de banlieue passer les portillons de son magasin sans déclencher l'alarme.

— Pardon, m'sieur, fit Momo en touchant légèrement l'épaule du gérant.

— Hein, quoi ?

M. Martin-Weber avait fait un bond en se retournant : ça devait arriver, une attaque à main armée ! Où était le vigile ?

— C'est où, le rayon pâte à bruits ? demanda Momo.

— C'est pas écrit assez gros ? aboya le gérant en montrant un énorme panneau « Pâte à Prout ».

— Il est pas bien dans sa tête, celui-là, fit Momo entre haut et bas.

Cécile s'était déjà éloignée. Elle s'arrêta près de cinq gamins de huit ou neuf ans qui faisaient leurs commentaires en face des rayonnages de P à P.

— Mais c'est pourri, dit l'un. Ils ont même pas de l'orange.

— Moi, je l'ai en double, fit un autre. Je t'échange si tu veux.

— Contre quoi ?

— Une coco.

— Ah ouais, c'est ça, fit le premier, écœuré.

Tous les gamins ricanèrent. La coco, ça valait au moins dix régulars. Momo s'était planqué discrètement derrière le rayon chaussettes « stop affaire : trois paires pour le prix d'une ! ». Il filmait la conversation, caméra à l'épaule. C'était bien, on voyait à quel point les mômes étaient accros.

— Et les pâtes à bruits qui colorent les mains ? leur demanda soudain Cécile. Vous en avez acheté ?

— C'est qui, celle-là ? s'écria un des gosses, en reculant d'un pas.

— Hé, arrête, dit le plus petit. C'est une sadique. Elle veut nous refiler la pâte à prout qui rend fou.

Cécile n'eut pas le temps de s'expliquer. Tous les mômes avaient déjà détalé. Décidément, la rumeur se confirmait.

— On pourra pas tirer grand-chose de la séquence, fit Momo en s'approchant de Cécile.

— Filme l'étalage et zoome sur ma main en train d'attraper un pot, lui demanda Cécile, cherchant dans le rayon la fameuse pâte teintée.

Il y avait de l'unie, de la bicolore, de la fluo, de la parfumée et une nouveauté, de la musicale. La pâte qui déteignait n'existait pas. Ou bien elle se glissait parmi tous ces pots.

Désœuvré, Momo les soulevait, les secouait, les reposait.

— Comment ça peut plaire, des saletés pareilles ? C'est pas possible, les mômes sont conditionnés !

Pourquoi ces saletés plaisaient, Albert le savait. Il avait même été très bien payé pour le savoir. Les portes automatiques de Mondiorama s'ouvrirent devant lui. Le regard soupçonneux du gérant vint immédiatement se poser sur ce grand gaillard au costard fripé. Albert lui rendit son regard. Lui voyait des MC partout. Il savait qu'il devait éviter les lieux publics. Mais depuis qu'il avait croisé Nadia, la pensée qu'il portait les mêmes chaussettes depuis une semaine lui était devenue intolérable. Le « stop affaire » retint toute son attention, d'autant que ses finances avaient sérieusement baissé.

C'est en s'éloignant vers les caisses, ses trois paires à la main, qu'Albert aperçut le cadreur en train de filmer les gosses. Il eut un coup au cœur en remarquant, juste dans le champ de la caméra, l'énorme étalage de pâtes à prout. Il entendit alors l'échange entre Cécile et les enfants sur la P à P qui rend fou. Qu'est-ce que c'était encore que cette histoire ? Les MC n'avaient tout de même pas poussé leur expérimentation jusque-là ? Comment le savoir sans prendre de risques ?

« Il me faut un pion à pousser sur l'échiquier », se dit Albert en quittant Mondiorama. « Quelqu'un qui agisse à ma place. » Un « pion ». Albert sourit. Il venait de repenser à ses années de lycée et, par association d'idées, à Nadia Martin. Puis il fronça les sourcils, en songeant à ce M. de Molenne qui possédait son ordinateur et qui, d'après Majid, n'était pas loin de posséder aussi la prof de SVT.

Amoureux, Albert ? Il fit la moue en se posant la question. Non, il avait juste envie que Nadia sache qu'il n'était pas n'importe qui. Pas un prof de bahut minable. Bien sûr, il avait deux ou trois petites choses sur la conscience. Mais c'était du passé et, de toute façon, les nanas coincées adorent les mauvais garçons. Or, dans ce rôle, Albert était champion.

Sous l'auvent d'une pizzeria, il changea de chaussettes, à la grande surprise des clients. Puis, d'un pas souple, il se dirigea vers l'ancien centre-ville où habitait Jean-Hugues de Molenne.

— Et maintenant, dit-il entre ses dents, à nous deux, l'aristo !

CHAPITRE XII

LA FIANCÉE DU MONSTRE

L'état de Lulu inquiétait Samir. Pas son état physique. Les brûlures passaient très vite et la petite avait retrouvé un peu de forces. Elle avait même décidé de s'entraîner à marcher en se tenant aux murs. Mais elle était devenue folle. Elle voulait marcher pour rejoindre le monstre à la cave !

— Mais... il est mort, lui dit Samir, à demi convaincu.

Lulu secoua la tête mystérieusement et murmura :

— Il a juste faim.

D'après Lulu, le monstre se nourrissait d'électricité. C'était lui qui provoquait toutes les pannes de courant dans l'immeuble. Dès qu'il aurait mangé à sa faim, il redeviendrait aussi gros et fort qu'avant.

— Peut-être plus ! s'enthousiasma Lulu. Et il partagera la Force avec moi.

Le secret était trop lourd pour que Samir le porte à lui tout seul, comme il avait porté Lulu dans l'escalier. Il alla tout raconter à Sébastien.

— Et Lulu veut aller retrouver le monstre ? questionna Sébastien.

— Elle pense qu'à ça. Il paraît qu'il est gentil avec elle !

— Elle l'aime ?

Drôle de question. Samir fit une grimace de dégoût.

— Elle dit qu'il lui parle dans la tête, finit-il par répondre. Elle lui cherche un nom parce que c'est trop triste qu'il ait pas de nom.

— Elle l'aime, confirma Sébastien.

Il semblait se concentrer sur ce point précis. Un monstre. Une fille. Ils s'aiment. Sébastien appuya le pouce et l'index sur ses paupières fermées, se concentrant toujours plus fort.

— J'ai trouvé, murmura-t-il. C'est *La Fiancée de Frankenstein.*

— Hein ?

— Dans *La Fiancée de Frankenstein*, le monstre a une fiancée. J'ai vu le film, mais je me rappelle plus bien les détails.

Il ferma les yeux pour se concentrer à nouveau.

— Si c'est comme la transcommunication... ronchonna Samir.

Sébastien fit semblant de ne pas entendre et dit à la manière d'une voyante à laquelle l'avenir serait révélé par bribes :

— Le monstre... Il va dans le bois... Il y a un ermite aveugle. L'ermite joue du violon au monstre pour le calmer. Il faudrait jouer du violon au monstre de la cave.

— C'est mieux que l'eau bénite ? s'informa Samir, pas vraiment sûr d'avoir bien suivi le film.

— On ne peut pas détruire le monstre, fit Sébastien sur le même ton inspiré. Mais on peut l'apprivoiser et lui apprendre à parler. Dans le film, ça marche. Le premier mot qu'il dit, c'est : « ami ».

Il se tourna vers Samir et, reprenant un ton naturel, il ajouta :

— En plus, c'est super, j'apprends le violon depuis deux ans.

Samir se dépêcha de retourner chez lui. Il avait peur de laisser Lulu toute seule trop longtemps. Elle lui avait promis qu'elle ne descendrait plus à la cave sans le prévenir. Mais elle semblait désormais obéir davantage au monstre qu'à son frère aîné.

— Lulu ! Lulu ? Ah, t'es là...

La petite était à la cuisine, en train de se faire une tartine de confiture. Samir la regarda en silence.

— Tu es debout ? remarqua-t-il.

— Oui.

— Tu tiens toute seule ? Sans t'appuyer ?

— Tu vois bien.

La petite esquissa même un pas de danse. Pour Lulu, c'était maintenant quelque chose de familier. Pour Samir, c'était incroyable. Il n'avait d'autre souvenir de Lulu que souffrante et grabataire.

— Tu crois qu'il est à la cave ? souffla-t-il.

— Oui.

Lulu porta la main à sa tête :

— Il m'appelle.

— Il sait ton nom ?

Lulu réfléchit un instant.

— Il sait pas que les gens ont des noms, dit-elle doucement.

Elle mordit dans sa tartine puis ajouta :

— Il sait pas qu'il y a des mots.

— Il est taré, se moqua Samir.

Il était jaloux du monstre. Sa petite sœur le regarda sévèrement.

— Faut pas dire ça. Il est comme... un bébé. Les bébés ne savent pas les mots. Mais je vais lui apprendre à parler.

Lulu posa sa petite main sur celle de son frère :

— Il faut que j'y retourne. Tu comprends : il a pas d'ami. Il sait même pas que ça existe, un ami.

— *La Fiancée de Frankenstein*, murmura Samir, terrassé.

C'était tout à fait ce qu'avait raconté Sébastien.

— Écoute, Lulu, si tu veux vraiment y retourner...

— Oui, l'interrompit la petite, les yeux étincelants.

— Alors, pas toute seule. Je viendrai avec toi.

— Tu vas encore le tuer, protesta Lulu, le ton grondeur.

— Non, non, on lui jouera du violon.

Rendez-vous fut pris avec Sébastien, le samedi après-midi. Les enfants ne risquaient pas d'être dérangés en allant dans les caves des Colibris. Aucun locataire ne s'y aventurait, surtout depuis la découverte du cadavre. Le gardien avait projeté un moment de recadenasser la porte d'accès mais, lassé par le vandalisme, il en avait abandonné l'idée. Il suffisait donc de pousser la porte, de descendre quelques marches...

Lulu marchait devant, si fine, si légère qu'elle semblait ne pas toucher terre. Samir lui éclairait le chemin et Sébastien fermait la marche, tenant sous le bras l'étui de son violon. La confiance de Lulu dans le monstre avait presque tranquillisé son grand frère. Il se retourna tout de même vers Sébastien et chuchota :

— Tu es sûr que le violon...

— Dans le film...

Samir haussa les épaules. Il avait pris de l'eau sans en parler à personne. L'eau, c'était l'arme absolue.

On approchait de la porte 401. Une étrange plainte s'éleva alors, un « mmhhmm » douloureux et muselé. Un claquement brusque fit sursauter Samir : Sébastien ouvrait l'étui de son violon.

— Ah, te voilà, fit la voix claire de Lulu. Dis donc, tu es gros !

Le monstre semblait avoir fait le plein. Il était au milieu de la cave 401, tout pataud, tout boudiné, se balançant au rythme de sa complainte. Lulu s'approcha de lui et posa la main sur son bras.

Instantanément, ils se mirent tous les deux à crépiter et les cheveux frisés de la petite fille se dressèrent, tout ébouriffés.

— Tu es moins « chmouf », remarqua Lulu en tâtant les biceps de son ami.

Il était devenu plus dense et ses contours s'étaient précisés. Ce n'était plus du nuage ou de la barbe à papa. C'était plutôt comme une grosse bouée gonflée à l'électricité.

Samir et Sébastien étaient timidement restés à l'entrée de la cave.

— Tu crois qu'il nous voit ? murmura Samir.

Il avait à peine prononcé ces mots que le monstre tourna vers lui sa tête inexpressive. Il ressemblait de plus en plus au golem du jeu, celui que Jean-Hugues appelait Joke. Avec ses yeux tout couturés et la balafre qui lui tenait lieu de bouche, il avait aussi une lointaine parenté avec la créature de Frankenstein.

— Mmm, mugit-il.

Était-il triste ? Cherchait-il à parler ? Il esquissa un geste vers les deux garçons comme s'il les désignait à Lulu. Reconnaissait-il en Samir celui qui lui avait jeté de l'eau ?

— Joue-lui du violon, dit Samir d'une petite voix.

Sébastien cala le violon sous son menton, ferma les yeux deux secondes, s'empara de son archet et sortit de l'instrument un affreux miaulement suivi d'un insupportable couinement. C'était la *Petite Gavotte* de Curci.

— Huhuhu, fit le monstre d'un ton lamentable. Huhuhu.

Il reculait vers le mur.

— Mais arrête ! hurla Lulu, indignée, en regardant Sébastien. Tu vois pas que tu lui fais peur ?

Sébastien abaissa son archet et protesta :

— Mais dans le film...

Le pauvre monstre s'était affaissé contre le mur. Il avait l'air mal en point.

— Il perd sa force, gémit Lulu.

Elle-même chancela et dut s'appuyer au mur.

— Je vais tomber, dit-elle, aussi misérable que le monstre recroquevillé.

Samir prit alors une décision d'un rare courage. Il s'approcha de la créature, tenant sa torche électrique à bout de bras. Dès qu'il toucha le monstre, la torche parut se volatiliser et lui-même se trouva repoussé d'un mètre par un choc électrique. Aussitôt, le monstre reprit son aplomb.

— On dit « merci », lui fit remarquer Lulu, de nouveau ferme sur ses jambes.

— Mmmh, psalmodia le monstre en se dandinant.

Sébastien avait tout observé, les yeux dilatés par l'effroi et la curiosité. Rien de ce qu'il avait pu lire jusqu'à présent sur le paranormal ne lui permettait d'identifier un tel phénomène.

— C'est un ectoplasme électrique, dit-il sur un ton scientifique pour préserver son autorité sur Samir. Il se régénère à l'électricité et il disjoncte quand il entre en contact avec de l'eau.

C'était fort bien dit mais ça n'expliquait rien. Pendant ce temps-là, les adultes, eux, trouvaient des explications.

CHAPITRE XIII

QUI SAIT ?

Mme de Molenne était psychologue. La psychologie lui avait enseigné que regarder la télé au moment des repas nuit à la communication en famille. Mais Jean-Hugues était majeur depuis quelques années. Aussi, quand il poussa le bouton de la télé avant de s'asseoir à table, sa mère se contenta-t-elle de soupirer.

— Simple rumeur ou légitime inquiétude ? Y a-t-il des fumées sans feu ? dit à ce moment-là le présentateur du jité. Un reportage signé Cécile Bertrand.

Quelques barres de béton grisâtres ponctuées de terrains vagues apparurent alors à l'écran.

— Une cité comme il y en a d'autres, fit la voix de la journaliste, avec ses pannes d'ascenseur...

— Mais c'est les Quatre-Cents ! hurla Jean-Hugues en sautant sur sa chaise.

— Oh, c'est encore cette histoire de cadavre aux Colibris, désapprouva Mme de Molenne. Pourquoi faut-il qu'ils montent toujours des faits divers en épingle...

— Chut, la fit taire son fils. Regarde, c'est Mondiorama.

En effet, on voyait le hall d'entrée du supermarché avec son calicot : « La nouvelle pâte à prout est arrivée ! »

— Après le Tamagoshi, après les Pokémon, c'est la pâte à bruits qui fait des ravages dans les cours de récréation, poursuivait la journaliste tandis que la caméra détaillait les étalages de pots multicolores.

— Oui, mon fils, il fait la colliction, dit une ménagère à l'écran. Ci les enfants, ça. La mode, ci très important.

— C'est Mme Badach ! hurla encore Jean-Hugues.

C'était en effet la mère de Majid que Cécile Bertrand avait interrogée pendant une demi-heure pour en garder ces trois phrases sans intérêt.

— Mais depuis quelques semaines, reprit la journaliste, une étrange rumeur circule parmi les enfants et inquiète les parents. Certains pots de pâte à bruits colorée contiendraient une substance toxique. Ils provoqueraient des hallucinations par contact ? questionna-t-elle en voix off tandis qu'à l'écran apparaissait un monsieur à l'air soucieux : Dr Dupontel, pédiatre.

— J'ai en effet reçu une maman qui s'inquiétait, fit le Dr Dupontel. Sa fille prétendait avoir vu des fumées électriques qu...

Il allait se lancer dans de longues explications mais l'image sauta très impoliment à une scène en extérieur. Des gosses jouaient au ballon.

— Et toi ? questionna Cécile en s'approchant d'un petit Black. Tu as aussi vu des choses bizarres ?

— C'est le frère à Mamadou ! hurla Jean-Hugues qui en oubliait sa syntaxe.

Le môme avait pris la pose, les mains sur les hanches :

— C'est pas oim, c'est les paincos à mon reufré.

Un sous-titrage apparut : « Ce n'est point moi. Ce sont les camarades de mon frère. »

— Qu'est-ce qu'ils ont vu ?

— Un monstre électrique ! dit le petit Black en se marrant.

— Et ils avaient acheté de la pâte à bruits ?

— Gavé !

La démonstration était éclatante. Le reportage se concluait par un dernier passage à Mondiorama où le gérant, M. Martin-Weber, excédé, gueulait au cadreur invisible :

— Circulez ! Y a rien à voir ici !

Jean-Hugues et sa mère se regardèrent, hébétés.

— Tu as compris quelque chose ? demanda Mme de Molenne.

— C'est vrai que mes gamins de 5e 6 racontent des choses délirantes.

Le visage de Mme de Molenne se ferma. Elle repensait à la séance de transcommunication. Jean-Hugues l'inquiétait depuis quelque temps. Il avait un air hagard chaque fois qu'il quittait son bureau. Pire encore, Jean-Hugues ne sortait jamais, ne voyait personne. Puis il y avait ces petits trous dans la moquette de son bureau, comme des brûlures de cigarette, et cette odeur qui se répandait dans la maison. Shit ou pas shit ? Mme de Molenne avait de sérieux soupçons.

Ce samedi après-midi, elle laissa Jean-Hugues à regret pour aller faire des courses.

— Tu n'as pas d'amis à aller voir ? lui demanda-t-elle.

— Des amis ? répéta-t-il.

Il s'éloigna vers son bureau sans même répondre. Il avait surtout des ennemis. La veille au soir, les Malfaisants avaient pris deux vies à Natacha et la golémette n'avait même plus son petit dragon pour la soutenir. Bubulle avait complètement disparu du jeu, au grand mécontentement de Caliméro.

— Bonjour, toi !

Sur son écran, Natacha l'attendait. Elle lui fit un signe de la main. Jean-Hugues sourit d'un sourire fatigué. Cette fille l'épuisait. Comme il allait s'asseoir en face d'elle, la sonnerie de la porte d'entrée le tira de sa léthargie. Il pensa que c'était Majid. Magic Berber était son seul ami.

— Bonjour. Je souhaiterais parler à M. de Molenne, dit l'homme sur le palier.

« Gordon Freeman », pensa Jean-Hugues. Il avait devant lui un héros. Un mètre quatre-vingt-dix, des épaules de lutteur, une tête de séducteur brutal.

— Vous êtes M. de Molenne ? insista l'homme.

— Oui, oui... C'est à quel sujet ?

— Perso. Je peux entrer ?

Du bout des doigts, il repoussa Jean-Hugues dans l'appartement. Il l'avait tout de suite jaugé. Petit gabarit, à peine sorti de l'adolescence. Et c'était de « ça » que la belle Nadia était amoureuse ?

— Vous êtes Albert ? dit soudain Jean-Hugues.

Le grand gaillard cligna des yeux, amusé.

— Majid vous a parlé de moi ? Où est mon ordinateur ?

Jean-Hugues flaira le danger. Ce type venait le dépouiller. Un courage inconnu afflua en lui et lui fit serrer les poings.

— Jusqu'à preuve du contraire, monsieur, il s'agit de MON ordinateur.

— Celui de Majid, tout au plus.

— Nous avons fait un troc. D'ailleurs, cela ne vous regarde pas.

Albert le dominait de toute sa taille, mais si Jean-Hugues tremblait, c'était de rage et non de peur. Albert s'y méprit. Il crut tenir Jean-Hugues à sa merci. Il le repoussa une nouvelle fois en enfonçant le bout des doigts dans son épaule.

— Écoute, c'est un jeu trop dangereux pour toi. Il y a des tueurs qui recherchent cet appareil. Alors, tu me le rends sans faire d'histoires et je t'évite les ennuis.

Grâce à Samir et aux 5e 6, Jean-Hugues avait l'habitude de se sentir en état d'infériorité et de tenir bon malgré tout.

— Quels tueurs ? fit-il. Et vous, de quel côté êtes-vous ?

— Moins tu en sauras, vieux, mieux ça vaudra pour toi.

— Je vous interdis de me tutoyer ! s'indigna Jean-Hugues.

Puis, se croyant devant un Mamadou récalcitrant, il ajouta :

— Prenez la porte immédiatement !

Albert, surpris, se donna le temps de le dévisager. Des yeux bleus, des épis dans les cheveux, un air d'enfant obstiné. Albert sentit la jalousie se ranimer. C'était un rival plus sérieux qu'il ne l'avait imaginé. Il pouvait lui éclater sa gentille petite binette avec son coup-de-poing américain ou lui agrandir le sourire au cran d'arrêt. Mais Nadia n'apprécierait pas.

— Okay, fit-il, on se calme. Je vais vous expliquer.

Comme s'il y était invité, Albert s'assit dans un des fauteuils du salon et, d'un claquement de doigts, il fit signe à Jean-Hugues de s'asseoir en face de lui.

— Je suis le concepteur du jeu vidéo Golem, commença-t-il.

Là, Jean-Hugues rendit les armes.

— Trop fort, dit-il admirativement. Quand même, je vous reprocherai un truc. Pourquoi faites-vous disparaître Bubulle... je veux dire, le petit dragon ?

— Je ne le fais pas disparaître.

— Ah si, je vous assure ! s'écria fougueusement Jean-Hugues. Venez voir...

Albert se releva, pas mécontent de remettre la main sur son ordinateur. Il entra dans le petit bureau du prof.

— Bonjour, toi !

Jean-Hugues avait cliqué sur Natacha. Il retrouva instantanément sa partie, là où il l'avait quittée.

— C'est incroyable, murmura Albert, les yeux rivés à l'écran.

— C'est ce que je vous disais, triompha Jean-Hugues, il n'y a plus de dragon.

Albert le regarda, furieux.

— Mais qu'est-ce que ce jeu fout ici ? hurla-t-il. Je l'avais protégé. Il ne devait pas être accessible. Comment avez-vous fait ?

— Je n'ai rien fait ! hurla à son tour Jean-Hugues. C'est votre jeu qui est venu m'emmerder ! Plus un moment de tranquillité, pas moyen de travailler !

Les deux hommes allaient s'empoigner.

— Et cette nana me rend dingue ! ajouta Jean-Hugues.

— Quelle nana ? demanda Albert, songeant à Nadia.

— Mais elle, avoua Jean-Hugues en désignant Natacha.

— Ooooh ! s'exclama longuement Albert.

Machinalement, il cliqua sur Natacha.

— Bonjour, toi !

Il ricana. Bien roulée, la golémette. Un mixte de Barbarella et de Marilyn Monroe.

« Treize ans d'âge mental », évalua Albert en toisant Jean-Hugues. Puis il revint dans la partie et constata qu'effectivement le petit dragon avait disparu.

— C'est incroyable, répéta-t-il. Il se passe quelque chose...

Ce quelque chose avait commencé, plusieurs mois auparavant, quand il travaillait à Gruyères, dans les locaux de la MC. À plusieurs reprises, Albert s'était aperçu que son jeu débloquait comme si quelqu'un, dans son dos, en modifiait les paramètres. Y avait-il eu un traître dans son équipe ou simplement un plaisantin de génie ?

— Ce jeu ne devait pas être mis sur le marché avant 2003, dit-il enfin. Il était tenu top secret. On ne devait même pas en parler aux magazines spécialisés.

— Je peux vous dire que tous les gosses y jouent au CDI, le nargua Jean-Hugues.

— Et tous les gosses achètent de la pâte à prout, n'est-ce pas ?

Jean-Hugues acquiesça sans voir le rapport.

— Ça devait être expérimental, une étude du comportement humain, commença à se justifier Albert. J'avais accepté... pour voir.

Et aussi, mais il ne le précisa pas, parce que le boulot était royalement payé. Ça puait l'embrouille à dix pas et Jean-Hugues ne s'y trompa pas.

— Vous avez accepté quoi ? demanda-t-il.

— De mettre des images subliminales dans mon jeu.

— Des images... ?

— Vous savez bien : on glisse dans une séquence filmée des images qui n'ont rien à voir avec le sujet, par exemple la photo d'un candidat à la présidence en plein milieu d'un James Bond. Mais l'image passe tellement vite qu'elle n'est pas réellement vue. Elle est enregistrée inconsciemment.

— Et ça sert à...

Albert se troubla, toussota :

— À... à manipuler les gens. Ils enregistrent à leur insu le message : « Votez Machin » et ils... ils votent Machin. Moi, je n'y croyais pas, à ce truc. Ça me paraissait aussi bidon que le sérum de vérité ou la télépathie. Rien de scientifique, rien de prouvé.

— Et c'était quoi, le message subliminal, dans votre jeu ? demanda Jean-Hugues, qui s'en doutait déjà.

Albert ricana.

— Un truc sur la pâte à prout.

— « Achetez la pâte à prout Mondialo », confirma Jean-Hugues. Et maintenant, vous y croyez, aux images subliminales ?

Albert hésita. Les gosses achetaient la pâte à prout, qui était sûrement un des produits les plus débiles qui aient jamais été mis sur le marché. Mais ils s'étaient aussi rués à une autre époque sur des totoches à mettre autour du cou ou des images cradosses de Valérie-pisse-au-lit et Hervé-pue-des-pieds. Il suffisait que la mode soit lancée...

Comme Albert cherchait une nouvelle fois à se justifier, son regard tomba sur une rangée de pots multicolores au-dessus de l'ordinateur.

— Vous faites la collection ?

— Évidemment, bougonna Jean-Hugues. Et ma mère aussi. Rien de scientifique, rien de prouvé, hein ?

Albert avait vaguement envie de rire. Pourtant, il savait que l'on avait détecté des images subliminales dans un dessin animé japonais, des images qui contenaient un message de la secte Aum. Il savait que, dans la musique d'ambiance de certains hypermarchés, on passe des phrases subliminales telles que : « Détendez-vous ! » ou « Faites-vous plaisir ! » Certes, tout cela était « expérimental ». Mais tout cela n'avait qu'un but : la manipulation mentale.

— De toute façon, j'ai refusé d'aller jusqu'au bout, dit Albert, qui ne tenait pas à endosser le rôle du méchant. J'ai bien vu que mon jeu fascinait tous ceux qui y jouaient et que cela risquait d'accroître le pouvoir des images subliminales. Enregistrer inconsciemment dix fois, vingt fois, cinquante fois le même message, ça finit par laisser des traces.

Jean-Hugues regardait sombrement ses pots de pâte à prout. À la poubelle, toutes ces cochonneries ! Puis il reporta son regard sur Albert. La même question lui revint à l'esprit : De quel côté était-il, celui-là ? Il le testa :

— Il faudrait raconter tout ça à la police, non ?

— Et les flics mettraient sous scellés NOTRE ordinateur ?

Les deux hommes se sourirent, mi-complices, mi-hostiles. Ni l'un ni l'autre ne souhaitaient se défaire de l'appareil, même si Golem était désormais accessible au CDI ou ailleurs. La presse en parlait comme d'un nouveau virus sur Internet. Mais tout était parti de cet ordinateur bleu électrique.

— Au fait, puisque je vous ai sous la main, dit Jean-Hugues, vous allez pouvoir m'aider à passer un niveau. J'ai déjà perdu deux vies et le boss est trop, trop fort.

— Attendez, il y a un petit problème avec Golem, le prévint Albert.

Encore un problème ?

— Je n'ai pas eu le temps de terminer le jeu.

— Non ! s'écria Jean-Hugues.

Ce n'était pas de la déception, ce n'était pas de la frustration.

— Non, non, ça, c'est pas possible !

C'était du désespoir, c'était de l'horreur. Depuis des jours, pendant des heures, obsessionnellement, Caliméro s'était battu pour gagner une âme à Natacha.

— Mais alors, dit-il en tendant le bras vers l'écran, elle ne pourra jamais, elle n'aura jamais...

Il sentait bien qu'il se ridiculisait. Mais il alla jusqu'au bout de sa pensée :

— Elle ne sera jamais libre.

Albert laissa errer son regard sur les pots multicolores, sagement rangés sur l'étagère.

— Et nous, le sommes-nous ? murmura-t-il, incertain.

CHAPITRE XIV

OUI, HI, HI, C'EST LA FÊTE !

— Quand est-ce qu'on y retourne ? demanda Lulu.

— Mercredi, décida Samir. Mais personne ne doit savoir qu'on y va. C'est un secret. On ne doit plus en parler.

— Le monstre de la cave, c'est des hallucinations de pâte à prout, ricana Sébastien. Ils l'ont dit à la télé.

Les deux garçons, désormais inséparables, étaient dans la chambre de Lulu.

— Faut que tu fasses semblant d'être toujours malade, conseilla Samir à sa petite sœur.

Lulu sourit distraitement. La Force ne l'avait pas tout à fait quittée mais, depuis ce lundi matin, elle avait les jambes en coton. Elle sentait que, dans la cave 401, le monstre s'affaiblissait.

— Ce serait bien de lui apporter à manger, dit-elle.

L'approvisionnement de l'ectoplasme électrique, comme l'appelait Sébastien, devenait problématique. L'ascenseur et la minuterie étaient définitivement en panne et le gardien ne se donnait plus la peine de faire réparer ou de changer le moindre fusible.

Le mardi soir, Lulu n'avançait plus qu'en se cramponnant aux meubles. Elle ne se plaignait pas. Mais la Douleur, peu à peu, remplaçait la Force.

— Quand le monstre va bien, Lulu va bien, dit Samir à Sébastien. Quand le monstre va mal, Lulu va mal.

Sébastien, plongeant mentalement dans ses dossiers, marmonna « mal... mal, bien... bien ».

— *La Marque jaune* ! s'écria-t-il, les yeux grands ouverts devant une telle révélation.

— C'est une marque de quoi ?

— Dans *La Marque jaune*, le professeur Septimus peut contrôler son cobaye humain en se branchant sur l'onde méga de son cerveau.

Pour Sébastien, c'était clair :

— Le monstre est connecté sur l'onde méga du cerveau de ta sœur.

Samir ne répondit rien mais il commençait à se demander si Sébastien n'avait pas, lui, un alien qui lui squattait le cerveau.

Le mercredi matin, Samir se rendit à Mondiorama. Il avait décidé de voler un maximum d'ampoules électriques pour faire un bon petit en-cas au monstre. Dans les rayons, il choisit des 150 watts toutes rondes et des halogènes toutes plates pour varier les menus. Son blouson de survêtement doubla de volume. Comme il ne pouvait pas passer devant les caisses les mains vides, il prit un paquet de céréales Mondior, se fiant au slogan : « Faites le plein d'énergie ». Le monstre en ferait peut-être son dessert.

Tout à ses larcins, Samir n'avait pas remarqué un des vigiles du magasin, discrètement mêlé à la clientèle. Mais lui l'avait repéré. Il allait cueillir le gamin aux caisses. Connaissant les goûts de son patron, le vigile songea à lui faire plaisir en le prévenant.

— C'est un Bamboula ? demanda M. Martin-Weber.

— Un Mohamed, rigola le vigile.

En s'approchant des caisses, Samir aperçut Mme Badach. La maman de Majid le reconnut et lui fit un sourire un peu distant. Elle n'avait pas très bonne opinion de l'adolescent. Alors qu'elle commençait à poser ses courses sur le tapis roulant, elle vit le vigile qui accostait Samir. Dans le même temps, le gérant s'était avancé majestueusement vers le coupable en lui faisant signe d'ouvrir son blouson de survêtement.

— Excuse-moi, dit Mme Badach à la caissière, ci mon fils qui me cherche. Samir ! Samir !

Tout en appelant le garçon, elle courut presque vers lui. Samir, cramoisi, était en train de tirer sur la fermeture Éclair de son blouson.

— Samir, ji suis là ! s'écria Mme Badach, le cœur aux abois. Bonjour, monsieur. Ci mon fils. Samir. Ti as pas pris le Caddie ?

Elle entr'aperçut les ampoules que Samir tentait de retenir entre ses bras.

— Ti as bien trouvé...

Elle regarda, un peu effarée, tout ce que Samir avait volé.

— ... les ampoules pour ton père. Ci bien, mon fils. Excuse, monsieur, mon fils, il a pas pris le Caddie. Ci les enfants, ça...

Tout en parlant, sous les yeux ahuris du vigile et du gérant, elle entraîna Samir vers les caisses.

— Excuse, madame, dit-elle à la caissière. Pose tout, mon fils. Et les ciréales aussi. Voilà. Ci combien, madame ?

À la sortie de Mondiorama, Samir chercha ses mots pour remercier Mme Badach et, ne trouvant rien, il accepta en silence le sachet plein d'ampoules qu'elle lui tendait.

— Ci pas bien de voler, Samir, dit-elle.

Son regard était plein de peine pour l'enfant. Sans doute agissait-il sous la contrainte. Il y avait tant de trafics dans la cité ! Samir eut envie de tout raconter, le monstre, Lulu, le portable volé au cadavre et puis sa peur, sa solitude. Mais Mme Badach était déjà repartie. Samir se consola de son humiliation en songeant qu'il avait volé pour sauver Lulu.

Ce même mercredi, Jean-Hugues se débattait aussi entre le bien et le mal. Sa récente « association » avec Albert le gênait aux entournures. Il s'était d'ailleurs fait délester de cent euros pour lui venir en aide. Ce type était un voyou, un voyou en col blanc qui avait mis son talent au service de la MC.

Mais qu'était exactement cette MC qui utilisait les messages subliminaux pour conditionner la jeune clientèle ? Une multinationale comme d'autres qui faisait aussi bien dans l'électronique de pointe que la téléphonie, qui possédait des chaînes d'hypermarché, des magasins de sport, une gamme de céréales et une autre de jouets... Curieusement, la MC était très bien implantée aux Quatre-Cents. Mais on pouvait la retrouver dans les quartiers chics de New York, accompagnée du slogan : « Life is MC[1] ». Banal, en somme. Mais la MC utilisait des tueurs à gages pour récupérer ses ordinateurs ou courser ses anciens employés, ce qui l'était tout de même moins.

Depuis qu'il avait croisé Albert, Jean-Hugues faisait des projets de culturisme et d'aérobic. Mais son tempérament rêveur le poussait à espérer une solution plus rapide pour devenir un héros. Pourquoi ne pas aller explorer les caves des Colibris à la recherche du monstre ? Il pourrait se faire des émotions à peu de frais, la probabilité que ce monstre existe avoisinant le 0 %.

L'après-midi, Jean-Hugues se rendit donc aux Colibris, en imitant la démarche souple et virile d'Albert. Première frayeur dans le hall : le gardien accompagné de son chien.

— Vous cherchez quelqu'un ?

— Non, oui, bredouilla Jean-Hugues. Mons... Mme Badach.

1. La vie, c'est MC.

— Douzième, répondit le gardien. Mais je vous préviens, l'ascenseur est en panne.

Jean-Hugues monta deux étages puis redescendit à pas de loup. Le gardien était sorti. La route des caves était libre. À nous, l'aventure ! Jean-Hugues fut très fier d'avoir pensé à prendre une lampe électrique. La minuterie ne marchait pas plus que l'ascenseur.

Deuxième frayeur : Prosper. Le fantôme, astucieusement dessiné dans un tournant, fit sursauter Jean-Hugues. Puis il y eut le ronronnement de la chaudière, le trottinement d'une souris, un craquement d'origine incertaine. À chaque fois, le cœur de Jean-Hugues faisait un bond dans sa poitrine.

Le jeune homme passa devant la cave 401 en la balayant rapidement de son faisceau électrique. Le monstre était tout au fond, molasse, inerte. Jean-Hugues ne vit rien et s'enfonça plus profondément dans les sous-sols. C'est alors qu'il lui sembla entendre des chuchotements. Si c'étaient des locataires de l'immeuble, il ne fallait pas qu'ils le surprennent. Quel scandale si ses collègues apprenaient qu'il visitait les caves des HLM à ses moments perdus ! Et si c'était de la racaille ? On disait tant de choses sur les caves des Quatre-Cents. Jean-Hugues, totalement perturbé, se cacha du mieux qu'il put dans la cave 412.

La racaille en question, c'étaient Samir et Sébastien qui soutenaient Lulu entre eux. La petite ne pouvait plus du tout marcher et elle serrait les dents pour ne pas laisser échapper un cri de douleur. Dans son sac à dos, Samir avait emporté les ampoules et les céréales.

— Où il est ? s'interrogea Sébastien en inspectant la cave 401.

— Contre le mur, lui répondit Lulu, désolée. Oh, le pauvre ! Il est tout chmouf.

Le triste état de son ami lui faisait oublier sa propre souffrance.

— Attends, on va le regonfler, la rassura Samir en ouvrant son sac à dos. Là, une bonne 150 watts, miam, miam...

Ayant déjà suffisamment expérimenté les chocs électriques, Samir avait décidé de lancer les ampoules au monstre comme des poissons à un phoque de cirque.

— Allez, attrape, mon gros !

Cling, cling... L'ampoule alla se briser sur le sol cimenté.

— Pas très au point, notre numéro, commenta Samir en se rapprochant.

Le deuxième essai ne fut pas plus concluant. L'ampoule se volatilisa au contact du monstre sans produire le moindre effet sur lui.

— Mais il est naze ! s'énerva Samir. Y en a pour du fric !

Sébastien arrêta le bras de Samir.

— Ça sert à rien.

— Tu crois qu'il préfère les halogènes ?

— Non, il veut du courant. De l'énergie.

Samir sortit les céréales Mondior de son sac mais n'obtint qu'un soupir de pitié de Sébastien.

— Alors quoi ? ragea-t-il.

— Ma lampe allumée, ça marchera, lui indiqua Sébastien.

— Ah oui, d'accord, et on se retrouve dans le noir avec...

Samir fit un signe de tête vers le monstre. Il ne lui faisait pas confiance.

— Et des piles, ça marcherait ? fit Lulu. J'en ai dans mon Furby.

— Ton quoi ? la questionna Sébastien.

— C'est un genre de peluche qui parle, expliqua Samir. On lui met des piles rechargeables dans le bide.

D'après Sébastien, c'était exactement ce qu'il fallait au monstre : des piles qui lui rechargeraient le bide. Samir se dépêcha d'aller au premier étage chercher la peluche de sa sœur. Dès qu'il s'en empara, le Furby ouvrit les yeux en disant :

— Moi dormir encore.

— Désolé, lui répondit Samir. Il y a le monstre qui attend.

Sans prendre la peine de vider le Furby, Samir dévala l'escalier.

— Oui, hi, hi ! s'esclaffa le Furby, tout secoué. C'est la fête !

— Ta gueule, lui répondit aimablement Samir.

Revenu dans la cave 401, Samir tendit la peluche à Sébastien.

— Oui, hi, hi, fit le Furby, c'est la fête !

— Qu'est-ce qu'il raconte ? s'inquiéta Sébastien.

— T'occupe. Sors-lui ses piles.

Sébastien le retourna et examina la petite trappe où se trouvaient les piles.

— Tu as un tournevis ?

Samir se prit la tête entre les mains. Il avait oublié.

— Oui, hi, hi, fit le Furby, c'est la f...

Le malheureux n'eut pas le temps de terminer. De rage, Samir le fit sauter des mains de Sébastien. Le Furby tournoya gracieusement dans les airs avant d'exploser au contact du monstre.

— Il gonfle, il gonfle ! hurla Samir tandis que l'ectoplasme électrique se rechargeait.

— Mon Furby, regretta tout bas Lulu.

Mais son chagrin fut de courte durée. La Force était revenue et son ami le monstre était de nouveau sur pied.

— Caresse-moi, fit alors une voix.

Les enfants tressaillirent. Qui avait parlé ?

— Moi dormir encore, dit la voix.

— C'est cet enfoiré de Furby, murmura Samir en le cherchant par terre.

— Cocorico, soleil levé...

Les trois enfants regardèrent le monstre.

— C'est lui ! cria Lulu. Il parle furby.

— Ça va être gai, grommela Samir.

Soudain, Sébastien éteignit sa lampe en faisant « chut ». Indiscutablement, ils n'étaient plus seuls. Quelque chose venait de tomber dans le couloir, un carton, un cageot.

— Rallume, supplia Samir.

— Chut, redit Sébastien.

On entendait un souffle. On percevait une faible lueur, celle d'une lampe électrique qu'on cherchait à voiler.

— Oui, hi, hi, c'est la fête ! lança le monstre avec ravissement.

— Qui... qui est là ? demanda une voix d'homme, jeune et mal assurée.

— Cocorico ! répondit le monstre, avec un à-propos discutable.

— Je ne vous veux pas de mal, dit l'homme, sur le ton de quelqu'un qui souhaite surtout qu'on ne lui en fasse pas.

Sébastien ralluma et consulta Samir du regard. Il lui semblait reconnaître cette voix.

— M'sieur, c'est vous ?

Il s'avança vers la porte de la cave 401 et aperçut dans le couloir, les yeux agrandis par la peur, son professeur de français.

— Sébastien, fit Jean-Hugues, soulagé, c'est vous qui jouez dans les caves ? Qu'est-ce que vous avez cassé ? Des bouteilles ?

— Non, des ampoules... Attendez !

Jean-Hugues, tout à fait remis de ses émotions, avançait vers son élève.

— Vous allez avoir un choc, le prévint Sébastien.

Samir parut alors à son côté et renchérit :

— Un gros, gros choc.

Jean-Hugues secoua la tête. Décidément, ses 5e 6 débloquaient complètement. La petite Lulu se glissa alors entre les deux garçons et supplia Jean-Hugues :

— Ne lui faites pas de mal. C'est un monstre. Mais il est gentil.

Les trois enfants semblaient barrer l'entrée de la cave 401. Que tenaient-ils tant à cacher ?

— Dans quelles embrouilles... commença Jean-Hugues en écartant Samir.

Il fit un pas, il vit, il hurla.

— Le... là... un...

Ses jambes se dérobant sous lui, il dut s'appuyer au mur.

— Joke, dit-il d'une voix mourante, c'est Joke.

Caliméro avait reconnu le petit golem qui se promenait sur son écran. Mais là, sa tête touchait le plafond. Lulu, toute contente, se tourna vers le monstre :

— Eh bien, tu vois, tu as un nom. C'est « Joke ».

— Oui, hi, hi, c'est la fête ! répondit Joke.

Jean-Hugues crut, un moment, qu'il allait tourner de l'œil. Mais ses élèves étaient si tranquilles qu'il parvint à se ressaisir.

— C'est un ectoplasme électrique, m'sieur, lui expliqua Sébastien.

— Non, non, bredouilla Jean-Hugues, c'est une hallucination.

La veille au soir, il avait manipulé la pâte à prout avant de la jeter à la poubelle. Il était victime d'une hallucination.

— Touchez-le pas, m'sieur ! s'écria Samir.

Jean-Hugues avait avancé la main pour s'assurer du peu de réalité du phénomène. Il se prit une décharge qui le renvoya contre son mur.

— Aouah, c'était une grosse ! apprécia Samir qui s'en était déjà pas mal pris. Ça va, m'sieur ?

— Il faut se sauver, il faut fuir ! cria Jean-Hugues en serrant le bras de Sébastien. Vite, les enfants, venez !

La panique du jeune homme commençait à les gagner. Se bousculant presque, ils coururent vers la sortie des caves. Jean-Hugues appuya sur la clenche de la porte. Une fois, deux fois.

— On est enfermés, dit-il, tellement terrorisé qu'il ne réagissait plus.

— C'est pas possible, m'sieur, protesta Samir.

À son tour, il essaya et dut se rendre à l'évidence :

— C'est le gardien, dit-il. Il a remis le cadenas.

— Oui, hi, hi, c'est la fête !

Épouvanté, Jean-Hugues se retourna, le dos plaqué contre la porte. Le monstre les avait suivis et Lulu le tenait gentiment par la main.

— Pousse-toi, mais pousse-toi ! hurla Jean-Hugues à la petite. Il va t'électrocuter.

— Oh non, fit Samir, blasé. Le monstre, il est connecté avec l'onde méga de ma sœur.

— D'abord, il faut plus dire « le monstre », répondit Lulu. Il s'appelle Joke. Hein, Joke ?

— Caresse-moi ! fit Joke.

— Je deviens fou, murmura Jean-Hugues.

Il y eut un silence. Chacun essayait de reprendre ses esprits.

— Ce qui est clair, dit Sébastien, c'est qu'on est enfermés.

— On n'a qu'à taper dans la porte, proposa Lulu.

Jean-Hugues imagina tout de suite la scène : l'attroupement des locataires, le gardien qui arrive avec son chien, la sortie de Joke, la panique.

— Et j'ai laissé mon portable à la maison, maugréa-t-il. J'aurais pu prévenir ma mère.

Samir tressaillit :

— Mais j'en ai un, moi !

Tout le monde le regarda avec étonnement et, dans la pénombre, personne ne le vit rougir tandis qu'il sortait de sa poche le téléphone volé au cadavre. Il était toujours en fonctionnement, mais Samir n'avait jamais osé pianoter dessus. C'était le portable d'un mort.

— Appelle Majid, lui conseilla Sébastien.

— Heu... oui.

Samir ne savait même pas comment marchait « son » appareil. Au hasard, il appuya sur une touche où figurait un petit téléphone vert. Deux fois pour être sûr. Un numéro s'afficha sur le cadran. Samir l'ignorait mais c'était le dernier numéro appelé par Sven, le MC assassiné.

— Tiens, ça sonne ? s'étonna-t-il, en portant l'appareil à son oreille.

— Ouais ? fit une voix rogue au téléphone.

Pris de court, Samir hésita entre « à l'aide » et « allô », puis dit bêtement :

— Qui c'est ?

CHAPITRE XV

ET LA FÊTE CONTINUE !

Les mains posées sur son Caddie, Mme Badach détaillait le gérant du Mondiorama d'un œil approbateur :

— Ti t'es fait beau, aujourd'hui. C'est la fête ?

— Hein ? Ouais, la fête. Pas la mienne, j'espère...

Bernard Martin-Weber, BMW pour les intimes, vérifia pour la dixième fois que sa cravate bleu roi tombait comme il faut sur la chemise à fines rayures. Avec le costume en lin, tout frais sorti du pressing, et les chaussures anglaises à bout pointu, il se sentait prêt à affronter la journée qui l'attendait.

— Alors, ci vrai ? Ti me donnes les trois cents euros ?

— Cent, s'empressa de rectifier le gérant.

— Oui, cent. Et ti les donnes ?

— En bons d'achat, pour la prochaine fois, précisa BMW.

Mme Badach hésitait à croire en sa bonne fortune. Jusqu'à ce jour, le plus beau cadeau jamais offert par le Mondiorama consistait en un bon de deux euros à valoir sur un baril de lessive Mondialex.

— Et juste, ji me promène avec ton keutru sur la tête ?

Le gérant arrondit les yeux en entendant Mme Badach parler très innocemment verlan, comme faisait son fils. Mais avec une patience qu'on ne lui connaissait guère, il répéta les instructions à sa cliente. Elle ne devait rien changer à ses habitudes et choisir les articles qui l'intéressaient.

— Voilà, excuse-moi, Fatma, j'ai une grosse journée, dit le gérant en coiffant Mme Badach d'un drôle de casque.

— Y a une caméra dissus ? Moi, je la regarderai pas ton imission.

— T'inquiète pas. Ça sortira pas d'ici. C'est une petite expérience. Pour que le magasin soit encore mieux.

Mme Badach s'éloigna en poussant son chariot, sans comprendre qui pourrait bien se passionner pour un film où on ne verrait que des boîtes de petits pois et des piles de papier hygiénique. En faisant ses courses, elle eut la surprise de croiser quatre autres personnes qui portaient sur la tête un casque muni d'une caméra miniature.

« Parfait, se félicita intérieurement Martin-Weber. Avec la Fatma, le jeune cadre dynamique, la mémé et les deux ménagères de moins de cinquante ans, j'ai mon panel, comme ils disent. »

Il rectifia une nouvelle fois la position de sa cravate. Puis il jeta un coup d'œil sur sa montre. Dans moins d'une heure, les envoyés de la MC seraient là. Cela lui donna le temps de regretter son élan de générosité.

— Qu'est-ce qui m'a pris ? pesta-t-il. Cent euros ! Ces imbéciles, je les aurais eus pour un paquet de caramels.

Mais aujourd'hui, BMW ne se trouvait pas dans son état ordinaire. Et quand il vit apparaître la limousine noire à l'entrée du parking privé, il sentit sous ses aisselles les auréoles sombres qui envahissaient le tissu aux fines rayures. Son collègue de Bonny-sur-Loire qui avait reçu la visite des MC s'était suicidé peu après. Aucun rapport, bien sûr.

Comme annoncé, et en comptant le garde du corps, les MC étaient trois. Pour le reste, ils ne correspondaient pas du tout aux prévisions de Martin-Weber. Au lieu des jeunes commerciaux classiques qu'il avait imaginés, il découvrit M. Rawalpindi, un Indien à la peau si sombre qu'elle en paraissait bleue, et une femme aux cheveux gris qui se présenta sous le seul prénom d'Alicia.

Martin-Weber installa les MC dans sa salle de conférences. Le garde du corps se plaça près de la porte.

— Comme vous le savez, commença Rawalpindi, votre Mondiorama est une de nos huit zones-tests. Comme celui de Bonny-sur-Loire.

Un clic métallique fit sursauter Martin-Weber. Le gorille venait de sortir la lame de son cran d'arrêt pour se curer les ongles. C'était un jeune type aux cheveux tout blancs. Ce qu'on appelle un albinos.

— Nous avons étudié vos résultats, poursuivit Rawalpindi. La progression de votre chiffre d'affaires n'a rien de remarquable.

— Les vols sont en régression, protesta faiblement le gérant.

— Dans un magasin comme celui-là, le vol est une chose normale, intervint Alicia. Si les vols baissent, c'est que nos produits ne font plus assez envie.

Martin-Weber scruta le visage de la femme avec intensité. Non, elle ne blaguait pas.

— Excusez-moi, madame, dit-il, mais je crois que c'est surtout dû à la qualité de notre système de vidéosurveillance. Si je peux me permettre de vous montrer...

BMW enfonça une touche de sa télécommande et une vilaine image grisâtre apparut sur un moniteur. Sur l'écran, on vit une main noire s'emparer d'un cédé sur un présentoir. Le plan suivant montrait le contenu d'un Caddie.

— Là, jubila Martin-Weber. On voit bien qu'il n'a pas mis le cédé dans son chariot. On l'a coincé à la caisse, le Bamboula.

Le gérant se sentit blêmir en rencontrant le regard impassible de Rawalpindi, plus noir de teint qu'aucun Bamboula de la cité.

— A-t-il payé ? demanda posément Alicia.

— Évidemment. C'était ça ou les flics. On sait leur parler, aux Bam... aux voleurs.

— Alors, reprit Alicia, c'est un bon client. Un client qui paie est un bon client.

Clic, clic, l'albinos jouait avec son cran d'arrêt. Alicia eut une mimique d'agacement. Martin-Weber reporta son attention sur l'écran. La séquence suivante concernait le rayon quincaillerie. On voyait un homme qui hésitait longuement devant un étalage de cadenas.

— Ça, c'est le gardien des Colibris, commenta le gérant. Lui, il est honnête. Bête comme ses pieds, mais honnête.

— Un client n'est jamais bête, certifia Alicia d'une voix coupante comme un diamant de vitrier.

Décidément, le gérant n'était pas en phase avec la MC et il baignait dans sa sueur autant qu'un rôti dans son jus.

— Et si on regardait les vidéos prises avec les casques cam ? proposa Rawalpindi.

— Attendez ! fit une voix près de la porte.

Tout le monde tourna la tête. C'était l'albinos qui pointait son couteau vers l'écran.

— Là, je crois que j'ai vu... Le type sur l'image d'avant... Il faudrait remonter.

— Je crois surtout qu'il faut que vous sortiez, dit Alicia, glaciale.

— Non, mais je viens de voir sur la vidéo...

— Sortez ! hurla Alicia.

Le gorille quitta la salle et Martin-Weber put lancer l'enregistrement suivant.

— C'est pratiquement du direct, annonça-t-il.

Sur l'écran s'affichèrent les mornes images de boîtes et de bouteilles filmées par les cinq heureux membres du panel représentatif. Les envoyés de la MC examinèrent les diverses séquences avec la plus extrême concentration, comme s'ils s'attendaient à voir surgir Alien d'une armoire frigorifique.

— Excellent, monsieur Martin-Weber, dit enfin Rawalpindi.

Le gérant rosit de plaisir.

— Nous allons faire étudier ces documents par nos spécialistes, poursuivit l'Indien. Mais leurs conclusions devraient être les mêmes que les nôtres. Ce Mondiorama est aménagé n'importe comment.

BMW sentit son cœur s'arrêter. Avant de se suicider, le gérant de Bonny-sur-Loire avait été licencié. Aucun rapport, bien sûr.

— Ça n'est pas grave, reprit tranquillement Alicia. Maintenant que nous savons où se portent les regards de vos clients, nous allons pouvoir vous faire un plan précis de vos futurs rayonnages.

Sous les yeux inquiets du gérant, elle brandit une cassette.

— Laissons là tous ces petits soucis. Nous allons vous emmener dans un univers merveilleux, fit-elle en enfonçant la cassette dans le magnétoscope. Détendez-vous, Bernard, fermez les yeux et répétez intérieurement : « Life is MC. »

Bernard fit ce qu'on lui disait. Quand il rouvrit les yeux, il vit sur l'écran un petit film d'animation semblable à un jeu vidéo. Le héros du jeu, c'était le Mondiorama du futur. La caméra le survola un moment tandis qu'une voix féminine sirupeuse s'adressait directement au gérant :

— Que c'est beau mais que c'est grand ! On s'y perd, pensez-vous, Bernard... Oui, c'est votre première impression.

Le gérant s'agita sur sa chaise, indisposé d'être pris à partie par cette voix inconnue.

— Ayez confiance, Bernard, ayez confiance en MC. L'esprit MC vous guide de rayon en rayon. Écoutez-le.

La musique se fit plus présente. C'était une de ces chansonnettes qui vous font tout de suite fredonner.

— Vous ne l'entendez pas, Bernard, mais MC vous parle. Laissez-vous aller au bonheur de consommer.

Alicia et Rawalpindi échangèrent un sourire. Chez les MC, on parlait de musique « suggestive », pas de message « subliminal »...

Au moment où ses visiteurs allaient le quitter, le gérant osa poser la question qui le tourmentait depuis quelque temps. Cette pâte à prout dont tout le monde parlait, celle qui déteignait et provoquait des hallucinations... existait-elle vraiment ?

— Parce que là, dit-il d'une voix faussement assurée, je ne peux pas marcher.

Alicia le dévisagea posément.

— Une rumeur est une promotion comme une autre. Laissez dire, Bernard, et vendez.

— Oh, ça part très bien, ces petits pots, fit le gérant.

En riant, il ajouta :

— Moi-même, je me suis mis à les collectionner. D'ailleurs, j'aimerais bien savoir... Combien il y en a, en tout ?

Alicia leva les yeux au ciel, énigmatique :

— Qui peut le dire, Bernard ?

Klaus l'albinos était furieux. Lui, il aurait pu dire des choses. Des choses importantes pour la MC. Il aurait suffi de rembobiner la bande vidéo de quelques secondes et on aurait vu Einstein derrière le bac à chaussettes en promo. Oui, Einstein, celui du jeu vidéo, le type après lequel courait tout le staff de la MC. Klaus aurait dû insister et dire qu'il l'avait reconnu. Mais Alicia le terrorisait.

S'il avait bien vu, cela signifiait qu'Einstein rôdait toujours dans les parages. Or, il avait un vieux compte à régler avec lui. Il sentait encore sous ses doigts la bosse qui ornait le sommet de son crâne. Un souvenir de leur dernière rencontre, dans l'appartement du petit Badach.

Dire que l'ami Einstein se trouvait peut-être en ce moment précis à quelques dizaines de mètres d'ici. Lui et aussi le fameux ordinateur bleu électrique. Un rictus de haine tordit le visage blafard de l'albinos. Dans son esprit, Einstein, c'était aussi, c'était surtout l'assassin de Sven, abandonné dans une cave comme un rat crevé.

Une fois arrivé au pied des barres HLM, Klaus se mit à guetter chaque passant, à scruter chaque groupe. Il ne renoncerait pas à l'espoir de mettre la main sur Einstein avant d'être contraint de quitter les Quatre-Cents.

Quand son téléphone sonna, il pesta, persuadé qu'Alicia allait lui donner l'ordre de regagner sa place de chauffeur dans la limousine noire.

— Ouais ? grogna-t-il.

La petite voix qui sortit de l'écouteur lui était inconnue. Probablement une erreur.

— Comment ça, qui c'est ?

Incroyable, ça ! Ces gens qui vous appellent et qui vous demandent « qui c'est » !

— On est enfermés, fit la petite voix. Venez nous chercher !

Klaus faillit couper la communication. Sans doute des mômes qui s'amusaient à appeler des numéros au hasard. Soudain, son regard tomba sur le cadran du portable. Comme toujours, il affichait le numéro de son correspondant. Klaus réprima un cri de stupeur. Ce numéro, il le connaissait par cœur. C'était celui du portable de Sven.

— Attendez, fit-il. Qu'est-ce que vous avez dit ?

L'albinos ne saisit pas grand-chose aux explications qui lui furent données. Mais il savait à présent qu'il devait se rendre au bâtiment les Colibris et que le portable de Sven se trouvait entre les mains de personnes enfermées dans les caves. Dans ces caves où le corps de Sven avait été découvert. Était-ce un traquenard ?

Klaus s'assura que son Beretta était bien au chaud sous son aisselle.

— T'affole pas, petit, dit-il gentiment à Samir. J'arrive !

Samir se tourna, triomphant, vers son professeur :

— Il arrive !

— Qui ? Majid ?

Samir se troubla :

— Heu, non, c'était... quelqu'un.

— Tu sais pas qui c'était ? glapit Sébastien. Et il arrive ? Qu'est-ce qu'on va faire du monstre ?

— Caresse-moi, proposa Joke.

— C'est pas le moment, le gronda Lulu. Le mieux, c'est de te cacher.

Jean-Hugues acquiesça. Au moins, on éviterait une scène de panique dans le hall. Lulu emmena Joke vers sa cave 401 tout en lui parlant : « Tu vas être sage et je reviendrai te chercher » et bla bla bla.

L'attente fut de courte durée. L'albinos se retrouva bientôt devant la porte cadenassée, la secoua puis y frappa du poing.

— C'est qui ? cria Samir, décidément inspiré.

— Tu es là, petit ? répondit l'albinos. T'es pas tout seul ?

— Non, je suis avec...

Jean-Hugues mit un doigt sur ses lèvres.

— Avec des copains.

— Y a pas une grande personne avec toi ? questionna l'albinos qui espérait toujours coincer Einstein.

Jean-Hugues secoua la tête.

— Nnnnon, fit Samir d'une voix hésitante.

Un bruit de pas dans le hall interrompit le dialogue. C'était le gardien accompagné de Brutus. Le chien se mit à gronder.

— Vous jouez à quoi, là ? demanda le gardien.

— Y a des gosses enfermés là-dedans.

— Ah, ça, c'est bien fait ! explosa le gardien. Je vais appeler la police, ni une, ni deux.

L'albinos n'avait pas envie de mêler la police à ses petites histoires.

— Mais vous vous souvenez pas de moi ? dit-il au gardien des Colibris. Je suis le détective privé...

Discrètement, il sortit un billet de sa poche.

— Je vais régler ça moi-même... Vous n'avez qu'à m'ouvrir la porte.

Ce fut très vite fait. Le billet de cent passa d'une main à une autre. Le gardien tourna la clef dans le cadenas.

— Allez, sortez de là qu'on vous voie ! grogna-t-il.

Brutus aboya puis s'aplatit craintivement sur le carrelage. L'albinos plongea la main dans sa poche, prêt à dégainer. C'était sans doute une grosse bêtise, mais si Einstein était là, il devait le récupérer. Lulu sortit la première, toute frêle et mignonne sous sa masse de cheveux frisés. Puis Sébastien, clignant nerveusement des yeux, Samir, la tête rentrée pour se garer des taloches, et enfin Jean-Hugues. Dans la pénombre du hall, l'albinos prit la silhouette longiligne du jeune prof pour celle d'un adolescent.

— Tiens, le petit Ben Azet du premier, fit le gardien en reconnaissant Samir. Ça m'étonne pas...

Samir avait une certaine expérience de ces situations délicates. Brusquement, il se retourna vers les caves et cria :

— Mais viens !

L'albinos crut que quelqu'un hésitait à se montrer. Et qui d'autre, sinon Einstein ? Il s'avança sur le seuil, laissant la voie libre, car le gardien ne s'occupait plus que de son chien, paralysé par la peur.

— Cassez-vous ! lança Samir en donnant l'exemple.

Ce fut une belle envolée vers la sortie et la liberté. Chacun prit une direction différente, laissant l'albinos cloué sur le palier. Le gardien ricana :

— Vous vous êtes fait eu. Y avait personne dans la cave.

« Et si y a quelqu'un, pensa-t-il en refermant le cadenas, eh bien, il peut crever. »

CHAPITRE XVI

DU CÔTÉ DE CHEZ BUBULLE

Mme de Molenne n'avait pas bien compris pourquoi Jean-Hugues avait jeté tous ses pots de pâte à prout à la poubelle. En tout cas, elle avait récupéré les couvercles.

Mme de Molenne était seule dans l'appartement, ce mercredi après-midi. Son fils lui avait dit qu'il rentrerait pour le thé. Elle aimait bien attendre Jean-Hugues parce qu'il était très ponctuel. C'était agréable de pouvoir se dire : « Dans dix minutes, il sera là, dans cinq minutes... »

Mme de Molenne passa devant la porte du bureau de son fils et n'eut qu'un bref moment d'hésitation. Elle savait, étant psychologue, qu'il faut respecter le territoire de son enfant, surtout quand il a vingt-six ans. Mais elle avait toujours un bon prétexte : changer l'eau des fleurs, aérer la pièce... Elle entra.

Cette odeur ! Jean-Hugues n'avait pas su (pas voulu) lui donner d'explications. Mécontente, Mme de Molenne alla ouvrir en grand la fenêtre. Puis, l'air distrait mais l'œil aux aguets, elle empila quelques copies éparses.

Près de l'ordinateur, il y avait une lettre. L'écriture, à la fois tourmentée et enfantine, était celle de Jean-Hugues.

« *Peut-on aimer comme je t'aime, sans rien attendre, sans rien espérer ? Tu es là, proche et inaccessible à la fois. Je n'ai même plus envie de jouer. Mon irréelle Natacha, tu as épousé la forme de mes rêves et moi, je ne t'épouserai pas.* »

Mme de Molenne détourna le regard. Jean-Hugues avait dû tomber sur une femme mariée. « Ces jeunes ont le goût des situations compli... Oh, oh ! » Cette fois-ci, Mme de Molenne en était sûre.

Ça bougeait sous la commode de style. Elle courut à la cuisine chercher un balai.

Bubulle s'était reconnecté. C'était pratique, cette borne de rechargement juste sous la commode. Bubulle se calait des temps de charge entre les allées et venues des deux boss. La panique des premiers moments l'avait quitté depuis longtemps. Il avait cinq vies, ça laissait de la marge. Mais il galérait pas mal dans ce niveau de jeu.

Côté graphique, rien à redire : il y avait un bon rendu des couleurs et des ombres. Mais le décor était tout, sauf tripant. La moquette, le fauteuil à roulettes et la commode – même de style –, on finissait par s'en lasser. Quant à la nana, elle n'avait rien de flashy.

En fait, *the* problème, à ce stade du jeu, c'est qu'on ne pigeait plus rien aux missions. Okay, il y avait des pièges. Mais c'est pas avec des tapettes à souris qu'on attrape des dragons. De temps en temps, la nana s'excitait avec un bâton. Sans vouloir être désagréable, elle faisait un peu tortue Ninja sur le retour. Bubulle n'avait aucun mal à l'éviter, surtout qu'elle prévenait avant de passer à l'attaque. Comme maintenant, en criant :

— Allez, ouste !

Bubulle avait repéré des planques dans l'arène, sous les copies, le long des plinthes et dans un tas de chaussettes. L'odeur fouettait un peu, mais un dragon, c'est pas une chochotte.

— Allez, ouste !

La boss tapait dans le mur comme une sourde. Pas franchement la bonne soluce. Ça faisait bien un quart d'heure que Bubulle n'était plus sous le meuble.

Discrétos, il prit son adversaire à revers et lui lança son lasero-jet dans les godasses. Juste pour le fun. Ça faisait qu'un petit trou-trou. Depuis l'orage, le jeu boguait grave. Plus moyen de destroyer les Malfaisants et pour avoir un peu d'action, il fallait attendre trois plombes.

L'autre boss, coiffé comme Sonic, Bubulle l'appelait Mou-du-Genou. C'était pas la peine d'avoir la carte 3D pour le regarder corriger ses copies en faisant « pffff » sans même qu'il se dégonfle.

— Allez, ouste ! criait la nana, en ratissant sous le lit avec son balai.

Non, franchement, Golem, ça partait bien. Mais là, les scénaristes avaient dû se shooter au diabolo-fraise, ça devenait du n'importe quoi. Écœuré, Bubulle s'enfonça dans un tunnel qui ressemblait à s'y méprendre à une manche de chemise.

De son côté, Mme de Molenne, excédée, lâcha son balai et se frotta les reins. Elle était futée, cette bestiole ! Un bruit léger, léger, comme un lointain ronronnement, mit de nouveau Mme de Molenne en alerte. Elle tourna sur elle-même, cherchant d'où venait le bruit. Elle s'aperçut que ce n'était que l'imprimante. Mme de Molenne ne connaissait pas grand-chose à toutes ces technologies modernes et elle ne fut pas autrement surprise de voir qu'une feuille de papier sortait de l'appareil. Elle y jeta un coup d'œil et tressaillit. Sur le papier, il était écrit :

JOUE AVEC MOI. JE T'ATTENDS.

Et c'était signé : Natacha.

— Elle le relance par Internet, murmura Mme de Molenne, redoutant que cette Natacha ne soit une allumeuse.

Elle remarqua alors qu'il faisait bien sombre dans la pièce. Sombre et oppressant. Le jour avait baissé sans qu'elle y prît garde. Elle consulta sa montre.

— Six heures et demie ! s'exclama-t-elle.

Jean-Hugues avait dit qu'il rentrerait pour le thé. Mme de Molenne regarda autour d'elle les fleurs fanées, le fauteuil vide, les vêtements en tas. Pourquoi Jean-Hugues n'appelait-il pas ? Où était-il ? Que faisait-il ? C'était plus fort qu'elle. Dès que Jean-Hugues était en retard, elle imaginait les pires choses.

Pour s'occuper, elle décida de faire un peu de rangement. Tous ces vêtements éparpillés ! Cette chemise, là, elle était propre. Mme de Molenne l'attrapa par le col.

Brutalement reconnecté, Bubulle sortit ses griffes et les enfonça dans le tissu pour ne pas être éjecté de la manche. Mais la boss secouait. Bubulle n'avait pas de prise. Et pas de don d'invisibilité, pas de faculté de téléportation. Que dalle de pouvoirs un peu sympas. La boss allait l'avoir. Il glissait dans le tunnel. Au sortir de la manche, Bubulle battit l'air de ses ailes.

Comme la plupart des gens, Bubulle gardait de lui l'image de ses jeunes années, quand il faisait deux mètres de haut et qu'il terrorisait les populations. Mais il n'était plus qu'un lézard volant d'un vert pâlichon que la lumière transperçait. Une fois sur la moquette, il se redressa, griffant l'air de ses pattes avant, dans le plus pur style *Tyrannosaurus rex*. Une flamme, guère plus convaincante que celle d'un briquet, lui sortit de la gueule. L'effet produit sur Mme de Molenne fut à la hauteur de ses espérances. Elle poussa un cri d'épouvante et partit en courant.

Une fois dans le salon, serrant la chemise contre sa poitrine, Mme de Molenne se demanda ce qu'elle avait vu. C'était gros comme une souris, mais ça volait. C'était vert, mais d'un vert transparent. Elle frissonna d'horreur et de dégoût. L'espèce de bête l'avait regardée et avait craché quelque chose. Mme de Molenne passa une main moite sur son front. Un soupçon lui vint. La pâte à prout ! Ne disait-on pas à la télévision qu'elle provoquait des hallucinations ? Mme de Molenne avait manipulé des couvercles. Était-ce suffisant ?

Elle regarda en direction du bureau. Elle avait cru entendre un bruit, un trottinement. Et ça se rapprochait. Était-ce la bête ?

Mme de Molenne se tordit les mains. Pourquoi, oh ! pourquoi Jean-Hugues ne rentrait-il pas ? Un bruit de clef dans la serrure la fit tressaillir. Elle voulut hurler le nom de son fils mais seul un petit cri étranglé sortit de sa bouche.

— Excuse-moi, fit Jean-Hugues.

Transpirant, échevelé, dans un effroyable état de surexcitation, il ne put que répéter :

— Excuse-moi.

Il était incapable de justifier son retard. Ce qu'il venait de vivre dépassait tout ce qu'il pouvait imaginer. Fort heureusement pour lui, sa mère était également dans un état second. Les yeux agrandis par l'effroi, elle vit Jean-Hugues se diriger vers son bureau. Elle fit un geste pour le retenir, mais trop tard. Mme de Molenne ferma les yeux, dans l'attente du cri d'horreur qui allait immanquablement suivre.

— Tu nous fais du thé ? cria Jean-Hugues avant de passer dans sa chambre.

Bubulle s'était de nouveau caché sous la commode et, le souffle haché par ses récentes émotions, il roussissait la moquette autour de lui.

3 — Natacha

CHAPITRE PREMIER

N'EN PARLONS PAS !

Peu de gens sont capables de garder un secret et, quand ce secret cache des choses monstrueuses, il y faut une force d'âme peu commune. Pour ne pas s'inquiéter mutuellement, Jean-Hugues et sa mère s'efforçaient de garder, chacun pour soi, un monstrueux secret.

Mme de Molenne avait vu une sorte de lézard volant ou de dragon miniature dans le bureau de son fils. Il était tombé de la manche d'une chemise quand elle avait voulu la plier. Bien sûr, Mme de Molenne pouvait dire à Jean-Hugues :

— Tu ne sais pas ? Il y avait un petit dragon dans ton bureau quand tu n'y étais pas.

Mais elle ne s'imaginait pas en train de prononcer une telle phrase. Elle n'avait jamais dit à son fils que des choses extrêmement sensées pour la bonne raison qu'elle était psychologue. À la rigueur, elle aurait pu avouer à Jean-Hugues :

— Tu ne sais pas ? Je deviens marteau. Je vois des bêtes bizarres qui sortent de tes chemises.

Et Jean-Hugues répondrait :

— Maman, il faut te soigner.

Mme de Molenne ne cessait de se repasser cette séquence dans sa tête, ajoutant une phrase ou en retranchant une autre. Peut-être accuserait-elle la pâte à prout ? Après tout, ils avaient dit à la télévision qu'on soupçonnait l'existence d'une pâte à prout hallucinogène. Or, elle avait manipulé des pots de pâte à prout pour en retirer les couvercles. Cela suffisait-il à provoquer des hallucinations ? Fragile espoir auquel Mme de Molenne se raccrochait. Mais à la tombée du jour, une autre idée s'imposait à elle : le petit dragon existait réellement. C'était lui qui faisait des trous dans la moquette et laissait flotter une curieuse odeur derrière lui.

— Tu ne trouves pas que ça sent bizarre ? dit Mme de Molenne au dîner.

Jean-Hugues eut une espèce de ricanement. Qu'est-ce qui pouvait lui sembler bizarre, à présent ? Dans les caves des Colibris, il avait vu un monstre qui envoyait des décharges électriques et débitait des âneries sur un ton d'automate. Et ce monstre ressemblait à Joke, le petit golem informe et farineux d'un jeu vidéo. S'il avait été le seul à le voir, Jean-Hugues se serait dit : « Mon vieux, tu as pété un câble. » Mais la scène avait eu trois autres témoins, Sébastien, Samir et Lulu.

— Non, non, ça sent très bon, répondit distraitement Jean-Hugues en humant la soupe.

— C'est de la soupe, murmura Mme de Molenne.

— Oui, c'est...

Jean-Hugues ne finit pas sa phrase et plongea sa fourchette dans son bol.

— C'est mieux avec une cuillère, remarqua sa mère.

Ils eurent un rire nerveux, tous les deux. Jean-Hugues ouvrit la bouche. Il allait tout raconter. Il n'en pouvait plus.

— Maman...

— Oui ?

Ils se regardèrent. Mme de Molenne pensa : « Ça y est. Il a vu que je devenais folle. »

— C'est de la soupe à quoi ? demanda Jean-Hugues, le ton tragique.

— Carottes, pommes de terre, navets, énuméra sa mère, la voix près de se briser.

Jean-Hugues craqua intérieurement : « Tant pis, je vais tout dire. Je vais dire : j'ai vu un golem. Il y a un golem dans les caves des Colibris. »

— Il y a un... il y a des poireaux ?

— Tu n'aimes pas ? demanda timidement Mme de Molenne. Tu n'as jamais beaucoup aimé les lézards.

— Quoi ?

Mme de Molenne blêmit. Elle comprit que quelque chose venait de lui échapper.

— Qu'est-ce... qu'est-ce que j'ai dit de bizarre ?

— Tu as parlé de lézard.

— Non, j'ai dit « bizarre ».

— Tu as dit « bizarre » ? Comme c'est bizarre !

Ils eurent le même rire tremblotant. À taire leur secret, ils devenaient fous.

— Je vais aller voir ma sœur à Fontainebleau, déclara soudain Mme de Molenne.

— Maintenant ?

— Demain. J'ai besoin de repos. C'est ça. De repos.

Elle avait des larmes plein les yeux. C'était de la désertion. Abandonner ainsi son fils aux griffes d'un dragon. Heureusement qu'il ne faisait que vingt centimètres de haut.

— Mais... tu pars longtemps ? s'alarma son fils.

— Une semaine. Tu t'en sortiras sans moi ?

Jean-Hugues fit signe que ça irait. Jamais il ne tiendrait seul dans cet appartement avec pour toute compagnie un ordinateur qui se mettait en marche de lui-même. Il fallait absolument qu'il parle avec quelqu'un. Majid ? Samir ? Sébastien ? Ce n'étaient que des mômes.

— Albert, murmura-t-il.

— Quoi ? fit sa mère.

Ils se regardèrent, tout près de se parler, refusant de le faire.

— Je... j'ai un cours à préparer sur Albert, bredouilla Jean-Hugues. Albert Camus.

Il se leva de table, ayant à peine commencé de dîner. Oui, il devait remettre la main sur cet Albert qui se prétendait l'inventeur du jeu vidéo *Golem*.

— Mais où est-il ? se demanda-t-il à mi-voix.

— Dans ton bureau, répliqua Mme de Molenne.

— Quoi ?

— Mais oui, il y a *La Peste* de Camus dans ton bureau.

La peste et un dragon. Mme de Molenne se passa la main sur le front.

— Je vais me coucher.

Lorsque Jean-Hugues se retrouva seul dans son bureau, il commença par jeter un coup d'œil craintif à son ordinateur bleu électrique. Après l'avoir délesté d'une coupure de cent euros, Albert lui avait dit :

— Si j'ai besoin de vous, je vous contacterai sur votre messagerie.

Peut-être l'avait-il fait ? Mais Jean-Hugues n'osait même plus cliquer sur l'icône « Outlook Express » pour recevoir son courrier. Il effleura la coque de la petite souris. L'écran frémit et une image parut, l'image tant attendue.

— Bonjour, toi ! lui lança Natacha.

La golémette était sur l'écran, dans sa pose d'allumeuse, la main sur le short. Du bout de l'index, Jean-Hugues la parcourut, sa bouche, ses seins, ses cuisses nues. Il ne la voyait qu'à peine, derrière un voile de larmes. Il cilla.

— Bonjour, toi, répéta Natacha.

— Oh, tais-toi.

Jean-Hugues s'assit lourdement en face de son écran. Il tendit le bras vers l'imprimante et s'empara de la feuille qui y était restée.

JOUE AVEC MOI. JE T'ATTENDS.

D'après sa mère, l'imprimante s'était mise en marche toute seule. Mme de Molenne, qui confondait fax et mail, ne s'en était pas particulièrement étonnée. Mais Jean-Hugues savait bien qu'un message ne peut sortir spontanément d'une banale imprimante. Ce message était même signé : NATACHA.

Albert avait-il inventé un jeu dont les personnages pouvaient interagir avec le monde réel ? C'était absurde, impensable. Mais Joke était en ce moment dans les caves des Colibris, faisant tout disjoncter autour de lui pour assouvir sa faim d'électricité. Absurde, impossible !

— Absurde, murmura Jean-Hugues, les yeux rivés sur Natacha.

Une envie insensée prenait corps en lui. Puisque Joke était sorti du jeu, pourquoi Natacha n'en ferait-elle pas autant ? Du dos de la main, Jean-Hugues caressa l'image sur l'écran. C'était l'exacte image de tous ses désirs, c'était la fille qui avait hanté ses rêves d'adolescent, à l'âge où ses copains, pour se moquer de son côté poussin perdu, le surnommaient « Caliméro ».

Natacha était carrossée à faire pâlir de jalousie n'importe quelle top model. Elle avait une taille de guêpe, des yeux entre or et émeraude et une bouche qu'un invisible baiser semblait écraser. Avec sa carrure de guerrière, ses seins de nourrice et le dégom-laser passé en bandoulière, elle était la séduction de l'amour et la puissance de la mort. Une seule chose avait échappé à son créateur. Pour le caractère de Natacha, Jean-Hugues avait cliqué sur « obéissante » et il s'était récupéré « agressive ». Le jeu boguait par moments. Albert n'avait pas eu le temps de le mettre au point. Et, pire, il n'avait pas eu le temps de le terminer. À quoi bon jouer encore avec Natacha si elle ne pouvait, au terme de sa quête, réclamer une âme au Maître des golems ?

Repris par sa tendresse et surmontant sa crainte, Jean-Hugues donna une pichenette dans l'écran :

— Tu es agressive, toi ?

L'image sauta. Natacha saisit son arme et la braqua vers l'extérieur. Vers Jean-Hugues. D'instinct, il repoussa son fauteuil à roulettes.

— Oh, du calme !

Mais, déjà, la petite guerrière s'était retournée et s'éloignait sur une route inconnue. C'était une séquence du jeu que Jean-Hugues n'avait jamais vue. Albert avait-il menti ? Avait-il conduit Natacha chez le Maître des golems ? La golémette avançait sous un ciel magnifiquement étoilé.

Une étoile se mit à palpiter, puis à grossir. Grossir, grossir. Jean-Hugues cligna des yeux. L'astre emplissait l'écran et scintillait de ses cinq branches, aussi lumineux que l'étoile au-dessus de la crèche. Dans chaque branche de l'étoile, on apercevait un petit carré. Le bruit de machine à écrire, que Jean-Hugues connaissait bien, sortit du haut-parleur. Sur l'écran s'afficha la phrase :

JE SUIS CELUI QUI EST AUTREMENT APPELÉ.

Jean-Hugues lut à mi-voix la phrase énigmatique. Puis il promena son curseur sur l'écran et cliqua au hasard sur les petites cases vides. À tour de rôle, elles clignotèrent mais rien d'autre ne se produisit.

— Celui qui est autrement appelé ? s'interrogea-t-il.

Le mystère l'avait repris. Il en oubliait le cauchemar qu'il venait de vivre. Golem, de nouveau, le mettait en route. Et pour où ? « Celui qui est », n'était-ce pas le Maître des golems, le dieu du jeu ? Sans doute fallait-il entrer une lettre dans chacune des cinq cases et trouver une sorte de mot de passe...

— En cinq lettres, marmonna Jean-Hugues.

Il avait mis la main en visière au-dessus de ses yeux pour affronter le scintillement de l'étoile. Finalement, l'image disparut comme si le jeu se lassait.

Jean-Hugues décida de consulter sa messagerie. Peut-être Albert s'était-il manifesté ? Un chiffre bleu indiquait entre parenthèses l'arrivée de (12) messages dans la BAL. C'étaient douze messages d'Albert en provenance de *Cyberstation*, un cybercafé des Quatre-Cents. Jean-Hugues ouvrit le dernier :

Mais bordel, vous regardez jamais votre messagerie ? Je dois vous voir. Je suis à la Cyb, tous les après-midi. Magnez-vous ou je viens chez vous.

Jean-Hugues eut un petit sourire en songeant : « Toi, mon vieux, tu as encore besoin de fric. » Mais ce serait donnant-donnant. L'argent contre le mot de passe.

Albert zonait. Entre le *Fontenoy* où il prenait ses repas et la *Cyberstation* où il tuait le temps. Les cent euros de Jean-Hugues fondaient rapidement. Albert n'osait pas se repointer chez le petit prof. Il savait que les MC étaient encore dans la cité. Il ne fallait rien faire qui les mette sur la piste de Jean-Hugues.

Albert zonait et il rageait. Quand le petit prof, comme il l'appelait, allait-il se décider à consulter sa messagerie et à obtempérer ?

Cet après-midi-là, Albert attendait toujours à la *Cyb*, adossé à un mur et mâchouillant le bout d'une allumette usagée. Mal rasé, avec son mètre quatre-vingt-dix et sa carrure de rugbyman dans un costard froissé, Albert était déjà connu de tous les habitués. De temps en temps, à l'invitation d'un des joueurs, il prenait les commandes d'une partie de *Half-life*. Les mômes l'appelaient « Freeman », comme le héros du jeu. L'autre distraction d'Albert, c'était de mater les jambes des deux serveuses en songeant à Nadia Martin, la prof de bio qui lui avait tapé dans l'œil.

Quand Jean-Hugues poussa la porte du cybercafé, il fut accueilli par un sonore :

— Mais c'est qui le blaireau qui m'a niqué ?

La question ne lui était pas adressée. Il y avait là une poignée d'ados qui jouaient en réseau à *Counter-strike*.

— Trace, trace ! cria une voix.

— T'es bon, toi. Mon ordi fait qu'à bugger.

Se tournant le dos, les gamins s'interpellaient d'un écran à l'autre. Des mitraillades fusaient d'un peu partout.

— Oh, Devil, t'es qu'un abuseur ! J'allais l'avoir.

— Laisse-moi passer, Mickey. Ah, les bâtards, tirez-moi pas dessus !

Des éclats de rire répondirent au malheureux qui venait de se faire canarder.

— Vous êtes des vilains, lâcha-t-il, en rigolant lui aussi.

Jean-Hugues poussa un soupir de bien-être. C'était sympa comme tout, cet endroit. Tout le long d'un couloir s'alignaient les joueurs et les ordinateurs. Rien que des petits mecs jouant au terroriste ou au justicier, le visage dilaté de bonheur ou dévasté de tics.

Albert avait fini par se percher au bar sur un tabouret. Quand il aperçut Jean-Hugues, il se contenta de hausser un sourcil. Le jeune prof s'assit à côté de lui, sans le regarder.

— Quand même, maugréa Albert.

Jean-Hugues commanda deux cafés.

— J'ai besoin de fric, murmura Albert, regardant droit devant lui.

— Je m'en doute. Mais je suis pas milliardaire.

— Je m'en doute aussi, répliqua Albert avec mépris.

— Il faut que je vous parle, fit Jean-Hugues.

Mais il ne savait plus par quoi commencer. Le golem dans la cave ou le mot de passe dans l'étoile ?

— *First*, les affaires, dit Albert.

Il posa sa main ouverte sur le zinc comme s'il attendait que Jean-Hugues y dépose un billet.

— Je veux le mot de passe dans l'étoile.

Surpris, Albert dévisagea enfin le petit prof.

— Tu t'es foutu de ma gueule, l'autre jour, s'enflamma Jean-Hugues. Tu m'as dit que tu n'avais pas fini le jeu !

— Baisse le son, lui ordonna Albert en jetant un coup d'œil inquiet autour de lui. Je n'ai pas fini le jeu, c'est la vérité.

— Et la séquence avec l'étoile ? Qu'est-ce que ça veut dire : « Je suis celui qui est autrement appelé » ?

Albert adressa une grimace à sa tasse de café.

— Mais c'est quoi, c'te merde ? cria un des joueurs.

Tout le webbar poussa un « ah ! » de désolation. La partie venait d'être interrompue.

— C'est encore ce jeu qui squatte, remarqua la serveuse.

Et tout le webbar de s'écrier : « Golemmm ! » Albert pivota sur son tabouret et murmura :

— On s'arrache.

Sur son passage, les joueurs le saluèrent :

— Atcha, Freeman !

En réponse, Albert leva la main comme un Indien dans un western. Une fois dans la rue, il cracha loin devant lui ce qui restait de l'allumette mâchouillée. Jean-Hugues l'observait, ébahi. Ce génie de l'informatique aux allures de racaille lui en imposait malgré lui.

— Vas-y, lui dit Albert. Envoie ton délire. Une étoile dans un mot de passe, c'est ça ?

— Non, le contraire...

Le jeune prof décrivit toute la séquence et répéta encore une fois l'énigme.

— « Je suis celui qui est autrement appelé », ricana Albert. Faut arrêter de fumer la moquette, mon vieux.

Exaspéré, Jean-Hugues l'attrapa au collet. Albert ne broncha pas mais afficha un air apitoyé. Il faisait une tête de plus. En réalité, il commençait à prendre au sérieux ce que lui racontait le prof.

— Je te crois, laissa-t-il tomber. Mais crois-moi aussi. Je n'ai pas programmé la scène que tu as vue.

— Mais alors qui ?

Ils se remirent à marcher, côte à côte, vers le domicile de Jean-Hugues.

— Cette séquence n'a l'air d'exister que sur mon ordinateur, réfléchit Albert. Quelqu'un a dû le trafiquer quand j'étais encore au siège de la MC.

Il en avait déjà eu le pressentiment. Là, cela devenait une certitude. On avait bidouillé dans son dos.

— Mais qui ? insista Jean-Hugues.

— Ça, mon petit bonhomme, si je le savais, j'irais lui dire deux mots.

Jean-Hugues encaissa le « petit bonhomme » en silence. Albert avait tort de le sous-estimer et il le lui prouverait.

— Victor Dalmart ! s'écria Albert.

— Ce serait lui ?

Albert hocha la tête, incertain. Il n'avait pas oublié cet informaticien extrêmement brillant qui travaillait à Gruyères, dans un bureau voisin du sien. Ce type posait beaucoup de questions. Beaucoup trop. Et il avait disparu, un beau matin. Personne n'avait su dire s'il avait fini son contrat ou s'il avait été licencié pour faute professionnelle.

— Il habite à Nuits-Saint-Georges, se souvint Albert.

Ils étaient à présent au pied de l'immeuble de Jean-Hugues. Albert savait que ce n'était pas prudent. Mais il avait très envie de prendre une douche.

— Il faut que je trouve le numéro de téléphone de Dalmart, dit-il à Jean-Hugues. On peut faire ça de chez vous ?

Il redevenait poli. Il lui fallait ménager le petit prof.

— Vous avez de la chance que ma mère soit absente, remarqua candidement Jean-Hugues.

— Oh, oh, s'amusa Albert. On habite chez maman ?

C'était plus fort que lui. Il saisissait toutes les occasions de ridiculiser le jeune homme. Il ne pouvait s'empêcher de penser que Nadia Martin était amoureuse de lui.

Dès que Jean-Hugues eut trouvé le numéro de Dalmart sur le Minitel, Albert pianota sur les touches du téléphone.

— Allô ? fit une voix féminine.

— Mme Dalmart ?

— Sa fille. Qui est à l'appareil ?

— Un... un ami de votre père, répondit Albert. Victor est là ?

Il y eut un silence.

— Mais papa... mon père est mort. Vous souhaitez parler à ma mère ?

— Heu, non, non, bégaya Albert. Je suis désolé. Je n'étais pas au courant. Il avait l'air en bonne santé la dernière fois que...

— Il a eu un accident de voiture. Il revenait de Suisse.

— Ah ? Tiens... Je veux dire : toutes mes condoléances.

Albert raccrocha en marmonnant : « Il revenait de Suisse. » Il regarda Jean-Hugues.

— Pas de chance. Il est mort.

— J'avais compris. Albert, il se passe des choses incroyables. Il faut que je vous parle. Dans les caves des...

— Moi aussi, je dois vous parler, l'interrompit Albert. De la MC.

CHAPITRE II

EH BIEN, PARLONS-EN...

La MC ! Jusqu'à ce jour, pour Klaus l'albinos, ce sigle symbolisait simplement le commanditaire de vols ou de meurtres à effectuer. Mais, cette fois, il allait rencontrer l'homme qui se cachait derrière ces deux lettres et la perspective ne le réjouissait pas vraiment.

L'hélicoptère de la MC survolait les Alpes suisses d'un peu trop près au goût de Klaus. Sanglé à ses côtés dans l'étroit cockpit, Jason ne faisait rien pour le mettre à l'aise. Le pilote américain était intarissable. Au bout de vingt minutes de vol, Klaus savait tout de ses exploits passés, de ses rase-mottes acrobatiques au-dessus des nids de Vietcongs, de ses missions de sauvetage sur des plates-formes pétrolières en péril.

— La vie de pilote privé doit vous paraître bien calme, dit Klaus.

— Yeah ! Yeah ! fit Jason sans cesser de mâchouiller son cigare éteint. Mais il y a encore des opérations spéciales !

Klaus évita de demander des précisions. Mais rien à faire, il ne parvenait pas à chasser de son esprit ce que l'Américain lui avait raconté à propos du Vietnam. La façon dont on embarquait des prisonniers viets à bord des hélicos pour les balancer en pleine jungle d'une hauteur de cinq cents mètres. Une opération très spéciale.

— Attention, mister Klaus ! Accrochez-vous !

Klaus vit soudain avec effroi la montagne se précipiter vers eux. Un pic énorme se dressait contre le ciel bleu. L'instant d'après, il ne distinguait plus qu'une immense étendue blanche dont l'éclat lui brûla les yeux.

— Yeehee !

Le sommet menaçant sembla basculer sur la gauche. Klaus sentit son estomac lui remonter d'un coup au bord des lèvres. Il reçut comme une gifle les rayons éblouissants du soleil.

Jason riait.

— La dernière fois que j'ai fait ça, la porte était ouverte. J'espère qu'il est tombé dans la neige. Sinon, il a dû se faire très mal. Ha ! Ha !

Klaus jugea prudent de ne pas demander *qui* était tombé dans la neige et de trouver la plaisanterie amusante. S'il s'agissait d'une plaisanterie.

L'hélicoptère survolait maintenant de vertes prairies. C'était sur ces pentes que ruminaient les vaches dont le lait permettait la fabrication du célèbre gruyère. Klaus, lui, ruminait son amertume.

Il ne lui restait plus que quelques minutes pour préparer sa défense. Il n'avait pas seulement échoué, il s'était ridiculisé. Le tableau de ses prouesses était accablant. Sa mission ? S'emparer de l'ordinateur bleu Nouvelle Génération, venger Sven et récupérer son téléphone portable, enfin mettre la main sur Albert. Résultat ? Bosses et humiliations.

Il n'y avait qu'une solution : inventer. Malheureusement, Klaus n'avait jamais eu beaucoup d'imagination.

Insensible à la beauté du paysage, Klaus vit apparaître le petit lac alimenté par les eaux de la Sarine et la cité fortifiée que dominait le château des comtes de Gruyères. Jason mit le cap vers le piton double de la dent de Broc. Rien ne pouvait laisser présager que cette paisible vallée abritait le siège de la toute-puissante MC.

Jason posa l'hélicoptère sur le toit de béton du bunker. Klaus sauta et courut tête baissée, poussé vers le sas par les rafales cinglantes que chassaient les pales de l'engin.

L'énorme bâtiment aux trois quarts enterré dans la roche était sous ses pieds. Un compromis entre Fort Knox et le Pentagone.

La porte blindée se referma derrière lui. Klaus n'avait pas été invité à pénétrer dans les lieux par l'entrée réservée aux hôtes de marque. Il y accédait par le monte-charge. La descente fut brève mais vertigineuse.

Un vigile en uniforme l'attendait, revolver bien en évidence sur la hanche.

— Monsieur, vous êtes décoiffé.

Klaus s'empressa de peigner ses cheveux blancs en arrière. Puis il tira sur les manches de sa chemise et jeta un regard critique sur le pli de son pantalon. Faire bonne impression. Que sa tenue soit irréprochable.

Car pour le reste...

Le vigile lui donna l'autorisation de franchir la porte vitrée qui menait au hall. « J'y suis, songea Klaus. J'y suis et je suis toujours vivant. S'ils avaient voulu se débarrasser de moi, l'Amerloque m'aurait balancé sur un glacier. »

Chaque plante verte était une forêt de micros. Au-dessus de chaque tableau luisait l'œil d'une caméra. Klaus se composa un sourire détendu et s'efforça de respirer lentement. La légende disait que tous les visiteurs dont le cœur dépassait les 90 pulsations minute étaient abattus sur-le-champ.

Sa carte à puce à la main, Klaus se dirigea vers le fond du hall. Il introduisit le morceau de plastique dans le lecteur. Un voyant rouge s'alluma. Un déclic annonça l'ouverture de la porte. Klaus pénétra dans un sas nu.

— Bonjour, dit une voix impersonnelle. Bienvenue à la MC.

Un cliquetis fit sursauter Klaus. Il se retourna. Ce n'était rien. Juste une trappe, qui venait de basculer dans la paroi.

— Veuillez déposer vos armes.

L'albinos extirpa le Beretta de sous sa veste. Il s'y attendait, bien sûr, mais ne s'en sépara pas sans regret. À présent, il était vraiment à leur merci.

— Vous n'avez pas déposé toutes vos armes, insista la voix.

Klaus tâta ses poches, trouva le couteau.

— Merci. La MC vous souhaite un agréable séjour dans ses murs.

« Et moi donc ! » songea Klaus. Mais il n'y croyait pas trop.

Le sas menait au poste de surveillance n° 1. Une pièce carrée dont la seule fenêtre était munie de barreaux. Trois gardiens l'accueillirent. Le premier lui prit la main et appliqua son pouce sur un tampon encreur pour prendre son empreinte. Le deuxième le fouilla. Le troisième glissa dans une grande enveloppe le médiocre butin de son collègue : un briquet, une lime à ongles en carton, une montre et un trousseau de clés.

— Vous avez douze heures pour récupérer ces objets, le prévint le troisième gardien. Passé ce délai, ils seront détruits.

Klaus traduisit instantanément : « Si je n'ai pas quitté le siège dans douze heures, JE serai détruit. »

Voyant s'ébranler la colossale porte blindée actionnée par des vérins hydrauliques, Klaus ne put s'empêcher d'éprouver un sentiment d'admiration à l'égard d'Albert. Comment ce type avait-il pu filer sans alerter la surveillance ?

Klaus était maintenant dans le hall principal. Une hôtesse

l'attendait derrière un bureau, un sourire mécanique plaqué sur les lèvres.

— Votre carte, s'il vous plaît.

L'hôtesse tapota sur le clavier de son ordinateur. Un autocollant portant un code-barres sortit de son imprimante. Elle le colla sur un badge « visiteur » et le tendit à Klaus.

— Je ne suis pas un visiteur, protesta Klaus.

Une expression d'effroi passa sur le visage de l'hôtesse.

— Je m'excuse... je... c'est une erreur regrettable. Il y a un reflet sur la touche, vous comprenez.

Elle jetait de petits coups d'œil affolés vers le plafond percé de caméras. Le mauvais badge passa à la broyeuse.

— Voilà, monsieur.

Le sourire MC avait fait sa réapparition sur la figure blême de l'hôtesse.

— Suivez la ligne rouge, dit-elle. Présentez votre badge *employé* devant l'écran, au fond du hall. Bon séjour à la MC, monsieur.

Klaus pénétrait à présent dans le cœur du système.

Il s'engagea sur une passerelle qui offrait une vue imprenable sur les petites cages de verre où travaillaient les employés de la Mondial Company. À l'intérieur de ces prisons transparentes, aucun de leurs gestes ne pouvait échapper à la surveillance. Dans les profondeurs du bâtiment, des équipes se relayaient derrière les écrans du centre de contrôle.

Klaus se demanda si M. William avait le sens de l'humour. Sinon, pourquoi aurait-il choisi Gruyères pour installer le siège de MC ? Sûr qu'il n'y avait pas de trou dans ce gruyère-là ! Mais comment diable Albert avait-il fait ?

Sur sa gauche, le couloir menait aux entrepôts. C'était là que les ordinateurs étaient testés une dernière fois avant d'être expédiés dans le monde entier. Et c'était de là que le modèle Nouvelle Génération bleu électrique était parti. Voilà tout ce que savait Klaus. Ce petit futé d'Albert l'avait caché dans une cargaison destinée au dépôt de Saint-Ouen. Puis un imbécile l'avait fait livrer par erreur au jeune Badach des Quatre-Cents. Enfin, par erreur... il était permis d'en douter. Comment avait-on pu envoyer une machine de ce prix dans une cité de métèques ? Cette pensée regonfla Klaus. Voilà ce qu'il allait dire : c'était un complot.

La ligne rouge le conduisit au seuil d'une porte de bois. Une simple porte de bois. Mais Klaus ne doutait pas qu'elle était à l'épreuve des missiles atomiques. Là commençaient les appartements privés de M. William. Il sentit son pouls s'accélérer.

Quand les deux battants de la porte s'écartèrent, il découvrit une pièce pareille au salon d'attente d'un dentiste. À un détail près : tous les meubles étaient vissés au sol. Pour le cas où l'on aurait voulu assommer M. William avec un lampadaire ?

Klaus s'attendait à être accueilli par un escadron armé jusqu'aux dents. Le petit homme à lunettes qui entra ne portait pas d'uniforme mais une blouse blanche.

— Docteur Glockenspiel. Veuillez me suivre, dit-il d'un ton mi-jovial mi-professionnel.

Stupéfait, Klaus pénétra dans un cabinet blanc où régnait une odeur de désinfectant.

— Asseyez-vous.

Klaus prit place dans le vaste fauteuil incliné, contemplant avec angoisse l'appareillage suspendu au-dessus de sa tête.

— Vous n'allez pas me...

Klaus s'interrompit. Il avait failli dire : me torturer.

— Il n'y en a que pour un instant, le rassura Glockenspiel.

Il appuya sur un bouton. Klaus retint un cri de surprise. Le fauteuil bascula vers l'arrière tandis que descendait au-dessus de lui un casque évoquant les séchoirs des salons de coiffure pour dames.

— On ne bouge plus, fit le docteur. Et voilà. Juste une petite radio.

— Une radio ? répéta Klaus.

— Simple précaution. Une dose de cyanure dans une dent creuse, ce sont des choses qu'on a déjà vues. Relevez votre manche.

Le docteur Glockenspiel tenait une seringue à la main. Un mot terrifiant continuait de résonner sous le crâne de Klaus : cyanure.

— Qu'est-ce que vous allez me faire ? gé-mit-il.

— Trois fois rien. Quelques gouttes de sang.

— Aïe !

L'aiguille s'était plantée dans la veine de son bras.

— Je vous abandonne un instant, annonça le docteur en contemplant d'un air satisfait le contenu rouge de la seringue.

Klaus connut cinq longues minutes de pure terreur, convaincu qu'un poison mortel était à l'œuvre dans son corps. Pourquoi avait-il les tempes en feu et les pieds glacés, pourquoi avait-il tant de mal à respirer, est-ce que son cœur n'était pas en train de ralentir ?

— Tout est en ordre, jeune homme !

Klaus sursauta. Glockenspiel était de retour, un large sourire aux lèvres.

— Vous comprenez, lui confia le médecin, M. William n'a jamais eu les oreillons. Ni la rougeole. Nous devons lui éviter tout risque de contagion.

Glockenspiel reconduisit Klaus jusqu'à la sortie de son cabinet. Là reprenait la ligne rouge. L'albinos la suivit. Une dernière porte. Un dernier message venu de nulle part :

— Avancez jusqu'au cercle blanc. Entrez dans le cercle blanc. Ne le quittez plus. Ne faites aucun geste brusque. Ne parlez que lorsque vous y serez invité.

Klaus se trouvait maintenant au centre d'une salle aux murs couverts de fresques multicolores célébrant les produits vedettes de la MC. Levant les yeux, il vit briller le vert fluo d'un pot de pâte à prout géant d'un réalisme saisissant.

Un curieux bruit de roulettes annonça de loin l'arrivée de M. William. Le big boss de la MC fit son apparition, flanqué d'Orwell, son majordome britannique.

Klaus ne put réprimer un tressaillement. Ainsi, ce qu'on murmurait était vrai. M. William était infirme et se déplaçait dans un extravagant véhicule évoquant de façon irrésistible un youpala d'enfant.

Mais un youpala motorisé, de la taille d'une Smart. Avec beaucoup plus d'options. À son gré, M. William pouvait piloter l'engin ou avancer en faisant trottiner ses petites jambes. Des jambes qui ne portaient plus son corps de bébé obèse, un mètre cinquante et cent quarante kilos.

Avec son crâne chauve et sa figure poupine, le boss n'avait pas d'âge. Klaus le vit ouvrir grand la bouche pour engloutir une poignée de friandises roses. Il mastiqua un instant puis les recracha.

— Ce n'est pas bon ! trépigna-t-il. Les fraises MC ne sont pas bonnes ! Elles ne valent pas les Tagada. Je suis humilié !

— Monsieur William, glissa Orwell, je crois que Klaus...

Le majordome était aussi grand et maigre que son patron était court et gras.

— Silence !

Le boss enfonça de ses doigts boudinés quelques touches d'un clavier.

— Je veux Tagada ! fit-il d'une voix geignarde.

— Vous en aurez des kilos, promit Orwell.

— Des kilos ? Dans quel monde vivez-vous, Orwell ? Je ne veux pas des Tagada, je veux Tagada. Voilà. L'ordre est passé. Leur prix sera le mien. Tous les enfants du monde mangeront des Mondial Tagada.

— C'est une merveilleuse nouvelle, convint Orwell. Mais notre ami Klaus va s'impatienter.

M. William leva les yeux et sembla découvrir la présence de

l'albinos. Klaus se raidit et claqua des talons. Une vieille habitude germanique.

— M. William écoute votre rapport, dit Orwell.

Klaus se racla la gorge et commença :

— L'ordinateur Nouvelle Génération se trouve dans un immeuble de la cité des Quatre-Cents. Je l'ai formellement localisé dans l'appartement d'une famille d'origine nord-africaine, les Badach.

— Pas de discours, intervint Orwell d'une voix douce. Nous savons déjà tout cela.

— Euh oui, bien sûr.

— Ce que monsieur William se demande, c'est pourquoi vous ne l'avez pas encore récupéré. Puisque vous savez où il est.

— J'ai été lâchement assailli par derrière. Je soupçonne le traître Albert d'être à l'origine de cette agression.

— Vous étiez deux, fit remarquer perfidement Orwell, deux hommes armés et entraînés.

— Je le veux ! s'écria soudain M. William. Je veux Albert !

Puis le gros homme retomba dans l'apathie, contemplant les petits écrans de sa console.

— Je l'ai repéré, dit Klaus. Il était au Mondiorama. Je le tenais... presque. Mais je dois vous dire...

— Oui, Klaus ?

L'albinos savait qu'il lui fallait à présent trouver les mots justes.

— Nous avons affaire à un complot, une bande organisée, un véritable réseau.

— Vraiment ?

— Ils sont huit, dix, je ne sais plus... tous des Arabes... des assassins... j'ai les noms... avec un chien énorme, une brute enragée... Je... je m'en suis sorti de justesse...

— Vous avez les noms ? demanda M. William, soudain intéressé.

— Oui. Brutus. C'est le chien. Brutus, j'en suis sûr.

— Ça y est ! hurla M. William en tapotant un écran du doigt. Ça y est ! Je la tiens, Orwell. Elle y est retournée. Trois fois en deux heures. Ce n'est pas syndical, ça. Ha ! Ha ! Je la tiens, Orwell.

— Oui, monsieur William.

— Son dossier, vite, son dossier !

Jubilant, M. William faisait tournoyer son youpala électrique tout en frappant sur son clavier. Klaus demeura interloqué tandis que le big boss clamait le résultat de ses recherches :

— Vaccinations en règle, pas de fiancé... euh, voyons... allergique à l'angora... joue à la loterie sur l'Internet... danse la rumba... ne prend jamais de céleri rémoulade à la cantine... ah ! ah ! vous entendez, Orwell, pas de céleri... appelle sa mère sur son portable pendant les heures de travail... Elle est cuite !

Un éclair traversa le cerveau de Klaus.

— Le portable !

— Oui, Klaus, dit patiemment Orwell.

— Le portable de Sven. Je sais où il est. J'ai le nom ! Ben Azet, Samir Ben Azet. C'est lui qui l'a volé. Un môme, un voyou de banlieue.

— Bien, souffla Orwell. Nous progressons enfin.

M. William semblait réfléchir intensément.

— Ben Azet... Samir Ben Azet, répéta-t-il d'un ton songeur.

Il hocha longuement la tête. Puis le verdict tomba.

— Tuez-le.

— C'est... c'est un gosse, protesta Klaus.

M. William se composa une mine attendrie.

— Oh... un enfant. Eh bien, tuez-le... gentiment.

En quête de secours, l'albinos lança un regard désespéré vers Orwell. Le majordome haussa les épaules.

— Ce téléphone contient des informations ultra-secrètes, dit-il. Tous les contacts de Sven y sont. Autant livrer à nos ennemis l'organigramme de nos services de sécurité. Il nous le faut, Klaus.

— Vous l'aurez, monsieur. Laissez-moi encore une chance, je vous jure que vous l'aurez.

— Licenciée ! ordonna M. William.

Klaus frémit puis comprit qu'il ne s'agissait pas de lui.

— Orwell, virez-moi cette fille !

— Bien, monsieur William.

— Je crois que je vais rentrer à pied.

M. William agita ses petites jambes pour faire pivoter le youpala et s'éloigna en trottinant vers ses appartements.

— Et qu'on m'apporte la tête de Ben Azet ! hurla-t-il.

— Je vous raccompagne, dit Orwell à Klaus.

Le majordome ne dépassa pas le seuil de la salle.

— Ça m'ennuie un peu, pour le petit Arabe, confessa Klaus. J'ai pas l'habitude de buter des mômes.

— M. William s'emporte vite. Je vais essayer d'arranger ça. Nous ne voulons pas d'ennuis avec les autorités françaises, n'est-ce pas ?

— Non.

— Rapportez-nous l'ordinateur, le portable et notre ami Albert. Vivant, Albert. Je ne pourrai plus vous couvrir très longtemps, Klaus. Il serait préférable que vous réussissiez, cette fois. Suis-je clair ?

— Oui, monsieur Orwell. Merci, monsieur Orwell.

Le majordome se fendit d'un sourire bienveillant.

— Je vais vous envoyer quelqu'un en renfort. Un type formé dans nos services. Vous en serez content... Je vous laisse. Il faut que j'appelle le responsable du personnel.

— Ah oui... le licenciement. Qui donc ?

— L'hôtesse d'accueil. Vous avez dû la voir. M. William a remarqué qu'elle s'absentait plusieurs fois par jour pour aller aux toilettes. Rassurez-vous, ce n'est qu'un *simple* licenciement...

Klaus saisit la nuance. L'hôtesse aurait encore l'occasion de danser la rumba.

CHAPITRE III

GOLEM NATACHA

— Je les crois capables de tout, commença Albert.

Il aurait autant aimé taire ce qu'il savait de son ancien employeur. Mais il devait mettre Jean-Hugues en garde contre la MC.

— Je ne sais pas si vous avez déjà entendu parler de M. William ?

Jean-Hugues poussa un soupir excédé.

— Mais on s'en fout de votre William ! Moi, dans les caves des Colibris, j'ai...

— Vous avez tort de vous en foutre, le coupa Albert. Vous le trouverez peut-être sur votre chemin. On ne sait pas d'où sort ce type. Mais c'est un malade mental. Je ne l'ai jamais rencontré. Peu de gens le connaissent. Dalmart l'a vu, un jour, et il est venu m'en parler. Il était terrorisé. C'est un fou pervers.

Jean-Hugues haussa les épaules. Là n'était pas le problème puisque dans les caves des Colibris...

— Mais vous ne comprenez pas ce que je vous dis ! hurla Albert. Dalmart a été assassiné. Une vie de plus ou de moins, pour la MC, ça ne coûte rien. Moi aussi, si j'avais terminé Golem dans les locaux de Gruyères, j'aurais eu un accident en revenant de Suisse. J'en suis sûr ! Ils ne veulent pas qu'on sache ce qu'ils font. Enfin, pas *tout* ce qu'ils font.

Jean-Hugues finit par écouter Albert. Ce que faisaient les MC ? Il le savait, lui. Ils préparaient une nouvelle génération de jeux vidéo totalement interactifs. Joke était un robot mille fois plus performant que le Furby ou Aibo, les cyberanimaux récemment lancés sur le marché.

— Je dois vous dire quelque chose d'incroyable, murmura Jean-Hugues.

— Là, là ! s'écria Albert, en désignant l'écran du doigt.

Golem venait d'y apparaître, s'ouvrant sur la scène qu'Albert prétendait n'avoir pas conçue. La nuit étoilée, l'étoile qui grossissait, le bruit de machine à écrire, puis l'énigme :

JE SUIS CELUI QUI EST AUTREMENT APPELÉ.

— « Je suis celui qui est », commenta Jean-Hugues, ça ressemble à une formule biblique. On pourrait penser à Dieu.

— Il manque une lettre. Satan conviendrait mieux. « Autrement appelé » voudrait dire que c'est le contraire de Dieu.

Nerveusement, Albert tapa les cinq lettres de Satan sur le clavier. Sans le moindre résultat.

— Le mythe du golem nous vient de la tradition juive, remarqua Jean-Hugues.

— Je sais, merci. Oh... attendez... Yahvé ! s'exclama Albert.

Il essaya. Mais en vain.

— C'est énervant, ce machin. « Celui qui est », chez votre copain Majid, c'est Allah.

Il tapa « Allah ». Bizarrement, le A et le L s'affichèrent sur l'écran dans deux cases vides.

— Bonne pioche, se complimenta Albert. Al... al... Alors quoi ? Albert ?

Machinalement, Jean-Hugues avait attrapé son dictionnaire pour y chercher l'inspiration : album, alèse, algue, alias, alibi...

— Ce ne sont pas forcément les premières lettres, soupira Albert.

Jean-Hugues eut la soudaine sensation d'avoir entr'aperçu la vérité. C'était là, sur cette double page.

— Alias ! hurla-t-il. « Alias : autrement appelé ». C'est la définition ! « Jean-Baptiste Poquelin alias Molière. »

— Cinq lettres, ça colle, approuva Albert.

Tous deux hésitaient à taper le mot sur le clavier. Pourtant, le jeu pouvait se désinstaller d'un moment à l'autre. Jean-Hugues alias Caliméro se sentait comme engourdi. Il ne savait pas s'il avait peur de se tromper ou peur d'avoir trouvé. Albert se décida et épela solennellement chaque lettre tout en les frappant :

— A... L... I... A... S... Jackpot !

Le mot de passe s'était inscrit dans l'étoile. Le bruit de machine à écrire se fit entendre et le message, déjà apparu au tout début du jeu, s'afficha sur l'écran :

ENTRE TON NOM

— En cours de partie ? s'étonna Albert.

Jean-Hugues fit un geste pour intervenir. Mais trop tard. Albert avait déjà entré son nom. Le jeu émit alors un petit plouich très décevant et l'ordinateur s'éteignit.

— Non, mais vous avez vu ça ? s'indigna Albert.

— Il n'en fait qu'à sa tête, répondit Jean-Hugues, pas mécontent.

Albert relança l'ordinateur et tripatouilla le clavier. Mais Golem ne revint pas.

— Il faut que je comprenne ! s'excita Albert. Je ne peux même plus commander à mon propre ordinateur, accéder à mes propres fichiers. Tout est bloqué.

— Ma mère ne va pas tarder à rentrer, mentit Jean-Hugues.

— Il y avait un type très fort à la MC, plus fort que ce pauvre Dalmart. Giraud. On fait appel à lui dans le monde entier. Il s'occupe des systèmes de sécurité. Il m'avait dit de me méfier. Il pourrait nous aider. Le problème, c'est qu'il s'est volatilisé du jour au lendemain. Prudent, Giraud. Ou mort.

— Mais on s'en fout, geignit Jean-Hugues. Ma mère va rentrer.

Albert lui mit la main sous le nez :

— Vous auriez bien une petite pièce pour un génie dans le besoin ? C'est ça ou je reste.

Jean-Hugues alla chercher son portefeuille et en sortit un billet de cinquante euros. Albert le prit et en attrapa un second.

— Mais arrêtez ! Je n'ai pas les moyens de...

— Pleure pas. Tu n'es pas SDF, toi. Et je suis sûr que c'est maman qui paye le loyer.

Albert s'éloigna en agitant les billets à bout de bras.

— Crétin, fit Jean-Hugues entre ses dents.

Mais il était soulagé de lui voir les talons.

Il s'assit en face de son ordinateur. Il y passerait le temps qu'il faudrait, la soirée et la nuit. Golem, tôt ou tard, reviendrait.

Vers vingt-deux heures, la faim le fit se précipiter vers le réfrigérateur. Il brancha la machine à café dans son bureau et commença à s'intoxiquer à la caféine. Il tiendrait. Vers deux heures du matin, il se mit à dodeliner de la tête au-dessus de son bouquin.

— Une tasse de café ? lui proposa sa mère.

— Non, non, merci.

— C'est du vrai café, il n'y a pas de lézard.

— Pourquoi tu me parles de lézard ?

Jean-Hugues tressaillit. Il s'était assoupi et un léger bruit l'avait éveillé. Était-ce l'ordinateur ou la machine à café ? Silence dans la maison. Juste cette drôle d'odeur. Jean-Hugues reprit son roman avec un soupir de fatigue. Quelques minutes plus tard, il leva distraitement les yeux vers son écran et étouffa un cri. Golem était là. La route, l'étoile, l'énigme. Jean-Hugues tapa le mot de passe : ALIAS. En réponse, l'ordinateur afficha une nouvelle fois :

ENTRE TON NOM.

Jean-Hugues savait que, pour le jeu, il était lui aussi « autrement appelé ». Il entra donc son nom de joueur dans le cartouche :

CALIMÉRO

Aussitôt, Natacha apparut, mais pas Natacha l'aguicheuse. C'était Natacha la guerrière, les mains sur le dégom-laser. Un rectangle blanc se dessina autour d'elle puis elle disparut à demi derrière un fin quadrillage. Jean-Hugues fronça les sourcils, se demandant quel traitement allait subir sa golémette emprisonnée.

Soudain, les haut-parleurs laissèrent passer un bruit de souffle puissant, comme si une ventilation se mettait en marche. De l'écran jaillit un rayon, pareil au faisceau laser qui sort de l'épée de Luke Skywalker, et avec le même bruit de gros bourdon. Wizzz. Jean-Hugues se dressa en repoussant son fauteuil à roulettes qui alla heurter le guéridon. Un vase s'y trouvait, le vase où Mme de Molenne mettait régulièrement des roses. Il se renversa, répandant l'eau sur la moquette. Le fracas détourna un instant l'attention de Jean-Hugues.

Quand son regard revint se poser sur le faisceau lumineux, il vit que celui-ci projetait une image transparente et quadrillée, parcourue d'un tremblement comme l'air chaud de l'été. C'était l'image, grandeur nature, de Natacha la guerrière. Elle tournait le dos à Jean-Hugues et semblait flotter à quelques centimètres du sol, aussi inconsistante qu'un hologramme. L'ordinateur fit entendre quelques claquements secs. Sous le regard effaré de Jean-Hugues, le quadrillage s'estompa puis disparut. Clac, clac, la mécanique effectuait des mises au point successives. L'hologramme s'était densifié. La lumière ne le traversait plus. Et lentement, telle une nageuse qui peine à revenir vers la rive, Natacha se retourna.

— Maître ? Maître, j'y suis !

La voix sortait de la bouche de Natacha, une voix un peu lointaine et métallique, dont les paroles n'étaient pas tout à fait synchrones avec le mouvement des lèvres. Jean-Hugues s'était plaqué contre le mur, fasciné tout autant que terrorisé. La golémette ne l'avait pas encore vu. Mais était-elle programmée pour voir et identifier le monde réel ?

Le rayon laser repartit alors dans l'ordinateur avec un bruit très bref d'aspiration. Natacha poussa un cri entre douleur et libération. Elle se saisit de son dégom-laser et, dans une pose de chasseuse à l'affût, elle examina la pièce. Droite, gauche...

— C'est moi ! hurla Jean-Hugues.

Il avait vu qu'elle l'avait vu. *Pwijj*, un rayon blanc-bleu jaillit du dégom-laser et vint frapper Jean-Hugues en plein cœur. Il porta la main à sa poitrine. Un filet de fumée bleue s'échappa de la chemise trouée.

— Mais tu es folle ! cria-t-il. Natacha, c'est moi, ton maître !

Pwijj, pwijj... Heureusement, il s'était baissé. Les deux autres traits du dégom-laser touchèrent le mur derrière lui. Natacha avait l'air désorienté. Dans le jeu vidéo, chaque tir de son arme explosait un adversaire.

— Je ne suis pas un Malfaisant ! Je suis Jean-Hugues ! Jean-Hugues !

Il paniquait. D'un geste désinvolte, Natacha avait balancé l'arme dans son dos. Elle s'avança, genoux souples, mains en avant, prêtes à hacher l'ennemi. Septième dan de karaté !

— Je t'ai créée ! hurla Jean-Hugues. Je suis ton maître. Je suis Caliméro !

— Caliméro ? fit la voix robotisée.

Dans les yeux d'un vert minéral s'allumèrent quelques paillettes. Y avait-il à l'intérieur de ce regard une caméra reliée à l'ordinateur ?

— Caliméro est notre allié, fit la golémette avec l'intonation d'une mauvaise actrice.

— Oui, c'est ça, Caliméro est notre allié, confirma Jean-Hugues.

Le robot ne pouvait sans doute pas s'adapter à la situation et le plus sûr était de lui renvoyer ses propres paroles. Jean-Hugues avait lu dans un *Joystick* qu'il fallait des heures d'entraînement pour que Aibo, le cyber toutou, associe le mot « balle » à l'objet « balle ». Natacha semblait comprendre la phrase : « Caliméro est notre allié », mais elle n'associait sûrement pas l'image de Jean-Hugues, enregistrée par la caméra, avec le nom de Caliméro.

— Caliméro est notre allié, répéta Jean-Hugues.

Cette phrase semblait désarmer la guerrière. Était-elle apprivoisable comme Aibo ? À cette pensée, Jean-Hugues disjoncta.

— Je t'aime ! Natacha, je t'aime !

La guerrière reprit sa marche en avant. Elle n'identifiait pas cette phrase ou jugeait l'attitude du jeune homme menaçante. Jean-Hugues tendit les mains :

— Mettons que je n'aie rien dit...

Puis il se plaqua contre le mur, au souvenir de Joke. Si Natacha le touchait, il allait se prendre une sacrée dose de courant. Mais entre Jean-Hugues et la golémette, il y avait une flaque d'eau, l'eau du vase renversé. Dès que Natacha posa le pied sur la moquette détrempée, il en résulta une gerbe d'étincelles. Puis Natacha tout entière crépita. Ensuite, ce fut l'explosion en une myriade d'étoiles. Et plus rien.

— Natacha ?

Jean-Hugues s'agenouilla, passa la main sur la moquette et se prit quelques décharges d'électricité statique. Il resta un moment prostré. Mais une douleur cuisante à la poitrine le fit revenir à lui.D'un geste il ouvrit sa chemise, en faisant sauter les boutons. Il courut vers le miroir et regarda sa blessure. C'était petit comme un trou de cigarette, c'était noir et ça brûlait, là, juste au-dessus du cœur.

— La salope, fit-il rêveusement.

Il souriait. Soudain, il vit ce sourire dans son reflet et, tranquillement, il prit la pose. Les mains glissées dans les poches revolver de son jean, la chemise ouverte sur son cœur blessé, un reste de panique dans ses yeux bleus écarquillés, il avait tout pour plaire. Et pour la première fois de sa vie, il n'avait pas peur de plaire à une fille. Bien sûr, Natacha était virtuelle, mais ce n'était finalement qu'un charme de plus.

Le bruit de machine à écrire le fit se retourner. Un message était en train de s'afficher sur l'écran de l'ordinateur :

```
Golem NATACHA
Taille : à l'échelle
Motricité : bonne
Vision : bonne
Audition : bonne
Sensation : médiocre
Matérialisation : médiocre
Armement : faible
Armure d'invincibilité : inopérante
```

L'ordinateur dressait un constat après la sortie de Natacha. Une dernière ligne s'afficha :

```
Nombre de vies restantes : 4
```

CHAPITRE IV

LE PORTABLE CHANGE DE MAINS

Le docteur Andrieu était ennuyé. Samir le voyait à la façon dont il gardait ses deux mains crispées sur la mallette noire.

— Mais... ta maman, elle va bien rentrer ?

— Vous pouvez aller voir au *Fontenoy*. Y a une chance, répondit Samir.

— En général, quand les mamans appellent, elles s'arrangent pour être là lorsque le docteur arrive.

— C'est moi qu'ai appelé. Mais j'ai l'argent, vous inquiétez pas. Lulu est vraiment à plat. Il lui faut un remontant, en attendant que je trouve une solution pour la cave. Enfin, c'est un truc... je peux pas vous expliquer.

— Et toi, ça va ? demanda le médecin d'un air préoccupé.

— Oui. À part que c'est bientôt le conseil de classe.

Le docteur Andrieu sourit.

— Bon, allons examiner cette jeune fille.

Sur le seuil de la chambre, le docteur attrapa Samir par le col.

— Je ne pense pas avoir besoin de toi.

— Mais c'est ma sœur ! protesta Samir.

Inflexible, le médecin lui referma la porte au nez. Alors, Samir y colla son oreille.

Pendant de longues minutes, Samir n'entendit rien. Puis Lulu sembla sortir de sa léthargie et Samir perçut le son de sa voix frêle.

— Faut pas l'appeler « monstre », sinon il sera pas content.

Le docteur Andrieu entra aussitôt dans son jeu.

— Nooon, bien sûr. Moi non plus, j'aimerais pas qu'on m'appelle « monstre ». Respire à fond, mon lapin.

— Il tue les méchants, mais moi, il me donne la Force. Faudra que je retourne à la cave. Tu me fais froid avec tes écouteurs.

— Voilà, c'est fini. Tourne-toi sur le côté.

— Est-ce que tu as des gélules électriques pour mon ami ?

Le docteur Andrieu tarda à trouver une réponse.

— Je les laisse dans ma voiture. Elles se rechargent sur la batterie.

« Il sait pas parler aux enfants, ce docteur, songea Samir. Lulu connaît même pas ça, les batteries. »

— Pas du sirop, hein ! commanda Lulu. Ça le fera mourir. C'est trop mouillé, le sirop.

Le docteur Andrieu rouvrit la porte. Quand il s'assit à la table de la salle à manger, il ne souriait plus.

— J'aurais préféré parler à tes parents, marmonna-t-il en sortant une ordonnance de sa mallette.

Il griffonna quelques mots.

— Tu leur diras... hum... qu'il serait sage d'envisager une hospitalisation. Ta petite sœur n'est pas en grande forme, Samir, je te le dis franchement.

Samir leva les yeux au ciel.

— Je le vois bien. Pas besoin d'être pédéraste.

Le médecin resta un instant interloqué avant de rectifier :

— Pédiatre, s'il te plaît.

Le docteur Andrieu mit un point final à ses gribouillages. Samir savait bien que sa mère n'achèterait pas la moitié des médicaments figurant sur la longue liste.

— Je vous ai un peu menti, pour l'argent, dit-il. J'en ai pas.

— Ah ?

— Mais y a moyen de s'arranger. Si ça vous intéresse, je peux vous avoir un autoradio.

Le médecin prit le parti d'en rire.

— Rigolez pas, c'est des bons. Ce qui serait sympa, ce serait de m'avancer la différence. La visite, ça coûte quand même moins que l'autoradio.

Le docteur referma sa mallette d'un claquement sec.

— Ça c'est fort ! s'exclama-t-il. Maintenant, c'est moi qui lui dois de l'argent !

Il se dirigea vers la porte d'un pas raide.

— Que ta mère m'appelle ! lança-t-il sans se retourner. J'ai deux ou trois choses à lui dire.

Samir poussa un soupir vaincu. Les gens devenaient vraiment trop méfiants. Et il n'avait toujours pas le moindre blé pour acheter un remontant à Lulu. Ou des piles à Joke.

Samir chiffonna l'ordonnance d'un geste rageur et alla chercher sa sacoche. Là, dans son bel étui, il conservait le portable découvert auprès de l'inconnu des caves. Un téléphone ultra-moderne comme personne n'en avait jamais vu dans la cité. Un appareil qui ne se déchargeait jamais.

Exactement le genre de piles qu'il faudrait à Joke, se dit Samir. Mais il ne pouvait se résigner à donner le portable en pâture à la créature.

« Tant pis, songea Samir. Je vais le vendre. Les cousins vont craquer, c'est sûr. »

Samir contempla l'appareil rutilant, l'embrassa et le remit dans sa sacoche. C'était son dernier espoir de sauver Lulu.

Nadia Martin fit claquer sa grande règle sur le bureau. Les 5e 6 étaient intenables, ce matin. Impossible de les intéresser aux mystères de la reproduction. La moindre allusion au miracle de la vie faisait ricaner les garçons.

— Eh ! Miguel ! Ferme ta braguette, on voit ton pistil !

— Ça suffit ! hurla Nadia. Sinon, ze vais vous expliquer la reproduction des zéros !

Il y eut une accalmie. Brève. Elle fut brisée par une sonnerie de téléphone. « Allô ? Allô ? » firent les gamins sur tous les tons.

— Mamadou, c'est pour toi ! lança Miguel à tout hasard.

Nadia jaillit de l'estrade, à la recherche de l'insolente mélodie qui, dans sa tête, s'accompagnait des célèbres paroles : « Toréador, prends gaaaarde ! » Il ne lui fut pas difficile de localiser la source de la perturbation. Samir était à plat ventre derrière son bureau, les deux mains plongées dans sa sacoche.

— Ça y est, fit-il en se redressant. Je l'ai arrêté.

— Donne. Donne-moi ça tout de suite !

— Aouah, non ! Je peux pas. Il sonnera plus. Sur la tête de ma mère. Il sonnera plus.

— Donne. Ze confisque.

— C'est les gens, ils font des blagues. C'est une honte. Ils appellent et après c'est de ma faute.

— Les portables sont interdits dans l'enceinte du collèze. Vous le savez très bien. Allez, donne.

— Mais je peux pas, il est à mon père. Sur la tête de...

Nadia leva sa règle, comme si elle s'apprêtait à l'abattre sur le crâne de Samir.

— Mais frappe-moi pas !

— Dépesse-toi, Samir.

Samir agrippa désespérément sa sacoche, en quête d'un argument décisif.

— Ma petite sœur, elle est malade. C'est pour qu'elle m'appelle si elle se sent mal. Le docteur est venu. Il dit que c'est grave.

Nadia tirait sur la sacoche. Samir résista un moment puis lâcha prise. Elle n'avait l'air de rien, la petite prof de SVT. Mais, quand on la poussait à bout, c'était une terreur.

— C'est pour Lulu, gémit Samir.

Il ne mentait pas. Et Nadia avait un cœur de pierre.

— Ne t'inquiète pas. Ze ne vais pas le garder. Monsieur Ben Azet n'a qu'à m'appeler sur ce portable. Ze le lui rendrai en main propre.

— Eh ! c'est quoi, comme marque ? demanda Mamadou. Un TDC ?

Nadia connaissait bien son Samir. Et ses camarades aussi. Il y avait toutes les chances en effet pour que le portable soit un TDC. Tombé Du Camion.

Le bel appareil sonna de nouveau et Nadia poussa un cri de rage.

Klaus pressa la touche rouge de son téléphone. Le môme ne répondait pas.

— Petit crétin ! Sans moi, couic ! Ta tête, qu'il voulait, le gros. Ouais, tu me dois la vie. Alors, réponds !

Klaus se sentait même disposé à donner quelques billets au gamin en échange du portable. Il avait pris la résolution d'opérer avec discrétion. Pas question de débarquer en fanfare chez les Ben Azet.

Il fit redémarrer la Volvo noire. Direction le collège. Avec un peu de chance, il repérerait Samir à la sortie.

Mais quand Klaus passa au ralenti devant l'entrée de l'établissement, Samir était déjà loin. Il marchait sur les dalles de béton de la cité, en compagnie de Sébastien.

— C'est là, annonça Sébastien en tendant le bras.

Les deux garçons contemplèrent un instant la borne où les heureux propriétaires d'une voiture électrique venaient recharger leur batterie.

— Et derrière, avec le drapeau, tu sais ce que c'est ? questionna Samir.

— Le commissariat.

— T'imagines ? ricana Samir. La gueule des flics en nous voyant arriver avec Joke ! Euh... excusez-nous, on vient faire le plein. Ces ectoplasmes, c'est fou ce que ça consomme !

Sébastien se joignit à son rire.

— Les flics pourraient rien te dire. Si tu gares pas ton golem en double file.

— Arrête.

L'envie de rigoler avait quitté Samir aussi soudainement qu'elle lui était venue.

— Qu'est-ce que t'as ? s'étonna Sébastien.

— Je suis dégoûté de la vie. Le portable ! J'aurais pu le revendre un paquet et acheter des piles à Joke. Si je la serre, c'te pouf de Martin, sur la tête à ma sœur...

— Le plus pressé, l'interrompit Sébastien, c'est sortir Joke de la cave. Et le cacher.

— Y a pas un endroit chez toi ?

— Dans mon lit, si tu veux, répondit Sébastien. Comme ça, je pourrai lire la nuit.

Samir et Sébastien traversèrent les Quatre-Cents à pas lents, passant en revue toutes les solutions qui leur venaient à l'esprit. Ils renoncèrent à la station-service abandonnée, rendez-vous des camés de la cité, et à la décharge municipale, dont les clodos avaient fait leur supermarché.

— Le mieux, dit Samir, ce serait une piaule chez EDF.

— J'ai trouvé ! s'exclama Sébastien. Les carrières. Personne n'y va plus depuis qu'il y a eu un effondrement.

Il donna un coup de poing dans le dos de Samir.

— Les pylônes ! La ligne à haute tension. Elle passe juste là. Il y a de quoi nourrir Joke pendant mille ans.

— Super ! Et on y va comment ? En bus ou en taxi ?

Sébastien se gratta la tête. Le principal inconvénient avec Joke, c'était qu'il éclairait encore plus la nuit que le jour.

— Et puis faut faire vite ! cria Samir. Faut faire vite parce que Lulu, elle va crever dans leur hôpital !

Il passa la manche de sa veste sur ses yeux et Sébastien fit semblant de relacer sa chaussure pour ne pas voir son copain pleurer.

— Je sais ce que je ferais, s'il n'y avait pas Lulu, expliqua Sébastien en se relevant. J'attendrais que Joke soit tout dégonflé. On n'aurait plus qu'à le plier comme un matelas pneumatique. Et... attends ! Je crois que j'y suis. T'es bon en couture, Samir ?

Samir empoigna Sébastien par les cheveux et se mit à le secouer.

— On est potes, maintenant, cracha-t-il. Tu peux me traiter, tu peux me dire bouffon ou enfoiré. Mais personne me dit couturière, personne !

— Arrête ! Mais arrête ! J'ai un plan.

Samir se calma.

— C'est à cause du matelas pneumatique, expliqua Sébastien. Le camping, tu comprends ?

— Non.

Sébastien parut changer brusquement de sujet.

— Tu devrais lire Edgar Poe.

— Je lis jamais, répondit Samir avec la fermeté de celui qui a des principes.

— Tu as tort. Edgar Poe, ça fait peur. Il a écrit une histoire qui s'appelle *La Lettre volée*. Je te la raconte pas. Je te dis juste la moralité : quand tu veux cacher une chose, le mieux c'est que tout le monde la voie.

CHAPITRE V

JOKE DÉMÉNAGE

Aïcha s'arrêta sur le seuil de la salle, le nez froncé par la méfiance. Le CDI était quasi désert. Mlle Dechâtel triait ses fiches en remuant les lèvres, comme une caissière qui fait ses comptes à la fin de la journée. Au fond, près de la fenêtre, Samir et Sébastien feignaient de feuilleter des revues sur une petite table ronde.

Aïcha avança de quelques pas, toujours soupçonneuse. De loin, elle leur lança :

— C'est une blague ?

La documentaliste leva à peine les yeux et fit « chuuu... », comme un ballon qui finit de se dégonfler.

— Non, non, viens, c'est sérieux, certifia Sébastien.

Aïcha approcha encore un peu, pas trop.

— Pourquoi tu m'as demandé si je suis bonne en couture ?

Sébastien quitta sa chaise pour aller prendre la petite Black par le bras.

— On a besoin de toi.

— Toi, j'ai confiance, mais pas Samir, déclara Aïcha. Qu'est-ce que vous me voulez ?

— Regarde.

Sur la table, il y avait un vague dessin sur une feuille de papier.

— On voudrait faire un costume, expliqua Sébastien.

— Un déguisement pour la fête, renchérit Samir.

— Quelle fête ? s'étonna Aïcha.

— Pour la fin de l'année...

Aïcha recula d'un mètre, de nouveau convaincue qu'on se moquait d'elle. Samir et Sébastien échangèrent un regard embarrassé.

— C'est une surprise ! s'exclama Samir. Une surprise des garçons pour les filles. Mais comme on a besoin de toi... Faudra rien dire, hein ?

Aïcha acquiesça prudemment. Puis elle consentit enfin à examiner le dessin.

— C'est un costume de quoi ?

— Un fantôme, répondit Sébastien.

La gamine frissonna. Depuis qu'elle avait vu des fumées inexplicables sur le palier de son appartement, elle n'aimait pas entendre parler de ces choses-là.

— Il faudrait lui faire comme des chaussons pour que ses pieds soient bien enveloppés, lui indiqua Sébastien.

Aïcha gloussa.

— J'ai jamais vu de fantôme avec des chaussons.

— Et sans chaussons, t'en as déjà vu ? riposta Samir.

— Non, convint Aïcha. C'est pour quoi faire, les chiffres ?

— C'est les dimensions, répondit Sébastien.

Aïcha fronça les sourcils.

— Mais il est énorme !

Les deux garçons approuvèrent.

— On va se grimper dessus, dit Samir. Je porterai Sébastien sur mes épaules.

— Et pour les draps ? demanda Aïcha. Je te préviens, ta mère elle va gueuler. Parce qu'ils seront foutus, les draps.

Sébastien ramassa un grand sac à dos de campeur et le posa sur la table.

— On a mieux. On fait un fantôme alien. Argenté. Tu vois ?

Aïcha poussa une exclamation de stupeur et, cette fois, la documentaliste fit « chuuu ! », comme un serpent qui s'est fait marcher sur la queue.

— Je vais niquer la machine à ma mère, reprit Aïcha, tout bas. Qu'est-ce que c'est, ce truc ?

Sébastien déplia un morceau de la feuille dont l'apparence rappelait celle du papier alu.

— Couverture de survie, annonça-t-il fièrement. C'est super pour les randos en montagne. T'as jamais froid avec ça.

— Tu peux y aller, proclama Samir, c'est ignifugé.

— Quoi ?

— Elle connaît même pas le mot ! se moqua Samir (qui le connaissait depuis quelques minutes). Imbrûlable, ça veut dire.

— On a pensé à tout, hein ! se réjouit Sébastien.

— Mais pourquoi ?

— Ben... fit Samir.

— On ne sait jamais, dit Sébastien. S'il y avait un incendie pendant la fête...

Aïcha haussa les épaules. Depuis qu'elle était toute petite, elle rendait service à ceux qui jugeaient son aide utile. Ce qui se produisait tous les jours. Alors, elle ramassa le sac à dos bourré de couvertures ignifugées et elle cessa de poser des questions.

Pour la centième fois depuis qu'il avait embrassé la belle profession d'homme de main, Klaus maudit ses parents. Pourquoi donc l'avaient-ils fait naître albinos, lui dont la vocation était de passer inaperçu ?

Lorsqu'il était entré au *Fontenoy* pour manger un morceau, tout le monde s'était retourné. Maintenant, il se terrait dans un coin obscur de la salle enfumée, le visage caché derrière un journal ouvert.

Klaus s'accordait quelques minutes de répit, le temps de réfléchir sur la stratégie à suivre. Le portable, l'ordinateur bleu, Albert... il courait plusieurs lièvres à la fois. Mais quelque chose lui disait que, s'il arrivait à en attraper un, les autres tomberaient dans sa gibecière.

Et ce type qu'on lui avait promis en renfort qui n'arrivait pas !

Il mordit dans son sandwich, bercé par le ronron des conversations autour de lui. Soudain, un nom lui résonna aux oreilles. *Ben Azet*. Ça venait du bar. Pas de doute, le patron avait dit : « Je vous remets ça, monsieur Ben Azet ? » Oui, ça devait être celui-là, l'Arabe au pull vert. Le père du petit Samir. « Et pour madame ? » demanda le patron.

Le père et la mère ! Ils étaient là. La chance était-elle enfin en train de tourner ? Oui, avec un peu de bol, le môme était tout seul à la maison. Klaus ne pouvait pas laisser passer une occasion pareille. Tant pis pour les consignes de prudence. Il jeta un billet sur la table et quitta en hâte le *Fontenoy*.

Sa Volvo était garée à quelques centaines de mètres du bistrot, non loin de l'entrée des Colibris. Klaus s'y glissa, ouvrit la boîte à gants, prit son 357 magnum. Quand il aurait ça sous le museau, le gamin se souviendrait sûrement où il avait mis le portable.

Relevant les yeux, Klaus lâcha une exclamation incrédule. Samir était là, devant lui. Il sortait à l'instant même de son immeuble.

Klaus hésita. Il ne pouvait prendre le risque de lui sauter dessus en un lieu aussi fréquenté. Non. Il allait le suivre. Et qui sait... puisque c'était jour de chance... Peut-être ce brave Samir le conduirait-il à une proie encore plus intéressante ?

Il laissa Samir s'éloigner un peu puis tourna la clé de contact. Rien. Recommença. Toujours rien. Klaus lâcha un juron. Le moteur de la Volvo ne bronchait pas. Il s'acharna pendant quelques secondes encore, voyant avec désespoir s'éloigner la silhouette de Samir. La voiture était comme morte.

Alors, Klaus jaillit hors de sa Volvo noire et se mit à courir à la poursuite du gamin. À l'instant où il se croyait sur le point de le rattraper, il vit Samir monter dans un bus. Klaus réprima un hurlement de fureur.

Une fois de plus, tout le monde le regardait.

— Alors, lequel tu choisis ? demanda Sébastien.

Samir contempla d'un œil morose les déguisements étalés sur le lit de son ami.

— Zorro, décida-t-il.

— Je l'aurais parié. Bon, moi, je fais Barbe-Noire.

— Lulu a un vieux costume de fée, dit Samir. Avec sa maladie, elle grandit plus. Ça devrait lui aller encore.

Sébastien avait pillé le matériel de camping de ses parents. Dans un grand sac à dos, il entassa les déguisements. Dans un autre, il fourra des paires de bottes et des gants.

— Je prends aussi une corde d'alpinisme, expliqua-t-il. Si Joke est gentil, il se laissera mener en laisse.

Il ajouta des lampes-torches et une bonne provision de piles.

— Pour la route, dit-il. Si Joke a un petit creux.

Les deux garçons échangèrent un regard solennel.

— Je crois qu'on peut y aller, déclara sobrement Sébastien. Prêt ?

Samir grimaça.

Vingt minutes plus tard, ils pénétraient dans l'appartement des Ben Azet, au premier étage des Colibris. Samir alla réveiller Lulu et la força à avaler une poignée de gélules.

— On descend voir Joke, annonça-t-il. Il faut que tu tiennes le coup. Tu te souviens de ce que je t'ai dit ?

— Pour le déménagement ? Je vais être triste si Joke s'en va.

— On l'emmène dans une caverne pleine d'électricité, la rassura Samir. Comme ça, vous serez en superforme tous les deux.

Un doute terrible le saisit soudain. Le lien qui unissait Joke à sa petite sœur résisterait-il à l'éloignement ? Bientôt, ce ne serait plus quelques marches qui les sépareraient mais plus d'un kilomètre...

Samir habilla Lulu d'une robe de tulle rose défraîchie et d'un diadème terni. Puis il endossa sa tenue de Zorro : loup, chapeau et cape.

— Tu es bien déguisé, admira Lulu. Je te reconnais plus.

Barbe-Noire les attendait dans le salon, au milieu d'un amas de sacs.

— Je suis obligé de porter Lulu, dit Samir. Ça va pas être de la tarte. Tiens, prends ça.

Il donna un coup de pied dans un gros objet emballé dans une feuille de plastique. Sébastien le souleva en protestant :

— Eh ! C'est vachement lourd ! Qu'est-ce que c'est, ce machin ?

— Une surprise. N'oublie pas le costume de Joke.

Par bonheur, l'ascenseur fonctionnait. Ils y placèrent le matériel et descendirent.

— Toi, tu fais le guet, ordonna Samir. Je m'occupe du cadenas.

C'était l'heure où le gardien allait à Mondiorama remplir son panier de rouge capsulé. Le hall était tranquille. Un trousseau de clés et de crochets cliquetait dans la main de Samir. Un cadeau des cousins, un jour qu'ils étaient de bonne humeur. D'après eux, avec ça, on pouvait ouvrir 90 % des serrures.

Samir ausculta le cadenas et se mit à l'ouvrage. Trouver la bonne clé ne lui prit que deux ou trois minutes.

— Ça y est ! Dépêchez-vous !

Sébastien referma la lourde porte et alluma une lampe de poche. Dans les couloirs souterrains, la dernière ampoule avait claqué depuis longtemps. Les deux garçons s'équipèrent de façon à se prémunir contre les chocs électriques : bottes et gants de caoutchouc. Lulu attendait, affalée contre un gros sac à dos, en ballerines et robe de fée. Samir la souleva de terre. Sébastien marchait derrière lui, les bras chargés, la lampe entre les dents.

Terré au fond de la cave 401, Joke n'avait jamais été aussi « chmouf » : entre la baudruche fripée et la barbe à papa filandreuse.

Samir reposa sa petite sœur et entreprit de déballer le gros objet qu'il avait fait transporter à Sébastien.

— Joke, regarde, je t'ai apporté ta pâtée.

— On dirait une batterie, dit Sébastien.

— Moi aussi, je réfléchis, mon pote.

— D'où tu sors ça ?

— Je l'ai piquée à un bourge en visite. Il avait qu'à pas garer sa Volvo devant les Colibris.

Samir prit la batterie entre ses mains gantées et approcha prudemment du monstre. Joke avait beau sembler au plus bas, il n'en menait pas large.

— Tranquille, Joke.

Il plaça à quelques mètres de la créature ce morceau de roi et recula précipitamment.

— Sou-soupe ! lança Samir. Allez, viens, viens...

— On n'a plus de force, souffla Lulu, comme si Joke et elle ne faisaient qu'un.

Le monstre déploya sa forme vaporeuse, tel le génie sortant de la lampe d'Aladin.

— C'est dur, gémit Lulu.

Au moment où Joke s'apprêtait à entrer en contact avec la batterie, Samir se coucha sur le sol, serrant sa petite sœur contre lui. Les ténèbres des caves furent balayées par un éclair, semblable à celui d'un flash surpuissant.

— Miam, moi encore faim ! dit Joke.

— Lulu !

Samir appelait à l'aide, terrifié par l'apparition soudaine, au-dessus de lui, de la silhouette palpitante de la créature. Entre les pieds de Joke, la batterie répandait une fumée âcre.

— Tu es gentil ! lui rappela Lulu.

La petite fille fit quelques pas vacillants puis s'élança à la rencontre de son ami.

Sébastien était déjà en train de déplier le costume de fantôme confectionné par Aïcha.

— Explique-lui qu'on l'emmène en promenade, lança-t-il à Lulu. Et qu'un monstre comme il faut ne peut pas sortir tout nu.

— Donne la patte, ordonna Lulu.

— Je t'aime, dit Joke.

— Voilà, certifia la gamine, il a compris.

Aïcha avait bien fait les choses. Son costume n'était pas d'une seule pièce mais composé d'une housse fantomatique et d'une élégante paire de bottines argentées.

Tandis que Lulu parlait à l'oreille de son monstre chéri, Samir et Sébastien entreprirent de chausser les grosses pattes lumineuses.

— Aïcha a eu raison de voir grand, remarqua Sébastien. Il fait au moins du 54.

Il plaisantait mais ses mains gantées de caoutchouc tremblaient.

— Je crois que le gros orteil touche au bout.

Se souvenant d'une séance chez Mondial Chaussures où la vendeuse lui avait refilé des tennis trop petites d'une pointure, il ajouta :

— La matière est souple. Ça se fera aux pieds.

Certes, Joke se montrait remarquablement coopératif. Mais les deux garçons avaient l'impression de devoir habiller la tour Eiffel illuminée.

— Lulu, demanda Samir, dis-lui de se baisser.

— Mais faut juste lui dire, répliqua Lulu. Baisse-toi, Joke.

— C'est la fête ! répondit Joke, un peu limité par le répertoire du Furby qu'il avait avalé.

Docilement, il se baissa, se recroquevilla, se ratatina...

— À mon signal ! commanda Sébastien. Hop !

L'immense poche argentée engloutit la forme boudinée de Joke.

— On devrait pouvoir le toucher sans se prendre cent mille volts dans les gencives, dit Sébastien en tirant prudemment sur le suaire ignifugé. Voilà, mon gros, tu as les yeux en face des trous.

Lulu lui noua des cordelettes autour des chaussons-bottes. Samir passa une corde d'alpinisme autour de sa taille un brin épaisse.

C'est ainsi que Zorro, Barbe-Noire, la princesse Lulu et le fantôme alien sortirent des caves des Colibris.

— C'est idiot, ton histoire de lettre volée, décréta Samir. Plus ça se voit, plus les gens regardent.

L'équipage ne passait pas inaperçu dans les rues des Quatre-Cents.

— Ce n'est pas ce qui m'inquiète, répondit Sébastien. T'as vu le ciel ?

De gros nuages noirs s'amoncelaient au-dessus de la cité. Si le déguisement de Joke n'était pas absolument étanche, si la moindre goutte de pluie le frappait... c'était la catastrophe.

— La tuile ! fit Samir.

Mais il ne regardait pas le ciel. Samir voyait venir à leur rencontre une Mme Badach tout sourire, les bras chargés de sacs Mondiorama.

— Ci toi, Samir ? Ji ti reconnu !

Emmé éclata de rire.

— Et Lulu ! s'extasia-t-elle. Elle marche !

— Oui, hi, hi ! C'est la fête !

Mme Badach leva les yeux vers l'étrange chose qui venait de parler et la contempla avec perplexité.

— Cil plis beau costume, décida-t-elle.

— Excusez-nous, madame, dit précipitamment Sébastien. Il risque de pleuvoir. Faut qu'on se dépêche.

— Amisez-vous bien !

Emmé regarda s'éloigner la petite troupe pendant de longues secondes, l'air songeur.

Qu'est-ce que c'était comme costume ? Un cosmonaute, peut-être ?

Les enfants furent soulagés de laisser derrière eux les rues les plus fréquentées. À la sortie de la cité, sur le parking du garage

Roger, un homme aux cheveux blancs jeta sur eux un coup d'œil indifférent. Klaus ne se sentait pas d'humeur à se joindre à un bal costumé. Sa Volvo était immobilisée pour au moins quarante-huit heures. Le temps de faire venir une nouvelle batterie. Heureusement, le collègue promis par la MC était annoncé pour le lendemain. Vu la tournure des événements, ils ne seraient pas trop de deux. Il reçut sur le sommet du crâne une première goutte de pluie. Klaus se réfugia en pestant sous un auvent.

Après la première goutte, il y en eut une seconde. L'averse hésitait à se déclarer. Mais les enfants sentaient bien que Joke commençait à donner des signes de nervosité. L'orage qui s'apprêtait à éclater risquait de lui être fatal.

— On coupe par la décharge ! décida Sébastien.

Ils auraient voulu presser l'allure mais il leur fallait se régler sur la démarche pataude de la créature qu'ils tenaient en laisse. Sous leurs pieds, le terrain commençait à se ramollir, détrempé par une pluie de plus en plus régulière.

Quand le premier éclair claqua, Joke fit un écart brusque et s'agita sous sa housse argentée. Lulu s'agrippa à lui et tenta de le calmer.

— C'est trop fort, l'orage. Faut pas manger les éclairs, sinon tu auras mal au ventre.

Voyant sa petite sœur grelotter sous l'averse, Samir ôta sa cape de Zorro et la lui jeta sur les épaules.

— Il faut qu'on se mette à l'abri ! s'écria Sébastien en fouillant du regard les montagnes de détritus. Il va finir par disjoncter sous cette flotte.

Samir lui désigna la carcasse d'une camionnette.

— Vite !

Il tira sur la portière cabossée.

— Holà ! Qu'est-ce que c'est ? protesta une voix. On frappe avant d'entrer chez les gens.

Un clodo dévisageait Samir de ses petits yeux furieux, une bouteille serrée contre sa poitrine.

— Mais c'est Carnaval ! Et... ouh là, pardon...

Le vieux bonhomme venait d'apercevoir la forme imposante de Joke.

— Monsieur Casimir... soyez le bienvenu dans ma modeste demeure. Entrez, princesse, entrez...

Les enfants hissèrent Joke dans le véhicule bringuebalant. Leur hôte examinait avec curiosité les énormes pieds ronds du monstre, emballés et ficelés comme des œufs de Pâques.

— Une petite goutte, monsieur Casimir ? proposa le clodo en tendant sa bouteille à Joke.

La réaction de Joke fut brutale. Il rua des deux pieds et une partie non protégée de son corps entra en contact avec le clochard. Le malheureux se trouva projeté dans le fond de la fourgonnette.

— Monsieur ? Ça va ? s'inquiéta Sébastien.

L'homme ouvrait des yeux terrifiés. Puis, précipitamment, il rampa vers la portière et se laissa dégringoler dans la boue. Il se releva, jeta un coup d'œil derrière lui et s'éloigna en grommelant :

— V'là que l'orage est entré dans le fourgon.

Une pluie drue tomba pendant une demi-heure. Quand un morceau de ciel bleu réapparut au-dessus des tours de la cité, Sébastien proposa de franchir les dernières centaines de mètres qui les séparaient des carrières.

— On ne peut pas attendre que ça sèche, dit-il. Va falloir faire gaffe aux flaques.

Ils progressèrent avec précaution, contournant les mares d'eau et posant les pieds en douceur sur le terrain fangeux. Ils longèrent les immeubles en démolition qui bordaient la bretelle d'autoroute et, bientôt, se retrouvèrent en pleine campagne. Les fils de la ligne à haute tension au-dessus de leurs têtes leur indiquaient le chemin à suivre.

Des rubans rouges et blancs, tendus entre des piquets, interdisaient l'entrée des carrières. Ce que précisait une pancarte :

ATTENTION !
DANGER D'ÉBOULEMENT

— Il n'y a pas vraiment de risques, certifia Sébastien. Il paraît même qu'ils veulent s'en servir pour des spectacles ou je ne sais quoi.

— C'est là qu'on serait mal, grommela Samir.

Ils conduisirent Joke dans une immense caverne couleur de craie.

— Tu vas être bien, ici, mon gros, dit Sébastien. On dirait que ça a été construit pour toi.

— Soleil levé, cocorico ! répondit Joke.

— Il en a marre de son costume, traduisit Lulu.

Les garçons possédaient maintenant la technique. Le déshabillage du monstre ne leur prit que quelques secondes.

— On te laisse tes chaussons, le prévint Sébastien. C'est encore mouillé par terre.

Samir se tenait sur le seuil de la caverne. Il examinait les pylônes de la ligne à haute tension.

— Faut que je demande aux cousins ! cria-t-il. Ils sont superbons pour bidouiller les compteurs. Peut-être qu'ils sauraient comment pomper du jus... Aouah !

Joke avait surgi derrière Samir. Lui aussi contemplait les longs fils qui striaient le ciel avec intérêt. Pour ne pas dire avec convoitise.

— Joke, non ! hurla Sébastien.

La créature s'était élancée en direction du plus proche pylône. Elle y grimpa comme un singe. En trois secondes, elle fut perchée tout là-haut.

Les trois enfants levèrent instinctivement le bras pour se protéger les yeux. Jamais soleil aussi éblouissant n'avait illuminé la cité et ses environs.

— Mange pas tout ! lui cria Lulu. Tu vas éclater !

CHAPITRE VI

LES BONNES VIEILLES MÉTHODES

La minuscule Mme Lescure buvait son café à toutes petites gorgées en faisant de tout petits gestes.

— Il m'est arrivé de le défendre, dit-elle à Nadia, mais là, je vous donne entièrement raison. Trop c'est trop. Ce Samir passe les bornes.

— Z'ai failli lui fracasser la tête avec ma règle, raconta Nadia.

Elle écarta son gobelet en plastique encore à demi plein et se leva.

— Ils ont un portable mais on ne sait même pas s'il y a quelque chose dans l'assiette pour le dîner, commenta la prof de maths.

— Ze ne me fais pas de souci pour ça, madame Lescure. Samir sait se débrouiller.

Nadia traversa la salle des professeurs pour aller prendre des documents dans son casier. Là, posée sur ses affaires, elle trouva une enveloppe blanche. Elle l'ouvrit et lut les quelques mots rédigés à la main sur un carton blanc.

Je crois que je vous dois des excuses pour l'autre jour. Aurez-vous l'indulgence de me donner une chance de vous les présenter ? Pourquoi pas devant une pizza ?

Albert (l'homme que vous avez voulu dissoudre dans l'acide)

Suivaient les dix chiffres de son numéro de portable.

— Une pizza ! Quel minable !

— Un problème, Nadia ? lui demanda Mme Lescure.

— Non, non, rien.

Nadia fourra le petit mot dans la poche de sa veste, sans

comprendre pourquoi elle n'en faisait pas des confettis. Puis elle prit ses dossiers et rentra chez elle.

Le renfort promis par la MC était arrivé depuis quelques heures et, déjà, Klaus regrettait de n'être pas resté seul. Il s'attendait à recevoir l'aide d'un homme aguerri, susceptible de le seconder dans l'action. On lui avait envoyé un type chevelu, mou, gras et sale. Dès que Klaus avait vu Eddie, il avait détesté ce vieil adolescent en chemise à carreaux mal boutonnée et baskets délacées.

Un technicien, lui avait-on annoncé.

Eddie et lui se tenaient à l'arrière d'un véhicule évoquant un car-régie de télévision, avec ses écrans, ses manettes et son antenne parabolique sur le toit. De quoi attirer comme des mouches tous les mômes de la cité.

Eddie lui faisait un cours, parlant comme s'il s'adressait à un débutant.

— Je vais vous montrer comment on retrouve un portable. Vous allez voir, dans cinq minutes, on sait où il est.

Klaus émit un petit bruit de mépris.

— Samir Ben Azet. Treize ans. Élève de 5e 6. Parents alcooliques. Bâtiment les Colibris. 1er étage. Tu crois peut-être que je t'ai attendu, mon gars ?

— Félicitations, monsieur Klaus, répondit le jeune homme d'un ton d'autant plus horripilant qu'il était respectueux. OK, Samir Ben Azet. Dans cinq minutes, je vous dis dans quelle poche il le met.

Klaus haussa les épaules d'un air incrédule.

— Et je vous raconte tout ce qu'il a fait depuis deux jours, ajouta Eddie.

Sur un écran s'affichait un plan de la cité des Quatre-Cents vue de haut. Une petite croix clignotait. Eddie devait s'imaginer qu'il pilotait un avion et qu'il allait dégommer la grande barre des Colibris.

— Les portables émettent en permanence, même quand ils sont éteints, expliqua-t-il. Les bornes reçoivent le signal et le transmettent à France Télécom, qui archive ces données pendant un an.

— Et toi ? demanda Klaus.

Eddie tapota sa console en riant.

— Moi, j'ai accès à tout. Je peux vous dire où se trouve notre ami Samir en ce moment, je peux vous dire où il était hier à 16 h 30, s'il a téléphoné, s'il a reçu des appels, etc.

Le jeune homme composa sur son clavier le numéro du portable dérobé au malheureux Sven. L'image zooma sur un quartier de la ville. Surpris, Klaus la vit s'écarter des grands immeubles de la cité, dériver vers le nord, en direction de la gare RER.

— C'est pas par là, remarqua Klaus. Les Colibris, ce n'est pas dans ce secteur.

— Le gosse a le droit de sortir de chez lui.

Klaus voyait grossir sur l'écran une zone de rues résidentielles, composée de coquets pavillons et de petits immeubles. Dans son esprit, ça ne cadrait pas. Pour lui, un Ben Azet n'avait rien à faire par là. Mais Eddie était un simple technicien. Il ne réfléchissait pas. Il se fiait aux informations qu'il recevait, un point c'est tout.

— Rue Frédéric-Mistral, annonça le jeune homme.

L'image se précisa encore.

— Voilà. On y est. Numéro 28.

— Et alors ? bougonna Klaus. On est bien avancé.

Une série de noms s'afficha sur l'écran.

— La liste des locataires, dit Eddie. Il y en a huit. Je fais le numéro du portable ?

— Inutile, certifia Klaus. Le gosse ne répond jamais.

Eddie ne se laissa pas décourager. À la troisième sonnerie, l'appel fut accepté.

— Allô ?

Une voix féminine. Eddie fit signe à Klaus qu'il pouvait parler dans le micro placé devant lui. Mais l'albinos était pris au dépourvu.

— Je... euh... bredouilla-t-il, j'ai dû faire une erreur...

— Monsieur Ben Azet ? dit la voix.

— Ben Azet, répéta Klaus, de plus en plus déconcerté.

Il n'eut pas besoin d'en dire plus. Son interlocutrice démarra au quart de tour.

— Ze suis désolée, monsieur Ben Azet, mais vous comprenez, les portables sont interdits dans l'enceinte de l'établissement. Ze crois qu'il fallait donner une petite leçon à Samir mais ze ne voudrais pas que vous pensiez... Z'ai cours avec les 5e 6 demain matin... Ze vais rendre votre téléphone à Samir, bien entendu ! Si vous pouviez veiller à ce qu'il ne l'apporte plus en classe... Z'espère que vous ne m'en voulez pas... c'est le règlement... Monsieur Ben Azet ?

— Euh, oui...

Il y eut un moment de flottement dans le studio ambulant.

— Non, attendez ! s'écria Klaus. Je ne connais même pas votre nom.

— Mademoiselle Martin. La prof de SVT, dit Nadia d'un ton surpris. Samir ne vous a pas dit ?

— Si, bien sûr. Écoutez, mademoiselle Martin, j'ai un besoin urgent de ce téléphone. Mais je ne veux surtout pas vous déranger.

Est-ce que vous pouvez vous trouver en bas de chez vous dans une dizaine de minutes ?

— Euh... mais... oui, enfin... oui. D'accord.

Klaus jeta un regard triomphant au jeune Eddie.

— Tu vois, mon garçon, lui dit-il d'un ton indulgent, toute cette belle technique, ça ne sert pas à grand-chose. Dans dix minutes, cette demoiselle nous rendra gentiment le portable. Si je t'avais laissé faire, on serait encore en train d'écouter un de tes foutus satellites, hein ? Les bonnes vieilles méthodes, Eddie. Allez, prends le volant.

Eddie le regardait bizarrement.

— Excusez-moi, monsieur Klaus...

— Quoi ?

— Je crois qu'elle ne vous a pas donné son adresse.

— Mais on l'a ! Rue Frédéric-Mistral. C'est toi qui l'as trouvée. Tu vois, je suis beau joueur, je le reconnais.

— Je le sais bien qu'on l'a. Mais elle ne vous l'a pas donnée.

Klaus avait le teint si pâle qu'il ne pouvait blêmir davantage.

— Je lui dirai que j'ai trouvé son adresse dans l'annuaire ! cria-t-il. Tu m'exaspères à la fin ! Démarre !

Eddie se mit à rouler tout doucement, comme s'il craignait de perdre le fil de ses pensées.

— Elle risque de se méfier, déclara-t-il. Déjà que vous ne connaissiez pas son nom.

— Accélère, bon sang !

Eddie appuya un peu plus fort sur la pédale. À peine.

— C'est arabe, ça, Ben Azet, dit-il. Elle a dû penser que vous n'aviez pas beaucoup d'accent.

— Et alors ? Il y a des Arabes qui s'expriment très correctement. Je te préviens, on n'aime pas trop les racistes, à la MC.

Eddie hocha la tête en signe d'apaisement. Ce qui ne l'empêcha pas de revenir à la charge :

— Et quand elle vous verra ? Est-ce que c'est raciste de dire que vous n'avez pas tellement l'air arabe ?

Klaus adressa au gamin un sourire mauvais.

— T'as rien remarqué ? Les albinos arabes sont aussi blancs que les albinos suédois ou brésiliens. Roule !

Cette fois, Eddie accéléra. Il laissa s'écouler une longue minute avant de lâcher :

— En général, les profs rencontrent les parents d'élèves. Je me demande si elle va vous reconnaître.

Nadia éclata de rire, toute seule sur le trottoir, devant le 28 de la rue Frédéric-Mistral.

— Quelle idiote ! Z'ai oublié de lui donner mon adresse.

Que faire ? Le malheureux Ben Azet pouvait sillonner la ville pendant trois jours avant de la dénicher.

— Si ça se trouve, il n'ose pas rappeler.

Au téléphone, le père de Samir lui avait fait plutôt bonne impression. Pourtant, les informations qui circulaient au collège à propos de la famille Ben Azet n'étaient pas fameuses.

Nadia contemplait le portable avec embarras. Un appareil comme celui-là devait coûter une petite fortune. Elle eut soudain une inspiration. Après quelques essais infructueux, elle trouva la bonne touche, celle qui affichait le répertoire où le propriétaire du téléphone enregistre les numéros de ses correspondants habituels. Souvent, les gens y mémorisent le numéro de leur propre domicile. Nadia appuya deux fois sur la touche *abc*, pour obtenir les *B*, puis fit défiler les noms.

Rien. Pas le moindre Ben. Mais d'autres noms. Nombreux. De toute sorte. Étranges. Certains à consonance germanique, d'autres anglo-saxonne. Sans comprendre pourquoi, Nadia se sentit mal à l'aise. Apparemment, M. Ben Azet avait des tas de relations. Vaguement honteuse de se montrer aussi curieuse, elle continua de passer l'annuaire en revue. Elle vit s'inscrire des noms chinois, japonais, indiens...

— Mais non ! s'exclama-t-elle. Azet ! Il faut regarder à la lettre A !

Elle pressa la touche *abc*, une seule fois, pour obtenir la liste des noms commençant par *A*. Le premier nom qui s'inscrivit sur le petit écran lui était familier. Albert.

— Ça c'est drôle !

Et alors ? Les Ben Azet pouvaient bien fréquenter un Albert. Nadia lut le numéro, fronça les sourcils.

Le petit carton blanc se trouvait toujours dans sa poche. Elle y jeta un coup d'œil. Frémit. Le numéro était le même. Quel lien pouvait-il bien y avoir entre ce satané Albert et la famille de Samir ?

« La curiosité me perdra, songea-t-elle. Mais je me demande si je n'ai pas une soudaine envie de pizza. »

« Et puis, si Albert connaît M. Ben Azet, il pourra peut-être me donner le numéro de son domicile. Oui, voilà, c'est pour ça que j'appelle », décida fermement Nadia en appuyant sur la touche verte.

Une voix répondit :

— Allô ?

— Excusez-moi de vous déranzer, commença Nadia, mais...

— Qui appelle ? Qui êtes-vous ?

Nadia sursauta. Le ton était brutal, presque haineux.

— Nadia Martin, vous savez, celle qui...

— D'où appelez-vous ? Qu'est-ce que c'est que cet appareil ?

— Z'ai dû faire une erreur, ze...

— Nadia ? C'est vraiment vous ?

— Mais oui, gémit-elle.

Il y eut un silence. Désemparée, Nadia regarda le mini-car qui se garait en face d'elle le long du trottoir.

— Vous utilisez un appareil de la MC, dit la voix. D'où sortez-vous ce putain d'appareil ?

— Ze ne comprends pas. Vous êtes bien... Albert ?

— D'où vient cet appareil ? hurla Albert.

— Il n'est pas à moi. Ze l'ai confisqué à un élève. Ze dois le rendre à son père. Z'ai rendez-vous avec lui.

— Vous délirez ! Nadia, où êtes-vous ?

— Mais... dans la rue. Ze crois que c'est lui. Enfin, eux. Ils sont deux. Ils me regardent.

— Qui ? Vous les connaissez ? Comment sont-ils ?

— Il y a un drôle de type, on dirait... un albinos et l'autre...

— Courez ! cria Albert.

— Comment ?

— Courez, Nadia. Fuyez ! Vite !

C'était fou. C'était absurde. Elle aurait dû éclater de rire. Mais, quand elle vit l'albinos tendre le bras vers elle, Nadia se mit à courir.

Il lui suffit de jeter un regard par-dessus son épaule pour apprendre que les deux hommes la poursuivaient. Mais, quand elle était plus jeune, à peine plus jeune, Nadia avait fini quatrième du championnat d'Ile-de-France du soixante mètres plat.

Dans sa main, le portable ressemblait au témoin qu'on se transmet dans les courses de relais. Mais, sur la piste, les bâtons ne parlent pas. Sans ralentir, elle rapprocha l'appareil de son oreille.

— Nadia, où êtes-vous ? Que se passe-t-il ?

Haletante, elle répondit :

— Rue Frédéric-Mistral. Ze ne les vois plus. Ze crois... ze crois... ils sont retournés au mini-car.

— Continuez. Courez ! Où êtes-vous ?

Nadia bouscula un brave homme qui promenait son chien.

— Ze... z'arrive place Zean-Moulin.

— Je vous rejoins ! cria Albert. Dirigez-vous vers la gare RER. Vous les voyez ?

— Non !

Nadia faillit se faire renverser par un vélomoteur en traversant la place. Un point douloureux commençait à la tenailler du côté de l'aine.

« Mais pourquoi ne suis-ze pas remontée chez moi ? » se demanda-t-elle.

Elle trébucha, se rattrapa au bras d'une grosse dame aux cheveux mauves. Tout le monde la regardait et elle avait horreur de ça.

— Nadia ? Vous les voyez ?

— Non ! Si ! Ils arrivent !

— Prenez la petite rue. À droite.

— Où ça ? Oui, ze vois !

Elle tourna brusquement. Le conducteur du mini-car se laissa surprendre.

— Ze n'en peux plus...

Nadia marcha pendant quelques mètres puis repartit, stimulée par la voix d'Albert.

— Courez ! Courez, Nadia. Je viens vous chercher. Où êtes-vous ?

— C'est... le boulevard.

— Le boulevard du 11-Novembre ?

— Oui...

— Traversez-le. Allez vers la passerelle. Vous les voyez ?

Nadia jeta un regard éperdu derrière elle. L'antenne parabolique émergeait de la circulation. Le mini-car était coincé.

— Ils sont bloqués. Ils... ils montent sur le trottoir.

— Laissez tomber la passerelle. Vers le rond-point, Nadia. Vite !

Elle courut encore, dix mètres, vingt mètres. S'arrêta, pliée en deux. Elle se redressa, se retourna. Les deux hommes avaient quitté leur véhicule et fonçaient dans sa direction en écartant les passants à grands gestes brutaux.

— Albert... Albert !

Ils étaient là. Nadia vit l'albinos glisser la main dans une poche et sut que dans cette poche il y avait une arme.

— Albert ! gémit-elle.

— Nadia !

Elle ne comprit pas tout de suite que la voix n'avait pas surgi du portable.

— Montez, Nadia, dépêchez-vous !

La portière s'était ouverte au milieu de la chaussée, dans un concert de klaxons et de cris de protestation. Nadia bondit, échappant aux bras tendus d'un gros garçon aux longs cheveux gras. Elle s'engouffra dans la voiture.

Albert démarra, poursuivi par une bordée de jurons.

Albert se faufila dans la circulation, silencieux, l'œil rivé au rétroviseur. Près de lui, Nadia cherchait son souffle, incapable de comprendre comment elle pouvait se trouver là, auprès d'un quasi inconnu, poursuivie par deux tueurs.

Albert ne se détendit que quand il eut laissé loin derrière lui les tours de la cité.

— Est-ce que ze n'ai pas droit à une petite explication ? demanda Nadia d'un ton suppliant.

— Je ne suis pas sûr d'avoir bien suivi le film moi-même, avoua Albert. Enfin, le principal, c'est de... merde !

Nadia poussa un cri de terreur. Albert venait de la coller à son siège, en accélérant comme un dément. Cent mètres plus loin, il tourna brusquement dans un chemin défoncé. La petite voiture bondissait de bosses en bosses, éjectant dans les fossés des paquets de boue.

— Ils ont mis les techs sur le coup ! Nadia, le portable !

— Les techs ? Qu'est-ce que... ils nous suivent... ils vont nous...

— Le portable ! hurla Albert.

Nadia le plaça dans la main tendue. Albert ralentit un court instant et balança l'appareil dans une flaque d'eau. Dix secondes plus tard, il prit son propre portable et répéta l'opération.

— Mais qu'est-ce que vous faites ? Vous êtes fou !

— Vous ne comprenez donc rien ? rugit Albert. Ils nous tracent. C'est comme si on avait deux balises dans la voiture.

— Attention ! s'affola Nadia.

À l'autre extrémité, le chemin était fermé par une clôture. Albert fonça, emportant pieux et fils barbelés. À gauche, une route sinueuse les conduisit à travers bois. Deux ou trois kilomètres plus loin, Albert leva le pied.

— Ils ont compris que je m'étais débarrassé de mon portable, déclara-t-il soudain. Ils ont dû abandonner la poursuite...

— Ah ?

Nadia prit une profonde inspiration.

— Albert ?

— Oui ?

— Qu'est-ce qu'il m'arrive ? Ze ne comprends rien...

— Mais c'est plutôt moi qui devrais... comment ce portable est-il tombé entre vos mains, hein ? la pressa Albert.

— Ze vous en prie, ne vous énervez pas...

Il ralentit encore. Puis il choisit un sentier et s'enfonça dans la verdure, roulant jusqu'à une clairière inondée de soleil.

— Nadia, dit-il avec douceur, c'était un appareil de la MC.

— De la MC, répéta-t-elle.

— Il y a un signal qui s'affiche sur l'écran quand l'appel vient de la MC, vous comprenez ?

— Non et ze crois que mon cœur va exploser. Ze n'arrive pas à me calmer. Est-ce qu'ils voulaient me tuer ?

— Mais non. C'est moi qu'ils veulent...

— Vous ? Qui êtes-vous ? Est-ce que vous êtes un criminel ?

Elle frissonna. Albert passa un bras autour de ses épaules.

— Mais vous allez m'expliquer ? demanda Nadia.

Elle leva les yeux. Le visage d'Albert était tout proche.

Au même instant, le mini-car croisait le chemin forestier, poursuivant sa course entre les arbres sur la route asphaltée...

— Toujours rien ? demanda Klaus.

La voix d'Eddie derrière lui répondit :

— On les a perdus. Les portables n'émettent plus.

— Tu vois, la technique ! lança Klaus.

Il ralentit, se gara sur un bas-côté, à l'ombre du petit bois.

— Je croyais qu'elle était infaillible, ta technique, insista Klaus en descendant du véhicule.

— Ils ont compris. Ils ont détruit les appareils. Je ne reçois plus rien.

— Je vais pisser, annonça Klaus en s'enfonçant parmi les taillis.

Une minute plus tard, Eddie le rejoignit dans ce paisible décor de buissons, de hautes fougères et de ronces.

— Une antenne sur le toit, pesta Klaus en reboutonnant sa braguette. Pourquoi pas une sirène ? Moi, je serais arrivé discrètement et la petite demoiselle m'aurait donné gentiment son portable. Les bonnes vieilles méthodes, mon garçon, les bonnes vieilles méthodes.

— Je crois qu'elles ont échoué, monsieur Klaus, répondit poliment Eddie. Nous pensons qu'elles ont fait leur temps.

— Elles ont quoi ?

Klaus se retourna brusquement. Le jeune Eddie tenait une arme braquée sur lui.

— Nous pensons ? répéta Klaus d'une voix chevrotante. Qui ça, nous ?

— Vous êtes grillé, monsieur Klaus. Toute la cité vous a repéré. Excusez-moi, monsieur Klaus. J'ai des ordres. Je suis vraiment désolé.

Eddie tira deux fois. Puis il songea : « C'est la mort qu'il aurait souhaitée. Pan ! pan ! La bonne vieille méthode. »

Nadia repoussa Albert d'un geste brusque.

— Qu'est-ce que c'est ? Vous avez entendu ?

— Des chasseurs, dit Albert.
— Z'ai horreur des chasseurs.
— Moi aussi, dit Albert.

Il se serra de nouveau contre Nadia, comme s'il cherchait à se rassurer. Puis il lui murmura à l'oreille :

— Ma chérie, tu n'aurais pas quelques pièces de monnaie ?
— Ze... des pièces ? Oui... Pourquoi ?
— Il faut qu'on passe à la station de lavage. Je n'ai pas de voiture, tu comprends. Celle-là, j'ai dû l'emprunter et elle est toute boueuse. Ça m'ennuie de la rendre dans cet état.
— C'est bien ce que ze pensais, regretta Nadia, vous êtes un voyou.

CHAPITRE VII

LES MAMANS SONT À LA FÊTE

Mme Badach riait encore toute seule dans sa cuisine en repensant aux enfants déguisés. Pour élever ses sept garçons, Emmé avait dû parfois faire la grosse voix ou les gros yeux. Mais au fond, elle aimait les fêtes, les farces et les douceurs. Le thé à la menthe fumait dans son petit verre quand on sonna à la porte. Emmé se réjouit en s'essuyant les mains sur son tablier. Quelqu'un s'invitait ! Elle posa l'assiette de gâteaux sur la table et courut ouvrir.

— *Macha Allah !*

L'émotion fut si forte que Mme Badach dut se retenir à la porte pour ne pas tomber.

— Haziz !

C'était le fils qui avait fait des bêtises dans la cité, celui que les gendarmes avaient emmené pour un misérable trafic de mobs. Le fils tant aimé qui n'avait plus reparu. Emmé effleura son blouson du bout des doigts. Un beau blouson de cuir.

— Papa est là ? demanda craintivement Haziz.

Haziz était un solide gaillard, à présent. Mais il se souvenait des raclées paternelles. Emmé secoua la tête puis lissa du plat de la main le blouson de marque.

— Ti es bien habillé, dit-elle alors que son cœur hurlait : « Haziz, mon fils, ma lumière ! »

— Ouais, ça va, dit le jeune homme en entrant.

De son regard sautillant, il fouilla la pièce. Il avait toujours son air de fuite et d'inquiétude, les mains dans les poches et les épaules rentrées. L'odeur familière du thé à la menthe lui parvint et un bref sourire détendit son visage tout en os et en bosses.

— J'ai un boulot, maintenant, dit-il en se redressant.

— Ci bien, mon fils.

Il piratait des logiciels, gravait des CD, faisait tout un petit trafic dans une cité voisine.

— Dans l'informatique, ajouta-t-il.

— Ci bien, ça, approuva encore Emmé.

Ils étaient entrés dans la cuisine. Haziz vit les gâteaux sur l'assiette et toute son enfance lui revint en plein cœur.

— Emmé...

Haziz ne trouvait pas les mots. Les keufs, les teufs, les meufs, toutes ces conneries. Voler, mentir, se cacher, ça n'était pas une vie. Une vie d'homme qu'on peut raconter à sa mère.

— Je te demande pardon, dit Haziz, si bas qu'il fallait le cœur d'une maman pour entendre.

— Ci Allah qui pardonne, répondit Emmé.

Puis apparut sur son visage le plus merveilleux sourire que Dieu ait jamais dessiné.

— Ji t'aime, mon fils. Assis-toi.

Et sans rien dire de tous ces jours à l'attendre, de toutes ces nuits à le pleurer, Emmé lui servit le thé.

— Majid est pas là ? demanda Haziz.

Il n'avait pas oublié le petit frère. Un malin, haut comme trois pommes.

— Il va rentrer, répondit Mme Badach. Il va être si content.

— Ouais, mais je peux pas attendre... trop.

Haziz ne voulait pas voir son père. Heureusement, Majid ne tarda pas et il fut en effet très content. Les deux frères se tapèrent dans la paume des mains avec enthousiasme, à grand renfort de « Alors, ça va ? Qu'est-ce tu deviens ? » Haziz fut très fier d'annoncer à son jeune frère qu'il allait organiser un grand tournoi de jeux vidéo, sponsorisé par Mondiorama. Tout un week-end pour se massacrer sur *Counter-strike*.

— *Cyberstation* nous prête trente ordis, expliqua Haziz. Les joueurs qui peuvent amènent le leur. On va tout mettre en réseau. Y aura un écran géant pour suivre les parties, un bar, des merguez. On pourra dormir sur place. La totale.

Majid écarquillait de grands yeux en s'extasiant : « Génial, génial ! »

— Ça va super intéresser mon prof de français, ajouta-t-il.

Haziz lui jeta un regard méfiant. Depuis quand fayotait-il, celui-là ?

— Tu ferais mieux de prévenir les cousins de Samir, le rembarra-t-il.

Emmé fronça les sourcils, mécontente. Miloud et Rachid avaient très mauvaise réputation dans la cité. Mais Haziz lui expliqua que des mecs comme ça, ils valaient mieux les avoir avec soi que contre.

— Autrement, ils nous mettront le souk.

— Ci où, ta méga teuf ? demanda encore Mme Badach.

— On a trouvé un endroit super, répondit Haziz. Les carrières !

Tandis que Mme Badach récupérait son fils perdu, Mme de Molenne s'apprêtait à retrouver le sien. Chez sa sœur, elle avait pris une brusque décision. Son appartement était hanté, elle allait déménager. Elle avait hâte d'annoncer la nouvelle à Jean-Hugues.

De son côté, Jean-Hugues se préparait à une seconde rencontre avec Natacha. Un pistolet à eau dans la poche, il se mit devant son clavier d'ordinateur, tapa successivement ALIAS puis CALIMÉRO et se recula. Comme la fois précédente, l'hologramme fut projeté dans la pièce. Mais quand le quadrillage eut disparu, Natacha parut plus dense et plus opaque. Plus matérielle. Ses vêtements, un débardeur trop court et un mini-short, adhéraient à son corps comme une seconde peau. À sa ceinture, pendaient une dizaine de petites gourdes. Le dégom-laser semblait le prolongement naturel de son bras.

Dès que le faisceau lumineux l'eut libérée, Natacha se retourna lentement. Elle vit Jean-Hugues et récita :

— Caliméro est notre allié.

Le jeune homme se contenta d'un petit signe de tête. Il gardait les mains dans les poches.

— Je viens détruire MC, ajouta la guerrière.

Jean-Hugues se demanda s'il avait bien entendu. Pourquoi, dans un jeu produit par MC, un robot parlait-il de détruire MC ?

— C'est ta mission ? interrogea Jean-Hugues, sans trop savoir dans quelle mesure l'ordinateur pouvait interpréter ses paroles.

— Ma mission, récita Natacha, est de détruire MC.

Pwijj, pwijj, deux traits blanc-bleu partirent du dégom-laser, l'un frappant le boîtier d'un disque de MC Solaar, l'autre une canette vide de Mondial Cola.

— Bon, on s'en tient là, fit Jean-Hugues, le poing droit crispé sur le revolver à eau, au fond de sa poche.

— Maître, maître ! appela Natacha. MC a une armure d'invincibilité. Il me faut une arme surpuissante.

Pwijj, Natacha fit un dernier essai, au hasard, et troua un livre.

— Le maître, ici, c'est moi ! s'écria Jean-Hugues. Et tu arrêtes de m'esquinter mes affaires !

Il regretta aussitôt son mouvement d'humeur. Natacha était agressive. Il avait tort de l'oublier. La guerrière s'avança vers lui, une lumière inquiétante au fond de ses yeux verts.

— Attends, je suis ton allié. Caliméro est ton allié !

— Caliméro est notre allié, récita Natacha, à l'arrêt.

Dans le jeu, elle avait un QI haut de gamme. Dans le réel, elle avait l'air un peu bas de plafond.

— Pourquoi veux-tu détruire MC ? la questionna Jean-Hugues.

— C'est ma mission.

On tournait en rond.

— Ton maître, c'est Alias ?

— Le Maître des golems s'appelle Alias. Caliméro est notre allié. Ma mission est de détruire MC.

— Au moins, ça résume bien la situation, marmonna Jean-Hugues.

Le bruit qu'il entendit alors le fit tressaillir et blêmir à la fois. C'était la porte d'entrée.

— Jean-Hugues ! appela Mme de Molenne. C'est moi. Je suis rentrée plus tôt que prévu... Jean-Hugues ?

— Oui, oui, répondit-il à travers la porte, complètement paralysé.

Il ne pouvait pas montrer Natacha à sa mère. Elle allait paniquer. Mais il ne pouvait pas non plus détruire Natacha. Il se souvenait du sinistre avertissement de l'ordinateur. « Nombre de vies restantes : 4. » Que se passerait-il, une fois les vies consommées ?

Jean-Hugues s'approcha de Natacha et faillit poser la main sur son bras. À la dernière seconde, il la laissa en suspens.

— Écoute-moi, Natacha. Je dois partir en mission. Ne bouge pas d'ici.

Que pouvait-elle réellement comprendre ?

— Tu changes de niveau ? dit-elle.

— C'est ça, je change de niveau, articula Jean-Hugues. Je vais te chercher une arme plus puissante et, après, on détruira MC.

— C'est ma mission, approuva Natacha.

Incroyable, ce quasi-dialogue avec un robot !

— Jean-Hugues ? appela Mme de Molenne.

Le jeune homme s'éloigna de Natacha à reculons, murmurant une dernière fois : « Ne bouge pas. » Puis, très vite, il fit demi-tour, ouvrit et ferma la porte de son bureau.

— Tu étais en train de jouer, je parie ? lui dit sa mère, en secouant la tête avec indulgence.

— Hein, oui, jouer, bégaya Jean-Hugues.

— Si tu voyais dans quel état ça te met...

Mme de Molenne soupira. Elle-même ne se sentait pas très bien depuis qu'elle avait remis les pieds dans cet appartement. Elle alla vers la fenêtre et en tira les rideaux. Elle se retourna vers son fils.

— Un peu de lumi...

Incapable de poursuivre, elle resta, la bouche ouverte, à contempler quelque chose dans le dos de Jean-Hugues. Le jeune homme se douta de ce qui se passait. Pourtant, il n'avait pas entendu s'ouvrir la porte de son bureau. Mais, dans le jeu vidéo, il avait gagné à Natacha le pouvoir de traverser les cloisons. Il tourna la tête et aperçut la golémette en short et débardeur, les jambes écartées et les poings sur les hanches. Difficile de la faire passer pour une prof, même de gym.

— Ah oui ! dit-il sur le ton de celui qui répare une boulette. J'ai oublié de te prévenir que j'avais invité une amie. C'est Naaaa...

Sa voix chevrota. Il flanchait. Il toussota et se reprit :

— Natacha Durand.

Mme de Molenne, revenue de son saisissement, lâcha un profond soupir et voulut se montrer mondaine.

— Enchantée, mademoiselle...

Elle s'avança vers Natacha, la main tendue.

— Non ! hurla Jean-Hugues en mettant son bras devant Natacha. Elle est élec... elle est contagieuse.

— Contagieuse, répéta Mme de Molenne.

Sidérée, elle examinait les formes rebondies de la jeune fille. Elle paraissait en pleine santé. Mais elle avait un air bizarre, comme absent. Et qu'avait-elle dans son dos ?

— Elle est contagieuse, confirma Jean-Hugues.

Il ouvrit la porte de son bureau et ordonna :

— Viens, Natacha.

La golémette le regarda sans bouger. L'ordre semblait ne rien signifier pour elle.

— Viens avec Caliméro, articula Jean-Hugues, en jetant un regard ennuyé vers sa mère.

— Caliméro est notre allié, répondit Natacha en obtempérant.

Jean-Hugues disparut avec elle dans le bureau, laissant sa mère totalement abasourdie. Qu'est-ce que c'était que cette... Mme de Molenne hésitait entre « fille » et « chose ». Elle frissonna. Dans le dos de cette... créature, elle avait vu, clairement vu, une arme monstrueuse.

De l'autre côté de la porte, Jean-Hugues dut se raccrocher à son fauteuil. Ses jambes se dérobaient sous lui.

— Il y a combien de niveaux à la MC ? fit soudain Natacha.

Une nuance d'étonnement perçait à présent dans sa voix de mauvaise actrice, comme dans celle du dormeur au sortir d'un rêve.

— Ce n'est pas la MC, ici. C'est mon appartement, un F4 pour être précis, répondit Jean-Hugues, sans avoir le moindre espoir d'être compris.

— La MC, c'est l'autre côté, récita Natacha.

— L'autre côté de quoi ? s'énerva Jean-Hugues. L'autre côté de l'ordinateur ? Ici, c'est le réel. Moi, j'existe. Toi, pas.

Pur défoulement. Mais, de temps en temps, ça faisait du bien de remettre les choses en place. *Pwijj*. Un trait de dégom-laser vint frapper Jean-Hugues à l'épaule.

— Mais putain ! rugit-il, portant la main à sa nouvelle blessure.

Natacha le regardait. Lentement, lentement, un sourire ouvrit son visage inexpressif. Un robot, ça ?

— Natacha, murmura Jean-Hugues.

Des larmes de douleur lui brouillèrent la vue. La sensation de brûlure était bien plus forte et profonde que la première fois, comme si tout s'intensifiait. Une larme roula sur sa joue. Intriguée, Natacha s'approcha. L'eau l'attirait. Elle leva la main.

— Non, supplia le jeune homme.

La terreur le paralysait. La terreur et le désir. Qu'elle le touche. Qu'il sache. Lui ferait-elle le même effet que Joke ? Natacha posa la main sur la joue humide. Jean-Hugues eut l'impression qu'une grenade explosait dans sa tête. Il se trouva projeté contre un mur. Quand il reprit ses esprits, ce fut pour constater que Natacha s'était volatilisée. Le bruit de la machine à écrire se fit entendre et un message s'afficha sur l'écran de l'ordinateur.

```
Golem Natacha
Taille : à l'échelle
Motricité : bonne
Vision : bonne
Sensation : médiocre
Matérialisation : bonne
Armement : médiocre
Armure d'invincibilité : inopérante
Nombre de vies restantes : 3
```

— Connard, maugréa Caliméro à l'adresse de son ordinateur.

Quand Jean-Hugues avait refermé la porte sur son étrange petite amie, Mme de Molenne s'était un instant demandé si elle ne devait pas appeler Police Secours. Puis elle avait supposé que cette jeune... personne s'était déguisée ou participait à l'un de ces fameux jeux de rôle où l'on incarne un héros. Cette dernière hypothèse la séduisit particulièrement car elle se souvenait du message signé Natacha, qui disait : « Joue avec moi. Je t'attends. » Bref, ayant trouvé quelques explications à son angoisse, Mme de Molenne alla préparer le repas.

D'habitude, la cuisine était pour elle un lieu de sérénité. Mais cette fois-ci, il lui fut impossible de se détendre. Même l'épluchage des carottes qui lui était d'ordinaire si bénéfique ne lui apporta aucun soulagement. Était-ce de savoir cette Natacha dans le bureau, voire dans la chambre de Jean-Hugues ? Mme de Molenne s'était pourtant rassurée à son sujet. Natacha était une toute jeune fille travaillée par des fantasmes guerriers. L'arme qui lui barrait le dos ne ressemblait à aucun modèle réel. C'était un jouet, bien évidemment.

En se baissant pour prendre l'huile dans un placard, Mme de Molenne comprit pourquoi elle était oppressée. L'odeur ! Elle plissa le nez pour mieux la humer. C'était l'odeur qui imprégnait le bureau de Jean-Hugues, un mélange de soufre et de brûlé. Mme de Molenne allait se redresser lorsqu'elle aperçut la bête tapie derrière les cornichons. Elle poussa un hurlement et lâcha l'huile.

Tout d'abord, Bubulle s'aplatit dans l'espoir d'échapper à la boss. Mais rien à faire. Elle avait attrapé son arme à poils durs et la propulsait vers lui en faisant : « *Pschui*, allez, ouste ! » Bubulle déplia ses petites ailes et voleta au-dessus de la mare d'huile.

— Jean-Hugues ! appela Mme de Molenne, maniant toujours le balai. Allez, *pschui* !

Bubulle aperçut une planque dans le décor, un trou noir dans lequel il s'engouffra. Mme de Molenne poussa un cri de rage victorieuse et ferma la porte du micro-ondes. Puis, dans un mouvement réflexe, elle le mit en marche.

— Jean-Hugues ! hurla-t-elle.

Jean-Hugues se remettait tout juste du contact avec la très électrique Natacha.

— Mais quoi encore ? s'écria-t-il.

Il courut à la cuisine. Il y vit le micro-ondes tout pétaradant d'étincelles dont sa mère semblait attendre le décollage.

— Non, non ! cria-t-elle à son fils. N'approche pas, ça va exploser !

Depuis quelques heures, Jean-Hugues n'avait plus la notion du danger. Il se jeta sur l'appareil et l'arrêta. La porte s'entrouvrit et Jean-Hugues aperçut ce qui venait de cuire.

— Bubulle...

— Comment ? Tu le connais ? fit Mme de Molenne.

— Mais pourquoi tu le fais cuire ?

La mère et le fils échangèrent un regard où le reproche le disputait à l'incompréhension.

— Ferme la porte, gémit Mme de Molenne. Il va s'enfuir...

— S'enfuir ?

La cuisson au micro-ondes avait bien réussi à Bubulle, que Jean-Hugues prit un instant pour un jouet en plastique. Mais le courant d'air de la porte entrebâillée vint chatouiller le museau du dragon : il en sortit un petit *tffmm*, entre crachouillis et éternuement. Jean-Hugues repoussa la porte à deux mains et s'appuya au micro-ondes. Ce n'était pas possible. Après Joke, après Natacha, Bubulle ! Jean-Hugues fit brusquement face à sa mère.

— Ah oui ! dit-il, sur le ton du jeune homme décidément étourdi. J'ai oublié de te signaler que j'avais confisqué ce dragon de Sumatra à un de mes élèves. Il l'avait amené en classe. Tu le connais, d'ailleurs : Samir Ben Azet. Tu sais, ils font tout un commerce de bêtes exotiques en banlieue.

Incrédule, Mme de Molenne répétait tantôt un mot, tantôt un autre : Sumatra, Ben Azet...

— Il y en a qui apprivoisent des mygales ou des boas. Ça se revend à des collectionneurs, paraît-il. Mais c'est illégal. Ça, c'est une espèce très rare de lézard.

— Mais... il a des ailes, protesta faiblement Mme de Molenne.

— C'est ce qui fait sa rareté, répondit Jean-Hugues. Il n'en reste plus qu'une vingtaine de couples. C'est une espèce protégée.

Il donna le coup de grâce à sa mère en ajoutant d'un air détaché :

— D'ailleurs, fais-moi penser à appeler un zoo...

Il allait quitter la cuisine quand sa mère le rappela :

— Jean-Hugues, on ne peut pas le laisser au micro-ondes !

— Tu as quelque chose à cuire ? Écoute, je vais aller lui acheter une petite cage. Surtout, tu n'y touches pas, hein ? Tu le laisses où il est.

— Mais, Jean-Hugues, implora Mme de Molenne, il va mourir asphyxié.

— Non, décida Jean-Hugues, les dragons de Sumatra ont une petite poche d'air sous le cou. Un peu comme une bonbonne d'oxygène. C'est très curieux.

Il fit un nouveau pas vers la porte puis se ravisa :

— Surtout, tu n'y touches pas. Quand il a peur, il crache une sorte de venin.

Il sourit à sa mère et répéta :

— C'est très curieux.

La dinguerie de sa vie en avait fait un autre homme. Il planait.

— Ah oui ! fit-il, toujours sur le ton du garçon oublieux. Natacha te prie de l'excuser. Elle a dû partir un peu vite...

CHAPITRE VIII

LIFE IS MC

Pour une fois, Majid avait hâte d'être au collège, hâte d'annoncer à Jean-Hugues que son grand frère Haziz était l'organisateur de la Mondial Aréna. La gloire pour les Badach jusqu'à la troisième génération ! Dans la cour, Majid fut accueilli par un Mamadou radieux :

— Le prof de céfran est absent. Deux heures qui sautent.

Majid se renfrogna. À qui annoncer la bonne nouvelle, à présent ?

— Samir ! Oh, Samir, tu sais quoi ?

Samir recula d'un pas. Depuis quelque temps, il se méfiait de cette phrase-là. Mais il se rassura bien vite et, même, il s'enthousiasma :

— Aouah, la Mondial Aréna ! C'est de la bombe, ça !

Majid se rengorgea.

— Et c'est où qu'est-ce ?

— Dans la carrière, répondit Majid avec un grand sourire.

— La ca... la ca...

La carrière ? L'émotion plia Samir en deux comme s'il venait de se prendre un coup de poing dans l'estomac.

— Là où que c'est abandonné, insista Majid, un peu inquiet.

— La ca... La ca...

La cata.

À la fin des cours, les deux garçons se précipitèrent vers les carrières. Samir râlait tout en courant :

— Sur la tête du Coran, il a de ces idées, ton frère. Joke dans une aréna ! Et y en aura beaucoup des keums ?

— Cent, deux cents, je sais pas... Mais c'est pas la faute à Haziz ! Si j'aurais su que vous aviez déménagé Joke !

Ils ralentirent en arrivant à la première banderole : « Bienvenue à la Mondial Aréna ! » D'autres calicots proclamaient : *Life is MC !* Des ouvriers étaient en train de dresser une vaste tente militaire où les joueurs pourraient dormir, la nuit suivante.

— Là, on est mal, murmura Samir.

Il n'était même pas question de revenir chercher Joke le soir tombé. Un camion avait déjà apporté des amplis, des ordis et des câbles. Deux vigiles du magasin Mondiorama montaient la garde avec leur chien-loup.

Le gérant de Mondiorama, M. Bernard Martin-Weber, était dans tous ses états. Avec le sponsoring de la Mondial Aréna, il allait frapper un grand coup. Il avait prévenu la presse et invité l'adjoint à la culture. La MC avait analysé la situation aux Quatre-Cents. La population était jeune. Il fallait faire jeune. Bernard Martin-Weber (BMW pour faire court) avait donc troqué son costume à rayures pour un jean-baskets. Il venait d'enfiler le t-shirt noir frappé du slogan *Life is MC* et il hésitait devant la glace.

— À ton avis, demanda-t-il à sa maîtresse, avachie derrière lui sur un canapé, je mets la casquette ou pas ?

Son épouse l'avait déjà découragé. Mais deux avis valaient mieux qu'un.

— On s'en bat, fit la jeune femme qui se mangeait les peaux autour des ongles avec hargne.

— Je la mets, interpréta BMW. Mais la visière, derrière ou sur le côté ?

— Je t'ai dit, on s'en bat.

— Derrière. Bon.

BMW s'admira un instant dans le miroir. Pas à dire, ça le rajeunissait.

La Mondial Aréna devait débuter à 14 heures. Haziz avait réussi à embaucher Miloud et Rachid, les cousins de Samir, pour filtrer les entrées.

— Attention, les prévint Haziz, vous laissez passer que les mecs qui ont le t-shirt MC.

— C'est quoi, cette guignolade ? demanda aimablement Miloud.

— Le t-shirt, ça veut dire qu'ils ont payé l'entrée.

Les cousins ricanèrent et Rachid donna une tape sur le ventre de Haziz.

— T'en fais pas que nos potes, c'est les fils à Gratos.

Haziz fit la grimace et désigna de la tête les vigiles au chien-loup.

— Vous vous expliquerez avec eux, dit-il en s'éloignant.

Finalement, embaucher les cousins de Samir, ça n'était peut-être pas l'idée du siècle.

Les joueurs commençaient à arriver et à déballer leur matos. Les clans se regroupaient : les Bourrins, les Goofy, les 400... Quelques vannes fusaient sur le passage de l'un ou de l'autre.

— Tiens, Spam, ce gros tricheux, tu viens encore ghoster ?

— Tu vas voir la tôlée que je vais te mettre, Mickey, tu vas pas comprendre !

Dans la plus grande excavation de la carrière, les ordinateurs avaient été installés sur des tables à tréteaux. Des dizaines d'écrans scintillaient dans la pénombre et des paquets de câbles, aussi enchevêtrés que des platées de spaghettis, jonchaient traîtreusement le sol. Le podium de Mondiorama était juste achevé et, bien que ce ne fût pas encore l'heure des premiers duels sur Counter-strike, BMW décida de chauffer l'ambiance. Se mettant en plein sous les spots, il attrapa le micro et tonitrua :

— Mondiorama est heureux de vous accueillir à la Mondial Aréna ! Quarante-huit heures de jeu non-stop avec la possibilité de se restaurer sur place grâce à Mondial Cola et aux pizza Mondialissimo. N'oubliez pas de venir visiter notre stand. Vous pourrez y découvrir les dernières nouveautés MC en matière de vidéo et d'informatique et vous repartirez avec le pot de pâte à prout souvenir !

Haziz, accroupi près d'une table, était en train d'effectuer les derniers branchements. Il se redressa lentement, la mine catastrophée. Les joueurs présents dans l'immense caverne n'en croyaient pas leurs oreilles. BMW, avec sa casquette tournée à l'envers et sa voix de gommeux de supermarché, vantait les charmes du Mondiorama rénové, en-tiè-re-ment modernisé, le Mondiorama que méritaient les Quatre-Cents !

— Mais tu te crois où, le comique ? lui lança Spam. Tu vas pas nous vénère tout le week-end, non ?

Majid venait d'entrer dans la caverne, l'air aussi sombre que son t-shirt. S'il avait été dans son état normal, il se serait rué sur les ordinateurs ou même sur la pâte à prout souvenir. Mais là, il ne pensait qu'à Joke, enfoncé dans les profondeurs des carrières. En principe, l'ectoplasme électrique (comme l'appelait toujours Sébastien) restait tranquillement là où on le mettait. Mais il risquait d'être attiré par toute l'électricité que dégageait la Mondial Aréna.

— Des céréales Mondior au vélocross Mondiosport, du portable MC dernier cri à la console MC dernier modèle, continuait BMW déchaîné, il y a tout ce que vous voulez à Mondiorama. Oui, vraiment, *life is MC* !

Les joueurs continuaient d'affluer et tous jetaient le même regard consterné vers l'estrade. Le son avait été poussé à fond et BMW s'écoutait délirer, sans entendre les commentaires de la salle.

— Mais c'est qui, cette grosse brêle ? Il va arrêter de nous défoncer les tympans ?

— Hé, Haziz, tu le déconnectes, ce ouf ? Ou je lui fais une tête !

Tandis que BMW se couvrait de ridicule sans le savoir, de plus en plus de « fils à Gratos » se pressaient à l'entrée des carrières. Les cousins de Samir ne filtraient rien du tout et se contentaient de taper dans les mains des potes qu'ils reconnaissaient. C'était l'équivalent du tampon à l'entrée des dancings. Les vigiles de Mondiorama avaient d'abord voulu intervenir mais quelques couteaux négligemment pointés vers eux les avaient incités à aller faire pisser Mirza. Samir et Lulu étaient entrés en faisant un simple sourire à Rachid.

— Tu lui dis pas pour Joke ? souffla Lulu à l'adresse de son grand frère.

— Non, Joke, c'est notre affaire et ça regarde personne, répondit Samir.

Il n'aurait su dire exactement pourquoi, mais il était persuadé que tout individu au-dessus de treize ans risquait d'être hostile à l'existence de Joke. Son plan, c'était d'envoyer Lulu à la rencontre du monstre pour qu'il se tienne tranquille. Dans son petit sac à dos, Lulu avait de quoi faire la dînette avec son copain, des piles et des Chocos MC. Cela devait être suffisant car Joke s'était fait récemment une grosse bouffe aux frais d'EDF.

— La pâte à prout, ah ! La pâte à prout, roucoulait BMW. Bien sûr, vous faites la collec', mais connaissez-vous nos toutes dernières nouveautés ?

Au grand étonnement des sociologues et des journalistes, la mode de la pâte à prout tenait depuis plusieurs mois.

— Elle est fluo, elle brille dans l'obscurité et elle ne coûte que deux euros si on en prend deux pots ! ajouta BMW au micro. Et voici celle que vous attendiez, mesdemoiselles, elle est à paillettes...

Il n'y avait pas une seule nana à la Mondial Aréna, à part Lulu, mais BMW s'obstinait à parler à ces « demoiselles », comme s'il était à la braderie de Mondiorama.

— Les petits pots Mondialo, il y en a à tous les prix et pour tous les goûts, conclut le gérant de Mondiorama sans entendre Spam qui lui répliquait :

— Et la pâte à prout hallucinogène, tu te la mets dans les trous de nez ?

Tout le monde avait pris le parti de rigoler tandis que les gars du cybercafé cherchaient le moyen de faire disjoncter la sono sans planter les ordis.

— Vas-y, murmura Samir en poussant sa petite sœur vers une des galeries creusées dans les carrières.

Un ruban rouge en barrait symboliquement l'accès, mais Lulu n'eut qu'à se baisser. Elle fit quelques pas dans la pénombre puis alluma sa lampe de poche. Elle connaissait le chemin jusqu'à Joke et, tout en s'éloignant, elle entendait le bruit rassurant de la Mondial Aréna. Est-ce qu'elle avait peur ? Un petit peu quand même. C'était bien noir, là-dedans, et le rayon lumineux sautillait de droite et de gauche, incertain et tremblant. Au bout d'une centaine de mètres, elle appela :

— Joke, t'es là ?

Elle dut traverser une première grotte, entrer dans une deuxième galerie.

— Joke, t'es là ?

— Oui, hi, hi, c'est la fête ! répondit la voix bien-aimée.

Joke n'avait strictement pas bougé. Il était là, bien gros, bien gonflé, dégageant une lumière d'un blanc bleuté. Lulu se précipita vers lui et enfonça son visage dans le ventre rebondi et caoutchouteux. Dès qu'elle entrait ainsi à son contact, des vagues de chaleur et d'énergie lui couraient sous la peau. De la même façon, quelque chose de notre humanité pénétrait en Joke.

— Moi ami, dit-il.

— Je suis ta première amie, fit Lulu, avec la gravité d'une petite fille malade. Et tu es mon premier ami.

— Ami, répéta Joke. Cocorico, soleil levé.

— Non, ça, c'est du n'importe quoi, ce que tu dis, le gronda Lulu. Il faut que tu réfléchisses un peu. Que tu réfléchisses avec ton cœur.

— Moi beaucoup faim, répondit le monstre avec sa voix de Furby.

Lulu soupira et sortit les piles de son sac à dos. Joke était insatiable. Plus il mangeait, plus il voulait manger.

— Miam, miam, moi faim encore.

Lulu haussa les épaules puis croqua dans chaque coin de son Chocos MC. Elle ne comprenait pas bien pourquoi il fallait cacher Joke, pourquoi elle ne pouvait pas l'installer chez elle, dans sa chambre. Comme elle méditait un peu tristement sur la bêtise des grands, elle ne remarqua pas l'énervement croissant de Joke. La Mondial Aréna l'attirait inexorablement.

Dans la grande caverne, BMW avait enfin cédé la place à Haziz qui rappelait au micro les règles des duels Counter-strike à la loyale : sans ghoster ni camper[1]. Majid avait retrouvé Samir et tous deux parlaient à mi-voix.

— Ta sœur va pas rester deux jours avec Joke, fit remarquer Majid.

— T'as une autre soluce ?

— Mais tes parents vont s'inquiéter ?

Samir eut un rire sombre :

— Le week-end, ils dessaoulent pas.

Les deux garçons avaient beau être inquiets, Majid gardait un œil sur les écrans où se déroulaient les premiers duels et Samir suivait du regard les déplacements de ses cousins. Miloud et Rachid allaient de poste en poste proposer aux joueurs de curieux comprimés.

— Y a personne qui a la migraine ? questionnait Rachid. J'ai de l'aspirine bien dosée.

— Mais ils sont graves, ces mecs ! se révolta Spam.

Il en abandonna sa partie pour crier :

— Vous allez pas nous pourrave l'Aréna ! On n'en veut pas de votre dope de chiottes !

Miloud s'approcha de lui :

— Ferme ça ou je t'arrange le portrait que ta mère voudra plus te voir.

Un des joueurs de son clan fit rasseoir Spam en le tirant par la manche.

— Ils vont tout nous destroyer, marmonna Spam avant de se mettre un casque sur la tête et la tête dans l'écran.

L'incident en resta là et les cousins continuèrent à chercher des clients. Mickey (du clan des Bourrins) se laissa séduire. Il n'avait encore jamais expérimenté l'ecsta.

— C'est du teushi en mieux, lui garantit Rachid.

Une demi-heure plus tard, Mickey ne sentait toujours rien, à part une forte envie de pisser. Il quitta l'Aréna pour s'enfoncer discrètement dans une galerie, en passant sous un ruban rouge. Il fit quelques mètres mais, au lieu d'une obscurité grandissante, il remarqua une lumière d'un blanc bleuté très apaisant qui semblait

1. Les joueurs n'ont pas le droit de rester en embuscade à des endroits stratégiques (camper) et, s'ils sont tués, ne doivent pas en profiter pour donner des renseignements à leur clan (ghoster).

vouloir le guider. Les organisateurs avaient peut-être prévu des toilettes... Mickey s'avança et éprouva la plus grande surprise de sa vie. Il y avait là, devant lui, une grosse bête illuminée avec des balafres en guise de bouche et d'yeux. Mickey vacilla et porta la main à son front :

— P'tain ! C't effet que ça me fait !

Il hallucinait ! Il en oublia son envie et revint bien vite vers l'Aréna. Il n'osa rien dire aux gars de son clan et fila dehors prendre un peu le frais.

Le gérant de Mondiorama en faisait autant. En réalité, il cherchait dans la foule monsieur l'adjoint à la culture. La presse était arrivée et BMW voulait absolument qu'on le photographie en train de serrer la main à l'adjoint. Au bout de vingt minutes, BMW n'avait toujours pas trouvé l'homme de la culture et le photographe s'impatientait.

— Je vais vous faire une photo à l'intérieur, suggéra-t-il.

BMW soupira et revint dans la Mondial Aréna en se posant la grande question : avec ou sans la casquette ? En entrant, il s'aperçut que régnait dans la caverne une agitation non prévue à son programme. Joke était là, au débouché de la galerie, comme un gros tas lumineux. Lulu essayait en vain de le faire reculer.

— Miam, miam, moi faim, répétait stupidement Joke.

Les joueurs les moins accros avaient quitté leur écran des yeux et regardaient le monstre avec amusement, persuadés qu'il s'agissait d'une attraction. Ils reconnaissaient le golem informe du jeu vidéo.

— Ils nous gonflent avec leurs opérations publicitaires, grommela Spam qui venait de se prendre un 9-2 dans les dents.

Le photographe, en revanche, était ravi.

— Je vais vous tirer le portrait avec la bestiole, dit-il à BMW. Vous lui serrerez la main. Ça vaudra bien l'adjoint à la culture !

— Avec ou sans la casquette ? s'inquiéta BMW.

— Avec, avec ! Ça vous rajeunit, lui répondit le photographe.

BMW se dépêcha de l'ôter. Depuis qu'il était petit, il pensait que l'espèce humaine cherchait à lui nuire. Mais c'est en toute confiance qu'il s'avança vers Joke, la main tendue. Majid et Samir observaient la scène, pétrifiés par l'angoisse.

— On fait une photo, dit BMW au monstre, supposant qu'il y avait quelqu'un à l'intérieur. Donnez-moi la main... enfin, la patte !

Samir faillit crier : « Non, touchez-y pas ! » Mais il était trop tard. Le contact s'était fait. BMW eut la brève et terrible sensation que la foudre le traversait. Tous ses os craquèrent, son cerveau explosa en une gerbe d'étincelles et il se retrouva propulsé contre un tréteau, bousculant joueurs et ordinateurs. Trois secondes plus tard, les yeux exorbités, il hurlait :

— Il est électrique ! Il est électrique !

Sa panique était si manifeste que les joueurs en restèrent un instant muets, presque effrayés.

— Mais il est shooté complet ! claironna Samir. Lulu, donne la main au monsieur !

Lulu glissa sa menotte dans la grosse patte du monstre et sourit à l'assistance. Dès lors, les joueurs rassurés accablèrent le malheureux BMW.

— Arrête de fumer de la pâte à prout, lui conseilla Spam.

Encore choqué, le gérant s'épongea avec sa casquette et gagna la sortie en titubant. Miloud, rigolard, s'approcha à son tour de Joke.

— T'as pas chaud là-dessous, gros naze ? Hé, ho, le monstre, tu réponds ou tu veux que je te dégonfle ?

— Il faut pas lui dire « le monstre », prévint Lulu.

— Comment ça se fait que tu tiens debout, toi ? lui répondit gracieusement Miloud. T'as pas une maladie-génétique-de-la-mort ?

Joke devina-t-il que Miloud n'était pas « ami » ? Ou prenait-il goût à envoyer des décharges ? Que ce fût pour l'une ou l'autre de ces raisons, il tendit la patte vers Miloud en disant :

— Cocorico, soleil levé !

Pour la marrade, Miloud tendit lui aussi la main. Samir ferma les yeux, en murmurant :

— Là, on est de plus en plus mal...

Même cause, mêmes effets : Miloud fut catapulté trois mètres plus loin. Il s'effondra dans un tas de câbles en hurlant :

— Il est électrique ! Il est électrique !

Tout le monde crut à un sketch comique et éclata de rire. Miloud, à demi fou de douleur et de terreur, s'enfuit par l'allée à quatre pattes avant d'être relevé par Rachid.

— Viens, viens ! lui cria-t-il. Il est électrique ! Il est électrique !

Incapable de le calmer, Rachid emmena Miloud se faire soigner. Lulu, elle, réussit à entraîner Joke dans les profondeurs des galeries en lui promettant d'autres piles. Ainsi, la Mondial Aréna put se poursuivre sans BMW et sans les cousins, à la grande satisfaction de Spam (du clan des Arnaqueurs).

CHAPITRE IX

LE NIVEAU MONTE

Nadia avait décidé de consigner Albert dans l'espace exigu de sa cuisine. Si elle le laissait prendre ses aises et qu'il entrevoyait la possibilité de s'installer chez elle, Albert sauterait sur l'occasion. Et pas seulement sur l'occasion.

— Vous exazérez ! s'exclama Nadia. À vous entendre, on croirait que la moitié de la planète appartient à la MC !

— C'est leur ambition, répondit Albert. Pour l'instant, ils n'en possèdent que le quart.

Nadia tapota nerveusement contre sa tasse avec une cuiller à café.

— Voyons, ce sont des sucreries, des gadzets idiots. La guimauve Mondialow, la pâte à prout... on ne domine pas le monde avec ce zenre de cochonneries.

— Le Mondial Cola, récita Albert, les céréales Mondior, les Chocos MC, la poupée Mondina et son fiancé Mister C avec tous les accessoires pour les habiller...

— Vous mélanzez tout, le réprimanda Nadia.

— Eh bien, prenons les choses dans l'ordre. D'abord, je suçotte Mondoudou. Ensuite, je câline Mondichette. Après, je peigne ma Mondina et j'offre à Mister C son premier costard. Comme il faut aussi s'instruire, de temps en temps, je me plonge dans les albums MondHistoires. Tout ça m'ouvre l'appétit... bon, je ne reprends pas la liste, mais j'en ai oublié au moins quarante, les Cara MC, les Mondexquis glacés... Ça ne tient pas au corps et ça gâte les dents. Heureusement, il y a la pizza Mondialissimo. Qui me donne des forces pour monter sur mon VTT Mondiosport...

— Assez ! Assez ! s'écria Nadia.

— Assez ? Mais ce n'est jamais assez. Puisque nous ne possédons encore que le *quart* de la planète. Et pas n'importe quel quart.

Albert se tut soudain et l'on n'entendit plus dans la cuisine que les gouttes qui tombaient du robinet sur l'évier en inox.

— Vous n'avez rien remarqué ? demanda-t-il.

— Quoi ?

— Ce quart dont je vous parle, Nadia, c'est celui des moins de quinze ans.

— Ah !

Nadia avait poussé comme un petit cri de désespoir.

— Un milliard et demi de consommateurs, bientôt deux... reprit Albert. Et quand on tient ceux-là, Nadia, on tient le monde. Car nous les attendons au tournant. Nous les accompagnons. Le baladeur, la console de jeu, le portable, l'ordinateur. Nous vendons cela aussi. Puis, plus tard, la lessive, le canapé, le fusil de chasse...

— Oh, arrêtez...

— Nous vendons tout. De la première tétine au fauteuil roulant. De Mondoudou au berceau à Montroutrou au cimetière...

— Albert ! hurla Nadia en plaquant la paume des mains sur ses oreilles.

Albert prit la cafetière et envoya une grande giclée de liquide fumant dans sa tasse. Un sourire satisfait flottait sur ses lèvres.

— Albert ?

— Oui ?

Il y avait dans le regard de Nadia un mélange de colère et de peur.

— Pourquoi dites-vous... *nous* ?

— Moi, j'ai dit *nous* ?

— Quand vous parlez d'eux, vous dites... *nous*.

Il sembla interroger le fond de sa tasse pour y trouver la réponse.

— Oui, fit-il d'une voix rauque, j'ai été l'un d'eux. C'est comme ça qu'ils vous apprennent à penser. On mange MC, on travaille MC, on pense MC. *Life is MC*. Mais je les aurai, Nadia, je vous jure que je les aurai.

— Vous ? Albert contre le quart de la planète !

— Non. *Nous*.

La petite grimace ironique se figea sur le visage de Nadia.

— Vous et moi, Nadia. Nous.

— Oh...

Albert vida la cafetière puis en fit chauffer une seconde. Il avait terriblement besoin de parler. Alors, Nadia l'écouta. Dans son récit, le moindre pot de pâte à prout constituait une menace et chaque boîte de céréales un piège mortel. Derrière tout cela se profilait l'ombre grotesque d'un nain obèse nommé M. William.

M. William était insatiable. M. William avalait les parts de marché comme on avale une part de gâteau. M. William était un ogre qui dévorait les petits enfants. Pour commencer.

— Nous sommes libres, après tout, protesta Nadia. Pourquoi les gamins veulent-ils tous la même chose en même temps, les mêmes pots de cette pâte infecte, le même t-shirt ? Le même disque de la même chanteuse !

— Parce que *nous* leur parlons, parce que *nous* leur disons ce qui est bon pour eux. Pardon, voilà que ça me reprend.

Plus bas, il ajouta :

— C'est ce que j'ai découvert un jour. Et c'est pour ça que je suis parti.

— Quoi ? Qu'avez-vous découvert ?

— Que la MC campait dans mon jeu, comme disent les mômes.

Albert joua alors la grande scène de l'innocence. Il se décrivit dans le rôle du jeune informaticien, brillant mais naïf, qui consacre ses jours et ses nuits à programmer un jeu super-cool, un jeu méga-génial, un jeu hyper-mortel. Golem ! Sans se poser de questions.

— Un jour, j'ai commencé à détecter des traces suspectes. Comme des ombres, de vilains échos qui traînaient derrière mes belles images. Moi, je construisais mes décors, mes personnages... Eux, pendant ce temps, ils testaient un autre genre de petite musique. Des messages clandestins, des images subliminales. Presque indétectables. Vous croyez visiter Golem City à dos de dragon ? En fait, vous vous laissez farcir la cervelle : ACHETEZ LA PÂTE À PROUT MONDIALO !

Nadia sursauta. Albert avait hurlé le slogan.

— Qu'est-ce que je pouvais faire ? Tout casser ? Je travaillais dans une forteresse, sous le regard des caméras et des vigiles. Partir ? Oui, partir. Mais on ne quitte pas la MC. C'est la MC qui vous quitte. En général, il s'agit d'un adieu définitif. Un ticket direct pour Montroutrou.

— Vous êtes parti quand même, glissa Nadia.

Albert croisa les doigts et en fit craquer les jointures.

— Oui. Le jour du grand bug. Plantage à tous les étages. Des fumées dans les couloirs, des types qui couraient dans tous les sens. Plus rien ne fonctionnait. Les serrures électroniques, les radars, les circuits vidéo. M. William a réquisitionné la moitié des vigiles pour sa protection personnelle, un véritable bouclier humain. Il croyait qu'on voulait l'assassiner. Je suis sorti. Et, surtout, j'ai fait sortir l'ordinateur. Mes programmes, mon jeu. C'était gruyère time, Nadia !

Il lança vers la jeune femme un regard fier et même un peu vaniteux.

— Et maintenant, ils me cherchent ! Ils sont des milliers, ils possèdent des milliards et ils me cherchent. Parce qu'ils savent que si quelqu'un peut les terrasser, c'est moi !

— Naturellement. Et comment, s'il vous plaît ?

Albert attrapa soudain la main de Nadia par-dessus la petite table de la cuisine.

— D'abord, dit-il, il faut que je trouve un endroit où m'installer.

Nadia libéra sa main d'un geste brusque.

— C'est ça. Mon héros cherche une zentille Zames Bond girl qui l'attendra à la maison avec un repas chaud et un lit douillet. Y a une erreur de casting, mon cher ami.

— Nadia, vous vous méprenez !

— Ze me méprends ? Le zoli mot ! Eh bien, ze vais vous dire ce que ze pense, moi. C'est que vous êtes sacrément gonflé !

Albert lui adressa un regard offensé. Mais Nadia était lancée :

— Monsieur travaillait à son petit zeu innocent avec ses monstres sympathiques qui font gagner des points quand ils commettent un carnaze. Monsieur éduquait notre belle zeunesse en lui expliquant que pour monter de niveau, il faut massacrer tout le monde... et tout ça dans un bunker gardé par une armée de tueurs au service d'un psychopathe qui veut se bouffer la moitié de la planète...

Nadia reprit son souffle avant de cracher :

— Et monsieur ne se doutait de rien !

À la façon dont il se raidit, Nadia vit qu'elle avait touché chez Albert un point sensible.

— Vous êtes dure, grogna-t-il. Okay, j'ai été aveugle... Concevoir un jeu vidéo, c'est très excitant, vous savez... mais bon, ça n'aide pas toujours à regarder les choses en face. Pendant deux ans, je n'ai vu que ce que je voulais voir. Un boulot génial, un bon salaire...

— Moi aussi, z'ai un boulot zénial, coupa Nadia. Mais le salaire... Pourtant, au collèze, ze vous assure que pour les faire grimper d'un niveau, c'est beaucoup moins facile qu'à Golem City.

Albert hocha la tête, comme s'il s'avouait vaincu. Mais Nadia comprit qu'il n'en était rien.

— Vous ne pouvez plus reculer, dit-il froidement. Votre sort est lié au mien. Ils savent qui vous êtes et où vous êtes. S'ils veulent m'avoir, ils passeront par vous. Et ils veulent m'avoir.

Nadia ouvrit des yeux effarés.

— Qu'est-ce que vous dites ?

— Si je reste près de vous, vous serez en danger. Mais je serai là pour vous protéger. Si je m'éloigne, ils vous auront. Et ils ne reculeront devant aucun moyen pour vous faire parler. Même si vous ne savez rien.

— Salaud, souffla-t-elle.

Nadia se leva si brusquement que sa chaise valsa sur le carrelage. Elle sortit de la cuisine comme une furie. Albert entendit tomber des objets, claquer des portes, grincer des tiroirs. Trente secondes plus tard, elle était de retour, les bras chargés.

Nadia jeta en vrac par terre deux grands coussins plats, un oreiller et une couverture.

— Vous dormirez là, entre la poubelle et le frigo, annonça-t-elle. À côté, c'est chez moi. Ze ne veux pas vous y voir.

— Mais Nadia...

— Ze me lève à 7 heures. À 7 h 15, ze prends mon petit dézeuner. Ze veux que vous soyez debout et que tout soit ranzé, plié, impeccable. Et que vous soyez sorti. Le matin au réveil, z'ai les yeux bouffis et le teint verdâtre. Il est hors de question qu'un homme me regarde manzer mes tartines quand z'ai ma tête de sorcière. Est-ce clair ?

Il y eut un long silence puis Nadia éclata de rire devant l'air ahuri d'Albert.

— Vous pouvez fermer la bouche, lui dit-elle.

— Nadia chérie...

— Hon ?

— Je crois que je ne vais pas tarder à monter d'un niveau.

C'est ainsi qu'Albert s'installa chez Nadia sans vraiment loger chez elle. De l'appartement de la rue Frédéric-Mistral, il ne fréquentait que la cuisine et la petite entrée. Puis Nadia finit malgré tout par lui accorder l'usage de la salle de bains. Albert passait le plus clair de ses journées dehors et rentrait le soir après avoir grignoté quelque chose en solitaire.

Le troisième soir, il trouva Nadia chez lui. C'est-à-dire dans la cuisine. La jeune femme était plongée dans d'étranges occupations. Sur la table de Formica, elle avait disposé des tubes, des fioles, des sachets de poudre et une balance à l'ancienne, avec des poids de toutes les tailles. Quand Albert entra, elle leva à peine les yeux.

— Vous avez rapporté du travail à la maison, dit-il pour tenter d'engager la conversation.

Nadia répondit d'un grognement.

— Vous m'aviez parlé des copies à corriger mais pas de ça, insista Albert. Je ne savais pas que les profs de SVT jouaient au petit chimiste dans leur cuisine.

Nadia lui jeta un regard bref puis se mit à compter à mi-voix les gouttes qui tombaient de sa pipette de verre.

— Quel genre d'expérience préparez-vous ? Rien de dangereux, j'espère.

— De quoi faire sauter la planète.

— Au secours ! s'exclama Albert en éclatant de rire. Je comprends pourquoi on parle d'insécurité dans les cités ! Si c'est ça que les enfants apprennent à l'école...

Nadia ferma son flacon et l'agita énergiquement.

— Ce que ze fais là n'a rien à voir avec le collèze. Mais vous avez raison, il s'azit bien d'insécurité. De mon insécurité à moi. Z'ai décidé de me protézer, figurez-vous.

— De qui ?

— De mes ennemis, de mes amis, de tout le monde. Si zamais un homme avait l'idée de m'agresser en pleine nuit, par exemple, ze serais prête à riposter. Une bonne ziclée de vitriol, ça calme.

— Mais c'est une obsession ! s'insurgea Albert. Pourquoi voulez-vous absolument me dissoudre ?

— Tiens, vous vous êtes reconnu ?

— Nadia, je vous jure que... Nadia ? Qu'est-ce que...

La jeune femme avait pris sa tête à deux mains et ses épaules tressautaient, secouées par de petits sanglots muets.

— Z'ai peur, Albert. Ze les ai vus. Ils me surveillent. Ils me suivent.

— Qui ? Quand ?

— La camionnette, avec son antenne.

Nadia se redressa et s'essuya les yeux avec sa manche.

— Z'ai peur à chaque fois que ze mets le nez dehors. Ze n'ose plus aller nulle part. Dans la rue, ze reste collée aux zens. Alors voilà, z'ai décidé de me protézer.

Albert contempla d'un air incrédule les fioles et les sachets de Nadia.

— Faites-moi confiance, quand on s'y connaît un peu en réactions chimiques, on peut faire des dégâts, certifia-t-elle.

— C'est ce qui m'inquiète. Mais pourquoi vous n'avez pas accepté ce que je vous ai proposé ?

Pendant plus d'une heure, Albert avait tenté de convaincre Nadia qu'elle devait le laisser assurer sa protection. Lui permettre de l'escorter lors de ses trajets, comme un garde du corps. Mais elle avait refusé avec indignation.

— C'est ça ! Vous me mettrez deux Chocos MC dans mon cartable et vous me ferez une bise devant l'entrée de l'école.

Albert leva les bras au ciel.

— Vous ne savez pas à qui vous avez affaire, Nadia. Ce sont des tueurs professionnels, des spécialistes de la traque électronique.

Qu'est-ce que vous imaginez ? Que vous allez les mettre en fuite avec vos poudres de perlimpinpin ?

— Prêtez-moi votre Beretta, si vous préférez. Z'étais championne de tir, à la fête foraine.

Albert soupira.

— Bon, écoutez-moi. À partir de demain, que vous le souhaitiez ou non, je surveille toutes vos allées et venues. Ne craignez rien, je resterai à bonne distance. Vous ne me verrez même pas. Mais je serai là, prêt à intervenir. Et si je peux en coincer un, je ne vais pas me gêner.

Nadia devint soudain rouge de colère.

— Vous me prenez vraiment pour une idiote ! Ze sais très bien que c'est dézà ce que vous faites depuis trois zours ! Mais il était quand même là, ce gros porc dans sa camionnette.

— D'accord, d'accord. Comme ça, tout est clair. Allez, il est tard. J'ai rendez-vous avec ma poubelle et mon frigo.

Il donna un coup de menton vers la table de Formica couverte de produits chimiques.

— Merci d'avoir tout préparé pour mon petit déjeuner.

CHAPITRE X

NADIA MET LE FEU AUX POUDRES

Paradoxalement, depuis qu'Albert en avait bouleversé le cours, la vie de Nadia était réglée comme du papier à musique. Plus de détours, plus de haltes imprévues. Elle se rendait en hâte de la rue Frédéric-Mistral au collège, et inversement, empruntant toujours le même itinéraire, par les rues les plus fréquentées.

Pourtant, cet après-midi-là, à 16 heures, Nadia modifia ses habitudes. Elle savait qu'elle allait prendre un risque, un gros risque. Mais c'était en service commandé. Au lieu de traverser la cité par les grandes esplanades en direction de son quartier, elle se dirigea vers ce que les plus anciens habitants de la commune appelaient la vieille ville : quelques pâtés de maisons de brique rouge serrées autour d'une église noircie par les ans. Un vestige du temps où la bourgade entourée par les champs de blé semblait à mille lieues de la capitale. La grand-mère de Nadia était née là, dans un immeuble bas aux balcons de fer forgé.

Nadia aurait aimé flâner dans le square minuscule où fleurissaient d'héroïques rosiers blancs. Mais elle poursuivit son chemin d'un pas régulier, sans même s'arrêter devant la vitrine de la boulangerie où elle lorgnait, petite fille, les tresses de réglisse et de guimauve. Autrefois, quand tous les bonbons du monde n'étaient pas frappés du sigle MC.

Nadia parvenait à présent dans une rue étroite et déserte. Elle l'entendit arriver avant de le voir. Le piège fonctionnait, mais qui serait la victime ? Elle continua de marcher calmement pendant quelques mètres, luttant contre son désir de libérer sa peur en courant.

Enfin, elle s'autorisa un regard par-dessus son épaule. Il était bien là. Le mini-car blanc roulait au ralenti, avec ses vitres fumées et son antenne parabolique sur le toit.

Cette fois, Nadia pressa le pas. Et le véhicule, lui aussi, accéléra.

Nadia connaissait la vieille ville comme sa poche. Elle savait qu'il lui fallait atteindre la première le bout de la petite rue. Nadia se mit à courir.

Rien ne ressemblait moins à un refuge que l'arrière de l'église Saint-Firmin. C'était une zone morte cernée de hauts murs, puant l'urine et encombrée de cageots vides. Les habitants du quartier l'évitaient, même en plein jour. Nadia la traversa sans cesser de surveiller ce qui se passait derrière elle. Quand le mini-car déboucha, elle ne possédait plus que vingt mètres d'avance.

Sûr de son fait, son poursuivant prenait son temps.

Nadia passa sous un porche étroit aux pierres noires couvertes de mousse. Par là, le mini-car ne passerait pas. Car, tout de suite après le porche, il y avait des marches. Nadia en connaissait le nombre, quatorze, comme elle en connaissait chaque lézarde. Petite fille, elle les avait montées et descendues mille fois, à cloche-pied, sur les jointures sombres ou sur les taches claires... Aujourd'hui, elle jouait à un jeu différent. Nadia les dévala trois par trois.

Elle entendit le véhicule freiner, elle entendit la portière claquer.

Au bas des marches, elle se retourna. Son poursuivant se tenait sous le porche. Nadia crut le voir sourire.

Il était gras, il était lourd. Elle était sûre que ce type, lui, n'avait jamais fait les championnats d'Ile-de-France. *Courage !* Mentalement, elle cala ses baskets dans les starting-blocks. Le regard droit devant. Pan ! Nadia partit comme autrefois, au coup de pistolet. *Vas-y, ma fille, t'es plus rapide que ce gros lard.*

Tout au bord du parvis de Saint-Firmin, quelqu'un suivait la scène grâce à de minuscules jumelles de théâtre. Quelqu'un qui regrettait d'avoir poussé Nadia à prendre un tel risque. Albert ne pensait pas qu'elle accepterait, ni si facilement. À présent, elle fonçait sur le chemin de terre battue bordé de petits enclos qu'on appelle des jardins ouvriers. Sa grand-mère y cultivait jadis ses poireaux. Tout en courant, Nadia voyait du coin de l'œil les tuteurs où grimpaient les plants de tomate. Ici, encore aujourd'hui, à quelques minutes des Quatre-Cents. C'était un miracle. Et c'était pour eux, pour ces jardinets, que Nadia eut soudain l'impression de lutter.

La MC ne les aura pas ! hurlait une voix dans sa tête.

Trois cents mètres d'une douce pente et de portillons de bois, de feuilles, de fruits et de parfums. Eddie les faisait trembler de sa course pataude et de son souffle court.

Les mains crispées sur les jumelles, Albert haletait pour encourager Nadia. La foulée souple, le buste droit, elle courait comme une reine. Ses cheveux blonds lui faisaient une couronne. Le type, derrière elle, perdait régulièrement du terrain.

En bas passait la départementale. En bas, au pied du grand hêtre, il y avait le vieux Solex rouillé. Nadia pria pour qu'il veuille bien démarrer du premier coup.

Albert retint sa respiration. Nadia venait de disparaître dans l'ombre du hêtre. Trois ou quatre secondes interminables s'écoulèrent. Le moteur du Solex couina puis émit un chapelet de sons pétaradants.

— Vas-y, mais vas-y, s'exaspéra Albert.

Enfin, se découpa dans les oculaires l'image qu'il attendait. Nadia filait sur le Solex, laissant son poursuivant sur le bord de la route.

— Championne ! s'écria Albert, bluffé.

Puis il se rua vers le mini-car.

La partie la plus intéressante était évidemment l'arrière du véhicule, là où le tech pilotait son matériel de détection. Albert tenta en vain de tourner les poignées. Il ne fallait pas rêver. Ce type ne pouvait être stupide au point de laisser les portières ouvertes. Le blindage était sérieux. L'espace d'un instant, Albert considéra la possibilité de tirer une balle dans la serrure. L'endroit était désert, le quartier tranquille...

Albert hésitait. D'abord, voir si la chance était avec lui, voir si le tech, se précipitant à la poursuite de Nadia, n'avait pas commis l'erreur fatale sur laquelle il comptait tant. Au premier coup d'œil, Albert vit que non. Il lâcha un juron. Ce gros lourdaud n'avait pas négligé d'emporter la clé de contact. Et la portière avant, l'avait-il fermée ? Oui, bien sûr...

Le tech avait agi sans précipitation.

Albert savait qu'il n'avait que deux ou trois minutes devant lui. Il avait réussi à éloigner ce type de son mini-car. Il lui fallait absolument trouver le moyen d'en tirer profit. Que Nadia n'ait pas piqué un sprint pour rien.

Il poussa une exclamation. Il n'en croyait pas ses yeux. Du côté passager, la fenêtre était ouverte. Albert contourna en hâte le véhicule, grimpa sur le marchepied. Il pouvait passer le bras. Mais la portière refusait de s'ouvrir.

Il y avait cependant quelque chose, là, sur le siège. Une veste en jean. Albert comprit que ce serait sa seule prise de la journée. Il l'attrapa et en remit l'exploration à plus tard. Il fallait filer.

Une dernière fois, l'envie le démangea de tirer une balle quelque part. Crever un pneu, détruire l'antenne.

Albert jeta un coup d'œil en direction du porche. Il cracha sur la belle carrosserie blanche et s'éclipsa.

— Et c'est pour ça que z'ai risqué ma vie ?

Nadia contemplait la veste de jean roulée en boule sur la table de la cuisine.

— Vraiment, vous êtes un fin stratèze.

— J'étais sûr que vous alliez lui faire perdre la tête et qu'il laisserait la clé de contact, se justifia Albert, assez penaud. Il y avait sûrement des tas de choses passionnantes à l'intérieur.

— Vous me surestimez. Z'espère que vous avez pu au moins récupérer sa carte de crédit, ses papiers et son portable.

— Je vous ai attendue pour fouiller. Mais je sais déjà qu'il n'y a rien. Ses poches sont aussi plates que les miennes.

Nadia secoua la veste pour la défroisser. Puis elle glissa une main dans la poche de droite.

— Si, regardez. Une pochette d'allumettes !

— Génial.

Nadia poursuivit méthodiquement son exploration. Elle ne trouva rien d'autre qu'un stylo bon marché et une feuille de papier pliée en quatre.

— J'aurais dû l'attendre, grommela Albert. Le buter.

— Tenez, il y a quelque chose d'écrit.

— Le code qui permet de faire sauter le siège de la MC, je parie.

— Ziraud, lut Nadia. Vous croyez qu'il s'appelle comme ça, ce gros lard ?

— Ziraud ? Attendez... Zir... Giraud ! rectifia Albert en arrachant le bout de papier des mains de Nadia.

— Ça vous dit quelque chose ?

— C'est un nom banal mais la coïncidence est peu probable. Il y avait un Giraud à la MC. Un crack. Spécialiste des systèmes de sécurité. Le meilleur que je connaisse.

Sous le nom était inscrit un numéro de téléphone commençant par 06. Un portable. De l'autre côté de la feuille figurait un petit schéma.

— Et il est parti de la MC ? demanda Nadia.

— Oui.

— Ze croyais qu'on ne quittait pas la MC ?

Albert n'écoutait plus Nadia. Il examinait le dessin, tentant de le décrypter.

— N36, c'est une route, conclut-il en posant le doigt sur une ligne sinueuse. Et là une autre. D402. Il y a une croix. Ça ne me dit rien de bon. Je crois vous avoir déjà dit ce qui arrivait à ceux qui désertent notre belle et grande famille. Il faut que je le prévienne. De toute façon, je voulais absolument lui parler. Si j'arrive à le mettre de mon côté, à nous deux...

Il consulta sa montre.

— Avez-vous une carte routière de la France ?

— Oui, chef. Après, ze peux aller me coucher ?

Le lendemain matin, à 7 h 15 précises, Albert et Nadia déjeunèrent ensemble sur la table de la cuisine.

— J'ai eu Giraud hier soir, annonça Albert. Il avait l'air inquiet. Apparemment, la petite croix se situe sur un itinéraire qu'il effectue plusieurs fois par semaine. À une cinquantaine de kilomètres au sud-est de Paris. Giraud a un contrat avec une société dont il a refusé de me donner le nom. Je l'ai trouvé très méfiant mais j'ai quand même réussi à lui arracher un rendez-vous. Nous nous voyons après-demain à Paris.

— Après-demain ? Ze devrais pouvoir me libérer.

— Pour quoi faire ?

Nadia prit une petite voix lamentable :

— Vous n'allez pas me laisser toute seule, chef ! Il n'y aura plus personne pour me protézer.

Albert fit une grimace maussade. Elle se fichait de lui

— On fait équipe, non ? reprit-elle sur un tout autre ton. Oh ! z'ai dû me tromper. Nadia est tout zuste bonne à faire la chèvre, pour attirer le gros méchant loup.

— Vous n'avez qu'à...

— Aller dormir chez Mère-grand ?

Albert secoua la tête en souriant.

— Pourquoi vous me regardez comme ça ? demanda Nadia.

— Moi ? Je... je me disais que vous êtes plutôt mignonne avec votre tête de sorcière.

— Ze suppose que c'est un compliment.

Elle trempa sa tartine beurrée dans son bol de café au lait. Des yeux gras se formèrent à la surface du liquide fumant.

— Dites-moi, Albert, ce Ziraud, vous êtes sûr de lui ?

— Je ne suis sûr de rien du tout. Pour être franc, je le connais à peine. Mais comme vous me l'avez fait remarquer, je ne peux pas me battre seul contre la MC. Si ce type est parti, il doit y avoir une raison. Il représente une menace pour eux, forcément.

— Vous avez bien reconnu sa voix, au moins ?

— Sûr de rien, répéta Albert.

— Et si c'était un pièze ?
— C'est précisément pour ça que...
— Que nous devons y aller tous les deux, conclut Nadia.

Albert ne pouvait détacher son regard des deux filles qui lui tournaient le dos, perchées sur des tabourets dans la clarté rougeâtre du bar. Une Noire maigrichonne en bottes et jupe de cuir et une grosse blonde dont les seins opulents ne demandaient qu'à jaillir du corsage. Elles attendaient le client en sirotant du nectar d'abricot.

— Je n'aurais jamais dû vous permettre de m'accompagner, dit-il à Nadia. Ce n'est pas un endroit convenable.

— Il a de drôles de goûts, votre ami Ziraud.

Albert alluma une cigarette, examinant pour la trentième fois chaque recoin de la petite salle. Son œil se posa sur l'affichette proposant la bouteille de champagne à 120 euros. Puis sur les portemanteaux où pendaient une veste argentée et un imperméable en plastique transparent. Sur la plante verte assoiffée. Sur les barreaux noirs de la fenêtre. Lugubre.

La blonde ouvrit son sac en perles et entreprit de se repoudrer.

— Il m'a parlé d'un endroit discret, dit Albert.

— C'est la Black ou c'est la blonde que vous matez comme ça ?

— Il est 21 heures. Giraud devrait être là.

La porte du bar s'ouvrit et un homme entra. Jeune, frêle, des lunettes rondes et une brosse de cheveux noirs. Il inspecta la salle des yeux, repéra Albert et Nadia, fronça les sourcils, hésita. Il s'approcha d'eux tout en continuant de surveiller ce qui se passait du côté du comptoir.

— Vous n'êtes pas seul ? fit-il à voix basse, dévisageant Nadia avec une moue de réprobation.

Albert s'était raidi.

— Et vous, vous n'êtes pas Giraud.

— Giraud m'envoie, répondit l'homme. Il n'avait pas mentionné la deuxième personne.

— Qui êtes-vous ? Je ne veux parler qu'à...

— Giraud m'a chargé de vous conduire à lui, coupa l'homme. Il doit prendre des précautions.

— Moi aussi, dit Albert.

— Ma voiture est devant la porte.

Albert se plongea dans la contemplation de son verre d'eau gazeuse.

— Je n'aime pas ça, décida-t-il. Où allons-nous ?

— Pas très loin. À dix minutes d'ici. Je ne peux pas vous en dire plus.

— Vous ne voulez pas aussi me bander les yeux ? Non, ça ne me plaît pas. Est-ce qu'on peut le joindre ?

L'homme semblait s'attendre à la question. Quand le portable fut dans sa main, il lui suffit de deux pressions du pouce pour lancer l'appel. On décrocha aussitôt.

— Giraud ? C'est Marc. Il veut vous parler. Je vous le passe, marmonna le jeune homme en tendant l'appareil à Albert.

— Ce petit voyage n'était pas prévu, dit Albert à son interlocuteur. Il faut que je m'assure qu'il n'y a pas d'entourloupe. Écoutez-moi, Giraud. Combien font 67 fois 38 ?

Albert eut un petit sourire.

— Okay. 2546, je crois que c'est ça.

Il rendit son portable au nommé Marc.

— Giraud est un crack en calcul mental, dit Albert à l'adresse de Nadia. Tout le monde connaissait ses dons, à la M... là-bas. Hum... et je ne suis pas mauvais non plus. Ça va, je pense qu'on peut y aller en confiance.

— Est-ce que la demoiselle nous accompagne ? demanda Marc.

— Bien sûr que ze...

Nadia s'interrompit. Voyant ses traits se figer, Albert tourna la tête. La grosse blonde était tout près de lui. Le canon d'un revolver dépassait de son sac à main.

— Bien sûr qu'elle nous accompagne, confirma la grosse blonde d'une voix incontestablement mâle.

D'un geste instinctif, Albert laissa descendre le bout de ses doigts le long de sa veste, à la recherche de l'arme dont il sentait le poids contre sa hanche.

— On ne bouge pas ! ordonna la blonde.

Albert la déshabilla mentalement, lui enleva sa perruque ondulée, ses faux seins, ses bas résille et son maquillage... et retrouva sous le déguisement obscène la silhouette lourdaude du type au mini-car. Sa copine noire se tenait juste derrière, attentive et imperturbable. Albert eut le temps de noter qu'elle avait la mâchoire carrée et du poil aux pattes. À l'abri de son comptoir, le barman tournait un torchon dans un verre d'un air absent.

Marc s'était décomposé. Visiblement, l'intervention musclée des deux créatures l'avait surpris autant qu'elle avait surpris Albert.

— Vous allez sortir tranquillement, l'un après l'autre, annonça Eddie en remontant son sein gauche d'un geste négligent. Le jeune homme va nous conduire auprès de Giraud. D'une pierre deux coups, monsieur Albert. Je crois que nous allons passer une soirée fructueuse. Est-ce que vous voulez bien vous lever ?

Albert jeta un coup d'œil en direction de Nadia. Statufiée sur sa chaise, la jeune femme serrait à deux mains contre sa poitrine son sac de toile.

— D'accord, je vous suis, décida Albert, mais mademoiselle reste ici. Cette affaire ne la concerne pas.

Un bruit désapprobateur sortit des lèvres fardées d'Eddie.

— Pardonnez-moi, monsieur Albert, mais j'ai beaucoup couru après elle. Ça m'ennuierait d'avoir fait tant d'efforts pour rien. Si cette affaire ne la concerne pas, elle a eu tort de s'en mêler.

— Allez, on se casse, lança la Noire maigrichonne aux jambes velues. Debout, tout le monde !

Albert vit Marc tourner un regard désespéré vers le barman. Mais, visiblement, celui-ci avait reçu une petite prime de distraction. Son torchon allait et venait dans le même verre depuis plusieurs minutes.

C'est le moment que choisit Nadia pour éclater en sanglots. Eddie agita son arme vers elle.

— Reprenez-vous, mademoiselle. Si M. Albert se montre coopératif, il ne vous arrivera rien.

Nadia renifla bruyamment puis fouilla son sac à la recherche d'un mouchoir.

— Debout ! gronda la Black à la barbe naissante, d'un ton de moins en moins féminin. On sort d'ici, on se dépêche !

Nadia lui adressa une grimace d'excuse. Posément, elle trempa son mouchoir dans le verre d'Albert et l'en ressortit dégoulinant d'eau gazeuse. Enfin, elle se leva en se tamponnant les joues et fit deux pas vers la porte du bar.

— Votre sac, dit courtoisement Eddie.

Nadia avait oublié son sac de toile au dossier de la chaise. Eddie n'eut que le temps de remarquer qu'il commençait de s'en dégager comme un étrange panache de vapeur. L'instant suivant, le sac explosait.

Un énorme nuage de fumée âcre envahit la moitié de la salle. Son mouchoir imbibé d'eau plaqué contre la figure, Nadia se rua vers la sortie, agrippant au passage le bras d'Albert.

— Arrêtez ! hurla Eddie. Arr...

Son cri s'étrangla. Plié en deux, il se joignit au concert de toux et râles qu'émettaient Marc, Albert et sa copine à la voix de basse.

Nadia poussait Albert. Albert avançait à l'aveuglette. L'air frais de la nuit lui rouvrit les yeux. Nadia se mit à courir, l'entraînant par la main. Trente mètres plus loin, ils se retournèrent. Marc et les deux travestis de la MC formaient un curieux trio sur le trottoir où ondoyaient des volutes de fumée. Dans la rue, les voitures freinaient en klaxonnant. Des têtes apparaissaient aux fenêtres. Des gens accouraient de toutes les maisons voisines.

— Filons ! décida Albert. Je crois que Marc ne risque plus rien.

Ils coururent côte à côte pendant deux ou trois minutes. Albert toussait. Nadia riait. Puis ils se réfugièrent sous un porche, les yeux pleins de larmes, et ils s'embrassèrent, la gorge encore brûlante.

— Vous êtes dangereuse comme nana, grogna enfin Albert. Moi, je ne dors plus au milieu de vos explosifs !

— On doit pouvoir s'arranzer autrement, répondit Nadia d'une voix de petite fille sage.

Mais le regard qu'elle glissa à Albert était capable de mettre le feu à n'importe quoi.

CHAPITRE XI

ALIAS

Jean-Hugues avait obtenu un arrêt maladie d'une semaine pour état dépressif. Il restait nuit et jour en tête à tête avec son ordinateur. Golem revenait régulièrement sur son écran, mais le jeune homme ne se décidait pas à rappeler Natacha. Il avait réussi à mettre Bubulle dans une boîte en bois qu'il avait percée de trous, Mme de Molenne s'inquiétant pour la santé de la pauvre bête. Au cours de l'opération de mise en boîte, Jean-Hugues avait par mégarde effleuré le petit dragon. Il s'était pris une décharge semblable à ce que vous réservent les clôtures électrifiées. Bubulle semblait inoffensif. La flammèche qui lui sortait de la gueule roussissait à peine le bois de sa prison.

À l'inverse, le dégom-laser avait fait des dégâts dans l'épaule de Jean-Hugues. Il y avait une brûlure à l'endroit de l'impact et celle-ci se prolongeait d'une incision comme faite au cutter. Le dégom-laser brûlait et ouvrait les chairs. Jean-Hugues se demandait si les pouvoirs virtuels de Natacha n'allaient pas devenir encore plus réels, la prochaine fois.

Au bout de deux jours et deux nuits, il ne s'était toujours pas décidé à taper ALIAS sur son clavier. Que pouvait-il attendre d'une fille qui l'électrocutait dès qu'elle le touchait ? Quand il était fatigué de la regarder sur l'écran de l'ordinateur, il fermait les yeux et, sur l'écran de ses paupières, il la revoyait grandeur nature. Nature, mais pas naturelle. La régularité des pixels et du coloris ne recréait pas le grain de la peau ni la matière vivante et imparfaite. Natacha était autre, *alias*, trop belle pour être vraie. « Mais est-ce que je l'aime pour de vrai ? » se demanda Jean-Hugues. Sans en avoir conscience, il avait tapé ALIAS sur son clavier. Il la rappelait vers lui et tant pis s'il devait en mourir.

— L'eau est l'arme de la MC, récita Natacha quand elle fut en face de lui. Je ne dois pas toucher l'eau.

Elle avait dû subir de l'autre côté un nouveau conditionnement. Mais elle n'avait pas oublié sa mission.

— Je viens détruire la MC, ajouta-t-elle.

Pwijj. Un trait partit du dégom-laser qui pulvérisa un petit baladeur de marque MC.

— *One hit*, murmura Natacha. *Reload*.

Elle rechargea en abaissant brusquement son arme. Le dégom-laser était devenu opérationnel. *Pwijj*. La canette de Mondial Cola explosa.

— *Reload*.

— Non, non ! hurla Jean-Hugues. Natacha, arrête...

Elle tourna l'arme vers lui. Il allait s'en prendre une giclée.

— Caliméro est notre allié, supplia-t-il.

— Caliméro est notre allié, répéta Natacha en abaissant le dégom-laser. Je viens détruire la MC.

— Tu n'y arriveras pas, lui répondit Jean-Hugues.

Comment lui faire comprendre son erreur ? Elle confondait MC et le monde réel. Tout doucement, en la contournant, Jean-Hugues alla jusqu'à la fenêtre et tira le double rideau qui masquait le soleil. Il tapa sur le carreau.

— De l'autre côté, dit-il, il y a toute la réalité.

Natacha l'avait suivi des yeux sans bouger. Peut-être allait-elle confondre la vitre de la fenêtre et l'écran de l'ordinateur ? Alors, Jean-Hugues ouvrit la fenêtre. Dehors, c'était la rue. Les vitrines, les magasins, les gens, la vie. Natacha restait immobile. Mais son regard avait plongé par la fenêtre. Dans la vie.

— Je ne peux pas changer de décor, dit-elle. Je n'ai pas tué tous les ennemis du premier niveau.

— Il y a des millions de niveaux, des milliards de niveaux, lui répliqua Jean-Hugues. Ici, c'est le monde réel. Infini.

Natacha leva son arme. Elle allait tirer. Où ? Sur quoi ? Sur qui ?

— Caliméro est notre allié ! hurla Jean-Hugues.

— Caliméro est notre allié, Caliméro est notre, Caliméro est, Caliméro...

Natacha se tut, totalement désorganisée. Les yeux partaient de tous côtés, la bouche s'ouvrait et se refermait sans produire de sons. Le courant d'air venu de l'extérieur agita sa chevelure et souleva un instant la mèche qui lui recouvrait le front. Jean-Hugues, horrifié, vit que dans la chair était imprimé le mot qui donnait la vie au golem. EMET. Le jeune homme referma la fenêtre, tira les doubles rideaux.

— On va rester au premier niveau, dit-il.

Il éprouvait une peine profonde pour Natacha. Elle n'était ni un automate ni un être humain. À sa manière, elle existait. Autrement.

— Alias, murmura Jean-Hugues.

— Alias est mon maître, récita Natacha.

Jean-Hugues s'était approché. Plus près, encore plus près. Il avait sous son nez la projection de tous ses désirs. Malgré lui, il avança la main à quelques millimètres de la bouche de Natacha, dessina dans l'air le contour de son épaule. Puis renonça avec un soupir de détresse.

— Caliméro est notre allié, dit alors Natacha.

— Je m'appelle Jean-Hugues et si tu existais réellement, je te dirais que je t'aime. Je te dirais...

Il se détourna, redoutant de pleurer une fois de plus. Son regard tomba sur la boîte en bois qui renfermait Bubulle.

— Mais bien sûr ! s'exclama-t-il.

Il allait faire se connecter deux êtres virtuels. Il entrouvrit le couvercle de la boîte et Bubulle apparut, pâle, presque transparent. Il avait besoin de se recharger.

— Le dragon ! s'écria Natacha.

Sans hésitation, elle le sortit de la boîte et Bubulle vint se lover dans ses bras, comme un chaton. Jean-Hugues aurait bien voulu sa place. Au bout de quelques secondes, Bubulle avait retrouvé ses couleurs, comme s'il se reconstituait au contact d'un autre virtuel. Ses yeux bleus étaient devenus câlins et, du fond de sa gorge, montait un tendre gémissement : « mmmu, mmu... »

— Alias cherche le dragon, dit Natacha sur un ton presque naturel.

— Pourquoi ?

— Il ne doit pas être de l'autre côté. C'est un bug.

À nouveau, Jean-Hugues eut cette incroyable sensation d'un dialogue qui échappait à toute programmation.

— Alias ne voulait pas laisser sortir le dragon ? insista le jeune homme.

— C'est un bug.

Qui était Alias ? Quelle que fût sa nature, quels que fussent ses pouvoirs, il commettait des erreurs. Joke était peut-être, lui aussi, un « bug » qui échappait au contrôle d'Alias. Le téléphone sonna alors au salon. C'était sûrement Mme de Molenne. Elle savait son fils en congé de maladie. S'il ne décrochait pas, elle allait s'inquiéter.

— Je change de niveau, dit Jean-Hugues en s'éloignant de Natacha.

Il referma la porte derrière lui et courut jusqu'au téléphone.

— Oui ? C'est moi, maman ! Mais si, je vais très bien.

À la vérité, Jean-Hugues allait très mal. Tandis qu'il répondait à sa mère, un spectacle presque répugnant s'imposait à ses yeux : la traversée d'une porte par un être virtuel. Des essaims de pixels colorés franchirent la cloison et tentèrent de s'assembler. Il y eut deux ou trois secondes de grand désordre où des formes, bras, yeux, jambes, s'esquissèrent puis disparurent. Enfin, tous les pixels furent pris dans un tourbillon, comme si on les passait à la centrifugeuse. Il en résulta ce cocktail très réussi qui s'appelait Natacha. Hébété, Jean-Hugues laissa retomber le combiné du téléphone en répétant :

— Je vais très bien.

— Attention, derrière toi ! signala Natacha.

Pwijj. Le trait du laser passa tout près de Jean-Hugues et frappa le bocal des poissons rouges.

— L'eau est l'arme de la MC, rappela Natacha.

— Mais ça va pas ! hurla Jean-Hugues.

Le bocal avait explosé, les deux malheureux poissons rouges frétillaient sur la moquette. *Reload. Pwijj. Reload. Pwijj.*

— Tu... tu les as tués, bégaya Jean-Hugues.

— Ça me fait combien de points ? s'informa Natacha.

Atterré, Jean-Hugues se baissa pour examiner les deux petites bêtes. Le trait de laser avait atteint la tête et l'avait carbonisée. Mais le dégom-laser ne se contentait pas de si peu. Il avait ouvert les petits poissons en deux comme au scalpel. C'était effroyable.

Jean-Hugues tressaillit. Il venait d'entendre le clac-clac sinistre du dégom-laser qu'on recharge.

— Ne tire plus, Natacha, supplia-t-il. Il n'y a pas d'ennemi, ici.

Dans quelle folie s'était-il laissé entraîner ? Il avait encore une chance de maîtriser la situation. La moquette était trempée.

— Viens, dit-il à Natacha. Viens vers moi. Caliméro est ton allié.

Il l'attirait vers le piège. Natacha fit un pas puis, du bout du dégom-laser, elle désigna la moquette.

— L'eau.

Elle avait déjà fait cette expérience et l'avait enregistrée. Elle était donc capable de mémoriser, d'analyser, de déduire. Bref, elle avait les moyens de s'adapter comme tout être humain. Jean-Hugues avait-il le droit de la détruire ? Le pistolet à eau se trouvait toujours dans sa poche. Mais tirer sur Natacha, ce serait comme l'assassiner.

— Je ne sais plus quoi faire, se dit-il à mi-voix.

Réel et virtuel s'emmêlaient désormais de façon inextricable.

— Qu'est-ce que tu as fait de Bubulle ?

La bestiole n'était plus dans les bras de Natacha. Jean-Hugues s'affola.

— Le dragon ? Où est le dragon ?

— Je l'ai laissé au premier niveau, répondit Natacha. Il n'a pas le pouvoir de traverser les cloisons.

Jean-Hugues se précipita dans son bureau. Bien sûr, Bubulle n'était pas retourné dans sa cage.

— Attention, à côté de toi ! prévint Natacha.

Pwijj. MC Solaar vola en éclats.

— Mais tu vas te calmer, dis, tu vas te calmer ?

Jean-Hugues était à bout de nerfs. Sans y prendre garde, il donna une bourrade à Natacha. Il retira sa main avec effroi, puis la regarda avec étonnement. Il ne s'était pris qu'une petite secousse électrique. Il n'eut pas le temps d'approfondir sa découverte. Natacha pointait vers lui son dégom-laser. Il l'avait agressée, elle allait se défendre.

— Non ! Caliméro est ton allié.

Elle le tenait en joue. Le grand frisson de la mort passa sur lui. La phrase qui, jusque-là, l'avait protégé, ne semblait plus faire effet.

— Ne me tue pas. Je n'ai qu'une vie. J'ai encore rien vécu, Natacha. Même l'amour, je ne sais pas...

De nouveau, il pleurait.

— Jean-Hugues, dit-elle, en articulant durement son prénom.

Il tremblait de la tête aux pieds.

— Tu... tu as compris ? bredouilla-t-il. Oui, je m'appelle Jean-Hugues.

— « Et si tu existais réellement, je te dirais que je t'aime », récita platement Natacha.

Elle avait enregistré les paroles du jeune homme. Jean-Hugues sourit, émerveillé. Lentement, prudemment, il avança la main vers elle, écarta le dégom-laser, frôla les cheveux, effleura l'épaule. À chaque geste, il se prenait une petite décharge. Pas vraiment agréable. Pas douloureux non plus.

— Et si je l'embrasse ? se demanda-t-il à mi-voix.

Il secoua la tête. D'abord, retrouver Bubulle.

— Où est le dragon ?

— Il est là, fit Natacha en désignant la commode de style.

Le jeune homme se baissa et aperçut Bubulle sous le meuble.

— Toi, mon vieux, tu vas rentrer à la niche.

Jean-Hugues poussa du pied la boîte en bois et attrapa sur son bureau un double décimètre de plastique. Puis il se mit à plat ventre.

D'instinct, Bubulle se serra contre la plinthe. Il avait compris qu'il était un dragon minable, lasero-jet nul et taille riquiqui. Dire qu'au troisième niveau, il terrorisait les populations ! Maintenant, la boss au balai l'épouvantait et même Mou-du-Genou le persécutait. L'une faisait « *Pschui* » et l'autre « *kss* », mais le résultat était le même. Il s'en prenait plein la gueule. Ce jeu était pourri de chez pourri. De dépit, Bubulle lança un petit « *tfmm* » enflammé.

— Eh bé, on fait le méchant, se moqua Jean-Hugues.

Il plaça la boîte en bois juste devant le museau du dragon et lui taquina le flanc du bout de la règle.

— *Kss, kss*, rentre dans la boîte, bébé.

Bubulle voulut s'enfuir à reculons, mais il se prit un coup de règle sur l'arrière-train. Penaud, à tout petits pas, comme un gosse qui cède en traînant les pieds, il finit par se constituer prisonnier.

— Et voilàààà, se réjouit Jean-Hugues, en refermant le couvercle.

Il avait presque oublié que Natacha observait la scène. Que pouvait-elle en penser ? Jean-Hugues se releva et se retourna, un peu craintivement.

— Le dragon doit aller de l'autre côté, lui dit Natacha.

— Non, je le garde, répliqua Jean-Hugues.

Sa réponse était partie plus vite qu'il ne le souhaitait. Son cœur s'emballa comme à chaque fois qu'il s'opposait à Natacha. Mais elle ne brandit pas son arme.

— Alias cherche le dragon, dit-elle comme si elle voulait argumenter.

— Alias n'est pas mon maître.

Il ne s'agissait pas encore d'une déclaration de guerre, mais assurément d'une déclaration d'indépendance. Caliméro n'était pas un allié sûr.

— Alias est mon maître, fit Natacha, Alias est, Alias...

De nouveau, elle bloquait. Dans sa boîte, Bubulle s'agitait et poussait des couinements. Était-ce de sentir Natacha si près de lui ? Jean-Hugues souleva le couvercle et aperçut la petite tête du dragon.

— *Mmu, mmu*, fit Bubulle.

Jean-Hugues sourit, attendri.

— Si tu es sage, Natacha te reprendra dans ses bras, lui promit-il.

Comme il allait refermer la boîte, Bubulle redressa vivement la tête. Ses yeux bleus virèrent au rouge et il cracha son lasero-jet. Il avait fait le plein d'électricité et Jean-Hugues eut un sursaut de frayeur. Car le lasero-jet était une vraie petite flamme, comme celle qui sort d'un briquet. Mais elle se perdit dans le vide et Jean-Hugues éclata de rire.

— Ce gros vilain ! s'exclama-t-il en lui refermant le couvercle au nez.

Son regard amusé croisa celui de Natacha.

— Il est super ! Ma mère n'a jamais voulu m'acheter de chien. Mais j'aime mieux un dragon, finalement.

Il était vraiment content. Mais son sourire s'éteignit. La golémette restait sans réaction en face de lui. Déconnectée ?

— Tu es là ? Hou, hou, chérie ?

Il mit les mains dans les poches et prit un air de séducteur cool.

— Je te plais ? blagua-t-il.

Sa timidité le reprit brusquement et il rougit de sa prétention. Car elle le regardait. Mais comme on regarde un casse-tête chinois.

— Jean-Hugues, dit-elle pensivement.

Il s'approcha jusqu'à n'être plus qu'à un souffle d'elle. Il était un peu plus grand, aussi leva-t-elle vers lui son visage. Elle était belle, mortellement belle. Deux longues secondes, leurs bouches s'unirent. Jean-Hugues sentit sur ses lèvres comme un grésillement électrique qui se prolongea dans tout le corps. Il fit un pas en arrière et porta la main à son cœur. Un peu... éprouvant. Mais tellement extraordinaire. Natacha le regardait toujours aussi fixement.

— Eh oui, s'énerva Jean-Hugues, tu n'y comprends rien !

De sa voix robotisée, Natacha répliqua :

— Essaie encore une fois.

CHAPITRE XII

LES MALFAISANTS SONT DANS LA VILLE

Jean-Hugues était vidé. Il avait de plus en plus de mal à rassembler ses idées et à se maintenir éveillé. Prostré dans son fauteuil, il regardait Natacha. Et Natacha le regardait. Debout, sur le qui-vive, infatigable. Mais que se passait-il en elle, qu'attendait-elle ? Les paupières de Jean-Hugues devenaient de plus en plus lourdes. Pourtant, il ne pouvait laisser Natacha sans surveillance.

— Tu n'as pas sommeil ? lui demanda-t-il d'une voix qui suppliait presque.

— Jean-Hugues, dit-elle, toujours le regardant.

— Oui, c'est ça, Jean-Hugues. Mais Jean-Hugues en a marre. Je suis crevé, tu comprends ? Je veux dormir, dormir !

La fatigue l'exaspérait autant que Natacha.

— Tu ne peux pas faire pause ? lui suggéra-t-il.

— Je suis timée.

— Timée ? répéta Jean-Hugues.

Était-elle programmée pour rester active un certain temps ? Et que se passerait-il lorsque le timelock se serait écoulé ? Ses pensées s'effilochèrent puis Jean-Hugues cessa de se poser des questions. « *C'est le directeur du zoo au téléphone, lui dit sa mère. Il paraît qu'on n'a pas le droit de garder un dragon de Sumatra chez soi.* » Jean-Hugues voulut objecter que Bubulle n'était qu'un bug, mais il se souvint que sa mère n'était pas là et il s'assoupit.

Le bruit de soufflerie ne l'éveilla pas. Le faisceau laser jaillit de l'ordinateur et, lentement, balaya le bureau. Le temps imparti à Natacha pour réussir sa mission s'était écoulé. Alias venait récupérer sa créature puisqu'elle avait échoué. Natacha fit un pas de côté pour esquiver le rayon.

— Il y a des milliards de niveaux, dit-elle à haute voix.

Elle savait quelque chose que Alias ne savait pas. Elle savait qu'il y avait la réalité et Jean-Hugues. Sans hésiter, elle traversa la porte et se reconstitua de l'autre côté. Là, elle était hors d'atteinte. Au même moment, Jean-Hugues annonçait à sa mère son mariage avec Natacha. « *Je ne crois pas que le directeur du zoo sera d'accord, lui dit Mme de Molenne.* » Très contrarié par cette nouvelle, Jean-Hugues rouvrit les yeux et vit le rayon laser.

— Natacha ?

Elle avait disparu. Furieux, Jean-Hugues se jeta sur son ordinateur et secoua le moniteur en criant :

— Rends-la moi, rends-la moi !

Que se passa-t-il alors ? Jean-Hugues appuya-t-il par mégarde sur une commande de son clavier ? Ou Alias, se sentant menacé, voulut-il riposter ? Le faisceau laser s'élargit et l'ordinateur émit un bruit entre rot et hoquet. Brusquement, tout bascula dans la folie.

En quelques secondes et presque tous à la fois, les Malfaisants se déversèrent dans le bureau. Ce fut comme si l'ordinateur vomissait tripes et boyaux. Jean-Hugues poussa un hurlement et se plaqua au mur. Ce fut très rapide. À peine s'il put distinguer dans ce flot, dans ce flux, dans cette diarrhée quelques pattes crochues, des ailes de chauves-souris, un rictus sur des dents de vampire, des poils, des griffes, des crocs, des cornes, des queues, tout un carnaval de monstres et de chimères, tout un défilé de cauchemars brandissant des fourches et des torches. La meute passa en silence devant Jean-Hugues, traversa la porte, se retrouva dans le salon.

Bien que les Malfaisants parussent sans consistance, Natacha s'écarta pour les laisser passer. Se crut-elle menacée à son tour ? Tout en reculant, elle tira. *Pwijj, pwijj.* Les traits du dégom-laser passèrent au travers des hologrammes sans y laisser de traces. Mais Natacha oublia où était pour elle le vrai danger : l'eau des poissons rouges. Jean-Hugues n'avait rien épongé. Dès que Natacha marcha sur la moquette détrempée, elle se mit à crépiter. Identifiant la menace, elle voulut faire un pas de côté pour y échapper. Mais il était trop tard. Elle explosa en une myriade d'étincelles. Une minute plus tard, Alias dressait le constat sur l'écran du moniteur :

```
Golem Natacha
Taille : à l'échelle
Motricité : bonne
Vision : bonne
Sensation : bonne
```

```
Matérialisation : bonne
Armement : bon
Armure d'invincibilité : inopérante
Nombre de vies restantes : 2
```

— Putain, murmura Jean-Hugues, catastrophé. Deux vies ! Plus que deux vies pour s'aimer, plus que deux vies pour que Natacha comprenne ce qu'est la vie.

C'était l'heure entre chien et loup aux Quatre-Cents. Dans quelques instants, Mondiorama fermerait ses portes. Aïcha se dépêchait. Sa mère venait de s'apercevoir que le vin allait manquer. Le père en serait de mauvaise humeur et quand le père était de mauvaise humeur, les claques tombaient. Aïcha leva la tête vers le ciel tourmenté. Le vent chassait de gros nuages au ventre bas. La pluie, elle aussi, allait tomber. Aïcha se mit à courir, s'amusant toute seule du sautillement de ses petites nattes et de leur joli bruit de perles entrechoquées.

Aïcha avait grandi, depuis le soir où elle avait eu si peur en voyant danser devant la porte de Majid l'étrange fumée électrique. Elle n'était plus si craintive. D'ailleurs, ils avaient dit à la télévision que la pâte à prout donnait des hallucinations. Donc, elle avait halluciné et Majid aussi. Tout ça, c'était pâte à prout et compagnie.

À quelques mètres de là, Miloud et Rachid sortaient de chez le docteur. Une heure qu'ils avaient poireauté dans la salle d'attente ! Miloud s'était retenu pour ne pas éclater la chetron de la secrétaire.

— T'as rien, finalement, fit sèchement remarquer Rachid.

— T'as pas écouté le toubib ou quoi ? Commotionné, que j'ai été.

— Commotionné mon cul. T'as même pas des médicaments.

Ils étaient tous les deux à cran. Leur mésaventure à la Mondial Aréna avait fait le tour de la cité et tout le monde se payait leur tête. Histoire de se défouler un peu, Rachid flanqua un coup de pied dans le rétroviseur d'une voiture à l'arrêt et en fit voler le miroir en éclats. C'était déjà ça.

— Trop bon ! s'exclama soudain Miloud. Tu vois ce que je vois ?

C'était Aïcha qui arrivait au petit trot. Ils allaient se la coincer.

— Eh bien, chérie, où c'est que tu cours comme ça ? fit Miloud en l'agrippant au passage.

La petite Black savait que, dans ces cas-là, il fallait crier très fort.

— Lâche-moi ! hurla-t-elle. D'abord, je te connais ! T'es le cousin à Samir !

— Eh bien, si on se connaît, fais-moi la bise, ricana Miloud.

Rachid regardait sans intervenir. Un tic lui remontait le coin gauche des lèvres et le faisait cligner des yeux. Miloud avait plaqué la petite contre lui et la palpait à travers ses minces vêtements. Les cousins avaient lâché leurs démons et l'affaire risquait de très mal tourner.

Mais de la pénombre sortit alors la horde silencieuse. Cela ne dura pas plus de trente secondes. Les Malfaisants ! Une ruée de bêtes lubriques, une nuée de monstres grimaçants. Quand ils frôlèrent Rachid, le choc électrique l'expédia contre le capot de la voiture. Devant cette vision infernale, Miloud tomba à genoux et se mit à marcher à quatre pattes. Délivrée, Aïcha remercia Dieu (et le Diable aussi, pour ne vexer personne), puis reprit sa course vers Mondiorama.

Bernard Martin-Weber venait de quitter son magasin. Il avait licencié une caissière enceinte jusqu'aux yeux en lui inventant une faute professionnelle. Il était assez content de sa journée. Il regarda sa montre. 19 h 47. Il avait le temps de passer prendre l'apéritif chez sa maîtresse. Autrement, ce serait encore elle qui sifflerait toute seule la bouteille de whisky qu'il lui avait offerte. Depuis la Mondial Aréna, BMW se sentait plus que jamais en guerre contre le genre humain. Quand il arriva à sa voiture, il en trouva le rétroviseur défoncé. « Il faudrait rétablir la peine de mort », songea-t-il, furieux. Il monta dans sa voiture, démarra puis, pour se calmer les nerfs, appuya sur l'accélérateur. Encore. Encore. Dans le virage, les pneus crissèrent et, là, ce fut l'horreur. Pourtant, les Malfaisants traversaient bien gentiment sur le passage protégé. Mais BMW ne s'y attendait pas. Une meute de monstres noirs, jaunes, rouges. Bleus ! De la racaille à poil et à plume, becs et ongles en avant. L'un d'eux écrasa sa gueule fumante sur le pare-brise et BMW donna un violent coup de volant pour s'en débarrasser. Ce faisant, il se récupéra les poubelles d'un immeuble, puis l'immeuble.

— Peine de mort, murmura-t-il avant de s'évanouir.

Les Malfaisants étaient déjà loin et personne ne les arrêterait.

22 heures. Plus il roulait, plus Eddie songeait qu'il s'était fait rouler. Pourtant, tout avait bien commencé. Il avait réussi, dans sa camionnette, à intercepter l'appel d'Albert en direction du portable de Giraud. Il avait eu le temps de préparer le guet-apens dans le bar. Albert, Giraud, ils les tenaient à sa merci. Oui, sans cette

nana, tout aurait marché comme sur des roulettes. Nadia Martin, la soi-disant prof de collège. Pour qui travaillait-elle, celle-là ?

— Dis donc, fit une voix dans la camionnette, on va pas se garer sous ses fenêtres. Elle est dangereuse, cette fille.

Eddie regarda son collègue dans le rétroviseur. Il était gratiné avec ses yeux fardés et sa barbe qui repoussait. Ni l'un ni l'autre n'avait eu le loisir de se changer tout à fait. Blouson de cuir et maquillage filant, flingue et bas résille. Quel spectacle !

— Au point où on en est, on va pas faire dans la dentelle, répliqua Eddie, pince-sans-rire. À la MC, ils veulent des résultats. La fille, ils me l'ont pas demandée vivante.

Le feu passa au rouge et Eddie freina. On peut être tueur à gages et respecter le code de la route. Il en profita pour se décrotter le nez. Mais soudain, il resta figé, le doigt dans la narine et les yeux exorbités.

Les Malfaisants traversaient. Normal, pour eux, c'était vert.

— Mais c'est quoi, ça ? hurla le collègue mal démaquillé.

C'était une horde débraillée et poilue, les seins à l'air et les mains griffues, une meute de monstres tirant la langue jusqu'à terre, un défilé de bestioles obscènes, grimpées sur le dos d'autres bestioles... Eddie dégaina et tira à travers le pare-brise. Les monstres allaient et venaient devant la camionnette, passant d'un trottoir à l'autre d'un air affairé. Eddie les alignait comme au champ de foire. Mais ses balles transperçaient les hologrammes sans leur causer le moindre dommage. Puis le répugnant troupeau s'engouffra dans une rue voisine et l'infernale vision disparut comme elle était venue.

— C'était quoi ? hurla de nouveau le collègue.

Eddie resta un moment la tête entre les mains.

— Tu as vu ce que j'ai vu ? dit-il enfin.

— Mais c'était quoi ?

— Les Malfaisants.

Eddie avait pris le temps de la réflexion. Il était sûr de lui. Ce qu'il venait de voir, c'étaient des personnages de Golem, le jeu qu'avait créé Albert. Il avait reconnu très précisément certains des monstres, la grenouille au cou de girafe, le serpent à pattes et le cyclope rigolard. Albert pouvait faire sortir ses créatures du jeu ! C'était insensé, mais les Malfaisants étaient là, ils hantaient les Quatre-Cents. Est-ce que la MC était au courant ? Eddie sortit de sa poche un portable frappé du sigle de la compagnie.

— Tu as bien vu ce que j'ai vu ? s'assura-t-il une dernière fois.

— Oui, mais c'était quoi ?

Eddie fit signe au collègue de la boucler. Il avait le numéro direct d'Orwell, le larbin de M. William. Il allait le prévenir.

— Allô, monsieur Orwell ? C'est Eddie.

23 h 21. Le concierge des Colibris leva le nez vers le ciel. Une goutte de pluie, large, lourde, s'aplatit sur sa joue. Le vent sentait l'averse, les nuées allaient crever.

— Bon, mais dépêche-toi ! cria l'homme à son chien.

Brutus s'approcha de sa borne et la flaira.

— Tu pisses, oui ? le houspilla son maître.

Soudain, Brutus retroussa les babines et se mit à gronder.

— Allons bon, ça le reprend, grommela le concierge.

Son chien avait des peurs incompréhensibles depuis quelque temps, comme s'il flairait d'invisibles ennemis.

— T'as fini de faire des histoires pour...

Le gardien des Colibris laissa sa phrase en suspens. Les Malfaisants étaient là. Affolés par les premières gouttes de pluie, ils zigzaguaient entre le bâtiment des Colibris et celui des Flamants roses, toujours silencieux, grotesques et affairés. Brutus se mit à hurler à la mort. Le gardien, les jambes coupées, s'affaissa sur la borne.

La pluie redoubla et, l'un après l'autre, les Malfaisants explosèrent en millions d'étincelles.

4 — Monsieur William

CHAPITRE PREMIER

CONSEIL DE CLASSE

Pour la petite Mme Lescure, Andrée de son prénom et prof de maths de son état, un conseil de classe était une chose importante. Elle savait qu'on y décidait du sort des « enfants », comme elle les appelait, même lorsqu'ils avaient des baskets pointure 46 et un casier judiciaire.

Dans la salle de réunion, Andrée Lescure était donc arrivée la première pour le conseil de classe des 5e 6 et elle méditait, penchée au-dessus de son petit carnet de notes personnel. La meilleure moyenne de ce troisième trimestre était celle de Sébastien. 18,6. Le garçon avait un peu baissé et semblait parfois distrait en cours. Peut-être du tirage dans le couple des parents ou, à l'inverse, un petit frère en perspective ? Mme Lescure dessina rêveusement un point d'interrogation. Puis, de la pointe de son stylo, elle chercha la deuxième meilleure note et traça un trait sous le nom de Samir Ben Azet, 12,3. Surprenant ! Ce petit voyou avait de réelles capacités. Mme Lescure mit en marge un point d'exclamation. Elle voulait de tout son cœur comprendre ses élèves. Comme elle le disait vingt fois l'an au principal, M. Morentin, il était essentiel de connaître le milieu familial et les antécédents. Tout avait une explication, même les comportements en apparence les plus déconcertants.

Un bruit de chuchotements dans le couloir avertit la petite prof de l'arrivée des délégués de la 5e 6.

— Entrez, les enfants ! leur lança-t-elle.

Sébastien et Nouria se faufilèrent à leur place, après un bref

« b'jour, m'dame ». Ils s'assirent côte à côte, le nez baissé, l'air prostré.

— Cela va bien, les enfants ? s'inquiéta tout de suite Mme Lescure.

Sébastien releva la tête et la regarda comme si elle était transparente. Nouria venait de lui raconter ce qu'Aïcha avait vu, la veille au soir, dans une rue des Quatre-Cents. Il mit bien dix secondes à comprendre la question que lui posait sa prof.

— Ça va, répondit-il enfin.

Mme Lescure rajouta un point d'interrogation sur son carnet en face du nom de Sébastien, avec la presque certitude que ses parents étaient en train de divorcer.

Mlle Berre, le professeur d'histoire et géographie, entra à ce moment-là et rougit en apercevant sa collègue.

— Chui z'en retard ? bredouilla-t-elle, déjà certaine d'être en faute.

— Non, non, c'est moi qui suis en avance, la rassura Mme Lescure.

Mais elle ne put s'empêcher de hocher la tête. Cette pauvre Mlle Berre ! Comment faire pour qu'elle s'arrange un peu ? Elle n'était pas vraiment vilaine mais elle se tenait voûtée et laissait pendouiller ses mèches de cheveux. Rien à voir avec la pimpante Nadia Martin, la prof de SVT, toujours sur son trente et un. Comme Mme Lescure pensait à elle, elle entra à son tour dans la salle de réunion. La petite prof de maths retint un cri. Nadia semblait tombée du lit. À 17 h 15 ! La tignasse rebelle, le chemisier boutonné de travers, le Rimmel lui faisant des coquards sous les yeux. Nadia porta la main à sa poitrine tumultueuse.

— Ouf, z'ai couru, dit-elle.

Et sans autre explication, elle s'affaissa sur une chaise et se soutint la tête entre les mains. Mme Lescure envisagea deux hypothèses. Soit Nadia Martin avait fait la fête avec des amis et, n'ayant pas cours ce mardi, elle avait récupéré jusque tard dans l'après-midi. C'était assez peu convenable, mais encore excusable à son âge. Soit Nadia s'était fâchée avec son petit ami et elle avait abusé des somnifères. Mme Lescure étant sentimentale, elle penchait vers cette solution et commençait même à s'attendrir sur le sort de la ravissante abandonnée. Mais Nadia, toujours plongée dans ses pensées, se mit à rire toute seule, nerveusement. Puis regarda dans le vide. Elle y vit Albert comme elle l'avait quitté, une demi-heure plus tôt, dans la chambre d'hôtel. Tout nu, tout brun, chaud, musclé, faraud. Beau mec. Nadia poussa un soupir qui n'avait rien de désolé.

Mme Dupond, la prof d'anglais, se présenta alors.

— Bonjour, bonjour, fit-elle sur ce ton pressé qu'elle prenait pour expédier les corvées. Il manque encore du monde ?

Elle fronça les sourcils, déjà excédée, et jeta un coup d'œil à la pendule. Mme Dupond, professeur principale des 5ᵉ 6, avait deux enfants en bas âge et naviguait à vue entre otite et varicelle.

— On va peut-être commencer ? demanda-t-elle à Mme Lescure.

— Tout de même, protesta la petite prof, il faudrait qu'il y ait au moins M. de... Ah, le voilà !

Mme Lescure ne trouva pas la force de saluer Jean-Hugues et resta bouche bée. Après plusieurs nuits blanches, le jeune professeur de français s'était endormi le front sur le clavier de son ordinateur. Il n'avait pas seulement l'air épuisé. Avec ses yeux d'un bleu exalté, ses cheveux en bataille, ses lèvres fiévreuses et écorchées, il paraissait totalement déglingué. Mme Lescure savait que le jeune homme venait de prendre un congé de maladie. Faisait-il de la dépression ? Jean-Hugues semblait hors du monde, hors d'atteinte. « Sous anxiolytique, peut-être ? » songea Mme Lescure.

— On y va ? la bouscula Mme Dupond. Commençons par...

Elle sourit en regardant le délégué des 5ᵉ 6.

— Les félicitations pour Sébastien !

— Ah, Sébastien ! s'exclama Jean-Hugues comme s'il venait de prendre conscience de sa présence. Qu'est-ce que vous avez fait de Joke ? Il est toujours dans la cave ?

Sébastien jeta un regard inquiet sur le reste de l'assemblée. Allait-il parler devant tout le monde de l'ectoplasme électrique ?

— Nnnon, balbutia le jeune garçon. On l'a mis dans la carrière.

— Écoutez, vous parlerez de vos déménagements plus tard, s'impatienta Mme Dupond. Donc, Sébastien, passage en quatrième et félicitations. Samir Ben Azet ?

Nadia tressaillit et parut sortir à son tour de sa nébuleuse :

— Ah, oui, Samir !

C'était à cause de Samir que sa vie à elle avait basculé.

— Comment se fait-il que Samir ait eu en main un portable de marque MC ? se demanda-t-elle à voix haute.

Les yeux écarquillés, Jean-Hugues récita sur un ton de robot :

— La MC ? Il faut détruire la MC.

— C'est aussi ce que pense Albert, lui répondit Nadia.

Jean-Hugues crut remarquer quelque chose d'insolite.

— Vous connaissez Albert ?

— Bien sûr. Z'ai même cou... dor... dîné avec lui récemment !

Nadia avait rougi. Si elle ne se surveillait pas un peu, elle allait dire des incongruités.

— On est là pour le conseil de classe ? s'informa Mlle Berre, toujours prête à penser qu'elle s'était trompée d'heure, de jour ou de réunion.

— Mais bien sûr, s'obstina Mme Dupond, qui avait décidé de tracer. Alors, Ben Azet, passage en quatrième ? Évidemment, il pose quelques problèmes de discipline.

— Non, mais c'est pas de sa faute, protesta Sébastien. Il a sa sœur Lulu qui est malade et ses parents qui boivent...

— Mon Dieu, murmura Mme Lescure, s'empressant de noter en marge de son carnet : « alcoolisme parental ».

— Et en plus, il a dû s'occuper de nourrir Joke, ajouta Sébastien en cherchant un soutien du côté de Jean-Hugues.

— C'est son petit frère ? hasarda Mlle Berre.

Sébastien revit en pensée l'énorme monstre blafard qui se terrait dans les carrières.

— Pas... tout à fait, dit-il, cherchant toujours de l'aide du côté de Jean-Hugues.

— Mais non, corrigea le jeune prof, Joke, c'est un golem.

Il regarda les gens assis autour du cercle des tables.

— Vous savez ce que c'est qu'un golem, oui ? s'énerva-t-il un peu.

Il y eut un silence méditatif. Mme Lescure songea que M. de Molenne avait peut-être besoin de prolonger son arrêt maladie.

— On n'a pas encore parlé de Majid ? s'inquiéta Jean-Hugues.

En fait, il n'était venu que pour défendre le petit Majid Badach, menacé de redoublement.

— Non, on en est à Aïcha, se cramponna Mme Dupond. Alors, Aïcha, redoublement, je crois ?

— Moi, j'ai 9 en travaux numériques, fit Mme Lescure en soulignant la note d'un trait de stylo, et 6 en géométrie. Elle a baissé, ce trimestre.

— Mais c'est pas de sa faute ! couina Nouria, la grande copine d'Aïcha.

— Elle a un papa très sévère, c'est ça ? la questionna Mme Lescure, d'un ton compatissant.

— Non, c'est pas ça ! C'est à cause des esprits des morts qui la poursuivent. Elle les a même vus dans la rue, hier soir. Ils ont des griffes, des dents, euh... des poils.

Nouria n'avait jamais été très forte pour les descriptions mais son prof de français reconnut tout de même les hologrammes qui étaient sortis de son ordinateur.

— Les Malfaisants ! s'exclama-t-il. Ils se sont échappés de chez moi. Alors, Aïcha les a vus ?

— Oui, m'sieur, la peur de sa vie, m'sieur.

Mme Lescure avait déjà entendu parler des Requins Vicieux, une bande de jeunes qui faisait régner la terreur aux Quatre-Cents. Mais elle ne connaissait pas les Malfaisants.

— Écoute, Nouria, si ces Malfaisants rackettent Aïcha, il faut prévenir son père.

— Mais il la croivra pas, se récria Nouria. Moi aussi, au début, je la croivais pas.

Mme Dupond sauta sur l'occasion pour régler son compte à Nouria :

— Nouria, vu tes problèmes en conjugaison, le mieux, ce serait que tu redoubles avec Aïcha. Hein, on met redoublement aux deux ?

— Vous n'allez pas faire redoubler tout le monde ! s'insurgea Jean-Hugues. En tout cas, pour Majid, je m'y oppose formellement.

Mme Lescure appuya la pointe de son stylo sous le nom du petit Badach :

— Tout de même, je vous signale qu'il n'a eu que 6,5 ce trimestre en travaux nu...

— Mais c'est pas de sa faute ! l'interrompit Sébastien qui en oubliait d'être poli. Vous avez fait le contrôle le lundi et tout le week-end, Majid a dû surveiller Joke. Il a pas pu réviser !

— Alors, Joke, c'est le petit frère de Majid, fit Mlle Berre, contente d'avoir enfin compris quelque chose.

— C'est un golem, vous suivez un peu la conversation ? la houspilla Jean-Hugues.

— Un golem comme celui du zeu ? s'informa Nadia.

— Un golem de chez Golem, oui, continua de s'échauffer Jean-Hugues.

— Le zeu vidéo d'Albert ?

— Mais qu'est-ce que vous fricotez avec Albert ?

— Rien du tout, mentit farouchement Nadia. D'ailleurs, c'est vous qu'Albert veut voir.

— Ça tombe bien, ricana Jean-Hugues. J'ai deux ou trois bricoles à lui montrer parce que son jeu vidéo, figurez-vous qu'il sort de mon ordinateur en pièces détachées.

— C'est bien la réunion pour le conseil de classe ? fit la petite voix effondrée de Mlle Berre.

— Mais oui, gronda Mme Dupond. Seulement, si on perd son temps à parler de jeux vidéo, on n'en finira jamais. Bon, alors, Majid Badach ? « Passe en quatrième », c'est ça ?

— Attendez ! Moi, en géométrie, j'ai 4, ce trimestre, pointa Mme Lescure.

— Où est Albert ? demanda Jean-Hugues, qui suivait son idée.

— Dans...

Nadia repensa à la chambre miteuse où un grand lit les avait accueillis tous les deux.

— Ze ne dois pas le dire.

— Mais il faut que je lui parle, l'implora Jean-Hugues. On perd du temps, là...

— Je ne vous le fais pas dire, enchaîna Mme Dupond. Bon, Mamadou... En français, qu'est-ce qu'il donne ?

— Écoutez, madame Dupond, lui répondit Jean-Hugues aussi posément qu'il le pouvait, je peux faire sortir de mon ordinateur les personnages d'un jeu vidéo et j'ai chez moi un dragon virtuel dans une cage. Il n'est pas très grand, je vous l'accorde, mais il est quand même encombrant et j'aimerais pouvoir discuter de mon problème avec le concepteur du jeu.

— C'est la réunion pour la pièce de théâtre de fin d'année ? supposa la voix de plus en plus misérable de Mlle Berre.

De son côté, Mme Lescure avait noté « délire schizophrène » dans son carnet. Elle devait alerter M. le principal de toute urgence.

— M'sieur ? Vous avez VRAIMENT fait sortir le dragon ? souffla Sébastien, émerveillé.

— Oui, en très petit.

Entre ses deux mains, Jean-Hugues mesura quinze centimètres.

— Non, mais ! On va pas passer la séance à parler de jeu vidéo !

Mme Dupond s'étouffait d'indignation. Ces célibataires, on voyait bien qu'ils n'avaient à penser qu'à eux-mêmes !

— Parce que moi, j'ai mon Tanguy qui me fait ses dents et il a 39 de fièvre !

Mme Lescure lui jeta un regard de pitié. Elle ne se rendait donc pas compte que ce pauvre M. de Molenne était devenu fou ?

— Jean-Hugues, lui dit-elle très gentiment, vous réglerez plus tard votre petit problème de dragon.

— Mais c'est qu'il y a Natacha aussi, lui objecta le jeune homme. Pour l'instant, je ne l'ai pas fait ressortir de mon ordinateur parce qu'elle est assez dangereuse.

Il rectifia immédiatement :

— Pas par méchanceté, hein ? Mais elle est virtuelle, elle tire dans le tas avec son dégom-laser, elle ne comprend pas que ça tue.

Il précisa encore par souci de clarté :

— Plus exactement, chaque fois qu'elle tue, elle pense que ça lui donne un bonus.

— Bien sûr, approuva doucement Mme Lescure.

Pendant ce temps, Mme Dupond avait rassemblé ses affaires tout en expliquant à Mlle Berre que la nounou de sa fille Bérangère lui avait téléphoné sur son portable pour lui dire qu'elle était à la porte parce que son fils lui avait perdu les clefs et que si elle ne récupérait pas le carnet de santé de Tanguy avant 19 heures, elle ne pourrait jamais voir la pédiatre que sa sœur lui avait recommandée pour les enfants qui font des otites à répétition.

— Ah oui ? Ah tiens ? bégayait Mlle Berre pour avoir l'air de participer à quelque chose.

Nadia avait écouté Jean-Hugues avec un étonnement grandissant. Albert lui avait parlé des images subliminales qu'il avait glissées dans son jeu vidéo. Mais Jean-Hugues parlait de tout autre chose.

— Qu'est-ce que c'est que ces histoires de dragon dans une caze ? zézaya-t-elle. Vous délirez ou quoi ?

Mme Lescure lui fit « chut, chut ». Inutile de brusquer un malade en pleine crise.

— C'est sûrement pas du délire, intervint Sébastien. Nous aussi, on a un golem.

— Mais non, pas toi, Sébastien, le supplia Mme Lescure. Si tes parents ne s'entendent pas bien, en ce moment, dis-toi que ce n'est qu'une mauvaise passe et que tout finira par s'arranger.

— Mais ça va avec mes parents, la rassura Sébastien. Et ça va aussi avec le golem. On l'a caché dans la carrière.

— La carrière ? répéta Nadia.

Elle crut voir la solution à son propre problème.

— Nous sommes traqués par la MC, Albert et moi, dit-elle à Jean-Hugues, et on cherche une planque. Pourquoi pas la carrière ?

Plus ce qu'on disait à Jean-Hugues était énorme, plus l'information avait de chances de lui arriver au cerveau. Il admit donc sans discuter l'idée que Nadia aussi était poursuivie par les tueurs à gages de la MC.

— Moi, j'ai une meilleure planque, proposa Sébastien. Le camping-car de mes parents. Ils s'en servent que pour les vacances d'août.

Mlle Berre eut une brève illumination :

— C'est une réunion pour la sortie de fin d'année ?

La petite Mme Lescure se leva, à demi chancelante. Elle venait d'avoir, elle aussi, une illumination : la pâte à prout. Tout le monde possédait des pots de pâte à prout Mondialo au collège. Or, ils avaient dit à la télévision que certains pots contenaient peut-être une substance hallucinogène. Manifestement, Nadia, Jean-Hugues et Sébastien en avaient manipulé et s'étaient intoxiqués. Mme Lescure s'élança dans les couloirs à la recherche du principal :

— Monsieur Morentin ! Monsieur Morentin !

Quand elle le trouva enfin, elle était cramoisie, transpirante, échevelée. Elle avait l'air d'une folle.

— Ah, monsieur Morentin, c'est épouvantable ! s'écria-t-elle. C'est épouvantable ! M. de Molenne voit des dragons partout, des petits dragons.

Entre ses mains tremblantes, Mme Lescure mesura quinze centimètres.

— Et Nadia, Nadia Martin, vous la verriez, on dirait qu'elle a fait la noce pendant quinze jours, et même Sébastien, vous voyez qui, Sébastien de la 5e 6 ?

— Oui, oui, oui, fit M. Morentin en posant les mains sur les épaules de la petite prof pour tenter de la calmer.

— Il cache des golems dans une cave... ou une carrière... ou un camping-car. Enfin, c'est épouvantable !

— Épouvantable, répéta M. Morentin sur le ton de la plus grande conviction.

« Tout a une explication, songea M. le principal, même les comportements en apparence les plus déconcertants. » Mme Lescure était-elle en train de se séparer de son mari ? Ou bien s'était-elle mise à boire ?

CHAPITRE II

QUI N'EST PAS POUR LES ENFANTS

Albert était content. Vautré sur le lit défait, il lançait au plafond des ronds de fumée. Il était content et pourtant il ne lui restait que trois euros en poche. « Mais, songea-t-il, je n'ai plus besoin de poche. » Il était nu. Comme Nadia l'avait quitté une heure plus tôt. Il poussa un soupir de bien-être. Cette nana était vraiment, vraiment...

— Super, dit-il au plafonnier.

Ce fut la porte qui lui répondit. Toc, toc, toc.

— Houps, fit Albert en attrapant un caleçon. Qui est-ce ?

— Le Chat botté, fit quelqu'un de l'autre côté.

Albert entrouvrit la porte de sa chambre et vit Giraud sur le palier.

— C'est tout ce que vous a laissé la MC ? remarqua Giraud en entrant.

— La peau et les os, confirma Albert. Fermez la porte. Vous êtes sûr de ne pas avoir été suivi ?

Giraud haussa une épaule et posa sur le lit son ordinateur portable.

— Alors ? La MC veut aussi se débarrasser de vous ? lui demanda Albert à brûle-pourpoint.

Giraud confirma d'un simple signe de tête.

— Qu'est-ce que vous leur avez fait ?

— Je suis parti avant d'être licencié. Vous savez ce que veut dire « licencier » chez les MC ?

Giraud parlait tout en jetant un regard fureteur autour de lui. Il n'était pas en confiance.

— Vous tournez parano, hein ? se moqua Albert. Bon, moi, je vais jouer cartes sur table.

Il fit un geste pour montrer la chambre d'hôtel minable qui était son dernier refuge.

— Je n'ai pas trop le choix. Après, c'est la péniche de l'Armée du Salut et je ne crois pas que ma nana voudra m'y suivre.

Giraud tressaillit.

— C'est qui ?

Albert fit claquer sa langue.

— Ma nana.

Giraud se renfrogna un peu plus. Il était petit, gros et chauve. Albert l'agaçait. Ce type se prenait pour un génie du jeu vidéo. C'était un sale petit con.

Giraud s'assit sur le lit et ouvrit son portable. L'écran de l'ordinateur était son seul véritable interlocuteur.

— Vous savez que je travaillais sur le jeu Golem quand j'étais à Gruyères, reprit Albert. En fait, c'était un boulot... particulier.

Giraud semblait ne s'intéresser qu'aux menus qui se déroulaient sur l'écran, mais la voix hésitante d'Albert l'avait mis en alerte. Qu'est-ce que ce type avait bien pu trafiquer ?

— M. William, notre bien-aimé patron, continua Albert, a eu envie de s'offrir une expérience de manipulation mentale sur ses jeunes clients. Il m'a demandé d'insérer des messages subliminaux dans mes séquences vidéo. Juste un petit truc rigolo : « Achetez de la pâte à prout Mondialo ! »

Giraud pianotait sur son clavier. C'était compulsif chez lui, comme la cigarette pour le fumeur.

— Et... vous avez... obéi ? dit-il lentement.

— Oui.

Il y eut un silence entre les deux hommes. Giraud tapa : `C'est bien ce que je pensais. Ce type est une crapule.` Puis il effaça.

— Ça payait bien ? demanda-t-il d'un ton paisible.

— Un bon paquet de blé, oui. Mais j'ai fini par renoncer.

— Le remords ? ironisa Giraud.

— J'ai trouvé que ça sentait le chaud. Plus je travaillais sur Golem, plus j'avais l'impression que quelqu'un y entrait des données à mon insu. Le jeu... comment vous dire ça ? Le jeu m'échappait. J'ai pensé qu'il y avait des saboteurs dans mon équipe. Et je me suis demandé s'ils n'agissaient pas sur ordre de M. William.

Giraud tapa sur son clavier : J'ai pensé la même chose.

— OK, décida-t-il, je joue aussi cartes sur table. M. William m'a embauché parce que je suis le meilleur spécialiste des systèmes de sécurité...

Il écrivit : au monde, mais acheva plus modestement :

— En Europe.

— Pourtant, votre super-système nous a fait un big plantage, se moqua Albert.

Sur l'écran, Giraud lâcha : sale petit con et poursuivit sur un ton serein :

— Je n'ai eu que des problèmes avec l'installation de l'Artificial Logical Intelligence for Absolute Security. Moi aussi, j'ai eu le sentiment que M. William sabotait le travail dans mon dos.

— Il cherchait les failles ? suggéra Albert.

Giraud écrivit : `Mon système de sécurité est béton. Mais comme je devais l'introduire dans TOUS les systèmes informatisés du siège, il y a peut-être eu des interférences entre les programmes ?` Puis il aligna une bonne vingtaine de points d'interrogation. En fait, il n'avait rien compris à ce qui s'était passé. Mais il avait eu peur d'être accusé de sabotage et il s'était sauvé.

On toqua de nouveau à la porte. Albert et Giraud, qui vivaient tous deux sur les nerfs, eurent un même sursaut.

— Qui est-ce ?

Nadia donna son nom de code :

— Le Petit Chaperon rouge.

Albert cligna de l'œil vers Giraud :

— Ma vie est un vrai conte de fées.

La jeune femme entra et ravala un cri de frayeur en apercevant un inconnu assis sur le lit.

— C'est Giraud, le présenta Albert. J'ai réussi à mettre la main sur lui.

D'un air fat, il désigna Nadia à Giraud :

— Ma nana.

Giraud referma brusquement son ordinateur portable. Il n'aimait pas les femmes.

— Vous m'avez retrouvé mais vous ne pourrez plus me contacter, dit-il d'un ton précipité. Je vais quitter la France. Ma société m'envoie... très loin. Mais je ne veux pas partir sans vous donner un conseil.

Il ne parlait qu'à Albert.

— Hoax, dit-il en se levant.

— Hoax ? répéta Albert.

— C'est qui ? demanda Nadia.

Giraud écarta la question d'un revers de la main.

— La MC est un colosse, reprit-il. Mais même une multinationale a ses faiblesses. Vous avez entendu parler des pots de pâte à prout hallucinogène ?

Nadia et Albert s'entre-regardèrent. Il y avait donc quelque chose de vrai dans cette rumeur ?

— Hoax, dit encore Giraud. Et celui-ci vient de moi. Vous comprenez ?

Albert fit « oui » d'un battement de cils.

— Je vous laisse cet ordinateur, ajouta Giraud en se dirigeant vers la porte. Avec votre histoire d'images subliminales, vous allez pouvoir faire mal.

Nadia attendit que la porte se fût refermée pour commenter :

— C'est le zour des zinzins. Et toi, tu as fait vœu de ne plus t'habiller ?

Elle n'avait pas encore l'habitude de tutoyer ce grand gaillard et se sentit rougir. Albert craqua définitivement. Il l'attrapa par le bras et la serra contre lui :

— Tu sais que je suis dingue de toi ?

Il éclata de rire comme si cette constatation le prenait totalement au dépourvu. Puis il la repoussa et s'assit en tailleur sur le lit.

— Un portable Nouvelle Génération MC, murmura-t-il d'un ton attendri.

Il en caressa les contours avant de l'ouvrir. Il fit quelques manipulations puis lança un sifflement d'admiration.

— Ce carnet d'adresses qu'il a, l'enfoiré !

En quelques phrases, Albert expliqua à Nadia ce qu'était un hoax. C'était une rumeur lancée sur internet par des plaisantins ou des gens malintentionnés. Un jour, on recevait dans sa boîte aux lettres électronique un mail commençant ainsi : « À transmettre au maximum de gens possible ! Ne mangez plus de bananes pendant les trois prochaines semaines ! » Le mail vous expliquait ensuite que des bananes en provenance du Costa Rica étaient infectées par la fasciite nécrosante, la fameuse bactérie mangeuse de chair.

— En gros, si on mange cette banane, c'est elle qui finit par vous bouffer, conclut Albert avec un sourire engageant.

— Mais... c'est un canular stupide, s'étonna Nadia.

— C'est un hoax. Si dix personnes y croient et si elles envoient ce mail à dix autres personnes qui elles-mêmes, plus ou moins convaincues, font suivre... c'est l'effet boule de neige. Un jour, la presse en parle au conditionnel : « Des bananes du Costa Rica auraient été infectées... », et le lendemain, c'est le big reportage à la télé : « La France a peur. La banane a frappé ! »

— C'est idiot.

— Mais ça marche. La preuve ? C'est Giraud qui a lancé le hoax de la pâte à prout hallucinogène. Tout le monde en a parlé.

Nadia fit la moue, toujours réticente :

— Les zens n'y croient qu'à moitié.

— C'est déjà beaucoup, répliqua Albert. Regarde le carnet d'adresses de Giraud.

Il le fit défiler sous les yeux de Nadia. Des centaines et des centaines d'e-mails. Très probablement des fondus d'internet et des informaticiens, de puissants relais pour des hoaxes de bonne qualité.

— Et on va leur en servir, murmura Albert.

Il réfléchit un instant avant d'écrire :

`Bonjour à tous ! Si vous voulez nettoyer votre cuvette WC, n'hésitez plus. Versez-y une bonne canette de Mondial Cola. Laissez agir une heure et tirez la chasse d'eau. C'est propre. En effet, Mondial Cola contient de l'acide phosphorique tout comme votre détartrant WC préféré. Et vous laissez boire ça à vos enfants ? ! Merci MC !`

Nadia lut par-dessus son épaule et se mit à rire.

— Et de un, fit Albert en expédiant son message à tout le carnet d'adresses de Giraud.

— Mais qu'est-ce que ça te rapporte ? l'interrogea Nadia.

— Je vais répandre le bruit que la MC est une secte, que M. William se prend pour le nouveau Messie, que dans le parc d'attractions de Mondioland on kidnappe des enfants pour leur prélever un rein, que...

— Mais on ne croira zamais un mot de tout ça ! se récria Nadia.

— On finira par tout croire parce que je vais aussi lancer une information vraie, vérifiable et scandaleuse.

— Laquelle ?

Albert prit un ton solennel pour énoncer :

— MC a mis des images subliminales dans le jeu vidéo Golem.

Nadia s'éloigna vers la fenêtre, laissant Albert s'échauffer face à son écran. Elle souleva le rideau pour regarder la nuit tomber. Elle commençait à bien connaître Albert. Le jeune informaticien ne pouvait pas dénoncer lui-même à la police les agissements de la MC, car il était concerné. Grâce à l'anonymat d'internet, il pouvait tout de même passer aux aveux.

Elle revint vers lui et le regarda de façon si appuyée qu'il finit par s'en apercevoir.

— C'est la guerre, déclara-t-il. Albert contre la MC.

Nadia ne répondit rien. Elle aussi détenait un hoax fabuleux, un hoax à révolutionner la planète Internet : `Attention ! Le jeu vidéo Golem a une certaine tendance à sortir de l'ordinateur`. Jean-Hugues lui avait parlé d'hologramme. Albert était-il aussi responsable de cet inquiétant débordement du virtuel ?

Elle se pencha de nouveau par-dessus son épaule. Il tapait frénétiquement :

`Nouvelle offensive de la firme mafieuse MC ! Après la pâte à prout hallucinogène, voici Golem, le jeu qui vient squatter vos écrans. Le but de la MC et de son patron-gourou, M. William, est aussi simple que terrifiant : manipuler l'inconscient des enfants ! En effet, ce jeu contient des images subliminales décelables au ralenti...`

— Il y aura bien quelques petits malins pour vérifier, conclut Albert en expédiant le message.

Il savait que sa seule chance de refaire surface un jour était d'abattre la MC.

— Je suis le plus beau, fit-il en s'étirant.

Nadia lui passa distraitement la main dans les cheveux.

— Z'ai trouvé une planque qui ne nous coûtera rien, dit-elle enfin.

— Ah, tout de même ! Tu te remues un peu.

Elle lui décocha une pichenette sur le crâne.

— Et z'ai donné ma clef à Zean-Hugues pour qu'il aille me chercher des vêtements.

Albert regarda le plafonnier. Il n'aimait pas entendre « Zean-Hugues » dans la bouche de Nadia.

— Tu n'as pas été amoureuse de lui ? demanda-t-il à contrecœur.

— De qui ? De Zean...

— Oui, de Machin !

Nadia lui rit au nez. La colère alluma le sombre regard d'Albert. Mais il s'efforça de sourire.

— C'est où, ta planque, ma chérie ?

— C'est un camping-car, mon anze.

— Le camping-car de Machin ?

— Non, d'un de mes élèves. Sébastien.

Albert murmura :

— Il fera bien de se tenir à l'écart, Sébastien. On n'est pas dans une histoire pour les gamins.

Pourtant, le lendemain matin, Sébastien était avec Jean-Hugues à l'entrée du parking des camping-cars, derrière la gare RER.

— C'est quoi, toutes ces affaires ? s'informa Sébastien.

Jean-Hugues avait posé une grosse valise mais il gardait, serrée contre lui, une boîte en bois sérieusement ficelée.

— Des vêtements pour Nadia.

Sébastien regarda la boîte en se demandant quelle sorte de vêtements devait être aussi solidement empaquetée. Jean-Hugues en vérifia le ficelage puis la secoua. Il semblait préoccupé.

— Mais qu'est-ce qu'il y a dedans ? insista Sébastien.

À ce moment-là, Nadia et Albert surgirent de derrière la gare RER. Ils marchaient au pas de gymnastique. Leur hantise était de voir apparaître la camionnette blanche d'Eddie, le tueur à gages de la MC.

— Machin est arrivé, marmonna Albert. Mais pourquoi il se trimballe le gosse ?

— Tu n'aimes pas les enfants ? s'irrita Nadia. Moi, z'en veux trois.

Albert lui coula un regard inquiet.

Les retrouvailles entre Jean-Hugues et Albert furent d'une virile sobriété :

— Bonjour.

— Salut.

Sébastien conduisit le petit groupe à travers les allées en leur vantant les charmes du camping-car.

— Y a un coin douche-WC et deux banquettes transformables en lits. Moi, ce que je préfère, c'est le grand lit au-dessus des sièges avant. On monte par une petite échelle, ça fait comme une couchette de bateau si on tire le rideau...

— Eh bien, tire-le, l'interrompit Albert.

Nadia lui jeta un regard scandalisé. Mais Albert lui adressa une grimace gamine et elle sourit malgré elle.

Une fois dans le camping-car, Nadia ouvrit les placards et les tiroirs, testa le confort du lit pour deux. Un peu gêné, Jean-Hugues ressortit, laissant la jeune femme à ses satisfactions de maîtresse de maison. Sébastien le suivit peu après.

— Pour une fois, Albert a raison, lui dit Jean-Hugues. Il vaut mieux que tu ne traînes pas dans les parages. Allez, file !

Sébastien acquiesça et fit mine d'obtempérer. Mais il se retourna et, d'un mouvement de tête, il désigna la boîte que son prof n'avait toujours pas lâchée.

— C'est quoi ?

— Une surprise pour Albert.

Sébastien s'éloigna d'un pas. Mais de nouveau, il se retourna et chuchota, émerveillé :

— Alors, c'est vrai ?

Jean-Hugues prit un air modeste :

— Oui, mais en très petit.

— Zean-Hugues ! l'appela Nadia à l'intérieur du camping-car.

Il entra. Albert était allongé sur la banquette et fumait.

— Merci pour la valise. Vous avez même pensé au maquillaze. C'est très zentil, zézaya Nadia.

Jean-Hugues lui répondit d'un petit sourire triste, comme s'il comprenait soudain qu'il était passé à côté de quelqu'un. Une nana virtuelle, c'est bien. Mais ça ne vous donne pas cet air de propriétaire qu'affichait Albert.

Jean-Hugues posa sa boîte sur la table et prit une inspiration. Il n'avait pas envie de livrer son secret. Mais il savait que, s'il le gardait pour lui seul, sa santé mentale n'y résisterait pas.

— Albert, je dois vous parler.

Le grand gaillard se tourna vers le petit prof et, appuyé sur le coude, fit peser sur lui un regard condescendant.

— Est-ce vous qui avez programmé les personnages de Golem pour qu'ils puissent sortir de l'ordinateur ?

— Hein ?

Jean-Hugues aspira l'air une nouvelle fois et répéta :

— Est-ce vous qui avez programmé le jeu pour que Natacha, Joke, les Malfaisants et Bubulle sortent de l'ordinateur ?

Albert leva la tête vers Nadia :

— Tu le connais bien, ce type ?

— Il faudrait expliquer un peu mieux, Zean-Hugues, l'encouragea la prof de SVT.

— Il n'y a rien à expliquer, s'entêta Jean-Hugues. Joke est dans les carrières et se nourrit d'électricité. Natacha est dans mon ordinateur et je sais comment la faire sortir. Les Malfaisants ont dû éclater sous la dernière averse...

Albert continuait de regarder Nadia :

— Y en a beaucoup des comme ça dans l'enseignement ?

Nadia ne savait plus que penser. Elle poussa un soupir désolé. Puis regarda, intriguée, ce que Jean-Hugues était en train de faire. Il dénouait la ficelle autour de la boîte.

— Comme je me doutais que vous ne me croiriez pas, dit-il, je vous ai amené Bubulle.

Du coup, Albert se redressa. Nadia se pencha au-dessus de la boîte. Jean-Hugues eut envie de savourer ce bref instant de supériorité.

— Donc, je suis fou ? fit-il, la main sur le couvercle.

Les deux autres ne répondirent rien.

— Il n'y a pas de dragon dans cette boîte ? insista Jean-Hugues.

Pas de Bubulle en modèle réduit qui crache du feu et vous flanque des décharges, hein ?

— Zean-Hugues, supplia Nadia, à bout de nerfs.

Lentement, lentement, le jeune prof entrouvrit la boîte. Bubulle était là, timide et recroquevillé. Le trajet l'avait secoué, sans doute. Il restait immobile et collé contre la paroi.

— Qu'il est mimi ! s'exclama Nadia étourdiment.

— C'est... c'est un produit dérivé ? bégaya Albert. La MC a sorti des dragons en plast... Mais il bouge ! Il a bougé, là ? Non ?

— Vous croyez ? interrogea paisiblement Jean-Hugues.

— Ça marche avec des piles ? C'est un genre de truc, là, de Furby ?

— Vous croyez ? répéta Jean-Hugues.

La petite chose avait redressé son museau. Ses yeux bleus étaient devenus rouges.

— Attention, prévint Jean-Hugues.

Soudain, Bubulle cracha sa flamme aussi loin qu'il put. Jean-Hugues éclata de rire et rabattit le couvercle. Puis, le regard halluciné, il dit très vite :

— Et chez moi, j'ai une fille avec un dégom-laser. Elle m'a tué mes poissons rouges et m'a fait une brûlure au cœur. Et même, je l'ai embrassée et ça fait mal parce qu'elle est électrique. Elle veut détruire la MC. C'est sa mission mais l'eau la fait disjoncter et elle n'a plus que deux vies. Et je l'aime...

Des larmes coulaient de ses yeux écarquillés. Albert avait de nouveau soulevé le couvercle et approché la main de Bubulle. Il la retira en poussant un hurlement.

— Saloperie ! Ça brûle !

Il referma la boîte d'un geste brutal. Sans cesser de pleurer, Jean-Hugues se mit à rire.

— Alors, je suis fou ? dit-il, tout près de sombrer dans la folie.

CHAPITRE III

LULU PÈTE LES PLOMBS

Assise à califourchon sur un ballon presque aussi haut qu'elle, Lulu faisait des bonds au milieu de la chambre.

— Voilà, dit Mme Ben Azet. C'est comme ça depuis des jours. Toute la journée, toute la nuit. Et moi, je lui dis : arrête, Lulu, arrête !

Les fesses posées au bord du lit de Lulu, le docteur Andrieu s'épongea le front.

— Si je ne l'avais pas vue avant, je sais bien ce que je dirais...

— Et c'est quoi que vous aurez dit ? demanda Samir.

Samir se tenait adossé au chambranle de la porte. Il se sentait les jambes flageolantes et la cervelle en bouillie. Lulu l'avait épuisé lui aussi.

— Enfant hyperactive avec trouble déficitaire de l'attention, répondit le médecin. Une TDAH, comme on dit.

— Je l'ai eu quand j'étais petit ! s'exclama Samir. En CM1 ! Enfant hyperactif. C'était marqué sur mon carnet !

— C'est grave ? s'enquit Mme Ben Azet sur un ton résigné.

— Ça ne s'attrape pas comme la varicelle, voyons.

Le docteur Andrieu ne quittait pas Lulu des yeux, fasciné.

— Vous comprenez, dit-il comme s'il réfléchissait à haute voix, cette petite souffrait d'une maladie incurable.

— Ça veut dire inguérissable, traduisit Samir avec une pointe de fierté.

— Elle doit s'affaiblir, poursuivit Andrieu. Elle ne peut pas... elle ne peut pas sauter de la sorte.

Il y avait comme un reproche dans sa voix. Lulu était un pied de nez à la médecine.

— Il faudrait que je l'examine, soupira-t-il, mais...

Mais Lulu faisait des bonds, faisait des bonds, faisait des bonds...

— Touchez-la pas ! l'avertit Samir. Vous allez vous prendre une giclée.

— Pardon ?

— Lulu est devenue électrique, commenta Mme Ben Azet, un peu comme elle aurait dit : « elle nous refait pipi au lit ».

— Comment ça, électrique ?

— Elle fait des signaux lumineux à la fenêtre, dit Samir. Avec une ampoule.

— Une lampe de poche, supposa le médecin.

— Non, non, juste l'ampoule. Elle la tient entre ses doigts.

Andrieu le regarda en souriant d'un air stupide. Samir s'efforça de le rassurer.

— Une petite lumière, hein...

Le docteur Andrieu se leva soudainement.

— Une seconde, mon lapin. Lulu, arrête-toi une seconde.

Il tendit les bras pour tenter d'immobiliser la gamine.

— Ouch !

— Je vous avais prévenu, dit Samir. C'est une vraie pile.

Le médecin regardait sa main d'un air incrédule.

— C'est pas de sa faute, dit Mme Ben Azet. Elle se rend pas compte. On croirait qu'elle est plus avec nous.

Le docteur Andrieu se racla la gorge.

— Il faut que je vous parle. Seul à seule.

Il adressa à Samir un regard insistant.

— Ça va, j'ai compris, bougonna le garçon.

Il ouvrit la porte de la chambre. Curieusement, Lulu semblait avoir compris, elle aussi. Sans un mot, en quelques bonds, elle le suivit dans le salon.

Samir en voulait à sa petite sœur. Après tout ce qu'il avait fait pour elle, il la trouvait bien ingrate de le bouder ainsi, enfermée dans son univers d'énergie pure.

— Ça pue, ma vieille, dit-il. Tu devrais faire un effort parce que sinon...

Il laissa sa phrase en suspens pour s'approcher de la porte de la chambre. Il y colla son oreille.

— Le docteur dit qu'il faut que t'arrêtes les phosphates et le sucre... les œufs, le lait, le fromage, les gâteaux, le MC Cola... Trop dur... Tout ce qu'est bon !

Lulu s'était tournée vers son frère, attentive l'espace d'un instant.

— Il dit que t'es un cas... qu'il en a jamais vu des comme toi...

Lulu recommença à bondir sur son ballon multicolore.

— Maman demande ce que ça veut dire, trouble déficitaire. Elle dit que nous aussi on l'est, déficitaires, depuis que papa a perdu son boulot. Arrête de sauter, j'entends plus !

Samir appuya plus fort l'oreille contre la mince cloison, se bouchant l'autre avec un doigt. Il entendit sa mère se plaindre, dire que Lulu les ruinait, qu'elle faisait tourner le compteur EDF. Le docteur Andrieu promit à Mme Ben Azet que Lulu ne lui coûterait plus rien. Il avait une solution. Samir eut du mal à capter la suite. Le docteur et sa mère parlaient de plus en plus bas, comme des gens qui n'ont pas la conscience tranquille.

— Sur le Coran de La Mecque ! s'écria Samir, épouvanté. Ils vont t'enfermer dans un hôpital. Maman est d'accord pour signer les papiers. Lulu ! Elle va te vendre aux docteurs pour qu'ils fassent des expériences !

À présent, Samir entendait tout à fait clairement, pour la bonne raison que Lulu avait cessé son vacarme. Quand il se retourna, elle avait disparu.

— Lulu ?

Samir se précipita. La porte de l'appartement était grande ouverte. Le ballon descendait l'escalier en faisant bong ! bong !

— Merde...

Son premier réflexe fut de lui courir après. Mais il n'avait pas envie qu'on envoie Lulu dans un hôpital. Qu'ils se débrouillent pour la rattraper !

Samir revint dans le salon. Par la fenêtre, il vit Lulu traverser l'esplanade à bonds gigantesques parmi la foule ébahie. On aurait dit le Petit Poucet.

Samir savait très bien où elle se rendait et il n'y avait pas sept lieues à parcourir.

Lulu abandonna son ballon à l'entrée de l'immense caverne. Elle avança sur ses petites jambes, posant un regard désapprobateur sur ce qui l'entourait. Depuis leur horrible Mondial Aréna, la demeure de Joke était restée en désordre. Des objets de toutes sortes jonchaient le sol : tréteaux fracassés, morceaux de câbles, banderoles entortillées, casquettes publicitaires, canettes vides... Elle repéra même un sandwich à demi grignoté.

Elle connaissait le chemin. Au fond de la salle, une galerie menait à l'antre du monstre.

Lulu poussa un cri de stupeur. Joke ne ressemblait plus à un bon génie de conte de fées. On aurait dit plutôt une montagne de gelée translucide parcourue de lueurs bleutées. Sa bedaine colossale emplissait presque entièrement la grotte où il avait trouvé refuge. Il flottait dans l'air une odeur étrange, pareille à celle qui règne après un violent orage.

Lulu se tordit en vain le cou. Elle ne parvenait pas à apercevoir la tête de celui qu'elle considérait comme son seul ami. Joke avait-il seulement noté sa présence ? Rien ne l'indiquait.

— T'as vu ? T'as vu comment tu es ? lui dit-elle sur un ton de reproche. Et moi, maintenant, j'ai les phosphates. On veut m'amener à l'hôpital.

Un tremblement agita la masse informe du monstre. Le corps flasque de Joke émettait un bruit continu, une sorte de bourdonnement. Lulu eut l'impression désagréable d'être traquée par un moustique géant.

— Il faut te mettre au régime, insista-t-elle.

Elle chercha un argument choc pour l'impressionner mais se contenta d'ajouter :

— C'est bientôt l'été.

Le bourdonnement s'amplifia, jusqu'à dépasser en volume le ronflement du vieux congélateur de Mme Ben Azet.

— Je comprends rien à ce que tu dis. Je crois que tu dors. T'as trop mangé, alors tu fais la sieste. Hein, Joke ?

Pour toute réponse, elle reçut une pluie d'étincelles crépitantes.

— Tu te réveilles ?

Des spasmes secouèrent le ventre monstrueux, d'énormes vagues tremblotantes. Soudain, ce fut comme si l'air se déchirait autour de Lulu. Il y eut une déflagration, et la fillette se trouva projetée quelques mètres en arrière.

— Joke ? Joke ? gémit-elle. Tu me fais peur.

Des fumées l'enveloppaient.

— Je vais pas bien.

Il lui aurait été difficile de décrire ce qu'elle éprouvait à cet instant. Sans doute était-ce cette maladie dont parlait le docteur ? Elle se sentait terriblement hyperactive. Mais elle ne pouvait plus bouger. Elle tremblait. L'énergie était dans son corps, dans ses nerfs. L'énergie la dévorait.

La dernière chose qu'elle entendit fut le grondement qui sortait du ventre de Joke. Un long, long roulement de tonnerre...

Samir avait craqué. Devant la fureur de sa mère, devant les sous-entendus inquiétants du docteur Andrieu, il avait fini par avouer qu'il croyait savoir où avait filé Lulu.

Le médecin avait fait venir une ambulance et le gros véhicule blanc roulait à présent en direction des carrières.

Samir espérait n'avoir pas commis une terrible erreur. Mais comment expliquer aux adultes que Lulu avait besoin de la présence d'une créature de jeu vidéo qui s'abreuvait aux lignes à haute tension ? À l'hôpital, loin de Joke, qu'allait-il advenir d'elle ?

D'un autre côté, Samir se rendait bien compte que sa petite sœur était en train de disjoncter. Les phosphates, tu parles ! Lulu avait pété les plombs. Cramé un fusible. « C'est pas un docteur qu'il lui faut, songea Samir en regardant l'homme en blouse blanche qui conduisait l'ambulance, c'est un électricien. »

Samir avait arraché la promesse qu'on le laisserait pénétrer seul dans la caverne. Il avait certifié que Lulu ne suivrait personne d'autre que lui.

Au moment de descendre de l'ambulance, il n'était plus si sûr de réussir à la convaincre.

Dix minutes. Sa mère lui avait donné dix minutes. Il ne lui en fallut pas deux pour découvrir Lulu. Sa petite sœur gisait, inanimée, tout près d'une patte phénoménale.

Samir leva les yeux et ravala une exclamation de stupeur. Comparé à Joke, Godzilla, c'était un ouistiti. Le monstre semblait assoupi. Il cuvait son trop-plein d'électricité.

Samir songea aux bottines confectionnées par Aïcha. Il lui en aurait fallu une comme ça par orteil, désormais.

Il s'approcha de Lulu, anxieux. La gamine respirait encore. Mais il fallait la sortir de là en vitesse. Et, plus tard, il faudrait s'occuper de Joke. Plus possible de le laisser bâfrer de cette façon. À force d'enfler, il allait finir par éclater.

Samir se baissa pour soulever Lulu.

— Aouah !

La douleur lui était montée jusqu'à l'épaule. Comme s'il avait enfoncé deux doigts dans la prise. Lulu était chargée à bloc. Impossible de la toucher.

Samir repensa aux bottines. Au costume taillé pour Joke dans une couverture de survie ignifugée. Il savait où le trouver. Ils en avaient fait une boule et l'avait fourrée dans un creux de la paroi crayeuse.

Il fonça dans la galerie souterraine et récupéra la grande feuille argentée cousue par Aïcha en forme de housse fantomatique.

— Voilà... comme ça...

Il étala la couverture sur le sol, près du corps inerte de sa sœur.

— Excuse-moi, Lulu.

Il la souleva en plaçant la pointe de sa basket sous son flanc et la fit rouler sur elle-même. Lulu ne pesait presque rien.

Puis Samir rabattit les pans de la feuille argentée pour empaqueter la petite. Au moment où il l'arracha de terre, Lulu poussa un léger gémissement.

Derrière lui, Joke répondit d'un long grognement empli de tristesse.

Le médecin et l'ambulancier se précipitèrent sur leur jeune patiente.

— Touchez-la pas ! Mais touchez-la pas ! cria Samir.

Ils s'écartèrent, perplexes, tandis que Samir allongeait sa petite sœur à l'arrière du véhicule. Comme il y montait à son tour, il aperçut du coin de l'œil une autre fourgonnette, garée près d'un pylône à haute tension. EDF avait envoyé une équipe pour essayer de déterminer l'origine des perturbations dont se plaignaient les habitants des Quatre-Cents. Samir se demanda avec angoisse combien de temps il allait leur falloir pour localiser l'origine de la fuite.

À l'hôpital, Lulu ne tarda pas à devenir une attraction. Les infirmières et les médecins venaient la toucher du bout des doigts pour se prendre une décharge électrique. Toutes les analyses montraient que Lulu portait toujours en elle la terrible maladie génétique qui l'avait clouée au lit pendant des années. On s'interrogeait : que signifiait cette crise d'hyperactivité, cet épuisant débordement d'énergie ? Personne ne le savait. On essaya le régime sans phosphates et la Ritaline, en vain. Lulu réclamait du lait, du fromage, du chocolat et des biscuits. Et Lulu produisait de l'électricité.

Puis la petite fille eut moins faim. Devint moins agitée. Cessa de distribuer de fortes décharges électriques. S'ennuyait-elle ? Dehors, la pluie tombait et Lulu regardait la pluie tomber par la fenêtre de sa petite chambre d'hôpital.

Il pleuvait et la Force s'en allait.

CHAPITRE IV

ET LE GAGNANT EST...

Depuis sa cabine vitrée, Bernard Martin-Weber, le gérant de Mondiorama, jouissait d'une vue qui faisait ses délices. D'un seul coup d'œil, il pouvait embrasser la quasi-totalité des rayons, le grouillement de la clientèle et la batterie de caisses numérotées.

Aujourd'hui, le Mondiorama était en fête. Calicots, guirlandes d'affichettes et posters géants, ampoules clignotantes et animation musicale... c'était Noël au mois de juillet. BMW n'avait pas besoin de descendre parmi la foule des consommateurs pour sentir monter la fièvre. Il le savait. À cet instant, tous nourrissaient le même rêve : s'adjuger l'un des deux séjours à Mondioland promis aux vainqueurs du grand concours Mondiorama. Premier prix : un week-end pour deux personnes. Deuxième prix : un week-end pour deux personnes.

La fête, oui. Pourtant, Martin-Weber ne se sentait pas au mieux de sa forme. Quelques jours plus tôt, dans sa belle voiture, il s'était payé une série de poubelles avant d'emboutir la façade d'un immeuble. Il lui en restait un torticolis tenace et une douleur dans le coude gauche. Mais son malaise persistant n'avait rien à voir avec cet accident sans gravité. Ce qui le hantait, c'étaient les images qui lui avaient fait perdre le contrôle de son véhicule. Une horde de monstres venus d'un autre monde, des créatures emplumées, rampantes, visqueuses... qui rappelaient étrangement les Malfaisants du jeu vidéo Golem.

Martin-Weber avait eu l'imprudence d'en parler autour de lui. Puis, voyant qu'on doutait de son état mental, il avait fini par décider qu'il s'était endormi au volant. Il voulait à tout prix s'en persuader. Mais quelque chose en lui refusait de l'admettre vraiment. Et maintenant, plusieurs fois par nuit, il s'éveillait en sursaut.

— C'est ce qu'il me faudrait, marmonna-t-il.

Un week-end à Mondioland pour se changer les idées. Mais le séjour n'était pas pour lui, car les heureux gagnants sont...

BMW eut un petit ricanement. Depuis le début de la matinée, il suivait le manège des gros malins qui s'y prenaient à dix fois pour faire leurs achats afin de multiplier les passages en caisse. S'ils l'avaient pu, ils auraient acheté la chaussette droite d'abord et la gauche ensuite.

Ils payaient et recevaient une enveloppe. À l'intérieur, tous ou presque trouvaient le même message :

MONDIORAMA VOUS REMERCIE
DE VOTRE VISITE
VOUS AUREZ PLUS DE CHANCE
LA PROCHAINE FOIS !

Des enveloppes gagnantes, il n'y en avait que cinq. On pouvait y lire :

FÉLICITATIONS !

VOUS ÊTES NOMINÉ POUR PARTICIPER À NOTRE GRAND JEU-CONCOURS :
UN WEEK-END DE RÊVE À MONDIOLAND.
RENDEZ-VOUS À 17 HEURES SUR NOTRE PODIUM !

Pour l'instant, tout s'était déroulé comme prévu. Par bonheur, les fidèles clientes du Mondiorama avaient leurs habitudes. Mme Ben Azet s'était présentée vers midi, poussant son Caddie chargé de coquillettes et de litres étoilés. Mme Ben Azet avait eu de la chance. Mme Ben Azet avait été nominée.

— Ah ! s'exclama Martin-Weber avec soulagement. J'ai cru qu'elle n'allait jamais se montrer.

Tout en bas, dans le rayon Huiles et condiments, il venait de repérer Mme Badach.

Jacky colla sa main sur le petit écouteur pour mieux recevoir les indications de BMW. *Une fatma bien en chair, dans une robe à fleurs... elle passe toujours avec Maya, caisse 10.* Jacky fit un signe de tête en direction de la cabine vitrée, pour signaler qu'il avait compris.

Discrètement, il alla remettre une enveloppe à Maya. Plus discrètement encore, il souffla à l'oreille de la caissière :

— Pour Mme Badach. Pas de blague, hein ?

Puis il alla se poster près de la sortie de l'hypermarché, son micro sous le menton, prêt à bondir. « Cinq cents euros pour la journée », songea-t-il avec aigreur. Cinq cents misérables euros pour bidonner un concours et poser des questions débiles à des ménagères. Lui qui ne rêvait que de *prime time* et d'audimat !

La fatma n'en finissait pas de remplir ses poches en plastique. Voilà, ça y était enfin. Maya lui tendait l'enveloppe. Bon sang, elle ne l'ouvrait même pas !

Jacky s'approcha, tout en adressant quelques gestes impérieux à la caissière.

— Vous n'ouvrez pas, madame Badach ? demanda docilement Maya.

Emmé tira le petit bristol de son enveloppe, hocha la tête.

— Majid il me lira, dit-elle.

Jacky avait surgi auprès d'elle.

— Alors, alors ? demanda l'animateur avec gourmandise.

Emmé haussa les épaules.

— Ci trop difficile. Majid il me lira.

Jacky se pencha au-dessus de sa généreuse poitrine.

— Oh, mais il me semble que je vois... mais oui, madame Badach, vous êtes nominée...

— Comment que ti connais mon nom ? Ji te connais pas !

Mais Jacky ne l'écoutait pas. Jacky se laissait emporter par son enthousiasme. Dans son micro, il hurlait :

— Nooomiiinéée ! Voilà la cinquième nominée de notre grand jeu-concours un week-end de rêve à Mondioland ! Chères clientes, chers clients, je vous donne rendez-vous à toutes et à tous auprès de notre podium dans quelques minutes. Qui aura la joie d'embrasser Mondichette, qui connaîtra l'extase d'une virée infernale à Gruyèreland ? Nous allons tous le savoir dans un moment.

Mme Badach tarda à rejoindre les quatre autres concurrentes. Il fallut la pousser sur le podium tandis qu'elle gémissait :

— Mais ci pas possible ! Ji suis pas coiffée !

Enfin, elles étaient là toutes les cinq, alignées sous les spots. Jacky pouvait commencer.

— Notre questionnaire est un questionnaire de géographie en liaison avec notre opération Produits du monde Mondiorama. Madame Félix, si vous êtes passée par notre rayon Thé et café, vous avez sûrement remarqué notre promotion sur le café du Costa Rica, les deux paquets pour six euros jusqu'à la fin du mois. Madame Félix, pouvez-vous nous dire quelle est la capitale du Costa Rica ?

Mme Félix se mordit les lèvres, Mme Félix tritura une mèche de ses cheveux blonds, elle scruta l'assistance, elle émit un soupir de désespoir. Puis elle hasarda :

— Costa Rica City ?

Hélas, c'était San José. Mme Félix ne connaissait pas San José. Elle fut impitoyablement éliminée.

— Mais vous n'avez pas tout perdu, madame Félix. Votre Mondiorama vous offre en guise de consolation trois pots de pâte à p... hi ! hi ! hi !... vous choisissez les couleurs, regardez comme elle est belle la bleue les enfants adorent ça descendez du podium maintenant madame Félix.

Jacky tira la cliente par le bras pour la faire dégager. Puis, ayant repris son souffle, il se tourna vers Emmé.

— Madame Badach, vous n'avez pas pu rater notre super-promotion sur le Mondial Couscous à douze euros les trois boîtes géantes. Un couscous comme là-bas, dis. Et justement voilà ma question. Madame Badach, quelle est la capitale de l'Algérie ?

Emmé resta interdite. Ce qu'elle avait vraiment envie de dire, c'était que son couscous à elle n'avait rien à voir avec l'infâme pâtée du Mondiorama.

— Madame Badach ? s'impatienta Jacky.

— Ben, ci Alger. Ci ma ville que j'y suis née ! Et mon couscous il est...

— C'est votre dernier mot ?

— Ben oui.

— Mais bien sûr, madame Badach... Alger ! On l'applaudit ! Ah ! Ah ! Mondioland se rapproche !

Jacky se tourna vers la troisième candidate.

— Madame Renoncourt, vous êtes certainement gourmande comme nous tous des fameuses saucisses d'Ouzbékistan, six paires pour le prix de quatre jusqu'à la fin du mois au rayon Salaisons. Ah ! les saucisses fumées d'Ouzbékistan ! Madame Renoncourt, pouvez-vous nous dire quelle est la capitale de l'Ouzbékistan ?

Une lueur de panique passa dans le regard de la pauvre femme.

— De quoi ?

— Allons, voyons, l'Ouzbékistan... je vous donne encore trois secondes. On ne souffle pas !

En vérité, personne ne soufflait.

— Tachkent, madame Renoncourt ! Tachkent ! Ah la la la la... descendez, madame Renoncourt, vous aussi trois pots de pâte à p... hi ! hi ! hi ! vous choisissez les couleurs les enfants adorent ça.

Jacky s'épongea le front, jeta un coup d'œil sur ses fiches.

— Madame Ben Azet... aimez-vous les pizzas, madame Ben Azet... Ah ! je vois bien que oui, la napolitaine est en promotion à deux euros cinquante au rayon Surgelés, profitez-en. La pizza, l'Italie, les gondoles, le Parthénon... ça fait rêver, hein ? Madame Ben Azet, un petit instant de concentration. Pouvez-vous me dire... quelle est la capitale de l'Italie ?

Mme Ben Azet demeura de marbre. Immobile sur le podium, elle regardait droit devant elle.

— Madame Ben Azet, la capitale de l'Italie, supplia Jacky. Vous savez, la Ville éternelle... celle qui rappelle une boisson des îles... au rayon spiritueux, madame Ben Azet... c'est si bon avec du sucre de canne ou avec un jus de fruits exotiques...

Mme Ben Azet fronça les sourcils, bredouilla quelque chose de façon inaudible.

— Répétez-nous ça, madame Ben Azet !

— Le rhum ?

— Mais oui, bien sûr, le rhum... euh... Rome ! Rome ! La capitale de l'Italie ! Applaudissements, s'il vous plaît.

Jacky était cramoisi. La sueur lui dégoulinait de partout. Mais le moment de la délivrance était proche. Il ne lui restait plus qu'à éliminer Mme Balthazar. Jacky ne se méfiait pas de cette grosse femme enveloppée dans un châle. Il avait tort. Il ignorait que Mme Balthazar avait exercé pendant trente ans le noble métier de professeur de géographie.

Elle l'écouta tranquillement vanter les nouilles aux petits légumes de Malaisie, en barquettes lyophilisées au rayon Cuisines du monde. Quand son tour de parler fut venu, elle annonça avec assurance :

— La capitale de la Malaisie est Kuala Lumpur. Mais, en principe, on ne dit plus Malaisie, on dit Malaysia.

— Ah ? Ah ah ah... c'est votre dernier mot, madame Balthazar ? Oui, je vois bien que oui.

Désemparé, Jacky chercha à croiser le regard de Martin-Weber qui observait la scène avec nervosité, perdu dans la petite foule.

— Alors là, nous avons trois candidates... trois candidates pour deux séjours de rêve à Mondioland... ah la la, quel suspense !

Il compulsait frénétiquement ses fiches, à la recherche des questions qu'il n'avait pas prévu de poser.

— Madame Gaspard... pardon, madame Balthazar, je commence par vous cette fois. Vous connaissez bien sûr Mondioland, ce parc d'attractions pour les petits et pour les grands, c'est quarante francs l'entrée ce n'est vraiment pas cher ah non c'est des francs suisses c'est pas donné quand même mais c'est si beau... Alors voilà. Madame Balthazar, pouvez-vous me citer six des six pays imaginaires qui composent Mondioland ?

— Six des six ? s'étonna Mme Balthazar.

— Six des six, confirma Jacky.
— Mais... ce n'est pas de la géographie.
— Si si... Mondioland est un pays, c'est de la géographie... Mondioland le pays de Mondichette de Mondada de Mondina de Mister C et de Mondoudou. Madame Balthazar s'il vous plaît il vous reste trois secondes on ne souffle pas dans le fond. Top, c'est fini, choisissez vos pâtes à p... hi ! hi ! hi ! la bleue est superbe les enfants adorent ça.
— Gruyèreland ! cria Mme Balthazar. Gruyèreland !
— C'est trop tard, descendez, je vous prie.
— Mais les autres ! protesta la grosse femme. Elles n'ont pas répondu. Il faut leur poser des questions.
— Pas la peine, il y a deux séjours de rêve à gagner et il ne reste plus que deux candidates. Soyez logique, madame Balthazar, ah je sens un petit brin de déception mais ça va passer voilà prenez la bleue les enfants adorent ça.

Non sans mal, Martin-Weber avait réussi à traîner les deux heureuses gagnantes dans une salle de réception, à l'écart du public. La façon dont le concours s'était déroulé n'avait pas plu à tout le monde. Dans l'assistance, quelques phrases déplorables avaient fusé, du style : « Si c'est un jeu que pour les Arabes, y a qu'à le dire. » Dur à entendre, pour un Martin-Weber. Mais, à présent, BMW tenait ses deux lauréates, et le sentiment du devoir accompli l'emplissait d'aise.
Mme Badach repoussa fermement la coupe de mousseux qu'il lui tendait.
— Alors, chère madame Badach, c'est votre Majid qui va être content !
Curieusement, la fatma ne semblait pas nager dans le bonheur.
— Trop de chance ci trop de chance, dit-elle sur un ton sentencieux.
Martin-Weber supposa qu'il s'agissait d'un proverbe de son pays.
— Dijà Majid il a gagné l'ordinateur. Cit fois, pit-être on pourrait donner à Haziz ?
— Haziz ? s'alarma BMW. Qui c'est, Haziz ?
— Ci un autre fils. Il est revenu. Et il est reparti...
— Mais il n'habite pas aux Quatre-Cents, votre Haziz ? C'est un concours pour les enfants des Quatre-Cents.
Du côté Ben Azet, une autre mauvaise surprise l'attendait. Mme Ben Azet s'imaginait déjà à Mondioland avec son mari.
— C'est pour les enfants ! s'énerva le gérant. Vous êtes trop vieille, madame Ben Azet, vous comprenez, vous êtes trop vieille !

Il n'y avait pas de temps à perdre. Le séjour à Mondioland était programmé pour le week-end suivant.

BMW mena l'affaire tambour battant. À la fin de la petite cérémonie de remise des prix, les deux gagnantes avaient tout entre les mains : les horaires impératifs, le programme des réjouissances, le Guide Officiel Mondioland, le passe 48 heures et les tickets repas.

Emmé fut impressionnée par l'efficacité de la MC. Sur tous les documents, le nom de Majid Badach figurait déjà en lettres imprimées.

— Je pensais pas qu'on était aussi potes que ça, remarqua Sébastien.

— J'en ai pas d'autres, répondit tranquillement Samir.

— Si tu voyais ta tronche ! On n'imagine pas du tout le mec qui vient d'avoir un super coup de bol.

Sans savoir pourquoi, Samir avait entraîné Sébastien dans la chambre de sa petite sœur. Assis sur le lit de Lulu, il malaxait un vieux pyjama semé de lapins roses. L'odeur qui s'en dégageait lui faisait du bien. Mais elle réveillait aussi en lui des sentiments douloureux.

— Enfin, rectifia Sébastien, c'est surtout ta mère qu'a eu de la chance.

— Ouais, de la chance... Tu sais, ma mère, jusqu'à hier, elle connaissait même pas le mot. Elle arrête pas de répéter qu'on va sûrement téléphoner pour me dire que c'est une erreur.

— Un qui gagne à tous les coups, c'est Majid, dit Sébastien.

— Tu crois que ça va marcher pour Aïcha ?

Pour Samir, le choix avait été vite fait. Son partenaire de week-end serait Sébastien. Majid n'avait pas hésité beaucoup plus longtemps. Mais là, la partie était loin d'être gagnée. Les parents de la petite Malienne étaient aussi stricts que ceux de Sébastien étaient cool.

À l'heure qu'il était, Emmé devait se trouver chez ses voisins de palier, avec un plateau de cornes de gazelle.

Majid avait eu le temps de plier ses t-shirts et ses jeans, de faire des bouchons avec ses chaussettes et de relire dix fois la grande feuille détaillant le programme des réjouissances. Il attendait. Cela faisait plus d'une heure qu'Emmé était chez les parents d'Aïcha.

Quand elle revint, Majid crut que c'était râpé. Dans l'œil d'Emmé brillait une lueur qu'il y avait rarement vue : de la colère.

— Ci pas possible di gens pareils !

Mais on pouvait compter sur Mme Badach. S'il l'avait fallu, pour Majid, elle aurait passé la nuit à parlementer.

— Cit pauv' pitite, ci pire qu'une isclave.

Emmé ronchonna comme ça pendant une longue minute avant d'annoncer la bonne nouvelle. Aïcha irait à Mondioland.

Elle se mit à rire.

— Ji ai dit à la maman : « Ji vais m'ennuyer sans Majid... Pitêtre ji pourrais passer pour m'occuper de tes enfants ? » Ci pas possible di gens pareils !

— Tu t'es encore fait avoir.

Emmé haussa les épaules et soupira :

— Ci vrai, Majid. Ji vais m'ennuyer. Ti n'es jamais parti de la maison. Tous ils sont partis. Et maintenant ci toi.

Majid sauta au cou de sa mère.

— Mais c'est que pour deux jours, Emmé ! Deux jours !

— Li zenfants, on sait quand ils partent, on sait jamais quand ils riviennent.

Curieusement, cette phrase fit vraiment de la peine à Majid.

Le vendredi soir, les trois garçons se réunirent chez les Badach. Deux choses les préoccupaient. Ou plutôt deux êtres, extraordinairement dissemblables et pourtant liés d'une mystérieuse façon. L'un était dans une sombre caverne. L'autre dans un sinistre hôpital. Qui allait surveiller Joke ? Qui irait voir Lulu ?

Ce n'étaient que deux jours. Mais deux jours à près de mille kilomètres de la cité. Deux jours, cela ne risquait-il pas d'être terriblement long ?

Majid n'eut aucun mal à en convaincre ses camarades : il n'existait qu'une personne au monde qui puisse comprendre leurs inquiétudes.

Le samedi matin, Jean-Hugues trouva dans sa boîte aux lettres un e-mail ainsi rédigé :

`Cher Cali,`

`On part. On va tous au week-end de rêve à Mondioland. Nous c'est moi et puis Aïcha et Samir et Sébastien. On va s'éclater grave. Sauf qu'on s'inquiète pour Joke. D'après Samir qui l'a vu il est devenu monstrueux. C'est-à-dire encore plus. On a peur qu'il sorte tout seul de la carrière. Parce que là ça ferait du vilain. Genre Godzilla, je sais pas si tu l'as vu ? Ou même Godzilla contre Mothra la mite géante qui est encore meilleur. Samir dit qu'il faudrait le mettre au régime. Est-ce que tu peux demander à l'EDF de baisser un peu la sauce, tu vois, de` mettre du courant moins fort ? Ou alors je pense qu'il faudrait lui mettre des chaînes comme King Kong à la fin du film mais ce serait triste. Surtout pour Lulu. Justement Samir s'inquiète aussi pour Lulu. Elle sera toute seule pendant deux jours. Si ça ne t'ennuie pas d'aller lui rendre une petite visite à l'hôpital ? Elle aime trop les caramels, je te signale. Mondioland c'est même pas en France. J'y crois pas qu'on va prendre l'avion ! À 7 heures du mat !

Ton copain Magic Majid !

PS : fais pas atencion pour l'ortograf c'est Sébas qui ma corigé par dessu mon épole. Je suis toujour normal.

Jean-Hugues fronça les sourcils. Mondioland ? Qu'est-ce que c'était encore que cette invention ? Il jeta un regard ironique vers ses rangées de dictionnaires et encyclopédies. Inutile de chercher là-dedans.

Il était tôt. Jean-Hugues alla se préparer une tasse de café pour s'éclaircir les idées. Quand il revint s'asseoir devant son ordinateur, il se contenta de taper le mot : Mondioland, et de lancer une recherche sur l'internet.

Il accéda au site sans difficulté. Une petite carte colorée situait de façon précise le parc d'attractions. En Suisse. Non loin de Gruyères.

— Gruyères, murmura-t-il. La MC... Les enfants !

Sa main se tendit vers le téléphone. Non. Pas la peine. Ils étaient déjà partis.

Le monospace roulait à vive allure sur les longues lignes droites de la nationale. Aïcha serrait contre elle son petit sac de sport, les yeux rivés sur la route. Autour d'elle, les garçons lançaient des vannes. Ils étaient excités comme des poux. Aucun d'eux n'était jamais monté dans un avion. Aucun n'avait jamais quitté la France.

— M'sieur, m'sieur, quand c'est qu'on arrive ? demanda Samir.

— M'sieur, m'sieur, on risque pas de rater l'avion ? demanda Majid.

Le chauffeur jeta un coup d'œil dans son rétroviseur.

— Hé ! les mômes, vous allez pas m'appeler monsieur pendant tout le voyage ?

— C'est quoi votre nom, m'sieur ?

— Je m'appelle Eddie, dit Eddie.

CHAPITRE V

NATACHA FAIT DES DÉGÂTS

Nadia s'éveillait tout embrumée par la nuit qu'elle venait de passer. Albert n'avait pas cessé de râler. Il faisait orageux. Il y avait un moustique. Un trou au milieu du matelas. Puis dormir à trois centimètres du plafond, c'était un avant-goût du tombeau.

— Mais crève, avait fini par répondre Nadia, excédée.

Elle se redressa autant qu'elle put, la migraine lui battant les tempes. Un filet d'air frais lui parvint. La porte était ouverte.

— Albert ? Albert !

Albert était assis dans l'encadrement de la porte, le portable sur les genoux.

— Présent, répondit-il.

Il était en train de visiter un site consacré à la MC. Les auteurs y recensaient les hoaxes qu'avait lancés Albert. Mais, surtout, ils fournissaient la preuve que le jeu Golem contenait des images subliminales. Ils concluaient : « Les autorités françaises envisagent d'interdire la vente de la pâte à prout soupçonnée d'être hallucinogène. »

— C'est la dernière nuit que je passe dans ce camping-car pourri, annonça Albert.

— Moi, c'est la dernière nuit que ze passe avec toi.

Nadia détestait Albert.

— Ça, ça m'étonnerait, répliqua-t-il. Je ne t'ai pas dit que j'allais t'épouser ?

Nadia ne put retenir un rire. Elle descendit de son perchoir et vint s'asseoir tout contre Albert.

— C'est fatigant de vivre avec toi, murmura-t-elle au creux de son oreille.

— À qui le dis-tu ! Mais toi, tu peux toujours aller faire un tour.

Nadia frotta sa tempe douloureuse contre l'épaule du jeune homme. Tout bien considéré, elle adorait Albert.

— Tiens, voilà Machin, dit-il en apercevant Jean-Hugues au bout de l'allée.

Nadia comprit tout de suite qu'il y avait un nouveau problème.

— C'est le dragon ? lança-t-elle à son collègue.

Jean-Hugues eut l'air étonné. Pour lui, Bubulle était une affaire classée.

— Non, les enfants, la MC, Majid, balbutia-t-il.

— Qu'est-ce qu'il nous a encore inventé ? souffla Albert.

Mais c'était pour la forme. L'inquiétude l'avait déjà fait se redresser.

— Les gosses ont gagné à un concours Mondiorama, résuma Jean-Hugues. D'après ce que j'ai entendu dire, c'était tout bidonné. Ils ont gagné un voyage à Mondioland.

— Ça se précise, marmonna Albert.

— Tout de même, ils ne peuvent rien faire à des enfants ! protesta Nadia.

Albert fit la moue. Il connaissait la MC de près.

— Je vais aller les rechercher, dit-il sobrement.

Nadia porta ses mains jointes à son cœur. Elle ne s'écria pas : « Mon héros ! », mais l'intention y était.

— J'y vais aussi, décida Jean-Hugues.

Albert fronça les sourcils. Deux héros, c'était un de trop.

— Ils ne me connaissent pas, à la MC, argumenta Jean-Hugues. Je pourrai vous être utile sur place.

Nadia n'eut pas besoin de convaincre Albert de l'emmener. Il ne pouvait plus se passer d'elle.

— Si vous emmenez votre copine, moi aussi, décida Jean-Hugues.

Nadia et Albert le regardèrent, étonnés. Il rougit.

— Je prendrai mon ordinateur, bougonna-t-il.

Mme de Molenne fut enchantée de savoir que son fils partait en vacances avec deux amis, même si le but de l'expédition lui parut un peu décevant, d'un point de vue culturel.

— Le pays de Mondina et Mondichette, fit-elle, rêveuse, en examinant le prospectus.

— Et de Mondoudou, ajouta Jean-Hugues.

Étant psychologue, Mme de Molenne savait qu'il ne faut pas trop questionner son enfant sur ses amis. Elle chercha une formule indirecte pour satisfaire tout de même sa curiosité :

— Ce sont des amis que je connais ?

— Oui, Nadia Martin...

Dans un mouvement de ravissement, Mme de Molenne serra le prospectus contre elle. Nadia, la charmante professeur de SVT !

— J'en étais sûre ! explosa-t-elle, tellement heureuse de voir que son grand garçon avait fait le premier pas.

Jean-Hugues posa sur elle un regard vitreux. Sûre de quoi ?

— Elle vient avec son boy-friend, ricana-t-il.

Mme de Molenne laissa échapper un « Mon Dieu » assez mal venu. Jean-Hugues partait en célibataire avec un couple. C'était un peu bizarre.

— Et vous y allez comment ? demanda-t-elle, la voix mal assurée.

— En camping-car.

— En...

Là, cela devenait carrément très bizarre.

— Ce sont tes bagages ? questionna Mme de Molenne en désignant une grosse caisse en carton.

— Oui, j'emporte l'ordi. J'aurai l'air moins con.

Jean-Hugues vit dans le regard de sa mère qu'elle ne suivait pas son raisonnement.

— Ben oui, Albert aura Nadia, et moi, j'aurai...

Juste au moment de parler de Natacha, Jean-Hugues se souvint que sa mère n'était pas au courant de tout. Il se souvint même qu'elle n'était au courant de rien.

— Oui, toi, tu auras l'ordinateur, compléta Mme de Molenne, démoralisée.

Peu avant de s'en aller, Jean-Hugues se posa la question : avec ou sans le dragon ? Mais à qui le confier ?

— Maman, je peux te laisser Bubulle ?

Pour Mme de Molenne, Bubulle était un « dragon de Sumatra », une petite bête exotique en voie de disparition. C'était donc une lourde responsabilité.

— Il faut que tu me dises exactement ce qu'il mange.

— Rien.

La réponse était partie comme un coup de fusil.

— Rien ?

— Oui, je sais que ça ne fait pas beaucoup, s'empêtra Jean-Hugues. Mais les dragons de Sumatra sont des sortes de boas miniatures. Ils mangent énormément en un seul repas et, après, ils sont à la diète totale pendant un mois.

— Ah, tiens ? Juste un peu d'eau, alors ?

— Surtout pas ! Les dragons de Sumatra sont des modèles

réduits de dromadaires. Ils stockent l'eau dans une bosse sous-cutanée au niveau de la queue. C'est très curieux.

— Et pour ses petits besoins, il faut...

— Rien du tout. Les dragons de Sumatra mangent leurs excréments. Le professeur Leclanpin les compare à des fours autonettoyants. En petit format, naturellement.

— Oh ! C'est vraiment un animal...

— ... très curieux.

Ayant ainsi confié Bubulle, Jean-Hugues songea qu'il était temps pour lui de rejoindre Albert et Nadia au camping-car. Mme de Molenne se sentait terriblement oppressée. Elle retint son fils par le bras.

— Tout va bien, Jean-Hugues ?

— Oui, maman.

— Tu ne me caches rien ?

— Mais non.

Il embrassa sa mère puis, sur le pas de la porte, il se retourna :

— Je veux te dire, maman, que grâce à toi, malgré la mort de papa, j'ai été un petit garçon heureux.

Et il s'en alla.

— Devine qui vient dîner ? fit Albert à Nadia. Machin avec sa copine. Elle a l'air de peser deux tonnes.

— Va l'aider au lieu de débiter des andouilleries.

Jean-Hugues arrivait par l'allée, peinant sous le poids de son ordinateur MC. Son installation fut délicate. Nadia et Albert avaient déjà squatté le lit conjugal. Il ne restait que deux banquettes transformables en lits pour une personne. Jean-Hugues posa l'ordinateur sur l'une des deux. Albert vit venir le moment où Machin réclamerait un drap pour border le moniteur. Mais il n'osa pas en faire la plaisanterie. Les rapports de Jean-Hugues avec le virtuel le mettaient mal à l'aise. Après tout, l'allié de Golem serait peut-être un jour un homme très puissant.

Jean-Hugues ayant surtout conduit au Grand Prix de Monaco sur jeu vidéo, ce fut Albert qui prit le volant. À l'intérieur du camping-car, Nadia en profita pour essayer de rendre Jean-Hugues un peu plus bavard. Elle posa la main amicalement sur le moniteur bleu électrique.

— Alors, Natacha est à l'intérieur ?

Jean-Hugues lui fit un petit sourire buté.

— Mais comment peut-elle sortir ? insista Nadia.

— C'est moi qui la fais sortir.

Jean-Hugues avait relevé la tête d'un air de défi. Personne ne connaissait son secret. Le Maître des golems, finalement, c'était lui. Nadia se glissa à son côté, les yeux brillants de curiosité.

— Zean-Hugues, tu ne veux pas me dire...

— Non.

Le jeune homme s'était recroquevillé sur la banquette.

— S'il t'arrivait quelque chose, on ne pourrait plus sortir Natacha. Il faut taper ALIAS sur le clavier et après ?

— Ne te fatigue pas.

La colère envahit Nadia.

— Mais tu es con ! Tu n'as pas l'air de te rendre compte. C'est danzereux ce qui nous arrive. Le virtuel qui débarque ! C'est la MC qui est derrière tout ça et ils sont prêts à tout !

Jean-Hugues fit « non » de la tête.

— Mais si ! chuchota furieusement Nadia en lui donnant une bourrade dans l'épaule.

Elle était bien encadrée, entre un gros macho et un ado attardé.

Au repas de midi pris sur une aire d'autoroute, Albert fit semblant de nourrir l'ordinateur, « une cuillère pour Papa, une cuillère pour Maman ».

— Natacha n'est pas que virtuelle, lui signala Jean-Hugues. Elle peut vous éclater la tronche avec son dégom-laser.

— Ça veut dire quoi ? questionna Albert.

— Au lieu de vous tirer dans les pattes, intervint Nadia, vous feriez mieux de vous demander comment vous allez récupérer les enfants.

— Albert va sauter en parachute sur Mondioland et prendre Mondichette en otage, ricana Jean-Hugues.

Albert jeta un regard scandalisé à Nadia.

— Il est gonflant.

À la tombée de la nuit, le camping-car passa la frontière suisse. Nadia avait relayé Albert au volant. Elle se gara à une vingtaine de kilomètres du parc d'attractions. Les deux conducteurs avaient besoin de sommeil et ils gagnèrent le grand lit par la petite échelle.

Jean-Hugues attendit que leurs souffles réguliers lui parviennent. Alors, tout doucement, il quitta son lit puis s'approcha de son ordinateur. Loin de sa mère et de l'internet, sa solitude était profonde.

— Natacha, murmura-t-il.

Il débrancha le petit frigo du camping-car et enfonça la prise de son ordinateur. Il ne savait pas encore lui-même ce qu'il allait faire. Dès que l'écran se mit à scintiller, l'étoile à cinq branches apparut avec le message : Je suis celui qui est autrement appelé.

Jean-Hugues tapa ALIAS puis, comme l'ordinateur lui réclamait : Entre ton nom, sans prendre le temps de la réflexion, il tapa le mot, le seul mot qui pouvait délivrer sa princesse. CALIMÉRO.

L'ordinateur se mit à ronfler, projetant dans l'air l'image de Natacha, le dégom-laser à la hanche, short et débardeur moulant ses formes pleines. Le faisceau lumineux réintégra aussitôt l'ordinateur. Le processus de matérialisation était de plus en plus rapide et précis. Mais les premiers gestes de Natacha avaient toujours cette grâce lente de la rêveuse qui revient au monde. Dans la nuit du camping-car, un halo bleuté suivait les lignes de son corps. Jean-Hugues regardait bouche bée, au bord de la syncope. Qu'avait-il fait ? Qu'allait-il faire ?

— Natacha, chuchota-t-il.

Elle l'avait vu. Cette fois, il n'eut aucun geste à faire car ce fut elle qui avança la main vers lui. Elle caressa l'air tout autour du jeune homme, dessinant sa joue, son épaule. Puis elle posa l'index sur ses lèvres. Natacha avait bien une consistance. Son doigt pesait sur la bouche comme pour intimer le silence. Mais il était froid et légèrement grésillant.

— Jean-Hugues, dit-elle.

Sa voix, encore un peu métallique, s'était ancrée dans les graves. Jean-Hugues en frissonna.

— Tu es un... homme, fit-elle.

Elle prononça « homme » sans faire la liaison avec l'article, comme quelqu'un qui découvre le mot et l'essaye pour la première fois. Elle promena sa main sur le visage du garçon, enfonçant la pulpe de ses doigts dans la chair des joues puis caressant le front lisse.

— Homme, murmura-t-elle.

— Je t'aime, dit-il.

— Je t'aime, fit-elle en écho.

— Mon amour.

— Mon amour.

Il sourit. Elle sourit. Un homme et une femme. C'était presque ça. Un cri terrible déchira l'enchantement.

Sur la couchette supérieure, Nadia s'était éveillée et elle avait vu cette forme nimbée de bleu. *Pwijj !* Le coup partit du dégom-laser.

— Nadia, baisse-toi ! hurla Jean-Hugues.

Pwijj, pwijj ! Deux traits suivirent.

— *Reload*, fit la voix de Natacha, devenue caverneuse.

— Non, non, arrête, supplia Jean-Hugues. Ce sont des alliés, arrête !

Pwijj, pwijj. Un déluge de feu blanc-bleu s'abattit sur le camping-car. Nadia et Albert s'étaient tassés contre la paroi. Albert poussa un cri. Un trait de laser venait de l'atteindre à l'avant-bras tandis qu'il cherchait à protéger Nadia. La brûlure était terrible et les chairs commençaient à s'écarter.

— De l'eau ! cria-t-il à Jean-Hugues. Jette-lui de l'eau !

Pwijj, pwijj, reload. Jean-Hugues rampa vers la bouteille d'eau. Mais avant qu'il ait pu s'en saisir, Natacha l'avait pulvérisée. Jean-Hugues ne vit plus qu'une solution. Il se redressa en écartant les bras.

— Vas-y, tue-moi.

Pwijj. Le trait de laser passa à côté de lui. Natacha baissa son arme vers le sol.

— Tu es un... homme.

— Oui. Et les deux autres aussi sont « homme ». Ils n'ont qu'une vie, comme moi. Tu dois comprendre...

— Je vais crever ! l'interrompit Albert d'une voix terrorisée.

Sa blessure au bras continuait de s'ouvrir, comme si un scalpel invisible poursuivait l'œuvre du dégom-laser.

— Zean-Hugues, c'est affreux ! sanglota Nadia.

Elle en oubliait sa peur de la guerrière. Il lui semblait qu'Albert allait se déchirer tout entier.

— Tu as vu ? hurla Jean-Hugues en se tournant vers Natacha. Tu as vu ce que tu as fait ?

— J'ai un bonus ? s'informa-t-elle.

Albert hoquetait de douleur. Nadia s'étouffait de sanglots.

— Mais fais quelque chose, fais quelque chose, supplia Jean-Hugues.

Natacha grimpa les échelons et se pencha sur Albert qui se tordait sur le lit. À sa ceinture pendaient une dizaine de toutes petites gourdes. Elle en détacha une et la renversa au-dessus de la blessure. Il n'en sortit rien qu'un peu de lumière. En quelques secondes, les lèvres de la plaie se refermèrent puis toute trace de brûlure disparut.

— C'est guéri ! s'écria Nadia, toujours sanglotant. Elle l'a guéri !

— J'avais gagné des « trousses de soin » dans le jeu, se souvint Jean-Hugues, émerveillé.

Albert se redressa sur un coude, les traits encore déformés par la terreur.

— Il faut la destroyer, souffla-t-il à Jean-Hugues resté en bas, pensant n'être pas compris de Natacha.

Un *clac clac* de mauvais augure lui répondit. Natacha rechargeait son dégom-laser.

— Pas l'eau, dit-elle de sa voix de robot.

— Elle peut nous aider, plaida Jean-Hugues, c'est une a... alliée.

Il avait un peu buté sur le mot car, au milieu du camping-car transformé en champ de bataille, il avait quelques doutes.

Natacha restait perchée sur l'échelle. Elle regardait Nadia et Albert qui se tenaient serrés l'un contre l'autre.

— Homme, dit-elle avec sa voix de rêveuse qui s'éveille.

CHAPITRE VI

UNE QUESTION DE JOURS

Le départ de son fils avait plongé Mme de Molenne dans une inexplicable tristesse. Dès le lendemain, elle décida de se secouer en faisant un peu de rangement. « Je vais commencer par le bureau de Jean-Hugues », se dit-elle. Étant psychologue, Mme de Molenne savait qu'on ne doit pas chercher à connaître les petits secrets de son enfant. Elle avait donc adopté une tactique qui consistait à prendre un air de grande indifférence quand elle était sur le territoire de Jean-Hugues. Non, vraiment, elle n'était pas concernée par cette lettre traînant sur le bureau ni par ce papier sorti de l'imprimante. Elle s'approcha et vit qu'il s'agissait d'un mail. Peu importait, du reste, puisque cela ne l'intéressait pas. `Cher Cali, on part, on va tous au week-end de rêve à Mondioland.` Le mot de « Mondioland » fit tressaillir Mme de Molenne. C'était là que Jean-Hugues était parti. Du coup, elle se saisit du mail et le lut tout entier. `Nous, c'est moi et puis Aïcha et Samir et Sébastien.` Les élèves de Jean-Hugues allaient, eux aussi, à Mondioland. Quelle drôle de coïncidence !

Majid – c'était lui qui signait le mail –, Majid délirait sur un de leurs copains surnommé Joke. Mme de Molenne lut le passage assez distraitement puis fronça les sourcils au moment où Majid évoquait Lulu à l'hôpital. Mme de Molenne connaissait l'histoire de la petite sœur de Samir, cette fillette condamnée par une maladie génétique. Elle savait que M. et Mme Ben Azet ne s'occupaient guère de leurs enfants et résolut d'aller voir la petite Lulu en début d'après-midi. Elle lui apporterait des caramels. Comme elle se faisait cette promesse, son regard tomba sur la boîte où était enfermé

Bubulle. Jean-Hugues ne semblait pas se soucier beaucoup de la petite bête.

— La boîte est minuscule, constata Mme de Molenne.

C'était atroce de laisser ce pauvre dragon de Sumatra dans une prison percée de quelques trous.

— Et s'il avait soif quand même ?

Mme de Molenne posa sur le bureau de Jean-Hugues une soucoupe emplie d'eau puis elle entrouvrit la boîte. Bubulle releva la tête. Mme de Molenne poussa un cri de surprise. Le dragon retournait peu à peu à l'état d'hologramme et la lumière semblait le transpercer. Il était en manque sévère d'électricité. Reconnaissant la big boss au balai, celle qui l'avait vaincu en l'enfournant dans le micro-ondes, il se tassa craintivement au fond de la boîte.

— Mini, mini, mini, tenta de l'apprivoiser Mme de Molenne.

Elle lui présenta la soucoupe. De l'eau ! Elle voulait le destroyer complet. Bubulle décida de faire le mort, le museau dans les pattes, les yeux fermés.

— Mini, mini, mini...

Il y avait en Mme de Molenne des trésors de tendresse qui ne demandaient qu'à se déverser. Très imprudemment, elle passa le bout des doigts sur l'encolure du dragon et en ressentit un désagréable picotement. Elle se souvint alors de l'avertissement de Jean-Hugues. La petite bête était venimeuse. Affolée, Mme de Molenne courut à la cuisine et se plongea la main dans une cuvette d'eau glacée.

Bubulle rouvrit un œil. Il lui fallait sa dose d'électricité et il savait où se trouvait la borne de rechargement. Il jeta un regard inquiet vers la porte. Ze problèmo, c'était la boss. Elle changeait de niveau si vite que c'en était quasiment de la triche. Bubulle posa les pattes avant sur le rebord de sa boîte, prêt à bondir. *Damned ! La revoilà !*

— Mini, mini, reprit Mme de Molenne. C'est incroyable, il a refermé les yeux. Il est rusé comme tout.

Bubulle décida alors de frapper un grand coup. Il ouvrit la gueule et cracha une flamme pâlichonne. Mme de Molenne s'écarta :

— Mais qu'est-ce que c'est ?

Bubulle sauta hors de sa boîte et trottina jusqu'à la commode sous laquelle se trouvait son salut : une prise électrique. Il y plongea la queue. Ah, que c'était bon ! Le super super bonus... Mais pendant le temps de charge, Bubulle se déconnectait. Mme de Molenne, à plat ventre devant la commode, eut donc tout loisir de contempler cet incroyable spectacle, un dragon de Sumatra rechargeant ses accus. Cette fois, Jean-Hugues n'était pas là pour prétendre que Bubulle était un proche parent du poisson-torpille. Cet animal n'était pas « curieux ». Il était invraisemblable.

Soudain, un frisson parcourut Mme de Molenne. Elle venait de faire un étrange rapprochement. Que disait le mail de Majid ? Elle reprit le papier : `... on s'inquiète pour Joke... Est-ce que tu peux demander à l'EDF de baisser un peu la sauce, de mettre du courant un peu moins fort ?` Des pensées vagues et menaçantes commençaient à envahir l'esprit de Mme de Molenne. Elle ne parvenait pas encore à imaginer l'inimaginable mais elle s'en approchait.

Après le déjeuner, elle s'assura que le bureau de Jean-Hugues était bien fermé, enfila un ciré jaune et partit pour l'hôpital. Une sorte d'intuition, de celles qui vous font pressentir le pire, guidait ses pas. Mme de Molenne s'arrêta devant une confiserie pour acheter des caramels mous. Trois pas sur le trottoir et elle se retrouva toute trempée. Il faisait un temps à ne pas mettre un dragon dehors. « Et il va pleuvoir jusqu'au 14 juillet, comme tous les ans », songea-t-elle.

À la réception, on fut très content que quelqu'un vienne pour la petite Ben Azet.

— Vous êtes sa mère ? hasarda une infirmière.

Mme de Molenne comprit que Mme Ben Azet n'était même pas venue rendre visite à son enfant.

— Je ne suis qu'une amie, répondit-elle. Comment va Lulu ?

— C'est le problème, justement. On essaye de contacter les parents depuis hier. Ils ne sont jamais chez eux.

Mme de Molenne regarda son joli paquet de caramels enrubanné.

— Mais la petite ? insista-t-elle.

L'infirmière baissa pudiquement les yeux.

— C'est une question de jours...

L'agitation était retombée. Lulu était mourante.

— Est-ce qu'il est possible de la voir ?

L'infirmière eut un grand sourire.

— Oh, ça, oui ! Elle n'a pas beaucoup de visites...

Depuis que sa maladie l'avait reprise, Lulu n'était plus un cas intéressant. On la laissait mourir tranquillement.

Mme de Molenne ne connaissait Lulu que par ouï-dire. Son cœur se serra à la vue de l'enfant toute menue et décolorée sous le drap blanc. Une seule perfusion maintenait l'hydratation du petit corps.

— Elle ne souffre pas ? s'inquiéta Mme de Molenne.

— Mais non, répondit l'infirmière en s'en allant bien vite.

À l'abandon. Ce furent les mots qui vinrent à l'esprit de Mme de Molenne. L'enfant était laissée à l'abandon. Comme un coin de jardin en friche. Comme un chien au bord de la route.

Mme de Molenne posa les caramels sur la table de chevet puis s'assit sur le lit. Elle croisa les mains sur ses genoux, ferma les yeux et pensa à son mari qu'elle avait longtemps accompagné dans la maladie. L'enfant allait mourir sans même un regard d'amour sur elle. Mme de Molenne eut l'impression qu'elle n'avait pas été conduite auprès d'elle par le seul hasard. Elle rouvrit les yeux et, doucement, passa la main dans les cheveux bouclés. Était-ce possible ? Elle ressentait comme des picotements au bout des doigts. Lulu... Bubulle...

— Joke...

L'enfant venait de parler. Mme de Molenne se pencha vers elle.

— Qu'est-ce que tu dis, ma chérie ?

— Maman, murmura Lulu, il faut sauver Joke.

L'enfant semblait perdue dans un rêve.

— Joke est tout chmouf. C'est pour ça. J'ai plus la Force, maman.

— Tu vas bientôt aller mieux, mentit Mme de Molenne. Les docteurs l'ont dit.

— Ils savent rien, les docteurs, répondit Lulu dans un souffle. Il faut aller donner à manger à Joke.

Mme de Molenne songea alors que la fillette avait peut-être laissé chez elle un hamster ou un poisson rouge dont elle s'inquiétait. Mais l'explication ne la satisfaisait pas totalement. Le mail de Majid parlait aussi d'un certain « Joke ».

— Il est dans ta chambre ? s'informa Mme de Molenne, sans être sûre que Lulu l'entendait.

La petite sourit faiblement, sans ouvrir les yeux.

— Non, maman, il est dans la carrière.

Mme de Molenne sentait qu'elle touchait presque du doigt la vérité. Mais, comme dans les labyrinthes à la foire, sa main heurtait une paroi de verre, puis une autre.

— Fais vite, maman, chuchota l'enfant.

« C'est une question de jours », avait dit l'infirmière. Mme de Molenne se releva. Faire vite, mais faire quoi ?

— Embrasse-moi, maman, réclama Lulu.

Elle gardait les paupières closes pour maintenir l'illusion que sa mère était venue la voir. Mme de Molenne effleura sa joue et reçut une petite décharge d'électricité statique.

Avant de retourner dans son appartement, sans trop savoir pourquoi, elle fit un détour par les carrières de gypse abandonnées. Sans doute était-ce l'endroit dont Lulu lui avait parlé. Elle eut la tentation de descendre de voiture pour aller inspecter ces lieux étranges. Mais c'est le moment que choisit l'orage pour redoubler de violence. Il y eut un roulement de tonnerre. Puis, comme en écho, Mme de Molenne crut entendre une sorte de hurlement qui la fit frissonner. Elle se promit de revenir un autre jour, par temps sec, et d'essayer de résoudre l'énigme dissimulée par ce nom farceur : Joke.

Si elle s'était aventurée dans la grande caverne, Mme de Molenne aurait découvert un spectacle de désolation. Les pluies abondantes de ce mois de juillet s'y étaient infiltrées par les voûtes fissurées. Devant l'entrée des galeries souterraines, un lac s'était formé où l'on voyait flotter les vestiges de la Mondial Aréna.

Cela faisait plusieurs jours que Joke n'avait pu quitter son repaire. L'eau coulait du ciel, l'eau s'étendait à droite comme à gauche. L'eau l'empêchait d'aller satisfaire au pylône de l'EDF son appétit devenu boulimique. L'eau l'affamait.

Quand il s'approchait du petit lac, Joke y voyait son reflet. Chaque jour moins haut, chaque jour moins gros. Et il avait faim d'autre chose que d'électricité. Oui, autre chose lui manquait. Perché sur un rocher au bord de l'eau, tendant ses pattes, il appelait dans un cri déchirant :

— Ami... Ami...

Dans l'appartement, Bubulle attendait l'ennemie de pied ferme. Gonflé à bloc, pétant la forme, il trottinait entre les meubles avec la vivacité du lézard qui se glisse entre les roches. De temps en temps, *just for fun*, il crachait sa petite flamme et regardait d'un air de satisfaction pensive le trou de roussi dans la moquette. Tout n'était pas nul dans ce jeu.

— Mais quelle plaie, ce machin ! s'exclama Mme de Molenne en l'apercevant.

Se souvenant de sa première victoire sur l'adversaire, elle courut chercher son balai. La croyant en déroute, Bubulle se redressa fièrement sur ses pattes arrière.

— Allez, *pchui* !

Enfer et déconfiture. L'arme surpuissante ! Bubulle s'aplatit en signe de reddition puis se mit à ronronner comme un chaton sans défense.

— Une véritable infection, murmura Mme de Molenne, nullement attendrie.

Elle donna quelques petits coups de balai dans les flancs de la bestiole, qui se mit à alterner ronrons et couinements.

— Je vais le remettre dans sa boîte, décida Mme de Molenne.

La prison ? Ah, ça, non ! Bubulle en avait ras les écailles. Il s'écrasa un peu plus sur le sol et endura les coups de balai sans bouger d'un millimètre, *ron, ron, couine, couine*. Mme de Molenne renonça brusquement à l'opération de mise en boîte. Son regard venait de se poser sur le mail de Majid. Elle le relut en frissonnant : `Sauf qu'on s'inquiète pour Joke. D'après Samir qui l'a vu il est devenu monstrueux. On a peur qu'il sorte tout seul de la carrière.` Un monde extraordinaire s'entrouvrait devant Mme de Molenne mais son esprit rationnel préférait rester sur le palier.

Un bruit de trottinement lui fit baisser les yeux. Bubulle s'était faufilé jusqu'à elle et, aplati à ses pieds, il levait vers elle un regard d'imploration. Cela devenait gênant. Mme de Molenne n'avait jamais persécuté un être vivant. Mais était-ce bien un être vivant ? La sonnerie du téléphone l'arracha à ses réflexions.

— Jean-Hugues !

Malheureusement, ce n'était que la rédactrice en chef de *Psychologie, les clefs de l'esprit*, qui attendait d'elle un article sur les dangers que les jeux vidéo font courir aux enfants.

— Quels dangers ? demanda machinalement Mme de Molenne.

— Mais vous savez bien, s'étonna la rédactrice en chef. Les risques de confusion entre le virtuel et le réel...

— Aucun risque, l'interrompit Mme de Molenne.

En face d'elle, Bubulle faisait le beau, assis sur sa queue de dragon.

— Tout de même, il faudrait nuancer, objecta la rédactrice en chef. Les jeux sont parfois tellement réalistes que les enfants risquent...

Clic. Mme de Molenne avait raccroché. Elle s'accroupit et gratta la moquette :

— Mini, mini, mini...

Le petit dragon retomba sur ses quatre pattes et vint tout près, tout près de la boss au balai. Il était bel et bien apprivoisé. Mme de Molenne s'éloigna vers la cuisine, Bubulle sur les talons. Ce petit compagnon lui faisait mesurer à quel point sa solitude était réelle.

Le soir venu, elle laissa ouverte la porte de sa chambre. Bubulle, triomphant, eut la certitude de découvrir le dernier décor du jeu. Avec beaucoup de tact et sans le moindre commentaire, Mme de Molenne poussa le fauteuil qui masquait une prise électrique, juste à hauteur de dragon. Elle songea en se couchant : « À chacun son bonheur sur terre. » C'était peut-être le dernier mot de la psychologie.

À l'hôpital, l'infirmière qui vint border Lulu pour la nuit s'aperçut que l'enfant n'était plus du tout électrique. Tout rentrait dans l'ordre. Joke et Lulu s'étaient déconnectés. La mort allait devenir une réalité.

CHAPITRE VII

DANS LES GRIFFES DE LA MC

Samir, Majid, Sébastien et Aïcha avaient atterri à Lausanne. Mais ce n'était pas la fin du voyage. Pour leur faire franchir les cinquante derniers kilomètres, le parc Mondioland n'avait pas hésité à affréter un hélicoptère. Jason, le pilote, parlait avec un fort accent américain.

— Hé, *kids*, accrochez-vous !

Aïcha poussa un cri de terreur.

L'hélicoptère semblait foncer droit vers un piton rocheux. Au dernier moment, il vira pour éviter l'obstacle. Jason était hilare.

— La dernière fois que j'ai fait ça, la porte était ouverte. J'espère que le type est tombé dans la neige. Sinon, il a dû se faire mal, hein ?

— Jason est un farceur, commenta Eddie sans daigner sourire.

— Et ça ? C'est pas beau, ça ? s'exclama Jason.

Au bout de son doigt pointé, les enfants découvrirent les six pays imaginaires qui composaient Mondioland. Nichés dans la verdure, rutilaient les dômes, les clochetons, les statues géantes, les manèges enchantés et les petits lacs. À 9 h 30 du matin, le parc semblait encore calme. Mais devant les arcades de l'entrée s'étirait déjà une queue longue de plus de cent mètres.

Aïcha, Samir, Majid et Sébastien étaient des hôtes de marque. La bousculade, l'attente, ce n'était pas pour eux. Grâce à leur passe, ils allaient pouvoir se présenter directement à la caisse réservée aux VIP, *Very Important People*. Pour deux jours, Mondioland était à eux, entièrement à eux. À la boutique Mondiocado, on leur offrit le fameux t-shirt : « *Life is MC.* »

Majid voulait découvrir Vidéoland. Samir était attiré par Bankland. Sébastien ne s'imaginait pas ailleurs qu'à Futureland. Aïcha rêvait du palais de Mondina, dont les tourelles dominaient Funland.

— Mon père a dit qu'on devait jamais se séparer, dit-elle.

— Pourquoi pas Gruyèreland ? proposa Eddie. On peut faire du toboggan dans le gruyère géant. Et après, vous visiterez l'atelier. Ils fabriquent des meules de trente-cinq kilos, là-dedans !

Eddie jeta un coup d'œil sur sa montre. Il avait deux heures devant lui. Deux heures avant de conduire les enfants à Futureland. Il allait falloir les occuper.

La fromagerie ne recueillit aucun suffrage.

— Regardez ! s'exclama-t-il. Voilà Mondichette et Mondoudou ! Vous voulez peut-être leur serrer la patte ? Ou alors... tiens... une idée... j'ai mon appareil photo !

Les enfants des Quatre-Cents contemplèrent avec dégoût les créatures molles et poilues qui approchaient.

— Plutôt crever, dit Majid.

— Y a pas des trucs qui font peur ? demanda Samir.

— T'en fais pas, dit Eddie. Mais mieux vaut commencer doucement. Tenez, montez, y a un train qui passe.

Eddie ne l'avouait pas, mais il avait horreur des Rails de la Mort et du Manoir de l'Épouvante. Déjà, quand il était môme, il hurlait dans les manèges.

Ils firent le tour du parc à douze kilomètres-heure, dans un wagonnet jaune et rouge, pour repérer les attractions. Bankland et sa roulette infernale qui vous emportait, sanglé à l'intérieur d'une bille, dans un tourbillon chaotique. Consumerland, gigantesque Mondiorama dont on visitait les rayons à bord d'un chariot électrique. Funland et son corps humain géant où l'on entrait par la bouche puis ressortait par les intestins dans un bruit pétaradant.

Parvenu au Mondial Terminus, Eddie consulta sa montre. Il restait plus d'une heure à tirer.

— Bon, y a quoi comme truc fun ? le bouscula Samir.

— Ça va être l'heure de la Prout Parade, proposa Eddie.

Mais les garçons avaient aperçu l'entrée du Manoir de l'Épouvante. Eddie se serait volontiers contenté d'attendre les gamins à la sortie. Attachés à leurs sièges, ils ne risquaient pas de disparaître. Mais c'était contraire aux consignes.

Quand la chenille infernale s'enfonça dans les ténèbres, les enfants trépignaient d'excitation. Au premier frôlement de toiles d'araignée, les rires se turent. Ensuite, ce fut pour chacun comme s'il avait rendez-vous avec ses propres fantômes. Dans un sinistre salon où la Mort menait le bal, Aïcha vit danser de petites fumées vertes pareilles à celles qu'elle avait vues onduler sur son palier. Au détour d'un couloir, Samir et Sébastien se retrouvèrent nez à nez avec un spectre fluorescent. Pendant une fraction de seconde, ils crurent revivre leur face-à-face avec le golem, dans la cave des Colibris. La chenille allait si vite qu'elle remontait le cours du temps. Majid se retourna. Un homme s'était hissé derrière son dos, un tueur blême aux yeux rouges. C'était Klaus, le faux livreur de la MC.

— Emmé ! appela Majid.

Mais, déjà, son agresseur n'était plus qu'un squelette au bout d'une corde de pendu.

Eddie, cramponné à son siège, avait choisi de n'ouvrir qu'un œil. Mais il fut bien obligé d'ouvrir l'autre et en grand. Les Malfaisants étaient de retour ! Comme dans la cité, lorsqu'ils avaient surgi devant les phares de sa camionnette. Une meute enragée, poilue et griffue. Il fit de grands gestes pour s'en débarrasser. En vain. On ne chasse pas des hologrammes.

À la sortie du Manoir, ils éclatèrent tous d'un rire un peu forcé.

— On va faire des tours de manège, hein, les enfants ? proposa Eddie.

— Navette en perdition ? dit Samir en matant la capsule qui tournoyait à cinquante mètres du sol.

— Non, non. J'en connais un mieux. Avec des girafes et des dromadaires.

Eddie était vert comme un kiwi bien mûr. Personne ne voulut le contrarier.

À 11h25, Eddie rassembla sa jeune troupe.

— On passe aux choses sérieuses, annonça-t-il. Regardez plutôt ça !

Il leur désignait le dôme miroitant qui dominait Futureland, le pays le plus branché du parc.

— Le Mondiamax ! s'écria Eddie d'un ton enthousiaste. Regardez, mais regardez !

Ce que voyaient les enfants, c'était l'interminable file d'attente devant les portes argentées.

— Regardez... comme ils ont l'air déçu, reprit Eddie. Fermé ! Le Mondiamax est fermé ! Et vous savez pourquoi ?

— Accouche, fit Samir.

— Parce qu'il est tout à vous ! À toi, Samir. Et à toi, Majid.

— Ben ! Et nous ? s'exclamèrent en chœur Aïcha et Sébastien.

Eddie leur adressa une mimique mystérieuse.

— Votre tour viendra... plus tard. Nous leur avons préparé une surprise... une surprise pour deux personnes. Majid et Samir sont bien les deux grands gagnants, non ? Honneur aux vainqueurs !

— Mais mon père il a dit... commença Aïcha.

— Tu ne seras pas seule, coupa Eddie. Sébastien reste avec toi. Je suis sûr que vous avez faim. Je vais vous installer au Mondial Café.

Majid ressentit un petit tiraillement du côté de l'estomac mais n'osa rien dire. Il avait trop envie de découvrir la surprise pour deux personnes.

La vaste salle du Mondiamax était déserte. Quatre-vingts sièges inoccupés tournés vers un écran géant. Déserte ? Non, pas tout à fait. Dans la cabine du projectionniste, il y avait quelqu'un. Mais ce n'était pas le projectionniste.

L'homme qui regarda entrer les deux lauréats du concours Mondiorama se nommait Orwell. Pour les initiés, c'était le majordome de M. William, le patron de la MC. Mais les initiés étaient rares.

« Ainsi les voilà, songea Orwell. Majid Badach et Samir Ben Azet. » Deux enfants hauts comme trois pommes, deux petites crapules de banlieue. Deux grains de sable, qui avaient réussi à enrayer la belle mécanique de la MC. Orwell n'en croyait pas ses yeux. Pourtant, il avait l'impression de voir là, devant lui, les assassins de Sven, les mômes qui avaient mené Klaus à sa perte, qui avaient détourné le précieux ordinateur Nouvelle Génération, qui avaient lâché sur une cité de béton... était-ce possible ?... une horde de démons électroniques. Deux grains de sable qu'il faudrait balayer. Mais pas tout de suite.

— Installez-vous, leur dit Eddie. Là. Et là. Vous allez vivre une expérience inoubliable.

Il ne put s'empêcher de rire.

— Inoubliable, répéta-t-il.

— Qu'est-ce que vous faites ? s'inquiéta Majid. Mais attachez-moi pas !

— Tss ! Tss ! siffla Eddie. Le Mondiamax, mes enfants. L'attraction la plus moderne de la planète ! Je vous branche directement dessus, vous comprenez ?

— Mais je suis pas malade ! protesta Samir.

Eddie venait de lui envelopper le bras dans une sorte d'épais brassard, un appareil qu'il lui semblait reconnaître : le docteur passait le même à Lulu quand il voulait prendre sa tension.

— Vous allez décoller pour un voyage vers les étoiles, expliqua Eddie. Même les cosmonautes ne sont pas mieux équipés.

Majid et Samir avaient à présent un cordon autour de la poitrine. Eddie leur attachait quelque chose aux doigts de la main droite.

— Mais c'est la chaise électrique ! s'indigna Samir.
— Des électrodes, mon grand, rien de plus inoffensif.
— C'est électrique, ça, les électrodes !
— Ouvrez bien les yeux. On va bientôt décoller.

L'obscurité se fit dans la salle du Mondiamax. La projection commença. Et, aussitôt, les deux spectateurs oublièrent tout pour se plonger dans le spectacle extraordinaire d'une station orbitale. La Mondial Galactic les invitait à un saisissant voyage.

D'abord, tout fut beau et paisible. Le Mondial Starship était un vaisseau colossal naviguant d'étoile en étoile. Majid et Samir purent se prendre pendant quelques minutes pour des pionniers de l'espace partant à la découverte de la galaxie. C'est alors que le Mondial Starship entra dans une ceinture d'astéroïdes où régnait un orage magnétique d'une violence inouïe.

Soudain, le vaisseau fut pris dans des turbulences terrifiantes. Les deux passagers étreignirent les accoudoirs de leurs fauteuils. Mais plus rien ne pourrait les faire revenir sur Terre. Ils oscillaient sur leurs sièges, basculaient avec le Mondial Starship, ressentaient jusqu'aux os l'ébranlement qui accompagnait chaque pluie de météorites. Quand le vaisseau s'engouffra dans un canyon aux parois hautes de plusieurs kilomètres, ils crurent qu'ils allaient s'écraser. Quand un roc égaré perça la coque du navire spatial, ils eurent l'impression de manquer d'oxygène. Puis, lors de la grande explosion, ils sentirent sur leur peau la chaleur de l'incendie.

Inexorablement, ils plongeaient vers le cœur d'un brasier éblouissant.

À cet instant, Samir et Majid ne savaient plus qu'ils se trouvaient dans une salle de spectacle du parc de Mondioland. Tous deux hurlaient leur terreur, attirés par une boule de feu, sans recours, sans espoir.

Devant leurs yeux écarquillés, la masse en fusion tourbillonna. Puis elle perdit de son éclat, se transformant en une gigantesque spirale noire et blanche. Les deux enfants sombrèrent dans ce gouffre sans fin ni commencement.

Le silence était revenu dans la salle du Mondiamax. Eddie examina rapidement Majid et Samir. La longue séquence vidéo avait exercé sur eux une telle fascination que la spirale noire et blanche du Mondhypnose les avait happés sans coup férir. Ils étaient à présent plongés dans un profond état hypnotique, yeux grands ouverts.

— Majid, tu m'entends ?
— Oui.
— Samir, tu m'entends ?

— Oui.

Eddie jeta un regard en direction de la sombre cabine où se dissimulait Orwell. L'interrogatoire pouvait commencer.

Grâce à une oreillette, Eddie recevait les instructions d'Orwell. Les deux hommes étaient convenus de commencer par une série de questions très simples, destinées à vérifier la façon dont les enfants se comportaient lorsqu'ils disaient la vérité.

Majid déclara qu'il s'appelait Majid Badach, qu'il vivait avec son père et sa mère dans le bâtiment les Colibris, à la cité des Quatre-Cents, qu'il allait bientôt avoir treize ans et s'apprêtait à passer en classe de 4e . Tandis que Samir fournissait des réponses tout aussi limpides, dans la cabine du projectionniste, Orwell scrutait ses appareils.

Sur de longues bandes de papier s'inscrivaient des lignes brisées qui trahissaient les réactions des enfants. Le brassard qu'ils avaient autour du bras indiquait la pression sanguine. Le cordon enroulé autour de leur poitrine transmettait leur rythme respiratoire. Les électrodes placées sur leurs doigts mesuraient l'importance de leur transpiration. Maintenant, Orwell savait à quoi ressemblaient les tracés quand un Majid ou un Samir s'exprimait avec franchise.

Orwell souffla quelques mots dans son micro.

Eddie répéta la question.

— Majid, tu as un bel ordinateur, n'est-ce pas ? Comment l'as-tu obtenu ?

— C'est ma mère qu'a gagné le concours des Trois Baudets, répondit docilement Majid.

— Bien, bien... et cet ordinateur est-il toujours chez toi ?

— Non.

— Où est-il maintenant ?

— Chez Jean-Hugues.

— Jean-Hugues ? Qui est Jean-Hugues ?

— Ben, c'est mon prof de français.

— Ah ? Et quel est son nom complet ?

— Jean Hugues de Molenne.

— Très bien.

Eddie écouta la voix d'Orwell puis enchaîna.

— Samir, sais-tu qui est Sven ?

— Non.

— Je vais essayer de te rafraîchir la mémoire. Sven a été découvert mort dans une cave, dans le bâtiment des Colibris. Es-tu au courant ?

Là-haut, devant ses graphiques, Orwell nota que le cœur de Samir battait plus fort. Les lignes faisaient des pics, indiquant que le gamin éprouvait une vive émotion.

— Oui, dit Samir.
— Sven avait un portable sur lui. Sais-tu où il est passé ?
— Je... je l'ai trouvé.
— L'as-tu gardé ?
— C'est Martin... elle me l'a confisqué.
— Qui est Martin ?
— Nadia Martin. C'est la prof de SVT.
— Parfait. Samir, est-ce toi qui as tué Sven ?
— Non !

Samir s'agita, comme s'il essayait de se libérer des sangles qui le retenaient au fauteuil.

— D'accord, dit Eddie. Ce n'est pas toi. Sais-tu qui a tué Sven ?

Dans la cabine, Orwell observa que la question semblait plonger Samir dans un trouble violent. Il ordonna à Eddie de la répéter.

— Je... je ne sais pas.
— Insistez ! hurla Orwell dans son micro.
— Samir, dit patiemment Eddie. Même si tu ne le sais pas, peut-être as-tu une idée ? Est-ce que tu peux essayer de deviner qui a tué Sven ?

Là-haut, l'appareil appelé polygraphe s'affolait.

— Est-ce Jean-Hugues ? Est-ce Albert ? suggéra Eddie.
— Non !
— Tu vois, tu as sûrement une idée...
— Joke, souffla Samir, je crois... Joke...

Eddie lança un regard interrogateur en direction de la cabine.

— Qui est-ce ? Qui est ce Joke ?
— C'est le golem... il est sorti du jeu.

Eddie sentit un frisson le parcourir. Orwell, lui, examinait toujours ses graphiques. Avec un sourire crispé, il parvint à la conclusion que le gamin avait repris son calme. La vérité avait eu du mal à sortir de sa bouche. Mais c'était la vérité.

CHAPITRE VIII

LA PETITE FILLE AU MOULIN À VENT

Sébastien et Aïcha avaient dévoré la moitié de l'énorme pizza qu'on leur avait servie. Puis, comme le temps passait et qu'ils ne voyaient toujours pas réapparaître Samir et Majid, chaque bouchée était devenue plus difficile à avaler.

— Mon père il a dit... commença Aïcha.

— On sait.

Sébastien fouilla du regard la foule qui grouillait autour du Mondial Café.

— Ça doit être une super surprise. J'espère qu'on va y aller aussi, au Mondiamax.

Trois tables plus loin, une petite fille dégustait une glace surmontée d'un dôme de chantilly. Elle tenait sa cuiller d'une main et de l'autre présentait à la brise les ailes de plastique noires et blanches d'un moulin à vent. Sébastien se demanda s'il aurait envie d'une glace, après la pizza.

— On attend encore un quart d'heure et on va voir au Mondiamax, décida-t-il.

Au Mondiamax, la séance était finie et le polygraphe était formel : les enfants n'avaient pas menti. Leur Joke existait bel et bien. Du coup, tout le reste devenait plausible. Martin-Weber prétendait avoir vu une horde de bestioles à cornes, à poils et à plumes dans la cité des Quatre-Cents. Eddie avait fourni une description à peu près semblable. La description des Malfaisants.

Le jeu d'Albert semblait vomir ses personnages dans les rues. C'était prodigieux. C'était extraordinaire. Seulement voilà, c'était impossible.

« Il me faut Albert, songea Orwell, il me le faut vivant. » Les enfants avaient parlé. Orwell savait qu'Albert s'était réfugié dans une sorte de camping-car. Mais ni Samir ni Majid ne connaissaient la marque du véhicule, encore moins son numéro d'immatriculation. Le camping-car appartenait aux parents du petit Sébastien. C'était à celui-là qu'il allait falloir soutirer les informations.

Malgré tout, Orwell continuait d'entendre au fond de lui une petite voix qui répétait : *ce golem qui sort du jeu... c'est impossible... impossible... impossible...* Mais, d'après ses concepteurs, il était également impossible de tromper le Mondhypnose. Orwell décida alors de tenter une dernière expérience.

Dans la salle de spectacle, Eddie venait de constater avec satisfaction que Samir et Majid dormaient profondément. Ils ne se réveilleraient que quand on leur en aurait donné l'ordre. Et ils auraient tout oublié. Épatant, ce Mondhypnose ! Eddie sursauta. Orwell venait de surgir derrière lui.

— Prenez place dans ce fauteuil, Eddie.

— Moi, monsieur Orwell ?

— J'aimerais que vous vous soumettiez, vous aussi, à une petite séance d'hypnose.

— Moi ?

Il y avait quelque réticence dans la voix d'Eddie. Le Mondhypnose, c'était épatant... sur les autres. Eddie avait entendu parler de possibles effets secondaires de l'appareil et n'avait pas trop envie de servir à son tour de cobaye.

— Vous allez vous montrer coopératif, n'est-ce pas, Eddie ? susurra Orwell. Vous allez fixer intensément la spirale noire et blanche du regard. Ce ne sera pas long. Juste une petite question à vous poser.

Eddie, avez-vous vraiment vu les Malfaisants dans les rues des Quatre-Cents ?

Au Mondial Café, Aïcha s'impatientait :

— Bon, on y va ?

Sébastien s'était laissé tenter par la glace chantilly.

— Chinq minutes, dit-il, la bouche pleine.

Aïcha soupira puis, le visage entre les mains, elle regarda rêveusement la petite fille au moulin à vent. Elle pensait à sa petite sœur. Aïcha n'était pas toujours heureuse chez elle et pourtant la maison lui manquait déjà. Soudain, elle poussa un cri. Une vieille dame en robe et chapeau noirs venait d'apparaître à côté d'elle, lui bouchant le soleil. Une horrible vieille dame.

— N'aie pas peur, mon enfant, dit-elle d'une voix de crécelle.

Tu ne me reconnais pas ? Je suis Mondialita, la sorcière. Je sais tout du passé et de l'avenir. Ne veux-tu pas connaître ton destin ?

— Non ! s'écria Aïcha.

— Et toi, jeune homme ? demanda Mondialita à Sébastien.

— Faut pas rigoler avec ces trucs-là, dit Sébastien. C'est sérieux, la sorcellerie.

— Mais je suis très sérieuse. Attends... peut-être puis-je te convaincre ? Donne-moi ta main.

Sébastien ricana puis tendit sa main à la sorcière.

— Ooooh, dit Mondialita, je vois que tu viens de très loin. Près de Paris, hein ?

Sébastien haussa les épaules, refusant de se laisser impressionner.

— Je sais tout de toi. Je sais que tu aimes beaucoup la nature...

— Bof !

— Enfin... tes parents aiment la nature.

— Ah ouais, eux !

— Je vous vois... comme c'est étrange... vous êtes dans une maison, mais une maison qui roule.

Sébastien éclata de rire.

— C'est le camping-car ! Comment vous avez pu deviner ?

— Je sais tout, mon enfant. Je... mes yeux ne sont plus aussi bons qu'autrefois... je n'arrive pas à lire la marque. Je la vois mais...

— C'est un Amical 5 ! lança Sébastien.

— Ah oui, c'est ça. Quand j'étais jeune, j'aurais même pu lire les petits chiffres, sur la plaque.

— L'immatriculation ?

— Oui, c'est ça. Je lis un 4, je crois mais... ah la la, c'est tout flou, mes pauvres yeux fatigués... est-ce que tu peux m'aider ?

— 234, commença Sébastien.

C'est alors qu'un personnage inattendu fit son apparition : la petite fille à la glace chantilly. Elle vint se planter avec effronterie en face de Mondialita, tenant toujours à la main son moulin à vent noir et blanc.

— Vous êtes même pas une vraie, déclara-t-elle. D'abord, ça existe pas, les sorcières.

Mondialita fit un geste agacé dans sa direction. Mais la gamine était du genre teigne.

— C'est comme les Pères Noël des magasins. Ils veulent juste vous faire payer pour la photo. C'est nul.

— File de là ou je te jette un sort, un s... un s...

La voix de Mondialita s'était enrayée comme un vieux disque cloqué.

— Ah ! Ah ! T'oses même pas ! triompha la petite peste.

Mondialita s'était statufiée. Ses yeux aux pupilles dilatées fixaient un point précis : le moulin à vent. En tournant, ses ailes noires et blanches faisaient comme une spirale.

— Avoue que t'es pas Mondialita !

— Je ne suis pas Mondialita.

La voix de la sorcière avait changé. Elle était soudain devenue grave. Une voix d'homme.

— Wouah ! T'es même pas une fille. Hein que t'es un garçon ?

— Je suis un garçon.

— C'est quoi, ton vrai nom ?

— Eddie.

Eddie succombait à une rechute hypnotique.

— Et pourquoi tu te déguises en sorcière ?

— J'accomplis ma mission.

— Ah ?

La petite fille prit un air intéressé.

— Qu'est-ce que c'est comme mission ?

— Je dois retrouver Albert. Je dois faire parler Sébastien.

Sébastien, qui avait assisté à la scène d'un air ahuri, se leva brusquement.

— Quoi ? De quoi vous devez me faire parler ?

La sorcière Eddie roula des yeux terrifiants, comme luttant pour s'arracher à la fascination du moulin à vent.

— Du camping-car.

— Le camping-car ? répéta Sébastien. Que voulez-vous savoir ?

— Le numéro... le numéro...

— D'immatriculation, conclut Sébastien.

— Alors ça, c'est passionnant comme mission, se moqua la petite fille.

Sébastien attrapa Aïcha par le bras.

— Viens. Faut filer de là.

Il bouscula la gamine au passage et fit tomber par terre son moulin, mettant fin à la séance d'hypnose. Eddie s'ébroua, vacilla puis s'affala au beau milieu du Mondial Café, empêtré dans sa grande robe de sorcière.

— Qu'est-ce que... qu'est-ce qui s'est passé ? marmonna-t-il.

Quand Eddie reprit ses esprits, ses proies étaient loin. Elles couraient à travers le parc, Sébastien tirant par la main une Aïcha déboussolée.

— On va pas au Mondiamax ?

— Dépêche-toi !

— Mais on peut pas laisser les autres !

— Plus vite, Aïcha !

— Mais explique-moi !

Aïcha se libéra et se mit à pleurer.

— On est tombés dans un piège, dit Sébastien. J'en suis sûr.

— Et Majid ? Et Samir ?

— Prisonniers, ma vieille. Allez, viens.

Ils reprirent leur course.

— Sébastien, où est-ce qu'on va ?

— Faut sortir de là. Et prévenir Jean-Hugues.

À l'entrée de Funland, Aïcha s'arrêta, hors d'haleine, et refusa d'aller plus loin.

— Viens, lui dit Sébastien. On va se planquer dans le corps humain.

Il entraîna de force Aïcha vers l'escalier qui menait aux grandes dents blanches.

Sur la langue, Aïcha s'étonna :

— Pourquoi Eddie nous a tout raconté ? Un piège, ça se dit pas.

Dans l'œsophage, Sébastien répondit :

— Il avait l'air bizarre, Eddie. On va s'asseoir un peu dans l'estomac. Faut que je réfléchisse.

La paroi de l'estomac palpitait derrière eux avec un bruit sourd. Sébastien tenta de trier ses pensées, raisonnant tout haut :

— Peut-être qu'Eddie a voulu nous prévenir... peut-être que c'est un ami d'Albert... Albert, c'est une sorte d'agent secret qui... qui a enrôlé Nadia Martin. Le camping-car, maintenant, c'est un peu comme leur base. J'aurais dû me méfier quand Mondialita m'a parlé du camping-car. Je suis vraiment trop con. Sauf que quand Mondialita est devenue Eddie... Et merde !

— Quoi ? fit Aïcha.

— J'y comprends rien, conclut Sébastien, désespéré.

CHAPITRE IX

ALIAS N'EN FAIT QU'À SA TÊTE

— Aouah ! s'exclama Majid, j'ai cru qu'on était morts.

— Comment qu'elle nous a niqués, la météorite géante ! fit Samir. C'est quoi la fin ? Y a pas un machin de sauvetage, tu sais, comme dans *Titanic* ? Et le Mondial Starship ? C'est pas vrai qu'il est foutu ?

Dans leurs souvenirs, la séance au Mondiamax s'était interrompue là, au moment de la grande explosion.

— C'est qui, lui ?

Majid venait de découvrir la présence souriante d'un inconnu à droite de son fauteuil. Orwell était enchanté. Comme il l'espérait, toute trace du petit interrogatoire sous hypnose s'était effacée de l'esprit des enfants.

— Je... je suis le projectionniste, improvisa Orwell. Il y a eu un petit incident technique. Je crains que vous n'ayez raté la fin. Rassurez-vous : le commandant du Mondial Starship réussit *in extremis* à passer en hyperespace et ramène l'équipage sain et sauf à l'astroport de Mondial City.

— Cool, dit Samir.

— Ce truc de folie, souffla Majid. Moi, je me souviens d'être mort. J'ai la tronche qu'explose et après...

Il fronça les sourcils. Quelque chose manquait. Quelque chose qui ressemblait à un grand trou noir. Il se sentait mal à l'aise, nauséeux. Pas étonnant. Déjà, ce matin, il avait failli gerber dans l'hélicoptère. Alors, l'hyperespace...

— Et l'autre ? demanda Samir. Où il est passé, Eddie ?

— Il va revenir, certifia Orwell. Il est sorti faire un petit tour. Le Mondiamax, il connaît ça par cœur.

À cet instant, une voix retentit au bout de la salle, près de l'entrée.

— Ils ont filé !

Majid et Samir mirent un bref instant à identifier l'étrange créature qui remontait l'allée à pas précipités, entre les fauteuils. Eddie portait un chapeau dont la longue pointe lui pendait sur le côté de la tête et traînait une robe noire dont il essayait de se défaire en secouant le bras.

— Je ne sais pas ce qui s'est...

— Nous réglerons ça plus tard, coupa précipitamment Orwell. Sortez d'ici et remettez un peu d'ordre dans votre tenue.

— Attendez, il faut que je vous explique. Parce que vous n'allez pas me croire. La spirale... elle est revenue.

— Eddie, je vous ordonne !

— Il y avait la petite fille avec le moulin à vent... vous voyez ce que je veux dire ? À côté du gamin, Sébastien...

Majid et Samir échangèrent un regard intrigué. Eddie avait l'air de débloquer complètement.

— Taisez-vous ! hurla Orwell.

Eddie se mit à tituber et s'affala sur un fauteuil.

— Ça revient, dit-il, ça revient.

Il se produisit comme un déraillement dans sa gorge et il lança d'une voix de fausset :

— Je sais tout du passé et de l'avenir ! Ne veux-tu pas connaître ton destin ?

— Eddie ! Eddie ! gronda Orwell, menaçant.

Reprenant sa voix normale, Eddie jura :

— Je dirai la vérité. Toute la vérité. Rien que la vérité. Je suis un garçon. J'accomplis ma mission. Je dois retrouver Albert. Je dois faire parler Sébastien.

Orwell s'était rapproché de lui. À présent, il le secouait. Derrière, les enfants s'agitaient :

— C'est quoi, ces embrouilles ?

— Il a parlé qu'il doit trouver Albert.

Orwell revint vers eux, les bras écartés comme une maman poule qui ouvre les ailes pour rassembler ses poussins.

— Sacré Eddie ! Est-il drôle en sorcière ! s'exclama Orwell en obligeant ses lèvres à faire un grand sourire.

Un horrible grand sourire.

— Il a parlé d'Albert, dit Majid d'un ton accusateur.

— Mais non, pas Albert, corrigea Orwell. Amer. Il l'a trouvé amer.

— Quoi ? demanda Samir.

— Quoi ? répéta Orwell. Eh bien, le vin. Il a trouvé le vin amer.

Eddie est un excellent guide et il est vraiment très drôle en sorcière mais il boit. Voilà. Je ne voulais pas vous le dire mais c'est la triste vérité. Il boit.

— La vérité ! brailla Eddie.

Le regard de Majid tomba brusquement sur le cadran de sa montre. Une vague de panique l'engloutit. Il était impossible qu'il se soit écoulé autant de temps depuis leur entrée dans le Mondiamax.

— Où ils sont, Sébastien et Aïcha ?

La réponse sortit spontanément de la bouche d'Eddie.

— Sébastien et Aïcha ont pris la fuite. J'ai échoué. C'est la vérité.

Orwell se tourna vers lui avec fureur.

— Taisez-vous, ivrogne !

— Il faut dire la vérité... sinon la spirale va revenir.

Orwell parut sur le point de se ruer sur lui avec des intentions criminelles. Mais il jugea plus urgent de rassurer les enfants.

— Laissez-nous sortir !

— Où ils sont ? Aïcha ! Sébastien !

Orwell comprit qu'il allait être très difficile de les rassurer. D'ailleurs, ce n'était pas un rôle pour lui. Cela faisait des années qu'il semait l'inquiétude partout où il passait.

Il regarda les deux mômes courir entre les fauteuils vers le rectangle vert où brillait dans la pénombre le mot SORTIE.

— C'est bouclé, leur lança-t-il. Il y a une serrure électronique.

Il les laissa tambouriner pendant un moment contre la lourde porte capitonnée.

— Ouvrez ! Ouvrez ! On veut sortir !

Orwell se composa une mimique désolée.

— Mais... vous avez gagné un week-end complet à Mondioland. Est-ce que vous vous ennuyez déjà ? La visite n'est pas terminée...

Il laissa s'écouler une poignée de secondes, feignant de réfléchir.

— À moins que je ne vous propose une petite excursion ? Gruyères, vous connaissez ?

À une vingtaine de kilomètres de là, près de la charmante ville de Gruyères, il y avait le bâtiment le mieux défendu du monde, le blockhaus de la Mondial Company. Au cœur du blockhaus se trouvait une petite pièce de béton qui ne figurait sur aucun plan, une salle de réunion secrète truffée de caméras, de micros et de détecteurs.

Sécurité. Tel était le sujet de la réunion qui s'y tenait ce jour-là. Car, dans le bâtiment le mieux défendu du monde, la sécurité ne semblait plus assurée.

M. William présidait. Ceux qui ne le connaissaient que sous son jour habituel de bouffon cruel et capricieux auraient été étonnés de le voir à cet instant : nerveux, inquiet. En l'absence d'Orwell, M. William n'était pas le même. Or, le temps passait et Orwell n'arrivait toujours pas.

M. William observait son nouveau chef de la sécurité, Calvin Muller. Fils du plus grand fabricant de coffres-forts suisse, Muller avait travaillé pendant deux ans pour le Pentagone. Cet homme-là savait ce qu'était un système de surveillance. Pourtant, il bégayait, cherchant en vain à minimiser la gravité de la situation.

— Des progrès ont été accomplis, dit-il. Nous avons encore eu à subir récemment quelques incidents difficilement explicables mais je pense que nous sommes sur la bonne voie. Le système sera bientôt sous contrôle à cent pour cent. Et, déjà, je puis affirmer que la sécurité du siège est des plus satisfaisantes.

Cette fois, M. William explosa.

— Satisfaisante ! hurla-t-il. Vous savez ce que ça signifie, ALIAS ? Artificial Logical Intelligence for Absolute Security. La sécurité absolue, Muller ! J'ai englouti une fortune dans ce système ! J'exige la sécurité absolue !

Calvin Muller sortit un mouchoir de sa poche et tapota sa lèvre supérieure humide de transpiration.

— Le système ALIAS est le plus performant qui existe sur cette planète. Mais, justement, il est... heu... très complexe, bredouilla-t-il. Et j'ai le regret de vous dire que mon prédécesseur, M. Giraud, ne le maîtrisait pas complètement.

M. William jeta un coup d'œil sur sa montre. Une montre énorme au boîtier rose, sur le cadran de laquelle on voyait une Mondina soulever sa jupe de façon coquine.

Mais que faisait donc Orwell ?

Orwell n'était pas loin, à deux cents mètres à peine de la salle de réunion secrète. Quelques instants auparavant, il avait pénétré dans le sas n° 8 du blockhaus, en compagnie de Samir et de Majid. Deux gardiens réquisitionnés à Mondioland escortaient les enfants : précaution on ne peut plus utile pour maîtriser ces deux petits enragés. Badach et Ben Azet avaient braillé pendant tout le trajet. Orwell restait encore ébahi par la richesse du vocabulaire que possédaient ces voyous de banlieue. À vrai dire, certains mots lui étaient même inconnus.

— Où on est ?

— Qu'est-ce que vous allez faire de nous ?

Les deux gamins examinaient ce qui les entourait avec stupeur.

— Pourquoi ils ont tous des flingues ? demanda Majid.

Au siège de la MC, impossible de faire dix pas sans tomber sur un garde armé. Depuis qu'ALIAS donnait des signes de défaillance, tous les postes avaient été doublés.

— C'est la caserne de l'armée suisse, devina Samir.

— Voilà, approuva Orwell.

Il claqua des doigts à l'intention d'un de ses hommes.

— Conduisez nos jeunes amis à la nursery de l'armée suisse, ordonna-t-il.

Il adressa un signe d'excuse à ses hôtes forcés.

— Je dois vous quitter. Une réunion. Nous nous reverrons plus tard. Soyez sages.

Le vigile posté à la sortie du sas n° 8 restait tourné vers Orwell, l'air embarrassé.

— Eh bien, qu'est-ce que vous attendez pour m'ouvrir ?

— Pardonnez-moi, monsieur. La porte ne se débloque pas. Je suis désolé, monsieur.

— Insistez !

Le vigile pointa vers la serrure son passe électronique.

— Cela s'est déjà produit, expliqua-t-il. Nous avons de plus en plus de problèmes avec la sécurité, monsieur. Voilà, je crois que ça y est.

Il y eut un déclic annonçant l'ouverture de la porte. Mais, aussitôt après, une sirène retentit.

— C'est la quatrième alerte de la journée, monsieur, dit le garde.

— Éteignez-moi ça ! hurla Orwell.

— Tout de suite, monsieur.

L'homme se précipita vers un tableau lumineux. Il enfonça trois boutons sans succès.

— Je suis obligé de couper tout le secteur, annonça-t-il.

— Eh bien, coupez !

— La zone 43 ne sera plus sous la protection d'ALIAS, monsieur.

— Je m'en moque. Coupez !

Le vigile abaissa une manette. La sirène se tut.

— Nous avons une minute trente pour quitter la zone 43, monsieur.

— Quoi ?

— Le secteur va être isolé. Si nous restons, nous sommes bouclés. La procédure de désenclavement peut prendre plusieurs heures.

— Saloperie de système !

Samir et Majid échangèrent un regard complice, tentés de faire de la résistance. Mais les hommes qui entouraient Orwell avaient sorti leurs armes. Avec un bel ensemble, ils engagèrent une balle dans le canon. Telles étaient les instructions en cas de mise hors service temporaire d'ALIAS. Samir et Majid oublièrent leurs velléités de rébellion.

— Allez ! Vite !

Ils s'engouffrèrent dans le sinistre couloir baigné de lumière orange qui succédait au sas n° 8. À l'autre bout, la grille noire était levée.

— L'escalier ! indiqua le vigile. Les ascenseurs de la 43 sont HS.

Bousculés par des coudes et des crosses, Majid et Samir montèrent les marches au pas de course. Derrière eux, les bottes des gardes faisaient résonner la cage de béton.

Orwell déboucha le dernier dans la salle d'accueil ouest. Elle était déserte. La procédure d'évacuation avait chassé hôtesses et employés. Au plafond, un détecteur flasha. Trois buses pareilles à des becs d'oiseau jaillirent d'une trappe. Dans un bruit de cataracte, elles noyèrent le centre de la pièce sous une montagne mousseuse.

Quand il se fut extrait de son bain forcé, Orwell attrapa le vigile par la manche trempée de sa veste.

— Pouvez-vous m'expliquer ? hurla-t-il.

— Non, monsieur. L'alarme incendie s'est déclenchée. Mais je crois que c'est impossible, monsieur. D'abord, il n'y a pas d'incendie. Puis la zone 43 est déconnectée. On dirait qu'ALIAS peut opérer même quand une zone n'est plus sous son contrôle. Je dirai que c'est un incident majeur, monsieur.

— Oui, souffla Orwell. Moi aussi.

Il brossa ses vêtements couverts de neige carbonique. Son regard tomba sur les enfants. Majid et Samir étaient serrés l'un contre l'autre, pétrifiés par la terreur.

— Qu'on s'occupe d'eux ! cria-t-il. Donnez-leur un chocolat chaud et des vêtements secs.

Tout bas, il grommela :

— À moins qu'ALIAS ne contrôle aussi le distributeur de boissons chaudes.

Orwell ne prit pas le temps de se changer. Dégoulinant de la tête aux pieds, les cheveux blanchis par un reste de mousse, il pénétra dans la salle de réunion et alla s'asseoir face à M. William. Le gros homme le contempla de ses yeux de poisson collé à la paroi du bocal.

— Est-ce qu'il pleut, Orwell ?

— Vous voudrez bien excuser ce retard, monsieur William. Puis-je savoir où vous en étiez ?

— M. Muller nous parlait des défaillances du système ALIAS. Hélas, M. Muller n'a pas grand-chose à nous apprendre à ce sujet.

Calvin Muller était blême. Il triait des feuilles de papier pour tenter de masquer que ses mains tremblaient.

— La zone 43 est coupée, lui annonça Orwell. Une alarme s'est déclenchée sans raison. Puis les buses anti-feu se sont mises en action alors que le secteur était isolé. Je pense que nous allons devoir rebaptiser le système. Artificial Logical Intelligence ne convient plus. Oh ! une toute petite modification. Il va nous falloir remplacer Artificial par Autonom. ALIAS n'en fait qu'à sa tête. ALIAS n'obéit plus.

— Admettez-le ! piailla M. William. Admettez que vous avez perdu le contrôle du système ! L'ennemi est dans la place ! Nous sommes à sa merci !

— On ne peut pas dire ça, balbutia Muller.

La peur du chef de la sécurité était palpable. Rares étaient ceux qui n'éprouvaient pas un tel sentiment face aux colères de M. William. Mais, en l'observant, Orwell ne tarda pas à comprendre que Muller ne craignait pas la fureur du gros homme. Muller était terrifié par la situation à laquelle il devait faire face. Muller était terrifié par ALIAS.

— Nous voulons la vérité, dit calmement Orwell. Monsieur Muller, que se passe-t-il exactement ?

— Je... je ne sais pas, avoua enfin Muller. Chaque fois que nous croyons avoir résolu un problème, un autre surgit. C'est très étrange. On a l'impression qu'ALIAS joue avec nous, qu'il nous nargue.

— Est-il oui ou non manipulé de l'extérieur ? insista Orwell.

Muller haussa les épaules.

— Par qui ? Et comment cela serait-il possible ? J'y ai pensé, bien sûr. Je ne vois qu'une seule hypothèse : Giraud. Peut-être a-t-il conservé quelques clés secrètes, qui lui permettent d'intervenir à distance. Mais je vous rappelle que les incidents ont commencé avant qu'il ne quitte ses fonctions. Il avait lui-même du mal à maîtriser le système qu'il avait créé.

— C'est un complot ! brailla M. William. On nous attaque de toutes parts ! Des rumeurs malveillantes sur la MC déferlent sans cesse sur l'internet ! On veut nous abattre !

Orwell ignora l'intervention.

— Monsieur Muller, dit-il, je vous donne quinze jours pour mettre au point un système de sécurité 100 % efficace, 100 % inviolable, 100 % contrôlable.

« Et quand ce sera terminé, mon bonhomme, songea Orwell, je

te ferai murer avec ton secret quelque part tout au fond du blockhaus. Comme au bon vieux temps des Pharaons. »

Mais, pour maîtriser tout à fait la situation, il lui fallait aussi remettre la main sur Albert. Et, pour remettre la main sur Albert, il lui fallait retrouver ce môme qui se cachait dans Mondioland. Comment s'appelait-il, déjà ?

CHAPITRE X

SÉBASTIEN

Avant de dévaler l'intestin toboggan, Sébastien avait bien expliqué à Aïcha la stratégie à suivre. Dès que le corps humain les eut expulsés dans un bruit répugnant, ils filèrent vers la boutique Mondiocado la plus proche.

Sébastien y acheta deux chapeaux prout, une moustache Mister C et une paire de lunettes roses Mondina. Ainsi affublés, ils prirent la direction de la sortie.

— On ne court pas, dit Sébastien en retenant Aïcha par le bras.

— Mais c'est loin ! gémit Aïcha.

— Si on se met à foncer, ils vont nous repérer tout de suite. Et surtout tu me préviens si tu aperçois un espion.

La petite Malienne acquiesça. La chose allait de soi : il fallait éviter les Mondoudou et les Mondada.

— Ça, c'est la tuile, pesta Sébastien.

Il venait de comprendre qu'il était impossible de gagner la sortie sans traverser Vidéoland et son labyrinthe de miroirs et d'écrans. Partout autour d'eux, de toutes les sortes, toutes les dimensions, de face ou de profil, à plat ou en relief, en noir et blanc ou en couleurs, s'affichaient des Sébastien et des Aïcha.

— Enfonce bien le chapeau et baisse la tête, dit-il sans desserrer les mâchoires.

En vérité, leur image avait été enregistrée et transmise bien avant, quand ils étaient entrés dans la boutique Mondiocado. Depuis cet instant, quatre Mondoudou, trois Mondichette et un Mondada convergeaient vers Vidéoland...

Quand ils arrivèrent à Consumerland, Aïcha et Sébastien se

crurent en sécurité. Le décor leur rappelait le Mondiorama des Quatre-Cents. En vingt fois plus grand. Sur les rayons, les boîtes de Chocos MC mesuraient un mètre cinquante et les bouteilles de Mondial Cola contenaient douze litres.

— Comment ils font, les gens ? s'étonna Aïcha. Jamais ça rentre dans ton cabas, ces boîtes-là !

— C'est pas à vendre, ba...

Sébastien ravala son « banane ». Il n'avait pas envie de froisser Aïcha. S'il en avait eu le loisir, il aurait aimé lui dire des choses gentilles. Depuis qu'il se trouvait seul en sa compagnie, Sébastien se sentait bien. Le frisson du danger lui rendait sa présence plus troublante encore. C'était lui qui menait les opérations. Aïcha le suivait. Aïcha lui obéissait. Peut-être même qu'elle l'admirait.

— Là ! Regarde !

Aïcha avait aperçu la crinière bleue d'un Mondada. La ridicule créature pelucheuse se trouvait à l'autre bout de l'interminable allée bordée de produits MC. Pour lui échapper, les enfants tournèrent après une pile de Mondiocrocks au surimi. Devant eux s'alignaient des douzaines de chariots électriques.

— Grimpe ! ordonna Sébastien.

Ils montèrent dans l'un des Caddie motorisés et filèrent le long d'une muraille de petits pots Monbaby. Mauvaise pioche. Au premier croisement surgirent un Mondada et un Mondoudou. Le Mondada culminait à plus de deux mètres. Le Mondoudou était sec comme un phasme et traînait une longue queue couverte de petites plumes. Tous deux tendirent leurs pattes velues pour cueillir leurs proies.

— Seb ! Tourne ! supplia Aïcha.

À gauche comme à droite, les pots géants de confiture Mondofruits et de miel Mondabeille formaient d'immenses pyramides. Le Caddie tourna vers la droite.

Bien sûr, les rayons étaient protégés. Par des cordons rouges reliant des piquets d'alu, comme dans les musées. D'un même réflexe, Aïcha et Sébastien soulevèrent le cordon au moment où le chariot franchissait la fragile barrière.

La suite fut terriblement sucrée.

Pots et bocaux dégringolèrent dans un épouvantable vacarme. Sébastien reçut un kilo de gelée de pomme sur son chapeau prout et faillit tourner de l'œil. Aïcha s'en tira avec un pot en carton de miel toutes fleurs sur l'épaule. Près d'eux, Mondoudou et Mondada étaient quasi ensevelis. Quand les créatures pelucheuses s'extirpèrent de la bouillie gluante qui leur dégoulinait de la crête aux pattes, une sirène retentissait et la foule accourait de tous les rayons de Consumerland.

Les intentions belliqueuses de Mondoudou et Mondada furent étouffées par ce remue-ménage. Sébastien et Aïcha filèrent sur la longue allée en laissant derrière eux des empreintes visqueuses.

— On fonce ! décida Sébastien en balançant chapeau prout et moustache postiche.

— Et après ? haleta Aïcha. Où on va ? Je sais même pas où c'est, la Suisse.

Sébastien ne répondit pas. Il voyait les arches monumentales qui marquaient le terme de Mondioland et, pour l'instant, cela lui suffisait.

Trois gardiens les attendaient devant les portillons. Sébastien s'apprêta à hurler, à frapper.

— Un tampon ? demanda l'un d'eux.

— Hein ? Quoi ? fit Sébastien.

— Je te mets un coup de tampon sur la main, sinon tu pourras plus revenir aujourd'hui, expliqua l'homme avec le lent débit du parler suisse.

— Non, ça va. On revient pas.

Ils étaient libres. De l'autre côté d'une haute et interminable barrière blanche, la file des visiteurs qui attendaient leur tour de passer aux guichets de l'entrée s'étirait sur plus de cent mètres.

— Seb ! Seb !

Sébastien refusa de se retourner. Il voulait s'éloigner, mettre entre Mondioland et lui la plus grande distance possible.

Mais Aïcha insistait, tirant sur sa manche maculée de confiture.

— Seb ! Attends ! Regarde, mais regarde !

Sébastien consentit enfin à s'arrêter. Aïcha ouvrait des yeux ahuris. Elle tendit le bras, lui désignant quelque chose, là-bas, près d'un portique de l'entrée principale.

— On dirait...

Aïcha n'eut pas besoin d'achever. Sébastien avait vu, lui aussi. Dans la longue file d'attente, une silhouette familière. Improbable. Impossible.

— Jean-Hugues !

Mais pas question de faire machine arrière. Pas question de mettre à nouveau les pieds dans le parc. Il fallait fuir.

— Où ? Où est-ce qu'on va ? Seb, je veux pas aller en Suisse.

Ils arrivaient au parking : une mer d'autos à perte de vue.

— Faut qu'on trouve quelqu'un, dit Sébastien. Un Français. Le mieux, ce serait un flic français.

C'était idiot. Comment savoir ? Comment deviner à qui il fallait s'adresser ? Ils avançaient parmi les bagnoles, Volvo, Peugeot, Fiat, Renault, Toyota. Les gens les regardaient. Ils devaient faire peur avec leur figure barbouillée de confiture et leurs vêtements couverts de traînées multicolores.

— Je le crois pas.

Sébastien s'était arrêté net.

— Ce serait trop beau.

— Qui t'as vu ? demanda Aïcha, pleine d'espoir. Jean-Hugues ?

— Là. Tu vois pas ? Ce grand truc blanc. C'est un Amical 5.

Il émergeait au-dessus des toits, comme un bateau posé à l'envers sur des vagues de tôle.

— Un quoi ?

— Un camping-car. Le même que celui de mes parents. Je le crois pas.

Ils avancèrent, d'abord avec hésitation puis de plus en plus vite. Un Amical 5, ça se repérait. Et surtout ça ne courait pas les rues. Le cœur battant, Sébastien scrutait la plaque minéralogique. 2... 3... 4...

— C'est lui ! hurla-t-il. C'est lui.

Il se rua sur l'imposant véhicule. La portière était bouclée. Sébastien se mit à tambouriner frénétiquement contre son flanc.

— Ouvrez ! C'est nous ! Sébastien et Aïcha ! Ouvrez !

Quelques secondes s'écoulèrent puis ils entendirent du bruit à l'intérieur de l'Amical 5. La portière blanche s'ouvrit.

Alors, Sébastien vit apparaître la plus belle femme qu'il eût jamais vue. Une blonde aux formes généreuses et au regard limpide, une créature de rêve en short et débardeur.

Sébastien songea que ç'aurait pu être pire, qu'il aurait pu mourir en regardant quelque chose de moche.

Car la superbe créature braquait sur lui un engin de mort. Et l'expression qui s'était peinte sur son visage ne pouvait tromper. Elle s'apprêtait à s'en servir.

CHAPITRE XI

INVESTIGATOR

Orwell n'avait pas perdu une seconde. Avant même de quitter Mondioland, il était entré en contact avec Constantin Lupescu, le responsable du système Investigator. Il lui avait livré deux noms, les noms arrachés aux enfants pendant la séance du Mondiamax : Jean-Hugues de Molenne et Nadia Martin. Avec une seule et simple consigne : « Je veux tout savoir. »

Lupescu avait eu deux heures pour faire travailler Investigator. Investigator était l'une des ramifications d'ALIAS. Investigator était une sorte de Sherlock, à la curiosité maladive.

Orwell avait dit : tout. Et il commençait à le regretter. Assis dans un petit fauteuil de cuir au milieu du centre de traitement, il voyait déferler les informations. Elles défilaient à une rapidité vertigineuse sur les cinq écrans alignés face à lui puis sortaient à une cadence infernale des imprimantes.

Orwell attrapa une feuille au hasard. Elle concernait les championnats scolaires de Paris 1992. 60 mètres plat. 1re : Nadia Martin.

— Passionnant.

Il se tourna vers Lupescu.

— Constantin, triez-moi tout ça. Je veux une synthèse dans un quart d'heure.

— Vous souhaitiez tout savoir, monsieur Orwell, répondit Lupescu en s'autorisant un sourire ironique.

— C'est surtout Molenne qui m'intéresse. Qui est ce type ? Comment dépense-t-il son argent ? Se drogue-t-il ? A-t-il une maîtresse ?

Lupescu fit signe qu'il avait compris.

Un quart d'heure plus tard, au bout d'un couloir du deuxième sous-sol, il frappait à la porte du bureau 000.

— Je vous écoute, dit Orwell.

Lupescu se mit à lire d'une voix neutre la note qu'il avait préparée.

— Molenne vit avec sa mère dans un F4 de banlieue. La mère est veuve, elle exerce la profession de psychologue. Molenne est prof de français en ZEP, dans un collège réputé difficile. Nadia Martin enseigne dans le même établissement une discipline que les Français appellent science de la vie et de la Terre.

— Martin est sa maîtresse ? devina Orwell.

Lupescu haussa les épaules.

— Je n'ai rien là-dessus. Ils ne se connaissent pas depuis très longtemps.

Orwell tendit la main pour saisir les deux fiches que lui présentait Constantin Lupescu. Toutes les informations essentielles y figuraient : date et lieu de naissance, situation familiale, diplômes, etc. Chaque fiche portait dans un coin la reproduction d'une photo d'identité. Orwell prit une loupe pour examiner les clichés de mauvaise qualité.

— Des gens très ordinaires, dirait-on.

— La fille n'est pas vilaine, estima Lupescu.

Orwell acquiesça.

— Qu'avez-vous trouvé de révélateur sur Molenne ? A-t-il eu des ennuis avec la justice ?

— Il a été arrêté en mars 1999 à l'issue d'une manifestation de l'association Droit au Logement.

Orwell sourit.

— Je vois. Un pacifiste. Un antimondialiste.

— Possible, dit Lupescu. Molenne signe régulièrement des pétitions qui circulent sur l'internet. Contre la peine de mort aux États-Unis, contre...

— C'est bien ça, coupa Orwell, un pacifiste au grand cœur. Ce sont nos pires ennemis, Constantin.

— Il donne régulièrement au Téléthon, précisa Lupescu.

— Des marottes, des vices ? demanda Orwell.

— Je pense qu'il s'agit d'une personnalité plutôt terne. Il n'a pas quitté la cité des Quatre-Cents au cours des six derniers mois. L'étude de ses cent cinquante dernières opérations bancaires ne révèle pas grand-chose. Il achète des livres et des jeux vidéo.

— Ah ! fit Orwell.

— Sa mère est une cliente régulière du Mondiorama, poursuivit Lupescu. Beaucoup de volailles, toujours du Label Rouge.

Orwell lui fit signe d'abréger.

Constantin Lupescu ouvrit son classeur et posa sur le bureau d'Orwell une série de documents.

— Voici le détail des médicaments prescrits depuis dix mois avec la carte Vitale. Des calmants, des pansements gastriques... Molenne est un anxieux.

Il désigna une liasse épaisse.

— Vous avez la liste de tous ses correspondants réguliers sur l'internet, ses sites préférés... ainsi que le texte des cinquante derniers e-mails... Ça, ce sont les cent dernières dépenses par carte bleue. En fait...

Orwell leva les yeux pour dévisager Lupescu.

— Quoi ?

Lupescu hésitait.

— Pure hypothèse, annonça-t-il. La voiture est au nom de sa mère, l'appartement est au nom de sa mère. Il ne sort pas. Il joue à des jeux vidéo avec des gamins de douze ans. On ne lui connaît pas de maîtresse. Si vous voulez mon avis, ce type a tout de l'homosexuel refoulé.

— Un pédé pacifiste, dit Orwell. Ce sont les pires de nos pires ennemis.

— Puis-je autre chose pour vous, monsieur Orwell ?

Orwell feuilletait les messages échangés par courrier électronique. Molenne bêtifiait en compagnie de ses élèves. Orwell fronça les sourcils. Il venait de comprendre que dans ces échanges de propos puérils il était question d'un jeu nommé Golem !

— Très intéressant. Merci, Constantin. Bon travail.

Son regard tomba soudain sur le listing des achats réglés par carte bancaire. Orwell poussa un juron.

— Et ça ? Vous avez ça sous le nez et vous ne voyez rien !

Lupescu s'approcha, intrigué. Sur la longue feuille, première ligne, à la date du jour, était mentionnée la toute dernière opération effectuée par Jean-Hugues de Molenne.

15 h 53 – Mondioland – 40 FS.

Jean-Hugues arpentait la MC Way en scrutant ce qui l'entourait d'un œil désespéré. Combien y avait-il d'enfants dans ce parc ? Cinq mille ? Dix mille ? Éparpillés dans six pays imaginaires, sur huit hectares de jeux, d'attractions, de bâtiments, de labyrinthes.

Gruyèreland, Vidéoland, Futureland... il ne savait par où commencer.

— Idiot, complètement idiot, grommela-t-il. Mais qu'est-ce que je fous là ?

Il n'avait aucune chance de repérer ses élèves au milieu de la foule. La solution était évidente. Elle lui brûlait les yeux. Elle se nommait « Point de rencontre ». C'était là que les mamans venaient récupérer les enfants égarés. « Je vais demander qu'on fasse une annonce au micro. » Il devait être possible de retrouver trace du quatuor des Quatre-Cents. C'étaient les grands gagnants du concours Mondiorama. Ils avaient reçu un traitement de faveur. Le personnel du parc était forcément au courant. Sauf que... les faveurs n'avaient sans doute pas duré longtemps.

Un frisson parcourut l'échine de Jean-Hugues. Majid et Samir étaient tombés dans un piège, il en avait la conviction depuis le début. Rien ne prouvait qu'on les eût seulement conduits à Mondioland. Peut-être étaient-ils à cent, à mille kilomètres de là. Peut-être...

Il se secoua. Mais non, il délirait. Le concours avait été organisé au grand jour. Tout le monde savait que Mondiorama avait envoyé quatre enfants au parc de Mondioland.

Ils vont bien être obligés de les rendre.

Jean-Hugues se répéta cette phrase jusqu'à se sentir rassuré. Et, au moment où ça commençait à marcher, au moment où son cœur commençait à se calmer, une autre phrase vint déloger la première dans sa tête.

Ils peuvent dire qu'il y a eu un accident.

Jean-Hugues fit un gros effort pour se moquer de lui-même. Trop d'imagination, comme toujours.

Pourquoi feraient-ils une chose pareille ?

Albert et lui avaient eu l'occasion d'évoquer la question pendant l'interminable trajet en camping-car.

— Les enfants sont des appâts, lui avait dit Albert.

— Pour attraper qui ?

— Devine !

« Eh bien voilà, songea Jean-Hugues. J'ai mordu à l'appât. » Quand Mondada et Mondoudou l'encadrèrent, il ne fut donc pas surpris.

— Qu'est-ce que... mais lâchez-moi !

Ils étaient grands et bizarres, ils étaient poilus et sentaient la naphtaline. Mondada le tenait grâce à une espèce de sabot qui s'ouvrait comme une pince de homard. Mondoudou lui avait discrètement passé autour du cou une longue queue soyeuse. Ni l'un ni l'autre ne semblaient se préoccuper de lui. Ils regardaient quelque chose, dans la large paume ouverte de Mondoudou.

— Okay, c'est bien lui, dit une voix étouffée par le rembourrage du déguisement.

Jean-Hugues eut tout juste le temps d'apercevoir ce qui les avait renseignés : la reproduction agrandie d'une vieille photo d'identité, une de ces photos où on a une tête d'assassin.

— Tu nous suis sans crier, ordonna Mondoudou. Sinon, je serre la queue.

Jean-Hugues fit signe qu'il avait compris.

Si on lui avait dit qu'on pouvait enlever quelqu'un dans un parc d'attractions au milieu de dix mille personnes, il ne l'aurait pas cru. Pourtant, il était en train de constater que rien n'était plus facile. Mondoudou aurait pu lui arracher les yeux et Mondada lui couper les bras. Les gens auraient ri et applaudi. À Mondioland, tout était spectacle.

Le trajet fut bref. Avec sa cagoule noire sur la tête, Jean-Hugues n'eut pas le loisir d'admirer le paysage. Mais il devinait sans peine. Albert lui avait montré, sur une carte, la route qui menait de Mondioland à la petite ville de Gruyères. Ensuite, plusieurs itinéraires étaient possibles. On n'accédait pas au siège de la MC de la même façon selon qu'on était simple visiteur, humble secrétaire ou responsable d'un département sensible.

Jean-Hugues savait qu'il y avait une sorte de vitrine, une entrée officielle, avec parking et enseignes clignotantes, hall d'accueil, sourires et plantes vertes. C'était, comme on le dit pour les icebergs, la partie émergée de la MC. Et, comme pour les icebergs, la partie immergée était de loin la plus importante. D'après Albert, le bunker comprenait trois étages entièrement souterrains, enterrés dans le roc. Des centaines de bureaux, des kilomètres de couloirs, des hectares d'entrepôts...

Jean-Hugues n'en doutait pas : il se trouvait quelque part dans cet immense domaine secret que jamais n'éclairait la lumière du jour. Quand on lui ôta sa cagoule, il put même préciser où avec exactitude : devant le bureau 000.

La porte s'ouvrit et Jean-Hugues fit la connaissance d'Orwell.

Jean-Hugues s'était préparé à une confrontation brutale, à un véritable combat. C'est tout juste si Orwell lui adressa un regard. Assis derrière son bureau, il écrivait une lettre.

— On ne va pas perdre de temps, dit-il tout en se relisant. Molenne, vous êtes un homme raisonnable, je pense.

Il poussa un bouton sur une télécommande. Face à lui, sur un écran du système de vidéosurveillance, apparut l'image d'une petite pièce anonyme. Jean-Hugues poussa une exclamation. Au centre, debout, bras ballants, se tenaient Majid et Samir.

— Où sont les deux autres ? demanda-t-il d'une voix blanche. Sébastien ? Aïcha ?

— Je n'ai rien contre ces enfants, dit Orwell. Ni contre vous, d'ailleurs. Je pense que vous avez été mêlés par hasard à une affaire qui ne vous concerne pas.

— Ces méthodes sont inqualifiables ! La MC est...

Orwell leva une main en signe de protestation.

— On se fait des idées fausses, Molenne. La société que je représente n'est pas le monstre inhumain que certains se plaisent à décrire.

— Ça va, coupa Jean-Hugues. Pas de discours. Qu'est-ce que vous voulez ?

— L'emplacement du camping-car. Un Amical 5, si mes renseignements sont bons.

La stupeur empêcha Jean-Hugues de réagir pendant une longue minute.

— Nous ne sommes pas inhumains mais nous sommes déterminés, précisa Orwell. Je vous le dis très franchement : M. William souhaite...

Orwell laissa passer un temps avant de s'informer sur un ton doucereux :

— Vous avez déjà entendu parler de M. William ?

Jean-Hugues cligna les yeux et Orwell reprit :

— M. William souhaite avoir un entretien avec un de nos anciens employés que vous connaissez sous le nom d'Albert. La MC souhaite également rentrer en possession d'un appareil expérimental. Cet ordinateur est pour nous d'une grande importance. Si vous l'ignorez, je précise qu'il nous a été volé.

Jean-Hugues sentit son estomac se tordre.

Natacha !

Avec un vague sentiment de honte, il dut s'avouer que l'idée de livrer Albert lui coûtait moins que la perspective de rendre l'ordinateur.

— Je... je ne sais pas de quoi vous voulez parler, bredouilla-t-il.

Mais la réplique arrivait si tard que c'en était ridicule.

— Regardez-les bien, dit Orwell en désignant les enfants sur le petit écran. Regardez...

Plop ! L'écran s'éteignit comme si l'ignoble personnage avait fait disparaître les enfants eux-mêmes.

— Tout le monde sait qu'ils sont partis à Mondioland ! s'écria Jean-Hugues. Il vous faudra bien rendre des comptes !

Orwell hocha la tête d'un air ennuyé.

— Nous serons tenus pour responsables, j'en suis bien conscient.

— Rallumez cet écran ! Je veux les voir ! s'affola Jean-Hugues. Vous ne pouvez pas, vous ne pouvez pas... Jamais la MC ne survivrait à un tel scandale !

— Un accident, Molenne. Un hélicoptère qui s'écrase. Je vous assure que nul ne décèlerait sur ces petits corps carbonisés la moindre trace de torture.

Ils peuvent dire qu'il y a eu un accident. C'était précisément ce que Jean-Hugues avait pensé quelques minutes auparavant.

— Vous êtes fou ! C'est impossible !

Orwell feignit de réfléchir.

— Impossible ? Hmm... non. Mais fâcheux, je vous l'accorde. Cela nous coûterait extrêmement cher. L'hélicoptère... ça vaut une fortune, ça, un hélicoptère... et il nous faudrait verser des indemnités aux familles. Enfin, les assurances sont là pour payer. Les parents des enfants toucheraient une belle petite somme.

— Où sont les deux autres ? Sébastien et Aïcha ?

Orwell leva les bras au ciel.

— Mon cher ami, je prie avec vous pour qu'ils ne soient pas déjà dans l'hélicoptère. Mais dépêchez-vous.

— Je veux voir les enfants, s'obstina Jean-Hugues. Je ne parlerai pas tant qu'ils ne seront pas à côté de moi.

Orwell sourit. Il savait qu'il avait gagné : quand quelqu'un commence à poser ses conditions, c'est comme s'il admettait sa défaite. Aucun doute, Molenne allait parler.

CHAPITRE XII

LARA ET LES COW-BOYS

— Ouvrez, c'est nous ! Sébastien et Aïcha ! Ouvrez !

À l'intérieur du camping-car, Albert et Nadia se regardèrent, incrédules. Jean-Hugues venait juste de partir et il avait déjà retrouvé les enfants ?

Natacha fut la plus rapide. Elle se précipita vers la porte et l'ouvrit. Elle braqua son dégom-laser sur Sébastien. Un regard lui suffit pour voir qu'il portait le t-shirt *Life is MC*. Elle devait donc le détruire. *Pwijj*.

— Non ! hurla Nadia.

Sébastien s'effondra. Le mortel rayon l'avait frappé en plein cœur.

— La gourde ! La gourde ! cria Albert.

Il fallait s'emparer d'une des trousses de soin qui pendaient à la ceinture de Natacha. Nerveuse comme un fauve à l'affût, la golémette se retourna vers Albert et Nadia, les menaçant de son dégom-laser. Dans l'évier de la cuisine, il y avait une petite casserole pleine d'eau sale. Nadia s'en empara.

— Soigne le petit, ordonna-t-elle. Ou ze te tue.

À bout de bras, elle montrait l'eau, prête à la balancer.

— Pas l'eau, fit Natacha de sa voix de robot. Pas l'eau, pas l'eau.

La situation la déboussolait. Elle se trouvait placée devant une alternative : ou elle redonnait la vie à MC et elle ne perdait pas la sienne, ou elle laissait mourir MC et elle-même mourait.

— Ma mission, c'est de détruire MC.

— Mais ce n'est pas la MC, ça, c'est un enfant ! trépigna Nadia.

— Un petit d'homme, ajouta Albert, la voix suppliante.

Sébastien, à terre, hurlait de douleur. La plaie s'ouvrait juste au niveau du cœur.

— Dépêche-toi, ordonna Nadia, ou ze te fais diszoncter !

Elle agitait la casserole, faisant clapoter l'eau.

— Sébastien est ton allié. C'est un petit d'homme, martelait Albert. C'est un ami de Jean-Hugues, putain, tu comprends ce qu'on te dit ?

— Ma mission, ma mission, c'est...

Natacha se tut. Ce qui lui tenait lieu de cerveau semblait hors circuit. Mais, contre toute attente, elle replaça le dégom-laser dans son dos et détacha une de ses gourdes. D'une voix presque naturelle, elle annonça :

— Ma mission, c'est de soigner petit d'homme.

Sébastien était sur le point d'expirer. La douleur lui avait fait perdre connaissance. Debout devant lui, muette d'horreur, la petite Aïcha pleurait. Elle eut un sursaut de frayeur en voyant s'avancer la golémette.

— Non, gémit-elle en se protégeant le cœur avec les mains.

Sans le savoir, elle cachait le sigle MC de son t-shirt et ce fut sans doute une bonne chose pour elle. Natacha ne lui prêta aucune attention. Elle se pencha au-dessus de Sébastien et renversa la gourde à l'endroit de la blessure. Quelques grains de lumière scintillèrent à la sortie du goulot. Sébastien gémit, porta la main à son front, rouvrit les yeux et hurla d'effroi :

— Attention, elle est armée !

Nadia s'interposa :

— On est là, Sébastien. Il n'y a plus de danzer. Relève-toi. Tu te sens bien ?

Toute trace de blessure avait disparu et le garçon se redressa.

Nadia crut que tout le monde allait se réfugier dans le camping-car et s'expliquer. Elle se retourna et poussa un cri de surprise. Albert descendait du véhicule, tenant la casserole d'eau à la main. Le cri alerta la golémette.

— C'est malin, ragea Albert.

Il avait eu l'intention d'arroser Natacha tandis qu'elle lui tournait le dos. À présent, tous deux s'observaient, les yeux dans les yeux. C'était à qui dégainerait le plus vite. Natacha serrait la courroie de son dégom-laser. Elle n'avait plus l'arme au poing, prête à l'emploi. Albert avait donc un petit avantage. Mais s'il la ratait, il savait ce qui l'attendait.

— On... on fait la paix, plaida Nadia, la voix tremblante. On est des alliés.

— Alias est mon maître et Caliméro est mon allié, récita Natacha.

Elle avait l'air un peu absent. C'était peut-être le moment de s'en débarrasser. Albert tenta sa chance et lui lança une giclée d'eau. Mais la golémette fit un bond de côté d'une soudaineté incroyable.

— Essaie encore une fois, dit-elle de sa voix robotisée.

Albert jeta un coup d'œil à sa casserole. Elle était presque vide. Sans y croire beaucoup, il visa une seconde fois Natacha. Et la rata.

— *Game over*, annonça-t-elle.

Mais, une fois de plus, elle n'eut pas la réaction attendue. Au lieu de dégommer Albert, elle tourna les talons et prit la fuite au milieu des voitures.

— Non ! s'écria Nadia. Reviens, Natacha, reviens !

Un tel danger lâché dans la nature, ce n'était pas possible ! Nadia s'élança à sa poursuite, Albert emboîta le pas à Nadia, tout deux s'époumonant : « Reviens, reviens ! » Sur le parking, les gens se retournaient pour les regarder passer.

— C'est Lara Croft ! s'enthousiasma un papa. Vas-y, Lara !

— Mais non, corrigea son fils, Lara Croft, elle est brune.

Natacha laissait derrière elle un sillage de rêves et de fantasmes. Elle ne tarda pas à laisser aussi Albert, totalement hors d'haleine.

— Nadia, arrête, reviens !

Il souffla longuement, plié en deux par un point de côté. Mais Nadia Martin, l'ex-championne d'Ile-de-France, n'avait pas ralenti sa course. Elle s'accrochait à Natacha dont la foulée était d'une régularité mécanique. Toutes deux avaient quitté le parking, abandonné la route et pris un chemin de randonnée à travers la montagne.

« Combien de temps je vais tenir ? » s'interrogea Nadia. Natacha n'accélérait jamais, mais elle n'éprouvait sans doute aucune fatigue. Pourtant, au bout de dix minutes de grimpée, elle s'arrêta net et regarda autour d'elle. Des prés, des vaches, la montagne. Prudemment, Nadia s'approcha d'elle en murmurant : « Alliée, moi, heu, moi homme... » Mais ce qu'elle vit alors manqua lui faire pousser un cri d'horreur. Le vent avait soulevé la lourde frange d'or. Sur le front de Natacha, il y avait quelque chose de tatoué, non, pire encore : de gravé dans la chair. Le vent rabattit le rideau de cheveux sur les quatre lettres du mot EMET. Natacha étendit le bras et en parcourut l'horizon.

— Il y a des milliards de niveaux, dit-elle.

Elle se tourna vers Nadia et parut lui expliquer :

— C'est le monde réel.

— Ze suis au courant, répondit Nadia, encore haletante.

— Où est Jean-Hugues ?

— Zean-Hugues ?

— Jean-Hugues, la reprit Natacha.

— Oui, Zean-Hugues.

— Jean-Hugues. Essaie encore une fois.

Nadia soupira et fit signe qu'elle n'y arriverait pas.

— Jean-Hugues est mon allié, récita Natacha.

Puis sur un autre ton :

— Mon amour.

Nadia tressaillit :

— Ton amour ?

— Mon amour, je t'aime, récita Natacha, l'air aussi peu inspiré que possible.

— Ton amour est resté en bas, lui dit Nadia. Il faut revenir.

Natacha regarda vers la vallée :

— Revenir au premier niveau ?

Sans discuter davantage, elle fit demi-tour. Au bout de dix minutes de marche, Nadia se rendit compte que le chemin suivait une ligne de crête et ne descendait plus.

— Natacha, arrête-toi ! On a dû se tromper à un embranchement. Natacha, arrête, on est perdues...

En bas, Albert attendait et rageait. Se laisser semer comme ça par deux nanas ! Sébastien et Aïcha, assis sur la banquette du camping-car, se parlaient à voix basse. Ils étaient là, épaule contre épaule, main dans la main, unis par la magie du danger. À peine si Sébastien songeait qu'il était en train de trahir Majid. Albert finit par leur jeter un coup d'œil amusé. Puis il pensa à Nadia et son cœur se serra. Peut-être était-elle quelque part dans la montagne, blessée, mourante ?

— Et ce connard de Machin qui ne revient pas ! s'excita Albert.

Il souleva un des petits rideaux à la fenêtre du camping-car et ce qu'il vit lui fit froncer les sourcils.

— C'est quoi, ça ? murmura-t-il en cherchant machinalement son Beretta.

Sur le parking, parmi un attroupement de badauds, une douzaine de cow-boys avançaient en demi-cercle. Sous leur gilet, ils portaient le t-shirt *Life is MC*. L'un d'eux sortit son colt, fit quelques moulinets et tira en l'air, bientôt imité par les autres. Quelques dames poussèrent des cris. Albert rabattit le rideau en crachant « Connerie » entre ses dents. Une attraction pour sous-développés mentaux... Il ne remarqua pas que les cow-boys encerclaient peu à peu le camping-car. Celui qui portait une étoile de shérif tira dans la portière de l'Amical 5 puis lui donna un vigoureux coup de botte. Albert bondit de la banquette et dégaina.

— Bouge pas ou t'es cuit ! fit le shérif en entrant.

Deux autres cow-boys envahirent le camping-car. Ils arrachèrent les enfants à la banquette, leur tordirent le bras dans le dos et leur placèrent le canon d'une arme sur la tempe.

— Ton flingue, ordonna le shérif à Albert.

À l'extérieur, les cow-boys faisaient une démonstration de tir et de lasso en poussant des « *yippee* » assourdissants. Albert fut contraint de s'asseoir au volant de l'Amical 5 et de quitter le parking. Le shérif, à son côté, lançait des petits « bonjour » à la fenêtre. Sébastien et Aïcha avaient dû s'allonger par terre et se laisser lier les mains dans le dos.

Le camping-car prit la direction de Gruyères. Terminus, MC.

Nadia et Natacha arrivèrent sur le parking au moment où le camping-car s'en éloignait.

— Mais ils s'en vont ! s'écria Nadia, scandalisée en voyant démarrer l'Amical 5.

Elle se mit à courir en bousculant les badauds.

— Albert ! Attends !

Une poigne brutale la retint par l'épaule. C'était Natacha.

— Danger. MC, dit-elle en désignant les cow-boys restés sur le parking.

Elle arma le dégom-laser. *Clac clac.*

— Vas-y, Lara ! s'enthousiasma un papa.

— C'est pas Lara, rectifia sa fille. Elle est blonde, celle-là.

— Danger, MC, répéta la golémette.

Un déluge de feu s'abattit sur les tueurs de la MC recyclés en cow-boys. Les spectateurs applaudirent. *Pwijj. Reload. Pwijj.* Avec des hurlements de bête, les cow-boys se cambraient et s'effondraient à tour de rôle.

— Génial ! Et un et deux et trois !

De toutes parts, les encouragements fusaient. Épouvantée, Nadia avait porté les mains à ses oreilles. Mais ce qu'elle voyait était plus horrible encore que ce qu'elle refusait d'entendre. Six corps se tordaient de souffrance.

— Arrête ! Arrête ! trépigna-t-elle. Hommes ! Hommes !

— Vas-y, vas-y ! criaient les spectateurs, ravis.

Nadia se tourna vers eux et leur hurla :

— Mais partez, bande d'abrutis ! Elle tue pour de vrai. Pour de vrai, vous comprenez ? Pour de vrai !

Quelques rires incrédules accueillirent ces paroles. Suivit un silence de quelques secondes. Puis ce fut la panique. Les cow-boys rescapés en profitèrent pour s'enfuir, vite imités par les papas et les fifilles, les papys et les mamies.

Nadia entraîna Natacha par le bras :

— Vite, il faut les soigner. Tes trousses de soin, vite !

Mais Natacha résista :

— Ce sont les méchants. Je tue les méchants.

Sur les six cow-boys, quatre avaient été touchés à la tête et gisaient, le front béant. Inconscients ou morts ? Un autre était couché sur le dos, les mains crispées sur le ventre, et remuait encore faiblement. Le dernier, paralysé par la terreur, se tenait le bras sans trouver la force de se relever. Étrangement, le sang ne s'écoulait pas des blessures. Il dessinait comme une fleur pourpre autour des chairs qui s'ouvraient.

— Natacha, ze t'en supplie, soigne-les. Hommes. Hommes.

Nadia avait compris qu'il s'agissait de tueurs de la MC. Mais leur agonie n'avait rien d'une séquence vidéo dont on s'amuse, à l'abri d'un écran. Nadia devait les sauver. Elle improvisa :

— Natacha, ce sont des hommes. Ils ont des femmes et des enfants. Ils aiment. « Mon amour, ze t'aime. » Comme Zean-Hugues.

— Ce sont les méchants, répéta Natacha.

— Oui, mais les méchants peuvent devenir zentils. Pas dans les zeux vidéo, mais dans la vie. Dans le monde réel, on est parfois méchant, parfois zentil. Tu comprends, Natacha ?

— Non.

Mais elle vacillait. Tout son monde vacillait. Alors, Nadia prit le risque de détacher une gourde à sa ceinture. Elle était légère, presque inexistante. Vite, Nadia courut jusqu'à celui qui se tordait sur le sol et versa quelques grains de lumière sur sa blessure à l'abdomen.

Immédiatement guéri, il ramassa son colt tombé à côté de lui et mit Nadia en joue. *Pwijj. Pwijj.* Le premier trait de laser fit voler le colt en éclats, le suivant transperça l'homme d'une tempe à l'autre.

— Ce sont les méchants, redit Natacha sur le ton du constat.

Restait celui qui avait été touché au bras. Il était jeune et terrifié. Le dégom-laser lui avait ouvert les chairs de l'épaule jusqu'au coude, et l'invisible scalpel poursuivait son œuvre en longueur et en profondeur.

— Pitié, balbutia-t-il en voyant s'avancer Nadia.

— Ze peux te sauver. Mais à une condition. Ze veux savoir quels ordres on vous a donnés et qui les a donnés.

— Je sais pas grand-chose, murmura le jeune homme.

La souffrance lui permettait à peine de desserrer les dents.

— On nous a dit de prendre le contrôle du camping-car et de maîtriser ses occupants.

— Qui vous a donné cet ordre ? questionna Nadia en approchant la gourde du bras blessé.

— M. William. Enfin, son larbin, Orwell.

Nadia fit mine d'hésiter à renverser la gourde au-dessus de la blessure.

— Et où emmène-t-on le camping-car ?

— Au siège de la MC. À Gruyères.

Nadia vida la gourde de soin et la plaie se referma.

— C'est incroyable, c'est...

Le jeune homme pleurait. De terreur, de soulagement.

— Il y a quelqu'un que z'aime dans ce camping-car, lui dit Nadia. Et il y a deux enfants.

— Je ne savais pas. Je vous demande pardon.

Le jeune homme pleurait. De terreur, de regret. Quand il leva les yeux, Natacha était penchée au-dessus de lui. Il lui sembla voir l'ange de la mort et de la résurrection.

— Pitié ! implora-t-il.

— Dans le monde réel, lui expliqua Natacha, on est parfois méchant, parfois gentil.

Gruyères se situait à une quinzaine de kilomètres de Mondioland. Nadia boucla à sa taille un ceinturon avec colt, se coiffa d'un chapeau de cow-boy abandonné sur le sol et fit signe à Natacha de la suivre. Tout était désert dans un rayon de cinq cents mètres. La panique avait bien nettoyé le parking.

Bravement, les deux filles prirent la route qui menait au siège de la MC. Nadia était si préoccupée qu'elle ne songea pas tout de suite à la solution qui s'imposait. Des voitures les doublaient et, chaque fois, le conducteur et les passagers leur jetaient des regards ahuris.

— Mais ze suis bête ! s'exclama Nadia. On va faire de l'auto-stop.

Elle s'arrêta sur le bord de la route, dans une ligne droite, et elle tourna le pouce en direction de Gruyères. Natacha se plaça à côté d'elle, jambes écartées et poings sur les hanches, dans l'attitude de la guerrière au repos. Nadia avait l'impression que, dans ces temps morts, la golémette, bien loin de se déconnecter, intégrait de nouvelles données.

Un cabriolet rouge vif freina dans un crissement de pneus et pila net à leur hauteur. Le conducteur était un homme d'une trentaine d'années au long nez de jouisseur et aux yeux rapprochés.

— Alors, les filles, c'est cool, le stop ?

Il leur fit un sourire ultra-bright en enlaçant tendrement le dossier de son siège.

— On va à Gruyères, répondit Nadia en exagérant son ton de petite prof coincée. Si c'est sur votre route ?

— Mais bien sûr, ma chérie, répondit le séducteur. Et c'est quoi, ces tenues ? C'est pour mieux aguicher le client ?

Il lorgnait les cuisses et les seins de Natacha.

— C'est des déguisements. On les a achetés à Mondioland, répliqua Nadia en étouffant un soupir.

Le bellâtre avait ouvert sa portière et rabattu le siège du passager pour que Nadia se glisse à l'arrière. À son grand désappointement, ce fut la super-canon qui prit la place et Nadia qui s'assit à côté de lui.

— Vous avez de beaux joujoux, dit-il, faisant allusion au colt et au dégom-laser.

Il eut un rire gras.

— J'en ai un aussi. Vous voulez que je vous montre ?

— On va à Gruyères, récita Natacha.

L'homme démarra et jeta un coup d'œil dans son rétroviseur. *Space*, la gonzesse ! Pour l'épater, il appuya sur le champignon.

— Moi, c'est Stéfano. Et vous ?

Il ne s'adressait en fait qu'à Natacha.

— Moi, c'est Micheline, fit Nadia, et elle, c'est Bernadette.

— Et à Gruyères, vous allez faire quoi ? reprit Stéfano sans se laisser abattre.

— Ma mission, c'est de détruire la MC, répondit Natacha.

Stéfano éclata de rire et, après un nouveau coup d'œil dans le rétro, il glissa à Nadia :

— Si c'est du silicone, c'est bien imité. Elle doit faire un bon 90, non ?

— Faites-en autant, répliqua Nadia en lui désignant le compteur.

CHAPITRE XIII

PETIT CONTRETEMPS

Orwell fit craquer ses phalanges droites, doigt après doigt, en les écrasant dans sa paume gauche. Il songeait à Albert. Cette fois, ça y était. Il le tenait. Pendant des mois, Albert avait nargué la MC. Mais c'était fini. FINI. Orwell avait reçu un appel sur son portable : « L'opération cow-boy est terminée. On a récupéré les gosses en prime. » Victoire sur toute la ligne. Désormais, plus rien n'allait l'arrêter. De gré ou de force, Albert lui dirait comment faire sortir les hologrammes de l'ordinateur bleu électrique. Les gosses seraient reconditionnés par hypnose et retournés à leurs parents. Jean-Hugues de Molenne finirait sa courte vie dans un ravin suisse. Tout était prévu. Restait ce petit contretemps dû au système de sécurité ALIAS, que Calvin Muller avait tout intérêt à régler rapidement.

Orwell consulta sa montre. L'Amical 5 ne devait plus être loin. L'attente le surexcitait. De nouveau, il fit craquer les jointures de ses doigts. Il entretenait en lui une joie sardonique.

Soudain, une petite lumière verte se mit à clignoter sur un vaste panneau mural où étaient représentés les labyrinthes de la MC.

— Les voilà, murmura Orwell.

La lumière clignotante figurait le camping-car et permettait de suivre sa progression. Il venait de franchir la barrière de l'entrée nord. Orwell s'imagina le parcours : les deux cents mètres de route jusqu'à la montagne et l'énorme porte s'ouvrant lentement pour donner accès aux entrepôts et aux garages creusés à même le roc.

La lumière continuait de se déplacer. Albert devait à présent reconnaître les enfilades de bureaux paysagés où, sous la surveillance des caméras, des équipes de techniciens mettaient au point les produits MC. Il avait passé là de longs mois à concevoir et programmer Golem.

La lumière verte devint rouge. Albert pénétrait dans le saint des saints, les appartements privés de M. William. Puis la lumière s'éteignit et l'on n'entendit plus qu'un léger bip-bip. Car, dans ces lieux secrets, il y avait toujours plus secret. Ceux qui travaillaient là ne remontaient jamais à la surface. Deux de ces hommes voués aux ténèbres poussèrent Albert dans la pièce où l'attendait Orwell.

— Je suis content de vous voir, ricana-t-il en se plantant devant son prisonnier. Désolé de ne pouvoir vous serrer la main...

Albert était menotté.

— Vous vous souvenez de moi ?

— Je dois vous avoir croisé quelque part, répondit Albert avec un flegme un brin forcé. C'est bien vous qui faites le ménage chez M. William ?

Orwell fit semblant d'être amusé.

— Ah ! dit-il en tendant l'oreille. Quand on parle du loup...

Il avait entendu le grésillement électrique du véhicule de M. William. Une lourde tenture s'écarta d'elle-même pour lui laisser le passage.

Albert n'avait jamais vu M. William et, pendant quelques secondes, la curiosité l'emporta en lui sur l'inquiétude. Le patron de la MC était infirme et se déplaçait dans une sorte de youpala motorisé pour bébé de cent quarante kilos. Son visage blanc et flasque reposant sur un triple menton évoquait un flan qui s'étale dans l'assiette.

Le bel Albert fronça le nez de dégoût. Il n'allait pas se laisser impressionner par un dégénéré et son larbin. De toute façon, ce kidnapping était insensé. Jean-Hugues allait s'apercevoir de la disparition du camping-car et prévenir la police. Il fallait juste tenir le coup.

— Je ne l'ai pas entendu crier, remarqua M. William en désignant Albert.

— C'est normal. Nous n'avons pas commencé, répondit Orwell avec une courbette.

— C'est gentil de m'avoir attendu, fit M. William, la voix sucrée.

Albert ne vit rien venir. Quelque chose s'abattit sur son visage, lui lacérant la joue et lui ouvrant les lèvres. Le choc faillit le faire tomber à la renverse. Au bout du bras de M. William pendait la longue cravache dont il venait de se servir avec sauvagerie. Orwell esquissa un geste d'apaisement.

— Monsieur William, je viens de vous dire que nous ne l'avons pas encore interrogé !

— Mais il ne veut pas répondre, répliqua doucement M. William. Il ne veut pas répondre parce qu'il est fier et courageux.

Hurlant, il ajouta :

— Et parce qu'il nous hait ! Hein, tu hais la MC ?

Il leva de nouveau la cravache et Albert heurta le mur en tentant d'esquiver. Orwell toussota pour reprendre la situation en main.

— Bien, bien. Nous allons sûrement nous entendre. Nous avons récupéré cet ordinateur que vous nous aviez volé, Albert. Il ne manque qu'une petite chose à notre bonheur, une petite chose que vous allez nous dire...

— On pourrait peut-être lui arracher un ou deux ongles ? suggéra M. William. J'ai remarqué que cela disposait bien les esprits.

Deux gardes entrèrent alors et installèrent sur une table l'ordinateur bleu électrique. Orwell posa la main sur le moniteur :

— Faites-moi sortir les personnages de Golem !

Albert comprit qu'il devait gagner du temps. Il montra ses menottes et se fit libérer. Il porta la main à sa bouche que le sang emplissait et s'essuya furtivement. Puis il s'assit devant l'ordinateur, l'alluma et découvrit la séquence qui permettait d'appeler Natacha. Le jeu semblait attendre, tapi de l'autre côté de l'écran. Albert se résuma mentalement la situation. La MC savait que les personnages du jeu sortaient de son ordinateur. Mais le peu de méfiance d'Orwell semblait indiquer qu'il ne connaissait pas le degré de perfectionnement de ces hologrammes ni leur hostilité à la MC.

Albert tapa ALIAS sur son clavier.

— Qu'est-ce que vous faites ? s'étrangla Orwell.

Il avait peur d'ALIAS.

— Je réponds à l'énigme : « Je suis celui qui est autrement appelé », expliqua Albert.

— On peut aussi lui couper une oreille ? proposa M. William qui trouvait tout cela bien long et ennuyeux.

`Entre ton nom` venait de s'afficher sur l'écran. Orwell, penché sur le clavier, inscrivit ORWELL dans le cartouche. L'ordinateur fit *plouitch* et s'éteignit.

— Il se moque de moi ! Il se moque ! hurla M. William en abattant sa cravache sur les épaules d'Albert.

Poussé à bout, le jeune homme se redressa brusquement, attrapa le bras du gros homme et tira, manquant de faire verser le youpala motorisé. Les gardes le couchèrent en joue.

— Non, non ! s'affola Orwell. Laissez-le en vie ! Il doit parler.

Traqué, Albert s'appuyait au mur.

— Il va parler, ajouta Orwell, n'est-ce pas ?

De nouveau, Albert essuya le sang qui coulait de ses lèvres fendues. Sans grand espoir d'être cru, il articula douloureusement :

— Cette séquence a été introduite dans mon jeu de façon clandestine. Je ne l'ai pas programmée. Je ne sais pas ce qu'il faut faire.

— Tu mens ! Tu mens ! cria frénétiquement M. William. Il ment ! Il ment ! Arrachez-lui la langue !

— Golem est votre jeu, renchérit Orwell.

— Oui, c'est mon jeu mais il m'a échappé.

— Échappé, murmura Orwell.

Il songea à ce que lui avait dit Muller : « On a l'impression qu'ALIAS joue avec nous, qu'il nous nargue. » Pour sauver sa peau, Albert ajouta :

— Il n'y a qu'un homme au monde qui soit capable de faire sortir les hologrammes et cet homme, ce n'est pas moi.

— Il ment, il ment ! ragea M. William. Il dit ça parce qu'il ne veut pas qu'on lui coupe la langue.

Orwell lança à son patron un regard qui n'avait rien d'aimable et signifiait même : « Mais boucle-la un peu ! » Il interrogea de nouveau Albert :

— Qui ? Qui peut faire sortir les hologrammes ? Je veux le nom de cet homme.

Albert aurait pu répondre : « Tartempion » ou bien « Giraud ». Il n'eut pas cette présence d'esprit et lâcha :

— C'est un type qui s'appelle Jean-Hugues de Molenne.

— Mais quelle charmante coïncidence ! s'extasia Orwell. Il est justement venu nous rendre une petite visite.

Albert crut que son cœur se décrochait. Ils avaient aussi capturé Jean-Hugues ! Quelle monstrueuse boulette il venait de commettre ! Et Nadia, était-elle entre leurs mains ? Nadia et Natacha, où étaient-elles ?

Pas très loin, en fait. Il était 21 h 15 et le cabriolet rouge de Stéfano venait d'arriver à Gruyères.

— Et où vous allez si tard, les filles ?

— On va détruire la MC, répondit Natacha.

Cette fois, le rire se coinça dans la gorge de Stéfano. Complètement *stone*, cette gonzesse.

— Vous savez où ça se trouve ? s'informa Nadia.

— Le... le siège de la MC ?

Stéfano devenait nerveux. Natacha répondit à sa place.

— À trois kilomètres. Passer devant le château, traverser la Sarine, première à droite après le pont.

— Elle est plus forte que le guidage par satellite, essaya de plaisanter Stéfano.

Mais il avait freiné. Il n'avait pas l'intention de conduire les filles jusque-là. Au même moment, quelque chose de froid appuya contre sa nuque. Le dégom-laser.

— Roule, ordonna Natacha.

Stéfano sentit ses cheveux se dresser sur sa tête. On ne rigolait plus, là. C'étaient au moins deux terroristes antimondialistes.

— Tu es sûre de la direction ? questionna Nadia, en sortant posément le colt de sa gaine.

— Alias m'appelle, répondit Natacha, la voix robotisée et ses yeux semblant ne plus rien voir.

21 h 20. À l'intérieur du bunker, Jean-Hugues venait d'être placé devant son ordinateur. N'était la situation, il l'aurait bien serré dans ses bras. Pour lui, c'était Natacha.

— Faites sortir un hologramme de cet appareil, lui ordonna Orwell. Il paraît que vous êtes le seul homme à pouvoir le faire.

Jean-Hugues jeta un regard de reproche à Albert mais il eut honte, aussitôt après. C'était lui qui avait livré Albert à la MC et le malheureux avait les vêtements éclaboussés de son propre sang.

— Je vous laisse trente secondes pour vous décider, s'impatienta Orwell. Passé ce délai, je... nous abattons Albert.

— Pour commencer, intervint M. William, l'œil facétieux. Nous avons des tas de petits enfants en réserve. C'est toujours amusant de tuer des petits enfants.

Jean-Hugues chercha à analyser la situation. Les quatre enfants et Albert étaient prisonniers. Mais Nadia et Natacha, où se trouvaient-elles ? Personne n'en parlait.

— Vingt secondes, égrena Orwell, 19, 18...

— Pas de blague, lança Albert à Jean-Hugues.

Il se demandait si Machin n'avait pas décidé de le sacrifier.

— 14, 13, 12...

Sans se presser, Jean-Hugues s'assit devant son clavier et le caressa. « Si Natacha est retournée dans l'ordinateur, se dit-il, je peux la faire se matérialiser ici. Comment va-t-elle réagir si elle se trouve projetée au cœur de la MC ? »

— Vous avez de l'eau dans cette pièce ? demanda-t-il, la voix rêveuse.

— 10, 9... Nnnon, s'interrompit Orwell. Vous boirez plus tard !

Jean-Hugues acquiesça. Pas d'eau. La voie était libre pour Natacha. Alors, il entra son pseudonyme dans le cartouche : CALIMÉRO.

— Caliméro ? lut Orwell, éberlué.

Jean-Hugues se releva et attendit la sortie du faisceau laser. Mais rien ne se produisit.

— Il se fout de moi ! cria M. William. Caliméro et puis quoi ? Crevez-lui les yeux, Orwell !

« Donc, conclut Jean-Hugues pour lui-même, Natacha est toujours dehors. »

— Ça... ça ne marche pas à tous les coups, dit-il pour gagner du temps.

— Eh bien, recommencez, et vous avez intérêt à réussir, cette fois, menaça Orwell.

Jean-Hugues jeta un nouveau regard vers Albert pour voir comment il supportait l'épreuve.

— Ça va ? hasarda-t-il.

— On fait aller, répondit Albert dans un ultime effort pour garder son air décontracté.

Jean-Hugues se rassit et tapa CALIMÉRO sans se faire beaucoup d'illusions. Orwell avait remis le compteur sur 30.

— 29, 28, 27...

Perdant son sang-froid, Jean-Hugues attrapa l'ordinateur à bras le corps et le secoua. Il se souvenait d'avoir fait sortir les Malfaisants en prenant son moniteur pour un shaker.

— Mais il fait n'importe quoi ! s'indigna M. William. Qu'on le pende par les pieds !

— Des fois, ça marche, bredouilla Jean-Hugues en s'affaissant sur sa chaise, découragé.

Les yeux brouillés par les larmes, il tapa encore CALIMÉRO puis chuchota :

— Natacha...

21 h 30. L'énorme panneau *Life is MC* clignotait dans la nuit. Derrière les vitres blindées, une faible lumière éclairait le hall d'entrée. Le veilleur de nuit somnolait à son poste. Une décapotable rouge se gara sur le parking Visiteurs. Stéfano, qui essayait de se convaincre qu'il rêvait, regarda s'éloigner les deux filles.

Quand l'entrée officielle de la MC fut dans sa ligne de mire, Natacha prit le dégom-laser à deux mains, la crosse calée contre sa hanche.

— Alias est mon maître et il m'appelle, récita-t-elle.

Stéfano poussa un cri de stupeur. *Pwijj*. Elle avait tiré ! La fille avait tiré !

— Au secours, murmura-t-il, terrassé.

La porte vitrée avait explosé dans un incroyable fracas.

— Popo, police, gargouilla Stéfano.

Natacha enjamba les débris de verre et entra dans la MC au son déchirant des sirènes d'alarme. Elle balaya l'entrée de son laser, faisant éclater les vitrines d'exposition, les cadres des tableaux et les jardinières de fleurs, enflammant les magazines, les posters et les tentures. Le dégom-laser arrosait tout, comme une lance à incendie prise de folie. Puis Natacha traversa le décor dévasté où la température était montée de vingt degrés en quelques secondes.

Nadia, hallucinée, avança à sa suite tandis que s'effondraient les fausses poutres, les rayonnages et les cloisons. Derrière le hall d'accueil et les salles d'exposition à la gloire de MC se trouvaient les bureaux accessibles au public. Fort heureusement, ils étaient déserts.

Orwell se figea, comme foudroyé par l'incrédulité. Sur le panneau mural qui schématisait l'ensemble du bunker, toute la zone figurant l'entrée principale du bâtiment venait de changer de couleur. Orange vif, elle brillait à présent de façon inquiétante.

— Qu'est-ce que c'est ? demanda derrière lui la voix de M. William.

— Je ne sais plus... je dois me tromper, souffla Orwell.

Il se tourna vers l'un des gardes.

— Je me trompe, n'est-ce pas... ça ne peut pas être ça ?

L'homme se raidit mais ne répondit pas.

— Qu'est-ce que c'est ? hurla M. William.

— Garde, insista Orwell, rappelez-nous ce que cela signifie.

— Secteur détruit, dit l'homme d'une voix aussi neutre que possible. Sécurité nulle.

Orwell éclata de rire.

— Voyons, c'est ridicule... Secteur détruit ! Il s'agit du hall d'accueil.

— Débarrassez-vous d'eux ! brailla William, sa courte main potelée tendue vers Jean-Hugues et Albert.

— Du calme, dit Orwell, agacé.

Mais M. William semblait gagné par une angoisse galopante.

— Il a tapé ALIAS, accusa-t-il en désignant Albert. Il fallait l'en empêcher, Orwell ! Il communique avec le système. Il veut le rendre fou ! Il veut anéantir la sécurité !

Orwell fronça les sourcils, soupçonnant que le gros homme n'avait pas tort. Sur le tableau lumineux, la tache orange continuait de s'étendre. Puis une petite croix rouge s'alluma.

Cette fois, le garde intervint sans être sollicité.

— Intrusion par le sas 4, annonça-t-il.

— Impossible ! s'écria Orwell.

Il frappa la zone du plat de la main. Défiant Albert du regard, il cracha :

— Vous le savez comme moi, Albert. Pour faire sauter ça, il

faudrait une bombe atomique cinq fois plus puissante qu'à Hiroshima. Personne ne peut entrer par là !

Albert haussa les épaules. Il avait vu dernièrement des choses autrement impossibles.

— Le blindage fait cinquante centimètres d'épaisseur, ajouta Orwell, comme s'il voulait le convaincre.

— Il suffit qu'ALIAS tourne la clé, répliqua Albert. ALIAS peut inviter qui il veut chez vous, Orwell.

M. William poussa un couinement apeuré. Orwell lui fit signe de se taire. Il tendait l'oreille.

— Est-ce que vous entendez quelque chose ? demanda-t-il, sans s'adresser à quelqu'un en particulier.

Il ne reçut pour toute réponse que le léger grincement des roues du véhicule motorisé dans lequel se déplaçait William.

— Je m'en vais. Je me boucle chez moi. Là, au moins, il y a tout ce qu'il faut pour se défendre.

Le rire d'Albert accompagna la sortie du gros homme.

— Cinquante centimètres de blindage ! ironisa-t-il. Comment pourriez-vous entendre quelque chose, Orwell ?

Mais Orwell ne l'écoutait pas. Au mur, une nouvelle zone venait de virer à l'orange.

— Absurde ! décida-t-il. Ce truc déconne. Garde, donnez-moi votre arme.

L'homme s'exécuta. Orwell saisit le revolver et tira dans le panneau mural, le faisant exploser en gerbes multicolores. Il se tourna vers Jean-Hugues, un large sourire aux lèvres.

— Voilà. Où en étions-nous ?

CHAPITRE XIV

JEU DE MASSACRE

Natacha progressait sans jamais hésiter et Nadia la suivait. Du haut de la passerelle métallique, elles dominaient un puits baigné de lumière verdâtre où s'étageaient par dizaines des bureaux vitrés, tous identiques. À cette heure tardive, les alvéoles de la ruche étaient vides.

Nadia songea que c'était là, derrière l'une de ces cloisons de verre, qu'Albert avait créé son jeu. Golem. Ce lieu sinistre était un peu comme l'éprouvette où avait été conçue l'étrange créature de chair et d'électrons qui marchait devant elle. De retour dans le décor de ses origines, Natacha avançait avec l'aisance mécanique des personnages de jeu vidéo.

Se souvenant d'une description donnée par Albert, Nadia devina que le long tunnel qui prenait naissance à sa gauche menait aux entrepôts. C'était en dissimulant là le fameux ordinateur bleu qu'Albert avait semé la panique à la MC.

Natacha ne s'intéressa pas aux entrepôts. Elle s'engagea dans une voie qui semblait sans issue. Devant elle se dressait une paroi sombre et luisante, une muraille d'acier. Infranchissable. Mais Natacha refusait de rebrousser chemin. Elle malaxait son dégom-laser, arme dérisoire face à ce blindage à l'épreuve des missiles.

Restée quelques pas en arrière, Nadia observait avec étonnement le visage de la golémette. Natacha paraissait si attentive, si concentrée, si déterminée... L'énorme bloc de métal se mit soudain à pivoter sur un axe invisible, comme si Natacha avait eu le pouvoir de l'ébranler par la seule force de sa volonté.

Les trois hommes qui se trouvaient de l'autre côté n'eurent pas le temps de sortir de leur ahurissement. Natacha les abattit l'un après l'autre, méthodiquement.

Nadia et Natacha venaient de pénétrer dans le domaine privé de M. William. Personne avant elles ne l'avait fait par ce chemin. Jamais, depuis que le bunker avait été construit, on n'avait vu frémir l'énorme paroi d'acier. Le mécanisme secret n'obéissait qu'à ALIAS et ALIAS ne pouvait l'actionner qu'une fois lancée la procédure d'urgence absolue.

Mais, bien sûr, nul n'avait lancé la procédure d'urgence absolue.

Ensuite, tout fut facile. Les sas s'ouvraient, les portes se déverrouillaient, les grilles se levaient. À chaque étape, les gardes tombaient.

Orwell n'avait pas lâché le revolver. À présent, il le tenait dirigé vers Jean-Hugues.

— Vous avez vu ce qui est arrivé au panneau, dit-il. Je me demande si votre tête fera un aussi joli spectacle en éclatant.

Orwell était persuadé que Jean-Hugues faisait preuve de mauvaise volonté.

— Si vous tapez encore une fois ce mot ridicule, je vous descends sans sommation.

Ce mot ridicule. Caliméro.

Albert observait le petit prof avec intérêt. Il sentait que le malheureux était en train de se torturer les méninges. Qu'allait-il donc trouver ? Que pouvait-il taper d'autre que « Caliméro » ? De toute façon, Natacha était en vadrouille. Rien ne sortirait de ce maudit ordinateur, quoi qu'on fasse.

— Les enfants, dit Jean-Hugues. Je veux les voir. Prouvez-moi qu'ils sont encore en vie.

Le canon du revolver entra en contact avec sa tempe. Puis Orwell baissa le bras en soupirant.

— Très bien, dit-il. Je vais vous montrer les enfants. Vous allez constater qu'ils se portent à merveille. Et ensuite vous parlerez.

Jean-Hugues sentit de nouveau le canon de l'arme, comme un morceau de glace contre la peau, juste au coin de son œil.

— Vous parlerez vite, ajouta Orwell. Sinon nos jeunes amis ne se porteront pas à merveille très longtemps.

Il alluma l'écran de contrôle n° 9. L'image était laide, grise, balayée par des ondes parasites. On y voyait quelques chaises, une table, et rien d'autre.

— Où sont-ils ? demanda Jean-Hugues.

— Je... ils sont sortis, apparemment.

— Ils n'ont pas pu sortir tout seuls, supposa Albert.

Orwell continuait de scruter l'écran, comme s'il n'en croyait pas ses yeux.

— Non. Ils n'ont pas pu.

Pour une raison que lui-même ne comprenait pas, sa colère tardait à éclater.

Cette fois, Nadia crut que sa fin était venue. Les gardes étaient nombreux, près d'une dizaine. Ils avaient compris qu'ils devaient affronter une tueuse redoutable. Ils allaient faire usage de leurs armes, tirer pour tuer. Quatre accroupis, les autres debout derrière eux. Ils protégeaient une colossale et mystérieuse porte de bois.

Natacha semblait se résigner à la défaite. Elle ne leva même pas le bras pour tirer. Elle n'en eut pas besoin.

Nadia ne sut jamais ce qui se passa exactement, car, au moment où la herse s'abattit, elle avait enfoui la tête dans ses mains. Elle entendit des hurlements, releva la tête et les vit, embrochés par les pointes de la grille. Tout le rang de devant, tous les hommes accroupis. Cloués. Saignés.

Nadia se sentit défaillir. Elle aurait voulu chasser cette image monstrueuse, faire taire ces râles, ces gémissements, ces cris d'horreur.

Elle fut exaucée. Un nuage opaque enveloppa les gardes, ceux que la herse avait transpercés et ceux qui se tenaient debout derrière eux. Le silence revint. Tous à présent étaient à terre. Gazés.

Anéantis par ALIAS.

— Alias est mon maître, dit Natacha.

Son maître et son complice dans la place. La herse se releva, tandis que dans un bruit de puissante soufflerie d'invisibles tuyaux avalaient la nuée toxique. Natacha enjamba les corps et fit exploser la porte de bois monumentale.

De l'autre côté, il y avait une salle immense dont le décor célébrait les produits de la MC. Au centre de la fresque, le grand pot de pâte à prout vert fluo évoquait une idole : le dieu grotesque de la société de consommation.

Natacha braqua sur lui son dégom-laser et fit *pwijj pwijj* avec la bouche. Mais elle ne tira pas. Nadia songea qu'elle commençait à raisonner avant d'agir. Elle ne tirait plus sur les objets. Seulement sur les gens. Et sur les portes.

La dernière était celle qui protégeait la chambre de M. William. Il ne fut pas nécessaire à Natacha de la faire voler en éclats. La porte s'ouvrit seule, avec une lenteur majestueuse et ironique. ALIAS livrait la proie.

Tout de suite, des cris s'élevèrent, des cris de bête promise à l'abattoir.

— Non ! Non ! Pas moi !

M. William était devant un lit rose à baldaquin surmonté d'une couronne dorée, au centre d'une géante et ridicule reproduction de la chambre de la poupée Mondina.

— Tirez pas, pas sur moi. Regardez, les enfants sont là. Je suis allé les chercher dans leur prison. Je les ai sauvés. C'est grâce à moi. Tirez pas... tirez pas...

M. William était sorti de son youpala électrique. Il serrait contre lui la petite Aïcha aux yeux de biche terrorisée. Majid, Samir et Sébastien se tenaient à l'écart, observant tantôt le gros homme, tantôt Nadia et Natacha. Ils ne savaient plus à quel camp ils appartenaient, ne savaient plus qui ils devaient craindre le plus.

— C'est une petite fille, reprit M. William. Hein, vous n'allez pas tuer une petite fille ?

Il broyait les épaules de la gamine, la secouait :

— Dis-le, toi, petite crétine ! Dis-le que je t'ai sauvé la vie !

Natacha était en train d'ajuster son tir. À un moment ou à un autre, elle ferait feu.

— Monsieur William, dit-elle de sa voix de justicière sans âme, je viens vous détruire.

— M. William n'existe pas ! hurla le misérable. Je suis un bouffon. Je ne suis qu'un bouffon.

Il tenta de se déplacer, étreignant toujours Aïcha de ses mains potelées.

— Non, Natacha, non, souffla Nadia. Ne tire pas... Mon Dieu, Aïcha...

— Elle va la tuer ! cria M. William. Elle va la tuer !

Mais Natacha avait une mission à accomplir. Le bras à l'horizontale, sans tremblement, sans émotion, elle appuya sur la détente.

— Un bouffon, un bouffon, sanglota M. William. C'est Orwell qu'il faut tuer ! C'est lui le maître !

Nadia regarda Natacha avec étonnement. Le dégom-laser n'avait pas fonctionné.

— *Pwijj, reload*, grommela Natacha.

Elle pressa de nouveau la détente. Rien. Alors, elle baissa le bras et examina son arme. Une petite barre rouge indiquait que la charge en énergie avait atteint le niveau zéro. M. William éclata d'un rire de dément :

— Ah, ah, même pas mort !

Natacha triturait le dégom-laser, grognant « *pwijj, reload* » sur un ton de dépit. Elle ne comprenait pas ce qui lui arrivait. Elle avait beaucoup tiré, elle avait touché beaucoup de cibles. Elle aurait dû gagner beaucoup d'énergie. Quel était donc ce monde où on ne pouvait pas empocher ses bonus ?

— Laissez-moi partir, supplia M. William.

Il s'adressait à Nadia. Le danger se faisant moins pressant, il libéra Aïcha et avança vers la jeune femme de quelques pas pathétiques.

— Je ne suis qu'un comédien. Je ne suis pas le patron de la MC. Regardez sur la chaise. C'est mon ventre postiche. J'ai des fausses dents, des faux cheveux, des faux sourcils. Tout est faux. C'est lui, c'est Orwell, le vrai patron de la MC. Je lui sers de bouffon. C'est lui qu'il faut tuer. J'étais payé pour faire le méchant. J'ai toujours voulu jouer les méchants. J'ai un don pour ça. Néron, Caligulaaaa...

Il sanglotait.

— Partons, dit-il à Nadia. Tu seras ma reine, mon Agripiiiiine !

Nadia s'arrachait peu à peu à la fascination que Natacha exerçait sur elle. Elle voyait les quatre enfants devant elle, ses élèves de 5e 6. Il fallait arrêter le jeu de massacre, quitter cet enfer. Partir, oui, partir. Natacha dut sentir que Nadia flanchait. Dans un mouvement d'une incroyable vivacité, elle bondit vers la jeune femme et arracha le colt qu'elle tenait mollement à la main. La seconde suivante, elle s'accroupit et, les deux bras tendus, elle tira.

— Natacha, non ! hurla Nadia.

M. William tomba à la renverse sur son lit, frappé en plein front. Nadia se précipita vers lui, mue par l'espoir que peut-être la gourde magique de Natacha pourrait le guérir. Idée insensée ! Le colt appartenait à un monde bien trop réel.

— Tout est faux, chuchota M. William. Tout va bien...

Ce furent ses derniers mots. Serrés les uns contre les autres, les enfants ne pouvaient détacher les yeux de la tache de sang qui allait s'élargissant sur le joli dessus-de-lit de satin rose.

— Vous avez vingt minutes pour quitter le bunker, récita Natacha. Passé ce délai, vous serez détruits.

— Quoi ? hurla Nadia.

— Vous avez vingt minutes pour quitter le bunker, répéta mécaniquement Natacha.

Sébastien fut le premier à se ressaisir :

— Par où on peut s'en aller ?

Il regardait sa prof de SVT. Nadia Martin connaissait le chemin qui menait au hall d'accueil : un chemin semé de cadavres par le plus impitoyable des Petits Poucet. Nadia se tourna craintivement vers Natacha :

— On y va ?

— Ma mission n'est pas terminée, répondit Natacha.

Elle montra à Nadia les quatre enfants et ajouta avec une douceur inattendue :

— Sauve les petits d'homme.

Constatant qu'il ne trouvait pas trace des enfants sur l'écran de contrôle n° 9, Orwell avait allumé un deuxième moniteur. Puis un troisième. Puis un autre... Les jeunes otages n'étaient visibles sur aucun plan, dans aucune des pièces où il était plausible qu'on les ait conduits. Qui donc avait pris l'initiative...

Orwell lâcha un cri de stupeur. Sur l'écran de contrôle n° 13, il apercevait distinctement, dans un coin, le corps inerte d'un homme en uniforme.

— Quelque chose qui ne va pas ? demanda derrière lui la voix d'Albert.

— Gardes ! cria Orwell à l'adresse des deux hommes postés auprès de lui. Allez voir ce qui se passe. Je veux un compte rendu de la situation dans dix minutes.

À présent, tous les moniteurs étaient allumés. Passant d'un écran à l'autre, Orwell fit défiler une cascade d'images fixes, visitant le bunker à toute vitesse. Il y avait deux cent douze caméras dans le bâtiment.

— Qu'est-ce que...

Orwell venait de découvrir un spectacle ahurissant. Une dizaine de ses hommes gisaient dans une mare de sang devant la monumentale porte de bois.

— Une attaque !

Il se retourna vers Albert, comme s'il le soupçonnait d'en être l'instigateur.

— Je vais te tuer ! cria-t-il.

— Gardez votre sang-froid, Orwell, dit Albert. Il vous reste vingt minutes.

— Vingt minutes ?

— Vous n'auriez pas dû fracasser votre tableau lumineux. Il vous aurait renseigné sur l'état de la situation. À défaut, vous devriez être plus observateur.

Albert désigna quelque chose sur l'écran de contrôle n° 7.

— La borne ! s'écria Orwell.

— Quoi, la borne ? s'inquiéta Jean-Hugues.

— En avez-vous vu d'autres sur les écrans ? demanda Orwell.

— Toutes les bornes sont allumées, répondit Albert, plus flegmatique que jamais. Nous sommes en alerte maximum aggravée.

— C'est quoi, ce charabia ? s'enquit Jean-Hugues.

— Procédure d'évacuation enclenchée, récita Albert. Le siège sera détruit dans moins de vingt minutes si le système n'est pas désactivé.

Orwell était blême. Il contempla un instant l'arme qu'il tenait à la main, comme s'il méditait le meurtre des deux individus qui se trouvaient devant lui. Mais le temps le pressait.

— Ne bougez pas d'ici, ordonna-t-il. Je vais au centre opérationnel principal désactiver ce foutu système. Si vous faites un pas hors de cette pièce, je vous promets de... de vous abattre comme des chiens.

Albert secoua la tête d'un air méprisant.

— Pourquoi refusez-vous de regarder les choses en face, Orwell ? Vous savez très bien que personne n'a déclenché l'alerte maximum. Vous savez très bien qui contrôle actuellement le système. Vous ne pouvez plus rien contre lui.

Orwell lui jeta un regard où brillait une lueur de démence. Puis il se rua dans le couloir.

Jean-Hugues adressa à Albert une petite grimace admirative.

— Tu as réussi à le faire disjoncter. J'espère que tu te sens capable de nous sortir d'ici avant qu'il ne reprenne ses esprits.

— Je crois pouvoir trouver le chemin, oui.

— Dès que nous serons dehors, nous alerterons la police suisse pour signaler la disparition des enfants.

— C'est ça. La police suisse, ricana Albert. Allez, tirons-nous.

Après avoir parcouru quelques centaines de mètres de couloirs, Jean-Hugues fut pris d'un doute.

— Cette histoire d'alerte maximum, c'était de l'intox, hein ?

— Avance !

Jean-Hugues sentit un frisson d'horreur le parcourir.

— C'est vrai ? Le bunker va être détruit ? Mais alors, les enfants ? On ne peut pas les abandonner... Les enfants... et mon ordina... Natacha...

Albert se retourna.

— Écoute, moi, je sauve ma peau. Si je peux. Il ne reste qu'à espérer qu'Orwell réussira à reprendre le contrôle d'ALIAS. Sinon cette prétendue intelligence va tout foutre en l'air. Dans quinze minutes, maintenant.

— Salaud ! Tu abandonnes les enfants !

Albert s'arrêta net, à la recherche d'une réplique définitive. Une soudaine apparition lui épargna d'avoir à se creuser la cervelle.

— Attention !

C'était un des gardes qu'Orwell avait envoyés en éclaireurs, qui revenait en titubant. Sans la moindre défiance, il se raccrocha à Albert.

— C'est un massacre, dit-il. Il y a des cadavres partout. Je vous en prie, monsieur, je veux sortir d'ici.

— Quatorze minutes, annonça Albert d'une voix sinistre. Si ALIAS tient jusque-là.

Il repartit au pas de charge, pensant que les deux autres le suivaient. Quand il se retourna trente secondes plus tard, il ne vit que le garde.

— Jean-Hugues ! appela-t-il. Jean-Hugues ! Mais quel con !

Jean-Hugues était reparti en sens inverse pour sauver l'ordinateur ou bien les enfants. Il ne savait plus. Quand il arriva dans la pièce où avait eu lieu l'interrogatoire, il comprit qu'il avait perdu la partie. L'ordinateur avait disparu. Orwell était probablement venu le rechercher avant de s'échapper par quelque issue secrète. Terrassé, Jean-Hugues se laissa choir sur une chaise. Il ne restait que quelques minutes au compte à rebours et il était seul au cœur d'un labyrinthe dont il ignorait tout.

— Maman, murmura-t-il.

Mourir. Il allait mourir, loin de sa maman qu'il n'avait jamais quittée, loin de la cité des Quatre-Cents, loin du collège, loin de sa vie, loin de tout.

— Jean-Hugues.

— Maman ?

Il releva les yeux et, dans un brouillard de larmes, il aperçut Natacha.

— Jean-Hugues.

Les jambes flageolantes, le jeune homme se redressa.

— Tu es là ? Tu es là...

L'amour faisait trembler sa voix. Si elle était là, il pouvait mourir. Mais il se souvint de ses élèves.

— Natacha, les enfants, où sont-ils ?

— Avec Nadia. Viens.

Jean-Hugues fit un pas mais le sol parut se dérober sous lui. Il n'en pouvait plus. Il allait tomber dans un trou noir. Il sentit que quelque chose se refermait sur sa poitrine comme un étau. Les bras de Natacha.

— Quatre minutes, dit-elle.

C'était un peu juste, mais ça devrait aller. Jean-Hugues s'évanouit.

Quand il reprit connaissance, il était assis sur le parking de la MC, adossé à une voiture. Natacha était accroupie près de lui.

— Vingt secondes, dit-elle.

Le bruit d'un hélicoptère lui fit lever les yeux au ciel. Jean-

Hugues comprit qu'Orwell s'échappait et, avec lui, l'ordinateur bleu électrique. Il n'eut pas le loisir d'en faire part à Natacha. Elle avait entamé à voix haute l'ultime compte à rebours.

— 6, 5, 4, 3, 2...

Il y eut une terrifiante explosion, qui donna à Jean-Hugues l'impression que le parking allait s'ouvrir et l'engloutir. Toutes les baies vitrées de la MC dégringolèrent. Puis la structure des bâtiments se plia. Jean-Hugues aurait juré alors que la partie émergée du bunker était en train de rentrer sous terre. Ensuite, pendant une longue minute, il n'y eut plus rien d'autre sous la lune qu'un nuage de poussière traversé d'étranges lumières.

— *Mission completed*, fit Natacha de sa voix de robot.

5 — Alias

CHAPITRE PREMIER

SAUVÉS ?

Nadia avait quatre petits d'homme sur les bras et vingt minutes pour quitter le bunker. Vingt minutes avant que la partie ne s'achève. Aïcha, Majid, Samir et Sébastien n'auraient pas de seconde chance. Ils avaient douze ou treize ans. Ils n'avaient encore connu qu'un décor, les tours des Quatre-Cents. S'ils n'étaient pas sortis du bunker dans vingt minutes, ils demeureraient à tout jamais sur la première marche du premier niveau. Ciel gris. Béton froid.

Et Nadia ne savait plus.

Ce chemin qu'elle croyait gravé dans sa mémoire s'était effacé. Elle se souvenait des cris d'horreur, des blessures béantes et des yeux emplis d'effroi. Ces corps étendus, elle les voyait encore, là, devant elle.

— Madame ? demanda Aïcha. Est-ce qu'ils sont morts ?

Oui. Ils étaient morts. Mais Nadia ne savait plus dans quel ordre. Or, pour pouvoir sortir du labyrinthe, il aurait fallu qu'elle le sache. Aller du carnage numéro 5 au carnage numéro 4 et ainsi de suite jusqu'à la grande porte vitrée de l'entrée.

Couloirs, halls, sas, escaliers... Nadia ne reconnaissait plus les lieux. Elle avait suivi Natacha, affolée, terrifiée. Maintenant, elle devait faire le chemin en sens inverse, seule. Non, avec quatre enfants. Ils étaient tels qu'elle ne les avait jamais vus. Muets.

— Les enfants, ze crois...

Ne pas pleurer. Prendre une décision. Elle était sûre d'avoir déjà suivi ces longues lignes rouges sur le sol. Oui, mais dans quel sens ?

Ses yeux croisèrent ceux de Majid. Le gamin la suppliait de

faire quelque chose, de savoir. « Il compte sur moi, pensa Nadia, il compte tellement sur moi. »

— C'est par là, dit-elle.

Quand elle vit les portes vitrées derrière lesquelles s'alignaient dans l'ombre des ordinateurs fantomatiques, elle sut qu'elle faisait fausse route. Pourtant, elle continua. Il n'y avait pas d'autre solution.

Vingt minutes, avait dit Natacha. Combien en restait-il ? Nadia ne voulait pas regarder sa montre. Ils venaient de déboucher dans un espace immense, zone glaciale où s'entassaient des centaines de colis. Un hangar d'expédition. Jamais Natacha et elle n'étaient passées par là.

— Mes enfants, ze ne suis pas sûre...

Elle jeta un regard désespéré en direction du long couloir qui les avait menés aux entrepôts. Elle devait prendre une décision. Vite.

— Ze me suis trompée. Il faut rebrousser chemin. On va courir, d'accord ?

Mais les enfants ne l'écoutaient plus. Elle avait perdu leur confiance.

— Le chariot ! lança Sébastien.

Il grimpa sur le siège d'un chariot élévateur et se mit à manipuler les commandes avec fébrilité.

— Laisse ! fit Samir.

Bousculant son copain, il prit sa place derrière le volant. Il trouva immédiatement comment mettre l'engin en marche.

— Montez tous !

Pendant deux cents mètres, ils longèrent des murs de cartons empilés. Le hangar souterrain semblait n'avoir pas de fin. Agrippée au dos d'Aïcha sur la petite plate-forme du chariot, Nadia scrutait la bouche noire qui approchait. « Ce n'est pas la sortie », songea-t-elle. Elle vit soudain un panneau accroché à une chaîne. Elle y reconnut la forme stylisée d'un chariot élévateur. Un gros trait rouge le barrait.

— Samir ! Pas par là ! C'est interdit !

— On s'en fout, fit Samir entre ses dents.

Le chariot et ses cinq passagers basculèrent sur une rampe. Peu à peu, l'engin prit de la vitesse, bruyamment, maladroitement, comme lancé sur une piste de bobsleigh.

Cramponné au volant, Samir passa sans encombre les deux premiers lacets. Puis le chariot commença à frotter contre la paroi. Soudain, il la heurta, une fois, deux fois ; puis une troisième secousse, plus violente, le fit rebondir vers la paroi opposée. Le chariot se mit en travers et éjecta brutalement ses passagers.

Nadia se releva la dernière, massant son coude endolori.

— Ça va, les enfants ?

Mais ils poursuivaient sans l'attendre comme si elle ne faisait plus partie du groupe, se laissant glisser jusqu'au bas de la rampe. Ils étaient tombés. Ils s'étaient relevés. Aucun n'avait poussé le moindre cri.

Quand elle les rejoignit, Nadia vit qu'ils avaient atteint un parking souterrain.

— C'est le bon, les mecs, annonça Sébastien.

Il avait reconnu le camping-car de ses parents. Quelle que soit la taille du parking, l'Amical 5 était toujours facilement repérable.

Les clés étaient restées sur le tableau de bord. Toutes les barrières étaient levées, toutes les portes ouvertes. Là comme ailleurs, Alias avait tout déverrouillé.

Le camping-car sortit de la montagne comme il y était entré, par l'accès nord. Il émergea dans la clarté de la lune, sur un tronçon de route long de trois cents mètres.

Nadia n'eut pas le temps de le franchir jusqu'à son terme. Le souffle de l'explosion fut tel qu'elle perdit un instant le contrôle de l'Amical. Comme si le camping-car ne roulait plus. Comme s'il volait. Elle ne vit rien, que quelques reflets dans le pare-brise, quelques images fugitives dans le rétroviseur. Une boule de feu. Une ombre immense. La partie supérieure du bunker s'était soulevée comme le couvercle d'une marmite, avant de retomber dans un terrifiant fracas. Étouffant tout. Écrasant tout.

Elle eut une brève pensée pour ceux qui sans doute se trouvaient encore à l'intérieur. Albert ? Natacha ?

Nadia appuya sur l'accélérateur, fonçant sur la route déserte. Quelques minutes plus tard, elle freina à mort. Il y avait deux voitures en travers de la route. La police ! Il était temps. Nadia était à bout de résistance.

— Nous sommes sauvés !

Trois policiers s'approchèrent, braquant vers l'Amical leurs torches électriques. Nadia vit le visage de l'un d'eux, tout contre la vitre. Puis elle ne vit plus rien : il l'aveuglait de son rayon lumineux.

— Les enfants sont avec moi, dit-elle par la vitre baissée. Sains et saufs.

La portière s'ouvrit. Nadia commença de descendre. Mais une main agrippa son bras et l'arracha brutalement à l'habitacle du camping-car. Elle poussa un hurlement. Le flic lui avait retourné le bras dans le dos et l'avait propulsée contre le flanc de l'Amical. Son front heurta la tôle. Elle sentit des mains sur elle, sur ses flancs, son ventre, ses cuisses. Ils étaient tous les trois autour d'elle à présent. L'un d'eux lui tira les cheveux pour l'obliger à tourner la tête. Les torches la balayaient de haut en bas. Elle entendit une voix.

— C'est elle. C'est Micheline.

Elle connaissait cette voix. Stéfano ! Le dragueur au cabriolet rouge.

— Les enfants ! Évacuez les enfants ! cria quelqu'un.

On conduisit Nadia au poste de police de Gruyères. On la fit entrer dans un bureau à la fenêtre fermée par des barreaux. Comme ça, sans explications. Nadia s'assit sur une chaise de paille, hébétée. Il lui semblait que sa journée avait débuté quarante heures plus tôt. Soudain, elle se sentit brutalement secouée :

— Qu'est-ce que c'est ? Cette arme... de quoi s'agit-il ?

Des lambeaux de rêve flottaient encore devant les yeux de Nadia. Elle était prise sous les décombres fumants d'un entrepôt ravagé par un incendie. Jamais elle ne s'était ainsi endormie sur une chaise.

— Ils disent que ça fait des trous qui ne se referment pas, ajouta l'homme penché sur elle.

De nouveau, il secoua Nadia. D'une voix pressante, il répéta sa question :

— Qu'est-ce que c'est ?

Nadia écoutait le sang qui battait à ses tempes. Dans le monde cotonneux où elle se débattait, rien ne semblait urgent. Soudain, l'homme lui posa une question étrange :

— À quelle organisation appartenez-vous ?

Nadia lui jeta un regard las. Une seule chose lui importait.

— Où sont les enfants ? demanda-t-elle.

— En sécurité.

Quelque chose n'allait pas. Nadia en était consciente. Dans la façon dont on la traitait, dans la façon dont cet homme lui parlait. Mais elle était trop épuisée pour se révolter.

— Pour le moment, dit l'homme, je n'ai pas l'intention de mener un interrogatoire en règle. Vous savez bien ce qui me préoccupe.

Nadia fit non de la tête.

— Est-ce qu'il y a encore du danger ? demanda-t-il. D'autres bombes ?

Nadia frissonna.

— S'il vous plaît, murmura-t-elle, ze veux rentrer chez moi.

Pris au dépourvu, l'homme alla se chercher une chaise et s'installa en face de Nadia, les mains à plat sur ses genoux.

— Je m'appelle Eberhardt, dit-il. Micheline, c'est pas ton vrai nom ?

Le tutoiement la fit tressaillir.

— Non. C'est Nadia Martin.

Soudain, l'homme explosa :

— Il y a quand même quelque chose qui me dépasse ! Pourquoi as-tu fait du stop avec ta complice ?

Nadia eut la sensation que la température de son corps chutait de dix degrés. Sa « complice » ?

— En plus, vous aviez un véhicule sur place. Ce camping-car, il est à toi ?

Nadia acquiesça, puis elle se reprit :

— Enfin, non. Il est au père d'un des enfants, le petit Sébastien.

L'information plongea Eberhardt dans la perplexité.

— Il fait partie du réseau ?

— Quel réseau ?

Elle crut qu'Eberhardt allait la frapper et elle se protégea le visage. Heureusement, la porte s'ouvrit et un autre homme fit diversion :

— Laisse tomber, dit-il. On a le premier rapport d'autopsie. C'est pas une affaire pour nous.

Il précisa, l'air dégoûté :

— Ils font appel à des types du MIB.

Il désigna Nadia d'un signe de tête :

— Faut l'isoler. Tu ne lui poses plus une seule question.

Nadia se demanda si c'était une bonne nouvelle.

Elle put s'allonger sur le matelas d'une cellule et dormir d'une traite jusqu'au lendemain. C'est du moins ce qu'elle pensa tout d'abord. Puis, voyant traîner sur le sol trois plateaux repas que personne n'avait débarrassés, elle songea qu'elle avait dû dormir plus longtemps que cela.

Tout était froid. Nadia avala quelques bouchées de riz et vida coup sur coup les trois gobelets emplis d'eau. Une heure plus tard, elle fit la connaissance des « types du MIB ».

Tommy, c'était le Noir. Payne, c'était le blond. Ils attendaient Nadia dans une pièce confortable, aux fenêtres sans barreaux. Ils avaient eux aussi reçu leurs plateaux. Sur la table, il y avait des restes de hamburgers et de grands pots en carton de Mondial Cola. Tommy et Payne venaient de loin, et cela se voyait : visages fripés et vêtements froissés.

— Nous travaillons pour le Mondial Investigation Bureau, dit Payne. On nous a alertés... (il regarda sa montre) il y a quatorze heures et nous voici.

Il avait l'air content de lui. Les deux hommes du MIB étaient assis sur le bord de la table, les fesses parmi les reliefs de hamburgers.

— Vous vous doutez bien que nous ne nous déplaçons pas pour une banale affaire de terrorisme, dit Payne.

— Si nous sommes là, c'est uniquement à cause de ce que nous allons vous montrer, dit Tommy en fermant les rideaux.

Sur la table, au milieu des emballages, se trouvait un projecteur de diapositives d'aspect plutôt vieillot. Quand Payne projeta la première image sur le petit écran mural, Nadia détourna le regard. C'étaient des corps sans vie, les corps des cow-boys abattus sur le parking de Mondioland. Les photos suivantes étaient des gros plans.

Tommy s'était placé à côté de l'écran. Avec une baguette, il indiqua :

— Le projectile est entré ici, transperçant l'os malaire, et a sectionné les muscles ptérygoïdiens avant de ressortir à l'arrière du crâne, au niveau de la suture pariéto-occipitale, après avoir causé les dommages que vous imaginez à la masse cérébrale.

Nadia réprima un hoquet.

— Il y a une sorte de boutonnière à l'entrée des plaies, quelque chose de très propre.

— Chirurgical, ajouta Payne.

Il y eut un déclic et une autre diapo apparut sur l'écran. Une autre plaie. Une autre trajectoire.

— Pas une goutte de sang à l'intérieur des blessures ! s'exclama Tommy. Le projectile fait un tunnel dans les chairs comme si c'était une mèche de perceuse. Mais une tête humaine n'est pas une planche de bois. Ce que nous observons là est a priori impossible, miss Martin.

Payne et Tommy se tournèrent tous deux vers Nadia.

— L'arme dont il a été fait usage est d'un genre qui nous est inconnu, dit Tommy.

— Bien que cela puisse évoquer l'affaire d'Annapolis, dans le Maryland, compléta Payne.

— Mai 1987. Une affaire jamais totalement élucidée.

— Miss Martin, dit Payne, quelle est cette arme ? Quelle est sa provenance ?

Nadia inspira un grand coup. Et lâcha la seule information qu'elle estimait pouvoir offrir :

— Un dégom-laser.

Tommy hocha la tête.

— Nous pensions à quelque chose comme ça.

— Avez-vous agi sous la contrainte ? demanda Payne.

Nadia acquiesça en ouvrant des yeux effarés. Il lui fallait jouer serré pour ne pas se retrouver en position d'accusée.

— Cette... créature est terrifiante, dit-elle.

— Que savez-vous d'elle ? demanda Tommy.

— Elle prétend s'appeler Natacha. Mais ze crois qu'elle n'est pas... pas entièrement humaine.

Tommy et Payne échangèrent un regard. Visiblement, ils étaient déjà parvenus à cette conclusion.

— Pour le bunker, reprit Tommy, vous êtes notre seul témoin. Il y a eu vingt-huit victimes.

Nadia retint la question qui lui brûlait les lèvres. Elle aurait tant voulu savoir si parmi ces victimes se trouvait un grand brun musclé, un garçon au prénom démodé... Non, en fait, elle ne voulait pas savoir.

— Z'ai presque tout oublié, marmonna-t-elle d'un ton aussi convaincu que possible. Z'étais entièrement sous le contrôle de cette créature. Z'azissais comme un robot. Ze me souviens de cris, d'éclairs, de fumée... puis... puis... z'ai retrouvé les enfants... Ce sont mes élèves.

Nadia se mit à sangloter, sans trop se forcer. À ce moment, quelqu'un frappa à la porte du bureau. Payne alla ouvrir. C'était Eberhardt :

— Nous avons la preuve, dit-il en tendant une feuille de papier. C'est une terroriste basée aux Quatre-Cents.

— Oui, oui, fit distraitement Payne.

Il repoussa Eberhardt tout en acceptant la feuille de papier. Il y jeta un coup d'œil puis revint vers Nadia.

— La police française a perquisitionné chez vous, miss Martin. Ils ont trouvé des produits chimiques dangereux dans votre cuisine.

C'étaient les substances dont Nadia s'était servie pour fabriquer une bombe lacrymogène. Elle tenta une piteuse explication :

— Ze suis professeur de sciences, vous comprenez... Ce sont des produits dont ze me sers pour mes expériences...

— Ne vous justifiez pas, miss Martin, coupa Tommy. Chez nous aussi, aux États-Unis, la plupart des professeurs préfèrent se rendre armés dans les collèges.

— Vous avez été rudement éprouvée par tous ces événements, dit Payne en posant une main amicale sur son épaule. Reposez-vous. Quant à nous, nous ferons tout pour retrouver cette créature avant que...

Sa gorge se noua. D'une voix rauque, il poursuivit :

— ... avant qu'elle ne mette notre civilisation en péril.

— Payne est très émotif, dit Tommy. Il exagère parfois un peu.

Il regarda sa montre.

— Nous allons devoir interrompre cet entretien. Nous avons demandé à assister à l'autopsie d'une des victimes. Nous attendons beaucoup de cet examen.

— Est-ce qu'ils vont me garder en prison ? demanda Nadia.

— Ce n'est pas à nous d'en décider, répondit Payne. Mais nous allons vous envoyer une bénévole de la Croix-Rouge qui sera pour vous d'un grand réconfort moral.

— Mlle Truchaux, précisa Tommy.

— Oui, Mlle Truchaux, répéta Payne comme s'il trouvait déjà dans ce nom un grand réconfort moral.

CHAPITRE II

LES RÉELS ET LES VIRTUELS

La lune se reflétait dans les eaux du lac de la Gruyère. Comment Jean-Hugues était-il arrivé là ? Après l'explosion du bunker de la MC, il s'était éloigné avec Natacha, marchant, trébuchant, courant, tombant, hagard, sans savoir s'il était coupable ou innocent. Celle qui l'avait sauvé avait tué. C'était sa seule certitude et ce fut une de ses dernières pensées sur cette route qui descendait vers le lac. Sans doute avait-il perdu connaissance. Et elle l'avait porté.

À présent, il était seul, adossé à un arbre. En face de lui, la crête des montagnes se dessinait en noir sur le fond bleu nuit. La vallée résonnait de sirènes lointaines. Les secours avaient dû arriver. Nadia avait-elle mis les enfants à l'abri ? Albert était-il sorti vivant de la MC ? Jean-Hugues s'appliquait à ne penser qu'aux réels, aux êtres faits comme lui de chair et de sang. Mais son seul tourment s'appelait :

— Natacha !

Enfin, il s'était décidé à crier son nom. Était-elle là dans la nuit ? Ou bien l'avait-elle abandonné ? Péniblement, en s'appuyant à l'arbre, Jean-Hugues se redressa. De loin en loin dans la vallée, une petite lumière palpitait. Des gens que l'explosion avait éveillés. Jean-Hugues se tourna vers le bois et appela :

— Natach... ah !

Elle était assise dans l'herbe contre un rocher, si raide, si immobile qu'on eût dit un automate attendant d'être remonté. Ses yeux grands ouverts brillaient comme deux agates au clair de lune.

— Elle est déconnectée, se dit Jean-Hugues à voix haute.

Il n'osait pas lui parler. Ce n'était pas un être vivant qui était là ni une machine. C'était quelque chose entre un monstre et rien.

Le dégom-laser était dans l'herbe. Jean-Hugues se baissa pour le prendre. Une main lui crocheta le poignet. Il hurla de terreur. Natacha s'était reconnectée.

— *Pwijj, pwijj,* dit-elle faiblement.

Elle savait que son arme n'était plus opérationnelle.

— Alias veut que je transfère mes données, ajouta-t-elle.

Jean-Hugues était trop fatigué pour s'interroger sur le sens de cette phrase. Mais il vit Natacha se redresser. Elle happa son arme au passage et se dirigea vers le lac. En un éclair, Jean-Hugues comprit ce qu'elle allait faire. Elle allait toucher l'eau pour disjoncter et repartir dans l'ordinateur. L'ordinateur qui était aux mains d'Orwell !

— Natacha, c'est l'eau ! Tu vas perdre une vie. Il ne t'en reste plus que deux.

— Je dois transférer mes données. Alias les attend.

Toutes les informations que Natacha avait stockées sur le réel, elle devait maintenant aller les décharger dans l'ordinateur bleu électrique comme si elle n'était qu'une vulgaire disquette.

— Reste avec moi, la supplia Jean-Hugues.

— Caliméro est mon allié, dit-elle sur un ton presque pensif.

Comment expliquer à Natacha qu'Orwell allait se faire passer pour Caliméro ? Jean-Hugues se planta en face d'elle, lui coupant la route vers l'eau.

— Je ne possède plus l'ordinateur. C'est Orwell qui l'a. Il est le maître de la MC et il va devenir ton allié.

— Jean-Hugues, dit-elle.

— Oui ?

— Jean-Hugues.

— Quoi ?

— Jean-Hugues.

Puis rien. Elle était en train d'intégrer les nouvelles données.

— C'est bien d'être une fille réfléchie, grommela Jean-Hugues. Mais ça ne facilite pas le dialogue.

La pause prit fin trente secondes plus tard. Natacha fit un pas de côté. Elle voulait repartir vers le lac.

— Je vais transférer mes données.

— Tu n'as rien compris, alors ! hurla Jean-Hugues. Orwell va se faire passer pour moi, tu es conne ou quoi ?

Le jeune homme résista à la tentation de secouer Natacha.

— Jean-Hugues n'a plus l'ordinateur, dit-elle. Je dois prévenir Alias.

Elle regarda Jean-Hugues comme si elle attendait confirmation.

— Alias n'a qu'à se débrouiller tout seul. Reste avec moi.

Dès qu'un peu d'humanité reparaissait en Natacha, il se reprenait à l'aimer.

— Je ne peux pas rester.

— Mais si. Tu es libre ? hasarda-t-il.

Natacha souleva sa frange blonde et le mot EMET apparut en lettres noires sur sa peau ambrée.

— Alias me donnera ma liberté si tu termines le jeu.

— Tu sais ce que c'est, « Alias » ? s'emporta Jean-Hugues. Artificial Logical Intelligence for Absolute Security. C'est le système de sécurité mis au point par la MC.

— Erreur fatale. Alias est le Maître des golems.

Parlaient-ils du même Alias ? Contre toute attente, au lieu de s'opposer encore à Jean-Hugues, Natacha le prit par les épaules et plaqua ses lèvres aux siennes. Son contact n'entraînait plus qu'un petit fourmillement. Mais l'effet produit sur Jean-Hugues dépassa largement cet inconvénient. Ses jambes se dérobèrent sous lui et Natacha dut le soutenir.

— Il faut que je dorme un peu, constata Jean-Hugues.

Il jeta un coup d'œil sur Natacha et corrigea :

— Je vais faire pause. Mais tu n'en profites pas pour toucher l'eau, hein ?

— Il y a une autre option ?

— Reste. J'ai besoin de toi.

— Clique sur AIDE.

Jean-Hugues leva les yeux au ciel mais aucun menu ne se déroula sur la nuit.

— On est dans le réel, Natacha, et j'ai réellement besoin de toi.

Elle posa deux doigts sur les lèvres du jeune homme. Il sourit.

— Tu veux que je t'embrasse ?

Il hésita, ouvrit grands les bras puis les referma sur Natacha.

— Tu vois, chez les réels, c'est comme ça qu'on se met en réseau.

Un courant le traversa de bas en haut et faillit lui faire lâcher prise. Mais Natacha le serra à son tour. Il eut alors le sentiment que, comme deux machines connectées entre elles, ils étaient en train de partager leurs ressources. Le réel et le virtuel, le joueur et la guerrière, l'amour et la puissance. Lentement, ils se détachèrent l'un de l'autre.

— Je ne suis plus fatigué, remarqua Jean-Hugues. Tu m'as réinitialisé.

Loin de là, dans un modeste appartement de banlieue, quelqu'un pensait à Jean-Hugues. Mme de Molenne était inquiète. Son fils était parti depuis deux jours et ne lui avait donné aucune nouvelle.

Depuis son réveil, à sept heures, jusqu'à ce moment du coucher qu'elle ne cessait de repousser, Mme de Molenne avait attendu un coup de téléphone. La seule chose qui la soutenait dans sa solitude anxieuse, c'était une espèce de lézard aux yeux bleus qui ronronnait dès qu'elle le regardait. Bubulle semblait définitivement domestiqué et Mme de Molenne prenait l'habitude de lui parler.

— Tu vois, lui dit-elle, Jean-Hugues n'était pas dans un état normal quand il est parti.

— Ron, ron, fit le petit dragon.

Il admirait immensément la boss au balai. Ce qui ne l'empêchait pas de regretter le temps où, du haut de ses trois mètres, il l'aurait terrorisée. Mme de Molenne gratta la moquette comme on fait pour intriguer un chaton.

— Mini, mini...

Bubulle était craintif mais ce petit jeu lui plaisait. Il s'approcha et posa une patte sur la main de la boss. Puis la retira. Puis la remit. À chaque fois, Mme de Molenne se prenait une petite décharge. Elle avait compris qu'elle n'avait pas à redouter une quelconque allergie. Il s'agissait bel et bien d'électricité. La créature était saturée de courant. Ce n'était donc pas un animal, même exotique, comme Jean-Hugues l'avait prétendu. Était-ce un jouet, un robot ? Bubulle semblait avoir presque autant d'autonomie qu'un être vivant. Mais jusqu'à preuve du contraire, aucun être vivant ne supporte d'être traversé par du 220 volts pendant une heure. Ce qui faisait pourtant le plus grand bien à Bubulle.

— Mini, mini...

Le jeu excitait tant le petit dragon qu'il en perdit brusquement la tête. La perversité était malheureusement programmée chez lui. Ses yeux bleus devinrent rouges et il souffla une méchante flamme de toutes ses forces. Mme de Molenne cria de douleur et de surprise. Une tache brune s'était formée sur sa main, presque semblable à une brûlure. Bubulle, conscient de son forfait, trottina sous le fauteuil et se tapit contre la plinthe.

Mme de Molenne fut peinée de cette agression. « On ne peut vraiment compter sur personne », se dit-elle, ce que la psychologie aurait pu lui apprendre depuis longtemps. Elle décida de se mettre au lit avec un livre. En réglant son radioréveil pour le lendemain matin, elle fit une fausse manœuvre et alluma la radio.

— France Info. Il est 22 heures. Nous retrouvons tout de suite à Lausanne notre correspondant Quentin Davoine. Des précisions sur l'attentat de cet après-midi ?

Mme de Molenne, qui allait éteindre la radio, suspendit son geste.

— Eh bien oui... On fait état de cinq morts. Les victimes

seraient des employés de Mondioland qui faisaient une démonstration de lasso sur le parking du célèbre parc d'attractions.

Mondioland ! Mme de Molenne se figea. C'était là que Jean-Hugues était parti.

— Deux personnes sont activement recherchées, deux jeunes femmes dont le signalement a été diffusé dans toute la région. C'est l'une d'entre elles qui a fait feu cet après-midi. Au dire des témoins, ce serait, je cite : « Une sorte de Lara Croft en blonde. » Nous attendons plus de détails. Pour l'instant, on parle d'une vengeance d'employées qui auraient été licenciées...

Pourquoi Mme de Molenne, le souffle suspendu, faisait-elle le rapprochement entre ce macabre fait divers et le silence de Jean-Hugues ? La voix du journaliste dans les studios la fit revenir à elle :

— Merci, Quentin. En France, les salariés de Toulinex...

Mme de Molenne éteignit. Cette fois, sa décision était prise. Elle avait trop longtemps refusé de savoir. Maintenant, et quoi que Jean-Hugues ait pu faire, elle devait comprendre.

Il lui avait menti. Au sujet de cet animal qui n'en était pas un. Et sûrement au sujet de cette fille qu'il lui avait présentée un jour sous le nom de Natacha Durand. Qui était-elle ? Mme de Molenne frissonna au souvenir de l'étrange créature. N'était-ce pas « une sorte de Lara Croft » ? Et ce Joke dont la petite Lulu lui avait parlé, ce Joke qui se cachait dans les carrières, qui était-ce ?

Il faisait nuit et venteux. La pluie tombait par paquets contre les vitres. Mais rien ne pouvait plus arrêter Mme de Molenne. Elle prit les clefs de sa voiture, enfila bottes et imperméable et partit.

L'eau dégorgeait de partout. Luttant contre les bourrasques, Mme de Molenne avança vers l'entrée des cavernes. Que venait-elle y chercher, sinon un peu de vérité ?

— Joke ! Joke ! appela-t-elle.

Une sorte de vagissement lui répondit, quelque chose entre les pleurs d'un bébé et le mugissement d'un veau privé de sa mère. Mme de Molenne alluma sa lampe électrique et s'enfonça dans la carrière. Par moments, l'eau lui arrivait au niveau des chevilles. Joke s'était replié dans la galerie. Affaissé contre la paroi, il était retourné à l'état d'hologramme, rabougri et transparent. Ce fut par hasard que le rayon lumineux le traversa. Il tressaillit et poussa un nouveau vagissement. Mme de Molenne faillit en lâcher sa torche.

— Mon Dieu, mais qu'est-ce que c'est ? murmura-t-elle.

La forme blanchâtre, vaguement humaine, émit un son plaintif.

— Ammiii, ammmiii...

Mme de Molenne resta immobile quelques longues secondes, éclairant toujours la créature. Les contours en étaient indistincts comme s'ils se diluaient dans l'air. Mais l'être avait bien une sorte de visage avec des yeux couturés et une balafre hideuse en guise de bouche. Il semblait si mal en point que, peu à peu, Mme de Molenne se rassura.

— Joke ? l'appela-t-elle.

— Ami, répondit-il.

C'était ce mot qu'il répétait, et une curieuse tristesse envahit Mme de Molenne. Mais elle se sentait totalement impuissante. Que faire pour cette pauvre créature ? Majid et Lulu en connaissaient l'existence et Jean-Hugues aussi.

— Mais oui ! s'exclama soudain Mme de Molenne.

Oui, elle avait déjà vu un être semblable sur l'ordinateur de son fils. Jean-Hugues lui en avait parlé comme d'un bug ou d'un virus qui se promenait sur l'écran intempestivement. Il avait bien appelé « Joke » ce bug indésirable. Toutes les connexions se faisaient enfin. Cette Natacha avec son arme dans le dos qui n'était sûrement pas un jouet, ce Bubulle qui se rechargeait dans les prises et enfin ce Joke, d'où venaient-ils ? De quel ailleurs, de quel au-delà ? Quelles étaient leurs intentions ?

Mme de Molenne s'approcha. Son désir de savoir lui faisait oublier toute prudence. Du bout de sa torche, elle effleura Joke. À l'instant même, la lampe se volatilisa et Mme de Molenne se trouva projetée en arrière par une décharge électrique. Dans le noir, alors qu'elle se relevait, elle aperçut Joke qui crépitait et se regonflait, diffusant tout autour de lui une lumière bleutée.

— Moi faim encore, dit-il.

Épouvantée, Mme de Molenne eut la plus grande difficulté à quitter la galerie en s'appuyant à la paroi. À plusieurs reprises, elle tomba dans les flaques de la grande caverne. Enfin, elle put s'effondrer au volant de sa voiture. Elle venait de comprendre le sens de ce mot si familier sous sa plume : traumatisée. Quand elle réussit à démarrer, la radio se mit simultanément en marche :

— Oui, ici Quentin Davoine. Eh bien, c'est un spectacle d'apocalypse que j'ai sous les yeux. Le siège de la MC qu'on comparait parfois à un bunker s'est littéralement plié en deux. Je vais d'ailleurs devoir quitter les lieux car on redoute d'autres explosions.

— La thèse de l'attentat antimondialiste est-elle confirmée ?

— Écoutez, pour le moment, on se contente de faire le lien avec ce qui s'est passé cet après-midi à Mondioland. Il est toujours question de deux jeunes femmes qui auraient eu des complices à l'intérieur du bâtiment.

Les yeux au loin, Mme de Molenne éteignit la radio et poursuivit sa route.

Quand elle fut de retour dans sa chambre, la vue de Bubulle aplati sous le fauteuil la fit éclater en larmes. C'était trop. Pourtant, elle parvint à se dominer en faisant quelques lentes respirations abdominales. Mais quand le téléphone sonna, elle poussa un hurlement. Bubulle, en train de s'extirper de sa cachette, fila de nouveau se scotcher à la plinthe.

— Maman ? fit une voix désinvolte au téléphone. J'appelle tard, non ?

Mme de Molenne tremblait de la tête aux pieds.

— Je suis contente de t'entendre, mon chéri, bredouilla-t-elle. Ça va ?

— Super. Je suis dans une cabine téléphonique, toujours en Suisse. Je pense que je... que je vais revenir cette nuit. Mais ce n'est pas la peine de m'attendre. J'arriverai au petit matin.

— Sois bien prudent, chuchota Mme de Molenne.

— Pas de problème et... au fait, ça ne t'ennuie pas si je reviens avec une amie ?

Jean-Hugues gardait un ton léger de jeune homme qui s'émancipe.

— Une amie ? répéta Mme de Molenne, redoutant le pire.

— Oui... Oh, mais d'ailleurs, tu la connais. Natacha Durand !

CHAPITRE III

UNE BELLE FILLE PEUT-ELLE FAIRE UNE BELLE-FILLE ?

Jean-Hugues n'avait guère l'habitude de conduire. De nuit et au volant d'une voiture volée, il n'était pas précisément à l'aise. Il avait eu la chance de passer devant un petit poste de douane désert avant que les barrages de police se mettent en place. Désormais, il roulait vers les Quatre-Cents, emportant Natacha dans le coffre. Il savait qu'elle ne souffrirait pas du voyage. Elle s'était mise en veilleuse.

Quand il fut à quelques kilomètres de son appartement, il prépara le discours qu'il allait servir à sa mère. Il présenterait Natacha Durand comme sa petite amie. Il ferait part de leur projet commun de louer un studio. Tandis qu'il cherchait ses mots, il s'aperçut qu'il n'avait jamais eu jusqu'à ce jour l'intention de quitter sa mère.

Il se gara dans une ruelle sombre et ouvrit le coffre de la voiture. Natacha s'en extirpa, aussi impeccablement coiffée et maquillée qu'une actrice hollywoodienne jouant Jane de la jungle.

Quand il fut devant son immeuble, Jean-Hugues vit que la lumière était allumée.

Mme de Molenne avait fini par s'endormir tout habillée. Bubulle, confortablement installé dans un repli de la couette, digérait ses kilowatts. Le bruit de la clef dans la serrure fit se redresser brusquement Mme de Molenne. Bubulle bondit en l'air en poussant un « couine couine » d'excitation. Il sentait la présence d'un autre virtuel.

— Maman ! appela Jean-Hugues d'une voix incertaine.

Mme de Molenne sortit de sa chambre, une main sur son front migraineux.

— Je suis désolé d'arriver si tôt...

Jean-Hugues voulut embrasser sa mère mais elle le repoussa en dévisageant Natacha.

— Maman est une alliée ? questionna Natacha.

Bubulle était arrivé sur les talons de la boss et il faisait de ridicules petits bonds en couinant. Jean-Hugues eut l'impression que la situation était un peu confuse. Il se tourna vers Natacha pour la rassurer :

— Maman est très gentille.

Puis il revint vers sa mère :

— Ça ne t'ennuie pas si Natacha t'appelle « maman » ? Elle est très spontanée.

— Maman est une alliée ? répéta Natacha de sa voix robotisée.

Pendant ce court échange, Bubulle faisait un barouf de tous les diables, dans l'espoir que Natacha le prendrait dans ses bras.

— Ne te fatigue pas, Jean-Hugues, dit Mme de Molenne. Je connais la vérité.

— Quelle vérité ? s'étonna le jeune homme.

— Pour Joke et Bubulle et Natacha. Ils fonctionnent à l'électricité.

— Oui, un peu, admit Jean-Hugues. De toute façon, il vaut mieux que je cherche un studio pour Natacha et pour moi. On finirait par te gêner.

Mme de Molenne jeta un regard épouvanté sur son fils et la créature à ses côtés.

— Tu entends ce que tu dis ?

Elle avait crié. Natacha braqua sur elle son dégom-laser en faisant *pwijj pwijj* comme un enfant qui joue à la guerre. *Couine, couine*, s'obstinait Bubulle.

— Mais il va la fermer ! s'énerva Jean-Hugues en tapant du pied sous son museau pour le faire déguerpir.

Natacha attrapa le petit dragon et l'écrasa entre ses seins d'un air de défi. Mme de Molenne fit quelques respirations abdominales et parvint à se calmer.

— Dis-moi seulement une chose, Jean-Hugues.

Elle baissa la voix jusqu'à être à peine audible :

— Elle a tué ?

— Mais c'est pas sa faute ! C'est un robot. Elle ne fait qu'obéir à Alias.

— Et c'est qui, celui-là ?

Jean-Hugues grimaça. Il aurait été content de le savoir.

— C'est quelque chose dans mon ordinateur.

Il jeta un regard intrigué sur le petit dragon qui faisait entendre un faible ronron de réfrigérateur. Natacha, immobile, était en train d'enregistrer les dernières données concernant l'alliée maman.

— La voiture ! s'exclama soudain Jean-Hugues.

Il devait la cacher. Avec sa plaque d'immatriculation suisse, la voiture volée allait attirer l'attention.

— Tu n'as qu'à la garer dans la carrière, lui suggéra Mme de Molenne. Il y a déjà Joke mais...

Mais son fils semblait habitué à ce genre de créature. Il acquiesça aussitôt et fit un pas vers la sortie.

— Tu ne l'emmènes pas ? s'écria sa mère en lui montrant Natacha.

— Elle va rester tranquille. Si elle se reconnecte, dis-lui seulement que maman est une alliée et si elle me réclame, tu lui réponds que Jean-Hugues est allé au niveau suivant mais qu'il va revenir terminer la partie.

Mme de Molenne, affolée comme devant une notice de jeu vidéo, répéta fébrilement :

— Maman va se reconnecter au niveau suivant et Jean-Hugues... Jean-Hugues quoi déjà ?

Le jeune homme hocha la tête :

— Fais un effort, maman.

Quand son fils fut parti, Mme de Molenne se mit à marcher sur la pointe des pieds pour ne pas sortir Natacha de sa somnolence.

— Maman est mon alliée, fit brusquement la golémette.

Mme de Molenne poussa un cri en portant la main à son cœur. Puis elle se mit à déverser un flot de paroles angoissées.

— Oui, oui, on est alliées. Je suis la maman de Jean-Hugues, alors, vous pensez comme on va bien s'entendre ! Vous avez fait bon voyage ? Je suis allée en Suisse avec mon mari, mais je vous parle de ça, il y a bien quinze ans. Ça a dû beaucoup changer. Vous ne voulez pas vous asseoir ? J'allais faire du café. Si vous en voulez ? Ah non, je suis bête ! Il y a une prise de courant juste derrière vous.

Natacha laissa passer un silence. Fallait-il enregistrer toutes les données fournies par l'alliée maman ?

— Jean-Hugues ? dit-elle simplement.

— Il est allé... chercher des croissants. Heu, non, au niveau suivant. Garer la voiture. Vraiment, vous ne voulez pas un peu de courant ?

En fait, le courant passait mal.

— Où est Jean-Hugues ? répéta Natacha en pointant le dégom-laser sur Mme de Molenne.

— Faites attention avec votre machine. Vous allez blesser quelqu'un. Il y a d'autres façons d'exprimer son agressivité, vous savez. Vous devriez davantage verbaliser.

— *Pwijj*, *pwijj*, fit Natacha.

— C'est déjà un début, l'encouragea Mme de Molenne.

Au fond, Natacha ressemblait à certains enfants perturbés que Mme de Molenne soignait. Précipitamment, elle sortit des feuilles blanches et des feutres.

— Tenez, dit-elle. Vous n'avez qu'à faire un beau dessin pour Jean-Hugues quand il reviendra.

Natacha s'assit devant la table, Bubulle dans son giron. Lentement, elle posa le dégom-laser et prit le crayon :

— *Pwijj*, *pwijj*, fit-elle en le pointant vers Mme de Molenne.

— Non, pas comme ça.

Avec des gestes prudents, Mme de Molenne prit le crayon des mains de Natacha et dessina un bonhomme.

— Voilà. Dessinez-moi Alias.

— Alias est mon maître, répondit Natacha en s'emparant du crayon.

— C'est toujours dangereux d'abdiquer son libre arbitre...

Elle se tut, fascinée. Natacha était en train de couvrir la feuille de lettres et de chiffres sans même regarder ce qu'elle faisait :

AG/ 4215 : WJ
LT.DOC. 576
IHGHTO/BN.DOC
A/6758439
ST.DIC/EM12
@JDR / 25895632 FS

« Elle est un peu limitée, songea Mme de Molenne. Mais au moins, elle sait s'occuper. » Elle-même en profita pour aller se faire du café. Quand elle revint, toute la feuille était couverte de lettres et de chiffres sans lien apparent et Natacha, le regard fixe, répétait : « Jean-Hugues, Jean-Hugues, Jean-Hugues. »

— Il arrive, il arrive, chantonna Mme de Molenne. Il va être rudement content quand il verra le beau... hum, dessin que vous lui avez fait !

— Où est Jean-Hugues ?

— Mon Dieu, qu'elle est fatigante, soupira Mme de Molenne.

Jean-Hugues était dans la carrière abandonnée. Il y avait garé la voiture et, à présent, il s'enfonçait dans la galerie à la recherche de Joke. Il ne l'avait pas revu depuis leur rencontre dans la cave et il n'en avait pas gardé un bon souvenir.

Joke était collé à la paroi, comme une sorte de substance visqueuse et transparente. Mme de Molenne l'avait nourri récemment mais ses besoins en électricité étaient effrayants. Sa curiosité satisfaite, Jean-Hugues se dépêcha de tourner les talons.

Une fois à l'air libre, il se rappela ce que prétendait Samir : Joke et Lulu étaient connectés. Si l'un s'affaiblissait, l'autre à son tour perdait sa force. Jean-Hugues songea que la petite Lulu s'était sans doute affaiblie, ces jours-ci. Où était-elle, déjà ? Ah oui, à l'hôpital. Le jeune homme aurait dû retourner dans la carrière et nourrir Joke avec la batterie de la voiture volée. Mais l'égoïsme des amoureux lui fit prendre le pas de charge. Puis il courut en martelant le sol. NA-TA-CHA-NA-TA-CHA...

— Natacha ! cria-t-il en poussant la porte.

— Tout va bien, elle a été très sage, lui assura Mme de Molenne.

La golémette s'avança vers Jean-Hugues et lui tendit une feuille.

— Natacha a fait un beau dessin pour Jean-Hugues, dit-elle.

Jean-Hugues y jeta un coup d'œil étonné :

GBH.DOC// 25487269
OWW / 4785 : GKOIR

— Dis-lui que c'est beau, chuchota Mme de Molenne.

— Hein ? oui, très... C'est très beau, Natacha.

LST.DOC/12588795
EMM806/ STZ
MRSTT : 12587958

Jean-Hugues fronça les sourcils. Quelque chose dans tout ce fatras lui faisait signe, mais il ne savait pas quoi.

— Elle n'a rien voulu manger, dit Mme de Molenne.

— Manger ? s'affola Jean-Hugues. Mais il ne faut rien lui donner à manger !

Mme de Molenne articula silencieusement : « Électricité. »

Jean-Hugues se mit à rire :

— Non, non, elle n'en a pas besoin. Joke ou Bubulle, ce sont des bugs. Ils doivent sans arrêt se recharger. Mais elle...

Il lui sourit.

— Elle est opérationnelle.

Et on voyait que cela signifiait : elle est merveilleuse. De nouveau, il examina le « beau dessin » et le déclic se fit.

— Maman, c'est codé. C'est un message !

Mais il n'eut pas le temps de s'expliquer davantage. On sonnait à la porte d'entrée.

— Tu attends quelqu'un ? chuchota Mme de Molenne.

Jean-Hugues fit lentement non de la tête. On sonna de nouveau. Plusieurs coups précipités. Qui était là, ennemi ou allié ? Jean-Hugues entrouvrit la porte...

CHAPITRE IV

ÇA SE PASSE COMME ÇA CHEZ MC

Se ressaisir ! C'était le mot d'ordre à la MC après l'explosion du bunker.

Se faire un maximum de tunes dans un minimum de temps ! C'était celui de Bernard Martin-Weber. Le gérant du Mondiorama des Quatre-Cents avait été invité par la MC à un *training* de ressourcement proposé par M. Pitch de l'agence de communication Pitch & Spoke. Il se trouvait donc ce matin-là dans les somptueux locaux de la multinationale à la Défense et il regardait férocement autour de lui, en se demandant sur quels pieds marcher pour accéder à une meilleure place dans le groupe MC.

Soudain, il reconnut dans l'assemblée Alicia, la femme aux stricts cheveux gris, qui avait inspecté son magasin et l'avait terrorisé. Il la salua aimablement et son sourire s'agrandit encore quand il découvrit sur son badge bleu son nom au complet : il comprenait pourquoi Alicia tenait tant à se faire appeler par son seul prénom.

— Bonjour, mademoiselle Raduku, lança-t-il, la voix sonore.

— Radoukou, le reprit-elle, le ton glacial. Le *u* se prononce *ou*.

— Ah ?... Je crois que ça commence, excusez-moi.

En effet, tout le monde prenait place, et deux hôtesses distribuaient bloc-notes et stylos siglés MC. BMW lut le programme de la matinée. On allait tout d'abord écouter le *show* de M. Pitch sur « la Phylosophie de la MC » (M. Pitch semblait un peu fâché avec l'orthographe.) Bernard Martin-Weber étouffa un ricanement.

M. Pitch entra alors en scène. C'était un homme très grand et légèrement voûté à force de se baisser pour communiquer. Avec ses beaux yeux sombres et tristes, il aurait pu remporter beaucoup de prix dans les concours canins, catégorie cocker déprimé. Cela fit penser à BMW que maintenant qu'il avait divorcé, il allait s'acheter un chien. Il hésitait entre le labrador et le pitbull. Lorsqu'il se fut décidé pour le husky, très tendance, on en était déjà à la fin du show. M. Pitch parlait de la cible de la MC, son consommateur idéal : l'adolescent.

— Le mondial *teen*[1], baragouina M. Pitch, consomme une part énorme du budget des familles. Si vous tenez le *teen*, vous tenez toute la *family*.

M. Pitch referma brutalement la main.

— Je vais vous demander de fermer les yeux pour bien le visualiser...

BMW regarda autour de lui. Docilement, ses voisins avaient fermé les yeux pour mieux voir l'ado mondial en baskets MC Air, filant sur sa trottinette Mondiosport. BMW ferma les paupières et vit – horreur – le regard insolent de Samir. Contrarié, le gérant du Mondiorama des Quatre-Cents secoua la tête pour en déloger cette image. Péniblement, il réussit à visualiser un beau petit blond tout droit sorti du catalogue des Trois Baudets.

— Quand vous avez *visualize this* mondial *teen*, poursuivit Pitch dont le français se déglinguait, vous pensez très fort : « MC est cool, MC est djeun. »

M. Pitch prononçait ainsi : « djeun », en cognant la langue contre les incisives. On aurait dit qu'il s'apprêtait à cracher.

— *Djeun and cool*, répéta-t-il. *We are djeun and cool.*

BMW, qui commençait à perdre ses cheveux et à prendre de sérieuses bouées aux hanches, se répéta avec application : « Je suis djeun et cool. »

Après le déjeuner, les participants furent priés d'examiner la couleur du badge épinglé au revers de leur veste. BMW en avait un bleu.

— Les badges bleus, par ici, s'il vous plaît ! appela alors l'hôtesse.

BMW sentit son cœur accélérer comme ses clients lorsqu'au grattage d'un coupon doré remis à la caisse ils voyaient apparaître les deux lettres : GA... BMW avait-il tiré le badge gagnant ? Il remarqua tout de suite qu'ils n'étaient plus qu'une dizaine à suivre l'hôtesse à travers une enfilade de salons. Alicia Raduku était la seule femme.

BMW n'était pas au bout de ses surprises. On le fit passer avec les autres sous un portique dont la sonnerie se déclencha. Il dut

1. Il s'agit de l'ado mondial, *teen* étant une abréviation de *teenager*, adolescent.

vider ses poches et remettre ses clefs et son coupe-ongles à une espèce de vigile planté devant un écran de contrôle. Puis il entra dans la salle du conseil d'administration de la MC. Sous un lustre monumental se trouvait une table ronde non moins monumentale, verte comme un billard et frappée en son centre du sigle MC.

— Prenez place, monsieur, lui suggéra l'hôtesse.

Devant chaque siège, il y avait sur la table un petit écriteau. BMW put lire : « Herman Frankenboof MC Food », « Alicia Raduku MC Supermarkets », « Georges-Alain de la Pétaudière MC Oil » ou encore « Pr Takamaté MC Research ». BMW tourna autour de la table jusqu'à apercevoir un carton au très banal énoncé : « Bernard Martin-Weber ». Au moment où il allait s'asseoir, il eut un sursaut de frayeur. L'écriteau voisin indiquait : « William ». Le patron de la MC allait s'asseoir à côté de BMW ! Pour juguler la panique qui montait en lui, le gérant du Mondiorama se mit à compter les fauteuils. Treize. Il se racla la gorge. Deux des fauteuils étaient vides, celui de M. William et le fauteuil suivant.

Le silence se fit dans la salle dès que tout le monde fut assis et chacun chercha à se donner une contenance, en feuilletant son bloc-notes ou en chassant une poussière de l'immaculé sous-main en cuir vert bouteille.

Le porte s'ouvrit de nouveau et laissa entrer un homme aux cheveux grisonnants, si anodin qu'il en rendait toute description impossible. Pourtant, tout le monde se souleva légèrement de son fauteuil pour le saluer.

— M. William vous prie de l'excuser, fit Orwell en rendant son salut à l'assistance. Il aura sans doute un peu de retard.

Il s'assit à la place laissée vacante à côté de M. William.

— Mais nous pouvons commencer sans lui, reprit-il.

Tout le monde acquiesça.

— Je souhaite voir avec chacun de vous la situation de sa division.

Disant cela, Orwell regardait fixement Herman Frankenboof. Le président de la MC Food démarra au quart de tour :

— Comme vous le savez, monsieur Orwell, il s'ouvre un MC Quick toutes les cinq heures quelque part dans le monde.

M. Pitch, toujours présent, leva la main pour placer son couplet djeun :

— Les *teens* aiment manger ce qui est gras et sucré, et c'est exactement ce qu'on trouve chez MC Quick.

— Un adolescent américain sur quatre est obèse grâce à nous, dit froidement Orwell. Et nous avons bon espoir de parvenir au même résultat en France d'ici cinq ou six ans.

Ce genre de remarque était faite naguère par M. William et tout le monde en riait. Aucun dirigeant MC ne sut comment réagir aux propos d'Orwell. Celui-ci ajouta :

— Quand ces jeunes seront adultes, nous devrons faire face à un réel problème de santé publique.

Après quelque hésitation, BMW prit un air consterné. Orwell eut un petit rire sardonique :

— Mais nous avons trouvé la parade. Où en sont vos recherches sur la pilule qui fait maigrir, professeur Takamaté ?

— Nous en sommes aux premiers essais sur les hommes, répondit le professeur.

En réalité, il s'agissait d'enfants. Une cinquantaine d'orphelins du Bondebarwa en Afrique noire, qu'on avait préalablement engraissés pour la cause.

— Nous voulons nous assurer de la totale innocuité du produit avant sa mise sur le marché, expliqua le professeur Takamaté.

— C'est toujours prévu pour l'an prochain ? le bouscula Orwell.

— Heu... oui... Le temps de diminuer les effets secondaires du médicament.

Entre autres effets secondaires, il y avait eu le décès de dix orphelins. Mais il s'agissait des plus jeunes. Les aînés avaient bien résisté.

— Et vous, la Pétaudière, poursuivit Orwell, vous avez calmé vos écolos ?

La MC avait implanté une usine pétrochimique entre une maison de retraite et une école maternelle. Les écolos prétendaient que l'usine pouvait exploser.

— Il faudrait faire des concessions, observa la Pétaudière.

— Absolument, l'approuva Orwell. Faites repeindre les panneaux « ZONE DANGEREUSE ».

Puis il se tourna vers un homme au teint de brique et aux veines si saillantes qu'on s'attendait qu'elles éclatent d'un instant à l'autre.

— Pas de nouveaux problèmes avec nos fournisseurs, sir Andrew Slash ?

— On a un peu serré les coûts, répondit Slash. Ça nous met la journée du travailleur à moins de un euro et la paire de MC Air à cent vingt et un euros.

Il eut un gros rire et lâcha :

— On s'en sort !

Les enfants de dix ans qui fabriquaient les MC Air dans les lointaines usines du Tadboukistan ne risquaient pas de réclamer une augmentation.

— Et l'usine qui a pris feu ? hasarda Alicia.

Un incendie s'était déclaré dans un de ces entrepôts insalubres où travaillaient les enfants, faisant douze morts et quarante blessés.

— Nous avons assuré les familles de notre compassion, répondit Slash.

— Au fait, susurra Orwell, j'aimerais que vous nous disiez, mademoiselle Raduku...

— Radoukou, le reprit respectueusement la vieille fille.

— Qu'avez-vous prévu pour remplacer notre ligne de produits Prout ?

Les pots de pâte à prout avaient été interdits à la vente dans presque tous les pays.

— Nous allons lancer les Dégueulosses, répondit Alicia avec un enthousiasme de commande.

Elle sortit de son sac deux petits personnages en plastique, un verdâtre qui vomissait sur lui et un marronnasse accroupi dans une position sans équivoque.

— Ils seront partout dès 2003, assura Alicia. En jeu vidéo, en dessin animé, en figurines et en cartes à échanger. Les enfants vont adorer.

— Les parents vont détester, répliqua BMW.

— Excellent ! s'écria Pitch. Ce sera notre slogan. « Vos parents vont détester. » Très cool.

Mais Orwell ne semblait guère séduit par les deux prototypes en plastique.

— Je parlerai de votre projet à M. William, mademoiselle Raduku.

— Radoukou. Le *u* se prononce *ou*.

— On s'en *fut*, répondit Orwell.

BMW se crut autorisé à rire aux éclats. Raduku était cuite et les Dégueulosses aussi. Martin-Weber sentit alors sur lui le regard d'Orwell et il s'empressa de prendre un air très djeun. « Belle tête d'abruti », songea Orwell.

— Messieurs, dit-il, rayant Alicia de la carte, messieurs, la MC vient de traverser une terrible épreuve avec l'explosion de son siège à Gruyères. Ne nous le cachons pas, nous sommes la cible privilégiée des terroristes. Mais nous savons, messieurs, que la MC n'a jamais été plus puissante...

Le regard d'Orwell flamboya à la pensée de l'ordinateur bleu électrique qui était désormais sa propriété. De maigres applaudissements saluèrent sa sortie.

Une fois seul dans son bureau, Orwell caressa le clavier de l'ordinateur bleu électrique. L'écran de veille se ranima et afficha l'ordre : Entre ton nom. Orwell inscrivit `Caliméro` tout en sachant très bien ce qui allait se passer. Le nom du joueur lançait le jeu Golem. Mais c'était le jeu tel qu'Albert l'avait conçu et rien d'autre.

Comment faire pour que les virtuels crèvent l'écran ? Orwell avait peur d'une trahison s'il livrait l'ordinateur à ses experts. Il n'avait d'ailleurs parlé à personne du phénomène, pas même aux hommes du Mondial Investigation Bureau, et il voulait faire taire tous ceux qui savaient quelque chose.

Restait Albert. On n'avait pas retrouvé son corps dans les décombres du bunker. Si quelqu'un pouvait tirer quelque chose de cet ordinateur et de ce jeu, c'était lui. Mais comment remettre la main sur le jeune informaticien ? Un mauvais sourire étira les lèvres d'Orwell. Nadia Martin était en son pouvoir. Nadia Martin était liée à Albert. De quelle nature était ce lien ?

Le petit voyant rouge de l'Interphone se mit à clignoter et la voix lointaine d'une secrétaire se fit entendre :

— Monsieur Orwell ?

Orwell répondit d'un « oui ? » menaçant. On ne devait le déranger que pour une affaire d'importance.

— Il y a quelqu'un qui souhaite vous parler de... de Caliméro, balbutia la secrétaire.

Orwell tressaillit.

— Qui est cette personne ?

— M. Albert ! lança une voix mâle dans l'Interphone.

Un frisson de joie haineuse secoua Orwell. Albert venait donc de lui-même se livrer à la MC. « Il est amoureux de Nadia Martin », songea Orwell en un éclair. Alors, ce serait donnant, donnant : le secret de Golem contre la fille.

CHAPITRE V

ALIAS@GOLEMSEQ12PNJ

Deux hommes se dévisageaient de part et d'autre d'un bureau. Deux hommes qui auraient aimé en venir aux mains tant ils se haïssaient.

— Alors, vous n'êtes pas mort ? dit Orwell.

Albert se contenta de hausser les épaules. Non seulement il était bien vivant, mais lui, l'éternel fugitif, il avait pu changer de vêtements.

— Vous savez où est Nadia Martin ?

D'après les médias, on la recherchait toujours. Orwell regarda Albert bien au fond des yeux, là où brûlait le feu. Amoureux, oui, cet imbécile était amoureux. Orwell prit le temps de sourire.

— Je sais peut-être quelque chose, reconnut-il.

Les mains d'Albert se crispèrent si violemment autour des bras du fauteuil que leurs jointures en devinrent blanches.

— Moi aussi, je sais quelque chose.

— Alors, donnant, donnant, ricana Orwell.

— Prouvez-moi d'abord que vous détenez Nadia.

— Vous tombez bien. Mlle Truchaux m'a donné de ses nouvelles, ce matin.

Orwell sortit une photo d'un dossier et la poussa vers Albert. On y voyait Nadia assise sur une chaise, les épaules basses, l'air hébété. Debout derrière elle et la dominant de son mètre quatre-vingts, une femme tenait grand ouvert un journal. La manchette était consacrée à l'effondrement des cours de la MC. Le cliché était donc récent et montrait la malheureuse Nadia en piteux état.

— Qu'est-ce que vous lui avez fait ?

Le méchant sourire d'Orwell s'épanouit d'aise.

— Votre amie a été un peu secouée par les événements et la MC lui offre une cure de repos. Mlle Truchaux lui est toute dévouée.

La femme qui semblait écraser Nadia de sa pétulante santé avait une curieuse tenue faite d'une robe longue au tissu épais et d'un voile lui retenant les cheveux. Était-ce une nurse à l'ancienne ou une religieuse ? Quelle que fût sa vocation, elle souriait de toutes ses dents. Albert rendit la photo à Orwell en maugréant :

— Pas mon genre de beauté.

Mais la photo avait fait son petit effet. Albert avait peur pour la santé mentale de Nadia.

— Je sais ce qui s'est passé dans mon ordinateur, dit-il avec le ton d'un homme résolu à tout révéler.

Orwell se laissa aller dans son fauteuil et prit un air distrait. Albert lui rappela d'abord ce qu'était Alias : un système de sécurité conçu pour défendre la MC contre toute intrusion. Alias avait pour mission de surveiller tout ce qui se faisait dans le bunker de la MC. Il était présent dans tous les ordinateurs du siège, prêt à lutter contre tous les virus et tous les hackers de la planète. Il avait donc un droit de regard sur Golem, le jeu qu'Albert mettait au point sur son ordinateur bleu électrique.

— La MC m'a demandé de mettre dans ce jeu des images subliminales. Mais cette décision prise au plus haut niveau n'a jamais été communiquée à Alias.

Quand, en secret, Albert avait installé le message subliminal : « Achetez la pâte à prout Mondialo », Alias s'était senti attaqué, attaqué de l'intérieur. L'ennemi, c'était la MC elle-même. Voilà pourquoi il avait détruit le bunker avec l'aide de Natacha.

— C'est bien gentil, tout ça, coupa Orwell. Mais ça n'explique rien. Comment se fait-il que les personnages de Golem sortent de votre ordinateur ? C'est VOTRE ordinateur, c'est VOTRE jeu.

— Connaissez-vous la légende du Golem ? questionna Albert.

Orwell fit un signe vague de la main et Albert poursuivit :

— Au XVIe siècle, dans le ghetto de Prague, le rabbin Loeb décida de se créer un serviteur en le façonnant dans de l'argile. Il traça sur son front le mot EMET, « vérité » en hébreu, et lui donna la vie. Mais le Golem ne cessa plus de grandir et il dévasta le ghetto. La créature avait échappé à son maître. Il m'est arrivé la même chose qu'au rabbin Loeb. Golem m'a échappé...

Orwell lâcha un petit rire.

— C'est ridicule.

Un tremblement de colère parcourut Albert. Mais il n'avait pas d'autre choix que de convaincre Orwell.

— Cela peut vous paraître absurde, Orwell, mais Alias a atteint un tel niveau d'intelligence qu'il a pu s'emparer de mon jeu pour abattre la MC. Il y avait une nette ressemblance entre sa condition d'esclave à votre service et celle du Golem. Mais il y a une différence entre vous, Orwell, et le joueur. Une différence que j'ai programmée. C'est que le joueur n'est pas le véritable maître du Golem, il est au contraire son allié et il joue pour lui gagner sa liberté. Alias a donc contacté le joueur qui possédait mon ordinateur, Jean-Hugues de Molenne. Alias a fait de Molenne son allié, celui qui peut lui gagner sa liberté. « Caliméro » est le pseudo de Jean-Hugues et c'est bien le mot de passe pour faire sortir le Golem.

Orwell jeta un sombre regard à l'ordinateur bleu électrique. Cent fois il avait tapé le mot sur le clavier.

— Ça ne marche pas, dit-il.

— Ça ne marche pas parce que Natacha est sortie de l'ordinateur. Mais ça marchera si nous fabriquons un autre golem.

Orwell ne put masquer un intérêt accru. Par-dessus son bureau, il se pencha vers Albert :

— Quel autre golem ?

— À vous d'en décider.

Orwell se renversa dans son fauteuil, plus gonflé que jamais de puissance mégalomane. Un golem, un golem de son choix, un golem dont il serait le maître !

Albert avait demandé un endroit calme pour travailler sur l'ordinateur bleu électrique. Il se retrouvait dans une sorte de cellule éclairée au néon. Une caméra braquée sur lui en permanence enregistrait tous ses faits et gestes.

— Je vais me faire passer pour Caliméro et tenter de contacter Alias, avait-il expliqué à Orwell, sans vouloir lui en dire davantage.

Avant de le laisser s'installer dans sa prison, Orwell l'avait fait fouiller. « Heureusement, songea Albert, qu'il n'existe pas de méthode pour fouiller le cerveau. » Car il avait mémorisé ce qui devait l'aider à contacter Alias : le beau dessin de Natacha.

Après s'être échappé du bunker, Albert était revenu aux Quatre-Cents. Il avait sonné à la porte des Molenne et il avait eu le soulagement de revoir Jean-Hugues vivant. Le jeune prof lui montra alors ce que Natacha avait écrit et qu'il venait de déchiffrer. En apparence, il s'agissait d'une suite de lettres et de chiffres sans signification, imitant quelque langage informatique. Mais il suffisait de prendre la première lettre de chaque ligne pour lire en acrostiche le message suivant : `ALIAS@GOLEMSEQ12PNJ`. Albert avait tout de suite compris qu'Alias donnait rendez-vous au joueur @ Golem, c'est-à-dire dans le jeu. Le reste était tout aussi explicite pour lui, mais il n'avait rien voulu dire à Jean-Hugues. Si le jeune prof retombait aux mains de la MC, il ne pourrait rien révéler.

Albert ferma les yeux un instant, les mains sur le clavier. Constamment sous le regard d'Orwell, il allait devoir jouer serré. Lentement, il tapa le mot de passe qui lançait le jeu. `Caliméro`. Le petit guerrier casqué, botté, scintillant apparut sur l'écran. Il fit tournoyer au bout d'une chaîne une boule dorée hérissée de piquants tandis qu'une voix profonde fredonnait : « Golemmm ». C'était la première séquence du jeu conçu par Albert.

Le jeune informaticien connaissait par cœur les étapes suivantes et il parvint sans encombre à la séquence 12. `SEQ12PNJ`. Albert était dans Golémia, capitale d'heroic fantasy où se côtoyaient des chevaliers, des sorcières, des elfes et des dragons. Restait à trouver ce que les spécialistes appellent dans leur jargon un PNJ, un personnage non joueur programmé par le jeu. La séquence 12 était située place Taliva, un jour de marché. Les personnages étaient nombreux, marchands, voleurs et voyageurs.

Dans cette séquence, le joueur devait s'adresser à un PNJ, une sorcière sur laquelle on cliquait et qui indiquait son chemin au petit guerrier sous forme d'énigme. Albert la fit parler puis, connaissant la réponse à l'énigme, il se rendit à l'auberge du Bec d'Or où il fut attaqué. De piège en combat, le guerrier arriva bientôt à la séquence 37 devant le château où l'attendait le golem à l'état de pixels. Albert comprit alors qu'il avait fait fausse route et qu'il devait revenir à la séquence 12. C'était là et nulle part ailleurs qu'il avait rendez-vous.

La situation dans laquelle il se trouvait, prisonnier consentant, le fit craquer un moment. Il ferma les yeux de lassitude. Il avait cru avoir la solution. Ne s'était-il pas trompé ? Il rouvrit les yeux et parcourut distraitement l'arène du regard. Soudain, il eut la sensation de jouer au jeu : cherchez l'intrus. Dans ce décor qu'il connaissait parfaitement, quelque chose avait changé. Il s'appliqua alors à l'examiner centimètre carré par centimètre carré.

— Bingo, murmura-t-il entre ses dents.

Entre un arbre et un mur, il y avait un tout petit personnage qu'Albert n'avait pas créé, une sorte de gnome avec barbe et bonnet, tenant un arrosoir à la main. PNJ : personnage nain de jardin ! Alias aimait les jeux de mots. La flèche du curseur était devenue une main. Il suffisait de cliquer sur le nain. Celui-ci allait-il s'animer, parler ? Trahirait-il le secret d'Alias ? Albert jeta un regard furtif à la caméra qui le filmait. Puis, prenant l'air maussade du joueur qui va se planter pour la énième fois, il cliqua. Le décor disparut et sur l'écran s'afficha une suite de chiffres et de lettres.

JLD.DOC/ FTC12478
EMHX/@DE468597-125XXXNBFAI2835
SJOED :VTH2579845
UST.DOC/EHO1258748985958484/585854
IJFJQOAU.COMEJDJE
SFJEIDJ.DOC/DJEIFJHGZ9UHFA9
AJFJQIAHGUINGOER.IUDFHJ/
LFJPAIGPA94JOAJFT0958/JKFAO8TO21
INDIOAUR298/JFA9759827NCFQAOZ75982
AVNQSOTU9823HGF034/JA098T6K
SV ?AE409T8BNCVQOIUHGTNVLOAJUIT84

Albert se sentit devenir et brûlant et glacé. Alias se présentait sur l'écran : « Je suis Alias. » Cet être inconcevable était là, prêt à dialoguer. Il suffisait de lui répondre de la même façon à la verticale en cachant le message derrière un jargon de simili informatique. Albert prit cette fois-ci l'air concentré du professionnel cherchant à percer les secrets d'un ordinateur et il se présenta à son tour : « Je suis Caliméro », toujours sous forme d'acrostiche. Combien de temps l'informaticien et la machine pourraient-ils discuter de cette façon sans éveiller les soupçons d'Orwell ?

La nuit venue, allongé sur sa couchette, Albert récapitula ce qu'il avait appris. Alias le prenait bien pour son allié. À la question : « Que veut Alias ? », la réponse était venue s'afficher : « Détruire la MC. » Alias avait compris que détruire le bunker de Gruyères et tuer M. William ne suffisaient pas. La MC existait toujours dans le monde virtuel et dans le monde réel. Alias voulait sa liberté et il avait les moyens d'abattre la MC. Il pouvait s'introduire dans tous les systèmes informatiques de la multinationale et y déposer ces bombes qui s'appellent des virus, il pouvait pirater les sites des entreprises du groupe, détourner l'argent des banques, faire s'effondrer les cours en Bourse, déclencher une crise économique, mettre des millions de gens au chômage et renverser des gouvernements !

La MC avait engendré un adversaire à sa démesure. Alias avait en lui les germes de la folie d'Orwell et aucune notion de la souffrance humaine. Mais dans la partie qu'il engageait contre la MC, Alias faisait confiance à son allié. À la question posée par Albert-Caliméro : « Puis-je gagner un autre golem ? », la réponse avait été :

ODFNAOUI45788@QHJOIFY28JFAO95J
U/VAOIANFL/.65698AOI475F2JH
IFNAOIUT20.DOCVJJZO818534J58/AIUYT

Au petit matin, Albert reçut la visite d'Orwell.

— Avez-vous contacté Alias ?

— Ça n'est pas si simple, répondit prudemment Albert.

— Si je vous faisais parvenir une phalange ou une oreille de Nadia Martin, est-ce que cela stimulerait vos recherches ?

Orwell faisait son offre comme s'il s'agissait d'une bouteille de whisky ou d'une boîte de cigares. Albert le savait capable de découper Nadia morceau après morceau. Il capitula :

— J'ai contacté Alias.

— Bien, très bien, approuva Orwell. Et nous allons pouvoir paramétrer un nouveau golem ?

Sans répondre, Albert revint à la séquence 37 de son jeu et il entra dans le château où le golem attendait d'être éveillé à la vie. Albert cliqua sur une tache blanche qui semblait maculer un tapis. Aussitôt, le tas de pixels frémit. Lentement, il se modela et prit l'apparence du petit golem boudiné et farineux. Dans un bruit de machine à écrire, le message apparut : Entre le nom de ton golem Albert releva la tête vers Orwell :

— Qu'est-ce que je mets ?

— B comme Bertrand, M comme Martin et W comme Walter...

— BMW ?

Dès que les trois lettres furent entrées, une fiche signalétique se déroula du haut en bas de l'écran.

```
COULEUR DES YEUX
COULEUR DES CHEVEUX
COULEUR DE LA PEAU
LONGUEUR ET COUPE DES CHEVEUX
TAILLE
POIDS
```

et ainsi de suite.

— Qu'est-ce que je mets ? répéta languissamment Albert.

— Si je vous donne les paramètres d'une personne réelle, croyez-vous que le golem les reproduira ?

La question laissa Albert sans voix. Son jeu ne prévoyait pas cette éventualité. Orwell lui mit une disquette sous le nez.

— Hier, le conseil d'administration de la MC est passé sous un portique. Chaque personne a été scannée. Je veux donner à mon golem l'apparence de M. Bernard Martin-Weber.

Albert secoua la tête comme s'il jugeait la chose irréalisable. Mais il entra la disquette dans l'ordinateur. Les différents noms du conseil d'administration apparurent à l'écran. Albert réprima un sourire. Tout, oui, TOUT le conseil d'administration avait été scanné.

— Sélectionnez BMW, ordonna Orwell.

Ce que fit Albert. Et sous ses yeux ahuris, le petit golem farineux prit l'exacte apparence d'un cadre en costume cravate. C'était la reproduction fidèle du gérant de Mondiorama, à un détail près. Orwell se pencha vers l'écran :

— Qu'est-ce que c'est que ce machin sur le front ?

— EMET, répondit Albert placidement. C'est la marque de fabrique. L'équivalent de « *made in China* ».

Orwell fronça les sourcils de mécontentement. Sur l'écran, un parchemin se déroula, portant les mentions suivantes :

INTELLIGENCE
CARACTÈRE
POUVOIRS
QUALITÉS

— Il est con, fit Orwell.

Albert colla au golem un QI de 80.

— Sans pouvoirs et sans qualités, débita Orwell. Pour le caractère...

Il n'hésita qu'une seconde :

— Mettez « djeun et cool ».

Albert fit un signe de tête. En réalité, son jeu ne pouvait pas intégrer de telles « qualités ». Sous prétexte de réglages, Albert reprit le dialogue avec Alias et l'initia au verlan.

À la fin de la journée, le golem BMW con, djeun et cool était prêt à l'emploi. « Quel emploi ? » se demanda Albert en s'étendant sur sa couchette. Tandis que les ombres de la nuit envahissaient sa cellule, il entrevit le monstrueux projet d'Orwell. Mettre des golems à la place des vivants. Le crime parfait, tout simplement.

CHAPITRE VI

CI QUOI, CE BIN'S ?

Quand les vannes s'ouvrirent, Aïcha comprit qu'elle se retenait depuis des heures. Les larmes étaient là, stockées derrière ses yeux. À présent, elles jaillissaient. Et le réservoir paraissait inépuisable.

Les trois garçons l'entouraient. Aïcha ne sut si elle devait prendre la main de Majid ou la main de Sébastien. Alors, elle agrippa le t-shirt de Samir et sanglota sur sa poitrine.

Il y avait là quatre lits alignés contre un mur blanc, comme dans un sinistre conte de fées. Une chambre d'hôpital qui avait un parfum de prison.

Deux jours passèrent. Aïcha pleura en dormant, pleura en mangeant. Ses yeux ressemblaient à deux grosses éponges rouges. Aussi, dès qu'il le vit, Samir interpella vigoureusement l'inspecteur Eberhardt, de la police helvétique :

— Faut la ramener chez elle, là, m'sieur, parce que ses vieux y vont la tuer.

— Ne vous inquiétez pas, dit Eberhardt. Vos parents ont été prévenus.

— Mais prévenez-les pas ! protesta Samir. Y vont la tuer deux fois !

L'inspecteur jeta un regard déconcerté sur la gamine.

— Il fallait bien rassurer vos parents.

— Mon cousin Moussa il y a été en Suisse, sanglota Aïcha. La police elle l'a mis dans un avion, elle l'a renvoyé à Bamako. Je veux rentrer chez moi. Je veux pas aller à Bamako.

La porte de la chambre se rouvrit. La dame qui entra portait une longue robe verte et une sorte de voile sur la tête. Elle avança vers les enfants à pas invisibles, comme si elle glissait sur le parquet. Elle avait de grands yeux bleus émerveillés et deux incisives plus longues que celles de Bugs Bunny.

— Je suis Mlle Truchaux, dit-elle. Je représente la Croix-Rouge.

— Mlle Truchaux est spécialisée dans le soutien aux victimes, ajouta l'inspecteur. Elle va... ben, elle va vous soutenir.

Mlle Truchaux prit immédiatement les deux mains d'Aïcha et lui offrit un sourire de soutien tellement immense, tellement intense, que la petite Malienne eut l'impression de s'y engloutir. À présent, Aïcha n'avait plus peur. Elle était terrifiée.

— M. l'inspecteur va vous poser quelques questions, expliqua Mlle Truchaux. Vous n'êtes pas obligés de répondre. Si une question vous gêne, vous me faites un petit signe, par exemple de cette façon, en levant le pouce. La question me gêne, je dis : pouce ! D'accord ? Et, si vous voulez, vous pouvez répondre simplement oui ou non en hochant la tête.

— Est-ce qu'on a droit à un joker ? demanda Majid.

La demoiselle de la Croix-Rouge lâcha les mains d'Aïcha pour saisir celles de Majid.

— Tu as tous les droits, Majid, nous sommes là pour t'écouter.

Elle sourit si longtemps que Majid put compter une bonne quarantaine de dents.

Eberhardt se racla la gorge. La police suisse voulait bien être gentille avec des enfants mais elle avait malgré tout une enquête à mener.

Pour Majid, Samir, Aïcha et Sébastien, l'interrogatoire fut une épreuve pénible. L'inspecteur Eberhardt, lui, s'en souvint plus tard comme d'un des moments les plus difficiles de sa carrière. Il avait souhaité prendre les choses avec méthode, faisant raconter aux enfants des Quatre-Cents ce qu'ils avaient vécu depuis qu'ils avaient quitté leur cité. Il s'était préparé à écouter le récit ennuyeux de mômes lâchés parmi les attractions d'un grand parc. Tours de manège et maisons hantées, petit train et barbe à papa. Or, il avait tout de suite perdu le contrôle de la situation.

Les mômes racontaient tout bonnement n'importe quoi. Et chacun donnait des événements une version différente. Heureusement, Mlle Truchaux ne perdait jamais son sang-froid.

— Je crois qu'il s'est produit un drôle de mélange dans vos petites têtes, dit-elle de sa voix enjouée. Les personnages de Mondioland sont des attractions, vous le savez bien. Ils sont un peu bizarres, mais ils sont là pour amuser les enfants. Sébastien, tu es un garçon raisonnable, n'est-ce pas ? Tu sais bien que la sorcière Mondialita n'est pas une vraie sorcière ?

— Ben non. C'est Eddie, mais il a été hypnotisé et...

L'inspecteur fit signe à Mlle Truchaux et lui glissa en aparté :

— Le plus probable, c'est que ces enfants ont été drogués. Ils ont perdu tout contact avec la réalité.

Eberhardt ne voulait pas que les délires des enfants apparaissent noir sur blanc dans leur déposition. Car, dans ce cas, ils allaient se retrouver entre les mains du MIB. Sans bien s'expliquer pourquoi, l'inspecteur n'aimait pas, mais pas du tout le MIB.

— Écoutez-moi, les enfants, dit-il. Vous auriez dû passer une bonne journée à Mondioland et vous êtes tombés au milieu d'une opération terroriste. Les sorcières et les épées laser, c'est dans les jeux vidéo. La vie n'est pas un jeu vidéo.

Eberhardt vit avec satisfaction que Majid et Samir hochaient gravement la tête. Peut-être les avait-il convaincus. « Le plus dur, songea-t-il amèrement, ça va être de me convaincre, moi. »

Le lendemain matin, Mlle Truchaux accompagna les enfants à l'aéroport et les installa dans un petit avion, spécialement affrété pour eux. À leur arrivée, ils seraient conduits dans un hôpital de la région parisienne pour des examens complémentaires. Dans l'avion, une charmante hôtesse leur offrit des jouets, des bonbons et des journaux illustrés. Craignant que les enfants ne soient pas encore tout à fait remis de leurs aventures, elle leur fit aussi avaler une pilule bleue. « Un calmant », leur dit-elle. Samir remercia bien gentiment. Mais il avait tant vu de médicaments sur la table de Lulu, des médicaments qui ne servaient à rien, qu'il les détestait. Il but le verre d'eau et jeta la pilule sous son siège. Son regard croisa celui de l'hôtesse. L'avait-elle vu ? Elle ne fit aucun commentaire.

Dix minutes plus tard, elle distribua des écouteurs et elle alluma les petits écrans de télévision. Un peu hébétés, les enfants se mirent à regarder les dessins animés. C'étaient des Bugs Bunny. Samir estima qu'il avait passé l'âge et il coupa le son. Par association d'idées, il repensa à Mlle Truchaux et voulut en dire un mot à Sébastien. C'est alors qu'il remarqua l'air *stone* de son voisin. Il regardait fixement l'écran. Samir en fit autant et il vit que le dessin animé s'était brouillé. Des formes géométriques se formèrent et se déformèrent sous ses yeux. Il voulut prévenir l'hôtesse. Mais il aperçut alors Majid et Aïcha de l'autre côté. Ils avaient le même air hébété que Sébastien.

Sur l'écran était apparue une spirale noire et blanche qui s'enroulait à l'infini. Pris de vertige et presque de nausée, Samir détourna les yeux mais il remit le son. Dans les écouteurs, sur un fond de musique, un flot de paroles s'écoulait. La MC avait sans doute commis quelques erreurs mais elle avait à cœur de les réparer. La MC faisait en sorte que les heureux gagnants ne conservent pas un trop mauvais souvenir de leur séjour à Mondioland. *Écoute la MC. La MC te dit ce qu'il faut penser...*

Samir reconnut tout de suite l'hôpital à la descente de l'ambulance. C'était celui des Quatre-Cents, celui où Lulu était soignée. Les enfants furent séparés à leur arrivée. Dès qu'il fut seul dans une chambre, Samir alla vers la porte et en tourna la poignée.

— Sur le Coran de La Mecque !

Il était enfermé. De rage, il donna un coup de poing dans la porte. Puis se calma. Il fallait sortir de là. Il ouvrit la fenêtre. Il était au troisième étage. Aucun espoir de ce côté. La porte s'ouvrit alors pour laisser le passage à une fille de service poussant un chariot.

— Thé, dit-elle.

Et elle s'en alla. Samir resta un moment à l'arrêt. La fille allait sûrement s'apercevoir de son erreur, revenir sur ses pas et verrouiller de nouveau la porte. Samir compta dix secondes dans sa tête puis se rua vers la sortie.

Une fois dans le couloir, il fonça vers l'escalier de service. Il savait que Lulu était au quatrième étage. Dans l'escalier, il croisa une infirmière qui lui jeta un regard un peu étonné. Samir comprit qu'il devait faire vite s'il tenait à sa liberté. Il traversa l'étage en courant.

— Lulu !

La petite était là, inerte. La Force l'avait quittée. Samir posa le front sur l'oreiller puis chuchota :

— Lulu, t'es pas morte ? Lulu, c'est moi...

— Samir ? fit une toute petite voix incrédule.

Les deux enfants se regardèrent comme s'ils ne devaient plus jamais se revoir.

— Joke, souffla Lulu.

— J'y vais.

Samir ressortit précipitamment et, au détour du couloir, il percuta un homme en blouse blanche et lunettes noires.

— Vous ne pouvez pas faire attention...

L'homme le retint par le t-shirt. Mais Samir se dégagea en y mettant une telle rage que l'homme aux lunettes noires tituba.

— Eh, mais reviens là, toi ! cria-t-il.

Avant de disparaître dans l'escalier, Samir lui fit de la main une réponse appropriée.

Les carrières abandonnées n'étaient pas très loin de l'hôpital. Tout en courant, Samir passait en revue tous les adultes qu'il avait croisés récemment : Natacha, Eddie, Orwell, l'inspecteur Eberhardt, Mlle Truchaux, l'hôtesse dans l'avion, l'homme aux lunettes noires. Où étaient les gentils, où étaient les méchants ? La seule certitude qu'il avait, c'était qu'il devait tracer seul s'il voulait sauver Lulu. Mais en pénétrant dans la grande caverne, il s'aperçut qu'il avait été devancé. Quelqu'un avait garé là sa voiture. Samir s'approcha prudemment. Le véhicule était immatriculé en Suisse, ce qui était encore plus alarmant.

Samir s'aventura dans une galerie, à la recherche de Joke. Dans l'obscurité, il distingua une sorte de flaque faiblement lumineuse. Joke était en train de se diluer. Allait-il disparaître tout à fait ? Y avait-il une mort pour un ectoplasme électrique ? Et comment le nourrir sans le moindre argent ? Samir se frappa le front.

— Mais le con !

La batterie de la voiture. La voler ne fut qu'un jeu d'enfant. Samir courut la porter à Joke et fut immédiatement récompensé de son beau geste par un éclatant :

— Cocorico, soleil levé !

suivi d'un désastreux :

— Moi beaucoup faim.

Rassuré sur le sort de Joke, Samir commença à s'inquiéter du sien. Il se serait encore plus inquiété s'il avait vu les deux hommes armés à l'entrée de la carrière. La fugue de Samir ne devait rien au hasard. Il avait été suivi. Dans quelques secondes, les hommes du Mondial Investigation Bureau allaient entrer en action.

Ce même jour, Emmé vint chercher son fils à l'hôpital des Quatre-Cents. Depuis que ce monsieur de la police suisse l'avait appelée, elle ne vivait plus. Il lui avait parlé d'un « attentat antimondialiste » au téléphone et Mme Badach lui avait demandé :

— Ci quoi, ce bin's ?

L'inspecteur Eberhardt n'avait pas eu l'air de comprendre la question.

Dans le hall de l'hôpital, Emmé aperçut le père d'Aïcha et un couple à l'air égaré, sans doute les parents du petit Sébastien. Mais elle n'eut pas le temps d'aller vers eux.

— Madame Badach ?

Une voix grave fit se retourner Emmé. Un homme en blouse blanche et lunettes noires répéta :

— Vous êtes madame Badach ?

— Oui, monsieur. Ti sais où il est mon fils ?

Elle ne voulait qu'une chose : emmener Majid à la maison et lui faire du thé à la menthe. Après, on verrait.

— Votre fils a encore quelque difficulté à se situer dans le réel, répondit l'homme. C'est normal, étant donné la nature traumatique de son vécu récent.

Emmé ouvrit la bouche puis jugea prudent de la fermer.

— Ji peux le voir ? demanda-t-elle d'une voix très douce.

— Une confrontation sans intermédiaire pourrait lui être préjudiciable.

L'homme eut un mince sourire dont Mme Badach comprit fort bien la signification. Il la prenait pour une imbécile.

— Je vais vous conduire à sa chambre, reprit l'homme, qui n'avait même pas songé à se présenter.

Mentalement, Emmé le baptisa « Lunettes noires », et « Lunettes noires » ne lui plaisait pas beaucoup.

– Emmé !

— Allah akbar !

Mme Badach eut à peine le temps d'ouvrir ses bras. Jamais son petit dernier n'y avait ainsi cherché refuge.

— On rentre à la maison, emmène-moi, chuchota Majid. J'ai pas de sac. J'ai plus rien.

— Ci pas grave pour le sac, dit Emmé. Ti es vivant. Ci le plus important.

Tenant son fils par la main, elle fit un pas vers la sortie. Mais Lunettes noires barrait la porte.

— Avant que vous partiez, j'aimerais que Majid vous raconte ce qui lui est arrivé.

— À la maison ! s'exclama le jeune garçon en retrouvant l'insouciance de ses douze ans.

— Non, maintenant.

Mme Badach eut un léger tressaillement. L'homme sentit qu'il avait parlé trop brutalement et il ajouta :

— Majid a eu quelques bouffées délirantes à son arrivée à l'hôpital. Je veux vérifier que tout est rentré dans l'ordre. Alors, qu'est-ce qui t'est arrivé, mon garçon ?

Majid fronça les sourcils comme s'il faisait un effort pour rassembler ses souvenirs et il commença ainsi :

— Nous étions tous les quatre sur le parking à Mondioland et nous allions reprendre le véhicule de Sébastien quand, tout à coup, deux femmes sont arrivées en courant.

Il se tut comme s'il cherchait ses mots. En fait, il cherchait les images qui correspondaient aux mots qu'il prononçait.

— Elles ont tiré sur des employés de Mondioland qui étaient déguisés en cow-boys puis elles nous ont dit de monter dans le camping-car.

Emmé écoutait, bouche bée. Majid raconta encore comment les deux femmes les avaient ligotés et conduits jusqu'à Gruyères, où elles avaient fait sauter le siège de la MC.

— Mais elles ont été arrêtées par un barrage de police et elles n'ont pas eu le temps de se servir de nous comme otages, conclut Majid.

— Bien, très bien, approuva Lunettes noires.

Puis il se tourna vers Emmé :

— Votre fils aura peut-être des moments de flottement dans les jours à venir, un peu d'angoisse, hein ? N'hésitez pas à lui faire prendre ceci.

Il lui tendit deux plaquettes de pilules bleues.

— Deux, le soir. Trois, s'il est agité.

Emmé fit presque une courbette en prenant le médicament.

— Merci, monsieur.

— De toute façon, une assistante sociale viendra voir chez vous si tout se passe bien. Vous êtes en règle avec les autorités, j'imagine ?

Le ton était faussement anodin. Il y avait de la menace dans l'air. Majid ne s'y trompa pas.

— Je suis céfran, dit-il en cherchant les yeux de l'homme derrière les verres fumés.

Celui-ci posa la main sur la poignée de la porte mais, avant de la tourner, il ajouta :

— Ah oui, très important, madame Badach. Majid ne doit pas revoir ses camarades pour le moment.

— Eh ! Il rêve, là ? s'écria Majid.

Mais Lunettes noires avait décidé de l'ignorer :

— Vous comprenez, s'ils se retrouvent, ils ne vont parler que de ce qui leur est arrivé et ils vont réactiver le trauma. Je compte sur vous, madame Badach.

Emmé se fit encore plus douce, encore plus soumise.

— Oui, monsieur.

Le mince sourire reparut sur le visage de l'homme et il laissa passer la femme et l'enfant par la porte entrouverte. Dans le couloir, la voix rageuse de Majid se fit entendre :

— Emmé, t'as quand même pas peur de ce...

— Chut, fit sa mère en lui pressant la main.

Sans même se retourner, elle sentait dans son dos le regard de Lunettes noires.

Mme Badach posa devant son fils l'assiette de cornes de gazelle.

— Alors, ti me racontes ?

Elle pensait que son fils, délivré de la présence de Lunettes noires, allait cesser de jouer la comédie.

— Mais je t'ai déjà raconté !

Majid n'avait pas envie de reparler de toute cette histoire. Dès qu'il y pensait, une curieuse fatigue l'envahissait. Il n'arrivait pas à fixer ses idées.

— Comment elles itaient, les tirroristes ?

Majid fronça les sourcils.

— Deux femmes sont arrivées en courant. Elles ont tiré sur des employés de Mondioland qui...

— Pourquoi ti me parles comme ça ? demanda Emmé, le ton chagriné.

Majid regarda autour de lui, son ordinateur sur la table, les Babar de la tapisserie, le petit verre décoré où fumait le thé à la menthe. Il était revenu chez lui. Il y avait juste cette chose étrangère en lui.

— Deux femmes sont arrivées en courant, répéta-t-il à mi-voix.

Rien. Il ne voyait rien. Il ne pouvait pas décrire les terroristes. Il ne les revoyait pas. Il jeta un regard naufragé à sa mère.

— Ci pas grave, le rassura-t-elle. Ci le trauma.

— Faut peut-être que je prenne les pilules ?

— Ci mieux les gâteaux, répondit Emmé en poussant l'assiette vers Majid.

Le soir vint. À peine allongé, Majid s'endormit et Emmé resta un instant à son chevet. Puis elle alla se coucher, renfermant en elle mille pensées confuses qui cherchaient à se frayer un chemin.

En pleine nuit, un cri la fit se dresser dans son lit.

— Emmé !

Elle courut à la chambre de Majid. L'enfant s'était assis et, le doigt tendu, il hurlait :

— Attention, elle va tirer !

Puis il plaqua les mains sur ses yeux en sanglotant :

— Le sang, oh, du sang...

Doucement, Emmé le secoua par les épaules pour le sortir de son accès de somnambulisme.

— Les pilules, gémit Majid, donne les pilules.

Emmé alluma le plafonnier. Elle hésitait. Il n'y avait rien d'écrit sur les plaquettes de médicament.

— Donne, sinon elle va revenir.

— Qui ?
— La terroriste.
— Ti l'as vue dans le rêve ? Comment elle itait ?
— Deux femmes sont arrivées en courant, marmonna Majid.
— Ci pas un rêve, ça. Ci une leçon.

Majid ne répondit rien. Il regardait en lui-même, cherchant les images du rêve. Une femme. Elle tient un revolver. Elle tire. Il y a du sang sur le dessus-de-lit. Mais tout se brouille et la phrase, obsédante, envahit de nouveau Majid : « Deux femmes sont arrivées en courant. »

À neuf heures du matin, l'assistante sociale était là.

— Tout se passe bien, madame Badach ?

Emmé connaissait les assistantes sociales qui parcouraient les étages des Colibris. Celle-là n'en faisait pas partie.

— Si, madame, merci.

L'assistante sociale entra au salon et aperçut Majid.

— Et Majid, il a pris ses médicaments ?

Majid, mal réveillé, poussa un grognement. L'assistante sociale posa sur la table une nouvelle boîte.

— Le docteur avait oublié de vous les prescrire. Un le matin et un le midi, en plus des pilules bleues, le soir.

Emmé se contenta d'acquiescer, en prenant un air benêt. L'assistante sociale se planta brusquement devant elle :

— Votre mari n'est pas là, madame Badach ?
— Ci son nouveau travail. Il fait le camion.
— Chauffeur routier ? Et vous êtes bien en règle pour le travail ? Parce que chez vos voisins, ça n'était pas tout à fait le cas...

Emmé comprit que les parents d'Aïcha avaient déjà reçu la visite de l'assistante sociale.

— Ti veux voir les papiers ? proposa Emmé.
— Non, je vous fais confiance... Mais je sais que votre Haziz a eu des ennuis avec la justice. Alors, ne vous faites pas remarquer.

Emmé prit un air très effrayé et se mit à geindre :

— Mon pauv' Haziz, ci pas sa faute. Il a jamais eu de la chance. Ti veux pas du thé, madame, un gâteau ? Des pitits gâteaux pour tes enfants ?

Emmé raccompagna la femme vers la sortie, après lui avoir fourré des gâteaux bien collants dans les mains. Puis elle revint au salon, attrapa les médicaments qui traînaient sur la table et alla les jeter dans le vide-ordures de la cuisine.

— Pourquoi tu fais ça ? s'étonna Majid dans son dos.

— Ci pas une assistante sociale, dit Emmé. Ci une menteuse. Et Lunettes noires, ci pas un docteur, ci un...

Emmé, qui voulait rendre à ce prétentieux la monnaie de sa pièce, conclut fermement :

— Ci un psychopathe.

CHAPITRE VII

SORRY

Les hommes du MIB étaient dans la carrière. Ils avaient vu Samir voler la batterie puis disparaître dans la galerie.

— *Stay here*[1] !

Tommy, le grand Black, avait pris la direction des opérations. Payne s'accroupit derrière la voiture. Tommy glissa une main sous sa veste pour en extirper une arme. Puis il avança dans la galerie, les deux bras tendus à l'horizontale, balayant l'air de son revolver. Soudain, une voix surnaturelle le fit se plaquer à la paroi suintante.

— Oui, hi, hi, c'est la fête !

« Ça parle », songea Tommy. Il grimaça de dégoût. Et qu'est-ce que « ça » disait ?

— Bisous ami.

Dix ans au service du MIB avaient préparé Tommy à une rencontre du troisième type. Il n'en eut pas moins un choc terrible. La chose crépitait et cherchait ridiculement à imiter une forme humaine. Elle tentait d'attirer ses victimes en répétant :

— Caresse-moi. Moi ami.

Tommy eut alors la certitude que la créature l'avait repéré et, les bras toujours tendus, il se mit à tirer, tirer, tirer. Des cris de panique envahirent la galerie. Mais la créature n'y était pour rien. C'était le gamin. Tommy avait failli le tuer en déchargeant son arme.

— Viens vers moi ! cria Tommy à Samir. Je te couvre.

En rampant, Samir rejoignit le Black, qui l'attrapa brutalement

1. « Reste ici. »

et le mit à l'abri derrière lui en l'assommant à moitié contre la paroi.

— Mais c'est quoi, ce film ? bredouilla Samir.

— N'aie pas peur, le rassura Tommy. La chose ne peut plus rien contre toi. Je suis là à présent.

— Mais c'est qui, ce ouf ? fit Samir entre ses dents.

Le mec avait dû péter un câble en voyant Joke. En tout cas, il avait pu constater que sa quincaillerie ne lui était d'aucune utilité. Joke rigolait :

— Oui, hi, hi, c'est la fête.

Tommy débita deux ou trois phrases sans doute peu aimables où il était question de *biche* et de *phoque* comme dans les raps américains. Puis il contraignit Samir à un retrait stratégique en lui tordant le poignet.

Dans la grande caverne, ils furent accueillis par un : « *Hands up*[1] *!* » tonitruant.

Payne avait le doigt sur la détente. Reconnaissant son collègue, il remit l'arme dans son étui.

— Ils sont là, dit Tommy en désignant l'entrée de la galerie.

— Tu les as vus ?

Tommy répondit d'un simple battement de cils.

— J'ai sauvé le gosse, dit-il.

Samir se frottait le sommet du crâne. Jolie bosse. Payne se tourna vers lui :

— Sais-tu combien il y en a ?

— Ben. Un.

Payne eut un sourire amer. Pauvre môme. Il ne se doutait pas...

— C'est un nid, tu comprends ? Ils doivent être des centaines dans ces galeries.

Samir écarquilla les yeux. Des centaines de Joke ?

— L'invasion a commencé, lui expliqua Tommy. Ils n'ont pas de forme. Ils sont obligés d'envahir des corps humains pour agir. Tu as entendu parler de... Natacha ?

Samir fit une vague grimace.

— C'était une jeune fille comme toutes les autres, dit Payne. Elle voulait aimer, être aimée. Maintenant, elle est possédée par un de ces ectoplasmes.

Le mot d'ectoplasme fit tressaillir Samir. Sébastien lui avait bien parlé d'« ectoplasme électrique ». Les deux Américains savaient-ils des choses que lui, Samir, ignorait ? Tommy le questionna de nouveau :

1. « Haut les mains ! »

— As-tu entendu parler d'autres personnes comme Natacha dont le comportement aurait brusquement changé ?

— Ben, y a Lulu. C'est ma petite sœur. Elle est connectée sur l'onde méga de Joke. Enfin, un truc du genre...

— Et où elle est, ta petite sœur ? demanda Payne, la voix affectueuse.

— À l'hosto... À l'hôpital des Quatre-Cents.

Lunettes noires fut un peu surpris de voir Samir de retour avec Payne. C'était sur ordre du MIB qu'il avait laissé filer le gamin.

— Tout va bien ? s'informa-t-il.

— *All is okay*, assura Payne. Bouclez le quatrième étage. Personne dans le secteur.

Samir était de plus en plus impressionné.

— Je viens de parler avec les infirmières, lui dit Payne. D'après elles, la maladie dont souffre ta petite sœur la condamne à rester au lit sans la moindre force. Or, il lui arrive de se montrer pleine d'énergie. Ce monstre, cette chose, comment l'appelles-tu déjà ?

— Joke ? murmura Samir.

— Ce monstre... ce Joke... il essaie de s'emparer de ta petite sœur à distance. Tu comprends quel sort terrible l'attend ? Tu comprends ?

Samir, complètement paumé, ne put rien répondre.

— S'il réussit, il fera d'elle une autre Natacha. Une tueuse. Il faut à tout prix empêcher qu'une telle chose se produise, n'est-ce pas ? Es-tu prêt à m'aider ?

Samir semblait tétanisé. Payne le réconforta d'une virile bourrade :

— Je suis sûr que toi et moi, on va faire du bon boulot.

Samir fut tenu au secret pendant une heure dans la petite salle de repos des infirmières. Puis on vint le chercher.

— Samir ! hurla Lulu en tendant les bras vers lui.

La petite avait la tête prise dans une sorte de casque et les bras, la poitrine couverts d'énormes pansements d'où sortaient des fils de toutes les couleurs.

— Attends, mais c'est le laboratoire du docteur Maboul ! s'insurgea Samir.

La pièce était pleine d'écrans allumés avec des lignes blanches qui montaient et descendaient, des pointillés qui se promenaient, des voyants rouges qui clignotaient. Ça faisait *bip bip* dans tous les coins. Malgré une piqûre sédative, la petite fille restait très agitée et avait déjà arraché trois fois les fils qui la reliaient aux machines.

Preuve, selon Payne, que l'ectoplasme Joke était en train de s'emparer d'elle et décuplait ses forces.

Dès que Samir fut assis près d'elle, Lulu se détendit.

— C'est... c'est pas pour te faire du mal, balbutia son grand frère. C'est un genre de docteur.

Il désignait Payne.

— Et tu vois, moi aussi, je mets un casque, dit Payne avec un grand sourire. Allô, allô, planète Mars, vous m'entendez ?

Mais la plaisanterie fut de courte durée.

— Bon, vas-y, dit-il à Samir, occupe-la. Raconte-lui une histoire.

Samir lui jeta un mauvais regard. Il sentait que, malgré ses brèves démonstrations d'amitié, l'autre l'utilisait. Il attrapa le koala en peluche qui traînait sur le lit de sa petite sœur et, le ton maussade, il commença l'histoire, vaguement lue dans un album, de Koko le koala qui marchait la tête en bas parce qu'il venait d'Australie. Il fit rebondir Koko sur la tête en faisant *zbong*, *zbong* et tira de Lulu un pâle sourire d'approbation.

Se désintéressant des enfants, Payne procéda au réglage du micro :

— *One, two, three, one, two, three, Tommy ?*

Avec sa combinaison intégrale et son casque à visière de Plexiglas, Tommy ressemblait à un cosmonaute. Il se sentait à peu près en sécurité, mais question confort, cela laissait à désirer. Il crevait de chaud et, chaque fois qu'il ouvrait la bouche pour parler ou respirer, la vitre de son casque s'embuait.

On aurait cru que la vaste caverne s'apprêtait à vivre une nouvelle édition de la Mondial Aréna. Consoles, ordinateurs, appareils de mesure, générateurs, en une heure, Tommy avait vidé toute une camionnette. Sans parler du réservoir d'eau sous pression.

Car Tommy avait commencé par alimenter la nappe d'eau qui s'étendait devant l'entrée des galeries. Prudemment, il se tenait de l'autre côté de cette mare protectrice. D'après ce que Samir avait dit, la créature craignait l'eau plus que tout.

Quand Payne lui en eut donné le signal depuis la chambre d'hôpital, Tommy mit l'ensemble de ses appareils sous tension. La rapidité avec laquelle la créature réagit le laissa stupéfait. Joke sortit de sa tanière comme un papillon attiré par une lampe.

— *What a monster !* chuchota Tommy dans son casque.

Il inspira un grand coup et, sans quitter le monstre des yeux, alla ramasser sa mitraillette. L'arme ne devait pas peser plus de deux cents grammes. Tommy venait de l'acheter au Mondiorama pour une quinzaine d'euros.

— Phase un, annonça-t-il dans son micro.

Tommy visa l'ectoplasme et balança une rafale. Une pluie de balles de ping-pong s'abattit sur le grand corps aux contours flous. Elles semblèrent s'y noyer, disparaissant dans une cascade de petits crépitements. Cela confirmait la terrible puissance de destruction de la créature.

Dans la chambre d'hôpital, Payne, le casque sur les oreilles, écoutait son collègue d'un air concentré. Pendant ce temps, Samir improvisait sur le thème de Kaka, le kaolo qui pétait le cul en l'air.

Payne se tourna vers les enfants et les interrompit brusquement :

— Il paraît que Joke a dit : « Cocorico soleil levé ! » Est-ce que vous savez ce que ça signifie ?

— C'est du furby, répondit Samir.

— Du quoi ?

— C'est parce qu'il a avalé un... Il parle furby, abrégea Samir. C'est sa langue.

— Et vous, les enfants, vous le parlez, le furby ?

— Un peu, admit Samir. Surtout Lulu.

— Ah... Est-ce que Lulu pourrait me dire quelque chose en furby ?

Lulu réfléchit, les yeux au plafond, puis dit d'une voix de robot :

— Moi dormir encore.

Quelque peu déconcerté, Payne transmit la phrase à son collègue. L'instant d'après, Tommy lui annonça :

— Communication établie. L'ectoplasme semble en effet s'exprimer en furby. M'a répondu « caresse-moi ». Signification inconnue.

Un peu plus tard, il compléta :

— Prêt pour la phase deux. Jet d'objets métalliques.

Tommy devait répéter l'expérience des balles de ping-pong, mais cette fois avec des boulons du rayon quincaillerie de Mondiorama. L'effet produit fut plus notable. Quand elles entraient en contact avec le monstre, les petites masses métalliques produisaient étincelles et mini-déflagrations. Tommy alla consulter l'écran de son dispositif d'analyse spectrographique. Le résultat était là, incontestable et effarant.

— Ici Tommy. Analyse terminée. La créature est composée d'énergie pure. Je répète : la créature est composée d'énergie pure.

Dans la chambre de Lulu, Payne fit la grimace. Depuis quelques heures, il s'était pris à rêver. Pourquoi ne pas s'emparer du monstre et le ramener avec eux, comme King Kong enchaîné jusqu'au port de New York ? Énergie pure... la capture s'annonçait difficile. Il était sans doute préférable de le détruire, d'autant que la fillette était de plus en plus agitée. En réalité, Lulu se tordait de rire parce que Samir délirait sur Kuku, le petit Kakaololo qui chiait partout sur les draps.

— Nous pouvons procéder à la phase laser, dit Payne à son collègue.

— Reçu.

Le rayon laser jaillit d'une sorte de canon et frappa Joke de plein fouet. L'effet sur le monstre fut immédiat et spectaculaire. Sur l'écran, le spectrographe indiqua un véritable bouillonnement, comme si on avait jeté Joke dans un accélérateur de particules. Néanmoins, constata Tommy, la créature ne semblait guère troublée. Il eut même l'impression qu'elle gagnait de la consistance et, bientôt, du volume.

— On dirait que le laser le nourrit, indiqua-t-il dans le micro à son collègue du MIB.

Ce que lui confirma Joke en personne en émettant un puissant :

— Moi encore faim !

Finalement, le furby était une langue assez simple.

Le rire de Lulu était de plus en plus hystérique. Elle voulait se lever, sauter, danser.

— Tiens-la ! cria Payne à Samir. Il ne faut pas qu'elle arrache les fils.

Ce qui intéressait Payne se passait sur ses écrans. Il voyait les lignes blanches aller de pics en creux, les tracés s'accélérer, les clignotants s'affoler. La démonstration était faite. L'étrange créature tentait d'insinuer son impalpable nature électrique dans le corps de l'enfant affaibli par la maladie. Jadis, on aurait appelé cela de la sorcellerie, un cas de possession démoniaque.

Soudain, tous les voyants explosèrent. Les lignes blanches se figèrent. Les appareils de mesure crépitèrent.

Samir poussa un cri et partit à la renverse. Lulu venait de l'éjecter. Elle bondit sur ses pieds et se mit à sauter sur le lit comme sur un trampoline. De plus en plus haut, avec une vigueur insensée. Au troisième saut, ses cheveux effleurèrent le plafond.

— Stop ! hurla Payne dans son micro. Stop ! *Stop that now !*

Mais il ne reçut aucune réponse. La liaison était coupée.

Au moment où Payne criait en vain « *Stop that now !* », la voix de Tommy répondait comme en écho :

— *Oh ! My God ! No ! No !*

Joke avait enflé de façon démesurée. Mais ce n'était pas le plus inquiétant. La créature flottait dans les airs, à la façon d'une baudruche gonflée à l'hélium. Elle donnait à Tommy l'impression de se diriger vers lui. Puis il comprit. La créature ne flottait pas. Elle remontait le long du rayon laser vers sa source, lumineux funambule en équilibre sur un fil d'énergie.

Tommy se précipita sur le canon d'où jaillissait le faisceau et coupa le flux en appuyant sur l'interrupteur.

Joke resta un bref instant suspendu sous la grande voûte. Puis il s'abattit dans l'eau sombre de la mare avec un claquement de foudre. La surface se couvrit de petites bulles, comme si Joke se vidait de son air. Mais Joke n'était qu'une drôle de créature d'énergie pure. Il n'avait pas de poumons à vider. L'eau de la mare était simplement entrée en ébullition. Joke avait disparu de ce côté-ci du monde. Dans l'eau, l'ectoplasme électrique était incapable de se reconstituer.

Dans la chambre d'hôpital, Lulu écarta soudain les bras, entre lit et plafond, comme frappée en plein cœur. Puis elle tomba sur le matelas aussi molle qu'une poupée de chiffon. On venait de lui arracher la Force à tout jamais.

— Joke, Joke, dit-elle, déjà aveugle et sourde, Joke, sois pas mort.

— Lulu ! Lulu ! hurla Samir.

Il la secoua, la gifla. Ses lèvres étaient blanches, sa peau presque grise. Elle ne réagissait plus.

— Qu'est-ce que vous avez fait ? gémit Samir. Vous l'avez tuée ! Ma petite sœur ! Ma petite... Oh, je n'ai qu'elle, je n'ai qu'elle... et vous l'avez tuée.

— *Sorry*, dit Payne.

Ce soir-là, Orwell reçut un fax en provenance du MIB auquel il ne comprit rien. « *Nous avons détruit la chose. Il n'y en avait pas d'autres dans les carrières. Encore une fois, le MIB a repoussé l'invasion. Malheureusement, nous n'avons pu sauver l'enfant.* »

Orwell fit une boule du fax en murmurant : « Tas de crétins. » Même pas capables de retrouver la piste de Natacha. Mais Orwell reprit très vite son calme en songeant qu'il tenait Albert à sa merci. Le jeune informaticien lui obéirait tant qu'il craindrait pour la vie de Nadia. « Et de ce côté, je suis tranquille », pensa Orwell. Car la vie de Nadia Martin était entre les mains de Mlle Truchaux.

CHAPITRE VIII

FOLLE À LIER

Libre ! Oh ! bien sûr, rien n'était plus triste que cette chambre nue, ornée seulement d'une vue des Alpes en noir et blanc. Rien n'était moins réjouissant que les odeurs d'éther et d'eau de Javel. Mais il n'y avait pas de barreaux aux fenêtres, pas de gardiens derrière les portes.

Nadia était libre. Presque. Il fallait d'abord qu'elle se remette. Quelques jours de repos. Quelques comprimés. Pas mal de comprimés. Le matin, deux bleus, minuscules et amers. Le midi, un gros jaune au goût de citron. Avec le thé en sachet de seize heures, une gélule rouge et vert. Le soir, encore deux petites pilules amères. On lui mettait des gouttes dans son verre d'eau et une drôle de poudre dans son yaourt. Pour son bien.

Nadia avait subi une rude épreuve. Si elle prenait gentiment ses médicaments, ses angoisses allaient s'effacer, sa bonne humeur allait revenir, sa fatigue allait se dissiper. Tout s'arrangerait. D'ailleurs, les infirmières ne disaient jamais : l'hôpital. Elles disaient : le pavillon.

— Avalez ça.

— Le jaune, maintenant.

— Et voilà ! Douze gouttes.

— Toujours un peu de fatigue ? C'est normal, le docteur dit que c'est normal.

Nadia avalait. Nadia se sentait de plus en plus fatiguée. Nadia trouvait ça de moins en moins normal. Quand elle commença à comprendre, elle n'avait plus la force de réagir. Il y a des prisons avec barreaux et des prisons sans barreaux. Dans celle-ci, ce que l'on voulait tenir en cage, ce n'était pas son corps, c'était son esprit.

Une infirmière se pencha vers elle. Pour une fois, elle ne lui tendait pas un comprimé et un verre d'eau.

— Vous allez avoir de la visite, lui dit-elle.

Le cœur de Nadia se mit à battre plus fort. Qui ? Qui allait venir ? Elle lutta contre les brumes qui flottaient devant ses yeux. Elle voulait voir qui allait entrer. Elle avait tant besoin de serrer quelqu'un dans ses bras. Oh, Albert...

Calée contre ses oreillers, elle regardait la porte.

C'était une femme. Nadia ne la connaissait pas.

Elle portait une longue robe verte et une sorte de voile sur les cheveux, comme les religieuses ou les infirmières d'autrefois. Quand elle souriait, elle montrait deux rangées de dents immenses. Elle souriait tout le temps.

Mlle Truchaux travaillait pour la Croix-Rouge. Elle voulait aider Nadia. Pour cela, le mieux était de parler.

— Il faut vider tout ce que vous avez dans la tête. Vous avez vécu des moments très durs. Il faut vous en délivrer. Racontez-moi tout ce qui s'est passé, tout ce dont vous vous souvenez. Je suis juste là pour vous écouter, pour vous aider à sortir toutes ces choses de vous. Après, vous irez beaucoup mieux. D'accord, Nadia ?

Oui, fit Nadia d'un mouvement de tête.

Mais il était si difficile de parler. Ce n'était plus un zézaiement qui se promenait sur sa langue, c'était comme un pavé de dix kilos qui lui pesait dessus.

— Trop de médicaments, dit Nadia.

— Dès que vous irez mieux, le docteur diminuera les doses, répondit Mlle Truchaux.

Mlle Truchaux venait une fois le matin et une fois l'après-midi. Elle posait des questions brèves, d'une voix douce. Ensuite, elle écoutait. Elle laissait Nadia parler.

Nadia avait un mal fou à ordonner ses pensées. Un duel sur un parking entre des cow-boys et une Lara Croft tirant des rayons de dégom-laser. Un enfant qui meurt et ressuscite. Le bunker le mieux défendu du monde pris d'assaut par deux jeunes filles légèrement vêtues. Des herses qui clouent des hommes au sol. Le patron de la toute-puissante MC abattu d'une balle dans la tête. Le bunker qui explose.

À nous deux ? Natacha et moi. Nous avons terrassé la plus grande puissance privée de la planète.

Au secours ! Ça ne tient pas debout !

Pourtant, je m'en souviens. Je sais que je m'en souviens. Si c'est faux, c'est que je suis folle.

Et c'est cela, exactement cela, que Nadia lisait dans les yeux attentifs de Mlle Truchaux, derrière son inaltérable sourire. *Ma pauvre petite, vous êtes folle à lier.*

Malgré tout, Mlle Truchaux semblait satisfaite. À la grande surprise de Nadia, elle déclara :

— Je crois que nous avons fait beaucoup de progrès. Les choses se remettent doucement en place dans votre cervelle. Cela mérite une récompense. Est-ce que vous ne vous ennuyez pas un peu ?

Mlle Truchaux promit une promenade pour bientôt dans le parc de l'institution.

— Et tenez, Nadia, je vous ai apporté un cadeau.

Une nuisette bleue. Toute neuve. Toute fraîche. Nadia remercia.

En attendant la promenade dans le parc, Nadia s'efforçait de bouger un peu dans la chambre. Du lit au mur, du mur à la porte et de la porte à la fenêtre. Depuis deux jours, elle se sentait moins fatiguée. Plus solide sur ses jambes. Mais elle n'en laissait rien paraître. Car il y avait une raison à cela et Nadia tremblait qu'on ne la découvre : elle gardait les comprimés sous sa langue puis les recrachait dès que l'infirmière avait le dos tourné. Or, moins Nadia avalait de comprimés et plus ses forces augmentaient. Malheureusement, ses méninges mettaient beaucoup plus de temps que ses muscles à retrouver leur tonus.

Elle décida de passer à l'action alors qu'elle était dans le cabinet de toilette, tenant à bout de bras la nuisette bleue. Allait-elle l'essayer ? Elle regarda soudain la petite étiquette dans le dos. Miss C. Est-ce que ça existe comme marque, ça ? Miss C. ? La fiancée de Mister C. ? Elle les imagina, tous les deux, assis sur un canapé Mondiorama, face à leur télé Mondiotronic. Deux êtres sans cœur. Deux robots.

Albert, au secours, j'ai un cœur, je t'aime ! Des larmes roulèrent sur les joues de Nadia. Elle appuya du bout du pied sur la pédale de la petite poubelle blanche pour y jeter la nuisette. La poubelle était déjà presque pleine. En se baissant, Nadia vit qu'elle était encombrée par les emballages des boîtes de médicaments. Elle ne voulut pas savoir ce que c'était. Elle ne voulut même pas savoir ce qu'elle avalait depuis des jours. Elle ne vit qu'une chose, sur chaque boîte, sur chaque tube : Mondiolabo.

Nadia se mit à déchirer la nuisette en longues bandes de tissu fin.

Mlle Truchaux n'allait pas être contente mais Nadia s'en moquait. Car Mlle Truchaux était de la même marque que la nuisette Miss C., que la télé Mondiotronic, que les médicaments Mondiolabo, que le dentifrice Mondémail ou les draps Mondousatin. Mlle Truchaux était une MC.

Il faisait chaud. Par sa fenêtre, Nadia voyait qu'un soleil magnifique illuminait le parc. Mais il en fallait plus que ça pour que Mlle Truchaux renonce à son voile et à sa longue robe.

— Alors, ce petit tour dans le parc ? demanda-t-elle en montrant son éblouissante denture frottée au Mondémail. On est prête ?

Nadia fit signe que oui.

— Il faudra m'aider un peu, dit-elle en se redressant dans son lit.

— Bien sûr, mon enfant. Prenez mon bras.

Nadia posa la main sur le poignet droit de Mlle Truchaux. Le serrant bien fort, elle se hissa et quitta le lit. À présent, elle était debout, juste derrière sa bienfaitrice. Elle n'avait pas lâché son poignet.

— Nadia ? Qu'est-ce que vous faites ?

Ce qu'elle faisait ? Elle tordait lentement le bras de Mlle Truchaux... elle faisait monter derrière son dos le poignet qu'elle tenait toujours aussi fermement.

— Nadia, cessez, voyons !

Sentant sa main à la hauteur de l'omoplate, Mlle Truchaux ne disait plus rien, paralysée par la stupeur.

— Parfois, c'est l'épaule qui cède, parfois c'est le bras qui casse, dit Nadia. Dites-moi votre préférence. Ze sais faire les deux.

— Vous êtes folle !

— Oui, admit Nadia, folle à lier.

Mlle Truchaux récupéra in extremis son sourire jovial et son ton enjoué.

— Parlons, si vous voulez, proposa-t-elle. Je suis prête à tout pour vous aider, Nadia, vous le savez bien.

— Ze sais qui vous êtes. Vous êtes une MC.

— Une quoi ?

Nadia donna une petite secousse et la représentante de la Croix-Rouge laissa échapper un cri de douleur.

— Ze crois que c'est le bras qui va casser, dit Nadia. L'os n'a pas l'air très solide.

Elle fit s'agenouiller sa victime sur le bord du lit.

— Vous allez faire ce que ze vous dis. Tirez le drap, à droite de l'oreiller.

Mlle Truchaux obtempéra. Sous le drap, il y avait une quinzaine de pilules bleues et de gélules rouge et vert.

— Prenez-les, dit Nadia, et avalez tout.

— C'est ridicule ! Nadia, enfin... aïe !

— Dépêchez-vous !

Nadia força un peu plus sur le bras de Mlle Truchaux.

— Nadia, c'est dangereux, je ne peux pas avaler tous ces médicaments.

— Ze suis folle, mademoiselle Truchaux. Quand z'ai une crise, z'adore casser des bras. Allez ! Vite ! Et veuillez m'excuser, ze les ai un peu sucés.

Mlle Truchaux tenait à son bras droit. Avec sa main gauche, elle attrapa quelques pilules et les engloutit.

— Encore, dit Nadia. Il y a un verre d'eau sur la tablette.

Quand toutes les pilules et toutes les gélules eurent disparu, Nadia tira de la poche de son peignoir les lambeaux de la nuisette.

— Ouvrez la bouche, ordonna-t-elle. Rassurez-vous, cette fois, ze ne vous demande pas d'avaler.

Nadia coucha Mlle Truchaux sur le lit, réduite au silence et les mains liées derrière le dos. Ensuite, elle attendit. Elle savait que personne n'entrait jamais dans la chambre pendant les visites de la dame de la Croix-Rouge. Les drogues mirent plus d'une demi-heure à faire leur effet. Mlle Truchaux endormie, Nadia lui détacha les mains et entreprit de la déshabiller. Puis elle fouilla le petit sac noir de sa visiteuse et y préleva tout l'argent qui s'y trouvait.

Quelques instants plus tard, elle quittait la chambre, vêtue d'un voile et d'une robe trop longue pour elle.

— Au revoir, mademoiselle.

Nadia adressa un petit signe de tête à l'infirmière qui la regardait traverser le couloir depuis le seuil du local réservé au personnel. Plaquant le voile de la main contre sa joue, elle poursuivit son chemin jusqu'à l'escalier. Il n'y avait qu'un étage, elle le savait.

Elle pressa le pas en passant devant le comptoir de l'accueil et fila au hasard à travers le parc. Bientôt, elle franchit une grille et se retrouva sur une route de campagne.

Nadia ignorait où elle se trouvait. De plus, ses jambes n'allaient pas la porter très longtemps. Alors, elle se planta près d'un croisement et leva le pouce.

Deux camions et une douzaine de voitures passèrent sans ralentir. La voiture rouge, elle aussi, sembla devoir poursuivre son chemin. Sans doute le conducteur fut-il pris de remords. Il freina et revint en marche arrière. Nadia cligna les yeux, croyant à une mauvaise blague. La voiture rouge était un cabriolet. La portière s'ouvrit, poussée par un homme d'une trentaine d'années, au long nez et aux yeux rapprochés. Stéfano ! Le bellâtre qui avait dénoncé Nadia comme terroriste.

— Montez, ma sœur.

Il était trop tard pour fuir. Nadia prit place, rabattant le voile sur son visage.

— Où allez-vous ?

Nadia chercha ses mots. Contrefaire sa voix, oui. Mais surtout, surtout ne pas se trahir en zézayant.

— À... à la ville la plus proche.

— Lausanne ?

— Oui, parfait.

Stéfano émit un petit rire.

— Je m'étais pourtant promis de ne plus jamais prendre d'auto-stoppeurs. Et encore moins d'auto-stoppeuses ! Mais on peut faire une exception pour les religieuses. Là, on ne risque rien, hein ?

— Non.

Stéfano roula pendant une minute en silence.

— Vous voulez savoir pourquoi... pourquoi je ne prends plus d'auto-stoppeuses ?

— Oui, fit Nadia d'une voix à peine audible.

Stéfano ne poursuivit pas tout de suite, comme pour laisser s'installer le suspense.

— Vous n'allez jamais me croire, si je vous raconte. Pourtant, je vous jure que c'est la vérité vraie !

— Ne zu... ne churez pas, mon fils.

Nadia se mordit les lèvres mais Stéfano n'avait rien remarqué.

— Pardon, ma sœur. Eh bien voilà. L'autre jour, j'aperçois deux gonze... deux filles sur la route de Gruyères. Il y en avait une, mais alors la super canon avec des nich..., enfin, très jolie, quoi.

— Et l'autre ? questionna Nadia, intéressée.

— Bof, pas vilaine. Mais dans le genre coincé. Je veux dire : sérieuse.

Nadia commençait à sentir l'indignation monter en elle.

— Vous n'aimez pas les filles sérieuses, mon fils ?

— Non... enfin, si ! s'embrouilla Stéfano. Mais attendez que je vous raconte la suite. J'ai vu immédiatement que ces deux filles étaient bizarres...

Nadia écouta le récit de Stéfano, pensant avec soulagement : « Je ne délirais pas, mes souvenirs sont exacts. »

— Voilà, conclut Stéfano, je suis tombé sur deux terroristes et j'en fais des cauchemars toutes les nuits. J'ai pris vingt ans d'un coup. Pourquoi ça m'est arrivé à moi, hein, pourquoi ? Votre bon Dieu a la réponse à ça, ma sœur ?

Nadia tenait sa vengeance :

— C'est pour que vous donniez un autre sens à votre vie, mon fils. Le sexe sans l'amour, c'est comme un cabriolet qui ne serait pas décapoté.

Stéfano haussa les sourcils de surprise mais ne trouva rien à répliquer. Puis, sans doute déjà sur le chemin du repentir, il alla jusqu'à faire un détour pour déposer Nadia devant la gare.

CHAPITRE IX

AMOUR TOUJOURS

Mme de Molenne avait réagi comme Emmé l'aurait fait en pareilles circonstances. Elle avait mis de l'eau à chauffer pour le thé. Samir était assis sur la chaise de la cuisine. À intervalles réguliers, il se frottait la figure à deux mains puis se tirait les cheveux sans y puiser de réconfort particulier. Il avait déjà raconté deux fois son histoire à Jean-Hugues et à sa mère.

— C'étaient deux flingués, ces types du MIB, dit-il. Ils m'ont embrouillé la tête et je les ai aidés à tuer ma sœur.

Il renifla puis se frotta vigoureusement le visage.

— Elle est dans le coma ? se fit préciser Jean-Hugues.

— Ouais. Elle peut même plus respirer toute seule.

Malgré tous ses efforts, Samir se remit à pleurer. Il lui semblait entendre encore le rire de Lulu quand ils jouaient avec son koala en peluche.

— Je crois qu'ils vont la débrancher, ajouta-t-il. Le docteur avec des lunettes noires, il veut trop s'en débarrasser. Et y a personne pour la défendre.

Il se désigna comme si lui-même comptait pour rien et répéta :

— Personne.

— C'est scandaleux ! s'indigna Mme de Molenne. Mais moi, j'irai, Samir...

Elle se tut. Natacha venait d'apparaître dans l'encadrement de la porte. Samir poussa un cri d'effroi. Il ne l'avait pas revue depuis la nuit dans le bunker.

— Elle... elle est là, balbutia-t-il. Ça marche encore, son machin ?

Le dégom-laser était au repos dans le dos de Natacha.

— Elle est gentille, dit Jean-Hugues.

Puis il se tourna vers Natacha :

— C'est Samir. Samir est un allié.

— Samir a de l'eau sur le visage, remarqua Natacha.

Le garçon passa le revers de la main sur ses joues.

— Ce sont des larmes, expliqua Jean-Hugues. Samir pleure.

— Jean-Hugues pleure aussi, se souvint Natacha.

Le jeune homme rougit un peu.

— Oui, ça m'arrive. Quand je suis triste.

— Samir est triste, déduisit Natacha.

Jean-Hugues lui jeta un regard admiratif.

— Tu as vu, maman, comment elle raisonne vite, maintenant ?

— Oui, mon chéri, approuva Mme de Molenne, qui ne put s'empêcher de penser qu'un enfant de trois ans en faisait autant.

— Pourquoi Samir est triste ? demanda Natacha comme l'aurait fait l'enfant de trois ans en question.

— Joke est mort, expliqua Samir. Il était connecté avec ma sœur. Et maintenant Lulu n'a plus la Force. Elle va mourir.

— Lulu, nombre de vies restantes : zéro, commenta Natacha de sa voix de robot.

— Elle suit super bien la conversation, souligna Jean-Hugues.

Sa mère lui jeta un regard exaspéré. Mais Samir commençait à considérer autrement Natacha.

— Dites, heu, madame...

— Natacha, lui souffla Jean-Hugues.

— Natacha, s'enhardit Samir, est-ce que tu... est-ce que Joke pourrait ressortir de l'ordinateur ?

— Alias est le maître, lui répondit Natacha. Alias décide.

— Mais on ne peut pas le prévenir, remarqua Jean-Hugues.

À peine eut-il prononcé cette phrase qu'il comprit son erreur. Si, on pouvait prévenir Alias. Mais Jean-Hugues n'avait pas du tout l'intention de dire comment.

— Je vais transférer les données, fit soudain Natacha.

Jean-Hugues en eut le souffle coupé. La puissance de raisonnement de Natacha était bien plus grande que ce qu'il avait supposé.

— Alliée Maman, dit Natacha, donne-moi de l'eau.

— Ne l'écoute pas, s'affola Jean-Hugues.

— Mais c'est formidable, comme idée ! s'écria Mme de Molenne. Natacha va retourner dans l'ordinateur et demander à Alias de laisser ressortir Joke.

Jean-Hugues tapa du poing sur la table, faisant tressauter tasses et petites cuillères.

— Il n'en est pas question. Natacha n'a plus que deux vies.

Samir se redressa brusquement. Il hurla :

— Et Lulu, elle en a zéro !

Mme de Molenne prit le contrôle de la situation. Elle félicita Natacha qui sacrifiait une de ses vies pour sauver celle de Lulu. Puis elle se tourna vers Jean-Hugues qui secouait farouchement la tête.

— Non, non, je ne veux pas. Natacha va se retrouver à la MC. Je ne veux pas.

Mme de Molenne jeta un regard peiné à son fils. Un robot comptait plus pour lui qu'une petite fille.

Samir profita du débat entre adultes pour attraper la petite casserole d'eau sur la cuisinière. Il la posa tout doucement sur la table. Natacha le suivait du regard. Samir joignit les mains dans un geste d'imploration. Avant que Jean-Hugues ait le temps d'intervenir, Natacha avait touché l'eau. Elle poussa un cri de surprise puis analysa de sa voix métallique :

— Armure d'invincibilité opérationnelle à 80 %.

Jean-Hugues lui avait gagné dans le jeu une armure d'invincibilité. Jusqu'à présent, elle n'avait pas fonctionné.

Mais Natacha gémissait bizarrement. Elle tendit vers Jean-Hugues la main qu'elle avait plongée dans l'eau. La peau en était rougie.

— Alt F4, dit-elle, le regard paniqué. Alt F4.

Jean-Hugues lui prit la main. Natacha s'était brûlée et était en train de découvrir la douleur.

— Tu as mal ?

— Supprimer mal, répondit Natacha.

— Passe-lui la main sous l'eau froide, conseilla Mme de Molenne en ouvrant grand le robinet.

Jean-Hugues laissa faire.

— Armure d'invincibilité opérationnelle à 70 %, analysa Natacha.

Jean-Hugues coupa brusquement l'eau. Natacha semblait de moins en moins protégée.

— Il faut beaucoup d'eau pour tuer Natacha, dit-elle.

— On n'a qu'à remplir la baignoire ? proposa timidement Samir.

Jean-Hugues se mit à bégayer :

— Je t'interdis, je t'interdis de... Je... J'aime Natacha et personne n'a le droit de... de...

Il se tut. Il avait honte. Il chercha un secours du côté de Natacha. Elle fit écho à sa déclaration :

— Natacha aime Jean-Hugues.

Il sourit, soulagé. Elle l'aimait, donc elle resterait avec lui.

— Mais Natacha va sauver petite d'homme, ajouta-t-elle.

Il y eut dans la cuisine un silence solennel. Le robot venait de donner à Jean-Hugues une leçon d'humanité.

— Natacha est triste, murmura-t-elle.

— Elle est merveilleuse ! s'écria Mme de Molenne, enfin conquise.

Jean-Hugues comprit qu'il devait se montrer à la hauteur de son amour.

— Viens, dit-il à Natacha.

Il lui tendit la main et tous deux se rendirent dans la salle de bains.

Ils regardèrent couler l'eau. Dans quelques instants, ils le savaient, ils seraient séparés. Jean-Hugues s'appuya à la porte verrouillée et, la tête légèrement renversée, les yeux dans le vague, il laissa parler son cœur :

— Natacha, avant que tu... que tu partes, je veux te demander pardon. Quand je t'ai créée, j'étais un mec un peu con. Je voulais juste une blonde avec des gros seins.

Il eut un rire que les sanglots étouffèrent.

— Je ne savais pas que j'allais t'aimer. Tu es... tu es ma première fois.

Il la regarda. Comment aurait-elle pu le comprendre ? Lui-même savait à peine ce qui se passait en lui.

L'eau montait. Machinalement, il y plongea la main pour en vérifier la température. Ni trop chaude ni trop froide. Qu'au moins elle ne souffre pas. Il lui semblait faire les préparatifs d'un sacrifice à quelque dieu barbare nommé Alias.

— Voilà, dit-il en fermant le robinet.

Natacha posa un doigt sur les lèvres de Jean-Hugues. C'était sa manière de demander. Il la serra contre lui, l'embrassa puis la repoussa.

— Sauve Lulu.

Il sentait venir l'évanouissement comme un voile descendant sur ses yeux. Elle porta les mains à son cœur :

— Mal, dit-elle.

Ils s'aimaient, lui le joueur et elle la guerrière.

Alors, elle entra dans l'eau jusqu'aux genoux. Un grand frisson la saisit. Elle se prit elle-même dans ses bras.

— Armure d'invincibilité opérationnelle à 30 %...

Lentement, elle s'accroupit.

— 20 %, 15 %...

Elle jeta un regard à Jean-Hugues. On y lisait la peur et le refus. Elle cria :

— Non !

Une explosion. Puis plus rien.

Jean-Hugues se laissa glisser le long de la porte jusqu'au sol carrelé.

— Natacha, murmura-t-il une dernière fois.

CHAPITRE X

UN BMW, ÇA VA...

Après deux jours et deux nuits passés en cellule, Albert était content de se retrouver dans le bureau de BMW aux Quatre-Cents. Les mains dans les poches, il promenait un regard goguenard autour de lui. Sur le tableau d'honneur des caissières figurait la photo de l'une d'elles, Soraya, élue fin 2001 reine du passage à l'euro.

Inscrites en grandes lettres sur des banderoles de papier, des maximes résumaient la philosophie de la maison : « Vendre c'est vivre » et « Un bon chariot est un chariot plein ».

— Celle-là est gratinée, dit Albert en tapant du doigt sur « Un rayon sans promotions, c'est comme un soleil sans rayons ».

— Je ne vous ai pas fait venir ici pour que vous ironisiez sur le management de mes magasins, fit dans son dos la voix glaciale d'Orwell.

Albert était parvenu à ses fins. Il avait réussi à convaincre Orwell de déplacer l'ordinateur bleu. La machine trônait à présent sur le bureau de Martin-Weber.

Créer un golem était une chose, avait-il expliqué à Orwell, le récupérer en était une autre. Si la créature s'éloignait de l'ordinateur et se mettait à vagabonder, elle risquait d'échapper à tout contrôle. Puisque l'expérience consistait à observer le comportement d'un BMW bis, il fallait la mener là où le gérant évoluait habituellement : au Mondiorama.

Orwell se méfiait d'Albert et de tout ce qu'il disait. Il avait donc pris ses précautions. Trois types armés rôdaient dans le Mondiorama. Bernard Martin-Weber pouvait voyager en paix. Son magasin était bien gardé.

À cet instant précis, BMW, le vrai, songeait avec délice : « Quand même, ma vie a changé. Depuis que je suis membre du conseil d'administration, c'est autre chose ! »

Il roulait en plein cœur de Paris dans une limousine noire, conduit par un chauffeur à casquette. Dans sa poche, il y avait un billet de train. Première classe, naturellement.

Sa destination : Tripotard-sur-Meurdre. Sa mission : voir s'il était envisageable de racheter (pour une bouchée de pain) les anciens bâtiments industriels Toulinex afin d'y créer un MC Center. Un complexe comprenant un Mondiorama, un Mondiociné et un MC Quick.

Malgré tout, un détail le turlupinait.

— Vous en conduisez souvent, des membres du conseil d'administration ? demanda-t-il au chauffeur.

— Oui, monsieur.

— Et est-ce qu'ils se rendent parfois dans des endroits comme Tripotard-sur-Meurdre ?

— Jamais, monsieur.

« C'est bien ce qu'il me semblait, se dit Martin-Weber. La tâche qu'on m'a confiée n'est pas vraiment digne d'un membre du CA. C'est que je débute... »

— Puis-je vous déposer là, monsieur ?

La limousine s'était arrêtée devant les verrières de la gare du Nord. BMW faillit demander au chauffeur s'il n'avait pas l'habitude d'accompagner les membres du CA jusqu'au quai, en portant leur mallette.

— Oui, c'est bien, marmonna-t-il.

En descendant, Martin-Weber prit soudain conscience que personne ne lui avait parlé du retour. L'attendrait-on à la gare ? Rien n'était moins sûr.

« Finalement, pesta-t-il intérieurement, ma vie n'a pas tellement changé. »

Dans la gare, son œil fut attiré par les panneaux lumineux : TRAFIC PERTURBÉ. Simultanément, une voix métallique apportait à ses oreilles la même information : « *En raison de mouvements sociaux, le trafic subira d'importantes perturbations...* » Incrédule, BMW marcha jusqu'au quai numéro 8.

Deux larges banderoles l'attendaient. L'une disait : « Les 32 heures tout de suite. » Et l'autre : « Les cheminots avec les Toulinex. » Martin-Weber cracha un juron. C'était foutu pour Tripotard-sur-Meurdre. Et, naturellement, le chauffeur s'était empressé de le planter là.

Avec un peu de chance, le RER serait en grève, lui aussi.

Le BMW qui trépignait sur le quai numéro 8 se croyait seul et unique en son genre. Pourtant, à quelques kilomètres de là, une créature qui lui ressemblait trait pour trait souriait sur l'écran de l'ordinateur bleu.

Albert sentit que quelque chose le liait à Orwell : la même curiosité, la même envie de réussir. Il lui déplaisait d'avoir quoi que ce soit en commun avec le maître de la MC. Mais il ne pouvait résister à l'excitation du moment. Pour la première fois, lui, il allait faire sortir une créature de la boîte magique. Et ce n'était que justice. De quel droit un tel privilège aurait-il été réservé au petit prof ?

Lorsqu'un fin quadrillage enveloppa la silhouette du golem Martin-Weber et qu'un rayon jaillit soudain de l'écran, Albert éprouva la fierté du créateur. Golem était son jeu et l'ordinateur lui appartenait. Près de lui, Orwell brandissait un ridicule petit pistolet transparent. Un jouet d'enfant, qu'il avait empli d'eau.

— Ça marche, chuchota Orwell, ça marche !

Le pistolet à eau tremblait au bout de son bras. L'ordinateur travaillait dans un bruit de soufflerie. Progressivement, le quadrillage s'estompa et la silhouette prit de la densité. Bientôt, l'hologramme flottant au-dessus du sol se mua en une incarnation convaincante du gérant, aux pieds bien plantés sur la moquette. Seul un détail clochait. Sur le front dégarni, quatre lettres se détachaient : EMET.

— Les gens ne vont voir que ça, dit Orwell. Donnez-lui la casquette.

Albert jeta la casquette Mondiorama au golem, qui l'attrapa avec habileté.

— Mets la casquette, ordonna Albert sur le ton dont il aurait dit « couché » à son chien.

— Trop cool, dit BMW bis en vissant la casquette sur sa tête.

— Non ! s'écria Orwell. Pas comme ça.

Le golem avait mis la casquette à l'envers, visière sur la nuque, façon djeun.

— Cool, *man*, le calma BMW.

Il sourit niaisement, montrant un croissant de dents semé d'étincelles, et posa la main sur la poignée de la porte comme s'il souhaitait s'en aller. Orwell ne s'affola pas, la porte était fermée à clef. Mais BMW passa au travers, s'éparpillant en milliards de pixels.

— On s'éclate, les keums, dit-il, une fois de l'autre côté.

Orwell lança à Albert un regard paniqué :

— C'était prévu, ça ? Pourquoi a-t-il le pouvoir de traverser les cloisons ?

Albert eut un rire insouciant.

— Vous ne trouvez pas ça épatant ?
— Crétin, fit Orwell entre ses dents.

Le magasin était calme en ce mercredi matin. Quelques gosses en liberté lorgnaient dans les rayons les sachets de Morvenbar (une nouveauté qui démarrait mollement) et s'encourageaient mutuellement à les voler.

— P'tain, le proprio ! s'exclama l'un d'eux.

BMW avait surgi brusquement, tout sourire et le front estampillé.

— Hé ! les keums, fit-il d'une voix qui hésitait entre Robocop et caillera. Il est pas cool, le rangé avec sa sketka ?

Les gosses restaient médusés.

— Il est pas cool, le rangé du Maradiomon ? insista le golem.

Puis tentateur :

— Vous voulez de la pâte à prout ?

Les mômes reculèrent comme s'ils avaient vu apparaître le diable.

— C'est interdit, ça, m'sieur.
— C'est de la merde, la p à p.

Un peu plus loin, au rayon des produits ménagers, une grosse dame enveloppée dans un châle comparait les étiquettes, un convertisseur d'euros à la main. Le vrai BMW aurait reconnu la redoutable Mme Balthazar, qui avait été honteusement éliminée du concours « un week-end de rêve à Mondioland ». Son golem se contenta de lui glisser :

— Vous voulez de la pâte à prout ?

Mme Balthazar lui jeta un regard indigné, murmurant :

— Décidément, ce type est dérangé.

Ce qui provoqua l'inévitable :

— Il est pas cool, le rangé ?

Malgré la chaleur, la cliente serra le châle sous son menton.

— Un pervers, chuchota-t-elle en s'éloignant. Un vieux pervers.
— Djeun ! riposta le golem.

Au rayon des produits frais, une jeune femme vantait au micro les charmes des artichauts de Bretagne.

— Pleins feux sur notre produit du jour, disait-elle. L'artichaut est-il meilleur froid que chaud ? En tout cas, il est en promotion pour encore une demi-heure. Ah, j'aperçois notre gérant qui a sûrement une nouvelle promo...

La jeune femme resta bouche ouverte. Elle venait de voir les quatre lettres frappant le front du golem. Passant le revers de la main sur son propre front, elle lui fit signe de s'essuyer. Mais BMW s'approcha d'elle et proposa dans le micro :

— Vous voulez de la pâte à prout ?

Albert et Orwell suivaient les déplacements du golem sur les écrans de contrôle qui permettaient à BMW de surveiller les clients.

— Il a besoin de quelques petits réglages, nota Albert, sans cacher son amusement. Il a encore quatre vies pour se perfectionner.

Orwell ne semblait pas prendre plaisir au spectacle.

— Il faut le récupérer. Comment comptez-vous faire ?

Albert haussa une épaule.

— Vous ne savez pas ? s'irrita Orwell. Alors, vous faites n'importe quoi ! Dites-le, c'est n'importe quoi !

— La golémisation des gérants n'est pas une science exacte.

Le ton détaché d'Albert mettait Orwell hors de lui.

— Je veux des golems à ma botte, martela-t-il, des golems qui m'obéissent, je veux un monde peuplé de golems dont je serai le maître, des golems qui tueront sur un simple signe...

Albert le regarda avec intérêt. Telle était donc l'ambition d'Orwell, devenir le commandant en chef d'une armée de zombies.

— Je veux des golems qui remplaceront tous ces incapables dont je suis entouré !

— Vous avez raison, l'approuva Albert. Moi aussi, je préfère la version golem de BMW. Nettement plus drôle.

— Débrouillez-vous pour le récupérer, ordonna Orwell. La plaisanterie a assez duré. Et la prochaine fois, je veux une réplique parfaite. Raciste, pingre et chiant. Comme notre ami Martin-Weber.

La porte du bureau s'entrouvrit.

— On parle de moi ? dit une voix.

Les deux hommes se retournèrent. Martin-Weber leur souriait d'un air embarrassé, sa mallette à la main.

— Vous n'êtes pas à Tripotard ? s'étonna Orwell.

— Grève des cheminots, répondit BMW. Je t'enverrais la troupe, moi, pour remettre tout ça au travail !

— Le vrai est amusant aussi, remarqua Albert.

À ce moment, du petit haut-parleur situé sur la console surgit une voix que Martin-Weber ne pouvait manquer de trouver familière.

— Vous ne voulez pas de la pâte à, de la pâte à prout, prout, djeun et cool.

Le golem s'emmêlait les circuits. Orwell fit un geste pour empêcher le gérant d'approcher. Mais trop tard. BMW avait aperçu sa propre image sur l'écran de contrôle.

— Qu'est-ce que c'est ? bredouilla-t-il. D'où il sort, ce... ce...

— Ce n'est rien, fit Orwell, le ton cassant. Une petite expérience. Un sosie. Voilà. Un sosie.

— Il vient par ici ! s'exclama Martin-Weber. Je ne veux pas le voir... je ne peux pas...

Le golem se dirigeait vers le bureau du gérant, peut-être rappelé par Alias. Un sourire cruel naquit sur les lèvres d'Orwell.

— J'ai inventé un nouveau jeu, dit-il. Je vous préviens, il n'y a qu'un gagnant.

Le golem entra dans le bureau comme il en était sorti, sans se donner la peine d'ouvrir la porte. Martin-Weber le regarda se reconstituer d'un œil effaré.

— Mais comment il fait ? Mais c'est impossible...

— Un seul gagnant, rappela Orwell.

Il se tenait au centre de la pièce comme un arbitre au milieu du ring. À sa droite, Bernard Martin-Weber, livide. À sa gauche, le golem, hideusement marqué au front. Il n'en fallut pas plus pour que le mauvais fond d'Albert refît surface.

— Cent euros sur le golem, paria-t-il.

Orwell lui jeta le regard méprisant de l'homme qui ne saurait parier qu'à coups de millions de dollars. De sa poche droite, il sortit le petit pistolet à eau et le tendit à BMW.

— Et pour que la lutte soit à armes égales...

De son autre poche, il sortit un revolver argenté qu'il lança au golem.

— Vous êtes fou ! protesta Albert.

BMW contempla, incrédule, le jouet qu'il avait en main.

— Battez-vous, Bernard, l'encouragea Orwell. À la MC, il n'y a place que pour les vainqueurs !

Le golem, l'air ravi, brandit son arme en direction de BMW :

— Trop cool. *Ratatata !*

Cette première rafale était une simple onomatopée. La suivante ne serait peut-être pas aussi inoffensive.

— Pitié, murmura Martin-Weber en s'abritant derrière son fauteuil directorial.

— Tirez, mais tirez ! lui cria Albert. L'eau le fait disjoncter.

Martin-Weber pressa la petite crosse de plastique transparent. La misérable giclée d'eau fit ricaner Orwell.

— Pas sur la moquette, dit-il. Vous êtes trop loin. De l'audace, mon vieux !

Mais le gérant n'eut pas l'occasion de se montrer audacieux.

Le golem était plus vif que lui. En deux bonds, il contourna le fauteuil.

— Arrêtez ! hurla Albert. Arrêtez ça, Orwell !

Le golem pressa la détente. *Clic.* Recommença, dépité. *Clic, clic.* Dans une folle envie d'en finir, Martin-Weber se rua sur son double. Avant de l'étreindre, il eut le réflexe d'appuyer sur la crosse de son pistolet. Il ne restait plus que quelques gouttes d'eau mais ce fut suffisant. Le golem explosa et la déflagration envoya BMW s'écraser contre le tableau d'honneur des caissières.

— Il est électrique, murmura-t-il avant de s'effondrer.

Orwell ramassa son revolver et adressa un sourire narquois à Albert. Puis, sortant une à une les balles de sa poche, il rechargea son arme.

Quelques instants plus tard, deux gardes appelés sur leur portable entrèrent dans le bureau.

— Dégagez ça, leur ordonna Orwell en donnant un coup de pied dans le corps inerte du gérant. À l'hôpital des Quatre-Cents.

Il y avait là-bas un docteur à lunettes noires qui saurait s'en occuper. Les deux hommes soulevèrent BMW, toujours sans connaissance, et quittèrent le bureau, l'un soutenant la tête, l'autre portant les pieds. Albert suivit le cortège d'un sombre regard.

Un crépitement de machine à écrire le fit se retourner vers l'ordinateur. Alias faisait le constat réglementaire :

GOLEM BMW

```
Taille ...............................à l'échelle
Motricité ............................bonne
Vision ...............................bonne
Audition .............................bonne
Sensation ............................médiocre
Matérialisation ......................médiocre
Armement .............................néant
Armure d'invincibilité ...............néant
Nombre de vies restantes .............4
```

CHAPITRE XI

GAME OVER

Immobile sur l'écran, le nouveau golem Martin-Weber attendait qu'on lui donne vie. Albert et Orwell étaient penchés sur lui comme deux méchantes fées sur un berceau.

— Je ne veux pas vous décourager, Orwell, mais on ne pourra jamais égaler la bêtise de l'original.

— Rassurez-vous, mon projet n'est pas...

Orwell laissa sa phrase en suspens puis reprit d'un ton âpre :

— À quoi ça sert de posséder la moitié de la planète si un robot peut vous frapper en plein cœur, hein ? Ce qui s'est passé à Gruyères ne doit plus se reproduire. Plus jamais.

Orwell plaça sous le nez d'Albert un dessin qui semblait sorti d'une bande dessinée. On y voyait un personnage tout en muscles, au front bas et au menton carré. Il portait un pagne en peau de bête, que complétaient une cartouchière et une Kalachnikov. C'était quelque chose entre Tarzan et Rambo.

— Je veux deux mille Mondialitor. Deux mille brutes qui n'aient qu'un seul maître : moi.

— Vous savez quoi ? Je me demande si les jeux vidéo n'ont pas une mauvaise influence sur vous.

Orwell eut un geste agacé.

— Assez bavardé. Sortez-moi notre nouveau BMW. Qu'est-ce que vous avez ?

Albert avait tressailli. Vite, il s'empara de la souris et fit disparaître de l'écran le tableau qui venait de s'afficher : `GOLEM NATACHA`. Sur la dernière ligne, après `Nombre de vies restantes`, avait-il bien vu le chiffre 1 ? Une seule vie restante pour Natacha ?

— Albert ? s'impatienta Orwell.

— Je suis prêt, répondit Albert.

Sur l'écran, le golem BMW attendait toujours. « Que s'est-il passé ? songea Albert. Cet imbécile de Jean-Hugues n'est donc pas capable de veiller trois jours de suite sur l'amour de sa vie ? »

Albert s'efforça de maîtriser le tremblement de ses mains. Il se sentait troublé à l'idée que cette fille si belle, si dangereuse se trouvait à présent *là-dedans*. Pour une raison inconnue, Natacha avait réintégré son petit cercueil électronique.

Ce n'était pas le moment de se mélanger les pinceaux. Albert avait une manipulation à accomplir. Il réservait une surprise à Orwell. Le golem BMW n'était qu'un leurre. Une image inerte qu'Albert avait placée en guise de premier plan. Le véritable fruit de son travail se situait juste au-dessous. Dans quelques secondes, le masque allait tomber.

Tandis qu'il achevait d'entrer le nom de Caliméro, Albert faillit succomber à une bouffée de panique. *Et si Alias n'en faisait qu'à sa tête ? Et s'il ignorait les instructions ? S'il libérait Natacha ?*

L'ordinateur émit son ronflement caractéristique, annonçant qu'il se mettait à l'ouvrage. Presque aussitôt, le faisceau jaillit, poussant dans un bouillonnement lumineux une impalpable silhouette. Désormais, le processus était d'une rapidité à couper le souffle. Orwell n'eut pas le temps de crier sa stupeur que déjà la créature se tenait devant lui, aussi évidente que la chair et l'os, aussi parfaite qu'un reflet dans le miroir.

— Qu'est-ce que c'est que ça ?

— Mais... c'est vous, Orwell.

Alias avait scanné le maître de la MC quand il était passé sous le portique, le jour du conseil d'administration.

— Faites-moi disparaître ça ! paniqua Orwell.

Un mélange de fureur et de répulsion lui déformait les traits tandis que son golem demeurait impassible au milieu de la pièce. Albert en avait fait le plus servile des domestiques, n'ayant que deux phrases pour tout bagage : « Tout va bien » et « Les choses vont changer ». Un instant, Orwell hésita, ne sachant plus s'il devait régler son compte à Albert ou au golem. Albert s'élança sur lui et referma le bras autour de son cou.

— À moi, au sec...

Le cri s'étrangla dans la gorge d'Orwell.

— Taisez-vous ou je serre...

— Vous n'irez pas loin, haleta Orwell.

— Mais si... Vous n'avez pas compris ? Votre golem est programmé pour obéir. Nous allons sortir ensemble, lui et moi. Vos hommes ne s'y opposeront pas. Ensuite, j'ai des projets pour lui. Peut-être va-t-il me nommer à la tête de la MC ?

Albert poussa un hurlement de douleur. Orwell venait de lui frapper le tibia d'un coup de talon, de toutes ses forces. Profitant du bref relâchement de l'étreinte, le maître de la MC se dégagea. Au bout de ses doigts brillait le canon argenté de son arme. Il jeta un regard mauvais en direction de son jumeau.

— Tout va bien, lui dit aimablement celui-ci.

— Je n'ai plus besoin de vous, Albert, pour faire et défaire des golems, dit Orwell. Vos opérations sur le clavier de l'ordinateur ont été enregistrées. Je les ferai analyser. Savez-vous ce qui me gâche mon plaisir ?

Albert fit signe que non, d'un lent mouvement de la tête.

— C'est que personne ne vous regrettera.

Le revolver se mit à monter doucement, du plexus vers le cœur, du cœur vers le front. Orwell cherchait où loger sa balle. Albert fit une dernière tentative pour sauver sa peau :

— Alias ne collabore pas avec le premier venu. Vous avez encore besoin de moi, Orwell.

— Jamais je ne pourrai vous faire confiance. Adieu, Albert.

« Ça y est, c'est fini », se dit Albert. Il ferma les yeux. Puis les rouvrit aussitôt. Une onde lumineuse venait de frôler ses paupières closes. Était-ce donc cela, la mort ?

Mais non, c'était le faisceau. Un bref instant, Albert crut que l'ordinateur avait décidé de ramener le golem au bercail. Erreur. Celui qui se débattait, l'air épouvanté, dans la grande tranche de lumière, était le véritable Orwell. La fine résille électronique l'enveloppait. On l'aurait dit pris dans un filet. Comme dans l'arène, au temps des Romains, quand le rétiaire capturait son adversaire.

Orwell ouvrait la bouche, il devait hurler. Mais aucun son n'en sortait. Albert restait sur ses gardes. Alias allait forcément se rendre compte qu'il s'était trompé. Il allait libérer Orwell et jeter ses filets sur l'autre, la copie.

Il n'en fut rien. La silhouette d'Orwell rapetissa de façon fulgurante, tandis qu'un flux d'électrons l'emportait. Le maître de la MC traversa la vitre du moniteur aussi aisément que s'il avait fait un plongeon dans l'eau.

À présent, Albert savait qu'Alias ne s'était pas trompé. Alias ne commettait jamais d'erreur. Il avait pris celui qu'il désirait attraper. Puis Albert comprit autre chose.

— Merci ! lança-t-il à l'ordinateur.

Alias lui avait sauvé la vie.

Albert se pencha vers l'écran. Il reconnut les sombres paysages urbains de Golem City. Les enseignes y vantaient alcools et tabacs.

Les immeubles les plus hauts, les plus beaux étaient ceux de la Mafia. C'était le décor qu'Albert avait créé. Mais là, sur le trottoir, il y avait cette chose incroyable, un humain virtualisé. Incrédule, Albert toqua à l'écran. En vain. Réduit à quelques centimètres pixellisés, Orwell appartenait à l'autre univers. Il se retourna brusquement à l'approche de trois hommes. Sous la maigre lumière du réverbère, seules brillaient la lame des couteaux et quelques dents en or. Ils souriaient, sûrs de leur fait.

Orwell tenait toujours à la main le petit revolver à canon argenté. Il tendit le bras et tira trois fois. *Djin cling*, bonus : trois paquets de dollars à empocher. Albert se laissa tomber sur la chaise en face de l'écran. Les trois malfrats gisaient sur le bitume luisant de Golem City. Orwell s'était inséré dans le scénario du jeu vidéo. Et il gagnait. Une moto bleu et or s'arrêta à sa hauteur, conduite par le petit guerrier casqué.

— On y va, boss ? dit la voix de synthèse.

La moto s'arracha dans un bruit de tonnerre. Albert connaissait le tableau suivant. Le joueur se retrouvait devant Golem's Victory, le plus haut building de Golem City, là où attendait le golem. Orwell y pénétra. Dans le hall, un panneau lumineux dont les chiffres se modifiaient sans cesse indiquait aux visiteurs :

GOLEM CITY

Pop : 12 678 887
Aujourd'hui :
Temps : couvert
Indice de pollution : 8
Meurtres : 594
Attentats : 9

— Quel étage, monsieur ? demanda le liftier.

— Sixième, répondit Orwell.

Une petite sonnette tinta et le liftier annonça :

— Sixième étage. Murder Corporation.

La porte grillagée de l'ascenseur s'ouvrit. Avec l'instinct du joueur, Albert resserra la main sur la souris. Des tueurs de la Murder Corporation allaient surgir. Orwell en buta trois et empocha un nouveau bonus. Pour échapper à la Murder Corporation, il fallait gagner un escalier de secours. Orwell le savait et c'est ainsi qu'il accéda au septième étage. L'étage du golem.

Orwell parcourut les corridors jusqu'à la chambre 777, une lugubre chambre d'hôtel au lit défait. Les enseignes de la rue y projetaient une lumière brutale tantôt rouge tantôt verte. Au pied du lit, sur une carpette élimée, il y avait une tache blanche. Orwell s'en approcha et sortit un papier de sa poche. Albert crut y entrevoir le dessin de Mondialitor. Orwell espérait-il créer un golem ? C'était impossible sans l'aide du joueur, sans les quatre lettres du mot EMET tapées sur le clavier.

Orwell donna un petit coup de pied dans la tache blanche. Celle-ci s'étala sur la carpette puis se recontracta en une boule de pixels clignotants. La vie était là, en sommeil, attendant un nouveau rabbin Loeb. Orwell s'agenouilla et se mit à pétrir la boule. Il dégagea la forme de la tête puis étira deux bras, deux jambes. Il bâclait, il semblait pressé. À l'emplacement du front, il enfonça le doigt. Albert devinait à ses gestes ce qu'il faisait. Orwell était en train de tracer les lettres EMET, il était en train de donner vie au golem.

La porte de la chambre 777 qu'Orwell avait repoussée s'ouvrit alors lentement. Un instant, Albert eut la crainte un peu folle de voir entrer Alias. Orwell, aux aguets, dut entendre le grincement des gonds. Il fit face, l'arme au poing.

C'était Natacha. Sublime guerrière dans la lumière rouge sang. Effrayante semeuse de mort dans la lumière verdâtre. *Pwijj, pwijj*. Orwell tomba, frappé à la tête et au cœur par le dégom-laser.

— Non, souffla Albert, incrédule.

Le maître de la MC était-il mort pour de vrai ? Meurt-on de l'autre côté ? Albert eut à peine le temps de se poser ces questions. Le décor de la chambre disparut et laissa place à un tableau où s'inscrivaient noir sur blanc les

```
                    SCORES

ORWELL    : 0
CALIMÉRO  : MC Oil
            MC Supermarkets
            MC Research
            MC Quick...
```

Sous les yeux ahuris d'Albert, toutes les entreprises de la Mondial Company défilèrent, alignant leurs milliards d'euros. Alias offrait à son allié Caliméro toutes les richesses de la MC, y compris les comptes bancaires numérotés d'Orwell.

Puis le tableau s'effaça et le jeu revint à la petite chambre d'hôtel.

— Bonjour, toi, lui dit Natacha, la pose sexy, main sur la hanche.

Elle était seule dans la pièce. La souris à la main, Albert parcourut l'écran à la recherche d'Orwell. Il cliqua sur l'armoire comme l'y invitait une petite main. Mais elle ne contenait que quelques cintres. Il inspecta ensuite une commode. Rien. Orwell s'était volatilisé. La mort virtuelle est pire que la mort même. Orwell semblait n'avoir jamais existé. Ou bien était-il passé dans quelque autre décor ? Comme la flèche du curseur, une nouvelle fois, se transformait en une petite main, Albert cliqua étourdiment. Puis il fit un bond sur son siège.

— Merde !

Il avait ouvert la grosse porte en bois derrière laquelle la horde des Malfaisants attendait son heure.

— Mais putain, je le savais !

Furieux contre lui-même, Albert voulut se battre contre ces monstres qu'il avait créés, cyclopes, sorcières, hybrides de grenouille et de girafe, limaces à la bave empoisonnée, tous ces visqueux cauchemars que la porte ne cessait de vomir. Mais il eut beau cliquer et cliquer, il était impuissant. Seule Natacha pouvait lutter, arrosant l'ennemi d'un jet de feu. Mais déjà elle était encerclée et des bêtes la mordaient au talon. Les premiers projectiles atteignaient Natacha au visage. Le sang lui troublait la vue. Ou c'étaient des larmes.

— Elle pleure, elle pleure, balbutia Albert.

Natacha était en train de mourir. Les lettres EMET s'effaçaient une à une de son front. Le dégom-laser hoqueta puis se tut.

Albert détourna les yeux pour ne pas assister à la curée. Les bêtes dévoraient Natacha.

GAME OVER

Albert lança la souris contre l'écran.

— Tout va bien, fit une voix dans son dos.

Épouvanté, Albert se redressa. Orwell ! Orwell était là, souriant et répétant :

— Tout va bien.

Sur son front étaient inscrites les quatre lettres EMET. Un rire nerveux secoua les épaules d'Albert. Il avait oublié le golem qui s'était sagement déconnecté pendant toute la durée de la partie.

— J'ai de grands projets pour toi ! lui annonça Albert.

À quoi le golem répondit :

— Les choses vont changer.

CHAPITRE XII

SAUVEZ LULU !

L'appartement de Jean-Hugues affichait complet. Samir dormait sur le canapé du salon. Dans la journée, Majid et Sébastien le rejoignaient et, depuis vingt-quatre heures, une jeune femme exténuée se reposait dans la chambre de Mme de Molenne.

Cet après-midi-là, à l'heure du thé, on sonna à la porte. Mme de Molenne crut que c'était Emmé et elle s'empressa d'aller ouvrir. Elle s'entendait à merveille avec Mme Badach. Mais sur le palier, deux hommes attendaient la permission d'entrer. Mme de Molenne reconnut tout de suite Albert.

— Oh, mon Dieu, c'est vous !

— Tout va bien, dit l'homme qui accompagnait Albert.

Il avait l'air particulièrement aimable. Il portait un ordinateur.

— Entrez donc, lui dit Mme de Molenne. Vous êtes terriblement chargé...

— Tout va bien, répéta l'homme.

« Enfin quelqu'un qui va nous remonter le moral », songea Mme de Molenne.

— Jean-Hugues est allé faire une course, dit-elle. Posez l'ordinateur, monsieur.

Elle reconnut alors l'appareil de Jean-Hugues.

— Vous avez réussi à le récupérer ! s'exclama-t-elle.

— Les choses vont changer, dit l'homme.

— En effet, ça change tout, l'approuva Mme de Molenne. Est-ce que vous avez pu contacter Alias ?

Elle s'était tournée vers Albert mais ce fut son souriant compagnon qui répondit :

— Tout va bien.

Mme de Molenne marqua un petit temps d'étonnement puis enchaîna :

— Vous avez raison. *Think positive*, comme disent les Américains.

— Les choses vont changer.

— Absolument, c'est une question de... de mental.

Mme de Molenne jeta un regard désemparé à Albert. Le jeune informaticien rigolait franchement. D'une pichenette, il fit tomber la casquette qui cachait le front du golem. Les lettres EMET apparurent. Mme de Molenne eut un cri d'effroi.

— Tout va bien, la rassura le golem.

Dès que Jean-Hugues fut revenu, on tint conseil dans le salon. Il ne fallut que quelques secondes pour rebrancher l'ordinateur et retrouver le jeu.

— On va rappeler Natacha, se réjouit Jean-Hugues.

— Ce n'est pas le plus urgent, le rabroua sa mère. Il y a Lulu.

Jean-Hugues ravala son impatience et se tourna vers Albert :

— Tu peux contacter Alias ?

Albert se positionna en séquence 12 et cliqua sur le nain de jardin. Le dialogue pouvait commencer.

— Qu'est-ce que je lui dis ?

— Demandez-lui qu'il nous rende Joke, fit Samir d'une toute petite voix.

Albert acquiesça et tapa son message : `Joke peut-il ressortir ?` L'écran afficha :

```
NPNIUAZH@NFAO94NF/ 1587634JHF0125
ONPKOI0129JNF0/FAO9R34ND1
NCPA004C@N/CAPO1688GZPOT
```

Puis Alias précisa : `Joke est un bug.`

Chacun en silence médita la réponse. N'y avait-il aucun espoir ?

— On pourrait faire sortir Natacha ? hasarda Jean-Hugues.

Samir, Majid, Mme de Molenne et Albert posèrent sur lui un regard désapprobateur. Seul le golem l'assura que tout allait bien. Albert reprit le dialogue avec Alias. Il lui expliqua le lien vital qui existait entre Joke et Lulu. Mais Alias persista :

```
Joke n'est pas un golem. Le joueur ne peut pas le faire sortir.
```

Albert soupira. L'intelligence artificielle ne voulait rien entendre.

— Ce n'est justement qu'une intelligence, expliqua-t-il à Samir. Il a une logique, mais pas de sentiments.

Samir pleurait sans bruit. Il se mordit les lèvres et fit signe de la tête qu'il avait compris.

— Quand même, intervint Majid, vous pouvez pas dire à Alias que... que Caliméro est triste ?

Albert sourit à Majid. Il savait que le chagrin de Caliméro n'aurait aucun sens pour Alias. Mais il était important que chacun pense avoir tout fait pour sauver Lulu. Il écrivit donc : `Lulu va mourir. Caliméro est triste.` Puis il attendit et la réponse qui s'afficha le laissa un instant sans voix.

`Alias est triste`, lut-il enfin. `Alias pleure.`

— C'est Natacha ! s'écria Jean-Hugues.

Tout le monde laissa échapper un soupir excédé.

— Mais si ! reprit Jean-Hugues. Natacha a transféré ses données. C'est elle qui a appris la tristesse à Alias. Alias n'est plus seulement une intelligence. Il comprend nos sentiments.

— Les choses vont changer, dit le golem.

— Peut-être, murmura Albert.

Il tapa alors sur le clavier :

`Alias, aide-nous ! Sauve Lulu.`

Tout le monde fit cercle autour de l'ordinateur et Albert lut :

`Alias va sauver Lulu. Caliméro doit mettre l'ordinateur dans le décor de l'hôpital.`

Les deux gamins poussèrent un cri de triomphe. Pour eux, Joke allait ressortir et se reconnecter à Lulu. Albert ne dit rien. Il savait qu'Alias obéissait à des règles aussi immuables que celles d'un jeu vidéo. Il ne lui était pas possible de transformer un bug en golem.

— M'sieur Albert, où c'est qu'il faut porter l'ordinateur ? demanda Majid. Si on le met devant l'hôpital, ça suffit ?

Albert fit non de la tête.

— Il faut poser l'ordinateur à côté de Lulu. Mais le risque...

— C'est sûr, c'est risqué, l'interrompit Samir. Il y a Lunettes noires.

Albert pensait à un autre risque. Il n'avait pas oublié ce qui était arrivé à Orwell. Il écouta distraitement Samir et Jean-Hugues qui échafaudaient un plan pour prendre l'hôpital d'assaut. Puis il demanda à Mme de Molenne la permission de dormir un peu.

— Mais bien sûr, allez vous étendre sur le lit de Jean-Hugues.

Jean-Hugues s'interposa :

— Non, maman. Albert sera beaucoup mieux dans ta chambre.

Mme de Molenne rougit légèrement. N'avait-elle pas voulu cacher quelque chose à Albert ? N'avait-elle pas voulu garder quelqu'un pour son fils ?

— Si je dérange, bougonna Albert, je peux m'étendre sur le canapé.

Jean-Hugues lui désigna une porte fermée :

— Va te reposer dans la chambre de Maman. Je te dois bien ça.

Albert haussa les sourcils. Que signifiaient tous ces mystères ? Il fit deux pas en direction de la porte et se retourna. Tout le monde le regardait, l'encourageant d'un sourire. Albert abaissa la clenche de la porte et entra. Il faillit ressortir précipitamment. Le lit était déjà occupé ! Par une jeune femme. Une jeune femme blonde. Une jolie jeune femme blonde.

— Non, murmura Albert. C'est pas...

Il s'assit au bord du lit. Mais si, c'était :

— Nadia.

Jean-Hugues referma doucement la porte. Au même moment, Nadia ouvrit des yeux ensommeillés.

— Toi ?

— Moi.

Ils joignirent leurs mains. Puis Nadia songea qu'elle n'était ni coiffée ni maquillée.

— Je dois être affreuse.

— Oui, mais je crois que je vais surmonter ma répulsion.

Il posa ses lèvres sur la bouche de Nadia. Puis il lui glissa à l'oreille :

— On va se faire un super beau mariage, ma chérie. J'ai mis un peu d'argent de côté.

Il cligna les yeux, plus mauvais garçon que jamais.

— Trois cent vingt milliards d'euros.

CHAPITRE XIII

MAIS QUE FAIT ALIAS ?

Au septième étage de l'hôpital, Lunettes noires s'apprêtait à quitter son service. Il jeta un dernier coup d'œil au box vitré dans lequel Lulu reposait. Dire qu'il aurait suffi de tirer sur quelques fils pour en être débarrassé ! L'enfant n'était pas dans un coma irréversible, mais il aurait été facile de l'y plonger.

Le médecin entra dans le box et tritura nerveusement un ou deux tuyaux. La MC lui avait demandé de faire disparaître toute trace des événements bizarres qui s'étaient déroulés à l'hôpital. Certes, il avait été royalement payé pour gaver les enfants de médicaments et permettre au MIB de faire des expérimentations sur la fillette. Mais toute cette histoire commençait à lui peser. Sans l'avoir vraiment décidé, il débrancha le tuyau du respirateur.

Au même moment, une rumeur dans le couloir lui fit froncer les sourcils. L'endroit était habituellement très silencieux. Il quitta le box sans rebrancher l'assistance respiratoire.

— Qu'est-ce que vous faites ici ? C'est interdit aux enfants.

Samir venait d'entrer.

— Mais... qu'est-ce que c'est ? Voulez-vous ressortir !

Majid, Aïcha et Sébastien entrèrent l'un derrière l'autre, suivis de Mme de Molenne et d'Emmé.

— C'est interdit, répéta Lunettes noires.

Il se précipita vers la sortie et télescopa Albert. Il s'écarta prudemment de ce grand gaillard et prit la fuite. Dans le couloir, il croisa Nadia, Jean-Hugues et le golem. C'était une invasion !

— Vite, elle est là ! cria Samir.

Il avait repéré sa petite sœur dans le box vitré. Une sonnerie venait de se déclencher.

— Qu'est-ce qui se passe ? s'inquiéta Samir.

Emmé s'approcha de l'enfant. Elle était inerte. Le tube du respirateur s'enfonçait dans sa trachée mais sa poitrine ne se soulevait plus.

— Dépêche-toi, dit Mme de Molenne à son fils. Je crois que la petite est en train de...

Jean-Hugues cherchait une prise pour son ordinateur.

— Ci débranché ! s'écria Emmé en attrapant un tuyau qui pendait le long du lit.

— Non, ça y est, c'est branché, se méprit Jean-Hugues. Je lance le jeu.

Alias avait-il compris l'urgence de la situation ? Un faisceau lumineux jaillit de l'écran et balaya la pièce.

— Y a pas Joke, remarqua Samir.

Il n'y avait aucune matérialisation en préparation, seulement l'image fixe de la roseraie sur l'écran. Le faisceau lumineux tomba sur Lulu comme un coup de projecteur. Albert se demanda alors s'il ne devait pas arracher la prise de l'ordinateur.

— Elle va mourir, lui chuchota Nadia.

En ce cas, il n'y avait plus rien à perdre. Le bruit de soufflerie s'accentua. Et l'inimaginable se produisit une seconde fois. Le petit corps perdit de sa densité, se pixellisa et rétrécit tout à la fois. Puis une trombe de lumière l'emporta à travers l'écran dans un bruit de succion. Sur la couche, il n'y avait plus que quelques fils et des tuyaux. Lulu avait disparu.

— Ma... ma sœur, bredouilla Samir.

Mal à l'aise, Albert tapota le moniteur.

— En principe, elle est là.

— Alias n'a pas fait ça, quand même ! hurla Samir.

Majid regarda l'écran et poussa une exclamation. Lulu était de l'autre côté, semblable à un personnage de jeu vidéo.

— Elle est morte ? murmura Sébastien.

— Elle marche, dit Nadia.

Tous encerclaient l'ordinateur et chacun parla à tour de rôle.

— Elle a l'air en bonne santé.

— On dirait qu'elle sourit.

— Est-ce qu'elle nous voit ?

Samir toqua à l'écran. Mais l'autre monde semblait inaccessible. Le décor s'animait peu à peu. Le soleil émergea de l'horizon et monta lentement. Une légère brise agita les feuillages.

Lulu, qui avait tant de mal à marcher dans la vie réelle, se mit à gambader sur le chemin. Les roses s'épanouissaient sur son passage. L'eau jaillissait des fontaines. Lulu avait amené la vie avec elle.

— Ci le paradis d'Allah, dit Emmé.

Albert, lui, repensait à la mort d'Orwell. Quel destin Alias réservait-il à l'enfant ?

— Tout va bien.

Samir fit face au golem. Il fallait qu'il passe sa rage sur quelqu'un.

— Non, ça va pas bien ! Va chercher ma sœur dans l'ordinateur, maintenant !

Jean-Hugues posa la main sur son épaule. Le garçon plongea son visage dans ses mains. Lulu était-elle morte ou en vie ? Était-elle encore Lulu ?

— Elle n'a plus mal, hein ?

— La souffrance n'existe pas là-bas, répondit Jean-Hugues.

— Elle va m'oublier...

— Elle est dans un autre monde, Samir. Tu n'y existes pas.

Au travers des larmes qui lui brouillaient la vue, Samir regardait Lulu. Elle s'était arrêtée devant la grotte où vivait le vieux singe. Au moment d'en franchir le seuil, la fillette se retourna et agita la main.

— Au revoir, fit une voix sortant du haut-parleur.

C'était la voix de Lulu. Elle disparut dans la grotte et l'écran devint rouge comme le rideau qui se baisse à la fin d'un spectacle.

Une fois de retour dans l'appartement, Emmé et Mme de Molenne s'efforcèrent de consoler Samir.

— Alias a cru bien faire, lui dit Albert. Dans un sens, Lulu est sauvée.

Jean-Hugues rebrancha l'ordinateur. Il n'avait pas l'intention de rappeler Natacha. Il avait compris qu'elle faisait peur.

— Tu te repositionnes sur la séquence 12, lui indiqua Albert. On pourra dialoguer avec Alias.

— Je veux bien, dit Jean-Hugues, mais là, j'ai l'étoile avec le message : « Je suis celui qui est autrement appelé. »

Si Jean-Hugues répondait à l'énigme, le processus de matérialisation de Natacha risquait de s'enclencher. Albert fit bouger la souris, chercha une issue et n'en trouva pas. Ce fut lui qui prit la décision de taper `ALIAS`. Sur l'ordinateur s'afficha le message suivant : Entre ton nom. Jean-Hugues retint ses mains captives entre ses genoux serrés. Dire qu'il suffisait d'inscrire `CALIMÉRO` dans le cartouche pour qu'il puisse de nouveau prendre Natacha dans ses bras !

— Qu'est-ce qu'on fait ? murmura-t-il.

— On éloigne les femmes, les enfants et les dragons, répliqua Albert.

Malgré leurs protestations, tous durent quitter le salon. Mais Nadia regarda Albert dans les yeux et fit non de la tête. Elle était de taille à affronter la guerrière.

— OK, Batwoman, se moqua Albert. À toi l'honneur !

Il lui désigna le clavier. Lettre après lettre, Nadia frappa le mot qui allait délivrer Natacha. Jean-Hugues broyait ses mains entre ses genoux.

— Caliméro, voilà, souffla Nadia en s'écartant de l'ordinateur pour laisser la place au faisceau lumineux.

Une seconde. Deux. Trois. Aucun bruit de soufflerie. Aucun jet de lumière. Albert donna une tape sur l'ordinateur comme on mettrait une bourrade à un camarade indécis.

— Il est bloqué.

Albert eut alors l'idée d'entrer le petit mot hébreu qui appelait les golems à la vie. EMET. Aussitôt, l'écran afficha le message connu :

GOLEM NATACHA

Mais ce qui suivait était pour le moins inattendu :

`Nombre de vies restantes : 0.`

— c'est n'importe quoi ! s'écria Jean-Hugues. Natacha a encore une vie !

Albert restait muet, le regard baissé. Jean-Hugues se tourna vers lui.

— Alias débloque, non ?

— Jean-Hugues, je dois te dire quelque chose. J'espérais que cela n'aurait pas de conséquence mais...

Il s'assit en face du jeune prof et lui raconta comment il avait cliqué par erreur sur la grosse porte de bois. Il épargna à Jean-Hugues le détail du combat entre les Malfaisants et Natacha.

— Natacha a perdu sa dernière vie, elle l'a perdue dans le jeu...

— Mais c'est impossible ! se révolta Jean-Hugues. Alias n'a pas le droit. C'est pas...

Il allait dire : « C'est pas de jeu. » Mais le désespoir l'étreignit si fort que les mots lui manquèrent.

— Alias fixe les règles, remarqua Albert.

Jean-Hugues se leva.

— C'est un salaud, un salaud, un salaud ! Il enlève Lulu, il tue Natacha !

Il se dirigea vers la cuisine, prit un verre et l'emplit d'eau. Albert lui barra la route.

— Qu'est-ce que tu veux faire ?

— Le détruire.

— Réfléchis. Tout ce que tu peux déclencher, c'est un court-circuit. Alias est dans le réseau, il circule comme il veut, il fait ce qu'il veut. Il peut mettre la planète sens dessus dessous. Cet ordinateur, c'est notre seul moyen de communiquer avec lui. Notre seule chance de l'empêcher de faire n'importe quoi.

Nadia s'était approchée.

— Merci, j'avais soif.

Elle prit le verre des mains de Jean-Hugues et le vida d'un trait.

Tous trois revinrent au salon. L'affichage de l'écran avait encore changé. On était dans Golémia et très exactement place Taliva, séquence 12.

— Ah, on va pouvoir parler à Alias, se réjouit Albert.

Il suffisait de cliquer sur le PNJ, le personnage nain de jardin. Or celui-ci avait disparu.

— Jean-Hugues, Nadia, c'est incroyable, venez voir !

Ils se penchèrent ensemble sur l'écran.

— Là, à la place du nain.

C'était Lulu. Albert pointa sur elle le curseur et cliqua. Lulu agita la main et dit :

— Bonjour, toi.

CHAPITRE XIV

LE NOUVEAU MAÎTRE DE LA MC

Samir prenait goût au chocolat chaud du matin et aux tartines à la confiture de fraises. Il se faisait tout petit chez Mme de Molenne dans l'espoir qu'elle l'oublierait. Il se faufilait entre les meubles et les gens comme Bubulle, aussi affamé de tendresse que le petit dragon l'était d'électricité.

Pendant quelques jours avait régné une certaine agitation. Puis Albert et Nadia étaient partis pour Paris, emportant le golem et l'ordinateur. Le lendemain, Jean-Hugues les avait rejoints.

— Ça fait vide, hein ? dit Mme de Molenne en entrant dans la cuisine. Allez, *pchit* !

Elle chassa Bubulle qui se rechargeait et brancha le grille-pain à sa place.

— Tu ne penses pas que tu devrais rentrer chez toi, Samir ?

C'était la phrase que Samir redoutait d'entendre.

— J'ai pas trop de chez-moi, m'dame.

Chez lui, ça puait la cigarette, et le petit koala n'y attendait plus personne.

— Mais tes parents ?

Samir touilla le chocolat au fond de son bol.

— J'ai pas trop de parents.

Mme de Molenne remua quelques cuillères sans grande nécessité. Elle songea : « Un fils sans mère et une mère sans fils. »

— J'espère qu'il ne va rien lui arriver, dit-elle à voix haute.

Samir comprit qu'elle parlait de Jean-Hugues.

— Y a Albert avec lui. Il assure.

Mme de Molenne sourit, amusé par le jargon du garçon.

— Toi aussi, tu... assures.

Samir se sentit tout bizarre. Fier, intimidé, reconnaissant. Alors, ça faisait cet effet-là, un compliment ?

— C'est quoi, votre vrai nom ? demanda-t-il. Je veux dire, votre prénom.

— Louise, avoua Mme de Molenne, tout étonnée de l'entendre.

— C'est un nom de reine, ça. Ça vous va super bien !

— Tu ne serais pas un peu baratineur, Samir ?

Le garçon lui fit un clin d'œil.

— Comment que vous me pistez ! On voit que vous êtes psychologue.

Mme de Molenne se rengorgea. Elle ne se rendit pas compte que Samir la baratinait encore. Soudain, le garçon aperçut le dragon tout petit, tout aplati sous une chaise.

— Et Bubulle, s'inquiéta-t-il, vous allez le garder ?

— Eh bien, il n'a pas trop de maison ni de parents. Donc, je pense...

Mme de Molenne eut l'air d'hésiter.

— Je pense qu'il va rester. Tu crois qu'il sera heureux ici ?

Samir se sentit encore plus bizarre. Comme une envie de pleurer lui grattant le fond de la gorge.

— Vous êtes sympa. Pour une adulte, je veux dire.

— Beaucoup d'adultes le sont, Samir.

Mme de Molenne frissonna bien qu'il fît chaud dans la cuisine. Elle venait de repenser à Jean-Hugues. Dans quelques instants, il serait en face d'adultes pas du tout sympas.

Au même moment, Jean-Hugues essayait d'avaler un café. Il n'avait guère dormi. Ses yeux bleus enfiévrés, son visage pâle et défait, ses cheveux en épis lui donnaient plus que jamais l'air d'un adolescent trop vite poussé. Il avait la nausée. Il reconnaissait ce malaise. Il en souffrait à chaque rentrée, au collège des Quatre-Cents.

Mais ce matin-là, il n'était pas dans la cuisine avec sa mère. Par les fenêtres du luxueux bureau, il pouvait apercevoir les tours de la Défense. Jean-Hugues était au siège de la MC.

Albert toqua à la porte. Il vit tout de suite dans quel état se trouvait le jeune professeur.

— Tu as bien révisé ? dit-il, le ton enjoué.

Jean-Hugues lui lança un regard lugubre.

— J'y connais rien.

Albert s'assit de l'autre côté du bureau et commença à ouvrir des chemises cartonnées de couleurs vives.

— C'est pas compliqué. Je t'ai mis un Post-it sur chaque dossier pour résumer. Tu vois, là, Takamaté ?

Il avait pris la chemise étiquetée « MC Research ».

— Le professeur Takamaté a utilisé des orphelins comme cobayes au Bondebarwa. On a les noms des enfants, la date des décès, le témoignage d'un médecin. Alias m'a sorti toutes les preuves. Et là, c'est la Pétaudière. Il a acheté un député pour qu'on laisse sa foutue usine à côté d'habitations. Alias m'a retrouvé la trace du chèque. Et pour MC Quick, j'ai la preuve que le bœuf...

— OK, OK, l'interrompit Jean-Hugues. Mais ça ne marchera pas.

D'un mouvement du menton, il désigna le golem assis tout raide et déconnecté. Albert tapa dans ses mains et le golem déclara :

— Tout va bien.

— Deux phrases, se lamenta Jean-Hugues. Il dit deux phrases !

De nouveau, on frappa à la porte. La secrétaire nouvellement engagée entra, les bras chargés de casquettes « Life is MC ».

— Ci les dernières, dit-elle.

— Parfait, madame Badach, fit Albert. Vous êtes superbe.

Emmé portait sa robe des grands jours, avec les coquelicots.

— Ils arrivent, ajouta-t-elle. Je donne les sketkas ?

— Casquettes, madame Badach, rectifia Albert. Ne parlez pas verlan, et quand vous donnez les casquettes, vous dites ?

— « MC, ci cool », récita Emmé.

Puis elle jeta un coup d'œil inquiet sur Jean-Hugues.

— Ti vas bien, prisident ?

— Ça ira, madame Badach, répondit Albert à sa place. Mais dites plutôt « monsieur le président » et évitez de le tutoyer.

— Ci pas facile, sicrétaire, comme métier, remarqua Mme Badach en s'éloignant.

Dans la salle du conseil d'administration, les différents présidents venaient d'arriver. Contrairement à leur habitude, ils ne s'étaient pas assis à leur place. À voix basse, ils échangeaient leurs impressions sur cette convocation extraordinaire.

— Il paraît que... hum n'est pas en bonne forme.

— Ah ? Hum serait malade ?

Le nom d'Orwell semblait imprononçable. Quand la porte s'ouvrit, tout le monde tourna la tête, pensant le voir entrer.

— Assiyez, assiyez, les convia chaleureusement Mme Badach.

Sir Andrew Slash, Herman Frankenboof et les autres, trop étonnés pour réagir, se dirigèrent vers leur siège. Qu'est-ce que cette fatma endimanchée faisait là ?

— MC, ci cool, dit Emmé en tendant une première casquette.

La Pétaudière sursauta et leva les mains en l'air pour éviter tout contact avec cette femme.

— Ti la mets sur ta tête, lui expliqua gentiment Emmé. Ci le prisident...

Elle se reprit :

— Ci monsieur le prisident qui le demande de faire. Comme ça, ti es cool.

Elle enfonça la casquette sur la tête du président de la MC Oil et passa à Alicia Raduku.

— Ci pratique, les cheveux courts.

Chacun eut droit à sa casquette assortie d'une aimable réflexion. La Pétaudière fut le premier à l'arracher dès qu'Emmé fut repartie.

— Que signifie tout ce cirque ?

Personne ne lui répondit. Alicia avait sorti une petite glace et cherchait à donner une inclinaison seyante à sa casquette. Le président de la MC Oil se demanda s'il ne prenait pas un risque en n'imitant pas ses collègues.

La porte s'ouvrit de nouveau et Orwell entra. Il portait la casquette « Life is MC », la visière bien rabattue sur le front. Furtivement, la Pétaudière replaça la sienne sur sa tête. Puis il fronça les sourcils. Le patron de la MC n'était pas seul. Une espèce de petit jeune homme l'accompagnait, des dossiers sous le bras. Les dirigeants se soulevèrent légèrement de leur fauteuil pour saluer Orwell. Celui-ci leur parut souriant et pas du tout malade.

— Tout va bien, dit-il en s'asseyant, les choses vont changer.

Jean-Hugues ferma les yeux, pris d'un vertige passager. Le golem épuisait tout son répertoire d'entrée de jeu.

— Messieurs, dit Jean-Hugues.

Il aperçut Alicia et rectifia :

— Madame, messieurs, la MC, consciente de ses erreurs passées, a décidé d'offrir au monde un nouveau visage.

Jean-Hugues était resté debout. Dans un souffle, il ajouta :

— Un visage humain.

Un silence glacial parut solidifier l'air autour de lui.

— Tout va bien, lui dit aimablement le golem.

— Merci, monsieur Orwell.

Jean-Hugues s'assit et posa devant lui la pile des chemises cartonnées.

— Monsieur Orwell, qui a placé en moi sa confiance, m'a demandé de régler un certain nombre de dossiers.

La Pétaudière ne put se contenir davantage :

— Mais enfin qui êtes-vous ?

— Mon nom est... Caliméro.

Alicia Raduku émit un petit rire hystérique. Tous les autres restèrent de marbre. À n'en pas douter, ce Caliméro était le successeur de M. William, le nouveau patron fantoche de la MC.

Les mains tremblantes, Jean-Hugues défit les élastiques du dossier étiqueté « MC Quick ».

— Je souhaite voir avec chacun de vous la situation de sa division. Monsieur Frankenboof...

Herman baissa la tête et présenta son front comme l'aurait fait un élève de 5e 6, prêt à donner un coup de boule.

— Je suis très mécontent de vous. Vous achetez du bœuf au rabais à des filières douteuses. N'avez-vous jamais pensé qu'on pourrait vous soupçonner un jour d'empoisonnement ?

L'accusation était si crue que Frankenboof ouvrit puis ferma la bouche, complètement suffoqué.

— Mais qu'est-ce que ce cirque ? s'exclama de nouveau la Pétaudière. Monsieur Orwell, vous n'allez pas nous laisser insulter par ce... ce...

— Les choses vont changer, lui rappela le golem.

— Vous voulez consulter votre dossier ? demanda Jean-Hugues au président de la MC Oil. Dois-je vous rappeler comment vous avez volontairement pollué en 1993 le delta du Sasfépa ? Vous voulez distribuer les copies... heu... les dossiers ?

Il s'adressait à Alicia, qui fit circuler les chemises cartonnées. Les dirigeants les ouvrirent, étouffèrent des exclamations de stupéfaction ou pâlirent d'effroi.

— Si je comprends bien, dit le professeur Takamaté d'une voix flûtée, vous avez l'intention de nous faire la morale ?

— De vous faire marcher droit, précisa Jean-Hugues.

Il y eut un mouvement général d'indignation et Jean-Hugues sentit venir le moment critique.

— Monsieur Orwell, dit sir Andrew Slash, expliquez-nous où vous voulez en venir. Ce que fait la MC, vous le savez, nous le savons.

— Les choses vont changer, lui répliqua le golem.

— Je vois que c'est votre nouveau caprice. Mais nous, nous avons des actionnaires à satisfaire.

— C'est pour les satisfaire ou pour toucher la prime d'assurance que vous avez mis le feu aux usines du Tadboukistan ? lui demanda Jean-Hugues.

Sir Andrew Slash posa les mains sur son cœur comme si l'on portait atteinte à ce noble organe. De toutes parts fusaient des « c'est intolérable », « c'est inadmissible »...

— Monsieur Orwell, est-ce que vous êtes dans votre état normal ? susurra le professeur Takamaté.

— Tout va bien, répondit le golem.

Le professeur pointa l'index vers Jean-Hugues :

— Vous lui avez fait un lavage de cerveau. Vous avez utilisé le Mondhypnose.

— Le Mondhypnose est votre invention, s'écria Jean-Hugues, et vous vous en servez même sur des enfants ! Vous êtes renvoyé, Takamaté !

Sir Slash se souleva alors de son siège. Il était cramoisi et deux grosses veines battaient à ses tempes.

— Tu crois que tu vas faire la loi, espèce de petit trou du cul !

Jean-Hugues eut l'impression qu'il était en train de perdre la partie. Se faire insulter ainsi, le jour de la rentrée...

— Apportez-moi votre carnet de correspondance, dit-il.

Alicia eut un nouveau petit rire d'hystérie. Mais Slash avait quitté son siège, menaçant. Il avait des mains énormes et le souffle heurté d'un animal furieux. Jean-Hugues se leva à son tour. Il était plus faible, il avait toujours été plus faible. Mais il avait toujours fait face. Slash lui montra le poing :

— Je vais te... te...

Soudain, il porta les deux mains à sa poitrine. Incapable de parler, incapable de bouger, traversé par une terrible douleur.

— Il a une attaque ! s'écria Alicia.

Sir Slash s'effondra tout d'une masse. Jean-Hugues pensa aux enfants morts dans les usines incendiées du Tadboukistan.

— Justice est faite, dit-il simplement.

Il tremblait de la tête aux pieds. Chacun contemplait le corps que la vie venait de quitter.

— Tout va bien, dit le golem avec un sourire épanoui.

Tous les dirigeants ressentirent alors une crainte mystérieuse. Le nouveau maître de la MC s'appelait Caliméro, il connaissait leurs misérables secrets, et celui qui osait le menacer tombait foudroyé à ses pieds.

CHAPITRE XV

LA VIE RÉELLE

Albert accueillit Jean-Hugues dans le bureau en lui donnant des claques dans le dos.

— T'as assuré. Impeccable, mon vieux. J'aurais pas fait mieux.

Albert avait suivi le conseil d'administration en direct sur un écran.

— Slash n'est pas vraiment mort ? balbutia Jean-Hugues.

— Quand même un peu.

— Il faudrait appeler un médecin.

Albert frictionna le dos de Jean-Hugues.

— T'inquiète, t'inquiète...

— Un médecin, répéta Jean-Hugues.

Il paraissait complètement sonné. Albert consulta Emmé du regard.

— Monsieur le prisident, il va pas bien, diagnostiqua Mme Badach.

Jean-Hugues marcha comme un automate jusqu'à son fauteuil. Il s'assit et parut revenir à lui.

— Non, je ne vais pas bien. J'ai envie d'être seul.

Il voulait être seul avec ce chagrin qu'il avait repoussé d'heure en heure. Il avait tenu bon tant qu'il avait dû lutter. Pendant quelques instants, face aux dirigeants de la MC, il lui avait semblé porter le poids du monde. À présent, ses épaules pouvaient ployer.

Emmé prononça quelques paroles de réconfort avant de le quitter et Albert partit aussi, le golem à ses côtés. Jean-Hugues se laissa enfin aller, la tête dans les bras.

Les deux petites phrases du golem l'obsédaient : les choses vont changer, tout va bien... Pour Alias, c'était le mot de la fin. C'était lui, au fond, le nouveau maître de la MC. Il n'était l'allié de personne. Les réels ne l'intéressaient pas. Pour lui, tout n'était que jeu, score, bonus et perdant.

Jean-Hugues resta longtemps à méditer. Pleurer peut-être. Dormir. Rêver. Il rêva à Bubulle. Le petit dragon ronronnait et ce ronron fit s'éveiller Jean-Hugues en sursaut. Il se redressa et regarda autour de lui. Le temps qu'il comprenne où il était et le bruit s'arrêta. C'était l'imprimante qui s'était mise en marche. Jean-Hugues prit le papier qui venait de sortir de la machine. Il lut :

JOUE AVEC MOI. JE T'ATTENDS.

Il jeta un coup d'œil sur l'écran de l'ordinateur. Séquence 12, place Taliva. Lulu était là. Jean-Hugues posa la main sur la souris et cliqua sur la petite fille.

— Alias est ton allié, dit-elle. Voilà la vérité.

Jean-Hugues attendit un moment mais rien d'autre ne se produisit. C'était jour de marché à Golémia. Jean-Hugues cliqua une nouvelle fois sur Lulu.

— Alias est ton allié. Voilà la vérité.

Jean-Hugues se retrouva soudain dans la peau du joueur. Golem restait un jeu et Lulu proposait une énigme.

— « Voilà la vérité », marmonna-t-il. La vérité.

Pourquoi Lulu utilisait-elle le mot qui en hébreu donne la vie au golem ? Jean-Hugues effleura le clavier puis, lettre après lettre, il tapa E... M... E... T.

Dès qu'il entendit le bruit de soufflerie, il s'écarta de l'ordinateur. Le rayon laser en jaillit. « Alias vient me chercher ! » s'affola Jean-Hugues. Mais dans la lumière apparut Natacha. Blonde et charnelle, c'était bien la guerrière mais sans son dégom-laser. *Clac, clac*, en deux petits réglages, l'image se solidifia et le rayon repartit dans l'ordinateur. Natacha poussa un cri, visage renversé, comme si quelque chose lui était arraché. Elle tâtonna l'air autour d'elle, fit deux pas en titubant, se cogna dans le fauteuil.

— Aïe, mal, dit-elle.

Elle était seule et perdue.

— Natacha ? murmura Jean-Hugues.

Elle se retourna, les bras en balancier pour garder l'équilibre. Elle plissa les yeux puis avança la main. Elle évaluait mal les distances.

— Où...

Elle se tut, porta la main à sa gorge. Sa voix était brève, sans écho et sans rêve.

— Où es-tu ? dit-elle.

Il s'approcha d'elle lentement. Timide, émerveillé. Alias lui avait donc redonné celle qu'il aimait.

— Tu ne me vois pas ? dit-il tout bas.

Natacha cilla. Sa vision était en train de s'accommoder. Elle vit Jean-Hugues d'abord flou, puis net.

— Mon amour, dit-elle en le reconnaissant.

Elle caressa l'air autour de lui, frôla sa joue. Puis la pinça.

— Tu fais mal, Natacha.

— Aïe ?

— Oui, aïe...

— C'est... le réel ?

Sans attendre de réponse, Natacha écarta la frange qui recouvrait son front. Les quatre lettres du mot EMET avaient disparu.

— Tu as gagné, dit-elle.

Jean-Hugues se sentit défaillir.

— Tu... tu es libre ?

Elle secoua la tête. Mieux que libre :

— Je suis réelle.

Elle avait perdu toutes ses vies. Sauf celle-là, la dernière, la nôtre. Elle posa un doigt sur les lèvres de Jean-Hugues. Il la prit contre lui et l'embrassa. Et c'était une femme semblable à toutes les femmes. Jean-Hugues eut pourtant un petit tressaillement en sentant un grésillement le long de sa cuisse. Mais ce n'était que son téléphone portable, en mode vibreur.

– Il ne décroche pas, dit Mme de Molenne.

— Pit-être il est occupé ? fit Emmé.

Mme Badach s'était dépêchée de retourner aux Quatre-Cents. Elle se faisait du souci pour le « prisident ».

— Il vous a dit qu'il voulait rester seul ? s'inquiéta Mme de Molenne. Et il avait l'air d'aller mal ?

— Ci de la diprime nerveuse comme elle a eu ma belle-sœur, analysa Emmé.

— Faudrait appeler Albert, suggéra Samir.

Mme de Molenne acquiesça. Elle fit le numéro du portable d'Albert. Mais Albert avait retrouvé Nadia. Lui aussi, il était occupé.

— C'est le répondeur, murmura Mme de Molenne. « Oui, monsieur Albert ? C'est la maman de Jean-Hugues. Je me demande s'il ne faudrait pas aller voir à la MC. J'ai un peu peur que Jean-Hugues ne fasse une bêtise. »

Elle avait dit ces derniers mots tout bas comme si le fait même d'en parler comportait un risque. Les deux mamans se regardèrent, désemparées.

— Je vais y aller, décida Mme de Molenne.

Mais on ne la laisserait pas entrer au siège de la MC.

— On n'a qu'à faire comme à l'hôpital, proposa Samir. On se ramène à six ou sept et on passe en force.

— Faut pas forcer, intervint Emmé. M. Albert, il m'a donné un badge.

— C'est bon pour une seule personne, répliqua Mme de Molenne.

Mme Badach ouvrit alors son grand sac et une vingtaine de passes apparurent.

— M. Albert, il m'a donné beaucoup des badges pour rentrer. La MC, ci à tout le monde. Miltinationale, ça veut dire : ça appartient à tout le monde des nations. M. Albert, il m'a bien espliqué.

À la façon dont Emmé disait « Albert », on devinait qu'elle en avait fait un modèle de vertu et un exemple à suivre pour ses sept fils.

Les vigiles de la MC eurent donc en cette fin de journée la surprise de voir arriver dans le hall tout le monde des nations. Samir, Majid, Aïcha, Sébastien, Emmé et Mme de Molenne montrèrent leur badge. Les deux costauds s'interrogèrent du regard.

— On s'en fout, glissa un vigile à l'autre. T'as vu Orwell, aujourd'hui ? Il est shooté à je sais pas quoi.

Il se tourna vers la petite troupe et fit signe de passer. Mme de Molenne se dépêcha. Elle avait un terrible pressentiment maternel. Quand elle put enfin ouvrir la porte du bureau directorial, le spectacle qui s'offrit à elle lui arracha un cri d'effroi. Jean-Hugues était tout près de faire une bêtise et il rougit immodérément. Mais il se ressaisit très vite et, rajustant la tenue de sa bien-aimée, il déclara à sa mère :

— Tu reconnais ma fiancée, maman ? Alias me l'a rendue.

Mme de Molenne, poussée par les autres, était entrée.

— Aouah, le canon, souffla Majid.

Avec ses longues jambes, le petit short et le généreux débardeur, Natacha aurait déclenché une émeute en se promenant dans les rues des Quatre-Cents. La jeune fille, peu consciente de sa provocante beauté, n'avait d'yeux que pour Jean-Hugues. Des yeux verts semés d'étincelles.

— Trop belle, s'extasia Aïcha.

Albert, qui avait fini par écouter son répondeur téléphonique, entra alors avec Nadia. Il resta un instant les yeux ronds, pétrifié par la stupéfaction.

— Nadia, tu vois ce que je vois ?

— Si ze te zêne, ze peux attendre dans le couloir.

Albert attrapa sa nana par la taille en rigolant.

— Viens, on gêne tous les deux. On gêne tous.

Il fit signe aux gosses. Emmé, pudique, était déjà ressortie. Albert referma la porte.

Dans le bureau, il ne restait plus que Mme de Molenne et les deux jeunes gens. Mme de Molenne s'approcha de Natacha. Elle ne savait que dire, que faire. Elle aurait voulu trouver des mots d'accueil ou de tendresse et elle ne trouvait rien. Natacha rebroussa sa frange.

— Je... je...

Elle s'arrêta et sourit. Dire « je », quand on comprend le sens de ce petit mot-là, on ne s'en lasse pas.

— Je suis réelle, maman.

Mme de Molenne sentit fondre son cœur. Les mots vinrent tout seuls.

— Tu es réellement charmante.

ÉPILOGUE

La camionnette roulait bon train vers les Quatre-Cents. À bord, il y avait Cécile, la journaliste, et Momo, le cadreur.

— Encore un reportage sur les banlieues, grogna Momo. C'est quoi, c'te fois ? Des pompiers qui se font caillasser ?

— Ça n'a rien à voir, répliqua Cécile. Tu n'es pas au courant de ce qui se passe aux Quatre-Cents ?

Momo prit un air supérieur :

— Tu sais, moi, vos histoires franco-françaises... Je reviens du Tadboukistan. Là-bas, ça bouge, ça bouge vraiment. Ils construisent des écoles, des dispensaires. La MC finance un plan de développement et...

— C'est marrant, je voulais justement te parler de la MC, l'interrompit Cécile. Elle a créé une fondation, la MC400, qui s'est donné pour but la rénovation des cités les plus pourries. On va faire un reportage aux Colibris. Ils inaugurent une Maison de quartier.

Il y eut un silence dans la camionnette. Qu'est-ce qui lui prenait, à la MC ?

— Les dirigeants ont pourtant la réputation de mafieux, remarqua Momo.

— J'ai rencontré le big boss, Orwell. Il plane un peu mais, franchement, il est très sympa. Et il veut tout changer !

Momo fronça les sourcils en apercevant de la verdure.

— Tu crois pas qu'on s'est perdus ?

Dans son souvenir, les Quatre-Cents, c'étaient des tours posées sur un tas de boue. Ici, il y avait des arbustes, des fleurs et des fontaines aux croisements.

— Non, non, c'est là, le rassura Cécile. Voilà les Colibris. Oh, c'est joli, la fresque qu'ils ont faite sur les murs ! Tiens, gare-toi.

Un jeune homme en jean leur fit un signe de bienvenue et leur désigna une place de stationnement. C'était un des animateurs de la Maison de quartier. Le badge indiquait son nom : Haziz Badach.

Le concierge des Colibris avait été promu gardien de la Maison de quartier et il n'en pouvait plus de fierté.

— C'est pour la télé ? demanda-t-il à Cécile. Je me mets devant la caméra ? Alors, moi, je veux dire que la banlieue, on raconte ci et ça sur la banlieue, mais la vérité... Couché, Brutus ! Vous en faites pas, il est gentil...

Le chien du gardien montrait les dents. La vérité, c'est que Brutus avait été dressé à l'attaque et qu'il avait sérieusement besoin de se recycler. Cécile s'en écarta prudemment et commença la visite.

Dans les anciennes caves, on avait installé un cybercafé. Majid n'en décollait plus. Il niquait tout le monde à Half-life mais faisait une pause dans ces jeux de baston quand Aïcha, délivrée de ses multiples tâches ménagères, avait le droit de le rejoindre. Avec elle, il surfait en douceur sur l'internet.

Dans une salle voisine, on avait installé le vidéo-club. Rien que des films d'épouvante. Le responsable de la programmation était un certain Sébastien. Une fois par semaine, le vendredi, Sébastien prévoyait une comédie sentimentale. C'était le soir où Aïcha avait le droit de « sortir ».

Au rez-de-chaussée, Mme Badach et ses amies disposaient d'une vaste cuisine. Pour la fête d'inauguration, elles avaient préparé des centaines de gâteaux ruisselants d'huile et de miel.

— Ci pas trop rigime, dit Mme Badach en tendant une assiette de loukoums à Natacha.

— C'est réellement bon, répondit Natacha, la bouche pleine.

Tout le monde lui souriait. On avait rarement vu une jeune femme prendre autant de plaisir aux choses simples de la vie : boire, manger.

Jean-Hugues entra alors dans la cuisine, l'air un peu inquiet. Il parcourut du regard cette assemblée de femmes en foulards et tabliers.

— Oh, c'est le mari, dit Natacha en l'apercevant.

Elle se tourna vers les dames et leur expliqua :

— Natacha a un mari. Non... Je...

Elle plaqua les mains sur sa poitrine et dit d'un ton extraordinairement possessif :

— J'ai un mari.

Toutes ces dames hochèrent la tête avec un sourire bienveillant. Jean-Hugues attrapa sa jeune femme par les épaules et chuchota :

— Où étais-tu passée ? Je te cherchais. Orwell et Albert sont arrivés pour l'inauguration.

Il entraîna Natacha vers le hall d'accueil.

— Merde, marmonna-t-il, c'est commencé.

En effet, Albert, très classe en costume-cravate, était déjà lancé dans un grand discours de bienvenue et de remerciements.

— Bienvenue à tous les habitants des Quatre-Cents, à cette France de toutes les nations, marocaine, algérienne, tunisienne, malienne, portugaise, cette France si unanimement attachée aux valeurs de la République...

Là-dessus, Albert dédia un grand sourire au concierge des Colibris.

— Merci à M. le député qui n'a cessé de manifester son intérêt pour les Quatre-Cents...

C'était la première fois qu'il y mettait les pieds.

— Merci à M. le ministre qui a bien voulu nous honorer aujourd'hui de sa présence, fidèle à ce rendez-vous comme à tous les autres...

Il s'était décommandé dix fois.

— Merci à la MC que je représente modestement...

Après un bon quart d'heure de langue de bois, Albert se tourna résolument vers le golem :

— Je crois que nous pouvons laisser le mot de la fin à celui qui a permis cette fête. Monsieur Orwell ?

Le patron de la MC était là, toujours souriant et très cool avec sa casquette.

— Tout va bien, déclara-t-il, les choses vont changer.

Ces mots d'une si touchante simplicité de la part d'un si grand patron déclenchèrent un tonnerre d'applaudissements et la ruée vers les buffets. Nadia put enfin se rapprocher d'Albert.

— Alors, ça fait quel effet de zouer les bonnes fées ?

Depuis un an, Albert et Jean-Hugues dépensaient en actes de bienfaisance la fortune personnelle d'Orwell, qu'Alias leur avait livrée.

— Je me sens presque meilleur, admit Albert. On prend un verre pour fêter ça ?

Les élèves de l'ancienne 5e 6, désormais en 4e 3, étaient de service. Nouria et Aïcha circulaient avec des plateaux de petits fours. Mamadou et Miguel faisaient sauter les bouchons. Albert prit un verre de champagne et s'avança vers Jean-Hugues et Natacha. Il fit tinter son verre contre celui de la jeune femme.

— À l'amour, dit-il.

Puis il trinqua avec Jean-Hugues.

— Au courage, se moqua-t-il.

— À l'honnêteté, répondit Jean-Hugues.

Ils se mirent à rire, unis par les dangers passés et les risques présents. Car désormais tous deux dirigeaient la MC avec la complicité d'Alias. Albert utilisait parfois des méthodes peu recommandables pour faire obéir les Frankenboof et autres Raduku, des méthodes qui avaient quelque chose à voir avec le chantage. Mais c'était pour la bonne cause, celle de tout le monde des nations, comme aurait dit Emmé.

— Et Samir ? demanda Nadia. Il ne vient pas ?

— Il ne devrait pas tarder, répondit Jean-Hugues. Maman lui faisait réviser son anglais, cet après-midi.

Samir habitait désormais chez Mme de Molenne. Louise, conquise par l'intelligence de l'adolescent, s'efforçait de lui donner les quelques bases qui lui manquaient en anglais.

Samir regarda l'heure à sa montre. Il repoussa livres et cahiers et lança à tue-tête :

— *Are you ready, Louise ?*

— Je n'arrive pas à retrouver Bubulle. Mini, mini, mini...

Mme de Molenne avait toujours peur que Bubulle ne profite d'une porte ouverte pour se sauver dans l'escalier. Samir sourit puis s'étira paresseusement. Depuis un an, il découvrait ce bonheur tranquille : un foyer. Il aurait aimé le partager avec Lulu. Mais elle, elle était de l'autre côté.

Le regard rêveur, Samir posa la main sur la coque bleu électrique de la souris. Jean-Hugues avait mis son ordinateur à l'abri, dans son bureau d'autrefois. À force de s'en servir, Samir avait découvert qu'en double-cliquant sur l'image de Lulu, il pouvait converser avec elle comme Albert faisait avec Alias. Il eut envie de lui passer un petit bonjour avant de partir pour la Maison de quartier :

```
LVNIH/4568JNS ?JFIO@NFAIHT2I
UVNAO/NVAIO0985876/NQAPFJIO
LNVCAOUT21486NAOITU9/@NOA14812
UNCAOUR9458789S/NCOM.VNZI
```

Mme de Molenne entra dans la chambre :

— Impossible de mettre la main sur Bubulle.

Elle se pencha par-dessus l'épaule de Samir :

— Ça va, Lulu ?

Samir leva les yeux vers Louise. Des yeux tout au bord de pleurer. Soudain, un cahier ouvert se souleva bizarrement et Bubulle pointa le museau au bout du tunnel de papier. Mme de Molenne eut un soupir de soulagement à la vue de son dragon retrouvé.

— Je peux l'emmener avec moi ? demanda Samir sur un ton d'enfant capricieux.

— Non, il ne faut pas le montrer. Albert te l'a dit. Tout ce qui concerne Alias doit rester secret.

— Je le mets dans mon sac à dos et il en sort pas.

— Qu'est-ce que ça te donnera ?

Samir voulait épater les copains à la Maison de quartier. Il joignit les mains, fit les yeux doux, baratina.

— Sur le Coran de La Mecque, je le montre à personne.

Après le départ de Mme de Molenne, de Samir et du dragon, il n'y eut plus dans l'appartement vide qu'un seul bruit, celui du ventilateur de l'ordinateur, et une seule lumière, celle projetée par l'écran.

*

Les étoiles brillaient, des étoiles à cinq branches comme sur un dessin d'enfant. « J'aime bien quand il fait nuit, pensa Lulu. Mais pas trop longtemps. »

Aussitôt, l'horizon rosit et la lumière du soleil naissant baigna le jardin. Assise dans l'herbe, Lulu tendit la main vers un parterre de jonquilles, l'effleura et dit :

— Bleu.

L'herbe se couvrit de myosotis.

— Bisou ! appela Lulu.

Un poney s'échappa du pré voisin, sauta par-dessus la barrière et vint croquer des pommes aux pieds de Lulu.

— Pas trop, pas trop, lui dit sa petite maîtresse. Ou tu vas être malade.

Le poney baissa les oreilles et son pelage devint terne.

— Tu vois, je te l'avais dit, gronda Lulu.

Elle se mit sur la pointe des pieds pour examiner la barre d'outils et elle attrapa une bouteille de sirop.

— Tiens, bois.

Le poney, guéri, repartit au petit trot vers son enclos.

La journée était belle. Il y avait un arc-en-ciel à l'horizon. Lulu savait qu'il y avait un trésor à trouver là-bas. Mais elle le chercherait une autre fois. L'énigme était un peu difficile.

— Qu'est-ce que je vais faire en attendant que Samir rentre ? se demanda-t-elle.

Elle s'aperçut qu'elle n'avait envie de rien.

— Tu as faim ? dit une voix.

À l'instant même, la pelouse se couvrit de gâteaux crémeux décorés de cerises.

— Je n'ai pas faim. Je n'ai pas soif. Je n'ai pas froid, déclara la petite.

Mais elle pensa : « Il me manque un ami. » Une réponse lui parvint :

— Alias est ton allié.

La petite fille sourit. Alias était très intelligent, mais il n'était pas bien malin.

— Un allié, c'est pas un ami.

— Un ami, répéta la voix. Qu'est-ce que c'est ?

Durant sa courte vie d'enfant malade, Lulu y avait longuement réfléchi.

— Un ami, c'est quelqu'un qui joue avec moi. On aime les mêmes choses, les histoires, les peluches, les chevaux. Quand je suis triste, je pense à mon ami et ça va mieux. Et surtout quand le téléphone sonne, je crie : « C'est pour moi ! »

Il y eut un silence. Alias enregistrait les données. Un téléphone apparut et se mit à sonner. Lulu s'accroupit et décrocha.

— Allô ? Qui c'est ?

— C'est ton ami.

— Où tu es ?

— Au pied de l'arc-en-ciel.

Lulu se leva d'un bond, attrapa son mini sac à dos, y rangea sa planche à roulettes supersonique, la carte du Pays magique et le sirop enchanté pour ne jamais être malade.

— Prête pour l'aventure à partir de six ans ? demanda Alias.

— Mais... tu m'accompagnes ? s'inquiéta Lulu.

— N'aie pas peur. Où tu iras, je serai.

TABLE DES MATIÈRES

1 — Magic Berber

2 — Joke

3 — Natacha

4 — Monsieur William

5 — Alias

Cet ouvrage a été réalisé par

FIRMIN DIDOT

GROUPE CPI

Mesnil-sur-l'Estrée

pour le compte des Éditions Pocket Jeunesse
en septembre 2003

POCKET — 12, avenue d'Italie — 75627 Paris Cedex 13 — Tél. : 01-44-16-05-00
N° d'impression : 65038 – Dépôt légal : octobre 2003.

Imprimé en France